Ravensburger Taschenbücher
Band 874

Die Söhne der großen Bärin
Band 3

Liselotte Welskopf-Henrich

Die Höhle in den Schwarzen Bergen

Otto Maier Verlag Ravensburg

Als Ravensburger Taschenbuch erschienen 1983
Lizenzausgabe mit Genehmigung des Altberliner Verlags

Umschlaggestaltung: Walter Emmrich, unter Verwendung
von Fotomaterial der Agentur Hansmann, Gauting

Gesamtherstellung: Elsnerdruck GmbH, Berlin
Printed in Germany

5 4 3 2 87 86 85

ISBN 3-473-38874-2

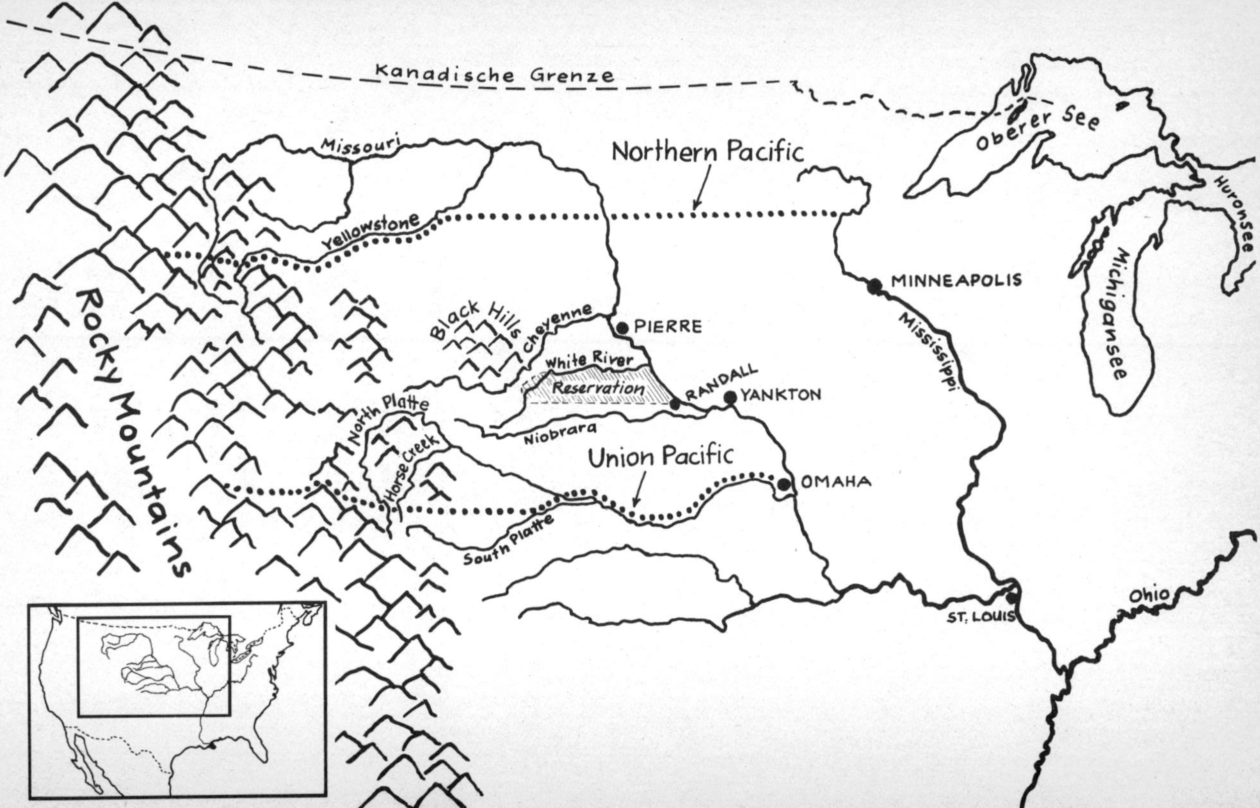
Kanadische Grenze
Oberer See
Huronsee
Michigansee
Northern Pacific
Missouri
Yellowstone
MINNEAPOLIS
Mississippi
Black Hills
Cheyenne
PIERRE
White River
Reservation
RANDALL
YANKTON
North Platte
Niobrara
Horse Creek
Union Pacific
OMAHA
South Platte
Rocky Mountains
ST. LOUIS
Ohio

Die Zuflucht des Verbannten

Es war Nacht und kalt, und die Stelle, an der der Indianer im Grase lag, war kein guter Lagerplatz. Weder Wasser noch Windschutz waren hier zu finden. Die Grassteppe nördlich des großen Missouribogens dehnte sich eben. Zwischen den Grasbüscheln saßen Graupeln als kleine, im Mondlicht glitzernde Haufen, so wie sie der Tag und Nacht immer wieder auflebende Sturm hinwehte. Die Wolkenfetzen am Himmel tummelten sich schnell südwestwärts. Wenn der Schnee auch schon längst geschmolzen war, ließ der Nachtfrost doch alle Feuchtigkeit noch zu dünnen Eishäuten gefrieren.

Der Indianer lag auf der Seite; den Oberkörper hatte er auf den linken Ellenbogen gestützt. Der Kopf war ihm müdigkeitsbeschwert auf die Schulter gesunken. Seine Augen standen offen, aber er stierte nur auf den Boden. Hin und wieder griff er mit der freien Hand nach dem rechten Bein, dessen Unterschenkel einen Knick zeigte, wie er bei Knochenbrüchen entsteht. Er hatte kein Pferd bei sich, keine Decke, keine Waffen und keinen Proviant. Neben ihm lagen die zwei starken Äste, die er als Krücken gebraucht hatte, um sich drei Tage hindurch und bis in die Nacht hinein weiterzuschleppen. Er war zum Skelett abgemagert, und er fror. Feuerzeug – hartes und weiches Reibholz – hatte er bei der Flucht mitgenommen, doch fehlte es ihm an der Kraft, sich in den baumlosen Prärien brennbare Äste zu suchen. Er wollte jetzt nicht einschlafen, denn er fürchtete zu erfrieren und nicht mehr aufzuwachen. Sein Wille zu leben und sein Ziel zu erreichen, war noch immer nicht gebrochen.

Drei Stunden hatte er so gelegen und nichts anderes gehört als das Jaulen hungriger Wölfe. Die Raubtiere verstummten jetzt und zogen ihren Kreis enger um die erhoffte Beute. Der Indianer nahm einen seiner Stöcke zur Hand und schlug damit kräftig auf den Boden.

Wenn er die Raubtiere nicht verjagen konnte, so sollten sie durch die Bewegung des Stockes und den Laut des Schlages wenigstens für kurze Zeit abgeschreckt werden.

Bald darauf hörte er ein Geräusch, das nicht von ihm selbst verursacht wurde. Es klang ihm aber sehr vertraut, und er legte sich ganz zur Erde, um mit dem Ohr am Boden zu lauschen. Es blieb kein Zweifel. Über die nächtliche Prärie galoppierten Reiter, vielleicht ein, zwei oder drei. Im Kopfe des Lauschenden entstand ein wirres Durcheinander von Furcht und Hoffnung. Er befand sich auf der Flucht vor erbarmungslosen Feinden, denen er vor drei Tagen mit Mühe entkommen war, und er wußte nicht, ob die Reiter zu diesen feindlichen Scharen gehörten oder zu seinem eigenen Stamm. In der Richtung, aus der sie kamen, nämlich aus Ostsüdost, vermutete er weder die einen noch die anderen. Das Galoppgeräusch näherte sich. Bald konnte der Indianer zwei Pferde sehen, windschnelle Mustangs. Für das Auge waren sie mit ihren Reitern schwarze Schatten, die über die Grassteppe flogen. Die Reiter gelangten bis an den Ring der Wölfe, und die ganze Aufmerksamkeit des Beobachters wurde von dem Schattenspiel gefangengenommen, das er jetzt im Mond- und Sternenschimmer ansehen konnte. Die Reiter spannten die Bogen, ohne die Pferde anzuhalten, und schnellten mitten im Galopp die Pfeile ab. Ein Wolf, der getroffen sein mußte, sprang fast senkrecht hoch und stürzte dann rücklings nieder. Drei Wölfe verfolgten das zweite Pferd, aber als der eine es ansprang, schlug der Reiter zu, mit einer Keule oder einem Beil, das konnte der Beobachter nicht genau erkennnen. Doch sah er, wie das Raubtier abglitt und liegenblieb. Es wunderte ihn, daß die beiden Reiter stumm blieben. Sie ritten ohne Sattel, waren barhäuptig, hatten das Haar in Zöpfe geflochten; es waren Indianer. Der Beobachter hätte sie gern gerufen, aber er wußte noch immer nicht, ob er Feinde oder Freunde vor sich hatte, ob er sich vor ihnen verbergen mußte oder Hilfe von ihnen erwarten konnte.

Die beiden Reiter wandten ihre Pferde und griffen ihrerseits die Wölfe an, mit Pfeil und Bogen und, wie der Verletzte jetzt genau erkennen konnte, mit elastischen Keulen. Sie kämpften kühn und gewandt, und es dauerte nicht lange, bis der Rest der hungrigen Meute das Weite suchte. Aber die elastischen Keulen als Waffe hatten dem Beobachter Aufschluß gegeben, daß die beiden Reiter Dakota sein mußten. Sie waren seine Tod-

feinde, und er konnte nur hoffen, daß sie ihn nicht finden würden. Mit argwöhnischer Aufmerksamkeit verfolgte er ihren weiteren Weg.
Zunächst hielten sie beide an und schienen sich zu besprechen. Dabei erkannte der unbeobachtete Beobachter, daß der eine der beiden Reiter an Gestalt viel größer war als der zweite, der nicht nur kleiner, sondern auch knabenhaft schlank erschien. Die Beratung hatte ein unerwartetes Ergebnis. Die Reiter stiegen ab und schienen sich niederzulassen, obgleich der Platz, an dem sie sich befanden, kaum mehr Annehmlichkeiten für ein Lager bieten konnte als die Stelle, an der der Verletzte aus Erschöpfung haltgemacht hatte. Es blieb diesem nichts anderes übrig als abzuwarten, was weiter geschehen würde. Die Wölfe waren vertrieben, dafür hatte er jetzt Dakota in seiner Nähe. Das eine erschien ihm so gefährlich wie das andere. Er beschloß, sich nicht zu rühren, aber wach zu bleiben. Vielleicht brachte erst das Morgengrauen die Entscheidung über sein weiteres Schicksal. Er empfand wieder den bohrenden und stechenden Schmerz an der Bruchstelle des Schienbeins, den er in der Erregung über die letzten Vorgänge vergessen gehabt hatte.
Als Stunden dahingeschlichen waren, als die Sterne erloschen und der Morgenstern allein schimmerte, hatte sich der Verletzte innerlich auf alles vorbereitet, was je mit ihm geschehen konnte. Wenn es in seiner Nähe auch keinen Wasserspiegel gab, in dem er sich im aufleuchtenden Frühlicht hätte selbst betrachten können, so wußte er doch, daß sein Gesicht mit der roten Kriegsfarbe bemalt war und daß die Spuren dieser Bemalung noch zu sehen sein mußten. Zwischen ihm und einem Dakota gab es nichts als Feindschaft auf Leben und Tod. Da er wehrlos war, blieb für ihn nur der Tod. Es war lediglich die Frage offen, ob die beiden Dakota ihn entdecken würden. Die Fährte, die er als Hinkender mit zwei Stöcken hinterlassen hatte, war leicht zu finden.
Es wurde hell, aber die Sonne konnte nicht hervorkommen. Breite Wolkenbänke lagerten am Horizont, und es blieb sehr kalt. In einer Entfernung von hundertfünfzig Metern zog sich eine Bodenwelle hin, und der Verletzte bemerkte, daß die Da-

kota jetzt auf dieser flachen Anhöhe lagen; die Pferde standen wahrscheinlich dahinter. Die beiden fremden Indianer wahrten keine besondere Vorsicht. Sie hielten es wohl für ungefährlich, von einem hinkenden Verwundeten beobachtet zu werden. Offenbar spähten sie aber zu ihm hinüber und trachteten zu erkunden, wer er sei und wie er sich verhalten würde. So verging eine halbe Stunde. Hin und wieder brach ein Sonnenstrahl durch die Wolken. Dann schienen die Dakota sich entschlossen zu haben, was sie weiter unternehmen wollten. Der kleinere der beiden, der sehr schlank war, holte die Pferde und führte sie in Richtung des hilflosen Verletzten. Der größere, dessen hohe Gestalt mächtig und zugleich harmonisch in ihren Proportionen wirkte, ging frei nebenher. Die beiden beeilten sich nicht. Sie wissen, dachte der Verletzte, daß ihr Opfer ihnen nicht entkommen kann. Sie sollen aber auch erfahren, wie ein Krieger der Siksikau zu sterben weiß. Unwillkürlich griff er nach einer der Stangen, die er als Krücke gebraucht hatte. Wenn er auch nicht eine sinnlose Form des Widerstandes versuchen wollte, so hatte er doch die Absicht anzudeuten, daß er sich nicht freiwillig ergab.

Endlich standen die beiden fremden Indianer vor ihm, kaum zwei Meter entfernt. Da sie ruhig stehenblieben und auch nicht gleich zu sprechen begannen, blieb dem Siksikau Zeit, sich über sie zu wundern. Es handelte sich um einen Mann und einen groß gewachsenen Knaben. Die beiden waren nur mit Leggings und Mokassins bekleidet und froren auch. Über dem Rücken des einen der Pferde hing eine büffellederne Decke. Bewaffnet waren diese beiden Dakota ausgezeichnet. Als Schußwaffen führten sie Pfeil und Bogen, doppelläufige Büchse und Revolver, als Handwaffen nicht nur das Messer und die aus Weidenzweigen und einem eigroßen Stein gefertigte elastische Keule, sondern auch das Schlachtbeil mit Stahlschneide. Der Siksikau staunte. Revolver kannte er bis dahin nur vom Hörensagen. Diese Dakota mußten sehr gute Verbindungen zu den weißen Männern haben, von denen man solche Waffen beziehen konnte. Der Verletzte hatte nicht die Absicht, zuerst etwas zu sagen. Solange noch keine Auseinandersetzung im Gange war,

konnte er am Leben bleiben. Er wollte warten.
Die beiden Dakota hatten sich nicht mit den Kriegsfarben bemalt. Der Siksikau betrachtete die Stickerei auf ihren Mokassins und auf dem Gürtel des Mannes. Die Muster waren fremdartig. Vielleicht gehörten diese beiden Indianer, die an Scheitel und Zöpfen, an der elastischen Keule als Dakota zu erkennen waren, doch nicht zu derjenigen Stammesabteilung, mit der der Siksikau und seine Brüder gekämpft hatten. Vielleicht wußten sie von diesem Kampfe gar nichts? Vielleicht waren sie an der Grenze gewesen, hatten sich Feuerwaffen eingetauscht und strebten nun wieder irgendwohin zu ihren Zelten. Aber sie mußten sehen, daß der Siksikau, der vor ihnen im Grase lag und noch immer seine Krücke in der Rechten hielt, mit den Kriegsfarben bemalt gewesen war.
Der Dakotakrieger sagte etwas, und der verletzte Siksikau verstand kaum jedes dritte Wort, aber den Gesten entnahm er, wonach er gefragt wurde: wie sein Name sei und ob er zu seinen Zelten gebracht werden wollte. Eine solche Frage erschien ihm wunderbar und in ihrer menschlichen Einfachheit viel zu verdächtig, als daß er sie ohne weiteres hätte mit Ja beantworten wollen. Was hatten die beiden Dakota bei den Zelten der Siksikau zu suchen? Hatten sie die Absicht zu kundschaften, und erschien ihnen die gegebene Situation als eine unwiederbringliche Gelegenheit, ungestraft in die Dörfer der Siksikau zu gelangen und dort zu horchen und zu spähen?
Der Verletzte überlegte. Und wenn dem wirklich so war? Dann wurde er gerettet, die beiden Dakota aber befanden sich inmitten einer Schar von Schwarzfußkriegern, die sie nicht wieder gehen zu lassen brauchte, wenn böse Absichten offenbar wurden. Wie aber, wenn diese beiden Dakota gar nicht allein waren, sondern nur die Kundschafter eines größeren Dakotatrupps, der irgendwo lauerte, bereit, der weiteren Spur bis zu den Zelten zu folgen und die Frauen und Kinder der Siksikau zu überfallen? Vielleicht kümmerten sich die beiden Dakota nur deshalb um den Verletzten, weil er ihnen und denen, die den Auftrag dazu gegeben hatten, als Wegweiser zu den Zelten der Schwarzfüße dienen sollte. Es war besser, wenn er sich mit den

beiden fremden Indianern nicht einließ. Es blieb ihm dann allerdings nichts anderes mehr übrig, als in der trostlosen Grassteppe zugrunde zu gehen. Denn sobald er in Richtung seiner Zelte weiterzuhumpeln versuchte, konnten die beiden Dakota ihm nur allzuleicht folgen. Erbittert darüber, daß ihm durch das Erscheinen und die unerbetene Aufmerksamkeit dieser beiden Reiter die letzte Hoffnung auf Rettung genommen schien, winkte er kurz und wegwerfend, sie sollten sich entfernen, und er habe nicht die geringste Absicht, sich von ihnen helfen zu lassen.

Das schienen sie verstanden zu haben, denn sie wandten sich ohne weiteres Wort ab, saßen auf und ritten weg. Ob sie in einer Entfernung, in der der Siksikau sie nicht mehr wahrzunehmen vermochte, einen Bogen schlagen und ihn dann heimlich weiter beobachten würden, konnte er nicht wissen. Er nahm es aber an, und darum war er entschlossen, liegenzubleiben und lieber zu verdursten und von den Wölfen gefressen zu werden als die Zelte seine Stammes dem Feind zu verraten. Er hatte auch keine Hoffnung, daß seine Brüder und Freunde ihm von dort entgegenkommen und ihn suchen würden. Denn er war gefangen gewesen, und alle mußten ihn schon tot glauben.

Die beiden Dakota, die der hilflose Verletzte nicht mehr sehen konnte, verhielten sich jedoch anders, als er sich vorstellte. Sobald sie sich außer Hör- und Sehweite befanden, hielten sie an. Der großgewachsene Mann glitt vom Pferd, der Junge tat desgleichen, und die beiden setzten sich zusammen ins Gras.

„Was denkst du über den Krieger, den wir gefunden haben?" fragte der Mann den Jungen.

„Ein Siksikau auf dem Kriegspfad. Er ist seinen Feinden entkommen, hat aber das rechte Bein gebrochen. Wir haben seine Fährte gesehen. Er läuft geradewegs nach Nordwesten, dort müssen die Zelte seiner Brüder und Väter stehen. Ein so schwerverletzter Mann ohne Waffen macht keine Umwege."

„Hau. Was tun wir? Was schlägst du mir vor, Harka Steinhart Wolfstöter?"

Der Knabe, im dreizehnten Jahre seines Lebens, hoch gewachsen und von einem Ernst des Ausdrucks, der weit über seine

Jahre hinausging, antwortete: „Wir reiten nach Nordwesten und suchen die Zelte der Siksikau, um dort den Vätern und Brüdern dieses verletzten Kriegers Nachricht zu geben, wo sie ihn finden können."

„Auch diese Männer bei den Zelten werden uns für Feinde halten, sobald sie erkennen, daß wir Dakota sind."

„Ja, das werden sie. Aber denkt mein Vater Mattotaupa, daß wir uns darum verbergen sollten?"

„Das denke ich nicht, Harka. Wir haben längst beschlossen, zu den Zelten der Siksikau zu gehen. Schon zu der Zeit, als der Sommer sich neigte, als das Gras gelb wurde und Schnee und Frost noch bevorstanden, haben wir es miteinander beschlossen, und ich sagte dir, daß die Männer der Siksikau harte Krieger sind und daß es schwer ist, in ihre Reihen aufgenommen zu werden. Wenn wir das schon im Herbst gewußt haben, werden wir nicht jetzt im Frühling beginnen, uns davor zu fürchten. Ich habe gesprochen, hau."

Der Vater erhob sich, woraufhin auch der Junge sofort aufstand. Die beiden saßen wieder auf und ritten in dem Wechsel von leichtem Galopp und Schritt, wie er ihnen als Reiter ohne Sattel gewohnt war, in nordwestlicher Richtung über die Grassteppe. Der Himmel hatte sich aufgehellt, die Prärie war besonnt. Die wenigen Wolken, die noch dahinsegelten, warfen ihre wandernden Schatten. Da die beiden Dakota morgens schon etwas zu sich genommen hatten und nur eine Mahlzeit am Tage gewohnt waren, machten sie in den Mittagsstunden keine Rast, sondern ritten weiter. Die Fährten, die sie bis dahin gefunden hatten, stammten von Antilopen, Hirschen und einem Elch.

Drei Stunden nach Mittag trafen sie auf die Spuren von Menschen. Es war eine große, sehr deutliche Fährte, die ihnen schon von weit her auffiel. Sie trieben ihre Mustangs an und galoppierten hin, saßen ab, ehe sie etwa eine Spur verdarben, machten die Pferde schnell fest, so daß sie zwar weiden, aber nicht ausbrechen konnten, und liefen dann, jeder für sich, vorsichtig umher, um die Spur wie eine Schrift zu lesen. Als sie wieder zusammenkamen, fragte der Vater: „Nun? Was sagst du?"

Der Knabe war es gewohnt, daß der Vater ihn fragte, ehe er seine eigene Meinung sagte. Das war die Schule, die ein Indianerknabe durchmachte.
„Ein Zeltdorf auf Wanderung, Vater. Sie wandern auf die gleiche Weise wie wir." – Wenn der Knabe „wir" sagte, so meinte er den Stamm der Dakota und sein heimatliches Zeltdorf. – „Die Frauen mit den Kindern sind in einem langen Zug in der Mitte geritten, ihren Pferden waren die Rutschen angehängt." – Da die Indianer das Rad nicht kannten, auch nicht in Gebrauch nahmen, als sie es durch die Weißen kennenlernten, transportierten sie Zelt, Habe und kleine Kinder in althergebrachter Weise in Rutschen, die den Pferden angehängt wurden. Zwei lange Fichtenstangen wurden mit den dünnen Enden über dem Pferderücken gekoppelt, die dicken Enden schleiften nach. Zwischen die schleifenden Enden wurde eine Decke gespannt, in die man Habe einladen und Kinder hineinsetzen konnte. Dieses Transportmittel war für die Wanderungen ohne Weg und Steg sehr geeignet. – „Rechts und links und an der Spitze und am Ende des Zuges der Frauen sind die Krieger und Burschen geritten. Ich denke, es sind etwa zwanzig Zelte."
„Hau. Wie alt ist die Fährte?"
„Vielleicht einen Tag alt. Diese Zelte können nicht weit von hier sein, denn die Frauen mit den Rutschen reiten im Schritt."
„Komm!"
Die beiden Dakota holten sich ihre Pferde und schwangen sich auf. Aber sie setzten ihre Tiere nicht in Bewegung, wie sie beabsichtigt hatten, sondern blieben wie zwei Standbilder an ihrem Platze stehen.
Gegen Westen zu, in einer Ferne, in der nur ein Jägerauge noch etwas erkennen konnte, hatten sie beide zugleich Reiter entdeckt. Es war nur eine kleine Gruppe von sieben Reitern, die fliehende Antilopen verfolgten. Die Dakota beobachteten, wie zwei Tiere abgeschossen wurden, die übrigen flohen weiter. Die Gruppe der Reiter sammelte sich bei den erlegten Tieren und ließ von der Jagd auf die übrigen ab. Sie schienen sich aber nicht mit der Jagdbeute zu beschäftigen, sondern hielten zu Pferd in einer Linie.

„Sie haben uns erspäht!“ Mattotaupa setzte seinen Fuchs in Schritt, um langsam auf die fremden Reiter zuzureiten. Harka lenkte seinen Grauschimmel in die Fährte des Vaters.
Die fremden Reiter hielten offenbar eine kurze Beratung ab. Das Ergebnis war zu erkennen. Zwei Reiter packten die erlegten Antilopen auf und ritten in nordwestlicher Richtung fort; allem Vermut nach brachten sie die Beute heim. Fünf Krieger kamen in gestrecktem Galopp auf Mattotaupa und Harka zu. Auch diese fremden Reiter waren Indianer, auf kleinen, schnellen, halbwilden Mustangs; auch sie trugen nur Hose, Gürtel und Schuhe, waren barhaupt, und ihr Oberkörper war nackt. Das Haar hatten sie nicht gescheitelt wie die Dakota, sondern glatt zurückgestrichen. Der vorderste der Reiter trug Adlerfedern in seinem schwarzen Schopf. In der Rechten hielt er eine große hölzerne Streitaxt, wie Harka sie noch nie gesehen hatte.
„Es sind Siksikau“, erklärte der Vater.
Da die beiden Gruppen aufeinander zukamen, hatten sie sich bald erreicht. Die fünf Siksikau umschwärmten die beiden Dakota, die haltgemacht hatten, schwangen die Waffen, schrien, schienen die beiden niederreiten zu wollen, um im letzten Augenblick die Mustangs wieder herumzureißen. Mattotaupa und Harka blieben unbewegt; sie ließen nicht einmal merken, daß ihre schwarzen Augen aufmerksam waren, sondern gaben sich den Ausdruck gelassener Teilnahmslosigkeit.
Nachdem die fünf Reiter ihre Waffen und ihr Können gezeigt hatten, blieben sie stehen, und zwar in lockerem Kreis um die beiden Dakota. Der Krieger, der die Adlerfedern trug, hielt Mattotaupa gegenüber. Er sagte in befehlendem Ton etwas, was Mattotaupa nicht verstand, aber die begleitenden Gesten waren eindeutig: Die Dakota sollten die Hände von den Waffen nehmen und sich entwaffnen lassen.
Mattotaupa hatte aber bereits den Revolver in der Rechten, gab einen Schuß in die Luft ab und richtete dann die Mündung auf den Anführer der fünf Reiter. „Wir werden nicht mit den Waffen sprechen, aber wir werden in Waffen mit euch sprechen!“ sagte er dabei. Harka richtete sich nach dem Verhalten des Vaters und hielt ebenfalls seinen Revolver schußbereit.

Der Mann mit den Adlerfedern war etwas verwirrt. Die beiden Dakota, die er hier vor sich hatte, paßten nicht in sein bisheriges Weltbild. Er war groß geworden in der Vorstellung, daß es Menschen gab, und zwar Siksikau. Außerdem gab es Dakota und Assiniboine, die zwar aussahen wie Menschen, aber Feinde, Kojoten, Feiglinge und Lügner waren, mit denen die wirklichen Menschen in ständigem Kampfe lebten. Er hatte es außerdem nie anders erfahren, als daß es Krieger gab mit sauberem Körper, sauberen, gut gearbeiteten Kleidern und guten Waffen und Häuptlinge mit noch besseren Kleidern, noch besseren Waffen und dem Schmuck von Adlerfedern und Büffelhörnern. Diese beiden Dakota hier aber waren mit abgetragenen Sachen bekleidet, wenn diese auch einmal sehr gut gearbeitet sein mochten. Der Mann trug keinerlei Auszeichnung. Doch besaßen sie nicht nur vorzügliche Waffen, sondern sogar Geheimniswaffen. Der Mann konnte etwa dreißig Jahre oder auch etwas älter sein. Es war schwer, sein Alter genau zu schätzen. Seine Gestalt und seine Glieder waren kräftig und ebenmäßig; die Narben bewiesen, daß er schon schwere Kämpfe bestanden hatte. Der Ausdruck seiner Züge wirkte zugleich aufrichtig und verschlossen. Während die glatte, hellbraune Haut die eines noch jungen Mannes zu sein schien, fielen in seinem schwarzen Haar schon einzelne graue Fäden auf, und um Augen und Mundwinkel hatten sich Falten gebildet, wie Gram und Erbitterung sie in ein menschliches Antlitz einzeichnen. Der hochgewachsene schlanke Junge zur Seite des Mannes war nicht das Ebenbild des Vaters; seine Haut war etwas dunkler, seine Stirn höher, das Gesicht noch schärfer geschnitten. Aber auch in seiner Erscheinung drückte sich ein Widerspruch zwischen dem Knabenalter, in dem er sich befinden mußte, und dem unkindlichen Ernst und einem lässigen, sogar hochfahrenden Zug aus, mit dem er von anderen Menschen bewußt Abstand zu nehmen schien. Wie die Erscheinung, so war auch das Verhalten der beiden Dakota rätselhaft. Was konnte es für einen Grund geben, daß ein Krieger mit einem Knaben durch die Prärie ritt? Wollte der Vater den Jungen lehren, wie man jagte? Ein Dakota mitten in den Jagdgefilden der Siksikau? Knaben gehörten nicht in

Feindesland, sie gehörten zu den Zelten und sammelten ihre Jagderfahrungen in den Jagdgründen des eigenen Stammes. So war es bei den Menschen und selbst bei allen räudigen Kojoten, die wie Menschen aussahen. Was für Absichten hatte übrigens dieser fremde Mann hier gegenüber den Siksikau? Wenn er als Feind kam, hätte er sich nicht offen zu zeigen brauchen oder schon aus der Entfernung schießen können. Er schien ja nicht ungewandt im Umgang mit seiner Waffe. Als Freund aber konnte ein Dakota nicht zu den Siksikau kommen. Hier stimmte etwas nicht. Nichts stimmte. Dieser Mann und sein Sohn waren so geheimnisvoll wie ihre Waffen.
Am besten war es, die beiden rätselhaften Geschöpfe zu den Zelten, vor den Häuptling und vor den Zaubermann zu bringen. Mochten diese die Geheimnisse lösen. Es war nur die Frage, wie es von der nun einmal gegebenen Situation aus, in der die beiden Dakota ihre Geheimniswaffen im Anschlag hielten, noch möglich sein sollte, sie ohne Blutvergießen, aber auch ohne Blamage zu den Zelten zu locken.
Der Anführer mit der Adlerfeder im Schopfe sagte in seiner Sprache, von der er mit Recht annahm, daß die Dakota sie nicht verstehen konnten, zu dem Krieger, der neben ihm hielt: „Nun beweise, mein Bruder, daß du deinen Namen ‚Kluge Schlange‘ mit Recht trägst. Diese beiden sonderbaren Dakota müssen wir mit ihren Waffen und Pferden vor den Rat unserer Ältesten und vor unseren Geheimnismann bringen. Es ist aber nicht gut, wenn wir mit ihnen kämpfen und sie töten, denn dabei verlieren auch wir zwei unserer Krieger, und die Geheimnisse dieser fremden Männer bleiben uns für immer verschlossen.“
„Krumm gehender Wolf!“ erwiderte der Krieger, der als Kluge Schlange angeredet worden war. „Dieser Dakotakrieger hier hat sich nicht mit den Kriegsfarben bemalt, und auch wir haben das Schlachtbeil wieder begraben; zweimal ist die Sonne seitdem auf- und untergegangen. Wir können diesen Mann und seinen Sohn zu unseren Zelten führen, ohne mit ihnen zu kämpfen.“
„Unsere Gedanken sind die gleichen, aber dieser fremde Krieger mit der Geheimniswaffe kennt sie nicht. Sprich du mit ihm, Kluge Schlange!“

Mattotaupa und Harka waren dem Gespräch mit wachen Ohren gefolgt, um auf jeden Wechsel des Tonfalls sofort reagieren zu können, auch wenn sie die Worte nicht verstanden, und sie hatten mit wachen Augen jede Miene beobachtet. Nun warteten sie ab. Der Krieger mit dem Namen Kluge Schlange richtete seinen Blick auf Mattotaupa und suchte in seinem Gedächtnis die Worte der Dakotasprache zusammen, die er sich bei Verhandlungen mit den feindlichen Stämmen oder aus Reden von Gefangenen gemerkt hatte.

„Frieden", sagte er. „Zu den Zelten."

Mattotaupa und Harka studierten noch einmal die Mienen der Männer, denen sie hier gegenüberstanden. Kräftig, rauh wie ihr Land, selbstbewußt wirkten sie. Mattotaupa traute ihnen keine Hinterlist zu und sprach deshalb mit Nachdruck sein „Hau!", das hieß ja.

Er steckte den Revolver ein, Harka ebenfalls.

Die Siksikau formierten sich daraufhin zur Reihe, und Mattotaupa und Harka wurden eingereiht; drei Siksikau ritten vor, zwei hinter ihnen. Im Galopp ging es nordwestwärts, und der Staub wirbelte unter den Pferdehufen auf. Während des Rittes dachte der Knabe Harka an den Mann, der mit seinem gebrochenen Bein in der Prärie lag. Wenn ihm nicht bis zur Nacht Hilfe gebracht wurde, war er verloren. Dem Jungen hatte dieser starrsinnige Krieger aber gefallen, und er hoffte, daß er gerettet werden könnte.

Zwischen der vierten und der fünften Stunde nach Mittag kamen die Zelte in Sicht. Eine Horde Jungen sprengte den heimkehrenden Kriegern mit begrüßendem Geschrei entgegen. Sie vermieden es, die merkwürdigen Fremden neugierig zu betrachten, und Mattotaupa und Harka taten, als ob sie die Jungen nicht sähen, denn sie waren es ja nicht, die so freudig eingeholt wurden. Die Zelte standen an einem Bach, den Gruppen von Weidengebüsch begleiteten. Der Bach floß breit und schnell flutend, aber nur seicht in seinem sandigen Bett. Schnee und Eis hatten sich noch nicht in Wasser verwandelt. Die Zelte waren in genau derselben Weise gebaut, wie die beiden Dakota sie von daheim kannten: schlanke Fichtenstangen, mit den Spitzen zusammengelegt, trugen die schweren Büffelhautplanen. Vor einem Zelt hingen an der Trophäenstange besonders viele Beutestücke, ein zweites war mit Zauberzeichen reich bemalt, und die Dakota fanden sich auch damit sogleich zurecht. Das mußten die Zelte des Häuptlings und des Geheimnismannes, des Zauberers, sein.

Zwischen den Zelten standen einige Krieger umher, die die Ankommenden unaufdringlich musterten.

Die fünf Siksikau sprangen ab. Kinder führten die Pferde zur Weide oder zum Anpflocken vor das Zelt des Eigentümers. Der Anführer Krumm gehender Wolf und der Krieger Kluge Schlange winkten Mattotaupa und Harka abzusteigen, was diese auch taten. Die beiden Dakota blieben bei ihren Pferden stehen und hielten die Tiere am Zügel. Krumm gehender Wolf und Kluge Schlange verschwanden in dem Zelt, vor dem die Trophäenstange besonders reich bestückt war, kamen bald wieder heraus und forderten die beiden Dakota dann auf, mit ihnen in dieses Zelt zu kommen. Mattotaupa nahm seine Waffen mit sich, und Harka folgte hierin wieder dem Beispiel des Vaters. Zu den Pferden kamen zwei Krieger der Siksikau herbei; sie wiesen die Kinder weg und blieben bei den Tieren stehen, ohne die Zügel anzufassen.

Mattotaupa und Harka betraten das Zelt; Kluge Schlange und Krumm gehender Wolf gingen hinter ihnen und ließen den Vorhang am Eingang wieder zufallen. Ein Feuer flackerte in der Zeltmitte. Es war angenehm warm, und aus dem Topf, der an Stöcken über dem Feuer hing, dampfte und duftete Büffelfleischbrühe. Harka war hungrig wie ein Wolf, denn in den letzten Tagen hatte er mit dem Vater zusammen von Proviant gelebt und sehr gespart. Aber er verriet seine Eßgelüste mit keinem Blick und keiner Bewegung. Ruhig, wie selbstverständlich, stand er auf dem deckenbelegten Boden zur Seite des Zelteingangs. An der Feuerstelle empfing der Häuptling des Siksikaudorfes Mattotaupa, Kluge Schlange und Krumm gehenden Wolf. Die Frau des Häuptlings stellte die Tonschüsseln zum Essen zurecht und gab die Hornlöffel dazu. Kinder waren nicht im Zelt. Sie kamen jetzt erst herein. Ein Junge in Harkas Alter und ein wesentlich jüngeres Mädchen schlüpften durch den Zeltschlitz. Der Junge verhielt sich genau, wie Harka sich verhalten hätte. Er ging zur Seite und blieb nahe dem Zelteingang stehen, aber nicht neben dem fremden Knaben, sondern in dem Abstand, der ihm gehörig schien. Die beiden Jungen hatten einen einzigen Blick miteinander gewechselt, von dem jeder gewünscht hatte, daß der andere ihn nicht bemerken würde, aber ihre Augen hatten sich genau getroffen. Dies gab jedoch nicht den Anlaß dazu, daß sie sich irgendwie gefühlsmäßig verständigten, im Gegenteil. Ein jeder der beiden war unwillig darüber, bei seiner Aufmerksamkeit auf den anderen entdeckt worden zu sein, und als ob hieran jeweils der andere durch unziemliche Neugier schuld wäre, vergalten sie es einander mit einer besonders frostigen und ablehnenden Haltung. In einer solchen Haltung waren sie beide schon Meister, besonders aber Harka. Beide rührten sich nicht, sondern schauten unverwandt nach der Mitte des Zeltes, um die Vorgänge dort zu beobachten. Das kleine Mädchen half der Mutter; es hatte sehr leichte Bewegungen, fast als ob es schwerelos sei.

Die Krieger am Feuer hatten sich noch nicht gesetzt. Der Häuptling, groß, kräftig, würdig in seiner Art, stand Mattotaupa gegenüber, der etwas schlanker und noch größer war. Kluge Schlange war hinausgeeilt und kam bald mit einem jungen Mädchen zurück. Es wurde angewiesen, beim Feuer zu bleiben, und schien schon zu wissen, was es zu tun habe. Bescheiden, mit herabhängenden Armen, stand es da.

„Wie ist dein Name, und was suchst du in den Jagdgründen der Krieger vom Stamme der Siksikau?" fragte der Häuptling seinen fremden Gast, und das Mädchen übersetzte diese Worte in die Sprache der Dakota. Es sprach leise und deutlich, und Mattotaupa und Harka hörten sofort heraus, daß es eine geborene Dakota sein mußte. Wahrscheinlich war es eine Kriegsbeute der Siksikau und lebte schon längere Zeit in den ihr fremden Zelten. „Mein Name ist Mattotaupa, und ich habe dem Häuptling vom Stamme der Siksikau zu sagen, daß einer seiner Krieger mit gebrochenem Bein hilflos in der Prärie liegt, ohne Pferd, ohne Waffen, ohne Decke. Seinen Namen kenne ich nicht, denn er mißtraute mir. Wir haben einige Wölfe getötet, die ihn anfallen wollten."

„Kannst du mir irgendein Zeichen nennen, Mattotaupa, an dem ich meinen Krieger erkennen könnte?"

„Er hat eine tiefe Narbe am rechten Oberarm, so als ob er sich einmal einen Pfeil mit Widerhaken aus dem Fleisch gerissen hätte."

Der Häuptling und Kluge Schlange wurden lebhafter. „So ist es! Das ist ‚Dunkler Rauch'! Er geriet in die Gefangenschaft der Dakota." Aber dann verschlossen sich die Mienen wieder. „Du hast uns noch nicht gesagt, woher du kommst und wohin du reitest, du Krieger, der du dich Mattotaupa nennst. Dunkler Rauch befand sich in Gefangenschaft bei unseren Feinden, den Dakota. Es mag sein, daß du ihn als Gefangenen gesehen hast und uns in eine Falle locken willst."

„So nehmt mich und meinen Sohn Harka Wolfstöter Bärenjäger in Fesseln mit. Ihr werdet sehen, daß wir aufrichtig gegen euch handeln. Wenn es ist, wie du sagst, Häuptling, so ist Dunkler Rauch entflohen und sucht eure Zelte."

„Wir fesseln keine Kinder. Bleibe du hier. Dein Sohn kommt mit mir und führt uns."

Mattotaupa verstand den Sinn dieser Anordnung. Wenn die Siksikau sich getäuscht sahen, konnten sie den Knaben leicht überwältigen, leichter als einen Krieger wie Mattotaupa.

„Deine Worte sind gut. Harka Steinhart Wolfstöter mag mit euch reiten!"

„Sobald wir gegessen haben. Eure Pferde sind auch abgetrieben. Wir werden deinem Sohn eines meiner Pferde zum Reiten geben."

Der Häuptling, Krumm gehender Wolf, Kluge Schlange und Mattotaupa ließen sich um die Feuerstelle nieder, und die Frau schöpfte die Suppe in die Schüsseln. Das kleine Mädchen brachte Harka eine Schüssel voll. Sonst aßen die Kinder nach den Erwachsenen, aber in diesem Falle sollte Harka schon gestärkt sein, wenn der Ritt begann. Er löffelte und schluckte schnell; die Brühe schmeckte köstlich. So hatten auch in seinem heimischen Zelte die verstorbene Mutter und die Großmutter

gekocht. Nur ein einziges Mal schaute Harka von der Schüssel auf; das war, als das Dakotamädchen das Zelt wieder verließ. Zeit wurde mit dem Essen nicht verschwendet. Kaum daß Harka die Schüssel geleert hatte, hörte er draußen auch schon Pferde stampfen. Er wechselte einen Blick mit dem Vater, gab diesem seine Waffen bis auf Messer, Pfeil und Bogen und Revolver und verließ mit dem Schwarzfußhäuptling zusammen das Zelt. Der Häuptling wollte mit zehn Kriegern aufbrechen. Dem Knaben Harka wurde das Pferd gezeigt, das er reiten sollte. Sein Grauschimmel und der Fuchs weideten zwischen den Zelten; er machte sie rasch fest. Dann besah er sich den Mustang, den die Siksikau ihm anboten. Es war ein Schecke mit dunkler Mähne, jung und feurig. Der Knabe schwang sich auf, und das Tier folgte ihm willig. Er setzte es in Galopp in südöstlicher Richtung, trieb es mit Schenkeldruck und gellenden Zurufen an, so daß es seine volle Schnelligkeit entwickelte, und die Schar der Krieger ritt in der Reihe hinter ihm her.
Dem Jungen war zumute, als ob belebende Ströme durch seinen Körper und durch sein Fühlen und Denken gingen. Einem tapferen Krieger aus der Not zu helfen, dabei einer Kriegerschar, darunter einem Häuptling, als Führer zu dienen, ein prächtiges Pferd unter sich zu haben und über die Weite der kahlen Prärie dahinzufegen, nichts vor sich als Himmel und Steppe, kein Geräusch im Ohr als den dumpfen Hufschlag der unbeschlagenen Pferde auf der Grassteppe, das gab einen lange entbehrten und dafür um so tiefer empfundenen Zusammenklang.
Der Junge hetzte sein Pferd. Jede verlorene Stunde, jede verlorene Minute konnte den Mann, um dessentwillen der Ritt unternommen wurde, das Leben kosten. Früh am Morgen hatten Mattotaupa und Harka den Hilflosen verlassen. Jetzt war es später Nachmittag. Erst in der Nacht würden die Reiter den Platz erreichen, den sie suchten. Schräg leuchteten die Strahlen der Sonne von Südwesten her. Die Sonne wanderte, und die Reiter hatten sie bald im Rücken. Im Osten war der Himmel hellblau; der Wind hatte alle Wolken vertrieben. Als Harka seinen Schecken im Schritt verschnaufen ließ, sah er mit Bedenken, wie das Blau schon dunkelte und die Sonnenstrahlen von

Westen her sich zum Rotgold färbten, wie die Schatten sehr lang fielen und alles den Abend ankündigte, der bald zur Nacht führen mußte. Er setzte sein Tier wieder in Galopp. Mit den Reitern, die ihm folgten, hatte er bisher kein Wort gewechselt; sie hätten einander auch gar nicht verstehen können. Harka war unterrichtet, daß er die Krieger der Siksikau bis zu einer gewissen Entfernung von dem Platz, an dem der Verletzte lag, zu bringen hatte. Da wollten sie absitzen und ausschwärmen, um ja nicht etwa in einen Hinterhalt zu fallen.
Es war schon tiefe Nacht, als die Reiter so weit gekommen waren. Die Pferde waren trotz der Frühlingskälte verschwitzt, und ihre Flanken schlugen. Die Reiter saßen ab. Der Häuptling trat auf Harka zu. Er hatte sein Lasso zur Hand und verband sich selbst mit dem Jungen in kurzem Abstand, so daß jeder sich frei bewegen, der Junge ihm aber nicht entlaufen konnte. Harka nahm dieses Zeichen des Mißtrauens als eine Vorsicht hin, die ihm verständlich schien. Im Mond- und Sternenschein machte er dem Häuptling durch Handbewegungen klar, wo der Verletzte jetzt zu suchen sei. Zwei Krieger blieben bei den Pferden zurück, die übrigen zogen sich im Halbkreis auseinander und strebten dann konzentrisch auf den Platz zu, an dem Dunkler Rauch liegen sollte.
Harka bewegte sich mit dem Häuptling zusammen im Dauerlauf voran. Der Häuptling hatte das Messer zur Hand. Nach einiger Zeit hielt der Siksikau an, legte die Hände an den Mund und kreischte dreimal wie eine Schnee-Eule. Dann lauschte er, und auch Harka horchte. Der Ruf wurde beantwortet, und zwar aus verhältnismäßig kurzer Entfernung. Der Häuptling rannte daraufhin los, ohne Deckung, ohne überhaupt die bisherigen Vorsichtsmaßnahmen zu beachten, und aus dem Dunkel der Grassteppe wuchs eine Gestalt empor, ein Mensch, der mit den Schultern und Armen an zwei Stöcken hing. Dunkler Rauch lebte noch! Harka, durch das Lasso mit dem Häuptling verbunden, hatte Mühe, dessen Tempo mitzuhalten, doch gelang es ihm auf diese kurze Strecke gut. Als die beiden vor dem wiedergefundenen Krieger standen, stieß der Häuptling einen hellen Freudenruf aus, der von seinen Kriegern beantwortet wurde.

Dunkler Rauch und der Häuptling sprachen miteinander. Der Krieger war allerdings derart erschöpft, von Durst ausgedörrt, daß er nur wenige Worte hervorbrachte und wieder zu Boden gestürzt wäre, wenn ihn die Männer nicht aufgefangen hätten. Aber mit seinen wenigen Worten mußte er auch etwas über Harka gesagt haben. Der Häuptling löste jetzt nicht nur das Lasso, das den Knaben festgehalten hatte, sondern sagte auch irgend etwas, was Harka zwar nicht verstand, was dem Tonfall nach aber nichts anderes heißen konnte als „gut".

Auf dem Heimweg beflügelte alle die Freude. Dunkler Rauch wurde in ein Büffelfell eingewickelt, das einer der Krieger mitgebracht hatte, und da Harkas Schecke an dem Knaben die geringste Last zu tragen hatte, wurde der Verletzte und Erschöpfte dem Knaben mit aufs Pferd gegeben. Sobald die erste Wasserstelle erreicht war, erhielt Dunkler Rauch zu trinken. Obgleich er sicher am liebsten einen Bach ausgetrunken hätte, beherrschte er sich und nahm nur mäßige Schlucke zu sich. Der Heimritt nahm im ganzen wieder viele Stunden in Anspruch. Als die Schar sich den Zelten näherte, war es längst heller Tag, und die Mittagssonne wärmte Mensch und Tier auf. Um die begrüßenden Krieger und Knaben kümmerte sich der Häuptling nicht lange. Sobald die Zelte erreicht waren und die Reiter alle anhielten, hob er selbst den Verletzten von Harkas Pferd und trug ihn in das Zauberzelt.

Harka war abgesprungen und brachte seinen Schecken ebenso wie die anderen Krieger zur Herde, wo auch der Fuchs und der Grauschimmel sich jetzt befanden. Als er sich dann suchend umschaute, erkannte er seinen Vater, der zu ihm herankam und sich kurz berichten ließ. Auch er sagte, sobald er alles erfahren hatte, mit großer Befriedigung: „Gut!"

Harka war sehr müde, fast zitterten ihm Arme und Hände, mit denen er auf dem Rückweg den Verletzten gestützt und gehalten hatte. Vor Müdigkeit spürte er kaum seinen Bärenhunger. Aber als der Häuptling wieder aus dem Zauberzelt herauskam und Mattotaupa und Harka zu sich zu einer Mahlzeit bat, war der Junge doch froh über Fleischbrühe und Lendenbraten und aß sich satt. Er hätte es völlig unter seiner Würde gefunden, den

Schlaf der vergangenen Nacht jetzt am Nachmittag im Zelte nachzuholen. Da er aber auch nicht wußte, was er draußen tun sollte, und mit keinem der Jungen bei den Zelten sprechen konnte, legte er sich zu seinem Grauschimmel ins Gras, schaute in die Luft und nahm einen Grashalm zwischen die Lippen. Wer ihn kannte, wußte, daß dies bei ihm Zeichen eines langen und tiefen Nachdenkens war. Aber hier kannte ihn niemand außer dem Vater.

Abends rief Mattotaupa seinen Jungen in das Häuptlingszelt, wo die beiden zur Nacht bleiben konnten. Seit dreiviertel Jahren war es das erstemal, daß der Junge wieder bequem in Decken eingewickelt in einem Indianerzelte lag. Die Erinnerung an daheim, die dabei in ihm wach wurde, erregte ihn aber mehr, als sie ihn beruhigte, und er merkte am Atem des Vaters, daß auch dieser lange nicht einschlief.

Nach Mitternacht endlich überwältigte den Knaben die Erschöpfung, aber beim ersten Dämmer war er wieder wach. Der Sohn des Schwarzfußhäuptlings sollte nicht mit einem Wort noch mit einem Blick sagen können, daß Harka ein Langschläfer sei. Die beiden Knaben sprangen fast gleichzeitig aus den Decken. Auf ein Zeichen hin, das ihm der Vater mit den Augen gab, lief Harka mit dem Häuptlingssohn zusammen hinaus an den Bach. Wie Harka es von daheim gewohnt war, so kamen auch hier alle Jungen aus den Zelten bei einer Badestelle zusammen. Harka wagte sich gleich mit den ersten zusammen in das eiskalte Wasser, zeigte jedoch nicht seine Schwimmkunst, sondern tollte nur herum. Als aber einer der Schwarzfußjungen glaubte, mit dem Fremdling anbinden zu können und ihn am Haar faßte, um ihn unterzutauchen, bekam dies dem Angreifer schlecht. Harka packte die Hand des anderen sofort mit dem Griff, der ihn zwang loszulassen. Er schoß, in dem seichten Wasser fast bis auf den Grund gehend, unter dem anderen durch, sprang ihm von hinten auf den Rücken und tauchte ihn tüchtig. Die anderen Jungen lachten und freuten sich, und so kamen die gemeinsamen Wasserspiele in Gang, bei denen Harka nicht schlecht abschnitt. Der Sohn des Schwarzfußhäuptlings winkte ihn dann am Ufer zu sich her, und nachdem sich beide kräftig mit Sand abgerieben und dadurch gereinigt und gewärmt hatten, gab der Schwarzfußjunge dem fremden Knaben auch von dem Bärenfett ab, von dem ihm die Mutter vorsorglich eine reichliche Portion mitgegeben hatte. Harka beobachtete, daß die Buben hier die Füße besonders sorgfältig einrieben, und richtete sich danach.

Das Frühstück im Zelt schmeckte ausgezeichnet. Als es beendet war, bat der Häuptling des Zeltdorfes seinen Gast Mattotaupa, mit ihm zu kommen und auch den Jungen mitzunehmen. Er führte die beiden zum Zauberzelt, und sie traten miteinander ein. Da waren für Harka die Kinderspiele wieder vergessen, und er spürte, daß es jetzt eine ernste und schwere Auseinandersetzung darüber geben würde, woher Mattotaupa und Harka kamen und was sie in die Jagdgefilde der Siksikau geführt hatte. Die Mienen Mattotaupas hatten sich ganz verschlossen, und seine Haltung war stolz wie je.

Im Zauberzelt herrschte mattes Licht. Der Eingang war verhängt, die Planen alle heruntergeschlagen, und in der Feuerstelle glühten nur Funken unter der Asche. Auf Decken bequem gebettet, lag Dunkler Rauch im Hintergrund, eine Frau saß bei ihm. Das Bein war eingerichtet, verbunden, geschient und hochgestellt. Der Zauberer mußte ein sehr geschickter Arzt sein. Harka, der sich hinter dem Vater hielt, schaute jetzt mit halbverdecktem Blick nach diesem mächtigsten Manne des Zeltdorfes. Der Geheimnismann war mittelgroß, von mittlerem Alter und hatte sich an diesem Tag und um diese Stunde nicht anders gekleidet als jeder andere Krieger. Ob sich aus der sehr ernsten Stimmung, die aus seinen Zügen sprach, Entgegenkommen oder Abneigung entwickeln würde, konnte noch niemand sagen. Er bat den Häuptling und die beiden Fremden, um die Feuerstelle Platz zu nehmen, und es dauerte einige Zeit, bis er durch die Frau, die am Lager bei Dunklem Rauch saß, das Dakotamädchen als Dolmetscherin rufen ließ. Das Gespräch begann.

„Dein Name ist Mattotaupa, das heißt ‚Vier Bären', und du bist ein Dakota. Zu welchem der Stämme der ‚Verbündeten Ratsfeuer' gehörst du?"

„Ich war der Kriegshäuptling der Bärenbande beim Stamme der Oglala, der zu den Teton-Dakota gehört. Unsere Zelte stehen weit von hier im Süden, am Pferdebach."
„Warum kommst du zu uns? Du weißt, daß die Männer vom Stamme der Siksikau und die Männer von den Stämmen der Dakota einander nicht wohlgesinnt sind."
„Darum komme ich zu euch. Auch ich bin ein Feind der Dakota geworden. Der Ruhm aber der Krieger vom Stamme der Siksikau, die mutig sind und deren Zungen die Wahrheit sprechen, hat mich hierhergezogen."
Es war nicht zu sehen, welche Wirkung diese Mitteilung auf den Zauberer und auf den Schwarzfußhäuptling machte. Das Dakotamädchen übersetzte, ohne sich die geringste Anteilnahme am Inhalt anmerken zu lassen.
„Warum bist du ein Feind der Dakota geworden?"
Harka, der stumme Zuhörer, wußte, wie schwer es dem Vater war, auf diese Frage zu antworten. Doch kam die Antwort schnell und ohne Stocken, denn Mattotaupa hatte viele Nachtstunden darüber gegrübelt, was er auf diese Frage, die kommen mußte, antworten werde. Er sagte die ungeschminkte Wahrheit, und er sprach sie mit erhobenem Haupt aus, so als ob er sofort bereit sei, mit jedem zu kämpfen, der seine Ehre angriff.
„Der Geheimnismann der Bärenbande mit Namen Hawandschita hat mich vor der Ratsversammlung der Krieger und Ältesten verleumdet. Er hat mich beschuldigt, ich hätte an einen weißen Mann in einer Stunde, in der mein Geist durch einen Trank verwirrt gewesen sei, das Geheimnis verraten, wo in den Schwarzen Bergen im Dakotalande Gold zu finden ist. Die Ratsversammlung der Krieger glaubte die Lüge und stieß mich aus. Ich aber bin unschuldig; nie war meine Zunge eines Verrates fähig. Mein Sohn Harka Steinhart Nachtauge Wolfstöter Bärenjäger ist mir freiwillig in die Verbannung gefolgt."
„Steht Blutrache zwischen dir und deinem Stamm?"
„Ja. Mein Pfeil tötete einen Krieger der Bärenbande, der mich geschmäht hatte. Der Pfeil trug mein Zeichen. So wissen in den Zelten am Pferdebach alle, wessen Pfeil es gewesen ist, der Alte Antilope ins Herz traf."

Der Geheimnismann der Siksikau hörte sich den Bericht Mattotaupas an, ohne mit der Wimper zu zucken, und es war keiner seiner Mienen, auch seiner Haltung im geringsten anzumerken, was er darüber dachte, ob er dem Dakota glaubte, nicht glaubte, ob er im Zweifel sei oder ob er sich als Geheimnismann getroffen fühlte, wenn ein anderer Geheimnismann, und sei es auch ein Dakota, der Lüge bezichtigt wurde. Ohne seine eigenen Gedanken lesen zu lassen, schaute er lange und eindringlich auf den Mann, der von sich sagte, daß er ein Kriegshäuptling gewesen sei, und dann schaute er ebenso lange und ebenso eindringlich auf den Jungen, um dessen Mundwinkel es in einer beinahe hochmütigen Abwehr zuckte.

„Wann ist das alles geschehen, was du mir berichtet hast, Mattotaupa?"

„Im vergangenen Sommer."

„Wo habt ihr die Zeit des Schnees und des Frostes verbracht?"

„In den Städten der weißen Männer."

Auf diese Mitteilung hin schwieg der Zauberer wieder lange und nachdenklich. Der Schwarzfußhäuptling, der neben dem Zaubermann saß, stellte überhaupt keine Frage, sagte auch kein Wort zu dem, was er gehört hatte. Er überließ die Entscheidung dem Geheimnismann.

Dieser tat endlich den Mund wieder auf.

„Ich werde mit den Geistern sprechen. Kommt alle wieder zu mir, sobald die Sonne im Mittag steht."

Schweigend erhob sich Mattotaupa, noch um ein weniges gestraffter und abwehrbereiter, als er gekommen war, und mit ihm erhoben sich die anderen, um gemeinsam das Zelt zu verlassen.

Harka, der Junge, schien sich von der Helligkeit draußen geblendet zu fühlen und schloß die Augen bis auf einen schmalen Schlitz. Während das Dakotamädchen zu einem der entfernten Zelte lief und der Häuptling sich in sein eigenes Zelt begab, gingen Mattotaupa und sein Sohn miteinander zu den Pferden. Sie nahmen sich ihre eigenen Tiere, den Fuchs und den Grauschimmel, und ritten ein kleines Stück in die Prärie hinaus, so weit, daß sie vor unerbetenen Gesprächen sicher waren, aber nicht so weit, daß ihre Entfernung irgendeinen Verdacht erregen konnte. Bei einem kleinen Hügel, dessen Hänge trocken waren, machten sie halt, ließen die Pferde grasen und setzten sich in die Sonne. Mattotaupa entzündete umständlich seine Pfeife und rauchte, und Harka spielte mit einem Halm. Bis zur Mittagsstunde fiel kein einziges Wort zwischen den beiden. Als die Sonne den höchsten Stand erreichte, ritten sie zurück, gaben die Pferde wieder zu den übrigen Tieren auf die karge Wiese am Bach und gingen zu dem Zauberzelt, in dem die dumpfe Trommel eben verstummte. Von einer anderen Seite her näherte sich der Schwarzfußhäuptling. Das Dakotamädchen aber kam nicht. Die beiden Männer und der Knabe traten zusammen ein. Sie fanden alles, wie es zuvor gewesen war. Die Zaubertrommel hing wieder an Lederschnüren an einer der hinteren Zeltstangen. Der Zaubermann stand an der Feuerstelle, und es machte äußerlich den Eindruck, als ob nicht Stunden vergangen seien, sondern als ob ein Gespräch, in dem eine kleine Pause eingetreten war, jetzt fortgesetzt würde. So schien es aber nur nach außen hin. Alle wußten, daß der Geheimnismann unterdessen irgendeinen Entschluß gefaßt hatte, dem sich jeder würde beugen müssen, da die „Geheimnisse der Geister" darin beschlossen waren.

Der Herr des Zeltes erlaubte seinen Gästen wieder, sich niederzulassen, und dann begann er zu sprechen, und zwar in Worten der Dakotasprache.

Seine Aussprache war andersartig als die eines geborenen Dakota, und er drückte sich unbeholfen aus, aber er vermochte doch, mit Unterstützung durch die Gesten der allgemeinverständlichen Zeichensprache, einem Dakota seine Gedanken darzulegen. Der Schwarzfußhäuptling wunderte sich, daß der Geheimnismann plötzlich diese fremde Sprache sprach, von der ihm selbst nichts bekannt war als eine gewissen Tonfolge, an der er sie erkannte. Der Zauberer mußte von Gefangenen, zuletzt von dem Dakotamädchen, etwas gelernt haben, oder die Geister hatten ihm dieses Wissen eingegeben. So dachte der Schwarzfußhäuptling.

„Mattotaupa!" begann der Geheimnismann, und nur Mattotaupa und Harka verstanden zunächst seine Worte. „Du bist gekommen, um in unseren Zelten zu wohnen. Wir haben genug Krieger, und unsere Waffen sind siegreich. Unsere Zelte sind versorgt mit dem Fleisch von Büffeln, Antilopen und Hirschen. Wir brauchen keine Hilfe. Aber wer stark ist, wird sich nicht schämen, noch stärker zu werden, und wo tapfere Krieger wohnen, wird ein ausgezeichneter Krieger immer noch willkommen sein. Darum wollen die Geister dir und deinem Sohne nicht verwehren, in unseren Zelten zu wohnen, wenn der Rat der Krieger und Ältesten und unser Häuptling dem zustimmen. Ihr werdet unsere Gäste sein, bis vielleicht nach mehreren Sommern und Wintern die Ratsversammlung beschließen kann, daß ihr als Krieger in unseren Stamm aufgenommen werden sollt."

Nachdem der Zaubermann den beiden Dakota seine Gedanken ausgedrückt hatte, legte er sie dem Häuptling in der Schwarzfußsprache dar, und dieser bezeigte seine Zustimmung.

„Als unsere Gäste", fuhr der Zaubermann fort, „sollt ihr euch als unsere Brüder bewähren, so wie ihr es schon getan habt, als ihr uns zu Dunklem Rauch führtet. Eure nächste Aufgabe wird schwieriger sein."

„Nenne Sie!" bat Mattotaupa kurz.

„Wir haben die Spur eines Mannes entdeckt, der des Nachts heimlich zu unseren Zelten geschlichen ist. Wir glauben, daß er mit dem Dakotamädchen gesprochen hat. Das Mädchen ist eine Tochter aus den Zelten, denen Tashunka-witko, der junge Häuptling, vorsteht. Es kann sein, daß die von ihm geführten Dakota einen neuen Überfall auf uns planen. Es kann sein, daß der Kundschafter, der hiergewesen ist, vorher noch einmal kommt. Dann wollen wir versuchen, ihn zu fangen. Auf alle Fälle müssen wir das Mädchen beobachten und sie belauschen, wenn sie heimlich mit einem Dakota spricht. Das vermag niemand besser als du, denn du kennst ihre Sprache. Bist du bereit, uns zu helfen?"

„Hau, ja!" erwiderte Mattotaupa, ohne den Blick zu senken oder die Farbe zu wechseln.

„Dann werden wir dir und deinem Sohne ein eigenes Zelt ge-

ben, und wir geben dir dieses Dakotamädchen als deine Tochter. So kannst du ihr Tun und Treiben am besten beobachten."
„Hau, ja", wiederholte Mattotaupa, aber diesmal klang seine Stimme verändert. Niemand wußte, ob der Zauberer den Wechsel des Stimmklangs beobachtet hatte.
Der Geheimnismann verständigte den Schwarzfußhäuptling über die getroffene Abrede. Dann verabschiedete er die beiden Männer, und sie gingen mit dem Jungen zusammen hinaus.
Es war Nachmittag. Viele Krieger waren auf Jagd unterwegs. Die Buben tummelten ihre Pferde jenseits des Baches und übten Reiterkunststücke. Bei den meisten Zelten war eine Plane hochgeschlagen, so daß Licht und Luft hereinkam und jedermann sehen konnte, womit die Zeltbewohner beschäftigt waren. Die Frauen und Mädchen reinigten Töpfe und Decken, richteten neues Holz in den Feuerstellen, schnitten Leder zu, nähten mit der beinernen Ahle oder stickten, indem sie die langen gefärbten Stacheln des Stachelschweines auf das Leder aufnähten.
Der Häuptling führte die Gäste wieder zu seinem eigenen Zelt und ließ das Dakotamädchen rufen. Er zeigte ihm die Stangen und Planen zu einem zweiten Zelt, die er besaß, und wies es mit einer befehlenden Armbewegung an, davon aufzupacken, soviel es zunächst tragen konnte. Mit ihm und seinen Gästen ging er zum südlichen Ende des Zeltlagers, besah mit Mattotaupa zusammen den Wiesenboden, wählte im Einverständnis mit seinem Gast eine günstige Stelle und hieß das Mädchen, mit dem Zeltbau zu beginnen. Es gehorchte schweigend, nicht unterwürfig, aber auch nicht trotzig.
Der Häuptling kehrte mit den Gästen in die eigene Behausung zurück. Er schenkte Mattotaupa und Harka Kleidung und Dekken in reichem Maße. Er mußte ein großer, erfolgreicher Jäger sein, denn Büffelfelle und büffellederne Decken, Antilopenleder, Röcke, Leggings, Mokassins aus Leder lagen zu Stapeln gehäuft, und er konnte jederzeit reiche Geschenke austeilen, wie sich das für einen Häuptling geziemte. Er selbst war sorgfältig und zweckmäßig gekleidet. Harka fand jetzt zum erstenmal Zeit und Stimmung, diesen Mann in seiner persönlichen

Erscheinung genauer ins Auge zu fassen. Er hatte jenen Zug um Mund und Augen, wie ihn Menschen annehmen, die zu entscheiden und zu befehlen verpflichtet und gewohnt sind, und Harka begann zu vermuten, daß dieser Häuptling nicht nur in dem kleinen Zeltdorf, in dem er sich im Augenblick befand, sondern weit darüber hinaus bei den Männern der Siksikau Ansehen besaß. Daß die Gewalt des Zaubermannes dennoch größer sein mochte als die seine, schien nicht ungereimt, denn dieser Geheimnismann war ein wirklich großer Arzt und in den Augen der Krieger auch ein mächtiger Zauberer.
Das Dakotamädchen schleppte Fichtenstangen, die Büffelhautplanen, die Schnüre und Pflöcke herbei, die zu dem Zeltbau gehörten, und schlug dann das Zelt auf. Eine alte Schwarzfußfrau war herbeigekommen, um ihr zu helfen. Mattotaupa und Harka kümmerten sich darum nicht. Sie warteten nur ab, bis der Zeltbau fertig wurde, was sehr rasch vonstatten ging, und brachten dann ihre Waffen in die neue Behausung. Das Mädchen vertiefte noch die Feuerstelle, ordnete die Decken, mit denen der Boden belegt wurde, und brachte trockenes Holz herbei. Es holte Töpfe, Körbe, Schüsseln und Löffel, Nähzeug und was es selbst für seinen persönlichen Bedarf benötigte. Als alles bereit war, machte es Feuer. Die Zweige flammten auf und glimmten dann weiter.
„Wie ist dein Name?“ fragte Mattotaupa es jetzt.
„Uinonah.“
Harka, der im Hintergrund damit beschäftigt war, seine Büchse zu putzen, zuckte zusammen. Uinonah war bei den Dakota ein häufig vorkommender Mädchenname, denn er hieß, „die erstgeborene Tochter“. Es war darum nichts Wunderbares, daß dieses Mädchen hier ebenso gerufen wurde wie Harkas jüngere Schwester daheim. Daran aber durften Mattotaupa und Harka jetzt nicht denken.
„Wie viele Winter und Sommer hast du gesehen?“ fragte Mattotaupa weiter.
„Vierzehn.“
Das Mädchen war also ein Jahr älter als Harka. Es hätte schon einem jungen Krieger als Frau ins Zelt folgen können.

„Ich werde dich ‚Nordstern' rufen", sagte Mattotaupa. „Du bist meine Tochter."

Das Mädchen erwiderte nichts. Es setzte sich in den Hintergrund des Zeltes, ziemlich entfernt von Harka, und arbeitete an einer angefangenen Stickerei weiter. Harka schaute nicht zu ihm hin. Aber während er seine Büchse noch immer putzte, obgleich sie schon längst blinkte, dachte er darüber nach, was das Mädchen wohl vorhabe. Er dachte auch an den Namen des Dakotahäuptlings, den der Zauberer genannt hatte. Tashunka-witko war trotz seiner Jugend schon einer der berühmten Häuptlinge; sein Name wurde zusammen mit dem Tatanka-yotankas genannt.

Es war für Harka sehr merkwürdig, mit einem Mädchen zusammen in einem Zelt zu sitzen, mit dem er die gleiche Sprache sprach und das den gleichen Namen wie seine Schwester trug, mit dem er jedoch vielleicht schon in der kommenden Nacht in Todfeindschaft geraten würde. Möglicherweise aber war Nordstern auch unschuldig in den Verdacht geraten, daß sie mit den Feinden in Verbindung stehe. Mit den Feinden? Wer war für dieses Mädchen Feind, wer Freund? Sie war eine Dakota.

Tashunka-witko

Gegen Abend ging Mattotaupa mit Harka noch einmal zu den Pferden, um mit dem Jungen allein zu sein. Die beiden standen erst einige Zeit schweigend beieinander. Es war ihnen, als ob sie die Stille der Steppenwildnis rings in sich hineintrinken müßten, nachdem sie den Winter in Städten verbracht hatten, in denen Lärm und Gerüche sie quälten. Unbehindert von menschlichen Bauwerken, auch unbehindert von Wäldern oder Bergen konnte jetzt ihr Blick über die Grassteppe und über die ganze Himmelskuppe schweifen, vom blaudunkelnden Osten über den zarten Goldhauch der Höhe bis in das rotglühende Feuer der sinkenden Sonne im Westen. Die spitz zulaufenden

Zelte am Bach warfen lange Schatten, das Wasser glitt lautlos, matt schillernd über den Sand dahin. Die meisten Familien hatten sich schon in die Zelte zurückgezogen. Zu den Pferden kamen die beiden Wächter herbei, die die Herde nachts hüten sollten. Der Wind strich sanft über das Gras, zwischen dessen alten gelben Halmen grüne Spitzen keimten, und er streichelte das Haar der Menschen. Es versprach die erste Nacht ohne Frost zu werden.
Mattotaupa musterte die Anordnung der Zelte, die Ufer des Bachs, die Wiesen, die flachen Anhöhen in der Nähe und in der Ferne, die zahlreichen Fährten von Pferden und Menschen bei dem Zeltlager. Harka versuchte gleich dem Vater, sich alle Einzelheiten einzuprägen. Mit besonderer Aufmerksamkeit betrachteten beide immer wieder das Zelt, in dem das Dakotamädchen bis jetzt gelebt hatte; es war das dritte, von dem neuen Zelt Mattotaupas an gerechnet, das am Südende des Dorfes als letztes aufgestellt war. Da Vater und Sohn ihren gemeinsamen Gedankengang bis dahin auch ohne Worte errieten, sagte Mattotaupa: „Wenn noch einmal ein Kundschafter kommen sollte, so zu diesem dritten Zelte, in dem er das Mädchen vermutet. Es sei denn, daß sie ihm ein Zeichen gibt. Ich glaube zwar, daß ein Dakota, der schon einmal hier gewesen ist, sich nicht zum zweitenmal einschleicht. Denn wenn er das Mädchen gesprochen hat, weiß er genug, und seine Brüder können sich danach richten. Ich denke weniger an einen zweiten Kundschaftergang, ich fürchte vielmehr einen Überfall."
„Haben die Häuptlinge der Siksikau und der Dakota nicht vor drei Tagen die Friedenspfeife miteinander geraucht?"
„Häuptling Brennendes Wasser, in dessen Zelten wir zu Gast sind, hat mit dem Häuptling der Zelte, bei denen Dunkler Rauch gefangen war, nach dem Kampfe die Friedenspfeife geraucht. Aber du weißt, daß es viele Stämme und Gruppen der Dakota gibt. Ein Mädchen aus dem Zeltlager Tashunka-witkos bleibt nicht freiwillig hier. Vielleicht wird ‚Tolles Pferd' mit seinen Kriegern kommen, um uns anzugreifen und die Tochter seines Stammes zurückzuholen."
Aus dem neuen Zelt Mattotaupas kam eben das Mädchen, von

dem er gesprochen hatte, noch einmal heraus und holte Wasser am Bach. Mattotaupa und Harka konnten sie auf ihrem Wege, hin und zurück, beobachten. Sie hielt sich nicht auf, warf nichts zur Erde, ließ nichts liegen. Sie füllte ein Gefäß mit Wasser und nahm es mit ins Zelt, das war alles. Sie hatte auf ihrem Weg nicht nach rechts und nicht nach links geschaut. Nun verschwand sie wieder.

Auf der Wiese östlich des Dorfes saßen zwei junge Krieger und spielten Flöte. Es war eine einfache Weise, und sie galt den Mädchen, die sie liebten und zu einem Stelldichein in der Nacht überreden wollten. Aber die Großmütter in den Zelten hatten wohl überall einen leisen Schlaf, auch in den Zelten der Siksikau, und es war nicht leicht, sie zu betrügen.

„Gehe du jetzt schlafen", sagte Mattotaupa zu Harka. „Ich begebe mich zu dem Häuptling und bleibe vorerst dort. Du kannst dem Mädchen Nordstern sagen, daß ich nichts mehr essen will, da ich vom Häuptling geladen sei und dort sehr lange bleiben würde. Sie soll sich schlafen legen. Gehe du auch schlafen und stelle dich so, als ob du sehr tief schliefest. Wenn Nordstern wirklich einen Kundschafter erwartet, werden er und sie die scheinbar günstige Gelegenheit nicht ungenutzt vorübergehen lassen. Ich aber bleibe nicht im Zelt des Häuptlings, sondern spähe nachts umher, ob sich ein Feind anzuschleichen versucht."

„Welches ist unser Zeichen?"

„Ich bin ein Kojot, du bist ein Hund. Wenn wir einander warnen wollen, geben wir dreimal Laut. In Gefahr kläffen oder bellen wir wild."

„Hau, Vater."

„Unsere Feuerwaffen bringen wir in das Zelt des Häuptlings, damit sie nicht gestohlen werden, wenn sich ein Kundschafter in unser Zelt zu dem Mädchen einschleicht. Du allein könntest einem Feinde doch nicht widerstehen. Du sollst nur das Mädchen belauschen."

„Hau."

Die beiden gingen zu ihrem neuen Zelt zurück. Der Sonnenball war schon unter den Horizont gesunken, und die Dunkelheit, in der die Gefahren für Mensch und Tier größer wurden, breitete sich über das Land. In vielen Zelten war das Feuer bereits gedeckt. Sie lagen, von außen her gesehen, ganz im Dunkeln. Bei einigen ließ sich an den Ritzen noch der Feuerschein im Innern erkennen; dazu gehörte auch das Zelt des Häuptlings. Dorthin begab sich Mattotaupa, und Harka brachte ihm alle Feuerwaffen dorthin. Dann lief er wieder zu dem Zelt am Südende.

Es war im Innern des Zeltes recht düster, denn Asche lag über der Glut. Das Mädchen saß still im Hintergrund. Sie hatte die Hände in den Schoß gelegt, da nichts mehr zu tun war, wenn der Herr des Zeltes nicht neue Befehle gab. Harka richtete aus, was Mattotaupa ihm aufgetragen hatte, und bezog dann seine angenehme Schlafstatt. Auch das Mädchen kleidete sich aus, legte sich hin und deckte sich zu. Harka schlief schnell ein. Er hatte beschlossen, die ersten Nachtstunden zu einem wirklich tiefen Schlaf zu nutzen. Wer wußte, was später geschehen würde! Um Mitternacht wollte er wieder wach werden. Er glaubte sich darauf verlassen zu können, daß sein Körper seinem Willen gehorchen würde.

Aber das war nicht ganz in dem Maße der Fall, in dem der Knabe es von sich gewohnt war. Nach einer ersten halben Stunde tiefen Schlafes begann er unruhig von seiner jüngeren Schwester daheim zu träumen, die er sehr geliebt hatte. Er wurde auch einmal wach, öffnete aber die Augen nicht, sondern zwang sich, wieder einzuschlafen. Es quälten ihn von da ab ausgesprochene Angstträume. Er sah in der Ferne seine Schwester stehen, die ihn um Hilfe rief; er konnte ihr aber nicht helfen, weil seine Füße fest an den Boden angezaubert waren.

Als er das zweitemal erwachte, begann er darüber nachzudenken, warum er so schlecht träumte. Er richtete seine Aufmerksamkeit auf seine Umgebung. Erst lauschte er nur. Als er die gleichmäßigen Atemzüge des Mädchens vernahm, die die einer Schlafenden waren, machte er die Augen auf, gewöhnte sich an die Dunkelheit und konnte allmählich dies und jenes in Umrissen erkennen. Es war im Zelt durchaus nichts verändert. Wie lange er allerdings geschlafen hatte, war nur schwer zu sagen,

da es weder eine Uhr noch das Signal eines Nachtwächters noch durch die Büffelhautplanen hindurch einen Ausblick auf die Sterne gab.
Der Vater war jedenfalls noch nicht ins Zelt zurückgekommen. Harka hatte keine Lust, ein drittes Mal einzuschlafen. Er begann von neuem zu grübeln. In der Stille der Nacht und im tiefen Dunkel war es am leichtesten, seinen Gedanken nachzuhängen. Er glaubte wieder diesen Namen zu hören: Tashunka-witko. Es gab sehr wenige Geheimnismänner und Häuptlinge bei den Dakota, deren Namen und Einfluß über das eigene Zeltdorf oder eine Gruppe solcher Verbände hinausreichten. Zu diesen wenigen rechneten Tatanka-yotanka, der Zaubermann, und Tashunka-witko, der Häuptling. Sie gehörten beide zu den Dakotastämmen, die die westlichen Prärien bewohnten, und es gab keinen Zweifel, daß sie sich persönlich kannten. Tatanka-yotanka hatte der Ratsversammlung der Bärenbande beigewohnt, die Mattotaupa schuldig gesprochen und verbannt hatte. Diese Tatsache hatte Mattotaupa dem Zauberer der Schwarzfüße nicht mitgeteilt. Aber es war so gewesen. Tatanka-yotanka wußte von Mattotaupa und von Harka, und daher wußte aller Wahrscheinlichkeit nach auch Tashunka-witko von den beiden. Vielleicht hatte auch das Mädchen, das hier im Zelte schlief, schon von Mattotaupa und Harka erfahren, ehe sie in Gefangenschaft geriet. Vielleicht hatte sie sogar dem Dakotakundschafter, der bei ihr gewesen sein sollte, etwas davon gesagt, daß Mattotaupa und Harka hier in den Zelten weilten.
Das Mädchen rührte sich in seinen Decken, aber mit den typischen Bewegungen einer Schlafenden.
Harka dachte auch über die Vermutungen nach, die der Vater ausgesprochen hatte. Es war wirklich unwahrscheinlich, daß ein so gewagter Kundschaftergang, der mitten in die Zelte der Siksikau führte, ein zweites Mal unternommen wurde, wenn er das erstemal geglückt war. Viel eher war mit einem Überfall zu rechnen, oder wenn nicht das, so vielleicht mit einem Versuch, das Mädchen zu befreien.
Nordstern fing offenbar an zu träumen. Sie bewegte sich lebhaft und stieß sogar Laute aus. Harka lauschte angestrengt, um

zu verstehen, was sie im Traume sagen wollte. Sie lallte aber nur. Doch jetzt – war das nicht ein Name gewesen? Aber Tashunka-witko hatte sie nicht gesagt. Vielleicht liebte sie irgendeinen jungen Dakotakrieger, der sie in sein Zelt hatte holen wollen, ehe sie die Gefangene der Siksikau wurde. Ihr Traum schien beendet zu sein. Sie atmete sehr tief und lag dann ruhig. Ihre Atemzüge wurden wieder ganz regelmäßig.
Harka ärgerte sich über sich selbst. Dieses Mädchen konnte schlafen, er aber, ein Junge, war zu aufgeregt dazu! Eine Schande war das. Aber ehe er sich nochmals einzuschlafen zwang, mußte er sich vergewissern, welche Stunde es war. Er stand nicht auf, ging nicht zum Zeltausgang, weil er das Mädchen nicht wecken wollte. Leise legte er die Decken beiseite, kroch zur Zeltwand, lockerte vorsichtig einen Pflock und schob den Kopf unter der Plane hinaus. Er wollte nach den Sternen lugen. Aber dazu kam er nicht mehr.
Eine Hand packte ihn am Hals und würgte ihn, so daß er nicht den geringsten Laut von sich geben konnte. Er griff nach den Fingern der feindlichen Hand, um sie einzeln aufzubiegen, versuchte auch, sich mit den Füßen einzustemmen, aber die Zeltplane, unter der er den Kopf durchgesteckt hatte, war ihm sehr hinderlich. Schon waren auch seine Füße gepackt, und trotz seiner heftigen Gegenstöße wurde ihm eine Fessel um die Fußgelenke gebunden. Die Finger an seiner Gurgel ließen sich nicht wegreißen. Der Mann, der ihn gepackt hatte, war stark. Harka spürte die entsetzliche Angst des Erstickenden, und seine Glieder wurden allmählich schlaff. Es verging eine Zeit, in der er nichts mehr von sich wußte. Er hätte auch nicht sagen können, wie lange er bewußtlos gewesen war, als seine Sinne langsam wiederkehrten.
Zuallererst versuchte er tief Luft zu holen, aber das gelang ihm nicht. Er empfand einen quälenden Brechreiz. Dadurch kam ihm zu Bewußtsein, daß er geknebelt war. Er vermochte kaum zu atmen. Nur wenn er langsam und ruhig Luft durch die Nase einzog, ließ der erstickende Brechreiz nach, und er konnte leben. Er versuchte sich zu rühren, aber die Hände waren ihm auf den Rücken gebunden und die Füße zusammengefesselt. Er

war ein Gefangener und befand sich in einer erbärmlich hilflosen Lage. Das einzige, was er noch zu tun vermochte, war, die Vorgänge um sich herum zu beobachten.
Von fern her erschallte wütendes Geschrei. Das war Kriegsgeschrei! Der Kriegsruf der Dakota gellte von Süden her; wie gut kannte ihn Harka von daheim. „Hi-jip-jip-jip-hi-jaah!" Wie oft hatte der Vater als Kriegshäuptling der Bärenbande diesen Ruf als erster ausgestoßen. Jetzt waren die, die ihn erhoben, zu Harkas Feinden geworden, und er horchte lieber auf das Rufen und Brüllen der Siksikau, die mit den Dakota auf der Prärie draußen in Kampf geraten sein mußten. Harka war wieder ganz in das Zelt hineingezogen worden. Er sah den Schatten eines schlanken Mannes, und neben ihm sah er das Mädchen, das sich erhoben und angekleidet hatte. Der Mann hatte zu sprechen begonnen:
„Uinonah, Tochter der Dakota! Du bist frei und wirst zu uns zurückkehren. ‚Roter Pfeil', der dich liebt, kämpft draußen in der Prärie mit unseren Kriegern zusammen gegen die räudigen Siksikau. Alle Krieger aus den Zelten der Siksikau sind draußen im Kampf. Wir haben diese Stinktiere hier überlistet. Unsere Krieger griffen von Süden an; ich aber kam im Bogen von Norden, um dich zu holen. Du hattest mir recht berichtet. Mattotaupa ist hier, und er hat unsere Krieger aufgespürt und das Dorf gewarnt, so daß wir unvermutet früh auf diese schmutzfüßigen Kojoten stießen. Doch werden wir siegen, und Mattotaupa stirbt durch meine eigene Hand. Hörst du unseren Kriegsruf?"
„Hi-jip-jip-jip-hi-jaah!" gellte es wieder von der Prärie her, und dawider schallten die Kampfrufe der Siksikau: „Hai-jah-jiep!"
„Komm, Uinonah! Diesen Knaben in Fesseln nehmen wir mit. Er ist ein Kind der Dakota. Er gehört uns. Hau!"
Der Mann kam mit zwei schnellen Schritten zu Harka herbei, wickelte ihn in eine Büffelhautdecke, warf ihn über die Schultern wie eine Jagdbeute und eilte mit dem Mädchen zusammen aus dem Zelt hinaus. Harka konnte nichts mehr sehen, da die Decke auch über seinen Kopf geschlagen war. Während er schwer nach Luft rang, vernahm er noch etwas von dem Kriegsgeschrei, aber es schien, daß Tashunka-witko, der den Knaben

erbeutet und das Mädchen befreit hatte, nicht zu dem Kampfgebiet hineilte, sondern in eine andere Richtung, in der er unbeobachtet blieb.
Harka litt allmählich derart an Atemnot, daß er nichts anderes mehr denken, wahrnehmen oder empfinden konnte als: Luft! Luft! Er wußte nicht mehr, wohin er getragen wurde oder wie lange er so fortgetragen wurde, aber da er sich dem Erstikkungstode nahe glaubte, schien es ihm unendlich lange.
Als er zu Boden geworfen wurde, fiel er nicht hart. In seiner Qual versuchte er, die Decke, die ihm das Atmen noch mehr erschwerte, von seinem Gesicht wegzustreifen oder sich daraus hinauszuschieben. Er krümmte und streckte sich wie ein Wurm, ohne zu erreichen, was er wollte, und die Anstrengung erschöpfte ihn vollends. Aber da wurde ihm die Lederdecke auch vom Gesicht genommen, und nicht nur vom Gesicht, nein, sie wurde ganz aufgeschlagen, und die kühle Nachtluft strich über seine Haut, die von Angstschweiß naß war. Er machte die Augen auf und versuchte wieder ruhig Luft zu gewinnen, nur ruhig, ganz ruhig, das war die einzige Möglichkeit. Er sah den Sternenhimmel und neben sich die schlanke Gestalt Tashunka-witkos, der ihn weggeschleppt hatte, und er sah auch die Mädchengestalt, alles dunkel, im Nachtschatten zerfließend, denn der Mond schien nicht, und die Sterne flimmerten mit schwachem Licht. Die Geräusche des Kampfes, heisere Schreie waren aus größerer Entfernung noch zu hören. Es fielen aber keine Schüsse. Mattotaupa war wohl ohne seine Feuerwaffen auf Kundschaft gewesen, und nun lagen diese noch im Häuptlingszelt. Die Schwarzfüße mußten die angreifenden Dakota aber ein gutes Stück nach Süden zurückgedrängt haben. Harka dachte an den Vater. Sicher befand er sich bei den kämpfenden Kriegern, und er wußte nicht, wohin sein Sohn unterdessen geschleppt wurde. Harka konnte ihm auch kein Zeichen geben.
Tashunka-witko sagte etwas zu dem Mädchen. Er flüsterte, aber Harka hatte scharfe Ohren, und bei allem, was jetzt geschah, ging es um sein ganzes Leben. Es ging nicht um seinen Tod, das hatte er schon begriffen, aber um sein ganzes Leben ging es. Er sollte nicht mehr der Sohn Mattotaupas sein; er

sollte der jüngere Bruder Tashunka-witkos werden. Das wollte er nicht, und daraum lauschte er auf die Worte, die der Dakota zu dem Mädchen sprach, wie auf die Worte eines Todfeindes.
„Diese schmutzfüßigen Hunde drängen die Männer der Dakota zurück. Ich muß meine Krieger unterstützen und kann nicht mehr für dich da sein, Uinonah. Flieh! Du weißt, wohin du zu laufen hast und wo du unsere Zelte findest. Lauf! Lauf!"
Das Mädchen zögerte keinen Augenblick, Tashunka zu gehorchen. Geschwind wie ein Reh floh sie südwärts in die Prärie hinaus. Sie hatte nichts bei sich als das Messer. Die Zelte der Ihren konnten nicht nahe sein. Für das Mädchen war das ein Weg auf Leben und Tod. Aber sie hatte ihn sofort gewählt.
Tashunka-witko bückte sich und nahm Harka den Knebel aus dem Mund. Der Knabe keuchte nach Luft und füllte seine Lunge. Dann schrie er laut auf, und er glaubte, daß Tashunka-witko ihn dafür sofort erstechen oder ihn wieder knebeln würde. Aber der Dakotahäuptling kümmerte sich gar nicht darum, daß der Knabe schrie. Das begriff Harka nicht. Er konnte darüber auch nicht nachdenken. Er mußte dem Vater ein Zeichen geben, wo er sich befand. Das war nicht einmal das wichtigste. Er mußte den Vater wissen lassen, wo er Tashunka-witko finden konnte. Darum begann der gefesselte Knabe laut und wütend zu bellen wie ein Hund. Als er eine Pause machte, um Atem zu schöpfen, hörte er, daß Tashunka-witko auflachte und sagte: „Gut!"
Harka war verblüfft. Wenn das, was er tat, dem Feinde nützte, handelte er sicher falsch. Was wollte der Dakota damit erreichen, daß er den Knaben schreien und Zeichen geben ließ? Blitzartig wurde Harka das einzig mögliche Motiv klar: Tashunka-witko wollte Mattotaupa und vielleicht noch einige Schwarzfußkrieger aus dem Kampf abziehen und dadurch seinen eigenen Männern Erleichterung verschaffen. Harka verstummte daher, aber es war schon zu spät. Von Süden her schwirrten bereits die ersten Pfeile gegen den Dakotahäuptling, der aufrecht stehen blieb und mit einem Hohngelächter antwortete, als die gefiederten Geschosse zu kurz gingen und im Grasboden steckenblieben. Aber Harka hörte auch schon schnelle

Füße; Schatten tauchten auf, und dann schrillte – der Kriegsruf der Dakota, ausgestoßen von einer einzigen kräftigen Stimme: „Hi-jip-jip-jip . . ."

Das war die Stimme Mattotaupas. In der übermäßigen Erregung des Kampfes hatte er den altgewohnten Kampfruf angestimmt. Aber mitten im Ruf schnürte sich ihm die Kehle zusammen. Er sprang heran, mit Sätzen wie ein Berglöwe, und Tashunka-witko erwartete ihn, das Messer in der Faust. Keiner der beiden dachte mehr daran, Schuß- und Wurfwaffen zu gebrauchen. Harka lag auf dem Rücken am Boden. Aber da das Gelände eben war, konnte er übersehen, was geschah. Tashunka-witko wartete; er hatte die Knie leicht gebeugt. In dem Augenblick, in dem Mattotaupa zum letzten Sprung ansetzte, sprang auch er. Die beiden prallten in der Luft zusammen und stürzten, aber es gelang dabei keinem, den anderen auf den Rücken zu werfen. Sie fielen, von Harka aus gesehen, nach links, so daß Tashunka-witko den rechten, Mattotaupa nur den linken Arm frei behielt. Tashunka wollte mit dem Messer einen tödlichen Stoß führen, aber Mattotaupa fing den Arm seines Gegners ab, und es entwickelte sich ein erbittertes Ringen, dessen Bewegungen zu schnell waren, als daß Harka sie im Dunkeln hätte verfolgen können. Der Junge hatte sich aufgesetzt; daran hinderten ihn die Fesseln nicht. Er spreizte die Knie, krümmte seinen biegsamen Körper zusammen und nagte an seinen Fußfesseln. Wie er dabei feststellte, waren ihm die Füße nur mit einem Gürtel zusammengebunden, und er machte sich daran, mit den Zähnen die Knoten zu lockern.

Der Kampf Tashunka-witkos mit Mattotaupa ging weiter. Die beiden hatten sich voneinander losgerissen und Abstand genommen. Fünf Schwarzfußkrieger waren noch herbeigeeilt, aber Mattotaupa schrie ihnen zu: »Laßt ab! Er ist mein!« Die Siksikau konnten die Worte nicht verstehen, doch die Haltung der beiden Dakota war so, daß sie der Stellung in einem Zweikampf glich, und die Schwarzfüße zögerten einzugreifen. Mattotaupa schleuderte das Wurfbeil, den Tomahawk mit Stahlschneide, aber es gelang Tashunka, auszuweichen, und er sprang dabei vor und holte mit der elastischen Keule aus, um

Mattotaupas Schädel zu treffen. Mattotaupa ließ sich blitzschnell zur Erde fallen und packte Tashunkas Fuß, um ihn aus dem Stand zu reißen. Das Manöver gelang. Tashunka stürzte, und Mattotaupa saß sofort auf ihm, doch Tashunka zog die Knie an, bäumte sich und schnellte sich weg. Er floh jedoch nicht. Er war schon wieder auf den Füßen und ging mit dem langen, spitzen, zweischneidigen Dolch auf seinen verhaßten Gegner los. Mattotaupa gab sich den Anschein, als ob er fliehe, und Tashunka schleuderte das Messer, um seinen Feind in den Rücken zu treffen. Damit mußte Mattotaupa gerechnet haben, denn er machte eben in diesem Augenblick einen Satz zur Seite, so daß das Messer ins Gras flog. Tashunka, der diese Waffe nicht verlieren wollte, sprang danach; dabei kam ihm Mattotaupa in den Rücken und schlang die Arme um ihn, preßte ihm Oberarme und Rippen mit seiner gewaltigen Kraft zusammen. Harka jauchzte auf, denn er erinnerte sich in diesem Augenblick daran, wie der Vater einst einen Bären bezwungen hatte. Jetzt gehörte der Sieg Mattotaupa, dessen war sich der Knabe gewiß. Aber die Schwarzfußkrieger, die herbeigeeilt waren, dachten nicht nur an den Triumph Mattotaupas, sondern daran, daß dieser Zweikampf schon lange währte und schnell beendet werden mußte. Im Süden rief die Kriegspfeife des Schwarzfußhäuptlings. So sprangen die fünf herbei. Fast schien es noch in diesem Augenblick, daß Tashunka-witko mit seinem glatt geölten Körper sich der gefährlichen Umarmung Mattotaupas noch einmal entziehen könnte. Er trat Mattotaupa gegen die Knie, ohne ihn aber zu werfen. Da griffen die fünf Siksikau ein. Im Nu war der Kampf abgeschlossen, und Tashunka-witko lag gefesselt am Boden. Soeben war es Harka gelungen, seine Fußfesseln mit den Zähnen zu lösen. Er sprang auf. Die Schwarzfußkrieger folgten dem Ruf ihres Häuptlings und rannten nach Süden. Seitdem diese fünf mit Mattotaupa zusammen von den Ihren weg zu der Stelle gelaufen waren, von der aus Harka gerufen hatte, waren im Süden die Dakota wieder im Vorteil, und alle Schwarzfußkrieger wurden dort dringend gebraucht.
Mattotaupa zerschnitt Harkas Handfesseln und gab ihm Messer und Keule Tashunka-witkos. Dann schien er zu überlegen,

ob auch er sofort wieder in den Kampf eilen oder sich um den wertvollen Gefangenen kümmern solle. Er entschloß sich zu dem letzteren, warf den Gefesselten über die Schulter und trug ihn eilends zu den Zelten, von denen man hier nicht weit entfernt war. Er brachte ihn in das Häuptlingszelt und warf ihn dort zu Boden, während die staunende Frau das Feuer ein wenig anfachte, so daß das Zeltinnere erleuchtet wurde.
„Bleib hier und wache!“ sagte Mattotaupa hastig zu Harka. „Ruft euch noch einen alten Mann in dieses Zelt, damit ihr nicht nur Kinder und Frauen seid.“ Damit eilte er auch schon wieder hinaus, um weiter mitzukämpfen.
Außer Harka und dem Gefangenen hatte niemand im Zelt die Worte Mattotaupas verstehen können. Die Dolmetscherin fehlte jetzt. So machte Harka sich auf den Weg, um einen der Alten zu holen. Er hatte schon beobachtet, daß im Nachbarzelt ein Greis wohnte. In den Zelten waren alle wach und angekleidet, auch hatte jeder ein Waffe zur Hand, um sich zu verteidigen, wenn Feinde in das Dorf eindringen wollten. Als Harka in das Nachbarzelt eintrat, zeigte sich auf seinen bittenden Wink hin der alte Mann sofort bereit mitzukommen. Harka führte ihn in die Behausung des Häuptlings.
Als der Greis eintrat, überraschte ihn sicher der Anblick des Gefangenen, aber er zuckte mit keiner Miene und ließ sich ohne ein Wort in der Nähe des Zelteingangs nieder. Den Gefesselten beobachtete er unaufdringlich, aber auch unentwegt. Sein Beil lag griffbereit.
Harka überlegte sich, daß auch er zur Abwehr stets bereit sein müsse. Er entschloß sich, die beste seiner Waffen zur Verteidigung bereitzuhalten, das war seine doppelläufige Büchse. Er hatte auch uneingestandenermaßen den Wunsch, dem Gefangenen zu zeigen, daß er, der Knabe, diese bei den Stämmen der westlichen Dakota und den Schwarzfüßen noch seltene Geheimniswaffe besaß.
Der Gefesselte lag nahe der Feuerstelle, so daß er beleuchtet war. Die Frau und das Mädchen saßen im Hintergrund. Der Sohn des Schwarzfußhäuptlings hatte sich neben den Gefangenen gehockt und plapperte auf schwarzfüßisch. Harka konnte

die Worte nicht verstehen. Er hatte die Absicht, sich auch zu dem Gefangenen zu setzen, den er nach Anweisung seines Vaters bewachen sollte. Aber als er eben hinzutrat, stand der Schwarzfußknabe auf und stieß den Gefesselten verächtlich mit dem Fuß an. Der Gefangene tat, als bemerke er das gar nicht, und schaute mit gespielter Gleichgültigkeit vor sich hin auf den Boden. In Harka kämpften widerstreitende Gefühle. Es war für ihn nicht leicht, diesen gefangenen Dakota in Schutz zu nehmen, aber als der Schwarzfußknabe dem Gefesselten einen Fußtritt gab, bäumte sich alles in ihm auf. Er stellte sich vor den Schwarzfußjungen hin, stützte sich auf den Lauf seiner Büchse, musterte den anderen mit einem Blick, der durch seine Entschlossenheit überlegen war, und sagte: „Es ist eine schlechte Sitte, tapfere Männer in Fesseln von Knaben verspotten zu lassen!"

Der andere Junge verstand diese Worte natürlich nicht, aber er merkte, daß Harka ihn irgendwie und aus irgendeinem Grunde zurechtweisen wollte. Das mißfiel ihm sehr, denn er war nicht gewohnt, sich von anderen Jungen etwas sagen zu lassen. Er war der kräftigste und gewandteste der ganzen Knabenschar im Dorfe. Am liebsten hätte er Harka sofort angesprungen, aber eine Rauferei im Zelt und zudem noch in diesem Augenblick entsprach nicht dem, was ein Schwarzfußhäuptling von seinem Sohn zu erwarten pflegte. Der Junge mußte sich daher beherrschen, obgleich es ihm sehr schwerfiel. Langsam ließ er sich wieder nieder. Er setzte sich nicht neben Harka, sondern auf die andere Seite des Gefangenen.

Es war still im Zelt, nur die Zweige knisterten im Feuer. Die beiden Jungen saßen unbeweglich da wie Bildsäulen. Sie dachten ebensoviel aneinander, wie sie an den Gefangenen dachten. Die stolzen, völlig abweisenden Züge des Gefesselten ließen ihn auch ohne Adlerfedern und ohne Waffen als einen bedeutenden Mann und Krieger erscheinen.

Der Schwarzfußjunge war innerlich mit sich selbst zerfallen, weil er als Knabe einem mutigen Feind nicht auf die rechte Weise begegnet war. Er sann darüber nach, wie er sich mit Harka, der ihn das hatte fühlen lassen, bei einer anderen Gelegenheit würde messen können, um ihn zu zwingen, ihn wieder anzuerkennen. Dieser fremde Junge beschäftigte den Sohn des Schwarzfußhäuptlings außerordentlich, obgleich er sich im Augenblick einbildete, daß er ihn nicht leiden mochte. In Wahrheit wäre er gern sein Freund geworden, aber Harka war so fremdartig, und zudem besaß er eine Geheimniswaffe. Alles an ihm war anders als bei anderen Knaben. Es blieb wohl nichts übrig, als ihm zu zeigen, daß man es gar nicht nötig hatte, sich mit ihm abzugeben, und daß ein Schwarzfuß auch nicht ungewandt war.

Harka rührte sich. Er nahm seine Büchse aus der Hülle, lud sie, sicherte sie und legte sie neben sich. Er war tief befriedigt, als er bemerkte, daß der Gefangene heimlich einen Blick auf diese kostbare Waffe warf. Er ließ sich aber keineswegs anmerken, daß er den Blick wahrgenommen hatte.

Draußen war es still geworden. Es ertönten keine Kriegsrufe mehr. Vielleicht waren die Kämpfenden auseinandergekommen, und die Krieger der Siksikau blieben nur noch draußen, um einem weiteren Angriffsversuch sofort entgegentreten zu können. Der Gefangene bewegte auf einmal den Kopf – das war die einzige Bewegung, die er noch machen konnte –, er sah Harka an und begann zu sprechen. „Harka Steinhart Nachtauge Wolfstöter Büffelpfeilversender Bärenjäger!“ sagte er in seiner Sprache, die nur Harka verstand. Daß er alle Namen Harkas kannte, zeigte, wie gut er von Tatanka-yotanka unterrichtet worden war. „Du bist tapfer. Schämst du dich nicht, als Verräter mit den schwarzfüßigen Kojoten zusammen gegen die Krieger deines Stammes zu kämpfen?“

Harka erschrak und konnte nicht verhindern, daß er blaß wurde. Die anwesenden Siksikau verstanden nicht, was der Gefesselte sagte, aber gerade, daß er in einer ihnen unbekannten Sprache zu Harka sprach, mußte sie mißtrauisch machen, ganz besonders, nachdem das Dakotamädchen Verrat geübt hatte. Harka konnte nicht übersetzen, was Tashunka-witko gesagt hatte, hätte es auch nicht übersetzen mögen. Er wollte dem Gefangenen auch nicht antworten, denn auch diese Antwort hätten die Siksikau nicht verstanden und sich nur unnütze Gedan-

ken gemacht. Daher stand Harka auf, warf dem Gefesselten einen abweisenden Blick zu und setzte sich mit seiner geladenen Büchse an den Zelteingang zu dem alten Mann. Schweigend warteten dann alle weiter. Die stille und ermüdende Wache dauerte bis zum Morgengrauen. Als die Sonne endlich aufgegangen war, kamen die ersten Krieger zurück, bald folgten weitere. Harka hörte das Laufen und Sprechen draußen.
Der Häuptling trat mit Mattotaupa in sein Zelt ein. Jeder der beiden Männer hatte zwei erbeutete Skalpe bei sich, langes schwarzes Haar mit dem kleinen Hautstück vom Wirbel. Sie übergaben diese Siegeszeichen beide der Frau. Die Skalpe mußten präpariert und die Geister der Gefallenen durch den Skalptanz der Frauen beschworen und versöhnt werden. Der Häuptling und Mattotaupa selbst waren mit ihrer von Staub, Schweiß und Blut verklebten Haut, der beschmutzten und zum Teil zerrissenen Kleidung, dem wirren Haar, den eingefallenen Wangen und tief in den Höhlen liegenden Augen noch ein Bild des harten Kampfes, der sich abgespielt hatte. Wahrscheinlich weilten ihre Gedanken nicht bei dem Ruhm, den ihnen die Abwehr der Angreifer und die erbeuteten Skalpe bringen mußten, sondern es war ihnen zuerst nach einem Bad im Bach und nach Schlaf zumute. Sie fragten auch beide weiter nichts, und der Häuptling gab keine neuen Anordnungen, nachdem er mit einem Blick das Zeltinnere überschaut hatte. Er verlangte nur ein Töpfchen Fett, und als er es von seiner Tochter erhalten hatte, ging er mit Mattotaupa zusammen wieder hinaus.
Der Gefangene ließ sich nicht anmerken, was er etwa dachte. Harka auch nicht. Aber es freute ihn, daß sein Vater im Kampfe nicht hinter dem Schwarzfußhäuptling zurückgestanden hatte.
Als Mattotaupa sich gebadet hatte, rief er Harka aus dem Häuptlingszelt und ging mit ihm in das leere Zelt am Südende des Lagers. Der Häuptling schickte eine Schwarzfußfrau, die die beiden im Zelt versorgen und bedienen sollte. Da diese kein Wort der Dakotasprache verstehen konnte, sprachen Mattotaupa und sein Junge ungestört miteinander. Sie setzten sich zusammen an das Feuer, und Harka berichtete, wie seine gewaltsame Entführung vor sich gegangen war. Der Vater be-

schrieb ihm anschließend den Verlauf des gesamten Kampfes sehr genau, damit der Knabe daraus lernen konnte. Er schloß: „Es sind also vier Dakota gefallen, aber nur ein Schwarzfußkrieger; drei Schwarzfüße allerdings sind in die Hände der Dakota geraten. Vielleicht können wir diese gegen Tashunka-witko zurücktauschen. Die Dakota werden versuchen, ihren jungen Häuptling zu befreien, und wenn er ohne Kampf seiner Fesseln ledig wird, sind sie zufrieden, denke ich."
„Wer soll ihnen das sagen, Vater?"
„Niemand. Sie schicken von selbst Unterhändler."
„Bis dahin soll Tashunka-witko am Leben bleiben?"
„Häuptling Brennendes Wasser und der Geheimnismann sind sich darüber einig."
„Aber die Dakota wissen gar nicht, daß Tashunka-witko noch lebt und sich in Fesseln bei uns befindet."
„Sie wissen es. Ich habe es ihnen im Kampfe zugerufen."
Mattotaupa und Harka aßen getrocknetes Büffelfleisch, das die Schwarzfußfrau mitgebracht hatte.
„Wir müssen bald selbst auf die Jagd gehen, Vater, und nicht nur als Bettler hier leben", meinte Harka.
„Hau. Es gibt viel Wild. Wir werden bald Pfeil und Bogen gebrauchen."
An diesem Morgen schämten sich weder Mattotaupa noch Harka, sich hinzulegen und Schlaf nachzuholen. Als Harka unter die Decken schlüpfte, dachte er daran, was alles geschehen war, seit er sein Lager in der Nacht verlassen hatte. Jetzt war es Tag, es war Ruhe, und er konnte schlafen, ohne zu träumen.
Als er nach vielen Stunden wieder wach wurde, war eine Zeltplane aufgeschlagen, so daß die Nachmittagssonne hereinschien. Der Vater saß beim Zelt und schnitzte neue Pfeilschäfte. Harka konnte ihn sehen. Der Junge blieb noch auf seinem Lager und schaute der Arbeit zu. Er beobachtete auch, wie der Schwarzfußhäuptling zu Mattotaupa kam und ihn zu sich ins Zelt bat. Gab es schon wieder irgendeine Neuigkeit? Mattotaupa blieb nicht lange fort. Als er wiederkam, merkte Harka ihm an, daß er etwas Ärgerliches erlebt hatte, wenn er dies auch zu verbergen suchte. Er nahm seine Arbeit wieder auf, und

Harka, der inzwischen aufgestanden war, half ihm stillschweigend.
Endlich berichtete Mattotaupa von selbst: „Tashunka-witko weigert sich nicht nur zu essen, er will auch nicht trinken. Wir können ihn nicht dazu zwingen. Wenn er sterben will, wird er sterben."
„Du hast mit ihm gesprochen?"
„Hau. Der Geheimnismann bat mich darum. Ich habe Tashunka gesagt, daß es möglich ist, ihn einzutauschen. Aber darauf antwortete er mir nur mit Hohn und Spott. Er will sterben. Nun gut, er stirbt."
„Wann?"
„Wenn er hartnäckig bleibt, beginnt sein Sterben heute am Abend. Häuptling Brennendes Wasser will nicht warten, bis der Gefangene verdurstet ist. Die Siksikau werden ihn an den Pfahl bringen.
Harka arbeitete an einem Jagdpfeil weiter und fragte: „Wie aber befreien wir dann die gefangenen Schwarzfüße?"
„Das wissen wir noch nicht. Tashunka will es uns mit seinem Trotz unmöglich machen, sie zu befreien. Tashunka und seine Krieger sind dieses Mädchens wegen gekommen, das eine Tochter ihrer Zelte ist und die Frau eines Unterhäuptlings werden soll. Sie war schon einen Sommer und einen Winter hier, hat aber alle Schwarzfußkrieger, die um sie warben, verschmäht. Tashunka hatte Geschenke angeboten, um sie zurückzuholen, aber die Schwarzfüße waren stolz und lehnten die Geschenke ab. Da ist Tashunka mit seinen Kriegern gekommen, um uns zu überfallen. Das sagte mir der Geheimnismann jetzt."
Es war später Nachmittag. Die Sonne sank; es wurde gleich sehr kühl. Mattotaupa und Harka gingen wieder in das Zelt hinein an die Feuerstelle. Die Frau schlug die Zeltplane herunter. Mattotaupa rauchte eine Pfeife. Harka brütete stumm vor sich hin. Draußen begannen die Vorbereitungen für den Tod des Gefangenen. Es wurde große Feuer angezündet. Das Holz dafür herbeizuschaffen machte vielen Frauen viel Arbeit, und es brannte schlecht, weil es frisch war, und entwickelte viel Qualm. Ein Pfahl wurde eingerammt. Das Töten eines Gefange-

nen hing bei den Indianern noch mit den uralten grausamen Kultsitten des Menschenopfers zusammen. Harka folgte dem Vater, der vor das Zelt hinausging. Alles war schon auf den Beinen, und es wäre aufgefallen, wenn Mattotaupa und Harka sich nicht gezeigt hätten. Am Ende des Platzes, in dessen Mitte der Pfahl aufgestellt war, tanzten einige Frauen den Skalptanz.
„Wem wird der Skalp Tashunka-witkos gehören?" fragte Harka den Vater, während sich die beiden unter die anderen Dorfbewohner mischten.
„Mir oder keinem", antwortete der Vater mißmutig. „Ich aber will ihn nicht haben, da diese fünf Schwarzfüße sich zu früh einmischten und mir nicht erlaubten, Tashunka allein zu besiegen."
Die Sonne sank zum Horizont. Das schimmernde Licht des scheidenden Tages wurde vom Flammenschein verdrängt, so daß die Dämmerung schon düsterer erschien, als sie war. Die Äste waren in der Hitze getrocknet und knackten und knisterten.
„Sind genug Wachen aufgestellt?" fragte Harka den Vater.
„Glaubst du, Häuptling Brennendes Wasser sei ein kleines Kind?"
Die Männer und Burschen drängten sich auf dem feuerbeleuchteten Platz zusammen. Der Gefangene wurde aus dem Häuptlingszelt herausgeschafft. Ein Krieger löste die Lassos, die den ganzen Körper umwickelt hielten. Tashunka wurde an den Pfahl gestellt. Die Arme wurden ihm rechts und links um den Pfahl gezogen und die Hände dahinter zusammengebunden. Die Füße blieben frei. Er ließ alles mit sich geschehen, ohne irgendwelchen Widerstand zu leisten. Aber als er jetzt vor dem Pfahl stand, mit gebückten Schultern, da ihm die Arme nach hinten gezogen waren, traf sein Blick Mattotaupa, und er rief diesen laut an:
„Sage doch deinen schmutzfüßigen Brüdern, du Verräter, wie ein Mann der Dakota zu sterben pflegt! Was bindet ihr mir die Hände zusammen? Glauben diese Kojoten, ich werde mich rühren, wenn sie mir das Fleisch verbrennen? Ich fürchte eure Messer und eure Feuer nicht. Aber in allen Zelten, wo tapfere Män-

ner wohnen, soll erzählt werden, daß ich mein Totenlied nicht anstimmen konnte, weil ich gefesselt war, wie man einen Mustang fesselt, aber nicht einen Mann!"
Mattotaupa sah sich nach dem Geheimnismann um. Dieser stand dicht hinter ihm und übersetzte jetzt mit ebenso lauter Stimme, was der Gefangene gesagt hatte. Nur das Wort „Verräter" übersetzte er nicht.
Ein alter Krieger antwortete zornig: „Der winselnde Hund! Kann er nicht einmal die Fesseln ertragen, die wir ihm locker genug angelegt haben? Sollen wir uns schämen müssen, einen Feigling zu töten, der schon wimmert, ehe ihn nur ein Span brennt, wie unsere Knaben ihn sich auf die Haut legen?"
„Habt ihr Angst, mir meine Fesseln abzunehmen, ihr kleinen Präriehunde?" rief Tashunka dagegen. „Habt ihr Angst vor einem einzigen unbewaffneten Mann? Ihr seid euer vierzig, und ihr habt wohl Furcht, daß ich euch mit bloßen Fäusten erschlage?" Er lachte auf. „Ich sehe wohl, daß ich mich unter zitternden Präriehühnern befinde, vor denen ich mein Totenlied nicht singen mag!"
Häuptling Brennendes Wasser besprach sich mit dem Geheimnismann und gab dann zwei jungen Kriegern einen Wink. „Macht ihm die Hände los. Er war ein Häuptling. Wir werden sehen, was er freiwillig zu ertragen vermag. Bleibt rechts und links des Pfahles stehen und achtet scharf auf ihn."
Tashunka-witko, von den Fesseln befreit, reckte Schultern und Haupt. Hochaufgerichtet stand er da. „Fangt an!" rief er. „Fangt an! Ich werde sehen, was ihr einem Manne zu ertragen geben wollt. Ich spotte eurer Messer und eures Feuers! Wißt ihr, wer ich bin? Als ich ein Kind war, bändigte ich schon die tollen Pferde! Als ich ein Knabe war, ließ ich mir das Feuer bis auf die Knochen brennen – seht her! Seht meine Narben! Als ich ein Mann wurde, tötete ich Feinde. An der Stange vor meinem Zelte wehen auch Haare der Schwarzfüße im Winde. Nun kommt doch her, nun werft doch eure Messer und Beile, wenn ihr je zielen gelernt habt! Was steht ihr da wie gaffende Weiber!"
Die Feuer beleuchteten den Gefangenen. Die Hitze mußte ihm

lästig sein; seine Augen begannen wild zu glänzen. Die ersten Messer flogen. Sie blieben wohlgezielt im Pfahle stecken, haarscharf neben Kopf und Schultern des Gefangenen.
„Ist das alles, ihr Knaben? Versteckt euch doch hinter euren Müttern! Habt ihr nicht mehr gelernt? Wahrhaftig, es ist euch gelungen, einen Mann zu fangen. Einen einzigen Mann! Bei unseren Zelten aber liegen drei Schwarzfüße in Fesseln. Wollt ihr euch nicht rächen, ihr Schwächlinge, an einem Häuptling, der stark ist? Rühmt ihr euch, daß sechs von euch einen einzigen zu fesseln vermochten? Ja, das sind eure Siege! Die Krieger der Dakota werden euch verspotten!"
Häuptling Brennendes Wasser trat vor. „Schweig, du Natter! Unsere Zelte wolltet ihr überfallen, hinterlistig, ohne daß das Kriegsbeil ausgegraben war! Ist das die Art von Kriegern? Wie eine Schlange bist du umhergekrochen, um ein Mädchen und einen Knaben zu stehlen. Kinder würgst du, das ist deine kriegerische Tat! Dein Anblick beleidigt jeden mutigen Mann."
Der Geheimnismann übersetzte diese Anklage für den Gefangenen. Die Feuer wurden näher an den Pfahl geschoben. Es schien, daß die Siksikau den Tod des Gefangenen nicht lange hinziehen wollten. Die Situation, die Möglichkeit, daß der von seinen Kriegern noch Hilfe erhielt, schien zu gefährlich. Der Gefangene begriff, daß er bald verbrennen mußte.
„Hunde! Kojoten! Schmutzfüßige Stinktiere! Laßt mich euch doch zeigen, wie ein Mann unter Qualen zu sterben versteht! Was sollen eure brennenden Zweiglein! Euer Feuer für Knäblein!"
„Was willst du uns belehren, du kreischendes Weib!" schrie der Zaubermann dagegen. „Was weißt du schon! Was kannst du denn!"
„Ehe ich sterbe, du Zwergeule, will ich dich noch etwas lehren, damit du künftig mit Kriegern besser umzugehen verstehst!"
Der Gefangene hatte nur noch mit Unterbrechungen gesprochen, da der Qualm ihm in Mund und Nase drang und das Atmen schwer machte.
„Dort ... der kleine Bursche ... mag mir sein langes Rohr geben ... Heiß machen müßt ihr es ... und mir geben, dann

werde ich euch an mir selbst zeigen, wie man den Mut eines Kriegers erprobt!"
Harka hatte seine Büchse bei sich, aber er verspürte nicht die geringste Lust, den Lauf im Feuer zu erhitzen und dadurch vielleicht das Rohr zu verderben und den Schuß unsicher zu machen. Er hoffte, der Zaubermann werde das Verlangen gar nicht bekanntgeben, aber dieser tat es offenbar doch, denn er rief dem Häuptling und den Kriegern etwas zu. Die Männer waren wohl selbst unzufrieden, daß sie den berühmtesten Gefangenen, der je in ihre Hände geraten war, so rasch sterben lassen sollten. Die beiden jungen Krieger, die rechts und links postiert waren, rissen ohne besondere Weisung die Brände etwas auseinander, so daß Tashunka-witko noch einmal Luft bekam. Seine Schultern zeigten schon Brandwunden. „Gib her!" rief er Harka jetzt zu. „Gib her, du Bursche! Willst du einem Häuptling den letzten Ruhm verweigern, den er vor seinem Tod verlangt? Du Knabe, du!"
Alle schauten auf Harka. Da packte diesen ein unbestimmter Zorn, denn er hatte schon einmal in seinem Leben ein solches Geheimniseisen opfern müssen, ohne es selbst zu wollen. Das war im vergangenen Frühjahr gewesen. Sein Zorn war ziel- und richtungslos, oder vielleicht richtete er sich auch gegen alle, gegen diesen Gefangenen, der es gerade auf ihn und seine Büchse abgesehen hatte, auch gegen den Vater, der nicht dagegen einschritt, gegen diese Siksikau, die das Verlangen ihres Gefangenen erfüllen wollten, weil sie sich ein sonderbares Vergnügen davon versprachen, und die das auf Kosten Harkas zu tun gedachten. Dumm waren sie und wußten nicht, wie man eine Büchse behandeln mußte. In seinem ausweglosen Zorn dachte Harka alle zugleich zu bestrafen, gerade dadurch, daß er den allgemeinen Wunsch erfüllte. Sollten sie nur erleben, was daraus wurde, wenn eine Waffe in die Reichweite eines solchen Gefangenen geriet!
Harka sprang zwischen die Feuer. Es wurde ihm brennend heiß, so daß er sich wunderte, wie Tashunka-witko das so lange aushielt, ohne den Verstand zu verlieren. Der Junge hielt den Lauf kurz in die Flammen, dann hielt er ihn dem Gefangenen hin.

Tashunka-witko packte das heiße Eisen, an dem seine Haut kleben bleiben mußte. Er schwang den Kolben hoch, sprang mit einem mächtigen Satz durch das Feuer hindurch und schlug den jungen Krieger nieder, der ihm dort im Wege stand.
Nach einer Sekunde der vollständigen Verblüffung brüllten die Umstehenden auf. Alles rannte nach der Seite, nach der Tashunka-witko entflohen war. Harka rannte mit, er empfand, das war nicht zu leugnen, eine gewisse Genugtuung über den Schaden, den der Gefangene mit der Büchse anrichtete.
Der Flüchtling war schon bei den Pferden. Die ersten Verfolger kamen zur Herde, als er sich bereits aufschwang. Den einen Pferdewächter hatte er ebenfalls mit dem Kolben niedergeschlagen, dessen Messer an sich gerissen. Jetzt brauste er in die Nacht hinein, auf dem Mustang des Häuptlings, dem hier kein zweites Pferd gleichkam. Ob er ihn bewußt oder zufällig gewählt hatte, konnte niemand wissen. Mit einem schrillen Hohngeschrei schwang der Entfliehende im Reiten die Büchse hoch über seinem Haupt. Die Krieger sprangen auf die Tiere, und es begann eine wilde, halsbrecherische Jagd in die Finsternis. Die Verfolger spannten die Bogen und legten die Pfeile ein, aber Tashunka-witko hängte sich an die Seite seines galoppierenden Pferdes, und wenn die Krieger nicht das Pferd erschießen wollten, konnten sie den Reiter nicht treffen. Er glitt schließlich unter den Bauch des Tieres, so daß er durch den Tierleib ganz gedeckt war. Der Fuß, mit dem er in der Haarschlinge am Rist des Mustangs hing, war in der Dunkelheit und bei der schnellen Bewegung über Wiesentäler und -hügel kaum wahrzunehmen.
Häuptling Brennendes Wasser war außer sich vor Zorn. Er versandte den Pfeil und schoß nach seinem eigenen herrlichen Tier. Es stürzte, und gleich darauf waren die Männer schon zur Stelle. Aber Tashunka-witko war verschwunden. Die Verfolger zerstreuten sich, um in der Nacht zu suchen. Dahin und dorthin ritten sie, einige sprangen ab und suchten zu Fuß. Der Flüchtling war wie vom Erdboden verschluckt.
Die innere Unruhe der Dorfbewohner wurde nach außen hin nur in zweckentsprechendem Verhalten merkbar. Alle blieben

wach. Die Alten und diejenigen Burschen, die sich nicht an der Suche nach dem Flüchtling beteiligten, hatten die Waffen zur Hand und spähten aus. Von den Frauen und Kindern gingen nur einige in die Zelte zurück. Viele blieben auf dem Dorfplatz, wo die großen Feuer langsam niederbrannten und der Opferpfahl zwischen rotem Flammenlicht und wachsenden Schatten fast lebendig wirkte. Harka gesellte sich zu denen, die auf dem Dorfplatz umherstanden. In die einsame Behausung am Ende des Lagers zu gehen und dort allein zu sein, gelüstete ihn nicht. Wenn er daran dachte, glaubte er den Griff an der Gurgel wieder zu spüren. Auch der Junge aus dem Häuptlingszelt stand noch bei den Frauen, hielt aber sorgfältig Abstand von Harka.
Die Feuer erloschen. Der Wind der ausgehenden Nacht spielte mit der Asche. Die Burschen zogen den Pfahl heraus und brachten ihn wieder zum Zauberzelt.
Als der Morgen zu grauen begann, kehrten die Reiter, die nach dem Entflohenen gesucht hatten, ohne Erfolg, daher grimmig gelaunt zurück. Die beiden jungen Krieger, die der Flüchtling niedergeschlagen hatte, befanden sich in der Pflege des Zauberers. Harka beobachtete, wie der Häuptling den Geheimnismann, dazu Krumm gehenden Wolf und Kluge Schlange in sein Zelt rief. Er bat auch Mattotaupa zu der Beratung. Mattotaupa hatte sich im Kampfe gleich dem Häuptling ausgezeichnet und zwei Feinde getötet. Er hatte sich im Zweikampf als ebenbürtiger Gegner Tashunka-witkos erwiesen. Daher schien es den Siksikau wohl ratsam, auch seine Erfahrungen zu berücksichtigen und seine Meinung zu hören. Harka war stolz auf seinen Vater.
Während die Männer berieten, trafen sich die Knaben an der Badestelle. Harka spürte, daß auch sie alle von den Ereignissen dieser Nacht sprachen. Aber er konnte nicht verstehen, was gesagt wurde, und beschloß im stillen, die Sprache der Siksikau jetzt so rasch wie möglich zu erlernen. Er hätte gern den Häuptlingssohn gebeten, ihm dabei zu helfen, denn er mochte diesen Jungen leiden. Er war gerade gewachsen, gerade wie ein Speer, und hatte aufrichtige Augen. Doch zeigte sich der Schwarzfußjunge weiterhin abweisend, und so blieb auch

Harka für sich und unzugänglich.
Die Beratung im Häuptlingszelt verlief kurz und hatte zum Ergebnis, daß sich Brennendes Wasser und Mattotaupa in Begleitung von Kluge Schlange zu Fuß aufmachten, um alle Spuren bei Tageslicht genau zu prüfen. Sowohl der Schwarzfußhäuptling als auch Mattotaupa riefen ihre Söhne herbei, die noch beim Bach gestanden hatten. Solange die Krieger in der näheren Umgebung des Zeltlagers suchten, sollten die Jungen an der Fährtensuche teilnehmen, um zu lernen. Nach stundenlangen mühseligen Untersuchungen kam zutage, daß Tashunka-witko, der zuletzt unter dem Bauch des Mustangs gehangen hatte, sich schon hatte ins Gras fallen lassen, ehe Brennendes Wasser das Pferd erschoß. Aus einem Eindruck im Sand zwischen zwei Grasbüscheln ließ sich das schließen. Tashunka war dann, wie Mattotaupa vermutete, nicht in dieser Richtung weitergeflohen, sondern ins Dorf zurückgeschlichen, wo ihn keiner vermutete. Von hier aus war er nach Süden, also direkt zu seinen Kriegern, gelaufen. Kurz hinter den Zelten wurde die Fährte seines Schnellaufs deutlich. Wie er durch die Kette der Posten hindurchgekommen war, blieb noch unklar, aber der Schwarzfußhäuptling und Mattotaupa, die geübte Krieger waren, hätten auch sich selbst ein solches Stückchen zugetraut. Die Wachen waren in weiten Abständen postiert.
Als die Vorgänge so weit geklärt schienen, gaben sich die Männer nicht lange mit „wenn" und „hätten wir" ab, sondern schlugen stillschweigend den Rückweg zu den Zelten ein. Sie wollten beraten, was nun zu geschehen habe. Harka sah nach dem Ergebnis der Fährtensuche seine Büchse als endgültig verloren an, und er sah überdies einen langweiligen Tag für sich selbst voraus. Der Vater würde wieder nicht dazu kommen, auf die Jagd zu gehen! Um seine Stimmung, die unter den Gefrierpunkt sank, ein wenig aufzuwärmen, fragte Harka den Vater auf dem Rückweg, ob er allein Antilopen jagen dürfe. Damit war Mattotaupa jedoch nicht einverstanden; er hielt es für möglich, daß sich Tashunka-witko oder andere Dakota noch in der Gegend umhertrieben. Harka war enttäuscht, widersprach aber nicht.

Mattotaupa hatte seine ablehnende Meinung eben geäußert, als der Schwarzfußhäuptling, der noch einmal in der Runde umherblickte, auffuhr. Mattotaupas Blick folgte dem wegweisenden Arm des Häuptlings. Alle blieben stehen und schauten in die gewiesene Richtung. In großer Entfernung war auf einer Bodenwelle so etwas wie ein Stab oder Stock aufgerichtet.
„Vorhin war noch nichts auf jenem Hügel zu sehen", stellte Mattotaupa fest.
„Soeben ist das auf dem Hügel erschienen", erklärte der Schwarzfußhäuptling. Da irgendeine Gefahr im Verzug schien, sollten die beiden Jungen sich sofort weiter auf den Rückweg zu den Zelten machen. Aber ehe sie den ersten Schritt taten, ging auf dem Hügel schon wieder etwas Neues vor. Die Gestalt eines Mannes erschien neben dem aufgepflanzten Stab. Dieser Mann winkte mit einem Leder oder Fell. Alle strengten die Augen an, um zu erkennen, was dies für ein Leder oder Fell sei.
„Ein weißes Wolfsfell!" flüsterte Harka seinem Vater zu. Er hatte die schärfsten Augen von allen, obgleich er noch ein Knabe war.
„Frieden?" sagte Mattotaupa fragend zu Kluge Schlange.
Die beiden Siksikau schienen zu überlegen. Der Mann auf dem Hügel war stehengeblieben und winkte weiter. Eine solche Geste als Hinterlist zu gebrauchen war nicht indianische Sitte, auch nicht im Krieg. Brennendes Wasser, Mattotaupa und Kluge Schlange verständigten sich darüber, daß sie zu dritt offen zu jenem Hügel hingehen wollten. Vielleicht war der Mann dort ein Dakota, der irgendein Angebot zu machen hatte.
Die Knaben wurden nun doch zu den Zelten zurückgeschickt. Da sie auf diese Weise allein miteinander waren, liefen sie stumm nebeneinander her, und fast zur selben Zeit setzten sie sich in Trab. Der schnelle Lauf machte ihnen Spaß, vielleicht konnten sie schneller und noch schneller laufen. Allmählich wurde der Dauerlauf zu einem Wettlauf, und schließlich strengte jeder alle Kräfte an, um erster bei den Zelten zu sein. Es gelang keinem, den anderen zu überholen. Sie kamen miteinander an. Damit waren sie im Grunde beide zufrieden, aber sie scheuten sich noch, das einander zu zeigen.

Da es hell war und nicht mehr die Gefahr bestand, daß sich ein Feind unbemerkt ins Lager einschleichen könnte, begab sich Harka in das Zelt am Südende, das der Häuptling Mattotaupa zur Verfügung gestellt hatte. Ein weibliches Geschöpf, das Harka hätte bedienen können, war nicht mehr da. Er machte sich selbst Freuer und briet sich ein nicht zu kleines Stück Fleisch, Frühstück und Hauptmahlzeit in einem. Als er sich gestärkt hatte, zog es ihn zu der Munition, die zu der verlorenen Büchse gehörte. Zwar konnte er nichts mehr damit anfangen, aber der Gedanke, daß Tashunka-witko vorläufig nicht mehr als zwei Schuß abgeben konnte, beruhigte ihn. Die Munition befand sich nicht an der gehörigen Stelle, an der Harka sie verstaut hatte, und er begann zu suchen. Nach und nach stülpte er alles um, was sich im Zelte befand, aber die Munition war nicht aufzufinden. Ein dunkler Verdacht stieg in Harka auf. Er schlug endlich sogar die Lederdecken hoch, mit denen der Zeltboden belegt war, und auf einmal blieb er wie erstarrt stehen. An der Stelle, an der die Munition gelegen hatte, erblickte er, unter der Decke in den Erdboden eingeritzt, das Zeichen Tashunka-witkos: ein sich bäumendes Pferd.
Dem Jungen war klar, was vorgegangen sein mußte. Tashunka hatte sich, wie aus den Spuren hervorgegangen war, ins Dorf zurückgeschlichen und hatte dieses nach Süden hin wieder verlassen. Einige Zeit hatte er sich, wie nun feststand, in dem leeren Zelt Mattotaupas versteckt gehalten und die Zeit benutzt, um sich die Munition herauszusuchen.
In Harka mischten sich Zorn und Bewunderung. Er blieb im Zelt sitzen, um über diese Angelegenheit allein weiter nachzudenken. Er hatte keine Lust, mit einem anderen als dem Vater darüber zu sprechen; der Vater aber war noch mit dem Häuptling der Siksikau unterwegs.
Während der Knabe allein im Zelt saß, waren Brennendes Wasser, Mattotaupa und Kluge Schlange näher an den Hügel herangekommen, auf dem die Stange aufgepflanzt war und ein Mann mit dem weißen Wolfsfell gewinkt hatte. Sie erkannten jetzt diesen Mann, der bei der aufgepflanzten Stange stand und das weiße Wolfsfell als Parlamentärsflagge in die Höhe hielt. Es

war Tashunka-witko. Zwei weitere Krieger, die auf der für den Schwarzfußhäuptling und seine Begleiter nicht sichtbaren Seite des Hügels heraufgekommen sein mußten, traten noch zu dem Dakota.

Langsam gingen Brennendes Wasser, Mattotaupa und Kluge Schlange zu dieser Dreiergruppe ihrer Gegner hinauf, und als sie den Kamm des Hügels erreicht hatten, blieben sie den anderen gegenüber stehen. Die Männer maßen sich stumm, ohne Zorn, ohne Lächeln, ohne Spott in den Mienen, mit einer Beherrschtheit, wie sie ihnen die Achtung vor sich selbst und im Grunde auch die Achtung vor einem tapferen Feind gebot. Die Dakota vermieden es dabei, Mattotaupa anzusehen. An ihm schauten sie vorbei, als ob er nicht da sei. Da Tashunka-witko das Zeichen zu dieser eigenartigen Zusammenkunft gegeben hatte, war es an ihm, zuerst das Wort zu ergreifen. Es zeigte sich, daß der eine seiner Krieger auch in der Schwarzfußsprache bewandert war, so daß die Verständigung rasch vor sich ging.

„Die Krieger der Siksikau", sagte Tashunka-witko, „hatten mich zu ihrem Gefangenen gemacht, aber sie sind mir dann so begegnet, wie es sich unter tapferen Kriegern ziemt. Die Männer der Siksikau wissen jetzt auch, daß ein Häuptling der Dakota nicht um sein Leben wimmert. Ich habe die Tochter der Dakota wieder in unsere Zelte geholt, und da mir Brennendes Wasser die Geheimniswaffe geben ließ, bin auch ich selbst wieder frei geworden. Ich konnte zu meinem Stamm heimkehren, und ich bin bereit, dem Stamme der Siksikau jene drei Krieger zurückzugeben, die unsere Gefangenen wurden. Sie waren keine Feiglinge; sie hatten sich zu weit vorgewagt und waren schwerverletzt, als wir sie ergriffen. Einer von ihnen ist schon gestorben. Wir werden euch zwei Krieger als Lebende, einen Krieger aber als Toten zurückgeben, wenn ihr jetzt so besonnen seid, wie auch wir es sind. Seid ihr bereit, die Friedenspfeife mit uns zu rauchen? Für Männer, die einander als tapfer kennengelernt haben, ist es keine Schande, das Kriegsbeil aus der Hand zu legen und es zu begraben! Ich habe gesprochen, hau."

Nach diesen Worten trat ein Schweigen ernster Überlegung ein. Brennendes Wasser gab dann zur Antwort:

„Tashunka-witko! Wo befinden sich unsere drei Krieger, von denen du sprichst?"
„Du hast sie bereits gesehen, und ich erlaube dir, mit ihnen zu sprechen."
Was der Dakota sagte, entsprach der Wahrheit. Ein Toter und zwei Gefesselte lagen unten am Hügelhang. Brennendes Wasser ging allein mit Tashunka-witko zu ihnen hinunter, während die Begleiter der Häuptlinge oben auf dem Hügel warteten. Sie schauten jetzt alle aufmerksam hinab. Die beiden noch Lebenden schienen sehr schwer verletzt zu sein, und wenn sie gerettet werden sollten, durfte keine Zeit verloren werden. Ihre Wunden waren notdürftig verbunden. Nachdem der Schwarzfußhäuptling kurz mit ihnen gesprochen hatte, kamen er und Tashunka-witko wieder herauf.
„Und die Geheimniswaffe?" fragte Brennendes Wasser.
Jetzt lächelte der Dakotahäuptling. „Nein", erwiderte er. „Die Geheimniswaffe nicht. Die behalte ich."
Jeder der Begleiter von Brennendes Wasser rechnete bei sich im stillen: vier Dakota waren gefallen, zwei von ihnen hatte der Schwarzfußhäuptling, zwei hatte Mattotaupa besiegt. Ein Schwarzfußkrieger war im Kampfe getötet worden, einer war in Gefangenschaft gestorben. Wenn die Siksikau jetzt die beiden noch lebenden Gefangenen zurückerhielten, hatten sie sie nur mit der doppelläufigen Büchse ihres Gastes Harka bezahlt, und sie konnten darauf hinweisen, daß ihre Verluste an Kriegern halb so groß waren wie die der Dakota. Brennendes Wasser wechselte einen Blick des Einverständnisses mit Kluge Schlange und entschied dann:
„Deine Worte waren die eines aufrichtigen Mannes, Tashunka-witko! Ich werde der Ratsversammlung mitteilen, daß wir das Kriegsbeil begraben und die Friedenspfeife mit euch rauchen wollen."
„Dazu bin ich bereit, wie ich dir gesagt habe", erwiderte der Dakotahäuptling. „Aber damit alles klar und deutlich zwischen uns besprochen sei und ohne Hinterhalt, so will ich dir mitteilen, daß wir mit den Kriegern der Schwarzfüße Frieden schließen, nicht aber mit Verrätern, die aus den Zelten der Dakota

ausgeschlossen sind. Jeder Siksikau wird unsere Zelte und unsere Wälder und Prärien betreten können, wann immer er es in friedlicher Absicht tut und nicht unser Wild schießt. Mattotaupa aber, der Verräter, stirbt, sobald wir ihn in unseren Jagdgründen finden!"
Mattotaupa hörte diese Reden mit an. Als das Wort „Verräter" fiel, wurde sein Antlitz grau wie Asche, und nur seine Augen glühten. Brennendes Wasser runzelte die Stirn und zog die Mundwinkel herab.
„Du sprichst von einem Gast unserer Zelte", sagte er herb und zurückweisend. „Vergiß das nicht! Du sprichst von einem kühnen Krieger, der mit seinem Sohne bei uns bleiben wird. Was eure Zaubermänner und Häuptlinge immer beschlossen haben, eure Beschlüsse gelten nur bei euren Zelten, in euren Wäldern und in euren Prärien. Solange Mattotaupa und sein Sohn Harka Wolfstöter aber bei uns weilen, wird jede Hand, die sich gegen sie erhebt, auch von uns abgeschlagen werden, und jedes schmähende Wort gegen unseren Gast werden wir als eine Schmähung gegen uns betrachten, die wir zu rächen entschlossen sind. Ich habe gesprochen!"
„So sei es denn, wie du sagst!" gestand Tashunka-witko zu.
Die Häuptlinge ließen sich nieder, um zu einer ersten Bekräftigung ihrer Worte ihre kurzen Pfeifen zu rauchen. Mattotaupa und Kluge Schlange brachten die beiden Schwerverletzten und den Toten herbei. Sie nahmen denjenigen Schwarzfußkrieger, dessen Leben am meisten gefährdet schien, mit sich, um ihn sogleich ins Zeltdorf zu schaffen und dort Pferde und Decken zu holen, mit denen der zweite Verwundete und der Tote zu den Zelten gebracht werden konnten. Als Mattotaupa zu den Zelten kam, um den Schwerverletzten zu dem Zaubermann zu bringen, traf er sich mit Harka. Der Knabe erfuhr durch den Vater, was auf dem Hügel vorgegangen und was verhandelt worden war. Dann berichtete Harka selbst, daß die Munition, die zu der geraubten Büchse gehörte, verschwunden war und Tashunka das Zeichen seiner Anwesenheit im Zelte Mattotaupas in den Boden eingeritzt hatte. In Mattotaupa stieg bei diesem Bericht eine derartige Wut auf, daß er sich nur noch mit Mühe be-

herrschte. Auch der Knabe erzürnte sich sehr, daß er seine doppelläufige Büchse auf Grund des Verhandlungsergebnisses endgültig verloren hatte.
Mit gerunzelter Stirn fragte er den Vater: „Warum ist Tashunka-witko so erpicht auf den Frieden, daß er uns dafür zwei Krieger zurückgibt?"
„Er hat erfahren, wie wir kämpfen. Der Angriff der Dakota auf unsere Zelte ist abgeschlagen."
„Um so mehr muß Tashunka-witko uns fürchten, wenn wir wieder um zwei Krieger stärker sind." Wenn der Knabe jetzt „wir" sagte, so meinte er die Gruppe der Siksikau, bei der er mit seinem Vater zu Gast war.
„Dafür besitzt er dein Geheimniseisen, das in der Hand Tashunka-witkos eine gefährliche Waffe sein wird."
„Warum habt ihr mich gezwungen, es ihm zu geben?!"
„Warum hast du es Tashunka immer vor die Augen gehalten, im Zelt und am Pfahl? Da beschloß er, es sich zu verschaffen!"
Harka senkte den Kopf. „Aber zwei Krieger sind dennoch mehr wert!" beharrte er. „Warum gibt er sie her, und seine Männer zürnen nicht einmal darüber?"
„Die beiden Krieger, die er uns freigab, sind so schwer verletzt, daß sie im Kampfe nie mehr die volle Kraft haben werden. Tashunka-witko hat auch überlegt, was er tut."
„So scheint es, Vater."
Während Mattotaupa sich mit einigen Männern, Pferden und Decken wieder auf den Weg machte, ging Harka zu seinem Grauschimmel. Wenn er den Vater nicht hatte, war dieses Tier sein einziger Vertrauter. Er setzte sich zu ihm und nahm wieder einen Grashalm zwischen die Lippen. Daß seine Büchse samt Munition verloren war, konnte er so leicht nicht verwinden.
Er hatte lange zwischen der Pferdeherde gesessen, als ein anderer Junge zu ihm kam, das war der Sohn des Schwarzfußhäuptlings. Die Knaben konnten noch nicht miteinander sprechen, aber der andere setzte sich zu Harka und blieb stillschweigend bei ihm. Die beiden saßen bis zum Abend beieinander, während vor zwei Zelten die Totenklage um die beiden gefallenen Krieger gesungen wurde. Als es dämmerte, die Männer alle

zurückgekehrt waren und Mattotaupa in das Zelt am Südende des Lagers ging, erhob sich Harka endlich, um auch heimzugehen. Der andere Junge begleitete ihn und kam einfach in das Zelt Mattotaupas mit. Harka freute sich darüber viel mehr, als er je nach außen hin gezeigt hätte. Die Schwarzfußfrau bereitete Essen für Mattotaupa und dann auch für die Kinder und sich selbst. Zwar hatte Harka am Morgen schon etwas zu sich genommen, und er pflegte wie die Krieger nur einmal am Tage zu essen. Aber er versorgte eigenhändig seinen Gast mit am Spieß geröstetem Fleisch wie ein Häuptling den anderen. Auch nach dem Essen blieb der Schwarzfußjunge noch im Zelt, und wie spielend erklärte er seinen eigenen Namen „Stark wie ein Hirsch" und einige Worte seiner Sprache. Harka ging sogleich darauf ein, holte sich bei der Frau auch ein Stück Leder, um etwas aufzeichnen zu können. Er wollte dem anderen Jungen klarmachen, daß er beabsichtige, endlich auf Antilopenjagd zu gehen. Jetzt, nachdem die Waffen schwiegen, konnte der Vater nichts mehr dagegen haben. Mattotaupa gab denn auch seine Zustimmung für den übernächsten Tag, und Stark wie ein Hirsch war voller Feuer für dieses Vorhaben. Das war der erste Augenblick, in dem es Harka nicht so sehr schmerzte, daß er seine Büchse nicht mehr besaß. Auch Stark wie ein Hirsch hatte nur Bogen und Pfeil, und die beiden Jungen wollten die gleichen Waffen führen. Es ergab sich ganz von selbst, daß Stark wie ein Hirsch auch für die Nacht in Mattotaupas Zelt blieb. Harka ahnte, daß es gerade der Verlust seiner Geheimniswaffe war, der bei dem anderen den Damm scheuer Zurückhaltung endgültig durchbrochen und Harka so für den Verlust der Waffe mit dem Gewinn eines Freundes belohnt hatte. Er selbst fing an, ruhiger über diesen Verlust nachzudenken. Der Vater hatte nicht unrecht; Harka hatte allzusehr mit dem Besitz der Geheimniswaffe geprahlt. Was Tashunka-witko anbelangte, so konnte der Junge nicht einmal mehr mit Zorn an ihn denken. Das tollkühne Verhalten des Häuptlings und Mattotaupas Zweikampf mit ihm hatten bewiesen, daß die Dakota keine schlechten Krieger waren, und niemand würde sagen dürfen, Harka stamme aus einem Volk von Feiglingen. Das, wonach der

Sohn des Geächteten am meisten verlangte, Achtung und Freundschaft von seinesgleichen, schien auf einmal da zu sein. Während er sich auf seinem Lager ausstreckte und noch mit offenen Augen ins Dunkle schaute, gingen seine Gedanken zu der Antilopenjagd und noch weiter zu Bildern einer Zukunft, in der er selbst ein Krieger und Häuptling und der Bruder seines neuen Gefährten Stark wie ein Hirsch werden wollte.
„Vater!" sagte er aus diesen Gedanken heraus, leise, aber vernehmlich, da er wohl bemerkt hatte, daß Mattotaupa noch nicht schlief, und zugleich in der Gewißheit, von keinem anderen als diesem verstanden zu werden. „Noch sind wir Gäste in den Zelten der Siksikau. Wann werden wir als Krieger in ihren Stamm aufgenommen?"
„Sobald du die Proben bestehst, Harka Wolfstöter, die dich würdig machen, ein Krieger genannt zu werden, und sobald ich mich an denen, die mich aus dem Stamme der Dakota vertrieben, gerächt habe, so daß niemand mehr wagen darf, mich einen Verräter zu nennen."
„Bis ich ein Krieger werde, gehen noch manche Sommer und Winter dahin, Vater."
„Manche, Harka. Aber sie werden uns schnell vergehen, denn wir leben als Brüder freier und tapferer Männer."
„So ist es. Wenn es soweit ist . . ." Harka brach ab.
„Sprich nur", sagte der Vater.
„Ich denke an Tashunka-witko."
„Was denkst du über diesen Mann, der unser Feind ist und mich beleidigt hat?"
Harka schluckte.
„Sage mir, Harka Steinhart, was für Gedanken in deinem Kopfe bohren!"
Die Frage war in einem freundschaftlichen Tone gehalten, wie er sich zwischen Vater und Sohn in den gemeinschaftlichen Gefahren und Leiden der Verbannung herausgebildet hatte, aber es schwang auch ein Unterton darin mit, der neu war und den Harka noch gar nicht bemerkte. Ein eifersüchtiger Zweifel, wie er Einsame und Entrechtete leicht befällt, hatte sich in Mattotaupa gegenüber seinem Jungen geregt.

Harka antwortete ganz unbefangen: „Tashunka-witko hat eine Tochter der Dakota aus den Händen der Feinde befreit und zurückgeholt. Sie heißt Uinonah."
„Wie meine Tochter, deine Schwester. Daran denkst du?"
„Ja!" sagte Harka kurz und trotzig. Er fürchtete jetzt, daß der Vater ihm vorwerfen wolle, daß er zu weich sei. Aber er vermochte nicht, das Gefühl für seine Schwester zu verleugnen. Er sah sie wieder vor sich, in der Abschiedsnacht, als er aus den Zelten zu dem geächteten Vater in die Wildnis geflohen war. Da hatte Uinonah die Decke über das Gesicht gezogen, damit niemand sehen sollte, daß sie weinte. Jetzt mußte sie unter Menschen leben, die ihren Vater verachteten, und Harka konnte sie nicht beschützen.
Mattotaupas nächste Worte klangen ganz anders, als Harka erwartet hatte. „Was glaubst du, Harka Wolfstöter – würde meine Tochter Uinonah bereit sein, zu uns beiden in das Zeltdorf der Siksikau zu kommen?"
„Sie würde bereit sein, Vater. Sie hat gewußt, daß ich zu dir gehe, und sie hat mir geholfen zu fliehen."
„Harka, seit die Ältesten der Bärenbande mich verurteilt und geächtet haben, sind wir umhergeritten und umhergewandert, und wir konnten nicht ein kleines Mädchen bei uns haben. Das weißt du wohl. Aber jetzt haben wir Zelte gefunden, in denen Uinonah mit uns wohnen könnte. Es ist Frühling. Wir haben den Sommer vor uns und können zum Pferdebach reiten, um meine Tochter, deine Schwester, zu uns zu holen, so wie Tashunka-witko das Dakotamädchen geholt hat. Unser Mut und unsere Klugheit sollen nicht geringer sein!"
„Ja, Vater! Wann reiten wir?"
„Sobald du mit Stark wie ein Hirsch die Antilopen und sobald ich mit dem Häuptling Brennendes Wasser Büffel gejagt habe und das Zelt hier wohlversorgt ist. Ich habe gesprochen, hau!"
Damit endete das Zwiegespräch, das die Schwarzfußfrau und Stark wie ein Hirsch nicht verstanden hatten. Harka legte sich zum Einschlafen zurecht. Ihm war frei und doch noch seltsam zerrissen zumute. Er wollte ein Krieger der Schwarzfüße werden, aber die Aussicht, sein heimatliches Zeltdorf am Pferde-

bach noch einmal zu sehen und seine Schwester von dort wegzuholen, bewegte ihn zugleich sehr stark. Er fürchtete fast, daß sich sein Angsttraum wiederholen werde, dieser Traum, daß Uinonah ihn um Hilfe rufe, seine Füße aber festgezaubert seien. Zum Glück rührte sich jetzt Stark wie ein Hirsch in seinen Dekken. Harka begann diesen Jungen und seine Freundschaft wie einen Schutzgeist zu empfinden. Er streckte sich und schlief ein.

Mattotaupa starrte noch ins Dunkel. Daß die Häuptlinge und Ältesten der Siksikau ihn auch nach seiner Bewährung im Kampfe noch nicht ganz als einen der Ihren betrachteten, ihn noch nicht in den Stamm aufnehmen wollten, schmerzte ihn mehr, als er seinem Sohn je eingestanden hätte. Rachewünsche gegen die, die ihn aus den Reihen der Dakota ausgestoßen hatten, schlummerten schon lange in ihm. Aber jetzt begannen sie Gestalt anzunehmen, denn er wollte alle Zungen zum Schweigen bringen, die ihn noch schmähen konnten. Er wollte den Männern der Siksikau nicht nur von seiner Unschuld erzählen. Er wollte seinen untadeligen Ruf mit dem Tode der Beleidiger beweisen. Den Augenblick, in dem ihn Tashunka-witko in Gegenwart des Schwarzfußhäuptlings ungestraft einen Verräter genannt hatte, konnte er nicht mehr vergessen.

Luchse in der Nacht

Am Tage, ehe die beiden Jungen auf Jagd auszogen, gab es noch manches zu tun und vieles zu überlegen. Beide waren beim ersten Morgengrauen am Bach und erlebten beim Baden, wie die Sonne über den Horizont heraufstieg, wie das Wasser aufschillerte, die Zelte von Licht überstrahlt wurden und die Pferde zu grasen begannen. Als sie sich gesalbt und angekleidet hatten, saß Mattotaupa schon bei dem aufflackernden Zeltfeuer und ließ sich von der Schwarzfußfrau Fleisch zum Frühstück geben. Auf den baumlosen Grassteppen war Fleisch die Hauptnahrung. Auch die beiden Buben bekamen gleich ihr Teil und hatten es rasch hinuntergeschlungen. Während die übrigen Kinder erst zum Bache gingen, eilten Harka Wolfstöter und Stark wie ein Hirsch schon hinüber in das Häuptlingszelt. Stark wie ein Hirsch wollte seinen Vater noch einiges fragen, ehe Brennendes Wasser die große Beratung der Ältesten über den Friedensschluß mit Tashunka-witko und dessen Stamm eröffnete. Die beiden Buben kamen noch zur Zeit. Der Häuptling hatte seine reich gestickten Festkleider angelegt, aber die Adlerfederkrone noch nicht aufgesetzt. Brennendes Wasser sah den Jungen sofort an, daß sie eine Frage auf dem Herzen hatten, und winkte sie freundlich herbei. „Sprecht!"

„Vater!" begann Stark wie ein Hirsch. „Wenn die Sonne das nächste Mal aufgeht, ziehe ich mit Harka Wolfstöter auf Jagd. Ich habe mir einen Plan gemacht. Aber wenn wir so reiten, wie ich es dir vorschlagen will, sind wir vier Tage unterwegs."

Der Häuptling lächelte. „Du hast immer große Gedanken, mein Sohn."

Stark wie ein Hirsch wurde rot. Er wußte nicht genau, ob ihn der Vater verspottete oder ernst nahm. Aber wenn er sich zurückerinnerte, so konnte er von sich selbst sagen, daß er nur selten etwas vorgeschlagen hatte, was nicht gelungen war.

„Sprich nur weiter", ermunterte ihn der Häuptling.

Der Junge freute sich; er hoffte, schon gewonnenes Spiel zu haben.

„Vater", sagte er. „Wir wollen in der Richtung reiten, in der die Sonne untergeht. Dort beginnen die Berge und Wälder, und auf den Waldwiesen und an den Bergbächen wächst das Gras saftiger als hier. Die Luft ist milder, der Wind in den Tälern sanfter. Wir wollen den geschützten Platz aufsuchen, wo unsere Zelte im Winter gestanden haben. Dort werden sich jetzt Antilopen, Hirsche und Bären tummeln. Rings ist das Land der Jagdgrund der Siksikau, und kein feindlicher Krieger wird uns stören. Ich aber kenne dort jeden Baum, jede Quelle, denn wir haben schon siebenmal die Zeit von Eis und Schnee in jenen Bergen und Wäldern überdauert. Ihr Krieger seid jetzt zu den großen Büffeljagden heraus auf die freie Prärie gewandert. Für uns

Knaben aber ist dort oben noch ein gutes Jagdrevier."
„Meinst du?"
„Ja, Vater. Wir können unterwegs auch die beiden Biberjäger besuchen, wenn sie nach dem Winter wiedergekommen sind."
„Das könnt ihr. Vielleicht haben sie neue Nachrichten."
„Ja, ja, Vater!"
„Gut. Wenn Mattotaupa zustimmt, werde auch ich zustimmen. Gibt es noch etwas zu besprechen?"
„Harka Steinhart Wolfstöter hat keinen guten Bogen. Er muß einen besseren erhalten."
Der Häuptling lächelte wieder und winkte den Dakotajungen heran. „Du sollst einen neuen Bogen erhalten", sprach er, „denn du hast deine Geheimniswaffe eingebüßt. Dort" – der Häuptling wies in den Hintergrund des Zeltes –, „dort liegen vier Bogen. Prüfe sie und sage mir, welches der beste ist. Wenn du imstande bist, den besten herauszufinden, und mir so zeigst, daß du mit Bogen umzugehen gelernt hast, soll einer der Bogen dein sein."
Harka hatte die Kombination von Zeichen und Worten des Häuptlings verstehen können und ging langsam zu der genannten Stelle, bückte sich und nahm einen der Bogen nach dem anderen prüfend zur Hand. Es waren keine Bogen für Jungen, sondern Bogen, wie Männer sie führten. Harka wurde in dem Sommer, der jetzt begann, dreizehn Jahre alt, aber er war schon 1,75 Meter groß, und obgleich er sehr schlank gewachsen war, hatte er kräftige Sehnen und Muskeln. Als er alle vier Bogen gemustert hatte, wußte er sofort, daß der letzte, den er in die Hand bekommen hatte, der beste war.
„Dieser."
Der Häuptling zog die Stirnhaut hoch. „Du hast richtig geurteilt. Nun komm! Wir wollen sehen, ob du diesen Bogen spannen kannst und ob du dein Ziel zu treffen vermagst."
Brennendes Wasser ging mit den beiden Buben vor das Zelt hinaus. Stark wie ein Hirsch gab Harka sechs Pfeile. Die kleine Gruppe wurde von der Jugend des Zeltlagers sofort erspäht; von überall liefen die Altersgenossen des Häuptlingssohnes herbei.

„Hole Mattotaupa!"
Stark wie ein Hirsch flitzte davon, um den Auftrag des Vaters auszuführen. Rasch kam er mit dem Gesuchten zurück.
Harka ging zu seinem Vater hin. „Dies ist ein Knochenbogen, aus Fischbein", erklärte er. „Du hast mir beim Zeltfeuer schon von solchen Bogen erzählt, Vater, doch zum erstenmal in meinem Leben halte ich einen solchen Bogen in der Hand. Brennendes Wasser will mir nicht diesen Bogen schenken, sondern einen anderen, einen der drei, die er noch in seinem Zelte hat. Aber die Probe, ob ich zu treffen vermag, soll ich mit dem Knochenbogen ablegen. Ich werde drei Probeschüsse für mich verlangen, ehe ich die große Prüfung bestehe."
„Das ist deine Sache, Harka Steinhart."
„Hau."
Inzwischen hatten sich auch einige Krieger und sogar der Geheimnismann eingefunden. Da er bereit schien, die Verständigung zu erleichtern, bat Harka ihn:
„Drei Probeschüsse für mich. Dann mag mir Brennendes Wasser die Ziele zeigen, die ich treffen soll."
Der Zaubermann und der Häuptling verständigten sich. „Zwei Probeschüsse für dich", entgegnete Brennendes Wasser.
Harka dachte nach, legte dann den Knochenbogen zu Füßen von Brennendes Wasser ins Gras und trat beiseite. „Mein alter Bogen ist gut genug", sagte er leise, aber mit jenem Ton, der einen unwiderruflichen Entschluß ankündigt.
„Warum verlangst du drei Schüsse zum Einschießen?" fragte Brennendes Wasser, ohne Ärger über das Verhalten des Knaben zu zeigen.
„Ich muß auf jeden Schuß, den du von mir verlangen wirst, gerüstet sein. Ich muß wissen, wie weit ich mit diesem Bogen schießen kann und wie der Pfeil zu richten ist. Ich brauche drei Schüsse, ehe ich sicher bin."
„Das ist richtig gesprochen, und du hast auch diese Probe bestanden, Harka Bärenjäger. Nimm den Bogen. Drei Schüsse sind dein. Die Ziele der nächsten drei bestimme ich."
Harka holte sich daraufhin den Bogen wieder, ging zwischen den Zelten durch und sprang über den Bach, immer begleitet

von der ganzen Schar, deren Aufmerksamkeit er gefunden hatte. Auf der Prärie draußen blieb er stehen. Er legte den ersten Pfeil ein und spannte den Bogen. Die wunderbare Elastizität und Leichtigkeit dieser Waffe beeindruckte ihn sogleich. Er hatte die Absicht, zunächst so weit wie möglich zu schießen. Daher spannte er die Sehne und krümmte den Bogen, so stark er vermochte, und schnellte dann ab. Die Sehne sang, der Pfeil schoß schnell durch die Luft. Aller Augen folgten der Bahn des gefiederten Geschosses. Stark wie ein Hirsch schnellte sich selbst wie ein Pfeil mit großem Schwung ab und rannte allen anderen Knaben voran in der Richtung des Schusses. Bald meldete das Jauchzen der Jungen, daß sie das Geschoß hinter einem Hügel im Grase gefunden hatten.
Harka war nicht mit den anderen gelaufen. Er hatte den nächsten Pfeil eingelegt, und als die Jungen mit dem ersten zurückgekommen waren, schoß er den zweiten ab. Auf fünfzig Schritt Entfernung fuhr dieser in eine Sandanhäufung, die der Wind aufgeweht hatte. Der Pfeil blieb darin stecken, schaute aber auf der anderen Seite mit der Spitze heraus. Harka war mit dieser Probe für die Durchschlagskraft des Geschosses zufrieden. Er nahm den dritten Pfeil zur Hand. Diesen schnellte er sehr rasch ab und ohne daß jemand kontrollieren konnte, worauf er eigentlich gezielt habe. In hundert Schritt Entfernung steckte der Pfeil im Grase. Harka holte ihn selbst und trat dann vor den Häuptling. „Ich bin bereit. Nenne mir die Ziele!"
„Das erste wird Stark wie ein Hirsch bestimmen, der den Bund der Knaben anführt, das zweite Mattotaupa, das dritte ich selbst", entschied Brennendes Wasser.
Stark wie ein Hirsch besprach sich mit einigen Jungen. Das Ergebnis der Beratung war, daß einer der Knaben einen kleinen Lederball holte, auf ein Zelt kletterte und den Ball zwischen den Spitzen der Zeltstangen festklemmte. Der Junge bedeutete Harka, daß er den Pfeil aus liegender Stellung versenden solle; das Ziel war der Ball. Die Aufgabe war nicht leicht. Da es Harka nicht vorgeschrieben war, wo er sich hinzulegen habe, wählte er eine Entfernung von siebzig Schritt und eine Stelle, an der der Boden leicht anstieg. Das Hantieren mit der Waffe machte ihm

jetzt schon Freude. Er legte an und schoß ohne Zögern. Der Ball wurde durchbohrt. Die Jungen lobten den Schuß mit lauten Rufen.
Darauf trat Mattotaupa vor, ein kleines Lächeln lag um seine Mundwinkel. „Ich gehe hundertfünfzig Schritt, hebe die Hand und spreize zwei Finger. Sende mir den Pfeil so, daß ich ihn zwischen den Fingern fangen kann, Harka Büffelpfeilversender! Schieße kniend."
Mattotaupa bat Kluge Schlange, mit ihm zu kommen. Die beiden liefen mit genau gemessenen Schritten die angegebene Strecke. Sie blieben in den Wiesen stehen, und Mattotaupa hob die rechte Hand. Er spreizte Zeigefinger und Mittelfinger auseinander. Die Luft war sehr rein, der Morgen hell. Harka, der schon auf das rechte Knie heruntergegangen war, zielte sorgfältig und erwog genau, mit welcher Spannung der Sehne er abschießen müsse. Der Schuß war schwierig, die Entfernung groß. Harka kniff die Augen zusammen. Alle Zuschauer waren gespannt; es blieb rings ganz still. Harka schoß. Die Sehne surrte, der Pfeil flog.
Ein heller Ruf Mattotaupas verkündete, daß das Spiel gelungen war. Ein allgemeines Freudengeschrei begrüßte Harkas Erfolg. Die Jungenschar rannte zu Mattotaupa, schnell und übermütig wie ein Rudel Füllen im Frühjahr. Als sie zu Mattotaupa kamen, hielt dieser die Hand mit dem Pfeil noch in die Höhe, und die Knaben konnten sehen, wie er ihn gefangen hatte: am Schaft, kurz vor den Federn, die am Schaftende angebracht waren. So begeistert, als ob sie alle zusammen einen Meisterschuß getan hätten, kehrte die Knabenschar zu Harka zurück. Die Spannung stieg, denn für den dritten und letzten Schuß sollte nun Brennendes Wasser das Ziel bestimmen.
Der Häuptling ließ sich den kleinen Lederball geben, den Harka von dem Pfahl heruntergeschossen hatte, und rief Stark wie ein Hirsch herbei. „Hier! Nimm den Ball, renne umher und wirf ihn plötzlich in die Höhe. Harka Büffelpfeilversender wird den Ball treffen."
Stark wie ein Hirsch lachte und blitzte Harka mit den Augen an. Er nahm den Ball, sprang kreuz und quer damit, während Harka

am Platze blieb, den Bogen in der Linken, den dritten und letzten Pfeil in der Rechten. Er verschmähte es, den Pfeil schon einzulegen, obgleich er im gegebenen Augenblick sehr schnell schießen mußte. Stark wie ein Hirsch rannte umher, sprang hoch, überkugelte sich, lief weiter. Den Ball hatte er bald in der einen, bald in der anderen Hand, bald vor sich, bald hinter dem Rücken. Plötzlich, als er ein paar tolle Sprünge gemacht hatte, warf er ihn zwischen den Beinen durch nach oben; er war wohl achtzig Schritt von Harka entfernt. Harka hatte den Pfeil blitzschnell eingelegt, zielte und schoß. Der Ball wurde in dem Augenblick getroffen, als er seine Höhe erreicht hatte und den Bruchteil einer Sekunde schwebte, ehe er herabfiel. Der Pfeil riß den Ball noch ein Stück weiter, und dann fielen Ball und Pfeil zu Boden.
Die Jungen jauchzten wieder laut. Stark wie ein Hirsch holte Ball und Pfeil und rannte, beides in der hoch erhobenen Hand, zu Harka heran. „Sieger! Du hast getroffen! Mein Bruder Harka Wolfstöter Bärenjäger!"
Harka sagte kein Wort. Er gab den Bogen an den Häuptling zurück.
Mattotaupa stand neben Brennendes Wasser und betrachtete die Waffe sehr aufmerksam. „Es ist der beste Bogen, den ich je gesehen habe. Besitzen die Männer der Siksikau noch mehr solche Waffen?"
„Es ist der einzige dieser Art, den wir hier bei unseren Zelten haben", antwortete Brennendes Wasser bedächtig. „Will auch Mattotaupa einmal damit schießen?"
„Wenn du mir erlauben willst, Häuptling Brennendes Wasser, das Ziel selbst zu bestimmen."
„Das magst du tun."
Mattotaupa rief Harka zu: „Bringe einen Büffelhautschild und stelle dich damit dreihundert große Schritte entfernt von hier auf!"
Der Zaubermann übersetzte Mattotaupas Worte, und Männer und Jungen wurden noch aufmerksamer. Es war eine Erregung neuer Art zu spüren, deren Grund Mattotaupa jetzt noch nicht kennen konnte, aber sie entging ihm nicht. „Dreihundert

Schritt" war „ein Pfeilschuß weit", aber nur in sagenumwobenen Fällen war ein gezielter Schuß auf eine solche Entfernung von etwa dreihundert Metern gelungen.
„Laß dir den Sonnenschild geben!" rief der Zaubermann, wie einer plötzlichen Eingebung folgend, Harka noch nach.
Der Junge ließ sich von der Frau des Häuptlings im Zelte die drei runden Schilde des Häuptlings aus siebenfacher Büffelhaut zeigen. Sie waren alle bunt bemalt, der eine mit dem geometrischen Sonnenmuster, dessen mittelster Kreis ein Rad mit vier Speichen darstellte. Diesen brachte Harka auf die Prärie hinaus und stellte sich an der angewiesenen Entfernung in westlicher Richtung auf. Der Vater hatte so die Sonne im Rükken und wurde nicht durch die Strahlen geblendet. Der Knabe hielt den Schild vor seine Brust und das Gesicht. Häuptling Brennendes Wasser und sein Sohn standen neben Mattotaupa. Alle schauten auf den Schützen. Er spannte die Sehne, und der Bogen krümmte sich. Die Elastizität der Waffe kam erst jetzt ganz zur Geltung. Unter Mattotaupas brauner Haut spielten die Muskeln. Seine Augen waren fast ganz geschlossen.
Die Kraft des Abschusses war groß und der Flug des Geschosses so schnell, daß die Blicke ihm nicht folgen konnten. Die Spannung der Zuschauer war außerordentlich.
Alle warteten. Es erklang kein Ruf. Alle warteten weiter. Harka kam nicht zurück.
Die Männer schauten einander an; der Zweifel begann sich bei ihnen zu rühren. Bei einigen kam ein Lächeln zum Vorschein, nur eben um die Mundwinkel, ein wenig bedauernd, daß das Unglaubliche nicht Wirklichkeit geworden zu sein schien. Der Pfeil hing zwar am Schild, das konnten sie erkennen, aber vielleicht war nicht genau die Mitte getroffen.
„Kommt!" sagte der Häuptling endlich und ging mit Kluge Schlange, Krumm gehendem Wolf und drei Knaben, darunter seinem Sohne, in die Richtung, in der Harka stand. Mattotaupa blieb am Platze und wartete weiter.
Die Gruppe mit dem Häuptling war in Harkas Nähe gelangt, als die Wartenden endlich die mehrstimmigen Freudenrufe vernahmen. „Getroffen! Getroffen!"

Nun war kein Halten mehr. Alles eilte hin, und staunend standen Häuptling, Zaubermann und Krieger vor dem Knaben, der den runden Schild noch hielt. Der Pfeil steckte genau in der Mitte des Sonnenrades. Die Männer sahen einander an und murmelten Worte, deren Zusammenhang Mattotaupa und sein Sohn noch nicht enträtseln konnten.
„Hole dein Pferd, Harka!" Mattotaupa nahm bei seinen Worten den Schild an sich, ohne den Pfeil zu entfernen.
Der Junge rannte zum Dorf und galoppierte dann auf seinem Grauschimmel herbei. Der Vater gab ihm den Schild, der in der inneren Wölbung mit einer Lederschlinge zu fassen war. „Galoppiere im Kreise", wies er ihn an. „Ich werde diesen Pfeil im Schilde mit einem anderen Pfeil wegholen."
Mit Handzeichen machte Mattotaupa auch den Siksikau verständlich, was er vorhabe. Die Männer wechselten wieder Blicke. Ihre Unruhe wurde größer. Harka spürte das wohl. Was ging vor? Welche Gedanken bewegten diese Krieger?
Der Junge führte die Anweisung des Vaters aus. Er umkreiste im Galopp die Gruppe; den Schild am Arm hielt er vor Schulter und Kopf. Mattotaupa folgte dem Ritt mit den Augen. Plötzlich schoß er, und beide Pfeile fielen, ineinander verhakt, zu Boden. Harka ließ sein Pferd in Schritt fallen, nahm die Pfeile aus dem Gras auf, ohne abzusteigen, und brachte sie dem Vater zurück. Alles schwieg.
Mattotaupa gab dem Schwarzfußhäuptling Waffe und Pfeile zurück.
„Mattotaupa!" sprach Brennendes Wasser, und die merkwürdige Erregung, deren Anwachsen Mattotaupa und Harka empfunden hatten, färbte seinen Stimmklang. „Mattotaupa! Das ist ein Geheimnis! Diesen Bogen hat vor Zeiten einer unserer größten Häuptlinge geführt. Niemand weiß, woher der Bogen kam. Als unser Häuptling starb, befahl er, daß diesen Bogen der besitzen solle, der auf einen Pfeilschuß weit die Sonne treffen würde. Wir haben dieses Wort nie verstanden. Aber jetzt verstehen wir es, Mattotaupa. Du hast auf einen Pfeilschuß ‚die Sonne getroffen'. Der Bogen ist dein. Du bist ein großer Krieger!"

Unter einer fast ehrfürchtigen Bewunderung aller Umstehenden gab Brennendes Wasser die Waffe an den Dakota, der in den Zelten der Schwarzfüße lebte.
„Dein Sohn aber", fuhr Brennendes Wasser fort, „soll den besten der übrigen drei Bogen besitzen. Er mag wählen."
Mattotaupa blieb sehr ernst, aber seine und Harkas Augen leuchteten. „Die Krieger der Schwarzfüße sollen wissen, daß meine Pfeile ihre Pfeile und ihre Feinde meine Feinde sind, hau."
Langsam, feierlich gingen die Männer und die Jungen zum Dorf zurück. Harka erhielt im Häuptlingszelt einen vorzüglichen Bogen aus elastischem Holz, bespannt mit einer rot gefärbten Büffelsehne.
Als Mattotaupa und Harka in das Zelt am Südende des Lagers gingen, um die neuen Waffen gut zu verwahren, fragte der Vater den Jungen: „Willst du nicht deinen alten Bogen wegwerfen?"
„Nein, Vater. Diesen alten Bogen haben wir uns geschnitten und gespannt, als wir auf der Flucht allein in den Bergen und Wäldern lebten. Das vergesse ich nicht, und ich bewahre ihn auf, hau."
„Gut!"
Das Ereignis wurde im ganzen Dorf bewundernd besprochen. Auch unter den Zehntausenden von Indianern, die mit Pfeil und Bogen aufwuchsen, gab es nur einige wenige, die sich einer absoluten Zielsicherheit rühmen durften, und zu diesen selten zu findenden Schützen mit den sichersten Augen und der sichersten Hand gehörten die beiden Gäste der Siksikau.
Der Häuptling ließ jetzt durch den Herold den Beginn der Ratsversammlung der Ältesten ausrufen. Mattotaupa ritt mit einigen jüngeren Kriegern aus, um nach Büffelherden zu kundschaften. Harka und Stark wie ein Hirsch fanden sich zusammen und besprachen die Einzelheiten ihres Jagdausfluges für den kommenden Tag. Voller Freude und Eifer planten sie, was sie alles unternehmen wollten. Der Häuptlingssohn führte Harka zum Bach und zeichnete die Route in den Sand, die er mit Harka reiten wollte. Dabei fanden sich auch die übrigen

Jungen ein, und ihre Sprache begann für Harka allmählich vertrauter zu klingen. Er konnte sich schon viele Worte merken. Abends machten die beiden Jungen Waffen und Feuerzeug zurecht, die sie mitnehmen wollten. Jeder hatte eine Lederdecke bereit, die dem Pferd umgeschnallt werden sollte und als Schlafdecke dienen konnte. Da Mattotaupa von dem Kundschafterritt noch nicht zurück war, schlief Harka bei seinem neuen Freunde Stark wie ein Hirsch im Häuptlingszelt, und die Frau des Häuptlings machte für beide Jungen den Proviant zurecht, der in der Hauptsache aus getrocknetem und zermahlenem Büffelfleisch bestand, einer sehr konzentrierten Nahrung, die haltbar war und sich in kleinen Beuteln verwahren ließ. Den beiden Buben war zumute, als ob sie in der letzten Nacht vor ihrem Ausritt schneller schlafen müßten, damit der Morgen rascher anbrechen konnte.

Herrlich erschien die Sonne mit ihren Strahlen über der Prärie; mit reinem Goldschimmer kündigte sich ihre Herrschaft über Dunkelheit und Nebel an. Die Gräser glitzerten feucht, der Bach spielte mit dem Licht. Fische standen, leise die Flossen rührend, im flutenden Wasser, um dann plötzlich dahinzuschießen. Die Drosseln sangen; die Präriehunde, diese kleinen Nagetiere, äugten aus ihren Erdlöchern, und ihre Horchposten machten Männchen über dem weitverzweigten unterirdischen Bau. Vögel zogen hoch oben am Himmel; die Luft war trocken und leicht. Es war still ringsum.

Stark wie ein Hirsch und Harka ließen ihre Tiere westwärts galoppieren. Schon hatten sie die Zelte weit hinter sich gelassen. Sie waren allein mit der großen Wildnis, der letzten Heimat eines freien Jägervolkes. Auf der Schwelle zwischen Knaben- und Jünglingsalter spürten sie alle ihre wachsenden Kräfte. Sie ritten gewandt wie Krieger, wußten die Kräfte der Mustangs einzuteilen und sich ohne Weg und Steg zurechtzufinden. Harka betrachtete die allmähliche Veränderung des Geländes mit der Spannung, die alles Neue in dem Wißbegierigen hervorruft. Das Ansteigen des Hochlandes zu dem großen Felsengebirge kündigte sich an. Die Grassteppe bekam ein ausgeprägteres Profil, Bodenwellen und Täler unterschieden sich schärfer, die

Bäche waren wasserreich und strömten mit stärkerem Gefälle, und ihre Betten erschienen von Mal zu Mal tiefer, endlich schluchtartig eingegraben. Erlen und Weiden grünten an den Ufern, und am Nachmittag fanden die jungen Reiter die ersten Gruppen von Nadelholz, die sich in Wassernähe, von Anhöhen geschützt, angesiedelt hatten. Prächtige blaugrüne Tannen ragten mit ihren Zweigen und Spitzen empor und zeichneten sich gegen den lichtblauen Himmel ab.
Die beiden Jungen hatten noch keine Rast eingelegt, sondern ihre Tiere nur immer wieder im Schritt verschnaufen lassen. Hunger empfanden sie noch nicht, da die Morgenmahlzeit im Zelte sehr reichlich gewesen war. Während ihres Rittes hatten sie schon Wild beobachtet, Antilopen fern am Horizont, ein Reh, das am Rand eines Gehölzes verhoffte. Präriehühner flatterten aus dem Gras auf. Beide Jungen hatten sofort die Bogen zur Hand, legten die Pfeile ein und schossen. Zwei Hühner waren getroffen und fielen ins Gras, während die anderen beschleunigt davonflogen. Die Knaben lenkten ihre Mustangs zu der kleinen Jagdbeute. Sie stellten fest, daß jeder von ihnen gut getroffen hatte, und jeder zog seinen Pfeil heraus und nahm das von ihm erlegte Federvieh an sich. Einen Hühnerbraten konnten sie neben dem Trockenfleisch durchaus noch brauchen.
Die Jungen setzten ihren Ritt vergnügt fort. Das Gras war in dieser Gegend schon saftig-grün, Blumen leuchteten weiß und gelb, einzeln oder zu ganzen Teppichen sich zusammenschließend und ausbreitend. An den Nordhängen der Hügel waren noch braune Flecken zu sehen; hier war der Schnee erst vor kurzem geschmolzen, und das junge Gras kam noch nicht sichtbar hervor. In der unberührten Wildnis ließen sich Fährten leicht erkennen. Beide Jungen wurden auf die Spur eines Wapiti, eines Riesenhirsches, aufmerksam. Doch war sie alt, und sie waren beide der Meinung, daß es sich nicht lohne, dieser Fährte wegen den Plan umzustoßen und die Richtung zu ändern.
Als die Abendsonne den Reitern ins Gesicht schien, lenkte Stark wie ein Hirsch, der die Führung hatte, auf eine Anhöhe hinauf, die einen weiten Rundblick gewährte. Sie war kahl,

ringsumher konnte der Blick frei schweifen. Fern im Osten, wo das Blau des Himmels dunkelte, wußten die Knaben ihre Zelte. Gegen Westen und Nordwesten zu stiegen die Vorberge auf, bis zu dem hohen Felsengebirge hin. Das grellweiße Leuchten der Schneekronen erschien im Abendschein gebrochen, die Felsen verloren im zauberhaften Glanz ihre Schwere und Starrheit; sie ragten als Schatten auf, deren Ränder vom Feuer der scheidenden Sonne gezeichnet wurden. Das Grün von Wiesen und Bäumen verschmolz mit dem Rotgold der Sonnenstrahlen, und wo das Dunkel sich breitmachte, hatte es die violette Fülle, in der alle Gestalt noch deutlicher wurde als im blendenden Licht des Mittags. Harka nahm das Bild tief in sein Fühlen und Denken auf, denn es war das Bild des Abends, wie er es auch von daheim kannte. Vielleicht stand seine Schwester Uinonah jetzt bei den Zelten am Pferdebach, holte Wasser, das im Scheine derselben Abendsonne, nur viel weiter südwärts, funkelte, und schaute auch noch einmal hinüber zu den Bergen, deren lange Kette bis über die Quellflüsse des Platte reichte, und auch dort flimmerte das Feuer der abschiednehmenden Sonne um die schattenhaft aufragenden Gipfel.
Harka schrak aus seinen Gedanken auf, denn Stark wie ein Hirsch sagte etwas.
„Da drüben in dem kleinen Gehölz" – er wies mit der Hand dorthin – „wollen wir übernachten. Dort finden wir Wasser, Holz und Windschutz."
Harka war natürlich einverstanden, und so lenkten die beiden ihre Tiere zu der Gruppe von Tannen und Gesträuch. Sie durchsuchten zunächst das Wäldchen, fanden aber nichts Verdächtiges, weder Menschen- noch Raubtierspuren. Eine Quelle entsprang aus dem Boden, auf dem Moos und Gras sich das Wachstum streitig machten; das abfließende Wasser bildete einen kleinen Bach. Das Wasser schmeckte gut. Die Mustangs suchten sich Futter. Bei den Haselnußsträuchern am Rande des Gehölzes lagen noch Haselnüsse, die überwintert hatten. Die Jungen knackten sich einige und aßen, als Kurzweil und weil die Nüsse ihnen schmeckten. Dann suchten sie dürres Holz und machten zwischen den Bäumen sachgerecht ein kleines La-

gerfeuer. Als es angegangen war, ließen sie die Spitzen der Äste darin weiterglimmen und schoben die Äste nur langsam tiefer in die aschegedeckte Glut. Die Funken schienen um so kräftiger zu glühen, je dunkler es rings wurde.
Die Jungen nahmen die Hühner aus, die sie erlegt hatten. Der Geruch schien nicht nur ihnen selbst in die Nase zu steigen. In der Prärie draußen, nicht allzuweit vom Wäldchen entfernt, kläfften zwei Kojoten. Harka, der Tierstimmen gut nachahmen konnte, machte sich den Spaß, den beiden zu antworten, während Stark wie ein Hirsch die ausgenommenen Hühner in die heiße Asche legte, um sie zu rösten. Die Kojoten draußen wurden zornig und kläfften wütend, und Harka schalt mit ihnen in allen Wolfstonarten, während sich Stark wie ein Hirsch in lautlosem Lachen bog. Die beiden Heulwölfe schienen über dem Duft des Hühnerblutes und dem Streitgespräch mit Harka ganz zu vergessen, daß es für sie doch auch nach „Mensch" riechen mußte. Schließlich zeigten sich die zwei Kojoten sogar draußen auf dem Kamm der nächsten Bodenwelle. Durch ihren Pelz erschienen sie dick, obgleich sie nach dem Winter sicher nicht viel Fleisch auf den Rippen hatten. Harka heulte laut Rückzug, so daß die beiden Kojoten auf der Anhöhe mit hocherhobenem Kopf voll wachsenden Siegermutes kläfften. Diesen Moment nützten die Jungen aus. Sie griffen zu Pfeil und Bogen und versandten ihre gefiederten Geschosse. Es war nicht schwer, zu zielen und zu treffen, obgleich es Nacht war.
Das Kläffen verstummte, denn die Pfeilspitzen hatten sich in den Hals der Raubtiere gebohrt. Stark wie ein Hirsch und Harka eilten hin und fanden die Tiere schon im Verenden. Sie töteten sie schnell und brachten die Beute zum Feuer. Dort häuteten sie sie ab, nicht mit dem spitzen, zweischneidigen Dolch, wie sie ihn als Waffe bei sich trugen, sondern mit Hilfe des breiten Schabemessers mit einer Schneide. Das Fleisch verschmähten die Jungen. Die dicken Pelze wollten sie sich aber mitnehmen. Sie blieben ein Andenken an einen Jägerspaß.
Nachdem die beiden Knaben sich am Hühnerbraten gesättigt hatten, wollten sie schlafen und überlegten, ob jeweils einer von ihnen Wache halten solle. Stark wie ein Hirsch war der

Meinung, dies sei nicht nötig, da die Mustangs wachsam genug seien. Sein Schecke jedenfalls würde ihn sofort wecken, wenn er eine Gefahr wittere. Harka traute dem Grauschimmel das gleiche zu. So wickelten sich die beiden ruhig in ihre Büffeldekken und streckten die Füße zum Feuer. In weiter Ferne jaulten ein paar große Wölfe den Mond an. Während die Pferde noch weideten und dann stehend in den leisen Schlaf verfielen, der die Wachsamkeit nicht ausschließt, fielen auch den Jungen die Augen zu.

Die Nacht verlief ruhig, und die beiden Knaben erwachten erfrischt, noch ehe die Sonne aufgegangen war. Eine farblose Helle im Osten kündigte aber schon den Morgen an. Sie frühstückten getrocknetes Büffelfleisch, stillten ihren Durst wieder an der Quelle und machten sich dann gleich auf, um weiter gegen Westen zu reiten. Das Felsengebirge, dem sie näher kamen, versank für ihr Auge mehr und mehr hinter den unmittelbar aufwachsenden Vorbergen. Der Nadelwald bedeckte schon größere Strecken, Täler und Hänge, aber Stark wie ein Hirsch wich ihm aus und bevorzugte die Wiesenstreifen, auf denen die Pferde rascher vorwärts kommen konnten und die auch einen besseren Ausblick erlaubten. Die Jungen waren sehr aufmerksam, denn Wälder konnten immer Überraschungen bergen, die zu Gefahren wurden für den, der sie zu spät entdeckte. Sie sogen die Luft nicht nur ein, um zu atmen, sondern auch, um jeden Geruch zu prüfen. Der Duft von Blättern mischte sich mit dem Duft von Harz, aber Rauch war von nirgendher zu riechen. Im Ohr fingen sich Geräuschwellen. Fern brauste ein Fluß durch eine Schlucht; sein Rauschen war weithin zu hören.

Die Jungen ritten im Schritt. Sie beobachteten viele Wildspuren und endlich auch eine Bärenspur. Da stiegen sie ab und untersuchten die Fährte sorgfältig, denn es war nicht ihre Absicht, einem Bären zu begegnen. Die Spur kreuzte ihren Weg und verlor sich südwärts, dann östlich waldabwärts, und so ritten sie ohne Sorgen weiter. Zum zweitenmal hielten sie an, als sie die Fährte eines Elches entdeckten. Tief hatte sich die Spur dieses riesigen und schweren Tieres eingeprägt, das allein seinen Weg bergaufwärts gezogen war. Die Haut des Elches war in gegerbtem Zustand die beste Kleidung für die Indianer, da Elenleder sehr widerstandsfähig war, selbst gegen Geschosse. Das Fleisch galt als schmackhaft, die Zunge als Leckerbissen. Aber der Elch war auch sehr stark, sehr schnell und schwer zu erlegen. Er nahm es mit Wölfen und mit Menschen auf. Am leichtesten war es, im Herbst sein dunkles mächtiges Röhren nachzuahmen, ihn dadurch herbeizulocken, ihm aufzulauern und ihn abzuschießen. Aber jetzt war Frühling, und die Elchhirsche röhrten nicht.

Jeder der beiden Jungen dachte von nun an nur noch an den Elch, aber keiner wollte es dem anderen gestehen, da es doch vermessen war, wenn Knaben, die erst den dreizehnten Sommer sahen, einen Elch erlegen wollten. Stark wie ein Hirsch ließ sich nicht ablenken, sondern führte über die feuchtmoorigen Wiesen, zum Teil auch durch Wald, in genau der Richtung weiter, die er sich vorgenommen hatte, um zum alten Winterplatz seiner Stammesgruppe zu gelangen. Er und auch Harka konnten vor sich selbst aber nicht verbergen, daß sie befriedigt waren, die Elchfährte nicht zu verlieren. Das Tier war ihnen am Tag vorher in der gesuchten Richtung vorausgelaufen. Es hatte hin und wieder haltgemacht, um junge Triebe und Knospen am Waldrand abzuäsen, dann war es ohne Eile weitergezogen. Die Knaben gelangten an einen Wildbach, der durch Wald und Wiesen abwärts schäumte und sein Bett schon bis auf den felsigen Grund gegraben hatte. Das Bachbett verlief in großen Stufen; das Wasser lief fünf oder sechs, bis zu zehn und zwanzig Meter flach, um dann jeweils in einem kleinen Wasserfall die Steilwand zu überspülen. Die Fluten blinkten und blitzten; auf dem Grund war jedes Steinchen, ja jedes Sandkorn zu sehen. Einzelne der Wasserfälle gingen über glatt gescheuerte Felsränder wie Schleier hernieder, durch die man hindurchschauen konnte. Es war schon recht warm geworden. Die Sonne schien von ihrer Mittagshöhe zwischen den Tannen hindurch auf den Bach herein. Die Mustangs hatten Durst, und auch für die Jungen war es verlockend, hier eine Rast einzulegen. Sie hatten unter kleinen Uferüberhängen Forellen entdeckt, die im Wasser standen, und wollten sie mit der Hand greifen. Außerdem gab es auf den Terrassen des Bachbettes Stellen, in denen sich das Wasser zu blaugrün leuchtender Tiefe sammelte und zum Baden einlud.

Die beiden Knaben glitten von den Mustangs, machten die Tiere an Bäumen fest, so lose, daß sie saufen und weiden konnten, und legten sich dann selbst an das Ufer, um Forellen zu fangen. Blitzschnell griff jeder am gewählten Platze zu, und da die Fische auf den Angriff nicht gefaßt gewesen waren, hatte jeder der Knaben eine Forelle gefangen. Stark wie ein Hirsch hielt einen großen Fisch mit bemoostem Rücken in der Hand, Harka einen kleinen schlanken. Die Jungen töteten die Fische rasch und machten sich ein wenig Feuer, um sie gleich in der Asche zu rösten. Der Duft regte den Appetit an; sie merkten auf einmal, daß sie schon wieder Hunger hatten, und verzehrten die redlich geteilte Mahlzeit mit großem Wohlbehagen. Es entging ihrer Aufmerksamkeit dabei nicht, daß sie an einer Stelle lagerten, an der auch der Elch kurz gerastet und gesoffen hatte. In seiner tief eingedrückten Fährte hatte sich Wasser gesammelt. Nach der Spur zu urteilen, war er dann weiter bergan gelaufen.

Die Jungen zogen sich aus, um zu baden. Das sonnendurchflutete Wasser war kalt, aber von einer köstlichen Frische. Sie vergnügten sich damit, einander zu spritzen, im Wasser miteinander zu ringen und sich unter den nächsten Wasserfall zu stellen, so daß ihnen das Wasser eiskalt über Nacken und Rücken lief. Schließlich verkrochen sie sich zum Spaß hinter dem Wasserschleier und hielten durch das Wasser hindurch Ausschau. Da wurden sie aufgestört. Im Wald, nicht weit vom Bach, erklang ein Knacken und Krachen, als ob ein Riese zwischen Bäumen und Gesträuch dahinstürme und alles niedertrete und zerbreche, was ihm im Wege war. Die Jungen, die eben hinter dem Wasserschleier hockten, wollten hervorspringen, um sofort die Waffen an sich zu nehmen, aber da war es schon zu spät.

Zwischen den Bäumen brach der Elch hervor. Wenn die Jungen ehrlich gegen sich selbst waren, mußten sie sich eingestehen, daß sie tief erschraken. Dieser Riese des Waldes mit dem mächtigen Schaufelgeweih war in Wut. Er hatte das Geweih gesenkt, wie um einen Feind anzunehmen. Jetzt lief er über den Lager-

platz der Knaben; er trat dabei das Feuer aus. Schon war er weiter, mitten im Bach, auf der Terrasse, auf die der Wasserfall niederfiel, hinter dem die Knaben hockten. Sie rührten sich nicht; wie Bronzefiguren standen sie, in gebückter Haltung. Die Augen hatten sie fast ganz geschlossen, um nicht durch ihren Blick den Blick des Elches auf sich zu lenken. Aber unter den gesenkten Lidern, zwischen den Wimpern hindurch beobachteten sie ihn. Die breiten Hufe, die hohen Beine, die dunkle Mähne, das mächtige Schaufelgeweih mit vielen Enden. Wie groß war dieses Tier, wie groß! Wie stark! Es drehte im Bach um, verhoffte und windete und äugte nach dem Wald, als ob es von dort den Feind erwartete, der es in die Flucht geschlagen haben mochte. Wieder senkte es das Geweih. Da es erregt und verstört war, richtete sich seine Wut gegen alles, was ihm fremd und verdächtig scheinen mußte. Es trat wieder an das Ufer, von dem es gekommen war und wo sich der Lagerplatz der Knaben befand. In blindem Zorn spießte es dort alles auf, was zu finden war, schleuderte die Gegenstände in die Luft und forkelte gründlich, wenn sie wieder zu Boden fielen: Gamaschenhosen, Mokassins, Bogen, Köcher, Lederdecken. Eine der Decken fiel ihm dabei über die rechte Geweihschaufel und die Augen. Das erschien dem Tier als ein heimtückischer Angriff. Rasend schüttelte es die Decke, warf sie nach oben und endlich herab und bearbeitete sie weiter mit Geweih und Hufen. Stark wie ein Hirsch sah, wie sein Bogen zerbrach, der auf einer aus dem Grase hervorscheinenden Felsplatte gelegen hatte. Das viele Zentner schwere Tier war darauf herumgetrampelt. Harkas neuer Bogen hing jetzt an der linken Geweihschaufel.
Der Elch erstarrte plötzlich wieder, verhoffte und äugte noch einmal und brach dann zur Seite aus. In großen Sprüngen setzte er am Bachufer bergabwärts. Die Knaben konnten ihm auf eine gewisse Strecke hin noch mit den Augen folgen. Dann war er verschwunden, und die Jungen hörten nur noch das Knacken und Krachen, mit dem er Sträucher, Zweige, junge Bäume brach, die seiner Flucht im Wege standen. Endlich verklangen auch diese Geräusche.
Die Knaben hinter dem Wasserschleier schauten einander viel-

sagend und nicht eben erfreut an. Sie rührten sich ein wenig, da ihnen die Glieder steif wurden, aber sie wagten noch nicht hervorzukommen. Den mächtigen Elch hatte irgend etwas erschreckt und in die Flucht geschlagen. Aber was war das? Ein Tier? Was für ein Tier? Oder ein Mensch? War die Gefahr für den Elch auch eine Gefahr für die Knaben? Sie lauschten, doch das Plätschern des Wasserfalls, hinter dem sie saßen, störte jede feinere Wahrnehmung. Nur grobe Geräusche konnten von außen zu ihnen dringen. Sie hielten Umschau, aber ihr Gesichtskreis war sehr begrenzt. Sie konnten sich keine Vorstellung machen, was den Elch so erschreckt und in Wut versetzt hatte.

Den Bogen Harkas hatte der Elch entführt. Der Bogen von Stark wie ein Hirsch lag zerbrochen auf dem Fels. Was sollten die Väter sagen, wenn die Jungen wieder heimkamen! Etwas anders hatten sich die Knaben ihre Rückkehr allerdings vorgestellt. Mit der Aussicht, ein ruhmbedeckter Jäger zu werden, schien es vorläufig vorbei zu sein. Es war noch ein großes Glück, daß der Elch nicht die Pferde angegriffen hatte.

Die Jungen konnten ihre Mustangs nicht sehen, daher vermochten sie auch ihr Verhalten nicht zu studieren und wußten nicht, ob sie sich noch unruhig zeigten oder nicht. Die Lage der beiden Knaben war nicht einfach. Blieben sie im Versteck, so hatten sie keine Waffen. Holten sie sich ihre Waffen, dann waren sie wenigstens für einige Sekunden von vielen Seiten her sichtbar. In diesem Dilemma entschlossen sie sich, lieber zu handeln als abzuwarten. Sie gingen dabei mit all der Vorsicht zu Werke, die sie vorher bei ihrem Spiel im Wasser außer acht gelassen hatten. Sie legten sich auf den felsigen Grund, krochen unter Wasser über die Terrasse und schlüpften dann flink wie Eidechsen ans Ufer. Sie packten ihre Waffen und verschwanden im Gesträuch am Waldrand. Als sie ungefährdet weiter zwischen die Bäume ins Dickicht gelangt waren, atmeten sie tief auf.

Die Mustangs waren wieder ganz ruhig. Geräusche von Tieren oder Menschen im Wald waren nicht zu hören. Die beiden Buben verständigten sich durch Zeichen, um sich nicht durch das gesprochene Wort einem unbekannten Gegner zu verraten. Sie wollten die Spur des Elches im Walde zurückverfolgen, um festzustellen, was ihn erschreckt hatte. Durch den Schaden gewarnt, beschlossen sie jedoch, sich nicht beide von den Mustangs zu entfernen. Harka erklärte sich bereit, die Wache bei den Pferden zu übernehmen, während Stark wie ein Hirsch im Walde nachforschen wollte, was vor sich gegangen war. Der Dakotajunge machte die Pferde vom Baum los, führte sie ein kleines Stück in den Wald und zog dann nur sein Lasso durch die Zügel, ohne die Tiere festzumachen. Er wollte sie jederzeit bereit haben, um aufzuspringen und wegzureiten, wenn das nötig wurde.

Während Stark wie ein Hirsch mit großer Vorsicht bergan schlich, blieb Harka allein. Er betrachtete die Waffen, die ihm geblieben waren, den Dolch, die elastische Keule, das Lasso. Seinen Revolver hatte er im Zelt gelassen. Es war in den Prärien sehr schwer, Munition zu beschaffen. Er hatte nicht vergeuden wollen, was er besaß, aber jetzt wünschte er sich die Feuerwaffe doch zur Hand. Allerdings dachte er nicht lange darüber nach, daß er den Revolver nicht bei sich hatte, weil solches Denken unnütz war und zu nichts führte. Er konzentrierte sich darauf, zu lauschen und zu überlegen, was den Elch in Schreck und Wut versetzt haben könnte. Ein Jäger würde dem Tier, sobald es floh, doch wohl gefolgt sein. Von Harkas Gefährten war nichts zu hören; er schlich lautlos. Die Pferde blieben nach wie vor ruhig.

Harka wartete eine Stunde um die andere. Als Sohn eines Jägervolkes hatte er das Warten von früh auf gelernt; er war nicht so ungeduldig wie weiße Jungen. Als drei Stunden vergangen waren, Stark wie ein Hirsch aber noch nicht zurückkam, hängte Harka die Pferde an und schlich sich vorsichtig zurück zum Waldrand. Er betrachtete den ehemaligen Lagerplatz, an dem ihm die Forelle so gut geschmeckt hatte. Die beiden büffelledernen Decken lagen noch da, wenn auch übel zugerichtet. Aber ganz hatte sie selbst ein Elch nicht zuschanden machen können. Harka zog sie zu sich ins Gesträuch herein. Auf dem Zweig einer starken Tanne lag ein Bein einer Gamaschenhose,

im Gras ein zweites; das eine gehörte Harka, das andere seinem Gefährten. Gürtel und die Gürteltücher, die vorn und hinten durchgeschlungen wurden, waren vorhanden; außerdem drei Mokassins. Im Bach, eine Terrasse weiter unten, tanzte ein Hosenbein unter dem kleinen Wasserfall, der es immer wieder kreiselte und hinuntertunkte. Den vierten Mokassin entdeckte Harka am anderen Ufer auf der Spitze eines jungen Tannenbaumes. Die Pfeile waren am Ufer zerstreut, einer wippte an einem Stein im Wasser hin und her.
Sobald es dunkel wurde, wollte Harka alles zusammensuchen, was noch da war. Vorläufig ging er mit den Decken zurück in den Wald und ließ sich wieder an seinem Platz bei den Pferden nieder. Als es schon dämmrig wurde, kam Stark wie ein Hirsch. Er schien sehr müde zu sein und warf sich neben Harka auf den Boden. Aber dann sprang er gleich wieder auf, um mimisch darzustellen, was er getan und was er herausgefunden hatte. Er war der Elchspur weit bergauf gefolgt und hatte die Stelle gefunden, wo der Elch, der ursprünglich bergan unterwegs gewesen war, kehrtgemacht hatte, um abwärts zu fliehen. Stark wie ein Hirsch hatte festgestellt, daß der Elch auf ein Luchspaar gestoßen war, das Junge hatte und darum auch bei Tage angriff, wenn es sich bedroht fühlte. Die wütenden Luchse mußten den Elch verscheucht haben. Wo sie jetzt ihre Jungen hingeschleppt hatten, hatte der Schwarzfuß noch nicht herausfinden können. Offensichtlich waren sie damit weggelaufen. Stark wie ein Hirsch war noch kreuz und quer durch den Wald gestreift, hatte auch eine Bärenspur und mehrere Wolfsspuren entdeckt, doch zu seinem Bedauern keinerlei neue Fährten von Antilopen. Aber auf die Überreste eines zerfleischten Rehs war er gestoßen und auf den Kadaver eines Büffels, eines Einzelgängers, wie es sie zuweilen gab, besonders unter alten Tieren, die in der Herde nicht mehr mitkamen. Den Rest dieses Büffelkadavers hatte Stark wie ein Hirsch bei dem Winterlagerplatz seiner Stammesgruppe gefunden. Der Kadaver war von Raubtieren völlig zerrissen und zerfleischt. Wolfsspuren und Luchsspuren, Bärenspuren hatten darauf hingewiesen, wer sich hier satt gefressen hatte. Durch diese ausgiebige und leicht zu überwältigende

Beute schien die Gegend ein rechtes Raubtierrevier geworden zu sein. Das alles waren keine sehr beruhigenden Nachrichten in dem Augenblick, in dem die Nacht hereinbrach.
Harka winkte seinem Gefährten mitzukommen und führte ihn an den Bach. Der erste Stern leuchtete schon, und die Mondsichel wurde golden. Als die beiden Jungen das elenlederne Hosenbein unter dem Wasserfall tanzen sahen, mußten sie zum erstenmal über ihr Mißgeschick lachen, wenn das auch vorsichtshalber lautlos geschah. Sie holten sich zusammen, was noch zu erreichen war, und überlegten, welches der beste Platz für die Nacht sein würde. Menschen schien es ringsum nicht zu geben. Raubtiere gingen nach der Witterung und konnten sich zwischen Bäumen am leichtesten anschleichen. Die Knaben beschlossen daher, ihren alten Lagerplatz vom vergangenen Mittag am Bachufer für die Nacht wieder zu beziehen. Er bot Fluchtwege mehrerer Art; man konnte auf die Bäume am Waldrand klettern oder im Wasser tauchen, am Ufer mit den Pferden verhältnismäßig schnell weiterkommen, und nach einigen Seiten bot sich ein gewisser Ausblick. Die Jungen holten die Mustangs wieder dorthin. Da Stark wie ein Hirsch einen langen und anstrengenden Weg gemacht hatte, übernahm Harka die erste Wache und ließ seinen Gefährten schlafen. Er benutzte die Axt seines Freundes, um sich eine junge Tanne zu schlagen, die er von den Ästen reinigte. So gewann er eine lange Stange. Das war ein gutes Abwehrinstrument gegen Raubtiere. Vor langen Stangen und Speeren hatten wild lebende Raubtiere Angst, weil sie sie für gefährliche Hörner hielten. Harka blieb bei den Pferden stehen und hatte alle seine Waffen zur Hand. Der Himmel war schon mit Sternen übersät, und etwas Mondlicht fiel auf den Bach und das gegenüberliegende Ufer. Die kleinen Wasserfälle rauschten gleichmäßig. Die höchsten Wipfel bewegten sich leise im Wind.
Das naß gewordene Zeug der Jungen hing an Zweigen zum Trocknen. Harka suchte Holz zusammen, das hier leicht zu finden war, und machte Feuer, um die Raubtiere abzuschrecken. Stark wie ein Hirsch hatte sich in seine beschädigte Decke eingewickelt und schlief fest. Harka hängte die seine um und ging

beim Waldrand hin und her. Er horchte, und sein Blick schweifte aufmerksam ringsum; die größte Aufmerksamkeit widmete er dem Wald, dessen Dickicht am schwersten zu durchschauen war.
Es ging schon der Mitte der Nacht zu, als die Pferde Witterung nahmen und unruhig wurden. Harka weckte seinen schlafenden Gefährten, der auch gleich hell wach war. Die Pferde wollten bergabwärts ausreißen, und es war die Frage, ob sich die Jungen dem Instinkt der Tiere einfach anvertrauen und vor der noch unbekannten Gefahr fliehen sollten oder ob sie auf der Flucht vielleicht noch leichter angreifbar waren, als wenn sie am Platze blieben und ihre ganze Aufmerksamkeit ihrer Umgebung und ihren Waffen widmen konnten. Sie entschlossen sich zu bleiben. Ihre Decken schnallten sie den Pferden um und machten diese los. Da wurden die Tiere etwas ruhiger. Sie gingen ins Wasser und drängten sich an einer seichten Stelle der Terrasse zusammen. Harka blieb bei ihnen. Stark wie ein Hirsch versteckte sich im Gebüsch am Ufer. Die Knaben hatten alle Sinne angespannt. Vom tiefer gelegenen Hang her war in der nächtlichen Stille und zwischen dem gleichmäßigen Rauschen des Wassers etwas zu hören gewesen. Dürre Zweige hatten leise geknackt, als ob sie von einem schweren Gewicht zerbrochen würden. Aber dann war es wieder ruhig. Der Wind hatte sich gelegt. Regungslos standen die hohen Tannen, ihre Wipfel zeichneten sich als Silhouetten gegen den Sternenhimmel ab. Das Gesträuch darunter verschwamm im Dunkeln. Der Bach rauschte und fing, matt leuchtend, Sternenlicht.
Plötzlich stieg der Grauschimmel, und der Schecke schlug hoch aus. Harka erkannte im Gezweig eines Baumes am jenseitigen Ufer das grünliche Schillern von Augen. Ein starker Ast geriet ins Schwanken. Ein großes katzenartiges Tier schnellte sich mit einem weitgreifenden Satz, den Körper geschmeidig streckend, die Krallen der Vorderpranken geöffnet, von der Höhe des Astes herunter und herab auf den Grauschimmel. Der Mustang, der die Gefahr auch erkannt hatte, wollte ausbrechen, und das angreifende Raubtier landete nicht so, wie es beabsichtigt hatte, am Halse des Mustangs, um sich gleich in Genick

oder Gurgel einzubeißen. Es krallte sich mit den Vorderpranken, seitlich an dem Pferde hängend, in die Büffelhautdecke ein. Der Kopf mit den gefletschten Zähnen und den glühenden Augen schaute über den Rücken des Mustangs. Der Luchs hatte Harka ins Auge gefaßt, der laut und kampfentschlossen aufschrie. Das mordbegierige Raubtier gab ein kreischendes, fauchendes Brüllen von sich. Harka hatte schon die elastische Keule gehoben, die aus Weidenzweigen bestand und an deren Ende ein eigroßer Stein befestigt war. Er hob sie mit beiden Händen, um die Kraft zu verdoppeln, und schlug in großem Bogen im Bruchteil einer Sekunde zu, ehe der Mustang mit seinem Todfeind am Rücken ausbrechen konnte.
Der Stein traf den angreifenden Luchs genau zwischen den Augen, so hart, daß die Raubkatze betäubt ins seichte Wasser abglitt. Das befreite Pferd schlug sofort mit den Hufen auf den gestürzten Angreifer ein, so daß Harka Mühe hatte, heranzukommen. Er mußte den Mustang, der ganz außer sich war, erst am Zügel wegreißen. Dann konnte er zu dem Luchs gelangen, der zähe genug war, um sich nach der ersten Betäubung durch den Keulenschlag und trotz der erlittenen Hufschläge schon wieder zu rühren. Harka stach ihm den Dolch in die Gurgel und ließ einen lauten Siegesruf hören. Aber er hatte keine Zeit, sich seines Sieges zu freuen, denn hinter seinem Rücken war noch mehr im Gange. Von dem Ufer her, an dem sich das kleine Lagerfeuer befand, hatte ein zweiter Luchs angegriffen, und nicht weit vom Ufer entfernt erklang im finsteren Wald das heisere Gebrumm eines Bären. Nur sehr selten kamen so viele Raubtiere auf einmal zusammen. Aber es war Frühling, die Tiere waren vom Winter her ausgehungert, sie hatten Junge, und zwei Mustangs und zwei Knaben als Beute mußten ihnen sehr verlockend erscheinen. Stark wie ein Hirsch verteidigte sich und sein Pferd gegen den zweiten Luchs, mit gleichem Angriffsmut wie Harka und ohne sich selbst zu schonen. Dieser Luchs war nicht vom Baum heruntergesprungen, sondern hatte sich im Gesträuch angeschlichen und war plötzlich hervorgebrochen, um den Schwarzfußjungen direkt anzugreifen. Stark wie ein Hirsch hatte die große Raubkatze überlistet. Er hatte sich noch

rechtzeitig weggeschnellt, ehe sie ihn gepackt hatte, und war an der tief ausgewaschenen Stelle der Terrasse unter den Wasserfall getaucht. Aber nur für einen Augenblick. Als das Raubtier sich zweifelnd umblickte, wo seine Beute geblieben sei, und der Scheckenmustang ausbrach, war Stark wie ein Hirsch schon wieder zur Stelle. Er hatte seine Axt in der Hand, als er auftauchte. Während die Raubkatze herumfuhr, um ihn wieder anzunehmen, schlug er die Axt von der Seite in ihren Nacken. Der Hieb saß schlecht, wirkte aber doch. Das Tier ging zu Boden. Stark wie ein Hirsch griff nach der Steinkeule, die Harka ihm reichte, und schlug zu. Der Kopf des Luchses sank zur Seite. Jetzt jauchzte auch der Schwarzfußjunge laut und noch heiser vor Erregung. Die Pulse der Jungen flogen, und der Mund stand ihnen offen, und sie nahmen tief Luft. Weniger die Anstrengung als die Aufregung des gefahrvollen Kampfes ließ ihr Herz noch nachträglich heftig schlagen.
Sie hatten aber keine Zeit, sich auszuruhen, denn der Schecke war in den nächtlichen Wald entlaufen, und der Grauschimmel schickte sich an, ihm zu folgen. Harka war mit drei großen Sprüngen bei seinem Pferd und saß auf. Der Fluchtweg des Schecken ließ sich an den Geräuschen erkennen.
„Laß – ich hole ihn allein!" rief Stark wie ein Hirsch seinem Gefährten zu, und schon war er im Wald verschwunden. Im Wald einen Mustang wieder einzufangen war viel leichter als auf der freien Prärie, da der Mustang zwischen den Bäumen nicht seine volle Geschwindigkeit entwickeln konnte und es auch leichter war, ihn zu beschleichen. Harka hatte daher keine Sorge darum, daß Stark wie ein Hirsch seinen Schecken wiederbekommen würde. Er selbst blieb beim Bach, hielt im seichten Wasser auf der Terrasse und lauschte, ob der Bär sich noch rührte. Ein Bär war viel tolpatschiger als eine Raubkatze. Harka glaubte nicht, daß es sich bei dem Tier, das sich hier herumtrieb, um den gefährlichen Grizzly handelte. Er nahm an, daß es ein Braunbär sei. Das Brummen und Fauchen eines Grizzlys kannte er zu genau, um sich darüber zu täuschen. Er dachte an den Tag zurück, an dem er von dem Zeltlager am Pferdebach aus mit dem Vater zum Bärenbach geritten war und an einer Grizzlyjagd teilge-

nommen hatte. Das war im vergangenen Sommer gewesen, kurz ehe der Vater verbannt wurde.
Von dem Bären ließ sich vorläufig nichts mehr hören. Entweder lauerte er noch irgendwo im Wald, oder er hatte schon das Weite gesucht, als er den Mißerfolg der Luchse erkannte. Stark wie ein Hirsch hatte sich seinen Schecken wieder gegriffen und kam damit zurück.
Keiner der beiden Jungen dachte mehr an Schlafen in dieser Nacht. Sie führten ihre Tiere wieder ans Ufer und blieben bei den Mustangs stehen. Der Blutgeruch, der von den toten Luchsen ausging, schreckte die Pferde noch. Er konnte auch weiteres Raubzeug herbeiziehen, vor allem Wölfe. Die Jungen mußten daher sehr auf der Hut sein. Ihre Aufmerksamkeit war so angespannt, daß sie ihre wachsende Müdigkeit und die Nässe gar nicht bemerkten.
Das erste, was ihnen nach langer Stille wieder auffiel, waren Geräusche, als ob ein großes schweres Tier ohne viel Behutsamkeit durch den Wald abwärts tappte. Beide Jungen vermuteten, daß dies der Bär sei, der sich davonmachte. Aber das Geräusch brach ab, dafür erklang ein böses Fauchen in etwa hundertfünfzig Schritt Entfernung, tiefer unten im Wald, eben da, wo das Tier hingelaufen sein mußte. Das Fauchen wurde grimmig, und dann schien ein wilder Kampf zu beginnen. Die Geräusche, die bei kämpfenden, einander beißenden Tieren entstehen, waren unverkennbar. Die Jungen hatten alle Nerven und Sehnen gespannt, und jeder hielt seine Schlagwaffe in der Hand. Drunten im Wald heulte ein Wolf auf, und nun waren die Jungen sicher, was vorging. Der Bär war mit Wölfen zusammengestoßen, und die Tiere bissen sich. Der Bär brummte jetzt wild und siegessicher, und die Geräusche des Kampfes ließen nach. Endlich war zu hören, wie der Bär den eingeschlagenen Weg bergabwärts fortsetzte. Diese Gefahr schien zunächst gebannt.
Die Jungen wünschten den Tag herbei, aber sie mußten sich noch viele Stunden gedulden, denn Sterne und Sonne richten sich nach ihren eigenen Gesetzen und nicht nach den Hoffnungen und Befürchtungen der Menschen. Endlich wurde der Sternenschein blasser, und im Osten löste ein erstes Grau die

schwarze Nacht ab. Die Jungen froren, so daß sich ihnen die Haut zusammenzog, aber das war ihnen jetzt auch unwichtig. Als die Sonne heraufstieg, als das Wasser wie Kristall leuchtete, als die Tannen wieder grün vor hellblauem Himmel standen und die Vögel zu singen begannen, als die Fische im Bach sichtbar wurden, die Käfer zu den Blüten krabbelten und die Strahlen der Morgensonne die Jungen, die nur mit dem Gürtel bekleidet waren, wieder aufwärmten, da dehnten sie die Glieder voll Wonne des behaupteten Lebens, und am liebsten hätten sie gesungen. Aber irgendeine unbestimmte Besorgnis verschloß ihnen den Mund. Sie wollten sich nicht mehr als nötig bemerkbar machen.

Sie machten ihre Mustangs wieder fest, so daß sie weiden, aber nicht weglaufen konnten. Sie brachten ein kleines Feuer in Gang, nahmen die erlegten Raubtiere aus und stärkten sich an Herz und Leber. Das schmeckte wahrhaftig noch besser als Forellen. Was weiter zu tun war, brauchten die beiden nicht miteinander zu besprechen, denn es schien sonnenklar. Nachdem sie die gefährlichen und mordgierigen Luchse erlegt hatten, die auch ein Schrecken der Tierwelt im Walde waren, brauchten sie keine Antilopen oder Rehe mehr zu jagen. Luchsfell und Luchsfleisch, das war Beute genug, und ihre Ehre als Jäger war wiederhergestellt. Jeder der beiden Buben lud den von ihm erlegten Luchs auf sein Pferd, und dann begannen sie gemütlich bergabwärts zu reiten, im Ohr das Rauschen des Baches mit seinen vielen Wasserfällen. Sie nahmen den Weg, den der Elch vor ihnen genommen hatte.

Er hatte einen Pfad zwischen Bäumen und durch Gesträuch am Ufer entlang gebrochen.

Begegnung beim Biberbau

Als das Gelände wegsamer wurde, ritten die Jungen schneller. Sie hatten vor der Heimkehr noch etwas zu erledigen. Die beiden Biberjäger wollten sie aufspüren, die jedes Jahr in diese einsame Gegend kamen, und sie wollten von diesen erfahren, ob es etwas Neues gebe. Harka wußte schon aus den Beschreibungen seines Gefährten, daß es sich um zwei Männer mit großen Nasen und starken Bärten handelte, die einander ähnlich sahen und nach Meinung des Schwarzfußjungen auch ähnliche, aber keineswegs gut klingende Stimmen hatten.
Nach der Zeichnung und Beschreibung seines Gefährten konnte Harka bereits vermuten, wo die Jungen die Fallensteller zu suchen hatten. Die beiden Knaben ritten jetzt sehr schnell, da sie hofften, die Gesuchten schon zur Nacht zu finden. Stark wie ein Hirsch lenkte zu einem der Flüsse, deren Wasser in jahrtausendelanger Arbeit tiefe Einschnitte in die Vorgebirgslandschaft gegraben hatten. Wie ein dunkler Strich zog sich die lange Schlucht durch die Landschaft. Es war das weite Gebiet der Quellflüsse des Missouri. Als die beiden jugendlichen Reiten den Wasserlauf erreichten, dem sie zugestrebt hatten, gaben sie ihren Tieren eine Rastzeit und luden die Beute solange ab. Es waren ein weiblicher und ein männlicher Luchs, die sie erlegt hatten. Die Körper der Tiere waren etwa einen Meter lang, der Schwanz hatte nur ein Viertel der Körperlänge. Das Fell war hell, das Gesicht breit, an den Ohren standen die charakteristischen Haarpinsel in die Höhe.
Die Knaben betrachteten die Beute immer wieder befriedigt, in Erinnerung an die gefährlichen Augenblicke des Kampfes. Harka dachte auch noch weiter zurück; er dachte über ein Jahr zurück, an eine Nacht in den Wäldern der Südhänge der Black Hills, als zwei miteinander kämpfende Luchse eine wichtige Spur verdorben hatten. Bis jetzt hatte sich ihm das Rätsel dieser Spur noch nicht gelöst. Vielleicht löst es sich nie, und es war auch zwecklos, die Gedanken weiter darauf zu verschwenden, wenn es keine Hoffnung gab, neue Anhaltspunkte zu finden. Er kehrte in die Gegenwart zurück.

Stark wie ein Hirsch war aufgestanden, auch Harka erhob sich, und die Knaben leiteten ihre Mustangs, auf die sie die Beute wieder aufgeladen hatten, vorsichtig den Steilhang hinab. Unten am Wasser befand sich ein mit Gras und Weiden bestandener Uferstreifen, auf dem sie entlangreiten konnten, bis das Tal schließlich so schmal wurde, daß nur noch im Wasser selbst vorwärtszukommen war, und dies erwies sich zu Pferd als sehr mühsam. Die beiden machten halt, denn sie rochen Rauch.
„Das werden sie sein", vermutete Stark wie ein Hirsch und sog die Luft noch einmal ein, um sich zu vergewissern. Er freute sich über die Aussicht, die beiden Biberjäger zu finden, denn die Sonne stand im Westen, und es ging dem Abend zu. Über dem Flusse wehten Nebel. Der Wind kam von Osten und trug den Jungen den Rauchgeruch zu.
Harka sah den Gefährten fragend an. Er wollte gern erfahren, wie dieser sich zu verhalten gedachte. Stark wie ein Hirsch kannte die beiden Fallensteller und mußte wissen, was das richtige war. Zunächst hieß es natürlich, sich zu vergewissern, ob es wirklich die Gesuchten waren, die an diesem Feuer weiter unten am Fluß saßen. Stark wie ein Hirsch erklärte, daß er bei den Pferden bleiben werde und Harka auf Kundschaft gehen könne. Die großen Biberbauten, bei denen der Schwarzfußjunge die Fallensteller vermutete, befanden sich am Ausgang der engen Schlucht, in die der Fluß jetzt hineinströmte.
Harka nahm die Aufgabe gern an, empfand es auch als gerecht, daß er nicht wieder bei den Pferden bleiben mußte, da ihm der Kundschaftsgang viel interessanter war als die Pferdewache. Er machte sich sofort auf. Um schnell voranzukommen, wählte er den Wasserweg und wagte sich in die schnell und auch tief genug flutende Strömung der Mittelrinne hinein. Das Wasser war sehr kalt und das Schwimmen kein Vergnügen. Harka schoß kräftig kraulend voran, durch die Schlucht hindurch. Hier herrschte schon tiefe Dämmerung, das Wasser wirkte fast schwarz. Nach einer Biegung hatte Harka Ausblick und erkannte, daß sein Gefährte ihm richtig berichtet hatte und am Ausgang des besonders engen Schluchtteils die Biberbauten im sich verbreiternden Flußbett aufragten, bis zu Manneshöhe

über dem Wasser. Die Tiere hatten fleißig gearbeitet und viel Holz herbeigeschafft, wie es am Flußufer hier verhältnismäßig reichlich wuchs. Harka hatte auch schon das Feuer erspäht, von dem der Rauch aufstieg. Ein ganz klein wenig Glut, behutsam gedeckt, leuchtete zwischen Pappeln, Erlen und Weidengesträuch. Der dünne Rauch war für ein Indianerauge auch schon wahrnehmbar. Außerhalb der Schlucht war es noch heller; die Landschaft hatte noch ihre Farben im Lichte der Abendsonne.
Harka tauchte und versteckte sich hinter demjenigen Biberbau, der der Schlucht am nächsten lag. Von diesem gedeckt, ging er vorsichtig an Land und kroch im halbhohen Gras zwischen Ufergesträuch hindurch. Er fand einen Strauch mit stark riechenden Blättern und rieb sich rasch ein, um nicht den Verdacht der Pferde zu erregen, die die Fallensteller – falls es diese waren – sicher bei sich hatten. Das Anschleichen betrieb er nicht nur aus Notwendigkeit, sondern auch aus sportlichem Vergnügen. Er wollte erproben, ob er diese Männer am Feuer überraschen und überlisten konnte. Mit der Behendigkeit, wie sie die Übung von Kind an verleiht, schob er sich durch das Gebüsch weiter. Er hörte schon Stimmen, die völlig sorglos klangen. Zwei Männer schienen sich Scherze zu erzählen, denn der eine lachte ein paarmal. Die Stimmen waren nicht unsympathisch, aber wohllautend waren sie nicht. Die beiden unterhielten sich auf englisch, also in einer Sprache, die Harka im vorausgegangenen Winter bei den weißen Männern gelernt hatte.
Der Indianerknabe hatte eine Stelle im Gebüsch erreicht, von der aus er den kleinen Lagerplatz überschauen konnte. Es gab keinen Zweifel, er hatte die Gesuchten vor sich. Es waren zwei große, kräftige Kerle, noch jung, in Leder gekleidet. Die Schlapphüte hatten sie abgelegt. Haar und Bart waren ihnen lang und dicht gewachsen, so daß nur noch Stirn und Nase herausschauten. Die Nasen ließen sich aber auch nicht so leicht übersehen, sie waren groß und so krumm wie Geierschnäbel. Die Männer saßen auf der einen, die Pferde standen auf der anderen Seite des Lagerfeuers. Es waren vier Pferde, zwei Reitpferde und zwei Packpferde.
Der Junge hätte gern gelauscht, was die Männer sprachen, aber

eben jetzt verstummten sie, und der eine der beiden kümmerte sich um das Fleisch, das in der Asche briet. Es roch gut, besonders für den, der Hunger verspürte und ein eiskaltes Bad hinter sich hatte. Rechter Hand ragte etwas aus dem Gebüsch, ein Stück Elchschaufel und ein Stück Fell. Diese Männer hatten einen Elch erlegt. Einer der beiden hatte seine Flinte neben sich ins Gras gelegt. Er rutschte näher ans Feuer, ohne an die Waffe zu denken. Sie blieb ein Stück hinter ihm im dunklen Schatten liegen. Die Sonne war schon gesunken.

Die Gelegenheit weckte in Harka den Gedanken an einen Streich, den er den Männern spielen wollte, um ihnen zu beweisen, wie unvorsichtig sie waren. Schließlich wurde nicht nur Harka Wolfstöter Bärenjäger von einem Elch überrascht und um seinen Bogen gebracht. Auch anderen Leuten passierten Dummheiten! Harka vermochte nicht zu widerstehen, und obgleich die Sache unter Umständen üble Folgen nach sich ziehen konnte, packte er die Flinte, die hinter dem Rücken der schmausenden Männer im Grase lag, hob sie unhörbar auf und verschwand damit so rasch, wie ein lautloser Rückzug überhaupt möglich war. Soviel er gesehen hatte, wollte jeder der Männer vier bis fünf Pfund Fleisch vertilgen. Sie würden sich nicht so rasch umdrehen und den Verlust nicht gleich bemerken.

Harka schlich sich vom Flusse weg weit in die Wiesen hinaus und schrie wie eine Eule; das war sein Zeichen für Stark wie ein Hirsch. Bald konnte er hören, daß der Gefährte mit den Pferden kam. Der Schwarzfußjunge brachte die Mustangs im Schritt herbei, so daß sie nicht viel Geräusch verursachten. Die Männer am Lagerfeuer schienen noch immer nichts bemerkt zu haben. Die Jungen lachten sich im stillen eins. Harka blieb jetzt bei den Tieren und der Beute, während Stark wie ein Hirsch offen zu dem Flußufer hinrannte und laut schrie: „He-ho! He-ho! Thomas! Theo!“

Das mußten also die Namen der gesuchten Fallensteller sein. Vom Flußufer her wurden die krächzenden Stimmen der beiden Bärtigen vernehmbar. „Hallo! Hallo!“

Die beiden Männer kamen aus Bäumen und Büschen heraus und gestikulierten. Harka erkannte sie in der beginnenden

Nacht als Schattenrisse und setzte die Mustangs zu dem Lagerplatz hin in Bewegung. Stark wie ein Hirsch rannte voran, und Harka hörte, wie eine laute Begrüßung stattfand.
„Junge! Junge! Das ist doch der Junge des Häuptlings! Wo kommst du denn her! Wo stehen eure Zelte?"
Stark wie ein Hirsch antwortete den Männern irgend etwas, allerdings viel leiser, so daß Harka seine Worte nicht verstehen konnte. Aber die Fallensteller schienen einige Brocken der Schwarzfußsprache zu kennen, wie sich das für Jäger und Fallensteller in dieser Gegend gehörte, und sie antworteten wiederum laut:
„Bei allen Teufeln, das ist ja wunderbar! Wo steckt dein Freund?" Harka sprang auf und galoppierte die letzte Strecke auf seinem Grauschimmel herbei; den Schecken führte er am Zügel mit. Die beiden Fallensteller versuchten wohl zu identifizieren, was da ankam.
„Donnerwetter, zwei Luchse, zwei Luchse! Ihr habt Luchse gejagt? Kinder, Kinder! Ach, eine Flinte hat dein Freund! Das ist schon was anderes!"
Harka konnte das Lachen kaum mehr unterdrücken. „Kommt zum Feuer!" sagte er auf englisch zu den beiden Bärtigen. „Ich will euch die Flinte zeigen!"
„Schön, schön, Flinte zeigen! Auf die bist du natürlich stolz, so ein grüner Indianerjunge und schon eine Flinte! Kommt her! Wir haben einen Elchbraten, daran werdet ihr für acht Tage satt."
Die beiden bärtigen Männer und die Jungen mit ihren Mustangs begaben sich zu dem Lagerplatz. Thomas und Theo fachten das Feuer an, so daß es etwas heller leuchtete. Dann ging Harka auf den einen der beiden zu, hielt ihm die Flinte hin und sagte: „Diese Flinte schenke ich meinem älteren weißen Bruder. Er mag sie für immer behalten!"
„Aber bei allen Teufeln, Junge, Junge, was denkst du dir denn! Du kannst doch deine Flinte nicht verschenken! Das ist ein teures Stück! Was soll dein Vater dazu sagen! Vielen Dank, aber nein, nein, du brauchst doch das bißchen Elchfleisch nicht mit der Flinte zu bezahlen! So ein Indianerjunge, keine Ahnung hat

er, was so was wert ist, keine Ahnung! Also laß schon und behalte deinen Schießprügel! Ich habe doch selbst einen! Ich brauche keine zwei! Ganz genau den gleichen habe ich, wie du ihn mir schenken willst. Wie ein Zwilling, warte, ich zeige dir meine!"

Der älter wirkende Bärtige begann im Grase zu suchen. „Verflucht und zugenäht, bei allen Teufeln, da lag sie doch, die Flinte, wo hast du sie denn hingeschafft, Theo!"

„Nichts weggeschafft, nichts hingeschafft, Thomas. Du bist eine Stunde früher auf die Welt gekommen als ich, deshalb wirst du schon altersschwach!"

„Du bist eine Stunde später als ich auf die Welt gekommen, deshalb bist du noch unreif! Grün bist du, ganz grün! Bitte sehr, dir das hier anzusehen – siehst du nicht noch das eingedrückte Gras hier und die Spur im Sand, wo der Kolben gelegen hat? Gib mal einen Augenblick dein Ding her, Indianerjunge, ich will dem Theo nur was zeigen! Schau her, du Baby Theo, wenn ich diese Flinte hier hinlege, paßt sie ganz genau in die Spur hinein! Also hat meine Flinte an dieser Stelle gelegen, und wo ist sie jetzt?!"

„Eben wieder an der Stelle", antwortete Theo trocken. Harka blieb ernst, nur seine Augen lachten.

„Wieso wieder? Was jetzt hier liegt, ist doch die Flinte, die dem jungen Indsman gehört!"

„Du bist eine Stunde vor mir auf die Welt gekommen, deshalb wirst du schon altersblind, Thomas. Siehst du denn nicht die Kerbe?"

„Was für eine . . . Alle Teufel und Hexen, wie geht denn das zu? Das ist die Kerbe im Schaft, die ich eingekerbt habe, als ich dem Erzgauner und Räuber, dem Hahnenkampfbill, im vorigen Frühjahr eine aufs Fell brannte, die er verdient hatte, und ich denke, er hat das Zeitliche gesegnet und brät in der Hölle."

„Nein", sagte Harka.

„Nein? Was heißt hier nein?"

„Im vergangenen Herbst lebte er noch."

„Woher weißt denn du das?"

„Mein Vater und ich sind ihm am Niobrara begegnet."

„Oh, er lebt noch? Das ist aber schade! Das ist aber wirklich schade. Ja, sehr schade. Aber wieso hast denn auch du eine solche Kerbe in deine Flinte gekerbt, genau an die gleiche Stelle ... Das grenzt doch an Zauberei!"
„Ich habe nicht gezaubert, mein älterer weißer Bruder, ich war nur ganz leise und schnell!"
„Du warst nur ..." Thomas blieb der Mund offenstehen.
Theo aber lachte schallend, hüpfte auf dem linken Bein und hob das rechte, um sich immer wieder auf den Schenkel zu klopfen.
„Mein Bruder Thomas, du bist zwar eine Stunde früher als ich auf die Welt gekommen, aber kapieren kannst du erst eine Stunde später! Der kleine rote Gentleman hier hat dir deine Flinte geklaut, um dir zu beweisen, was du für ein alter Esel bist, und jetzt bringt er sie dir ganz gentlemanlike zurück!"
Thomas sank in sich zusammen. „Da soll doch ... Ist denn so was möglich! Wie heißen Sie denn, junger Herr?"
„Harka Nachtauge Steinhart Wolfstöter Büffelpfeilversender Bärenjäger, der Sohn Mattotaupas."
Thomas hielt sich die Ohren zu. „Soviel Adel ist meinen alten Ohren zuviel. Also wie war das? Harry?"
„Harka."
„Bleiben wir bei Harry, das kann ich leichter behalten auf meine alten Tage. Und dein Vater? Tomatto ...?"
„Mattotaupa. Vier Bären."
„Vier sind zuviel auf einmal für meinen bescheidenen Bedarf. Sagen wir Top. Das ist irgendwie christlich und ehrlich. Top und Harry! Einverstanden?"
„So pflegten schon die weißen Männer in Minneapolis meinen Vater und mich zu rufen."
„All right! Und du, Harry, hast dich also an einen alten erfahrenen Präriejäger angeschlichen und ihm die Flinte weggeholt. Aus dir kann noch was werden!"
„Ich hoffe es, mein älterer Bruder. Aber ich habe auch eine Bitte an dich!"
„Endlich das Elchfleisch, was?"
„Wir haben Luchsfleisch. Aber du hast mit deinem Elch meinen Bogen erbeutet."

„Deinen ... Ach, das Ding, womit das Vieh sein Geweih geschmückt hatte, gehört dir? Das ist ja zum Bersten! Dort an der Elchschaufel hängt der Bogen, hast ihn gesehen, nicht? Nimm ihn dir nur, ich brauche keinen Bogen. Habe ja meine Flinte wieder!" Er strich zärtlich über den Lauf.

Die beiden Bärtigen und die beiden Jungen lagerten nun zusammen. Die Knaben mußten wieder und wieder erzählen. Thomas und Theo, die Zwillinge, waren gute Menschen, die gern lachten, und die Knaben lachten mit. Es wurde tüchtig gegessen. Dann verteilten die vier die Wachen untereinander. Der Wölfe wegen, die die Beute wittern konnten, mußte man aufmerksam sein. Für Harka und Stark wie ein Hirsch wurden nur je zwei Stunden Wachzeit angesetzt, so daß sie genügend schlafen konnten.

Am nächsten Morgen zeigten die Bärtigen den Jungen die Biberfallen. „Teuer geliehen!" erklärte Thomas seufzend. „Gehören nicht uns! Mußten sie teuer bei der Pelzkompanie leihen. So viele Biber können wir gar nicht fangen, daß wir das Leihgeld bezahlen. Machen auch Schluß mit dem Geschäft diesen Sommer, Schluß! Werfen einfach die Fallen ins Wasser, habe ich Theo gesagt! Laß doch den Kram verrosten und verfaulen! Fünf Jahre arbeiten wir schon und werden die Schulden nicht los! Mag die Kompanie dann suchen, wo wir und unsere Fallen geblieben sind! Ich habe einen ehrlichen Freund wiedergefunden, heißt Adam Adamson, kauft sich von den Indsmen Boden und fängt eine Farm an – da gehen wir hin, hast du verstanden, Theo? Da gehen wir hin, machen die Rinderhirten und sind unter ehrlichen Leuten! Das ist besser! Da könnt ihr uns dann auch mal besuchen, ihr jungen Gentlemen. Ach so, nein – das geht leider nicht. Ist Dakotagebiet."

„Unsere Häuptlinge haben die Friedenspfeife miteinander geraucht", berichtete Stark wie ein Hirsch.

„Friedenspfeife? Aber großartig. Das ist für uns auch günstig. Da können wir uns freier bewegen und brauchen unsere alten Freunde nicht zu vergessen! Ihr bleibt doch heute bei uns?"

„Wir reiten weiter. Unsere Väter erwarten uns."

„Ja, ja, gute Kinder, ich weiß, ich weiß! Also, dann reitet mit

Gott und allen Teufeln, und hoffentlich sehen wir uns bald mal wieder! Ihr seid prächtige Kerle, Luchse erlegen, Flinten klauen – so was kann man immer brauchen. Grüßt Häuptling Brennendes Wasser von uns!"
Die Jungen verabschiedeten sich herzlich von den Bärtigen und traten den Heimritt an. Harka war sehr viel leichter zumute, seitdem er seinen Bogen wieder in seinem Besitz hatte. Wie würden die anderen Jungen lachen und sich freuen, wenn Harka und Stark wie ein Hirsch erst alles erzählen konnten! Obgleich die Mustangs mit den erbeuteten Luchsen beladen waren, hatten sie keine schwere Last zu tragen, denn die Knaben waren sehr schlank und wogen nicht viel. Der Ritt ging daher in lebhaftem Tempo voran, nachdem die baumlose Grassteppe wieder gewonnen war. Die Jungen hielten immer eifrig Umschau, kümmerten sich aber nicht um die Präriehunde, Präriehühner oder äsende Antilopen, die bei der Annäherung der Reiter flohen. Es war den Jungen daran gelegen, so rasch wie möglich wieder zu den Zelten zu kommen. Vielleicht hatte Mattotaupa mit seiner kleinen Kriegerschar Büffelherden entdeckt! Stark wie ein Hirsch und Harka konnten freilich kaum damit rechnen, an einer Büffeljagd teilnehmen zu dürfen. Sie waren erst dreizehn Jahre alt, und es war nicht üblich, Burschen unter vierzehn Jahren auf eine gefährliche Jagd mitzunehmen. Harka war aber schon einmal unvorhergesehenerweise in eine Büffeljagd hineingeraten; bei den heimatlichen Zelten am Pferdebach war das geschehen. Daher trug er den Namen „Büffelpfeilversender". Er hatte damals alle seine Pfeile ausgegeben, damit nicht einen einzigen Büffel erlegt und es nur seinem Pferd zu verdanken gehabt, daß er mit dem Leben davongekommen war. Trotzdem erinnerte er sich gern an die aufregende Jagd.
Die Jungen spähten auch nach Büffelfährten umher. Im Winter wanderten nicht alle Büffel nach Süden. Kleinere Gruppen hielten in den Wäldern der Vorberge aus, und solche Rudel, die im Frühling wieder auf die Prärie herauskamen, hätten den Knaben leicht begegnen können. Aber der Zufall wollte es nicht.

Mattotaupas Meisterstück

Es ging gegen Abend, als die beiden jungen Reiter in Sichtweite ihrer Zelte gelangten. Die Mustangs witterten ihre Herde und gingen ganz von selbst in schnellen Galopp über. Vom Dorfe her hatte man die Heimkehrenden entdeckt, und eine Horde Jungen sprengte ihnen entgegen, umringte sie zu Pferd und begleitete sie mit lauten Gruß- und Triumphrufen zu den Zelten. Zwei Luchse erlegt! Das beschäftigte alle Mitglieder des Knabenbundes. Stark wie ein Hirsch und Harka wurden bis zu ihren väterlichen Zelten geleitet, wo jeder seine Beute ablud. Auch die erbeuteten Kojotenfelle wurden von der Dorfjugend anerkennend betrachtet.

Als Harka in das Zelt des Vaters eintreten wollte, kam der Vater eben mit zwei Kriegern heraus, in denen Harka Kluge Schlange und Krumm gehenden Wolf erkannte. Alle die Männer besahen sich gleich den Luchs, den Harka mitgebracht hatte, ließen sich auch berichten, wie der Knabe ihn getötet hatte, und sagten: „Gut! Gut!“ Aber dann schienen sich ihre Gedanken sogleich wieder mit ganz anderen Dingen zu beschäftigen. Die beiden Schwarzfüße gingen hinüber zum Häuptlingszelt, und Mattotaupa rief seinen Jungen zu sich herein.

„Du wirst mir noch ausführlich berichten“, sagte er zu ihm. „Aber jetzt ist nicht die Zeit dazu. Ich habe Büffel gefunden. Wir wollen sie jagen, aber eine Gruppe von Assiniboinekriegern ist uns im Wege. Wir müssen mit ihnen um die Büffel kämpfen, oder wir müssen diese ‚Steinkocher‘ mit List weglokken. Ich habe den Siksikau eine solche List vorgeschlagen. Sie sind einverstanden, und nun müssen wir sofort handeln. Denn sonst laufen die Büffel den Assiniboine geradewegs in die Hände.“

Harka bemerkte, daß die Schwarzfußfrau, die das Zelt versorgte, damit beschäftigt war, eine Menge leichter Decken zurechtzulegen. Mattotaupa selbst war dabei, seine Waffen zu prüfen. „Unser Plan“, erklärte er dabei seinem Jungen, „ist gut! Die Assiniboinekrieger lagern nordwestlich von hier in einem Wiesental, das wie ein Kessel geformt ist und nur einen Ausgang nach Westen hat. Ein Bach entspringt dort. Sie haben da einen guten Lagerplatz, ganz nahe bei einem alten großen Büffelweg, wie Häuptling Brennendes Wasser mir erklärt hat. Dort warten sie auf die Büffel, um sie zu jagen. Es sind fünfzig Krieger! Die Büffel ziehen schon von Südosten herbei. Es ist eine mittlere Herde, vierhundert Büffel mögen es sein. Wir müssen die Assiniboine nach Westen oder Nordwesten weglocken, ehe sie die Büffel überhaupt entdecken, und wir müssen zwischen die Assiniboine und die Büffel kommen, so daß wir die Büffel bei der Jagd nach Südwesten zurückscheuchen."

„Wir müssen unsere Schar also teilen", meinte Harka, der gespannt zugehört hatte. „Unsere Jagdgruppe reitet zwischen die lagernden Assiniboine und die Büffelherde und jagt die Büffel auf ihrem Pfade wieder zurück, südostwärts. Unsere zweite Gruppe muß die Assiniboine nach Westen locken, am besten, ehe sie die Büffel überhaupt erspähen."

„So ist es. Aber wie locken wir diese Krieger weg?"

„Ich weiß nicht." Harka war verlegen. „Wir können sie angreifen, so daß sie uns verfolgen. Aber du sagtest, wir wollen nicht kämpfen."

„Wir wollen nicht mit ihnen kämpfen, wenn wir es vermeiden können. Wie lockt man einen Mann oder ein Tier?"

Harka lächelte. „Mit etwas, was sie gerne haben möchten."

„Richtig. – Aber nun iß, während wir sprechen, denn vielleicht willst du gleich wieder mit uns kommen?"

„Ja, ja!" Harka ließ sich von der Schwarzfußfrau schnell Fleischbrühe und Fleischbrocken geben und löffelte.

„Was möchten die Assiniboine haben?" fragte der Vater ihn dabei weiter.

„Büffel!" sagte Harka zwischen zwei großen Schlucken.

„Wenn nun Büffel zuerst im Nordwesten auftauchen?"

„Werden die Steinkocher dorthin reiten!"

„Richtig. Was müssen wir also tun?"

Harka lachte. „Büffel im Nordwesten auftauchen lassen. Soll das der Zaubermann zuwege bringen?"

„Nein, diesen Zauber zaubert Mattotaupa. Kannst du dir denken, wie?"

„Nein“, mußte Harka zugeben.
„Es ist aber nicht schwierig. Büffelfelle gibt es in unseren Zelten mehr als genug. Auch Büffelhörner. Wir spielen selbst Büffel, immer je zwei Männer mit einem Fell.“
Harka platzte heraus: „Und die Assiniboine sollen etwa glauben, daß das wirkliche Büffel seien?“
„Aber gewiß! In der Nacht! Sie dürfen nicht ganze Büffel sehen, sondern nur Hörner und wippende Büffelrücken hinter einem Höhenzug. Die Büffel brüllen auch!“
Harka löffelte noch schneller. „Da muß ich dabeisein, Vater, da muß ich dabeisein! Aber was tun wir, wenn die Assiniboine kommen, um uns Büffel zu jagen? Müssen wir dann nicht doch kämpfen?“
„Ich denke nicht. Als Büffel zeigt ihr euch hinter dem Höhenzug, der das östliche Flußufer begleitet. Wenn die Assiniboine kommen, finden sie nur die Felle, die ihr dann schon abgeworfen habt. Ihr aber schwimmt bereits im Fluß davon. Ich selbst werde der einzige sein, den die Assiniboine zu sehen bekommen. Sie erkennen mich als einen Dakota und werden mich verfolgen, weil sie zornig sind, daß sie gefoppt wurden. Aber ich entkomme ihnen.“
„Es sind fünfzig, Vater!“
„Ich aber bin Mattotaupa.“
Harka schaute bewundernd zum Vater auf. Ja, ein solches Meisterstück durfte sich ein Mattotaupa zutrauen.
Der Junge war mit dem Essen fertig und sprang auf. „Gehen wir gleich?“
Mattotaupa nickte. „Wir brechen auf, und zwar sofort.“
Harka nahm den Dolch mit. Alles andere wurde ihm nur hinderlich, wenn er schnell schwimmen mußte.
Der Tag neigte sich schon zur Nacht, als die Männer auf dem Dorfplatz zusammenkamen. Von den Jungen waren nur Harka und Stark wie ein Hirsch dabei. Einige Vorbereitungen, über die Harka sich zunächst wunderte, waren schon getroffen. Diejenige Gruppe, die die nahende Büffelherde zu Pferde jagen wollte, hatte ihren Mustangs leichte Decken oder Felle um die Hufe gebunden, so daß die Tiere zunächst zwar langsam, aber

auch ganz leise liefen. Harka begriff schnell den Sinn dieser Maßnahme. Diese Jägergruppe mußte zwischen die Assiniboine und die Büffelherde gelangen, ohne daß die Assiniboine sie vorzeitig bemerkte. Bei der Jägergruppe fanden sich fünfundzwanzig Krieger unter der Führung von Häuptling Brennendes Wasser ein. Auch Krumm gehender Wolf schloß sich dort an.

Kluge Schlange aber wollte mit Mattotaupa gehen. Die zweite, kleinere Gruppe, die sich als Büffel maskieren wollte, bestand neben Mattotaupa und Kluge Schlange aus vier Kriegern, zwei Burschen und den beiden Jungen. Diese nahmen vier Büffelfelle mit. Das sollte für ihren Zweck genügen. Mattotaupa war die einzige, der außer dem Messer auch Pfeil und Bogen bei sich trug. Er hatte nicht Büffel zu spielen, sondern sich bereit zu halten, um die Assiniboine nach der Entdeckung des Spiels auf sich zu ziehen. Die ganze Gruppe Mattotaupas nahm keine Pferde mit, sondern machte sich zu Fuß im Dauerlauf auf den Weg. Die schweren Büffelfelle trugen die vier Krieger.

Die Prärieindianer waren im Laufen nicht weniger geübt als im Reiten und sowohl gewohnt, es auf eine kurze Strecke hin mit einem Mustang aufzunehmen, als auch auf einer langen Strecke mit Ausdauer schnell zu laufen. Die Männer, Burschen und Jungen, die mit Mattotaupa liefen, kamen daher rascher voran als die Reiter auf den Mustangs mit den umwickelten Hufen. Sie hatten aber auch einen weiteren Weg vor sich, da sie nach Westen hin im Bogen laufen mußten, um die Assiniboine zu umgehen. Harka und Stark wie ein Hirsch waren so erfüllt von dem Gedanken an das Vorhaben, bei dem sie mitmachten, daß es ihnen gar nicht schwer wurde, mit den Männern und Burschen Schritt zu halten und die gleiche Ausdauer zu zeigen. Auf dem kurzrasigen Boden lief es sich leicht. Die Kleidung hatten alle abgelegt. Kühl und erfrischend strich die Luft um die Glieder.

Nach einer Stunde bemerkte Harka, daß Kluge Schlange, der das Gelände am besten kannte und daher anführte, nach Norden bog. Die Schar war also schon weit westlich gelangt und konnte jetzt zu ihrem Ziele lenken. Ein Flußlauf mußte über-

quert werden. Dabei wurden alle bis unter die Arme triefnaß, obgleich Kluge Schlange eine Furt für den Übergang gewählt hatte. Im Dauerlauf ging es weiter, nunmehr am jenseitigen Flußufer aufwärts. Schließlich wurden Kluge Schlange und Mattotaupa, der ihm als zweiter folgte, sehr vorsichtig. Sie liefen nicht mehr, sondern gingen gebückt; ganz offene Stellen überwanden sie, indem sie sich zu Boden warfen und krochen. Alle folgten dem Beispiel. Harka sog die Luft prüfend ein. Er roch schon Rauch und glaubte sogar einen matten Schein wahrzunehmen, der von Feuer stammen mußte. Die Assiniboine, die sich nicht im Kriegszustand mit den Siksikau befanden, dachten an nichts Böses.
Kluge Schlange, Mattotaupa und ihre Gruppe schlichen weiter. Sie mußten den Fluß jetzt wieder überqueren, um an das Ostufer zu gelangen, an dessen Seite die Assiniboine lagerten. Mit allem Bedacht krochen sie auf den grasigen Höhenzug, der das Hochufer des Flusses auf eine lange Strecke nordöstlich begleitete und zum Fluß hin ziemlich steil, nach Osten aber flach abfiel. Oben auf dem Kamm lagen sie zunächst im Grase versteckt, einer neben dem anderen, alle mit Graskronen im Stirnband, um die Köpfe zu verdecken. So spähten sie ostwärts nach dem Lager der Assiniboine, in das sie durch eine Senke hineinschauen konnten. Es glimmten fünf Feuer. Die Pferde hatten die Assiniboinekrieger in kleinen Gruppen zur Hand. Einige hatten sich schon in ihre Decken ausgestreckt, andere saßen noch zusammen und schienen miteinander zu sprechen. Die Wachtposten befanden sich im unmittelbaren Umkreis des Lagers auf den sanften Anhöhen, die das Lager umgaben. Die Gelegenheit war so günstig, wie Brennendes Wasser und Kluge Schlange sie Mattotaupa geschildert hatten.
Mattotaupa und Kluge Schlange gaben das Zeichen, mit dem Büffelspiel zu beginnen. Mit Ausnahme Mattotaupas rutschten darauf alle an der dem Assiniboinelager abgewandten Seite des Höhenrückens ein Stück hinunter und machten sich zwei und zwei als Büffel zurecht. Mattotaupa begutachtete die Maskerade und fand nichts auszusetzen. Die vier vermeintlichen Büffel verteilten sich am Hang. Mattotaupa rannte schnell zum

Fluß hinunter und ließ von dort das erste dumpfe, noch leise Brüllen hören. Es war dem Naturlaut täuschend ähnlich, und der Laut mischte sich mit dem Rauschen des Flusses. Kluge Schlange antwortete am Hang mit einem ähnlich dumpfen, leisen Brüllen aus dem Büffelkopf heraus, den er über seinen Kopf gesetzt hatte. Dann zeigte sich der erste Büffelrücken über dem Scheitel der Anhöhe. Mattotaupa mußte am Flußufer unten inzwischen schon ein großes Stück flußaufwärts, nach Norden, gerannt sein, denn von dort erklang sein nächstes Brüllen.
Harka, der mit Stark wie ein Hirsch zusammen unter einem Büffelfell steckte, hörte, daß die Assiniboine schon auf das Possenspiel reagierten. Sie mußten sich zwar wundern, daß Büffel mitten in der Nacht unterwegs waren, denn nachts pflegten die Herden nicht zu wandern. Aber die Freude, auf die Büffel zu treffen, übertönte sicher alle solche Erwägungen. Warum sollten die Büffel nicht auch einmal des Nachts aufgestört und in Bewegung sein?
Der erste aufreizende Büffeljagdruf ertönte schon vom Lager der Assiniboine her. Die vermeintlichen Büffel mußten nun sehr umsichtig handeln, wenn sie der Jagd durch die Assiniboine nicht zum Opfer fallen wollten. Kluge Schlange zeigte sein mächtiges Büffelhaupt mit Hörnern über dem Kamm der Anhöhe und brüllte, daß es allen Büffeljägern durch Mark und Bein gehen mußte. Gleich darauf verschwand der Kopf wieder für die Blicke der Assiniboine. Es tauchten aber, weit auseinandergezogen, drei Büffelrücken auf, bei dem einen auch die zu dem Büffel gehörigen Hörner. Zur selben Zeit brüllte es markerschütternd aus dem Tale unten. Das war Mattotaupa.
Bei den Assiniboine gab es jetzt kein Halten mehr. Aus fünfzig Kehlen drang der Büffeljagdruf! Die Krieger sprangen auf ihre Mustangs, die den durchdringenden Ton kannten und schon voll Aufregung stiegen und tänzelten, und dann begann die wilde Jagd! Das Donnern der Hufe kam aus dem Wiesental herüber zu der Anhöhe am Fluß, über den kleinen Bach hinweg, der von der Quelle beim Lager der Assiniboine gespeist wurde und dann am Ostfuße der Anhöhe nach Süden dahinplät-

scherte, um sich weiter unten mit dem Fluß zu vereinigen.
Die Schwarzfußkrieger, Burschen und Jungen hatten die Felle schleunigst abgeworfen. Sie ließen sie liegen. Mit diesen vier Büffelfellen konnten sich die Assiniboine später trösten! Wo sich Mattotaupa jetzt befand, wußten sie selbst nicht mehr, aber sie wußten, was sie zu tun hatten. Mit großen Sprüngen gelangten sie noch rechtzeitig den Steilhang hinunter und schossen wie Fische in die Flut, um unter Wasser abwärts zu schwimmen. Da die Flut sie trieb, kamen sie außerordentlich schnell voran. Hinter der nächsten größeren Biegung wagten sie schon, den Kopf über das Wasser zu heben und Luft zu holen. Dabei hörten sie auch etwas von dem, was weiter oben am Fluß vorging.
Die Assiniboine ritten rufend und schreiend am Fluß und den angrenzenden Höhen umher. Westlich des Flusses, weit draußen in der nächtlichen Prärie, erklang wieder das dumpfe Büffelgebrüll, wie Mattotaupa es nachzuahmen verstand, und gleich darauf der Grußruf der Dakota: „Hi-je-he! Hi-je-he!"
Die Assiniboinekrieger schienen die Felle noch nicht gefunden zu haben. Sie nahmen vielleicht an, daß Dakota in der Nähe seien, die ihnen die Büffel wegtrieben, und schrien darüber zornig auf. Sie setzten über das Flußtal und galoppierten dann regellos in die Prärie hinaus.
Kluge Schlange gab seiner Gruppe das Zeichen, noch ein Stück weiter abwärts zu schwimmen. Als volle Sicherheit gewonnen schien, stiegen alle an Land.
Harka horchte nordwestwärts; die Assiniboine galoppierten noch immer brüllend gegen Westen zu! Wo war Mattotaupa?
Kluge Schlange war an Harka herangetreten. „Du bist sein Sohn", sagte er zu dem Jungen. „Du und ich, wir bleiben hier, um zu erfahren, wie Mattotaupas kühnes Vorhaben glückt. Die anderen laufen zu den Zelten!"
Die Worte waren zugleich Befehl. Schweigend machten sich die vier Krieger, die beiden Burschen und Stark wie ein Hirsch auf den weiteren Rückweg. Sicher war es dem Häuptlingssohn leid, daß er sich von Harka trennen mußte, aber es hätte sich nicht gehört, das in der gegebenen Lage merken zu lassen.

Als die anderen verschwunden waren, huschte Kluge Schlange zu einer Stelle der Uferhöhen, die weiten Ausblick gewährte. Harka, der ihm gefolgt war, legte sich auf der Kuppe oben neben Kluge Schlange ins Gras. Das Wasser war an seinem gut eingefetteten Körper längst abgelaufen wie am Gefieder einer Ente. Der Krieger und der Junge legten das Ohr auf den Boden und konnten den Hufschlag der Reiterschar erlauschen, die sie als ganz ferne Schatten auch noch wahrnahmen. Im Augenblick konnten sie für Mattotaupa nichts tun.
Als Mattotaupa das letzte Büffelgebrüll ausgestoßen und gleich darauf den Begrüßungsruf der Dakota, wie zum Hohn für die Assiniboine, hatte erschallen lassen, war er anschließend ins Buschwerk gekrochen, das sich in der Flußnähe hatte ansiedeln können. Dort hielt er sich versteckt. Die Reiterschar der Assiniboine war in Bewegung und kam nicht so leicht zum Stehen. Die Reiter schwärmten in der Finsternis im grasigen Gelände umher, um die Büffel oder auch die Dakota zu finden, von denen sie sich geäfft glaubten. Sie sahen sich jetzt genarrt, das war ihren Rufen zu entnehmen; aber sie wußten noch nicht, auf welche Weise, und ihr Zorn war richtungslos. Richtungslos war darum auch ihr Umherschwärmen. Ein paarmal ritten Krieger unmittelbar an dem Buschwerk vorbei, in dem Mattotaupa sich versteckt hielt. Auf einmal erklang vom Flusse her ein Wutschrei. Einige der Männer hatten endlich die Büffelfelle gefunden. Die Folge war, daß alle Assiniboine ihre Pferde wendeten und zum Flusse zurücksprengten. In diesem Moment sprang Mattotaupa unbeobachtet aus dem Gebüsch, rannte ein gutes Stück in die Prärie hinaus und ließ dann wieder seinen Ruf hören: „Hi-je-he! Hi-je-he!"
Die Assiniboine, die inzwischen vollständig begriffen haben mußten, welchen Streich man ihnen mit den Büffelfellen gespielt hatte, antworteten mit entrüsteten Wutschreien und galoppierten vom Flusse her wieder in die Prärie, aber mit einer gewissen Vorsicht, da sie nicht wissen konnten, ob sie vielleicht von Dakotakriegern angegriffen wurden. Mattotaupa hatte sich von neuem versteckt, so gut es im offenen Gelände ging. Er konnte die Schar der Assiniboine übersehen, verstand auch ihre

Rufe, mit denen sie sich gegenseitig vorwärts- oder zurückriefen. Einen Krieger nahm er aufs Korn, der eine Adlerfederkrone trug, aber offenbar nicht der Anführer der Schar war, sondern ein älterer, bedachtsamer Mann und mitten aus einer Beratung zur Jagd aufgebrochen sein mußte.

Mattotaupa sprang aus seinem Versteck hervor und rannte mit der Geschwindigkeit eines Mustangs westwärts. Die Reiter waren sofort hinter ihm her. Das Getrampel der Pferde donnerte wieder durch die Nacht. Mattotaupa benutzte die erste Gelegenheit, bei der er im Schutz einer Bodenerhebung den Augen seiner Verfolger einen Augenblick entschwinden konnte, um sich flach in eine sandige Vertiefung an einem Hügelhang zu werfen. Dicht an den Boden geschmiegt, ließ er die Verfolger an sich vorbeireiten und Pferde über sich wegspringen. Erst als der letzte kam, jener bedächtige Reiter mit der Adlerfederkrone, sprang Mattotaupa wieder in die Höhe und mit einem einzigen Satz hinter dem alten Assiniboine auf den Mustang. Er riß dem Verblüfften die Adlerfederkrone vom Kopf, setzte diese sich selbst auf, warf den anderen kurzerhand vom Pferd und galoppierte nun selbst hinter der Schar der Assiniboine her. Mit anfeuerndem Geschrei, so wie er es aus dem Munde der Steinkocher hörte, trieb er den Mustang an, überholte einen Teil der Reiterschar und riß mit temperamentvollen Rufen alle nach Nordwesten mit.

Der wahre Eigentümer des Mustangs, den Mattotaupa jetzt ritt, rannte brüllend hinter den Reitern her, wurde aber von seinen Stammesgenossen in ihrem Eifer gar nicht beachtet. Sie hielten ihn wohl für irgendeinen Krieger, der aus Ungeschicklichkeit sein Pferd verloren hatte.

Als Mattotaupa die Assiniboine weit genug nach Nordwesten getrieben hatte, ließ er sein Tier zurückfallen, und sobald er sich nicht scharf beobachtet fühlte, glitt er vom Pferd und rannte schnurstracks wieder im Galopptempo in Richtung des Flusses zurück. Er gelangte zu der Stelle, wo der alte Krieger zornig gestikulierend auf einem Hügel stand. Zu diesem lief er offen, mit brüderlich grüßenden Gesten hin und setzte ihm, ehe er sich's versah, die Adlerfederkrone wieder auf den Kopf. Als der wiederum Verblüffte sich umsah, war Mattotaupa schon in der Finsternis verschwunden. Der Dakota rannte, nun schon mit verzerrtem Munde keuchend, zum Fluß zurück. Er sprang ins Wasser, schwamm dieselbe Strecke abwärts wie zuvor Kluge Schlange und seine Gruppe und kam ebenfalls hinter der ersten größeren Biegung mit dem Kopf über Wasser, um Luft zu holen.

Da vernahm er einen leisen Eulenschrei, dreimal wiederholt. Sogleich ging er an Land, und als er sich umschaute, kamen ihm Kluge Schlange und Harka entgegen, die inzwischen die vier Büffelfelle wieder eingesammelt und so den Assiniboine auch diesen letzten Trost genommen hatten.

„Es ist gelungen!" Mattotaupa war noch außer Atem, aber heiter und sehr zufrieden. Weitere Worte wurden nicht gewechselt. Mattotaupa nahm zwei Büffelfelle auf die Schultern, die beiden anderen je eins. So machten sich die drei zusammen auf den Rückweg, während fern in der westlichen Prärie das völlig verwirrte Geschrei der Assiniboine erschallte.

Im stillen erinnerte sich Harka daran, wie Tashunka-witko auf seiner Flucht in der Nacht die Siksikau und selbst Mattotaupa in die Irre geführt hatte. Jetzt war Mattotaupa gegenüber den Assiniboine ein ähnlich geschickter Streich gelungen. Harka zog aus dem Vergleich den Schluß, daß der Erfolg bei demjenigen sei, der zuerst und überraschend handelte. Diese Einsicht wollte er sich selbst zur Richtschnur nehmen.

Als Mattotaupa, Kluge Schlange und Harka zu den Zelten zurückkehrten, tagte es schon. Die Büffeljäger unter der Führung von Brennendes Wasser waren noch nicht zurückgekehrt. Mattotaupa und Kluge Schlange berichteten dem Zaubermann und einigen alten Kriegern von dem Erfolg des Unternehmens. Die Befriedigung war sehr groß, denn die Siksikau brauchten Büffelfleisch, aber sie wollten nach den verlustreichen Kämpfen mit den Dakota nicht auch noch in blutige Zwistigkeiten mit den Assiniboine geraten.

Harka wurde von Stark wie ein Hirsch begrüßt und erzählte diesem von den Ereignissen. Die Jungen waren beide sehr müde, denn auch der Häuptlingssohn hatte sich nicht schlafen

gelegt, sondern auf die Rückkehr Harkas gewartet. Trotz ihrer Müdigkeit beschäftigten sich die beiden Jungen mit ihrer verborgenen und unbestimmten Hoffnung, sich auf irgendeine Weise doch noch an der Büffeljagd zu beteiligen. Zwar wurden sie erst dreizehn Jahre alt, aber sie hatten Jagdgeschick bewiesen. Stark wie ein Hirsch war der Anführer aller gleichaltrigen Knaben, Harka war das in den Zelten daheim bei der Bärenbande auch gewesen. So nährten sie ihre stille Hoffnung und beobachteten vor allem, was sich Mattotaupa und Kluge Schlange nach ihrem Bericht an die Ältesten vornehmen würden. Die beiden Krieger standen zweifelnd zwischen den Zelten. Wahrscheinlich erwogen sie genau dasselbe, was die Jungen bewegte, und Mattotaupa lächelte zu den beiden hinüber. „Schlaft vier Stunden!" rief er den Knaben zu. „Wenn Häuptling Brennendes Wasser bis dahin nicht zurück ist, werden wir auskundschaften, wo er bleibt."
Das war ein Wort!
Stark wie ein Hirsch ging diesmal wieder mit Harka in dessen Zelt. Die beiden machten es sich in den Decken bequem; sie hatten kaum den Kopf zurückgelegt, als sie auch schon eingeschlummert waren. Aber nach vier Stunden waren sie auch wach. Bei großen Ereignissen mußte ein Junge an Schlaf sparen können, um ihn an ereignislosen Tagen um so gründlicher nachzuholen. Die beiden Buben badeten und frühstückten und setzten sich dann still in den Hintergrund des Zeltes. Aber ihre unentwegt auf Mattotaupa gerichteten Blicke bohrten dessen Aufmerksamkeit an. Mattotaupa war seit dem Tage seiner Ächtung und Verbannung mit seinem Jungen zusammen gewesen, hatte schwere und gefahrenreiche Situationen mit ihm durchlebt und durchkämpft, und es kam ihm, ebenso wie Harka, jetzt seltsam vor, daß Harka in der geordneten Zeltgemeinschaft wieder in die Rolle des unmündigen Knaben, Mattotaupa aber in die Rolle des hiervon doch weit getrennten Vaters hineinglitt. Mattotaupa war nach seinen Erfahrungen mit Harka sehr dazu geneigt, einen Dreizehnjährigen schon wie einen Erwachsenen zu behandeln, obgleich es ihn auch freute, daß in Harka durch die Gemeinschaft mit Stark wie ein Hirsch wieder mehr

von kindlichem Übermut und unbeschwertem Tatendrang aufgelebt war.
„Kommt!" rief er den beiden Jungen zu. „Jetzt gehen wir zusammen auf Kundschaft!"
Vor dem Zelt hatte sich schon Kluge Schlange eingefunden. Der Krieger war offensichtlich erstaunt, daß die Jungen mitkommen sollten, sagte aber kein Wort über Mattotaupas Entscheidung, und so machten sich die vier zu Pferd auf den Weg. Sie brauchten nicht den Bogen zu schlagen, mit dem Brennendes Wasser und seine Krieger zunächst heimlich und in langsamem Tempo zwischen die Assiniboine und die von Südosten heranziehenden Büffel gelangt waren, sondern konnten sich gleich nach Südosten wenden. Die Büffelherden pflegten altgewohnte Büffelpfade durch Prärien, über Pässe zu benutzen, wenn sie nicht durch besondere Ereignisse davon abgedrängt wurden, und so führte Kluge Schlange die kleine Schar jetzt südöstlich direkt auf den ihm bekannten Büffelweg zu. Mittag war vorbei. Die Sonne schien noch angenehm warm. Der Blick schweifte frei über die grasige Ebene, die sich bis zum Horizont dehnte. Die Reiter waren schon über drei Stunden unterwegs, als sie endlich in der Ferne eine mächtige Staubwolke entdeckten, die sich weithin über die Prärie zog. Kein Zweifel, dort waren Büffel zu Hunderten auf ihrem sandigen Pfade galoppiert. Kluge Schlange begann das Büffellied zu singen, und Harka horchte auf.

„Meine Augen sehen gelbe Büffel,
und ich rieche Staub, den rote Nüstern
blasen auf vom Sandpfad unserer Steppe.
Guter Bogen, spanne deine Sehne!
Guter Pfeil, versage nicht im Schusse!"

Der regelmäßige Galopp der Pferde gab den Rhythmus des Jägerliedes. Die Staubwolke im Südosten wurde vom Winde durchblasen und dehnte sich. Staubstreifen entstanden und zogen sich über die Steppe, und schon roch Harka den Staub, so wie es in dem Liede hieß. Der dichteste Teil der Staubwolken war der südliche. In dieser Richtung mußte die Herde galoppie-

ren, und wahrscheinlich waren die Jäger mitten zwischen den fliehenden Büffeln.
Kluge Schlange wollte in schräger Linie zur Spitze der Staubwolke steuern, aber Mattotaupa rief ihm etwas zu. Kluge Schlange ließ daraufhin seinen Mustang in Schritt fallen, und nach einem kurzen Hin und Her der Beratung drang Mattotaupa mit seinem Vorschlag durch. Er wollte mit den Knaben vom nördlichen Ende der Staubwolke her auf den Büffelpfad und den Fluchtweg der Herde einreiten und die Jungen bei den Nachzüglern der Herde, die es immer gab, die sachgerechte Büffeljagd lehren. Kluge Schlange überwand die eigene leidenschaftliche Jagdgier und war bereit mitzuwirken. So kam es, daß die kleine Gruppe sich mehr östlich wandte und den breiten sandigen Büffelweg bei den letzten nachwehenden Sandschleiern erreichte. Hier bogen die beiden Krieger mit den Knaben auf die Fluchtroute der Büffel ein. Der Boden war von Aberhunderten von Hufen der schweren, wild dahinstürmenden Tiere aufgewühlt, und deutlich drang das dumpfe Donnern der fliehenden Herde aus dem Süden bis zu den Ohren der Reiter. Die vier ritten alle sogenannte Büffelpferde, die auf die Büffeljagd abgerichtet waren, und obgleich noch keiner aus der kleinen Schar den Büffeljagdruf ausgestoßen hatte, gerieten die Mustangs in Aufregung und begannen in gestreckten Galopp überzugehen, mit dem allein ein Pferd der Schnelligkeit eines Büffels einigermaßen gleichkommen konnte.
Die Jungen bemühten sich, ruhig zu bleiben. Sie fühlten sich bei Mattotaupa und Kluge Schlange in guter Obhut, und sie wußten, daß es vor allem darauf ankam, einen Büffel genau ins Auge zu fassen, ehe man ihn erreicht hatte, und im dichten Vorbeireiten den Pfeil abzuschnellen, der ins Herz traf und tödlich wirkte.
Der Staub, durch den die vier Reiter galoppierten, wurde dichter, doch erlaubte er noch die Orientierung. Mattotaupa und Kluge Schlange stießen gleichzeitig einen hellen Ruf aus, der die Mustangs anfeuern und die Knaben aufmerksam machen sollte. Mattotaupa und Kluge Schlange trennten sich; Harka hielt sich bei seinem Vater, Stark wie ein Hirsch bei Kluge

Schlange. Rasch hatte man sich im Staub gegenseitig aus den Augen verloren.

„Halte dich hinter mir und schieße!" rief Mattotaupa seinem Sohn zu. In fünfzig Meter Entfernung war ein gestellter Büffelschwanz zu erkennen; das Tier galoppierte. Warum es hinter der Herde zurückgeblieben war, ließ sich jetzt nicht sagen. Mattotaupa gab seinem Mustang Freiheit, die volle Schnelligkeit zu entwickeln. Das abgerichtete Tier nahm von selbst den richtigen Weg, nahe an der Büffelkuh vorbei, und Mattotaupa deutete im Reiten mit Pfeil und Bogen an, in welchem Augenblick er den Schuß hätte abgeben müssen. Harka folgte dem Vater auf seinem Grauschimmel, kaum drei Pferdelängen zurück. Er hatte den Zügel fahren lassen, hielt Pfeil und Bogen bereit, und er blieb so ruhig und überlegt, als ob es um ein Wettschießen ginge. Als der Grauschimmel von einem leichten Druck des Schenkels in der richtigen Bahn mehr bestärkt als geleitet an den Büffel seitlich herangaloppierte, schoß Harka den Pfeil mit aller Kraft ab. Das Geschoß drang der Büffelkuh hinter dem Blatt ins Herz; sie stockte im Lauf und stürzte.

Harka schrie auf vor Freude. Er hatte seinen ersten Büffel erlegt! Sofort wandte Mattotaupa den Mustang. Harka bremste mit viel Mühe sein dahingaloppierendes Pferd und leitete es auch zur Beute zurück. Was im Grase lag, war ein ganz junges, noch nicht trächtiges Tier. Das gab einen zarten Braten. Mattotaupa lächelte Harka an, empfahl ihm, es bei dieser Beute zu belassen und sie selbst zu bewachen. Er, Mattotaupa, wolle weiterreiten und versuchen, sich an der großen Jagd der Siksikau, die weit im Süden noch im Gange war, zu beteiligen. Harka war es zufrieden. Er fesselte seinem Mustang die Vorderbeine, womit dieser durchaus nicht einverstanden war; jedoch mußte er sich mit der Maßnahme seines jungen Herrn abfinden. Harka beschaute sich dann seine Beute von allen Seiten. Ein neues Büffelfell, Hornlöffel, Bogensehnen, Darmschnüre, frisches Fleisch, Trockenfleisch, alles war aus diesem großen Tier zu machen. Heute am Abend wollte Harka frisches Büffelhirn speisen; das hatte er schon lange nicht mehr gegessen. Er hatte unter den denkbar günstigsten Umständen einen Büffel mit ei-

nem einzigen Pfeil erlegt. Im vergangenen Jahr hatte er unter schwierigen Umständen einen Büffel mit einem Dutzend Pfeile gespickt, ohne ihn zu töten. Das nächste Mal würde er schon in der wilden Jagd mitreiten und trotzdem treffen.
Das nahm er sich vor und setzte sich auf den Widerrist des erlegten Tieres, um sich selbst seinen Sieg ganz fühlbar zu machen und die verdiente Ruhe zu genießen. Er lauschte dabei darauf, was um ihn herum vorging. Stark wie ein Hirsch mußte unter der Anleitung von Kluge Schlange inzwischen auch etwas unternommen haben. Auf einmal hörte Harka Getrappel und lautes Lachen. Merkwürdiges Getrappel war das! Bockte ein Pferd? Die Geräusche kamen näher, und bald sah Harka seinen Freund Stark wie ein Hirsch, der im Schritt herbeiritt und am Lasso ein lebendes Büffelkalb wie an der Leine führte. Das Kalb war schon kräftig, schlug aus, wollte stoßen und machte überhaupt die tollsten Kapriolen, worüber sich Stark wie ein Hirsch vor Lachen ausschütten wollte. „Versuch doch einmal, es zu reiten!" rief er Harka zu.
„Aber nein!" erwiderte Harka, auf seinem Büffel thronend. „Du hast das Vorrecht, Büffelkalbfänger!"
„Büffeltöter, Büffeltöter bin ich!" gab Stark wie ein Hirsch stolz zurück. „Mit fünf Pfeilen habe ich eine alte Kuh erlegt. Sie ist zäh wie Leder und war ein ganz gerissenes, listiges Vieh. Willst du sie sehen?"
„Ja!"
Stark wie ein Hirsch wollte mit seinem Mustang umdrehen, aber da machte das Kalb nicht mehr mit, und bei Gefahr des Todes in der Lassoschlinge zerrte es wütend der Herde nach und blökte, soweit ihm die Luft dazu blieb.
„Laß es los", sagte Harka, „ich werde es reiten. In der Schlinge bringst du es doch nicht bis zu den Zelten, oder du brauchst einen ganzen Mond dazu."
„So komm!"
Harka half dem Gefährten zunächst, den Schecken festzumachen, den dieser ritt. „Wo ist Kluge Schlange?" fragte er dabei.
„Kluge Schlange? Noch immer hinter den Büffeln her."
„Wie mein Vater."

Das Pferd war gefesselt. Stark wie ein Hirsch konnte abspringen. Er stemmte die Füße fest ein, um das Kalb zu halten. Leicht war das nicht. Es war ein Stierkalb, voll Wut und überraschender Einfälle. Harka packte es am Hals, um die Lassoschlinge lose zu machen und sie abzunehmen. Aber er allein war dem Tier nicht gewachsen. Der Gefährte mußte ihm helfen. Mit vereinten Kräften gelang es den Jungen, das Tier zu Fall zu bringen. Sie hatten ihm das Lassoende um die Vorderbeine geschlungen. Nun machten sie rasch die Schlinge los und befreiten das Kalb davon, so daß Stark wie ein Hirsch sein Lasso wieder zur Verfügung hatte. Als das Stierkalb aufsprang, war Harka schon auf seinem Rücken. Mit den Schenkeln klammerte er sich an, und Stark wie ein Hirsch hatte genug Grund, so zu lachen, daß er sich das Zwerchfell halten mußte. Das Kalb brach zur Herde hin aus, und Harka war sich über zweierlei völlig klar: daß er nicht bei der Herde und den Jägern erscheinen durfte, wenn der Vater ihm geboten hatte, zurückzubleiben, und daß er auf gar keinen Fall als Reiter auf einem Kalb bei den Kriegern auftauchen wollte. Er gedachte daher abzuspringen und das Kalb laufen zu lassen. Da es ihm aber Spaß machte, daß Stark wie ein Hirsch so herzhaft lachen konnte, bereitete er einen lustigen Abgang vor. Er ließ sich nach hinten rutschen, kam mit einem Salto über das Schwanzende zu Boden und rannte noch, das Kalb am Schwanze fassend, drei Sätze hinterher. Sein Erfolg bei Stark wie ein Hirsch war so groß, wie er ihn sich erwünscht hatte. Sein Gefährte lachte schallend auf, und Harka lachte mit.

Aber dann verstummten die beiden Knaben plötzlich, denn im licht gewordenen Staub kam eine starke Büffelkuh angaloppiert, schnaubend, die Erde mit den Hufen pflügend und in Raserei bereit, jeden Gegner auf die Hörner zu nehmen und mit Hörnern und Hufen zu zerfetzen und zu zerstampfen. Die Mustangs der Knaben wollten fliehen und stürzten fast mit ihren gebundenen Vorderbeinen. Die Knaben hatten die Bogen über die Schulter genommen und die Pfeile im Köcher, die Messer in der Scheide. Nichts ging schnell genug! Beide riskierten das Leben, um wenigstens den Mustangs die Fesseln zu durchschneiden. Aber es gelang ihnen nicht mehr aufzusitzen. Schnell wie der Blitz schossen beide Mustangs davon, in Todesangst vor dem wütenden Büffel. Die Knaben flitzten zu dem von Harka erlegten Bison, versteckten sich dahinter und schauten nur vorsichtig über den wuchtigen Büffelrücken weg, den Kopf von der Mähne noch verdeckt. Sie griffen zum Bogen und legten den Pfeil ein.

Die Büffelkuh hatte ihren Lauf gestoppt. Sie schnaubte noch ein paarmal, warf den Sand mit den Hörnern auf, so daß sie sich selbst über und über damit bedeckte, und blieb dann wie ein Standbild stehen. Auch die Knaben rührten sich nicht. Einen Büffel, der frontal annahm, zu erschießen, war mit Pfeilen so gut wie unmöglich. Das Büffelkalb trottete jetzt zu der Kuh, und es zeigte sich, daß sie seine Mutter war. Sie schnupperte; ihre Wut ließ nach. Sie leckte das Kalb. Dann brach sie nach Osten hin aus, und das Stierkalb galoppierte hinter ihr her.

Harka und Stark wie ein Hirsch bliesen Luft durch die Lippen und schauten einander so vielsagend an wie nach dem Abenteuer mit dem Elch. Es war noch einmal gut abgegangen, was hätte schlimm werden können, und jedenfalls wollten sie nie wieder knabenhaft leichtsinnig sein. Von solchen Abenteuern hatten sie nun genug, wenn sie auch noch lange am Lagerfeuer davon erzählen konnten. Die Mustangs waren weggaloppiert. Zum Glück hatten sie sich nicht in Richtung der Büffelherde davongemacht, sondern dorfwärts. Die Jungen sahen die Tiere in der Ferne beieinander stehen. Harka hatte kein Lasso bei sich. So war er auf seinen Gefährten angewiesen. Denn die halbwilden Mustangs in der freien Prärie wieder einzufangen war ein Kunststück und ohne Lasso schwer möglich. Die Jungen wußten aber, wie mit solchen Tieren umzugehen war. Sie rannten nicht hin; da wären die Tiere ausgebrochen. Sie schlenderten umher, machten Sprünge, die die Mustangs neugierig betrachteten, und als sie auf Lassolänge herangekommen waren, warf Stark wie ein Hirsch die Schlinge, so daß sie sich dem Schecken über den Hals senkte. Ganz vorsichtig zog er ihn zu sich her. Das Pferd kam gutwillig, sobald es die Hand seines Reiters spürte, und der Grauschimmel lief aus Gemeinschaftstrieb mit herbei. So hatten die Jungen auch ihre Pferde wieder eingefangen. Verstaubt und verschwitzt, wie sie waren, ritten sie nun zu der „alten, listigen, zähen Kuh", die ihre Angreifer Kluge Schlange und Stark wie ein Hirsch mit allen Schlichen genarrt hatte und dann doch die Beute von fünf Pfeilen geworden war. Sie besahen auch noch einmal das junge Tier, das Harka nach Anweisung des Vaters schnell erlegt hatte. Gehorsam hielten sie Wache!

Drei Stunden später kam die glückliche Jägerschar in aufdonnerndem Galopp zurück. Mit immer wiederholten Rufen priesen die Reiter schon ihren Jagderfolg, den sie dank Mattotaupas List ungestört hatten erringen können. Die Jungen schlossen sich der großen Schar an.

In der Nacht wurden die Zelte erreicht. Jubel herrschte auch bei den Alten, bei den Frauen und Kindern. Für lange Zeit war man gut versorgt. Als der Morgen anbrach, zogen die Frauen und Mädchen zu Pferd zum Jagdgebiet, um die Beute zu bergen, die bis dahin von einigen Kriegern gegen die Angriffe der Wölfe bewacht wurde. Die Hundemeute beim Dorf jaulte voll erwartungsvoller Freude, denn alle die Hunde, große und kleine, schwarze, weiße, gefleckte, wußten, daß es jetzt auch für sie genug zu fressen geben würde.

Harka saß bei dem Vater im Zelt. Er hatte ihm aufrichtig erzählt, was alles geschehen war, und Mattotaupa hatte aufmerksam zugehört.

„Es ist wahr", sagte der Vater schließlich, „ihr müßt eure Knabenstreiche und die Jagden und den Kampf der Männer nicht durcheinanderbringen. Ihr werdet künftig beherrscht und kaltblütig handeln müssen, wenn euch Krieger zu Jagd und Kampf mitnehmen. Hast du noch eine Frage?"

„Ja, Vater, zwei Fragen. Wieviel Büffel konntest du erlegen?"

„Sechs. Daran haben wir mehr als genug, und wir können künftig auch in unserem Zelt Gäste bewirten. Hau!"

„Wann reiten wir aus, um meine Schwester Uinonah in unser Zelt zu holen?"

„Wir warten nicht mehr lange. Ich werde das mit Häuptling Brennendes Wasser besprechen."

Sitopanaki

Es war einige Zeit vergangen; ein Sonnentag war angebrochen. Das Mädchen „Deren Füße singen, wenn sie geht" stand mit ihren gleichaltrigen Gefährtinnen zusammen beim Zeltdorf, jenseits des Baches am Ufer, und schaute den Reiterspielen der Knaben zu. Auch die Mädchen waren ganz in Leder gekleidet. Sie trugen hirschlederne Mokassins mit weichen Sohlen, lange Hosen und ein knielanges Kleid, dessen Saum und halblange Ärmel in Fransen ausliefen. Die Kleider wurden aus zwei großen Lederteilen gefertigt, die durch ein Schulterstück verbunden waren und den Hals durch einen runden Ausschnitt freiließen. Am Gürtel hingen eine Tasche und das Messer in der Scheide. Die langen schwarzen Haare hatte Sitopanaki in zwei Zöpfe geflochten. Sie trug heute ein einfaches Kleid mit wenig Stickerei. Ihr prächtig gesticktes Kleid wollte sie anlegen, wenn nach den großen Jagden im Herbst die letzten milden Tage kamen und die Männer und Frauen vor dem Eintritt des harten Winters ihre großen Feste feierten. Bis dahin aber war noch lange Zeit. Jetzt eben war der Winter überstanden, und niemand dachte gern an die Kälte, an Eis und Schnee. Alle freuten sich, daß die Sonne alle Tage wärmer schien, das Gras höher schoß, die Rippen der abgemagerten Pferde sich wieder mit Fleisch bedeckten und die erste Büffeljagd schon reiche Vorräte für die Zelte geliefert hatte. Für die Hände der Frauen und Töchter hatte es in den letzten Tagen viel Arbeit gegeben. Häute abschaben, das Fleisch von den Knochen abnehmen, die Fleischvorräte trocknen oder in die kalte Erde eingraben, Därme reinigen und trocknen. Seit dem vierten Lebensjahr half Sitopanaki ebenso wie alle ihre Gespielinnen schon im Zelte mit. Mit vier Jahren lernten die Knaben reiten und die Waffen gebrauchen; die Mädchen lernten ebenfalls reiten und machten sich mit den ihnen zukommenden Arbeiten vertraut. Sie lernten bei ihren Müttern nicht nur große Jagdbeute bearbeiten, gerben, Tontöpfe formen, bemalen und brennen, feines Flechtwerk herstellen, Kleider und Schuhe zuschneiden, nähen und besticken, Zelte auf- und abschlagen; sie mußten auch wissen, wo sie

eßbare Beeren und Wurzeln finden konnten und wie man ein Hamsterloch entdeckte und es ausnahm, ohne daß der Hamster einem in die Finger biß. Eine Tochter und Schwester mußte einfache Verbände über Wunden legen können, Heilkräuter kennen und ein Schwitzbad mit heiß gemachten Steinen zuzubereiten wissen. Auch sie konnte sich in Wald und Prärie zurechtfinden und würde sich nicht so leicht verirren, selbst wenn sie ganz auf sich allein gestellt war. Wenn ein junger Krieger ein Mädchen zur Frau nehmen wollte, mußte er dem Vater reiche Geschenke dafür geben. Sie war eine wertvolle Arbeitskraft. Allerdings durften die Frauen der Jägervölker im Zelte nicht mit den Männern zusammen essen, und sie durften nicht an den Beratungen der Männer teilnehmen. Frauen waren keine Jäger, und darum zählten sie bei den Jägern nicht als volle Menschen, so nützlich sie auch sonst sein mochten.
Darüber dachte Sitopanaki nicht nach, denn sie hatte nie etwas anderes gesehen oder gehört. Sie war ein Mädchen, und als ein tüchtiges Mädchen wollte sie von den Gespielinnen geachtet, als ein stolzes Mädchen wollte sie von den Knaben und später von den Kriegern angesehen sein. Sitopanaki machte nie viel Worte. Sie hatte nicht die kräftig nach außen dringende Heiterkeit und Zuversicht des Bruders, den sie eben darum abgöttisch liebte. Wenn sie fröhlich war, blitzten nur ihre Augen auf; wenn sie Spöttisches dachte, verzogen sich nur ihre Mundwinkel. Weil sie selten über ihre eigenen Gedanken und Gefühle sprach, hatte ihr Wort schon unter den Kindern eine gewisse Geltung, obgleich sie erst acht Jahre alt war. Wenn ein Knabe vom bockenden Pferd fiel, so ärgerte ihn der herabgezogene linke Mundwinkel Sitopanakis mehr als ein ganzes Spottlied ihrer Freundinnen.
Es war heller Morgen und „Deren Füße singen, wenn sie geht" stand noch immer mit ihren Gefährtinnen zusammen am Ufer, mit dem Rücken gegen den Bach, und schaute den Knaben zu, die auf den Wiesen Reiterkunststücke übten. Sitopanaki beobachtete in Wahrheit nur zwei Jungen, obgleich ihr Blick überall zu sein schien. Aber in Wirklichkeit sah sie nur ihren Bruder Stark wie ein Hirsch und dessen Freund Steinhart Wolfstöter.

Die beiden konnten am meisten von allen Jungen, und sie waren auch bei schwierigen Stücken noch nie vom Pferd gefallen. Eben wechselten sie die Pferde, indem jeder vom Pferderücken weg auf den Mustang des anderen sprang! Auf einen Pfiff, den Stark wie ein Hirsch – schon befehlend wie ein Häuptling – ausstieß, bildeten alle Knaben auf ihren Mustangs eine Linie und ritten nebeneinander in stürmischem Galopp voran. Auf erneuten Pfiff, von dunklerem Ton, bremsten sie gemeinsam zu einem leichten Galopp. Stark wie ein Hirsch und Harka hatten einen anderen Reiter zwischen sich. Sie verständigten sich jetzt durch Handzeichen, und jeder sprang in den Stand auf die Kruppe des Mustangs, den er ritt. Auf ein weiteres Zeichen, das sie sich selbst gaben, sprangen die beiden Knaben auf die Kruppe des Mustangs, der sich zwischen ihnen befand, und von da aus jeder auf das Pferd des anderen. Sie wiederholten das Kunststück, und jeder gewann wieder sein eigenes Pferd. Mit einem hellen Triumphruf bestätigte Stark wie ein Hirsch das Gelingen dieses schwierigen Reiterkunststückes, das er auf Harkas Anregung mit diesem zusammen geübt hatte, und die ganze jugendliche Reiterschar jauchzte vor Freude über das Können ihres Anführers und seines neuen Freundes, der ihm in allem ebenbürtig war.
Vier andere Knaben versuchten es dem Beispiel nachzutun, aber zwei landeten im Gras und klammerten sich nur mit Mühe an der Seite des zwischen ihnen befindlichen Mustangs fest. Die Linie geriet in Unordnung, und Stark wie ein Hirsch mußte sie von neuem formieren lassen.
Die Mädchen lachten, und die beiden Knaben, die im Grase gelandet waren, rannten – zornig über sich selbst – ihren Mustangs nach, um wieder aufzuspringen. Neben Sitopanaki stand das Mädchen mit Namen Spottdrossel.
„Schnell, schnell!" rief sie den Jungen nach, die ihre Mustangs wieder zu erreichen trachteten. „Lauft wie der Sturmwind! Adlerflügel mögen euch tragen, euch künftige Krieger von Stamme der Siksikau! Laßt eure Füße wirbeln, nehmt Luft, holt Luft! Möchten eure Sprünge doch größer werden, ihr Heuschrecken! Hinauf, hinauf auf eure Mustangs! Oh, was müssen

meine Augen sehen? Habt ihr steife Beine? Soll ich euch einen Heizstein wärmen, damit ihr wieder gelenkig werdet?" Alle Mädchen, mit Ausnahme von Sitopanaki, lachten schallend. Die beiden Jungen, die vom Pferd gefallen waren, verhielten sich verschieden. Der eine lachte mit; der zweite war vergrämt und warf einen argwöhnischen Blick auf Harka, der die neuartigen Kunststücke eingeführt hatte.

Stark wie ein Hirsch und Harka Steinhart nahmen ihre Gefährten in Schutz. Sie lenkten die eigenen Mustangs überraschend hart an der Mädchenschar vorbei, so daß alle, vom Bachwasser bespritzt und von den Hufen bedroht, erschreckt zurückwichen, mit Ausnahme der schweigsamen Sitopanaki, die an ihrem Platz blieb, ohne auch nur ein Augenlid zu rühren. Einige Mädchen waren im Zurückweichen den hinter ihnen stehenden auf die Füße getreten, eines hatte das Gleichgewicht verloren und wurde von der Nachbarin aufgefangen. Stark wie ein Hirsch und die übrigen Jungen lachten jetzt die Mädchen aus, nur Harka Steinhart blieb ernst und schien die Schar der weiblichen Lebewesen überhaupt nicht zu sehen. Langsam, mißtrauisch gegen die weiteren Vorhaben der Jungen, rückten die Mädchen wieder bis zu Sitopanaki vor.

Die Jungen übten das gleichzeitige Wenden der Pferde, so daß im Nu aus der Reihe der hintereinander reitenden Jungen die Linie der nebeneinander reitenden entstand. Auch das klappte noch nicht tadellos. Die Mädchen banden aber ihre Zungen an. Nur Spottdrossel vermochte nicht den Mund zu halten.

„Seht doch das schöne Zickzack, das ihr zu reiten versteht! Zickzack – zickzack! Wartet ein wenig, haltet doch einmal an! Ich will mir das neue Stickmuster schnell aufzeichnen! Zum Andenken wollen wir es euch auf die Röcke sticken, ihr künftigen Krieger der Siksikau!"

„Schweig, du jämmerliche Spottdrossel!" donnerte Stark wie ein Hirsch mit der Stimme, wie er sie seit einigen Monaten schon aufzubringen vermochte. „Lege dich auf die Erde und iß ein wenig Flußsand, damit deine Zunge endlich nützlich beschäftigt wird! Paß auf!"

Stark wie ein Hirsch und Harka Steinhart verstanden sich schon

so gut, daß ein Blick und ein kurzer Wink genügten, um dem anderen die eigene Absicht deutlich zu machen. Die beiden preschten aus der Linie heraus, direkt auf die Mädchenschar zu. Die Mädchen, die sich am weitesten rechts und links befanden, stoben weg, die mehr der Mitte zu standen, warfen sich zum Teil zur Erde und befolgten so den Rat des Knaben. Am alten Platz und aufrecht standen schließlich nur noch Sitopanaki und Spottdrossel. Im letzten Moment kauerte sich Spottdrossel noch zusammen. Sitopanaki blieb stehen wie ein einsamer Baum. Die beiden Knaben hatten ihren Mustangs die Fersen gegeben, so daß diese zum Sprung über die Mädchen ansetzten. Stark wie ein Hirsch kam elegant über die am Boden kauernde Spottdrossel hinweg. Harka sprang mit seinem Grauschimmel über Sitopanaki. Das Mädchen sah die Vorderbeine, den Leib des Tieres; im selben Augenblick legte sie die Hände schützend um den Kopf, spürte auch schon einen Schlag, wankte, fing sich aber doch noch und blieb aufrecht wie zuvor.
Sie hörte, wie hinter ihr die Mustangs klatschend im Wasser aufsprangen, so daß der Sprühregen über Sitopanakis Rücken, mehr noch aber über die am Boden kauernde Spottdrossel ging. Die beiden Jungen wendeten, und das Hohngelächter der ganzen Knabenschar galt der triefenden Spottdrossel. Daß auch Stark wie ein Hirsch und Harka auf ihren Mustangs ein Brausebad genommen hatten, verstand sich von selbst und war nicht der Rede wert, da sie nachher im Zelte nur die Gürtel zu wechseln brauchten.
Sitopanaki hatte die Hände vom Kopf genommen und verbarg sie hinter dem Rücken; niemand sollte sehen, daß ihre linke Hand angeschlagen war und schon blau anlief.
Harka Steinhart ritt mit Stark wie ein Hirsch zu den anderen Knaben zurück, und solange das Mädchen ihn beobachten konnte, schaute er nicht ein einziges Mal nach ihr hin. Er hatte aber ihre angeschlagene Hand hinter dem Rücken gesehen und war zufrieden mit ihrem Verhalten.
Sitopanaki drehte sich plötzlich um und verließ das Bachufer, um zu ihrem Zelte zu gehen und der Mutter zu helfen. Das Mädchen kannte sich in ihren eigenen Gedanken und Gefühlen

nicht mehr aus. Bis zum Ausgang des Winters hatte für sie jedes Ding und jeder Mensch seinen sicheren, ihm zukommenden Platz gehabt. Dann waren diese beiden Fremdlinge aufgetaucht, Angehörige eines verhaßten Stammes, mit einer fremden Sprache. Häuptling Brennendes Wasser hatte sie aufgenommen und mit Geschenken geehrt, also mußte Sitopanaki sie auch achten. Der über alles geliebte und bewunderte Bruder schloß Freundschaft mit dem fremden Jungen. Sitopanaki hatte Harka Steinhart oft verstohlen beobachtet. Sie hatte gewünscht, daß Stark wie ein Hirsch den Fremdling in den Wettspielen besiegen möchte, und dann hatte sie es wieder nicht gewünscht. Die beiden Jungen waren einander ebenbürtig, aber das mußte sich täglich neu erweisen, und Sitopanaki wartete mit größerer Spannung als je auf den Ausgang jedes Spiels und jeder Übung. Sie wußte selbst nicht, warum sie erregt war. Manchmal hatte sie Gelegenheit, den Gesprächen der beiden Jungen im Zelte zuzuhören. Harka Steinhart erzählte dann erstaunliche Dinge von den weißen Männern. Zuweilen wurde er mit seinem Vater Mattotaupa zusammen zu dem Geheimnismann gerufen, um auch diesen auf das genaueste über die weißen Männer zu unterrichten. Seine Kenntnisse waren also wichtig; daran gab es keinen Zweifel. Sitopanaki hätte gern auch über die Dakota genaueres erfahren. Aber darüber sprach Harka nie, und Stark wie ein Hirsch fragte ihn auch nicht danach.
Gegen Mittag beendeten die Knaben ihre Spiele und brachten die Mustangs zur Herde beim Zeltlager. Stark wie ein Hirsch und Harka legten sich zusammen auf einen Hügel ins Gras, ließen sich die Sonne auf den Rücken scheinen und träumten mit offenen Augen vor sich hin. Harka hatte sich einen Grashalm gepflückt, nahm ihn in den linken Mundwinkel und wippte damit wie mit einer Pfeife. Es war etwa eine Viertelstunde vergangen, als er das erste Wort sprach.
„Fangt ihr auch wieder einmal Pferde?"
„Wir haben genug."
Es trat wiederum Schweigen ein. Nach einer weiteren Viertelstunde sagte Stark wie ein Hirsch: „Wenn eine Herde mit sehr guten Tieren kommt, fangen wir sicher noch einige."

„Mein Vater Mattotaupa und ich, wir brauchen noch Pferde. Eines für jeden ist zuwenig."
„Ja. Wie fangt ihr Pferde?"
„Wir fangen sie mit dem Lasso."
„Wir bauen einen Korral und jagen alle hinein. Dann fangen wir uns die besten mit dem Lasso heraus. Die anderen lassen wir wieder laufen."
„Einen Korral könnt ihr nur bei den Wäldern bauen."
„Ja."
Die Knaben überlegten im stillen weiter. Sie konnten von ihren erhöhten Plätzen aus sowohl die Prärie als auch das Zeltlager überschauen. Eben kamen Brennendes Wasser und Mattotaupa zusammen aus dem Häuptlingszelt heraus. Sie hatten wohl irgend etwas miteinander besprochen. Harka wußte, was sein Vater mit dem Häuptling beraten hatte. Mattotaupa wollte ausreiten, um sich an Tashunka-witko für dessen beleidigende Worte zu rächen, und er wollte Harkas Schwester Uinonah aus den Zelten am Pferdebach weg zu den Siksikau holen. Mattotaupa hatte auch noch einen zweiten, jüngeren Sohn. Aber von diesem sprach weder er, noch sprach Harka je von ihm, denn beide glaubten, daß der jüngere Sohn und Bruder die Zelte der Bärenbande am Pferdebach nicht würde verlassen wollen.
Harka und Stark wie ein Hirsch blieben noch eine gute Stunde auf dem Hügel liegen. Sie hatten sich den Vormittag über genug angestrengt. Auf einmal entdeckten sie westwärts in weiter Ferne etwas, was ihre Aufmerksamkeit erregte. Noch war dieses Etwas für das Auge nicht größer als eine Tannennadel, aber die beiden Knaben riefen schon fast gleichzeitig: „Reiter!" Sofort ließ Stark wie ein Hirsch zu den Zelten hin einen lauten Warnruf hören.
Gleich darauf waren Brennendes Wasser, Mattotaupa und Kluge Schlange schon auf dem Hügel.
„Zwei Reiter mit zwei ledigen Pferden und viel Gepäck!" sagte Harka auf den fragenden Blick seines Vaters hin.
„Thomas und Theo?" meinte Stark wie ein Hirsch.
Brennendes Wasser stimmte dieser Vermutung zu. „Reitet ihnen entgegen!" forderte er die Jungen auf.

Die beiden sprangen sofort auf und zur Pferdeherde hin, um sich ihre Mustangs zu holen. Stark wie ein Hirsch nahm sich ein frisches Pferd, und er hatte nicht vergessen, was Harka auf dem Hügel vor einer Stunde zu ihm gesagt hatte. Er winkte dem Freunde ab, als dieser sich seinen ermüdeten Grauschimmel holen wollte, und gab ihm wieder den Schecken, den Harka auf der Suche nach Dunklem Rauch geritten hatte. Harka nahm die Leihgabe ohne weiteres an, und die beiden Jungen galoppierten zusammen in die westlich gelegene Grassteppe hinaus. In der Vorfreude auf das Wiedersehen mit den bärtigen Zwillingen lachten sie beide schon in sich hinein.
Die Fallensteller ritten im Sattel und ließen ihre Pferde traben. Da die Jungen ihnen im Galopp entgegenkamen, schwand die dazwischenliegende Strecke schnell dahin. Die beiden Gruppen kamen in Hörweite.
„He-ho!" rief Stark wie ein Hirsch. „Hi-jeh!" rief Harka.
Schon traf man zusammen. Die beiden Fallensteller hatten ihre Tiere angehalten, und die Knaben stoppten jetzt auch und ließen ihre Mustangs zur Begrüßung steigen.
„Kinder, Jungs, da seid ihr ja!" Thomas war voller Freude. „Das nenne ich mir aufgepaßt! Theo, nimm dir ein Beispiel! Auch wenn man jung ist, kamm man schon wachsam sein!"
„So ist es, mein älterer und weiser Bruder", antwortete Theo schmunzelnd.
Die beiden Fallensteller trieben ihre Tiere wieder an. Die Knaben nahmen die Packtiere, die die Biberfallen und zwei Bündel Biberfelle trugen.
„Warum hast du die Fallen nicht ins Wasser geworfen?" fragte Harka Thomas während des Rittes. „Du wolltest das tun. So hast du uns gesagt."
„Hab mir das anders überlegt, Junge. Ich war mein Lebtag rechtschaffen, und wenn die Pelzkompanie mich betrügt, will ich ihr doch nicht mit gleicher Münze heimzahlen. Ehrlich währt am längsten. Das heißt, damit kommt man immer noch am besten durch, aber es dauert auf diesem Wege am längsten, bis man reich wird. Vielleicht wird man's auf dem Wege nie. Wie dem auch sei, Junge! Wir schaffen die Fallen zur nächsten

Handelsstation, die Biberfelle auch, so sind wir unsere Schulden los und werden frei! Dann reiten wir zu Adam Adamson und helfen ihm auf seiner Farm. Im Sommer kann er uns brauchen, und im Winter wird er uns nicht wegjagen! Der Theo meint das auch. Wir hatten sehr guten Fang, den Moment müssen wir benutzen, um die Schulden abzuzahlen!"

„Du verschenkst alle diese Felle?" fragte Harka.

„Sozusagen, beinahe, mein Junge. Ja, die weißen Männer sind Gauner oder Esel, manchmal auch beides. Daran läßt sich nicht rütteln. Halte dich fern von ihnen und genieße dein Leben in der Prärie! Und gebt mir jetzt das Packpferd wieder her. Ihr kriegt ja Läuse, ihr Jungen, wenn ihr so langsam reiten müßt. Galoppiert voraus und macht Quartier für uns! Das letztemal haben wir bei Kluge Schlange gewohnt. War wie im Paradies!"

Die Knaben ließen sich nicht zweimal sagen, daß sie vorausreiten sollten. Im Nu hatten sie die Zügel der Packpferde wieder abgegeben und galoppierten zu den Zelten, um die Ankunft der bärtigen Zwillinge vorzubereiten. Inzwischen gingen die Häuptlinge und Krieger von dem Hügel wieder zu dem Zeltlager zurück und besprachen dabei miteinander, wie und wo sie die beiden bärtigen Männer bei sich aufnehmen wollten. Die Siksikau zweifelten nicht daran, daß Thomas und Theo ihre Gastfreundschaft in Anspruch nehmen würden.

„Laßt sie in meinem Zelte wohnen!" schlug Mattotaupa vor. „Wenn ich ausreite, um mich zu rächen und meine Tochter zu mir zu holen, so will ich zuerst zu einer Handelsstation reiten, um mir noch Munition und vielleicht auch für meinen Sohn eine neue Büchse zu kaufen. Thomas und Theo könnten mir dabei behilflich sein."

„Es sei, wie du wünschst!" entschied Brennendes Wasser.

Als die Männer zum Zeltdorf zurückkamen, dauerte es nicht mehr lange, bis die beiden Knaben herangaloppierten und von ihrem Zusammentreffen mit den Zwillingen berichteten.

„Wenn Thomas und Theo leben möchten wie in den ewigen Jagdgründen", meinte Mattotaupa lächelnd, „so sollen sie auch in unserem Zelt essen und schlafen, soviel sie wollen, und ich will an Gastgeschenken für sie nicht sparen!"

Harka Nachtauge Bärenjäger freute sich sehr, daß er die beiden lustigen und rechtschaffenen Gesellen in das Zelt des Vaters geleiten konnte. Die Schwarzfußfrau hatte bereits das Feuer angefacht und Büffellenden an den Spieß gesteckt, als die Gäste kamen. Mattotaupa und Harka wußten, daß weiße Männer mehrmals am Tag zu essen liebten. Sie hatten mit der Vorbereitung der Mahlzeit auch das Rechte getroffen.
„Welch angenehme Düfte steigen mir in die Nase!" sagte Thomas anerkennend und ließ sich mit Theo zusammen am Zeltfeuer nieder. Die Schwarzfußfrau zog sich zu Harka zurück, und Mattotaupa bediente die Gäste selbst, wie es die Höflichkeit gebot.
„Theo!" rief Thomas. „Schnüffle, schnüffle! Das ist die zarte Lende einer jungen Kuh, wie sie eigens zum Ergötzen unserer hungrigen und sachverständigen Mägen auf den Wiesen dieses herrlichen Landes hier herangewachsen ist. Du hast ihr selbst deinen Pfeil ins Herz gebohrt, Häuptling?"
„Nicht ich. Mein Sohn Harka Büffelpfeilversender."
„Der Junge? Der Junge?! Und dann muß er dahinten sitzen und zusehen, wie wir als echte Aasgeier seine Beute auffressen? Häuptling Topotaupa, das ist eine schlechte Sitte! Gestatte mir, daß ich deinen Sohn zu uns heranrufe!"
„Wie du es wünschst, mein weißer Bruder."
„Also komm, Junge!"
Harka stand zögernd auf, und erst als auch der Vater ihm mit den Augen winkte, heranzukommen, setzte er sich bescheiden zu den Männern ans Feuer.
„Der Tausendsassa, der meine Flinte geklaut hat!" rief Thomas. „Du verdientest, eine zu besitzen, Junge!"
„Ich besaß eine doppelläufige Büchse", sagte Harka.
„Du besaßest? Wo ist sie denn geblieben? Junge, Junge, so was läßt man doch nicht aus den Händen. Hat sie dir auch einer geklaut?"
„Ja . . . ja."
„Weißt du, wer der Verbrecher war?"
„Tashunka-witko."
„Der . . . ohoho! Dann allerdings. Ganz gefährliche Figur! Dann

hast du deine Büchse allerdings mal gesehen ... und siehst sie nie wieder! Dem Tatzunka nimmt sie der Teufel selbst nicht mehr ab."

„Mein Sohn wird diese Büchse zurückerhalten", bemerkte Mattotaupa.

„Dein Wort in Ehren, Häuptling. Aber wenn ich dir einen guten Rat geben darf ... Entschuldige mal, Theo, so geht das nicht. Ich rede hier für zwei, und du frißt inzwischen für drei. Gestatte – das dicke Ende hier geht noch in meinen Magen. Wenn ich auch eine Stunde älter bin als du, so sind meine Gedärme doch noch nicht altersschwach und vertragen gute Kost so gut wie deine! ... Entschuldige, Häuptling Topotaupa, aber das mußte wirklich mal gesagt werden, denn wer soll den Theo noch erziehen, wenn nicht ich? Jeder andere hält ihn doch für einen bereits erwachsenen Menschen. Das ist ein Irrtum. – Theo!"

„Ja?"

„Du ißt ja schon wieder!"

„Aber sicher. Die Lende ist unbezahlbar. Köstlich."

„Du hast keinen Sinn für das Höhere! Hier geht es um ganz andere Dinge, um eine doppelläufige Flinte, um zwei Häuptlinge – und du frißt wie ein hungriger Kojot!"

„Ja." Theo blieb einsilbig wie ein Indianer. Harka und sein Vater lächelten verstohlen.

„Also bleib bei deinem Leisten, das heißt bei deiner Lende!" schwatzte Thomas unbeschwert weiter. „Ich geb es auf, die höheren Interessen in dir zu wecken. – Aber was ich sagen wollte, Häuptling Topotaupa, überleg dir das, ehe du Tatzunka an den Kragen gehst. Laß ihm lieber die Büchse, und wir versuchen, deinem Sohn eine neue zu verschaffen. Auf der Handelsstation führen sie solch ein Zeug, teuer allerdings, sehr teuer! Die Händler sind alle Halunken, sogar die ehrlichen!"

„Wo ist die Station?"

„Fünf Tagesritte von hier, im Osten."

„Ihr reitet dorthin?"

„Auf dem kürzesten Weg. Wir wollen dort die Fallen und die Felle abliefern. Fallen, Fallen, Häuptling! Manchmal überlegt man sich, wer hier in die Falle gegangen ist, die Biber oder

wir! – Wolltest du was sagen, Junge?"
„Sowohl – als auch."
„Nagel auf den Kopf getroffen! Alle sitzen wir in der Falle, sowohl die schlauen Biber als auch wir beide, genannt Th & Th. Also weg mit den Fallen, weg! – Willst du nicht mit uns kommen, Häuptling Topotaupa, und dir die Station besehen?"
„Ich werde mit euch reiten."
„Und der Junge? Der Bengel ist mein Liebling, seitdem er meine Flinte geklaut hat! Vielleicht kann ich ihm auf der Station eine gute andere dafür aussuchen!"
„Vielleicht. Harka soll mich auf meinem weiten Ritt nicht begleiten. Ich werde mich allein an Tashunka-witko rächen, und ich werde allein meine Tochter in unser Zelt hierherholen. So habe ich es mit dem Häuptling Brennendes Wasser besprochen, hau! Aber bis zu der Handelsstation will nicht nur ich euch begleiten, auch Kluge Schlange kommt mit, und mit diesem kann Harka dann wieder zu den Zelten hier zurückreiten."
„Ausgezeichneter Gedanke! Wir werden schon morgen aufbrechen?"
„Das ist auch mein Wunsch!"
„Gut, gut! Harry kommt also bis zu Station mit. Wer mit einer Flinte umzugehen weiß, soll sie sich auch selbst aussuchen!"
Damit war das Wesentliche besprochen.
Als es Abend wurde, kamen noch mehr Gäste in Mattotaupas Zelt, Häuptling Brennendes Wasser, Kluge Schlange, Krumm gehender Wolf, auch Dunkler Rauch, dessen gebrochenes Bein wieder geheilt war, und endlich der Zaubermann. Über die ernsten Vorhaben wurde jedoch nicht mehr gesprochen. Dazu war bereits alles Nötige gesagt, und es brauchte nichts wiederholt zu werden. Die Männer unterhielten sich über Jagdgeschichten, lachten auch miteinander, und Harka fühlte sich um Jahre zurückversetzt in die heimischen Zelte, wo sein Vater als Kriegshäuptling und großer Jäger fast täglich Gäste bei sich bewirtet hatte.
Nach dem Essen kam Stark wie ein Hirsch zu Harka, und die beiden Jungen saßen zusammen und hörten dem Gespräch der Krieger zu, das durch den gutmütigen Thomas noch mehr be-

lebt wurde. Es tat Stark wie ein Hirsch leid, daß er nicht mit Harka zu der Handelsstation reiten durfte, aber er freute sich schon im voraus auf Harkas Rückkehr und darauf, was dieser alles zu berichten haben würde.
Die Männer dehnten ihr Zusammensein nicht allzulange aus. Als sie alle bester Stimmung waren, trennten sie sich, und die Jungen kamen früh genug zum Schlafen. Stark wie ein Hirsch blieb diese Nacht vor dem Ausritt Mattotaupas noch einmal im Zelt bei Harka. Die beiden Jungen lagen in ihre Decken gewikkelt nebeneinander. Als Harka die Augen schloß, fühlte er sich froh und zuversichtlich. Das Zelt war jetzt gut versorgt. Der Vater wurde, obgleich er nur ein Gast der Siksikau war, wie einer der angesehensten Krieger behandelt und hatte seinen Gastgebern durch Klugheit und Tapferkeit schon viel genützt. Im ganzen Zeltdorf herrschte Einigkeit und gegenseitiges Vertrauen. Auch für den Zaubermann, der Dunklen Rauch geheilt hatte und unter dessen wachsamen Augen die anderen verletzten Krieger genasen, empfand Harka eine große Achtung. Von solchen Streitigkeiten, wie sie bei der Bärenbande am Pferdebach nach der ersten Berührung mit den weißen Männern ausgebrochen waren, ließ sich bei den Siksikau nichts spüren. Unangefochten waren die Schwarzfüße Herren der heimatlichen Wildnis. Hier wurde noch keine Bahn gebaut, hier wurden die Wanderungen der Büffelherden noch nicht gestört. Hier war alles, wie es seit Vaters, ja Großvaters und Urgroßvaters Zeiten gewesen war, und darum war alles so sicher und selbstverständlich. Auch die Geheimnisse, die es gab, waren uralte Geheimnisse, und niemand stritt sich über neu auftauchende Rätsel. Vielleicht würden diese auch einmal in die rauhe Grassteppe der Siksikau eindringen, denn die Zahl der weißen Männer war groß, und sie waren unruhig wie der Wind, der überall wehen und durch alle Ritzen dringen will. Aber bis dahin konnte viel Zeit vergehen, und vielleicht blieben die Siksikau in ihrem Lande doch ungeschoren. Stark wie ein Hirsch glaubte das, und Harka wollte es gern glauben. Er hatte die Lebensweise der weißen Männer nicht lieben gelernt, als er sich im Winter bei ihnen aufhielt.

Harka dachte auch daran, daß sein Vater sich an Tashunka-witko rächen wollte, der ihn vor den Ohren und Augen der Siksikau einen Verräter genannt hatte. Der Junge hatte ein so unverbrüchliches Vertrauen in die kriegerische Tüchtigkeit Mattotaupas, daß er nicht viel Sorge um den Vater empfand, obwohl Tashunka-witko ein gefährlicher Feind war. Harka sah sich auch schon wieder im Besitz seiner doppelläufigen Büchse. Und doch bohrte etwas in ihm, wenn er an die Feindschaft zwischen Mattotaupa und Tashunka-witko dachte. In einem verborgenen Winkel seines Fühlens und Denkens wünschte er, daß Mattotaupa seinen Gegner nicht töten, sondern daß es ihm gelingen würde, diesen Oberhäuptling der Dakota von seiner Unschuld zu überzeugen. Dann brauchten sich nicht die besten Dakota gegenseitig abzuschlachten, während die Watschitschun* sich ins Fäustchen lachen konnten. Aber das waren sehr kühne und ganz neue Gedanken für Harka, und er bedeckte sie in seinem Innern noch, wie ein Adler seine Jungen mit den Flügeln deckt, um sie den Gefahren nicht auszusetzen, ehe sie ihnen gewachsen waren. Harka erinnerte sich an alles, was ihm sein Vater, was auch der ihm jetzt so verhaßte uralte Geheimnismann der Bärenbande an langen Winterabenden aus der Geschichte der Wälder und Prärien erzählt hatte. Als der alte Hawandschita noch jung gewesen war, hatte er den Ruf Tekumsehs, des „Berglöwen", vernommen, der zum gemeinsamen Kampfe rief, und er war ihm damals gefolgt.
Die Gedanken des Knaben ließen von diesen schwierigen Fragen ab, denn der Schlaf kam ihm näher. Er erinnerte sich noch einmal an Uinonah, seine Schwester, die jetzt in den Zelten am Pferdebach auch in Lederdecken gewickelt lag, um einzuschlafen. Vielleicht dachte auch Uinonah eben an ihren Bruder und ihren Vater. Wie würde sie sich freuen, wenn Mattotaupa eines Nachts kam, um sie zu holen.
Ob das so leicht sein würde? Scheschoka wohnte noch in diesem Zelte, Harkas zweite Mutter. Auch Schonka wohnte noch dort, Scheschokas Sohn, den sie mitgebracht hatte. Untschida

* Watschitschun = Geister = Weiße

wohnte noch in diesem Zelte, die Mutter Mattotaupas. An sie dachte Harka mit Liebe und Verehrung. Mattotaupa hatte aber nicht davon gesprochen, daß er auch Untschida mitnehmen könne, und das schmerzte den Jungen. An Harpstennah, seinen jüngeren Bruder, erinnerte er sich nur flüchtig. Harka hörte an den Atemzügen, daß schon alle Zeltbewohner außer ihm eingeschlafen waren, und auch er ließ jetzt alle Gedanken fahren und sank in einen tiefen Schlaf.

Der schwarze Bart

Am nächsten Morgen brach die Gruppe auf. Durch die beiden Packtiere war die kleine Schar gezwungen, verhältnismäßig langsam zu reiten. Die Indianer hatten ihren Mustangs Decken umgeschnallt und hatten selbst elenlederne Röcke angelegt. Harka führte die Packpferde. Er ließ sich nicht anmerken, daß ihn diese Obliegenheit langweilte. Viel lieber wäre er auf seinem Grauschimmel umhergeschweift, denn der Ritt führte durch Gegenden, die er noch nicht kannte.

Es dauerte tatsächlich über fünf Tage, bis die Station für die Reiter in Sicht kam. Mattotaupa und Harka hatten den Charakter solcher Handelsplätze schon kennengelernt. Sie hatten dabei schlechte Erfahrungen gemacht und wollten sehr vorsichtig sein. Thomas und Theo waren gerade mit dieser Handelsstation, zu der man jetzt ritt, vertraut. Sie hatten dort einige Jahre die Fallen geliehen, mit denen sie arbeiteten und die sie nun endgültig zurückbringen wollten. Die Zwillinge ritten daher voraus und nahmen Harka die lästigen Packtiere ab, um sie selbst gleich zur Hand zu haben, wenn sie sich auf der Station meldeten.

Mattotaupa, Kluge Schlange und Harka blieben zurück. Sie wählten sich einen guten Aussichtspunkt, stiegen dort ab und ließen sich zusammen nieder, um das Leben und Treiben auf der Station zunächst aus der Ferne zu beobachten.

Die Handelsstation bestand aus drei einfachen Blockhäusern, die in weitem Ring von Palisaden umgeben waren. Sie lag an einem kleinen See, der eigene Quellen haben mußte. Das Wasser floß in einem seichten Wiesenbach südwärts. Das Tor im Palisadenring befand sich auf der Seeseite. Es war jetzt geöffnet, und die Indianer beobachteten, wie Menschen aus- und eingingen. In der Hauptsache waren es weiße Männer, Fallensteller, Jäger, die die guten Winterfelle der erlegten Pelztiere im Frühjahr ablieferten und sich Munition und andere für einen Präriejäger nützliche Dinge kaufen mochten. Beim See lagerten einige Indianer. Welchem Stamme sie angehörten, war noch nicht zu erkennen. Aber sicherlich hatten friedliche Absichten sie zu der Handelsstation geführt. Mattotaupa, Kluge Schlange und Harka folgten von ihrem Auslug aus mit den Blicken Thomas und Theo auf ihrem Weg zu den Palisaden. Eben gelangten die beiden zum Tor und wurden dort eingelassen. Auch innerhalb der Umzäunung konnten die drei Indianer sie noch beobachten; sie sahen, wie die bärtigen Zwillinge ihre Pferde anhängten und dann in das dem Tor zunächst gelegene Blockhaus eintraten. Dort blieben sie offenbar lange Zeit.

Die Ankunft der beiden Fallensteller und ihr Eintritt in das Blockhaus waren nicht nur von den drei Indianern aufmerksam verfolgt worden. Auch ein junger Jäger, der sich im Blockhaus befand, hatte die beiden mit seinen Späheraugen durch eine der Schießscharten im Palisadenring, dann durch eine Schießscharte in der Blockhauswand beobachtet. Kurz ehe Thomas und Theo in das Blockhaus eintraten, zog sich der Jäger in den zweiten, hinteren Raum des Blockhauses zurück, wo der Leiter der Station, ein ergrauter Grenzer und ehemaliger Fallensteller, eben eine Inventur seiner Vorräte an bunten Kattunhemden und gewebten Decken vornahm. Da die Schießscharten wenig Licht in den Raum einließen, hatte er sich eine Öllampe auf den Tisch gestellt.
„Was gefällig?“ fragte der Alte den eintretenden jungen Mann nicht eben freundlich.
Er war im Abzählen eines Stoßes Hemden gestört worden und

fing von neuem und diesmal laut zu zählen an: „Eins, zwei, drei, vier ..."

Der Jäger beantwortete die unfreundliche Frage überhaupt nicht. Er stopfte seine kurze Pfeife und brachte den Tabak zum Brennen. Dabei lauschte er auf die Geräusche von nebenan. Es war schwer, etwas zu verstehen, denn die Blockwand und die dicke Eichentür zwischen den beiden Räumen dämpften jeden Schall. Aber der junge Mann hatte gute Ohren und verstand genug, um sich ein Bild zu machen. Es fand in dem ersten Raum, der als Empfangs- und Verkaufsraum diente, eine laute, freudige Begrüßung statt.

„Thomas! ... Theo! ... Adam! ... Der Adamson! ... Wie kommst du denn hierher! ... Euch schon lange erwartet! ... Mann, das trifft sich ja! ... Hatte schon das Gefühl!"

Der junge Mann, der diese im Nebenraum gerufenen Begrüßungsworte auffing, ging von seinem Standplatz bei der Öllampe weg zur Tür, um noch besser horchen zu können. Der Stationsleiter hatte unterdessen drei Hemdenstapel abgezählt, schaute zu dem Jäger an der Tür hinüber und fragte: „Kennst du die da nebenan?"

„Vielleicht."

Der Alte fing an, die bunt gewebten Decken leise zu zählen. Der junge Mann lauschte weiter.

„Alles so gut wie perfekt!" sagte die dunkel und kräftig tönende Bauernstimme nebenan. „Habe schon zu wirtschaften angefangen. Treffe mich jetzt mit den beiden Häuptlingen, die den unterzeichneten Kaufvertrag bringen. Zahle ihnen ehrlich und denke, die betrügen mich auch nicht."

„Großartig, Adamson, großartig! Wir kommen zu dir! Hast du genug Vieh für Thomas und Theo?"

„Vieh genug, Weizenland genug für zwei Männer zur Arbeit. Könnt mitkommen."

Der Alte im Warenraum hörte auf zu zählen. „Verflucht", sagte er, „der Thomas und der Theo! Denke, die sind mit unseren Fallen unterwegs. Was fällt den Narren ein, jetzt Cowboy werden zu wollen! Da muß ich doch mal schauen, was los ist ..." Er ging zur Tür, aber der Jäger hatte sich so hingestellt, daß der

Alte nicht ohne weiteres öffnen konnte. Der junge Mann, der dreiundzwanzig oder vierundzwanzig Jahre sein mochte, war groß, breitschultrig, kräftig. Sein Haar und sein Vollbart waren tintenschwarz; die blaugrünen Augen stachen merkwürdig dagegen ab. „Der Thomas und der Theo!" sagte er zu dem Alten, ohne die Tür freizugeben. „Sieh an . . . Th & Th! Treiben sich hier in dieser verdammten Einöde rum! Haben die keine Angst, mal eines schönen Morgens mit einem Pfeil zwischen den Rippen in den ewigen Jagdgründen aufzuwachen?"
„Was du für dummes Zeug schwatzest!" antwortete der Alte verdrießlich und versuchte, den Jäger von der Tür wegzuschieben, was ihm aber nicht gelang. „Mit den Indsmen stehen wir hier auf du und du. Alles ruhig, und das Geschäft kommt gerade in Gang. Der Thomas und der Theo sind schon fünf oder sieben Jahre bei den Blackfeet gewesen und haben dort ihre Biber gefangen. Was soll da passieren! Und jetzt laß mich raus."
„Geh nur!" Der Schwarzbärtige gab die Tür frei. „Aber . . ."
Der Alte hatte die Klinke in der Hand, zögerte jedoch. „Was – aber?"
„Hast du nicht gesehen, daß die zwei mit ein paar Indsmen gekommen sind, und diese Indsmen sind nicht bis zu uns geritten, sondern halten sich irgendwo weit draußen versteckt?"
„Was für ein Blödsinn, Fred! Hier kann jedermann kommen und gehen, wie er will."
„Dann frag doch die zwei, mit wem sie gekommen sind. Ich warte hier solange."
„Fred, du bist ein ulkiger Kerl. Aber weil du's bist, will ich dir den Gefallen tun."
„Bitte. Ich warte hier."
„Meinethalben." Der alte Händler ging in den Vorraum.
Der mit Fred angeredete junge Mann hatte sich von der Tür so weit zurückgezogen, daß er beim Öffnen und Schließen von den nebenan befindlichen Männern nicht hatte gesehen werden können. Er glaubte auch nicht, daß sein Gespräch mit dem Wirt abgelauscht worden war, denn er und der Alte hatten leise gesprochen, während die drei nebenan sich weiterhin mit schallender Stimme unterhielten.

„Abraham!" riefen alle drei nebenan, als der Alte bei ihnen eintrat, und eine einzelne Stimme setzte fort: „Abraham, alter Stammvater dieser ruhmreichen Station! Wo steckst du so lange? Hast du wieder dein Geld gezählt, damit es mehr wird?"
„Was wollt ihr denn schon wieder mit den Fallen hier?"
„Abgeben."
„Abgeben? Hat euch ein Bär das Gehirn weggefressen? Wie wollt ihr denn das bezahlen?"
„Stapel von Biberfellen, alte Krämerseele, Berge von Biberfellen! Wir sind quitt!"
„Wollen wir erst mal sehen. Ein Brandy gefällig?"
„Umsonst?"
„Umsonst ist der Tod und dieser Brandy für euch! Einen Drink!"
„Komm, Theo, wir machen mit! Der Fusel stinkt nicht schlecht!"
„Oho, von wegen ‚stinken'!"
Es trat eine Pause ein. Man schien zu trinken. Der schwarzbärtige junge Mann schob sich dicht an die Tür, um noch besser horchen zu können. Er konnte jetzt sogar vernehmen, wie die geleerten Becher kräftig auf dem Holztisch abgesetzt wurden.
„Wo habt ihr denn eure Indsmen gelassen?" Das war die Stimme von Old Abraham.
„Unsere Indsmen? Draußen in der Prärie. Eure rauchige Bude reizt sie nicht. Ihr habt ja doch nichts zu verkaufen als lumpige Kattunhemden und Decken wie Waschlappen."
„Oho! Macht meine Ware nicht schlecht! Für die paar räudigen Felle, die die Roten bringen, ist mein Kattun noch lange gut genug."
„Für den, der ihn nötig hat. ‚Unsere Indsmen' brauchen deine Hemden aber nicht. Ihre Elenröcke sind besseres Zeug. Hast du nichts weiter anzubieten?"
„Wieso ... weiter? Womit wollen deine roten Hungerleider denn zahlen?"
„Mußt du sie schon selber fragen. Gib mal deinem alten Freund und Fallensteller noch einen Drink!"
„Mach dich nicht so kostbar, Thomas! Hier! Aber das ist der letzte, den du gratis bekommst. Und nun krame nicht weiter so

geheimnisvoll in Andeutungen, sondern sag mir klipp und klar, was für rotes Gesindel du mir in die Nähe meiner Station gebracht hast!"

„Du, schrei nicht so! Wenn meine roten Freunde deine frechen Beleidigungen hören, sitzt dir gleich ein kaltes Messer zwischen deinen angewärmten Rippen."

„Thomas, ich kenne die Indsmen besser als du. Habe mich schon mit allen Sorten gebalgt und dann mit allen Sorten Handel getrieben. Also, wen hast du mitgebracht, was wollen sie kaufen, und womit werden sie zahlen?"

„Überschlag dich doch nicht mit deinen Fragen, Old Abraham, wie so ein junges Füllen, das noch alle seine Beine durcheinanderwirbelt. Erst mal, wer sind sie? Große Krieger der Blackfeet, und sie heißen Kluge Schlange, Topotaupa und Harry."

„Auch 'ne Zusammenstellung von Namen. Womit zahlen sie?"

„Mußt du sie selber fragen. Erst erzähle mir mal, ob du hier brauchbare Schießeisen zu verkaufen hast."

„Schießeisen? Mann, daß ich keinen Purzelbaum schlage! Meine Flinten und Büchsen, die bezahlt kein Indsman. Die kannst nicht einmal du bezahlen, du schlauer Fallensteller."

„Reden wir später darüber. Wir haben keine Zeit. Können wir für eine Nacht bei dir unterkommen?"

„Mein Haus ist groß, ihr seid meine Freunde! Ladet eure Fallen und eure Felle ab, morgen werden wir uns über eure Narreteien weiter unterhalten. Gehabt euch bis dahin wohl, ich muß meine Inventur fertigmachen."

Als Abraham sich so verabschiedete, zog sich der Lauscher nebenan leise von der Zwischentür zurück, und als der Alte wieder in den Nebenraum kam, stand der Jäger harmlos bei der Öllampe. Abraham schloß die Eichentür hinter sich.

„Wirst ja alles gehört haben, Fred", sagte er leise und ging zu seinen Regalen, auf denen die Ware gestapelt lag.

„Ist wahr, habe alles gehört. Tolles Zeug!"

„Kann man wohl sagen. Gutmütige Narren sind das. Ich muß sie an die Kandare nehmen. Mir jetzt die Fallen zurückzubringen! Ins Tollhaus gehört so was."

„Es wird schon Abend. Soll ich mal mit denen trinken?"

„Von mir aus. Wenn du es bezahlst. Du scheinst ja bei Kasse zu sein."
„Werden sehen." Fred ging bei diesen Worten wieder bis zur Tür, lauschte noch einen Augenblick, öffnete dann und betrat den Vorraum. Die Zwillinge und der dritte, den sie als Adamson angesprochen hatten, waren eben dabei, sich nach draußen zu begeben. Wahrscheinlich wollten sie noch einmal nach ihren Pferden sehen, bevor sie im zweiten Blockhaus das Nachtlager aufsuchten. Fred brummte „mhm", was eine Art Gruß bedeuten sollte, und ging mit den dreien zusammen hinaus in den Hof innerhalb der Palisaden. Dabei musterte er jeden einzelnen verstohlen und kam zu dem Schluß, daß Thomas derjenige war, mit dem sich am leichtesten Bekanntschaft schließen lassen würde. Thomas' Augen waren lebhaft, und selbst die Spitze seiner Geiernase schien beweglich.
„Guten Abend", sagte Fred, nachdem sein einleitendes Gebrumme nicht unfreundlich aufgenommen war. „Ist 'ne Frage erlaubt?"
„Unter Pfadfindern, Waldläufern, Fallenstellern, Pelzjägern und anderen ehrlichen armen Leuten – immer!"
„Ist 'ne etwas lange Frage. Trinken wir einen zusammen?"
„Der Brandy ist teuer. Old Abraham ist 'ne Seele von Mensch, aber ein Gurgelabschneider ist er auch!"
„Ich habe noch was gut bei ihm. Für vier Becher reicht es."
„Geh du allein mit, Thomas", schlug Adamson vor. „Dann hat jeder von euch zwei Becher zu trinken. Ich bleib mit Theo bei den Pferden."
Thomas stimmte sofort zu. „Adamson, du hast ein Gefühl für das Richtige. Paß mir auf die Pferde und den Theo auf, so gut, wie ich künftig auf deine Kühe und Kälber aufpassen werde! Ich gehe einen trinken mit diesem Schwarzbart hier. Scheint unerfahren zu sein, kann ihn ein bißchen unterrichten, wodurch sich die Prärie von New York, ein Biber von einem Büffel und ein Indianer von einem Gauner unterscheidet."
„Aber saufe nicht zuviel", warnte Theo.
„Zwei Becher vertrage ich noch immer – du grüner Halm im Frühling!"

Thomas schloß sich Fred an, und die beiden schlenderten zusammen durch den abendlich-dunklen Hof zu dem dritten Blockhaus, in dem sich die Gaststube befand. Schon von draußen konnten die beiden feststellen, daß sich im Gastraum ruhige und gesetzte Männer befinden mußten, denn es drang kaum ein Laut heraus. Als die beiden eintraten, befanden sie sich in einem einfachen, sauber gehaltenen Raum, der nicht stärker von Pfeifengeruch durchzogen war, als es sich für diese Abendstunde gehörte. Es waren genügend Plätze frei, und Fred steuerte mit Thomas einen Ecktisch an. Ein flinker Kerl kam, um die Bestellung entgegenzunehmen. Old Abraham hatte es nicht nötig, selbst zu bedienen.

Als der erste Becher geleert und die Pfeifen im Gange waren, begann Thomas: „Junger Mann! Was hast du für Sorgen? Sei froh, daß du an einen so erfahrenen und ehrlichen Fallensteller wie mich geraten bist, der viel weiß und dich trotzdem nicht betrügt."

Fred hatte die Augen halb geschlossen und schaute auf die Tischplatte und seinen geleerten Becher; ein spöttisches Lächeln blieb durch den starken Bart verborgen. „Bin froh, bin froh. Eine Frage ..."

„Schieß los!"

„Erst die Becher noch mal füllen. He!" Der angerufene Kellner kam, füllte sofort nach und machte auf dem Tisch vier Kreidestriche.

Thomas hatte lange keinen Alkohol getrunken. Ihm wurde so angenehm zumute, als ob er in einer leise schaukelnden Wiege liege. Er blinzelte seinem Tischnachbar freundlich zu.

„Also, meine Frage", begann der Jäger wieder, „der Topotaupa oder Mattotaupa, mit dem du hierhergeritten bist, will ein Schießeisen kaufen?"

„Hat dir Abraham das erzählt?"

„Ja."

„Willst du vielleicht eins loswerden?"

„Vielleicht."

„Möchte sein, daß wir uns einig werden. Du scheinst mir eine ehrliche Haut. Mit Topotaupa ... oder wie hast du gesagt?"

„Mattotaupa."
„Ja, so sagt der Junge, der Harry, auch immer. Aber ich zerbreche mir die Zunge an dem Namen. Sagen wir einfach Top. Also mit dem Top kannst du ruhig ein Geschäft machen. Das ist ein Gentleman. Ein Grandseigneur ist das."
„Was?"
„Ein Grandseigneur. Gib dir keine Mühe! Wie heißt du?"
„Fred."
„Also gib dir keine Mühe, Fred. Ich habe das Wort in Kanada droben gelernt, und ich habe Sinn für das Höhere. Aber du behältst das nie, so wenig wie der Theo. Trotzdem kannst du Top ruhig deine Büchse für seinen Jungen verkaufen. Das Ding, was du da hast, sieht gar nicht schlecht aus."
„Das glaube ich. Wieso hat denn Top seinen Jungen hier? Ich dachte, er wollt' ihn bei den Blackfeet aufziehen?"
„Ach, du kennst die beiden? Das ist großartig. Ja, sie leben jetzt bei den Schwarzfüßen. Den Jungen hat er nur mitgebracht, um ihm eine Flinte zu kaufen. Er hat noch etwas Geld, der Top, hat er sich wohl im Winter verdient, oder ein verrückter Maler hat ihm das mal geschenkt. Sobald wir die Flinte haben, reitet der Harry mit Kluge Schlange wieder zurück."
„Der Top nicht?" Als der schwarzbärtige Kerl diese Frage stellte, kostete es ihn so viel Anstrengung, dabei ruhig zu bleiben, daß seine Stimme heiser klang. Er räusperte sich, als ob er erkältet sei.
Thomas bemerkte von alledem nichts. „Nein, der Top, der reitet nicht wieder mit zurück zu den Blackfeet, der reitet weiter. Er will dem Tatzenka an den Kragen."
„Tatzenka? Du meinst doch nicht Tashunka-witko?"
„Mein' ich, mein' ich genau!"
„Da hat der Top viel vor."
„Sag ich auch, sag ich immer. Aber der Top ist ein Hartschädel. Tatzenka hat ihn beleidigt, krächzt er, und er muß sich rächen."
„Hm! Schade."
„Was ist denn schade?"
„Muß heute nacht noch weg, und wenn ich wiederkomme, wird Top nicht mehr dasein."

„Warum denn nicht? Kluge Schlange und Harry reiten zu den Blackfeet zurück, sobald wir die Flinte haben oder sobald wir wissen, daß wir hier keine kriegen. Aber Top hat die Absicht, sich hier neu einzukleiden, damit man ihn nicht so leicht erkennt, und dann geht er erst mal mit uns bis zur Farm von Adamson. Der Adamson darf natürlich gar nicht wissen, was er da für 'nen gefährlichen Kunden mit ins Dakotaland schmuggelt. Theo und ich, wir wollen dem Top aber den Gefallen tun, denn er hat uns arme Schlucker einfach großartig bewirtet."
Fred lachte kurz auf. „Verkleidet ins Dakotagebiet schmuggeln! Gut ausgedacht! Du gefällst mir, Geiernase. Ich werde mit Old Abraham reden. Morgen habt ihr die Flinte! Es kann doch eine billige sein?"
„Mag sein. Von mir aus mag sie billig sein. Top nimmt ja doch dem Tatzenka die doppelläufige Büchse wieder ab, die der dem Harry geklaut hat . . ."
Fred schlug mit der Faust auf den Tisch, daß es dröhnte. „Daß der Bengel, der Harry, nicht auf seine Sachen aufpassen kann! Läßt sich das Ding schon wieder klauen!"
„Wieso wieder?"
„Alte Geschichte, erzähle ich dir später."
„Ach, ihr kennt euch schon lange? Das ist ja gut. Top und Harry werden sich freuen. So ein Zufall!"
„Was heißt Zufall! Wußte doch, daß die beiden zu den Blackfeet gehen wollen. Von dort bis hier ist es nicht weit. Aber den Harry kann ich nicht mehr begrüßen, muß gleich weg. Den Top sehe ich später, wenn ich wiederkomme. Komme bald zurück."
„Werd ich den beiden bestellen!"
„Den Mund wirst du ausnahmsweise halten, verstehst du?"
„Nein, versteh ich ganz und gar nicht. Was hast du denn? Warum bist du auf einmal so aufgeregt?"
Fred wischte sich über den Mund und zupfte sich am Bart. Dann lachte er. „Will doch den Top überraschen! Augen soll der machen, wenn er mich wiedersieht! Das darfst du mir nicht verderben, Thomas!"
„Ach so, ach so, jetzt versteh ich. Ganz alte Freunde! Und du redest noch mit Abraham wegen der Flinte?"

„Mache ich."
„Und ich schweige wie ein Mausoleum."
„Wie was ...?"
„Wie ein Grab! So sei es für deinen einfachen Verstand gesagt. Ich verderbe doch zwei alten Freunden die Überraschung nicht!"
„Den Top und den Harry hast du scheint's gern, du Geiernase?"
„Prachtkerle sind das, Prachtkerle!"
„Wenn du ihnen wirklich gut Freund bist ..."
„Bin ich, bin ich! Was gibt's denn da noch? Was hast du auf dem Herzen, junger Mann?"
„Aber du schweigst wie Eis und Schnee?"
„Wie der ganze Nordpol!"
„Und du sagst auch dem Adamson nichts davon?"
„Nichts, nichts."
„Es ist eine ganz dumme Geschichte."
„Kann ich mir denken. Der Top und der Harry – sind Dakota und doch den Dakota spinnefeind. Da steckt was dahinter!"
„Wäre das schlimmste nicht."
„Mit dem Tatzenka? Ich denke, schlimm genug."
„Ja, aber ..."
„So rede doch endlich! Soll ich uns noch einen Brandy bestellen?"
„Kannst du."
Die Becher wurden schnell wieder gefüllt, und der Kellner machte zwei weitere Kreidestriche. Sowohl Fred als auch Thomas tranken in einem Zuge aus.
„Also?"
Thomas' anteilnehmende Neugier war gereizt.
„Mattotaupa hat einen umgebracht und wird gesucht. Aber halt's Maul, sag ich dir."
„Mann ... Mann! Umgebracht? Wen denn? So ein Gentleman wie Top! Er muß einen Grund gehabt haben, das zu tun."
„Einen Weißen hat er ermordet, einen reputierlichen Bürger. In Minneapolis. Mehr kann ich nicht sagen. Man ist dem Top auf der Spur."
„Mehr kannst du nicht sagen ... Mann, Mann, der arme Teu-

fel! So ein Grandseigneur und Gentleman. Top ist doch kein gemeiner Mörder."
„Wer sagt denn das? Aber die Polizei ..."
„Ach, du lieber Himmel, die Dummköpfe. Es wird also gut sein, wenn wir Top verkleidet mitnehmen."
„Ist es auch. Aber halt den Mund, sag ich dir, sonst bist du mein Freund nicht mehr!"
„Ich schweige, ich schweige! Wer wird denn solche Menschen wie Top und Harry unglücklich machen wollen!" Thomas klapperte mit seinem leeren Becher auf dem Tisch. „Nein, nein, ist denn so etwas möglich! Und der arme Junge! Sie werden ihm doch nicht den Vater hinrichten! Die Welt ist schlecht, sage ich dir, schlecht ist sie!"
„Find ich auch. Alles Mist und verdammt."
„Das ist's, junger Freund, das ist's!"
„Aber laß dich nur nicht überwältigen von deiner Trauer, Geiernase, und geh schlafen, solange du dich noch auf den Beinen halten kannst. Ich muß weg ... Aber Abraham sag ich noch Bescheid wegen der Flinte morgen."
Fred erhob sich, zahlte dem herbeistürzenden Kellner sechs Becher und ging. Der Kellner wischte die Kreidestriche aus. Thomas schaute dem jungen Jäger betrübt nach. „Die armen Deiwel!" murmelte er noch einmal. Dann ging auch er und strebte durch die kühle Nachtluft draußen zu seinem Pferd, das am zweiten Blockhaus angehängt war. Theo hockte bei den Tieren.
„Theo?"
„Ja."
„Die Welt ist schlecht."
„Und du bist besoffen."
„Wollte, ich wär's. Gehen wir schlafen?"
„Ja, laß uns jetzt schlafen gehen. Adamson schnarcht bereits."
Die bärtigen Zwillinge begaben sich in das zweite Haus, dessen ungeteilter Innenraum als allgemeiner Schlafraum diente. Sie wickelten sich in ihre eigenen Decken, und obgleich Thomas sich von teilnehmenden Gedanken beschwert fühlte, schlief er schnell ein.
Die drei Indianer blieben auch in der Nacht mit ihren Pferden

draußen in der Prärie. Sie bemerkten, daß ein einzelner Reiter noch spät die Station verließ und ostwärts ritt. Aber sie hatten keinen Anlaß, sich darum zu kümmern.
Als der Morgen graute, wurden Mattotaupa, Harka und Kluge Schlange schnell wach. Sie frühstückten aus ihrem Proviant. Die Mustangs begannen zu grasen. Die drei Indianer beobachteten in der sich ausbreitenden Helligkeit wieder die Handelsstation und die beim See lagernden Indianer. Sie hatten unterdessen erkannt, daß die meisten dem Stamme der Assiniboine angehörten, die den Siksikau feindlich und ihren eigenen Verwandten, den Dakota, nicht sehr freundlich gesinnt waren, zur Zeit aber doch mit allen in Frieden lebten. Vier Dakota, darunter zwei Häuptlinge, lagerten etwas abseits am Abfluß des Baches aus dem See.
Es dauerte nicht lange, da kam Thomas durch das Palisadentor heraus und winkte. Die Indianer verstanden, daß sie zum Blockhaus kommen sollten. Sie machten ihre Pferde los und galoppierten über die Wiesen bis zu dem Toreingang.
„Guten Morgen!" rief ihnen Thomas entgegen. „Da seid ihr ja! Flinte ist auch da, aber altes Eisen . . . Hat vielleicht Adam im Paradiese schon den Apfel damit runtergeschossen – oder war's die Eva . . . Verflucht, ich bringe die Geschichten immer durcheinander. Immerhin, knallen wird das Ding, und das ist auch schon etwas wert! Ihr könnte es euch mal anschauen."
Die Indianer begrüßten auch Theo und machten sich in ihrer höflichen und zurückhaltenden Art mit Adamson bekannt. Dann gingen alle zusammen zum ersten Blockhaus und traten in den Laden ein. Nur Theo blieb draußen bei den Mustangs der Indianer.
Old Abraham war schon in Bewegung. „Das ist 'ne Flinte!" rief er den Eintretenden entgegen und legte das Schießeisen an. „Eine Flinte ist das! Die ist ihr Geld wert! Der Junge soll die haben?"
Harka betrachtete die Waffe, ohne näher zu treten.
„Was sagst du, Junge?" fragte Thomas.
„Vorderlader!" Harka kräuselte die Lippen verächtlich.
„Aber billig!"

„Zu billig!"
„Junge, bist du aber anspruchsvoll. Das Ding knallt doch!"
„Mein Bogen schießt besser."
Kluge Schlange kam näher und ließ sich von Old Abraham und Thomas die Waffe erklären. Schließlich verlangte der Siksikau einen Probeschuß. Abraham ging mit seinem Kunden in den Hof und schoß auf ein Astloch in einem Pfahl der Palisade. Der Schuß krachte, das Ziel war getroffen.
Mattotaupa merkte wohl, daß der Siksikau diese Waffe gern haben wollte. Er öffnete einen Beutel, zählte den verlangten billigen Preis in Münzen ab, winkte Abraham und ging mit ihm wieder in den Laden. Dort nahm er die Flinte und einige Munition dazu in Empfang, händigte Abraham das Geld aus und überreichte dann draußen Kluge Schlange die Waffe.
„Sie sei dein. Du bist es, der uns zuerst begegnet ist und uns zu den Zelten der Siksikau eingeladen hat."
Kluge Schlange nahm das Geschenk an. Seine Augen sagten, daß er sich darüber freute. Er ließ sich die Waffe nochmals erklären und wagte dann den ersten Schuß. Der Rückstoß erschreckte ihn etwas, und das Ziel war noch nicht gut getroffen. Aber er war mit dem Geheimniseisen doch zurechtgekommen. Alles andere mußte die Übung ergeben.
„Junge, Junge", wandte sich Thomas an Harka, „du warst doch dumm, daß du die Flinte nicht genommen hast. Aber andererseits ist es auch so gut! Kluge Schlange hat mich und Theo in seinem Zelte stets bewirtet wie im Paradiese, und er verdient es, ein Schießeisen zu besitzen. Mattotaupa, du bist ein Gentleman, das habe ich immer gesagt und werde es immer sagen, solange ich lebe! Ich habe gesprochen! Und was tun wir jetzt?"
Abraham machte sich bemerkbar. „Kattunhemden kaufen. Schöne Decken kaufen! Werde ein paar vorlegen."
Er ging voran in das erste Blockhaus, die anderen folgten zögernd. Als sie den Ladenraum betreten hatten, lief Old Abraham nebenan in den Warenvorratsraum, um einiges herauszusuchen, was ihm für seine Kunden passend schien. Während diese allein unter sich waren, besprachen sie sich kurz.
„Kauft das schlechte Zeug nicht", riet Adamson energisch.

„Was soll einer in Wald und Prärie mit Kattunhemden und Baumwolldecken! Werden vom Regen durch und durch naß, halten im Winter nicht warm und zerreißen bei jeder Gelegenheit. Das ist nichts für unsereinen, schon gar nicht für einen Indianer. Das neumodische Zeug ist nur erfunden, damit die Händler verdienen und die Indianer betrogen werden."
Kluge Schlange stimmte zu. Thomas aber, der wußte, daß Mattotaupa sich verkleiden wollte, widersprach. „Man braucht deswegen die Ledersachen nicht wegzuwerfen. Aber so ein grünes Hemd . . ."
Abraham war eben mit einer Auswahl herangekommen.
„. . . so ein grünes Hemd, schwarze Hose dazu und die schöne bunte Decke! Wie wär's, Top?"
Mattotaupa war nicht zufrieden. „Dort!" sagte er. „Das andere Hemd ist gut. Braun, grün und weiß – darin wirkt ein Mann wie ein Scheckenpferd; man kann ihn auf weite Entfernung sehr schwer entdecken. Die Hose muß braun sein und die Decke – diese da – schwarz, weiß und grün."
„Du wirst deine Erfahrungen mit diesem Gelumpe machen!" schalt Adamson.
Mattotaupa hörte nicht darauf. Er tat absichtlich so, als ob er eitel sei und außerdem diese gewebten Sachen auch für die Prärie als geeignet ansehe. Nach einem langen Hin und Her zwischen Thomas und Abraham erhielt Mattotaupa das Gewünschte zu einem erträglichen Preis.
Als der Handel abgeschlossen war, sah Kluge Schlange Mattotaupa an und sagte in sehr bestimmtem Ton: „Ich reite jetzt sogleich zurück zu unseren Zelten."
Auch Harka hob den Kopf und schaute auf den Vater. Er wußte, daß er sich von Mattotaupa trennen sollte, und trotz aller Zuversicht fiel ihm die Trennung schwer. Der Vater und er, sie hatten sich in der Zeit der Verbannung so aneinander gewöhnt, daß eine Wunde entstand, wenn sie sich auseinanderrissen. Aber Harka hatte längst gelernt, Schmerzen ohne Zucken zu ertragen. Ernst, aber ohne irgendein Zeichen der Unruhe stand er bei den Männern und wartete auf die letzte und endgültige Entscheidung des Vaters.

„Mein Sohn Harka reitet mit dir zurück zu den Zelten", erwiderte Mattotaupa dem Siksikau.
Damit war alles gesagt, was gesagt werden mußte. Mattotaupa und Harka nahmen mit den Augen Abschied voneinander. Dann ging der Junge und holte bei Theo seinen Mustang und den von Kluge Schlange. Da das Tor im Palisadenring offenstand, stiegen die beiden gleich auf und ritten hinaus. Sobald sie das Tor passiert hatten, setzten sie ihre Tiere in Galopp. Die Zurückbleibenden schauten ihnen nach, aber die beiden Reiter schauten nicht mehr zurück. Die Hufschläge verklangen, und die Reiter verschwanden in der welligen Steppe.
Die Zurückbleibenden wandten sich einander zu, um ihre eigenen Angelegenheiten weiter zu besprechen. Mattotaupa war der letzte, der sich wieder in den Kreis hineingesellte; er hatte am längsten den Fortreitenden nachgeschaut, und er fühlte trotz der Menschen, mit denen er jetzt zusammenstand, eine beklemmende Leere um sich. Es war der Augenblick, in dem er spürte, daß Harka der einzige und letzte Mensch war, mit dem er noch voll und ganz zusammengehörte. Mattotaupa suchte sein Gefühl mit einem harten Ruck zu unterdrücken, aber es gelang ihm nur äußerlich. Er hatte den Beginn des Gespräches unter den drei Weißen, mit denen er jetzt noch zusammen war, nicht verfolgt und hörte nun erst mitten heraus, wovon die Rede war.
„. . . müssen wir also die Sache mit den Fallen und den Fellen in Ordnung bringen, Thomas!" verlangte der sonst so schweigsame Theo nachdrücklich. „Abraham macht uns Schwierigkeiten."
„Ist eine Seele von Mensch, aber seit er die Station hat, wird er noch zum Halsabschneider auf seine alten Tage. Ich werde ihm die Sache explizieren! Komm, das machen wir gleich. Wo hast du denn den Kram überhaupt verstaut?"
„Ist alles noch drin im Laden, hinten in der Ecke."
„Also los!"
Thomas und Theo gingen in das erste Blockhaus, während Adamson und Mattotaupa draußen stehenblieben. Der Indianer beschäftigte sich mit dem Eindruck, den der Farmer auf ihn

machte. Der Mann gefiel ihm. Er war sicher noch nicht alt, mußte aber viel gearbeitet und viel durchgemacht haben. Seine Haut war braun und wetterhart, seine Hand mager und muskulös. Er hatte sicher von Kind an nie die Möglichkeit gehabt, Fett anzusetzen. Haar und Bart waren schon grau, obgleich Mattotaupa den Farmer nach Haltung, Blick und Stimme nicht für älter als fünfunddreißig Jahre hielt. Die beiden Männer standen also etwa im gleichen Lebensalter, aber auch Adamson mochte seinerseits bemerken, daß sich durch Mattotaupas schwarze Zöpfe schon graue Strähnen zogen. Der Indianer überragte den gut gewachsenen Weißen noch um Hauptеslänge.
Die beiden blieben schweigend beieinander stehen und horchten auf das Streitgespräch, das sich im Laden entwickelt hatte und mit wachsender Lautstärke geführt wurde. Old Abraham machte die Felle schlecht, die Thomas und Theo gebracht hatten; die Zwillinge aber schalten in allen Tonarten über den unverschämten Wucher, den Abraham im Auftrag der Pelzkompanie zu treiben sich nicht schäme. „Sünde und Schande über dein altes Haupt!" schrie eben Thomas. „Schämst du dich nicht, wie ein Wucherer uns das Blut auszusaugen? Abraham, Abraham! In der Hölle wirst du braten, und deine Gebete werden unerhört im Winde verwehen! Das will ein Christ sein, und kurz ehe er das Totenbett besteigt, dreht er seinen besten Freunden noch den Hals herum! Abraham, ich wußte, daß es so mit dir kommen würde, wenn du die Handelsstation übernimmst! Aber daß ein alter, ehrlicher Fallensteller, wie du es mal gewesen bist, ganz in den Pfuhl der Lüge und Gemeinheit taucht, das, nein, das ..."
„Daß ich nicht lache!" brüllte Abraham dagegen. „Alte, ehrliche Fallensteller! Ich kenne doch eure Witze! Sich in der Prärie aalen, faulenzen wie der Büffel in der Sonne, Lendenbraten essen und an ein paar Biberchen Kindermord begehen! Das ist ein Leben! Dann die Fallen zurückbringen, die man sich eben erst geliehen hat! Ins Tollhaus gehört so was, ins Tollhaus! Hölle ist viel zu schade für solche Gesellen, wie ihr seid! Vielleicht den Teufeln auch noch Arbeit machen! Die haben schon genug zu tun, heutzutage, wo die Welt immer schlechter wird!"

„Wer macht sie denn schlechter, du hartgesottener Wucherer, du oder wir? Wir leben in aller Unschuld wie die Engel und die Indianer, die uns nicht mit Zins und Zinseszins die Gurgel zuschnüren, sondern uns mit Büffellende königlich bewirten. Hätten wir uns nie eine Falle bei dir geholt und dir nie ein Fell gebracht! Uns wäre wohler im Diesseits und im Jenseits."
Adamson, der alles mit Mattotaupa zusammen anhörte, machte eine wegwerfende Handbewegung. „Das Geschwätz dauert noch zwei Stunden – mindestens", sagte er, „dann einigen sie sich. Ich möchte die Zeit nutzen. Ein Bauer wie ich kann mit der Zeit nicht so umgehen wie ein Händler und ein Jäger. Ich muß rechnen. Hab eine Bitte an dich, Häuptling."
„Mein weißer Bruder mag sprechen."
„Bin hier, um mit zwei Dakota den Kaufvertrag über das Land abzuschließen, das ich schon bewirtschafte. Wir sind uns über alles einig. Die beiden sind auch hier, da drüben am unteren Ende des Sees lagern sie. Ich soll ein Totem bekommen oder wie man das nennt. Hätte gern, daß du dir diese Sorte Kaufbrief ansiehst. Du weißt mit den Indianersachen besser Bescheid als ich."
„Ich werde mir das Totem ansehen. Wie heißen die Männer, mit denen mein Bruder sich hier trifft, und zu welchem Ratsfeuer der Dakota gehören sie?"
„Teton-Dakota sind es, und ihre Namen – die Namen hab ich schon wieder halb vergessen. Aber sie haben mir versprochen, das Totem eines Oberhäuptlings zu bringen. Dafür habe ich ihnen zugesagt, daß ich meinerseits den Dakota beistehe, wenn unerwünschte Eindringlinge sich in ihrem Land sehen lassen."
„Gut. Aber du hast das Totem noch nicht in der Hand?"
„Nein, ich soll es heute morgen erhalten. Ich gehe jetzt hinaus zu den beiden. Kommst du mit?"
„Nein. Ich bleibe hier bei unseren Pferden. Willst du mir das Totem bringen, damit ich es studieren kann?"
„Ja, so geht das auch. Also warte, ich werde gleich wieder dasein."
Adamson lief durch das Tor hinaus und eilte am See entlang bis zum Südende, wo das Wasser abfloß. Mattotaupa konnte ihm

mit den Augen folgen. Adamson schien das Gewünschte schnell zu erhalten, denn er machte schon nach wenigen Minuten kehrt und eilte zu der Station zurück. Als er wieder bei Mattotaupa stand, entfaltete er das Leder, das er zusammengerollt in der Hand getragen hatte, und reichte es dem Indianer. Mattotaupa studierte die Bildzeichen. Seine Stirnhaut zuckte, als ob er sie habe runzeln wollen. Schließlich sagte er: „Gut."

„Also, du meinst, damit kann ich etwas anfangen?"

„Hau. Das ist in den Augen der Dakota ein sicherer Schutz für dich, deine Frau, dein Kind und für das Land und das Vieh, von dem ihr lebt. Du wirst den Dakota und sie werden dir beistehen."

„Richtig. Die beiden da unten am See haben gesagt, der Brief sei mit dem Totem eines ihrer angesehensten Häuptlinge gezeichnet. Den Namen habe ich nicht ganz verstanden, aber ich möchte ihn mir merken. Ta ... Ta ... Kannst du den Namen dem Totem entnehmen?"

„Hau. Tashunka-witko."

„Ja, ja, so hieß das. Er hat Einfluß?"

„Hau."

„Also alles in bester Ordnung. Auf ein Indianerwort kann man sich noch verlassen und auf das meine auch!" Adamson schien tief befriedigt. „Endlich wieder Land unter den Füßen, das wirklich das meine ist! Nun soll aber doppelt und dreifach gearbeitet werden. Ich hab auch so einen Jungen wie du, Häuptling, ein paar Jahre jünger als Harry, aber helfen kann er dem Vater schon, und wenn jetzt alles gesichert ist, kann er mit der Großmutter zu uns kommen. Heißt wie ich, der Bengel, Adam Adamson. So hießen mein Vater und mein Großvater und mein Urgroßvater, und wahrscheinlich heißen wir so, seitdem der alte Adam aus dem Paradies vertrieben wurde und zu ackern anfing. Die Arbeit war immer schwer, aber die Adamssöhne waren auch immer tüchtig. Eine gute Frau hab ich auch, arbeitet wie ein Mann." Adamson machte einen tiefen Atemzug. „Ja, wieder eigenes Land!"

„Du hattest dein Land verloren?"

„Durch die Wucherer, die vermaledeiten, in der Heimat. Aber

hier ist ganz anderer Boden! Jungfräulicher Boden! Hier rentiert sich die Arbeit, und wir kommnen wieder auf einen grünen Zweig. Was hältst du übrigens von Thomas und Theo?"
„Aufrichtig."
„Ja, das sind sie. Aber Thomas redet mir zuviel, das muß er sich noch abgewöhnen. Abends bei einem Glas Bier lasse ich mir auch ein spaßiges Wort gefallen, aber bei der Arbeit hält ein Mann den Mund."
Unwillkürlich horchten die beiden Männer wieder nach dem Blockhaus hin, wo das Streitgespräch noch immer im Gange war. „Komm", forderte Adamson Mattotaupa auf. „Komm, wir setzen uns zu den Pferden und frühstücken. Ich muß wohl oder übel abwarten, bis die mit ihrem Fellhandel fertig sind. Dann aber auf und davon! Handel ist nichts als Zeitverlust und Betrug, taugt nicht für einen Bauern."
Der Indianer ließ sich mit Adamson zusammen innerhalb der Palisaden nieder. Der Farmer packte Schinken aus, schnitt sich ein großes Stück ab und aß. Er bot Mattotaupa an mitzuhalten, aber dieser liebte weder Schweinefleisch noch Räucherware und dankte. „Du reitest mit uns auf unsere Farm?" erkundigte sich Adamson, während er den letzten Bissen kaute. „Thomas sagte mir das."
„Ich reite nicht mich euch."
„Nein? Ich denke, du willst auch über den Missouri hinüber."
„Hau. Aber ich reite allein."
„Wie du willst. Aber ein Mann allein in der Wildnis, das ist nicht gut. Komm doch mit! Mich freut's."
„Ich möchte meinen weißen Bruder nicht beleidigen, aber ich kann nicht mit ihm zu seiner Farm reiten. Ich werde das erklären. Tashunka-witko und ich, wir sind persönlich verfeindet. Tashunka-witko schützt dich, Adam Adamson, dich und deine Frau, dein Kind und dein Land. Es würde dir schlecht anstehen, das Totem Tashunkas entgegenzunehmen und zugleich seinen Todfeind zu Gast zu laden."
„Ach, zum Donner, das ist allerdings kitzlig. Ist die Feindschaft wirklich so groß und unerbittlich?"
„Hau."

„Schade. Dann muß ich dir recht geben. Ich danke dir, daß du so aufrichtig gegen mich bist. Hätte dich um so lieber auf dem Ritt dabei gehabt!"
Adamson hatte fertig gefrühstückt, und aus dem Laden kamen Thomas und Theo heraus. Ihre Mienen waren vergnügt, und Old Abraham schalt hinter ihnen her:
„Unzuverlässige Burschen! Jetzt die Fallen zurückbringen! 'nen Stapel lausiger Pelze – und ich sitz da als der Betrogene. Mit euch mach ich nie wieder ein Geschäft, nie wieder! Auf Wiedersehen!"
„Auf Wiedersehen, alter Stammvater! Auf Wiedersehen!"
Die beiden kamen zu Adamson und Mattotaupa herbei. „Was sagt ihr jetzt? Noch nicht einmal eine Stunde geredet, und schon ist die Sache perfekt. Die Felle, die wir gebracht haben, sind aber auch erstklassig."
„Dann können wir also reiten?" knurrte Adamson.
„Wie's beliebt! Aber Top hat sich nicht umgezogen."
„Er kommt nicht mit uns."
„Warum denn nicht?"
Mattotaupa selbst übernahm die Antwort. „Unsere Wege trennen sich, aber wir bleiben Freunde", sagte er so bestimmt, daß Thomas' nächste Frage im Halse steckenblieb. „Lebt wohl!"
Adamson und die Zwillinge stiegen auf. Thomas schüttelte immerzu den Kopf. Der Farmer nickte dem Indianer noch einmal zu, mit einem aufrichtigen, dankbaren Blick.
Mattotaupa blieb bei seinem Schecken stehen und schaute den dreien durch das offene Tor nach, bis sie um den See herumgeritten waren und im Morgendunst von Gewässer und Prärie verschwanden. Dann war er ganz allein. Er nahm sich zunächst nichts vor, sondern ritt nur hinaus zu jenem Hügel, bei dem er mit Harka und Kluge Schlange die Nacht verbracht hatte. Dort machte er seinen Schecken fest und legte sich auf die Hügelkuppe ins Gras, um die Station und die Indianer am See in Ruhe zu beobachten. Er wollte vor allem abwarten, bis die vier Dakota, mit denen Adamson verhandelt hatte, fortgeritten sein würden. Während er auf dem Hügel in der Sonne lag, von dem schon kräftigen Frühlingsgras gedeckt, und ringsumher spähte,

arbeiteten seine Gedanken in ihm, ohne oder auch gegen seinen Willen, wie eine Grundströmung, die den vom Winde getriebenen Wellen entgegendrängt. Er wollte seine eigenen Entscheidungen nicht anzweifeln, aber die Situationen und Worte, durch die sie herbeigeführt worden waren, wurden in seinem Gedächtnis von neuem lebendig. Es war ursprünglich seine Absicht gewesen, Harka zu dem Rachezug gegen Tashunka und zu der Befreiung Uinonahs aus den Zelten am Pferdebach mitzunehmen. Es war ihm selbstverständlich erschienen, daß er mit Harka zusammen ritt, der alle Wechselfälle des bisherigen Verbanntenlebens mit ihm geteilt und tapfer überwunden hatte. Aber dann hatte sich der fragende Blick des Siksikauhäuptlings Brennendes Wasser auf Mattotaupa gerichtet, und auf einmal war der Zweifel dagewesen, ob er recht handelte, wenn er einen Knaben - nicht durch die Umstände gezwungen, sondern aus freien Stücken - an einem gefährlichen Unternehmen teilhaben ließ. Harka selbst hatte mitkommen wollen, das wußte Mattotaupa. Aber Tashunka-witko hatte seine Absicht, den Knaben zu rauben und bei den Oberhäuptlingen und großen Zaubermännern der Dakota zu erziehen, sicher nicht aufgegeben, und der Aufenthalt im Dakotaland konnte dem geächteten Mattotaupa jeden Augenblick den Tod bringen. Nein, Brennendes Wasser hatte recht. Mattotaupas Vorhaben war kein Unternehmen, bei dem man sich von Kindern begleiten ließ. In den Zelten der Siksikau war Harka sicher und konnte zu einem großen Krieger und Häuptling heranwachsen, ohne seinen Vater zu verleugnen, selbst wenn sein Vater durch Feindeshand getötet wurde. Diese Gewißheit gab Mattotaupa innere Ruhe, und aus seinen Fantasiebildern verschwand der Abschied, der dem Vater wie dem Jungen schwergefallen war; Mattotaupa dachte jetzt an den kommenden Herbst und an das Wiedersehen mit Harka - an dem Tage, an dem Mattotaupa den Skalp Tashunkawitkos, die doppelläufige Büchse und seine Tochter Uinonah in das Zelt bringen konnte, in dem ihn sein Sohn Harka Wolfstöter mit Jubel empfangen würde.

Die Sonne stand schon hoch am Himmel, als von Osten her ein einzelner Reiter auf die Station zukam. Mattotaupa hatte ihn

entdeckt, als er dem Auge noch so klein erschien wie ein Beerenkern; nun war der Herankommende schon größer und deutlicher zu sehen, und Mattotaupas Interesse wurde wach. Es war in diesen Gegenden selten, daß ein Mann allein zu reiten wagte. Der Indianer, der nichts Dringendes zu tun hatte, faßte den Reiter genauer ins Auge. Es war ein Weißer, er ritt im Sattel. Der Schlapphut verbarg sein Gesicht, nur der schwarze Bart war deutlich zu erkennen. Ein großer, kräftiger Kerl war das und ausgezeichnet bewaffnet. Mattotaupa verfolgte ihn mit den Augen, bis er die Station erreichte. Der Schwarzbärtige hielt auf seinem Schecken vor dem Tor und schaute sich um. Er schien unschlüssig, ob er gleich in die Station hineinreiten sollte.
Die Erscheinung dieses Reiters fesselte Mattotaupa immer mehr. Er fühlte sich auf irgendeine Weise erinnert, meinte den Mann zu kennen, wußte aber wiederum nicht, wann und wo er einen Cowboy oder Jäger mit einem solchen Bart gesehen haben könnte. Er wollte die Stimme dieses Mannes hören und war überzeugt, daß er dann sofort Bescheid wissen würde. Daher machte er seinen Mustang los, schwang sich auf und ritt im Schritt ebenfalls zu dem geöffneten Tor hin. Der Reiter mit Schlapphut und Bart hatte sich sofort nach dem herbeireitenden Mattotaupa umgesehen, schien einen Augenblick wie starr vor Überraschung und drückte dann seinem Pferd die Sporen in die Weichen, um im gestreckten Galopp dem Indianer entgegenzubrausen. Er riß sein Tier kurz vor Mattotaupa hoch, schwenkte den Hut und rief mit einer vollen Stimme, die der Indianer sofort wiedererkannte: „Mein roter Bruder!"
Mattotaupa war froh, daß der andere seinen Namen nicht laut gerufen hatte, so daß die Indianer am See nicht erfuhren, wer er war. Auch wollte er den Namen des Reiters nicht aussprechen, ehe er wußte, warum der andere auf einmal einen schwarz gefärbten Bart trug. Er erwiderte nur: „Mein weißer Bruder!"
„Jawohl, das bin ich! Ich, genannt Fred, Fred, verstehst du?"
„Mein Bruder Fred."
„Mein Bruder Top! Komm, wir lassen uns noch ein wenig in dieser Station nieder."

Die beiden ritten in den Hof ein, bis zum zweiten Blockhaus, und hängten dort ihre Tiere an. Fred stieg dann sofort in das Haus hinein, dessen Inneres als Schlafraum diente und jetzt am Morgen leer war. Mattotaupa folgte ihm. Im Inneren des Blockhauses war es düster. Es roch nach Schweiß und Tabak. Habseligkeiten der Gäste und Kunden der Station lagen noch bei den Schlafplätzen. Fred setzte sich hin, in die Mitte des Raumes; die Tür hatte er im Auge. „Top, Top!" sagte er leise. „Was für ein Glück, daß ich dich hier treffe. Wohin bist du unterwegs?"
„Ich werde Tashunka-witko töten, der mich beleidigt und die Büchse Harkas gestohlen hat. Dann hole ich meine Tochter Uinonah und bringe sie zu den Zelten der Siksikau, wo ich mit Harka jetzt lebe."
„Dacht ich mir, daß ihr da Obdach gefunden habt. Ihr hättet in Minneapolis nur nicht so offen davon sprechen sollen, daß ihr zu den Blackfeet reiten wollt."
„Das wußtest nur du, mein weißer Bruder."
„Leider eben nicht nur ich. Weiß der Teufel, wann und bei wem du oder Harry auch sonst 'ne Andeutung gemacht hast. Vielleicht der Junge bei Old Bob, mit dem er gearbeitet hat. Jedenfalls ist man dir auf der Spur, und ich möchte dich warnen!"
„Wer sucht meine Spur und warum?"
„Könntest du dir denken, Top! Unsere letzte Galavorstellung als Cowboys und Indianer im Zirkus in Minneapolis ist doch nicht unbeachtet geblieben. Der Herr mit dem weißen Haar in der Loge sieben – erinnerst du dich?"
„Hau. Er hat in der zweiten Pause mit dem Ältesten der Dakotagruppe aus Minnesota und mit Harka gesprochen."
„Ebender. Er hat Anzeige bei der Polizei erstattet, daß es diese Dakota gewesen seien, die bei dem Aufstand in Minnesota vor zwei Jahren seine Mutter erschossen und seine Farm verbrannt hätten. Zum Glück waren die Dakota schon alle entflohen, als die Sache bei der Polizei ruchbar wurde und der Tanz losging. Das hattest du mit denen ausgezeichnet organisiert."
„Hau."
„Dacht ich mir. Sie sind vermutlich alle längst über der Grenze in den kanadischen Wäldern. Gut. Mich hat man verleumdet!

Dieses abgefeimte blonde Frauenzimmer, die Kassiererin, die wir in Omaha noch beim Zirkus hatten und die mit der ganzen Kasse durchgegangen ist – also dieses Aas einer räudigen Kojotin hat mich beschuldigt, ich hätte das Geld geraubt! Folge, daß mich die mit Dummheit geschlagene Polizei einkassieren und mir den Garaus machen wollte. Ich bin ihren Händen aber wieder mal entwischt. Nach einiger Zeit werden sie sich beruhigen. Sie können nicht jedem kleinen Diebstahl nachlaufen. Da passieren doch täglich ganz andere Sachen. Ich muß nur diesen Sommer über noch etwas vorsichtig sein, dann sind diese Akten vergessen. Aber du, mein roter Bruder, du hast eine gute, sogar eine sehr gute Tat auf dem Kerbholz – leider. Die vergessen dir die weißen Männer nicht so leicht! Du hast Ellis ermordet, den Inspizienten, den Schurken!"

„Ich habe ihn erschossen."

„Ja. So ist es. Beim Hinausreiten aus der Manege am Schluß der Vorstellung hast du ihn erschossen, und dann bist du mit Harry gleich weitergeritten in die unwegsame Wildnis."

„Hau."

„Ellis war eine niederträchtige Kreatur. Den Ronald, den Dompteur, hat er beinahe zum Selbstmord getrieben, obwohl der Mann wirklich etwas konnte. Die Tiger wollte er vergiften, um Ronald vollends zur Verzweiflung zu treiben, und unsern Harry wollte er nach der Vorstellung prügeln lassen, weil der Junge zu Ronald hielt. Ja, so ein Schuft. Der hätte mehr als eine Kugel verdient gehabt. Und es wäre alles gut, wenn ihr nur nicht verlautbart hättet, daß ihr zu den Blackfeet reiten wollt. Jetzt sind sie dir auf der Spur, und für die dumme Polizei ist eben Mensch gleich Mensch und Mord gleich Mord. Sie werden nie begreifen, daß du nicht gemordet, sondern gerichtet hast."

„Hau."

Mattotaupa hatte den Kopf gesenkt und starrte in dem düsteren Raum auf den Boden, ohne zunächst ein weiteres Wort hervorzubringen.

„Gegen Harry haben sie natürlich nichts. Er ist ein Kind. Jedermann glaubt, daß nicht er, sondern du geschossen hast. Zwei

Zirkusdiener wollen es auch beeiden. Es geht gegen dich."
Mattotaupa schwieg. Fred wartete.
„Was werden die weißen Männer unternehmen?" fragte der Indianer schließlich mit ausgetrockneter Stimme.
„Zu den Häuptlingen der Siksikau schicken sie Botschaft, daß sie dich ausliefern sollen. Andernfalls trifft die Blutrache der Weißen die Siksikau."
Mattotaupa unterdrückte ein Aufstöhnen. Seine Lunge rang nach Luft, da ihm das Herz stocken wollte.
„Ich bin nicht dort - nicht bei den Siksikau. Die Häuptlinge können sagen, daß ich nicht bei ihnen weile."
„Das können sie. Wenn du aber dorthin zurückkehrst? Was dann?"
Mattotaupa erhob sich, sehr langsam. Er stand in dem düsteren Raum mit der übel riechenden Luft, aufgerichtet, reglos, stolz. Sein Blick traf den Weißen, der noch am Boden hockte und lauernd zu ihm hinaufschaute.
„Ich kehre nie - zurück", sagte Mattotaupa, jedes Wort betonend, aber ohne jeden Klang in der Stimme. „Nie. Die Männer der Siksikau, die mich und meinen Sohn aufgenommen haben, werden nicht um meinetwillen zu leiden haben. Ich habe gesprochen, hau."
Der Weiße zuckte mit den Schultern, spielte mit seiner Pfeife und blieb lange still. Mattotaupa stand noch immer wie versteinert.
„Top, du bist ein Ehrenmann", sagte der Jäger endlich leise, „verflucht und tausendmal verdammt! Ich dachte längst, es kann mich nichts mehr rühren. Aber jetzt geht's mir noch mal ans Herz. Ein Glück, daß wenigstens der Junge die Zuflucht bei den Blackfeet hat. Aber dir, Top, dir geht's jetzt, wie es mir schon lange geht. Ausgestoßen, verachtet, verfolgt, im Krieg mit allen! Es ist ein hartes Leben. Aber man kann es ertragen, weil man's ertragen muß. Zum Sterben sind wir beide noch zu schade. Wir haben noch einiges auszurichten hier auf dieser Welt!"
Der Indianer schwieg noch einige Minuten und bewegte sich nicht. „Ja", sagte er dann. „Es ist noch etwas auszurichten, ehe

ich den Tod finde. Meine Rache! Harka soll nie zu hören bekommen, daß er einen Vater hatte, der eine Beleidigung nicht zu rächen verstand."
„So ist's! Du kommst wieder zu dir selbst, Mattotaupa, und du bist nicht allein. Wir beide gehören jetzt auf Gedeih und Verderb zusammen."
„Mein weißer Bruder."
„Mein roter Bruder Top!"

Der Morgen der toten Fische

Die Prärie zwischen den Quellflüssen des Platte, die sich mehrere hundert Meilen südwestlich der Jagdgründe der Blackfeet erstreckte, wurde wie alljährlich von der Sommersonne heiß beschienen, von den Winden ausgetrocknet. Kahle Sandstreifen zogen sich zwischen die Strecken, die von niederem Büschelgras und Stauden bewachsen waren. Manche Bachbetten führten kein Wasser mehr, in anderen quälten sich seichte Rinnsale weiter. Verlassen lagen die Büffelwege. Die Herden waren nördlich oder östlich zu frischeren Wiesen gezogen. Hirsche und Elche hatten die Wälder der Vorberge im Westen aufgesucht. Öde, einsam und unfruchtbar dehnte sich das Land unter dem verblassenden Sternenhimmel und sah dem Tag entgegen, der neue Hitze, neuen Wind, aber kein frisches Wasser bringen würde.
In dem kleinen Lager der Bahnvermessungsexpedition wurden die Schläfer wach. Die Männer gingen an den Bach, bei dem die Zelte aufgeschlagen waren. Halb verschlafen noch rief der oder jener einem anderen etwas zu, aber die meisten blieben stumm und mürrisch und dachten daran, daß ihnen die Konserven heute nicht besser munden würden als am Tage vorher. Sie waren aber alle zufrieden, daß mit der Arbeit wieder früh begonnen werden sollte, denn nichts wünschten sie mehr, als ihre Aufgabe erfüllt zu haben und der Einöde und ihren lauernden

Gefahren wieder zu entrinnen. Die Männer gingen bei den Zelten und dem Bach nur mit der Hose bekleidet, aber schon nach dem Frühstück legten sie ihre Röcke an, die ihnen gegen Pfeile und Messer wenigstens einen gewissen Schutz zu bieten schienen. Sie trugen alle, vom Ingenieur bis zum letzten Packträger, Revolver oder Pistole im Gürtel. Ihre bärtigen Gesichter, ihre Hände waren sonnenverbrannt. Der Leiter der Expedition stand vor seinem Zelt. Er wollte warten, bis die drei in der Nacht ausgestellten Wachtposten zurückkamen und mitteilten, ob sie irgend etwas Verdächtiges bemerkt hatten. Zwei Männer sah er schon, die Flinte im Arm, herankommen. Er kannte sie so gut, wie er alle im Lager kannte. Der eine, mit Namen Bill, war ein vierschrötiger Kerl. Er wirkte brutal; um seinen Mund spielte eine gewisse Dummschlauheit. Der zweite, fast um einen halben Meter größer, fiel durch seine Barttracht auf. Er bemühte sich täglich von neuem, seinen Vollbart in einen Knebelbart umzuformen, und blieb trotz aller Hänseleien hartnäckig bei diesem Bestreben. Er hieß Charles. Seiner Körperlänge und seiner Eitelkeit wegen hatte er irgendwann und irgendwo von Franzosen den Spitznamen Charlemagne, Karl der Große, erhalten, und dieser Name war ihm geblieben, obgleich die meisten seiner englisch sprechenden Gefährten den Spottnamen gar nicht verstanden.
Die beiden abgelösten Wachtposten kamen eilig auf den Ingenieur zu. Als sie vor ihm standen, sagten sie aber nichts, sondern schauten ihn nur an wie Hunde, die Schelte erwarten.
„Was ist?" fragte der Ingenieur, schon ärgerlich über die Gesichter, noch ehe er etwas erfahren hatte. „Wo bleibt Tom?"
Die Antwort war ein Achselzucken.
„Wo Tom steckt, will ich wissen!"
„Er ist eben nicht da."
„Eben nicht da! Eben nicht da! Schöne Antwort erfahrener Grenzer, das muß ich sagen. Tot oder lebendig – er muß doch da sein."
„Eben nicht."
„Männer, haltet mich nicht unnütz auf! Was ist geschehen?"
Wieder kam das Achselzucken.

„Gestern abend ist Tom auf Wache gegangen. Das steht fest. Und nun?"
„Ist er nicht mehr da."
Der Leiter der Expedition öffnete die Lippen, schnappte nach Luft, machte den Mund wieder zu, ohne alles zu sagen, was er gern gesagt hätte, und fragte schließlich nur: „Wann habt ihr bemerkt, daß Tom ‚eben nicht mehr da' ist?"
„Als wir beim Morgengrauen nach ihm riefen. Wir wollten zusammen mit ihm hierherkommen."
„Und was ist da, wo er nicht mehr ist? Seine Leiche? Oder die Spuren seiner Gefangennahme?"
„Sein Hut und seine Stiefel sind noch da."
„Sein Hut und seine Stiefel, so. Gebt ihr euch eigentlich des Nachts nie gegenseitig Zeichen, ob noch alles in Ordnung ist?"
„Aber gewiß, Sir."
„Wann habt ihr euch das letztemal mit Tom verständigt?"
„Zwei Stunden vor Morgengrauen."
„So, da war er also noch da. Und dann? Hat er sich in Rauch aufgelöst oder ist in die Erde versunken oder durch die Luft davongeflogen und hat Hut und Stiefel für seine Erben hinterlassen? Oder wie habt ihr euch das gedacht?"
„Vielleicht wollte er heim? Manchmal kriegt einer einen Koller und läuft einfach davon."
„Das ist auch ein Gedanke. Desertiert sozusagen. Und der Anlaß?"
„Er wollte doch schon lange nicht mehr. Kleiner Laden in einer Grenzstadt, das war sein schöner Traum. Bißchen handeln wollt' er, bißchen Gewinn machen, seine Ruhe haben. Die Sehnsucht bohrte schon seit vorigem Jahr in ihm, seit dem großen Sandsturm. Aber das Geld reichte nie recht für 'nen Laden, er hatte auch keine Ware zum Anfangen . . ."
„Vielleicht ist die heute nacht vom Himmel gefallen, wie? So daß er jetzt einen Laden aufmachen kann?"
„Man weiß ja nicht. Manchmal, wenn einer zu lange an was denkt und ihm die Sonne und der Wind das Gehirn ausdörren und die Indsmen machen ihn nervös, dann wird er verrückt."
„Und Toms Pferd? Wo ist das?"

„Hier."
„Hier?! Und Tom rennt zu Fuß ohne Hut und Schuhe in die Steppe hinaus? Das könnt ihr einem anderen erzählen! Aber nicht mir! Kommt, ich sehe mir das an. Habt ihr Hut und Schuhe so liegenlassen, wie ihr sie gefunden habt?"
„Ja, Sir."
„Also doch noch einen lichten Augenblick gehabt."
Der Ingenieur machte sich mit den beiden schwerbewaffneten Grenzern auf den Weg zu der Bodenwelle nördlich des Bachs, auf der Tom des Nachts Wache gehalten hatte. Die beiden Grenzer führten den Ingenieur im Bogen, so daß keine Spuren verdorben werden konnten, und dann hinauf auf den Höhenrücken. Als der Kamm erreicht war, sah der Ingenieur den ledernen Schlapphut und die hohen Stiefel im Grase liegen. Sie waren so gelegt, daß der Hut genau die Stelle bezeichnete, wo sich der Kopf eines liegenden Mannes, die Stiefel die Stelle, wo sich seine Füße befunden haben konnten.
„Wie präzise und ordnungsliebend!" sagte der Ingenieur wütend. „Habt ihr Spuren gefunden?"
„Nein."
„Also muß er die Stiefel ausgezogen haben, um sich besser wegschleichen zu können. Verrückt! Vollständig verrückt! Auf wen soll man sich denn noch verlassen in dieser Prärie hier!" Er ging zu der Stelle hin, wo Hut und Stiefel lagen, und hob die drei Gegenstände der Reihe nach hoch, um sie von allen Seiten zu betrachten. „Kein Blut zu sehen, kein Kampf zu vermuten! Läuft einfach weg! Hat man so etwas schon gehört!"
Der Ingenieur hatte eben ausgesprochen, als ein leises Schwirren durch die Luft ging. Dem Ingenieur flog der Hut vom Kopf. Er blickte sich verwirrt danach um und sah ihn am Fuße des Höhenrückens im Grase landen. Im Kopf des Hutes steckte ein Pfeil.
Schnell warfen sich alle drei zu Boden und krochen den Hang des Höhenrückens einen Meter hinab.
„Gottverdammte Indsmen, rotes Gelichter!" stieß der Ingenieur dabei hervor. Die beiden Grenzer schwiegen und versteckten ihre Köpfe hinter Sand und Gras.

Vom Expeditionslager aus hatten die Männer den Vorgang beobachten können. Sofort rannten alle, die Schußwaffen in der Hand, zu den dreien hin und warfen sich bei diesen am Hügelkamm ins Gras. Über den Kamm der Anhöhe hinweg gaben die Männer ein paar Schreckschüsse ins Blaue ab. Dann herrschte Stille. Der Himmel war dunkelblau, und der ausdörrende Wind strich über die Hochprärie. Bei den Zelten grasten die Pferde. Die wenigen Männer, die dort zurückgeblieben waren, hatten die Tiere in der Mitte des Lagers zusammengetrieben.

„Wir müssen uns verteilen", sagte Charlemagne zu dem Ingenieur. „Es kann sein, daß die Indsmen sich auch hinter den südlichen Anhöhen heranschleichen. Wir müssen diese Höhenrükken auch besetzen."

„Natürlich, kann sein, daß sie sich auch von Süden heranschleichen. Mitten am Tage. Warum denn auch nicht! Die nehmen uns überhaupt nicht mehr ernst! Jeden Morgen machen sie sich den Spaß, uns Nadelstiche zu versetzen und unsere Arbeit aufzuhalten. Ich gebe aber nicht schon wieder einen Tag verloren. Die großen Kontrakte mit der Regierung stehen bevor. Unsere Kompanie muß mit ins Geschäft kommen! Also ihr beide bleibt hier auf dem Hügel und knallt, sobald sich eine rote Nasenspitze oder ein schwarzer Schopf zeigt. Auf den Höhenrücken im Süden auch zwei Mann – alle anderen an die Arbeit! Los!"

Einige der Männer murrten und knurrten, aber alle gehorchten und folgten dem Ingenieur, der sich den Abhang hinabgleiten ließ und unten seinen Hut auflas. Dabei betrachtete er den Pfeil, der im Kopf des Hutes steckte. Der Schaft war gefärbt und eingekerbt. „Den heben wir uns auf. Erkennungszeichen der Halunken!"

Die Männer nahmen im Tal des Baches ihre Vermessungsarbeiten wieder auf. Auf den Höhen im Süden und im Norden hielten je zwei Wachen Ausschau. Bill und Charlemagne auf dem Hügelkamm im Norden des Bachs waren unzufrieden. Sie hatten die Nacht durchwacht und kamen jetzt wieder nicht zum Schlafen.

„Ein paar Scouts mehr könnten sich die ruhig leisten", schalt Bill. „Mich soll wundern, wie viele von uns im Herbst noch üb-

rig sind. Übrigens, was hältst du denn nun im Ernst von der Sache mit Tom?"
„Die Bande hat ihn sich geholt."
„Wie der Teufel 'ne arme Seele."
„Wenn's so ist, ist der arme Kerl wirklich in die Hölle geraten. Möchte jetzt nicht die Beute eines Indsman werden."
„Ich auch nicht."
„Ob wir was für Tom tun können?"
„Sei bloß still. Hat jeder genug mit sich selbst zu tun."
Charlemagne gab darauf keine Antwort mehr. Bills Skrupellosigkeit beruhigte auch sein Gewissen. Die beiden dösten in der wachsenden Hitze vor sich hin. Die Luft flimmerte.
Im Tal am Bach erklangen Schreie. Die beiden Wachen auf dem Hügel fuhren herum und sahen, wie einer der bei der Arbeit befindlichen Männer zusammenbrach. Ein Pfeil hatte seinen Hals durchbohrt. Bill und Charlemagne sagten kein Wort. Die Lage war ihnen unheimlich. Seit Tagen erfolgten diese lautlosen Angriffe der feindlichen Indianer. Immer wieder schwirrte ein einzelner Pfeil und traf sein Ziel. Aber kein Indianer war zu fassen. Kein Kriegsruf ertönte. Aus dem Schweigen der einsamen Prärie kam immer wieder der Tod. Die Unruhe unter den Teilnehmern der Vermessungsexpedition war groß, und der leitende Ingenieur mußte schon seit einer Woche alle Willenskraft aufbieten, um seine Leute noch zusammen und bei der Arbeit zu halten. Arbeiten und Kriegführen zur selben Zeit, das schien allmählich jedem zuviel und auf die Dauer undurchführbar. Aber woher die Kundschafter nehmen, jetzt, im vierten Jahr des Bürgerkrieges?
Die Leute, die im Tal gearbeitet hatten, verließen nach dem zweiten Pfeil und dem Tod ihres Gefährten die Arbeit. Die meisten warfen sich ins Gras und suchten hinter Stauden und den Dünen des Flußsandes Deckung. Einige waren zu den Zelten geflohen und hielten sich dort versteckt.
Bill brach nun doch das Schweigen.
„Große Schweinerei!"
„Da kommst nicht mal du durch, obwohl du sechsundzwanzig Hahnenkämpfe bestanden hast!"

„Wenn die roten Feiglinge sich mir nur mal stellen wollten! Ich würde denen schon zeigen, was 'n Hahnenkampf ist."
„Sie tun dir den Gefallen aber nicht, Bill."
„Es sind eben schmutzige Indsmen, weiter nichts."
„Was sie sind, das ist mir ganz egal. Aber was sie tun, das stört mich. Verstehst du!"
„Spar dir die Redensarten, Charles. Da – hör mal!"
Im Tal unten hatte sich einer zu dem Toten gewagt, dessen Hals von einem Pfeil durchbohrt war. Da die Spitze einen Widerhaken hatte, so daß er sie nicht herausziehen konnte, brach er den nur lose befestigten Schaft ab und betrachtete diesen. Ein kleines, sehr dünnes Leder mit einer Zeichnung, einer Art Brief, war daran festgemacht.
Der Mann betrachtete das Leder. „Wieder 'n Pferdekopf!" rief er zu den beiden auf dem Hügel hinauf.
„Was bedeutet das, Bill?" erkundigte sich Charlemagne. „Rote Striche und Pferdekopf, das sind Zeichen, die sich wiederholen."
„Du tust, als ob der Pferdekopf dich umbrächte, du Esel! Auf den Pfeil kommt es an."
„Und wir sitzen da, bis der nächste fliegt und trifft!"
„Was sollen wir machen? Eine Schar Indsmen müßten wir zur Verfügung haben, die wir loshetzen gegen die anderen. Gegen Hunde muß man Hunde hetzen und gegen Rote Rote."
„Und gegen rote Hunde rote Hunde, meinst du. Wer soll sich denn auf solches Gelichter verlassen. Voriges Jahr haben uns noch die Pani geholfen, jetzt sind die auch nicht mehr zu sehen."
„Weil wir sie um den ausgemachten Lohn betrogen haben. Die wollten doch Munition haben, und wir haben ihnen nicht den hundertsten Teil von dem gegeben, was sie verlangten."
„Wer kann denn das auch verantworten, den Roten Munition zu liefern!"
„Jedenfalls sind wir jetzt verraten und verkauft. Nächstens laß ich euch auch meinen Hut hier liegen als Abschiedsgruß. Wollte sowieso nicht mehr in diese verdammte Gegend. Aber man kann's nicht lassen. Dumm ist unsereiner, dumm."

„Du weißt ja auch nicht mal, was der Pferdekopf und die Feder bedeuten!"
„Laß mich doch in Ruhe. Solange sie mir keinen Tomahawk schicken, bin ich noch zufrieden."
„Wieso? Was bedeutet denn der Tomahawk?"
„Daß du dein Genick bereithalten kannst – weil dich das Beil doch bald trifft. Wieso weißt denn du das nicht! Du schimpfst dich doch einen Grenzer!"
„Ruhig! Horch!"
Die beiden Männer und alle Gefährten auf dem Hügel jenseits des Flusses sowie im Flußtal fuhren auf. Im Nordosten wurde geschossen. Es fielen einzelne Schüsse, in schnellem Wechsel, auch der Standort schien sich rasch zu verändern.
„Bill, was ist das? – Da müssen ein paar Reiter hintereinander her sein!"
Schon wieder krachten Schüsse. Bill nahm sich keine Zeit zu antworten. Er lauschte so aufgeregt wie alle anderen.
Es war eine Pause in dem Schußwechsel eingetreten. Die beiden Wachen legten das Ohr an die Erde. Sie hörten zunächst nichts, aber nach kurzem vernahmen sie den Schall von Hufschlägen einzelner galoppierender Pferde. Dann fielen wieder Schüsse. Kleine Rauchwölkchen waren zu sehen. Die Scouts glaubten, schrille Schreie von fern zu hören.
„Jetzt bin ich aber neugierig, Bill, wer sich da in den Haaren hat!"
„Laß denen das Vergnügen, Charles. Hauptsache, es sind diesmal nicht unsere Haare!"
Ein einzelner Schuß krachte, sehr weit entfernt, aber in der großen Stille noch vernehmlich. Das Reitergefecht schien sich von dem Expeditionslager nach Nordosten hin wegzuziehen.
„An die Arbeit, Leute!" erklang die Stimme des leitenden Ingenieurs. „Unsere heimtückischen Feinde sind jetzt anderweitig beschäftigt!"
Die Männer erhoben sich, die meisten unwillig, aber es gab auch jetzt keinen, der dem Ruf nicht gehorchte. Der Ingenieur, stämmig gewachsen, eher untersetzt als groß, war von Energie geladen, die ausstrahlte. Ein junger Mann, dessen erst schwach

gebräunte Haut verriet, daß er noch nicht lange bei der Expedition arbeitete, war stets der erste, der sich bereit fand, die Anordnungen auszuführen. Joe Brown, der Leiter, lächelte in sich hinein, wenn er das beobachtete. Dieser grüne Anfänger war brauchbar, aber er hatte noch viele Durchgangsstadien seiner Entwicklung vor sich. Erst mußte er einmal die Gefahr, in der er sich mit den anderen zusammen befand, ganz begreifen, und dann mußte er lernen, damit fertig zu werden. Jetzt war er noch ein kräftiges vorlautes Füllen. Es hätte Joe aber leid getan, wenn den Jungen ein Pfeil tödlich getroffen hätte, ehe er in seiner Arbeit und seinem Charakter reif werden konnte.
Bill und Charles oben auf dem Hügel beschäftigten sich mit der Frage, wann sie zum Schlafen kommen würden. Die Schüsse wiederholten sich nicht mehr, auch Hufschläge waren selbst für das feinste Ohr nicht mehr zu vernehmen. Alles, was von Vermessungsarbeiten etwas verstand, war im Tal des Baches beschäftigt, um die Arbeit so rasch wie möglich voranzutreiben. Auch alle Hilfskräfte wurden in Anspruch genommen. Für die Bewachung blieben nur die vier Scouts und Prärieläufer, die je zwei und zwei auf den Anhöhen südlich und nördlich Ausschau hielten.
„Halt jetzt ein Schläfchen, wenigstens 'ne Stunde", sagte Bill zu Charles, „dann weck ich dich, und du wachst dann, während ich 'ne Stunde schlafe. Auf 'n Abend lassen wir uns ablösen. Da sind die Herren Ingenieure mit der Arbeit fertig und können auch mal von hier oben durchs Gelände schielen. Ab Mitternacht halten wir uns dann wieder bereit."
„Wenn's so geht ..." Charlemagne hatte den Kopf schon auf den Arm sinken lassen und schloß die Augen. Er wollte beginnen zu schnarchen, aber da stieß Bill ihn unsanft an, denn unten im Tale sollte keiner etwas von dem Schläfchen wissen. Charlemagne rührte sich, schloß den Mund und verstummte.
Die Stunden liefen ohne weitere Ereignisse dahin. Den Arbeitenden vergingen sie im Fluge, den müden Wachen schienen sie zu schleichen. Als die Sonne sich gegen Westen gedreht hatte und zu den Gipfeln des Felsengebirges sank, pfiff Joe, und die Männer beendeten die Arbeit. Das Essen wurde ausge-

geben. Die Männer mochten das Salzfleisch nicht mehr riechen, aber es war keine Zeit und auch sehr gefährlich, auf Jagd zu gehen, und so verspeisten sie wohl oder übel, was sie bei sich hatten. Das Bachwasser war lau und schmeckte sehr schlecht, und es wurde wieder einmal darüber diskutiert, ob man nicht einen Brunnen graben sollte. Das Rinnsal des Baches wurde von Tag zu Tag dünner und seichter, und es bestand die Gefahr, daß man eines Tages für Menschen und Pferde kein Wasser mehr haben würde.
„Was tun denn die Bewohner dieses Landes, die Indianer, wenn ihnen das Wasser ausgeht?" fragte der junge Mensch.
„Die Zelte abschlagen und dahin reiten, wo es Wasser gibt", antwortete Joe.
„Sehr unzivilisiert."
„Allerdings. Wie die Tiere."
Die Männer fingen an, ihre Pfeifen zu rauchen, und streckten die Füße zum Feuer. Wenn die Tage auch heiß waren, so wurde es doch am Abend empfindlich kühl.
Bill und Charlemagne ließen sich ablösen. Der junge Mensch, der Henry genannt wurde, bat darum, an der beginnenden Wache teilnehmen zu dürfen. Da sich sonst niemand freiwillig bereit fand, erklärte Joe, daß er selbst mit Henry zusammen für die erste Hälfte der Nacht auf den Höhenrücken gehen wolle.
„Seien Sie vorsichtig, Sir!" warnte Charlemagne.
„Vielleicht habe ich mich schon mehr mit den Roten herumgeschlagen als ihr!" Joe war in grimmiger Stimmung. Er ließ sich nicht davon abhalten, mit Henry zusammen selbst auf Wache zu gehen. Als er sich mit dem jungen Ingenieur auf dem Höhenrücken einrichtete, erklärte er ihm geduldig, wie er am besten Deckung nehmen und worauf er achten müsse: auf Schallwellen, die durch die Luft, und solche, die durch den Boden noch zum Ohr drangen; auf Bewegungen im Grase, die nicht vom Wind hervorgerufen wurden; auf Schatten in der Ferne, die nicht von Tieren stammten. Der Sternenhimmel war klar, aber der Mond würde erst um Mitternacht aufgehen. Als Henry alles begriffen zu haben glaubte, spähte und horchte er eifrig. Aber nach einer Stunde begannen auch wieder andere Gedan-

ken in ihm zu arbeiten. Er räusperte sich.
„Was?" fragte Joe.
„Ich denke an Tom. Sein Verschwinden wirkt rätselhaft. Wie ein Kriminalstück."
„Das man lieber daheim am Kamin liest als in der Wildnis miterlebt!"
„Verstehen Sie mich nicht falsch, Sir."
„Einfach ‚Joe' – bitte."
„Verstehen Sie mich nicht falsch."
„Verstehe dich ganz richtig, Henry. Du hast nicht zuwenig Mut, sondern noch zuviel."
„Kann man zuviel . . .?"
„Ja."
„Sollten wir nicht doch nach Tom suchen? Er war ein guter Kerl. Einer der besten von den merkwürdigen Scouts hier."
„Einer der besten, aber zu sentimental. So was geht immer unter."
„Wenn ich nun morgen noch einmal nach ihm suchen würde?"
„Ach du . . . Unschuld, bleib bei Sinnen! Hier streifen ganz andere Leute umher. Wenn ich nur wüßte, welche!"
„Deren Schüsse wir gehört haben? Vielleicht hatte Tom einen Zusammenstoß. Seine Flinte hat er doch mitgenommen."
„Aber nicht sein Pferd. Die sich mit blauen Bohnen miteinander unterhalten haben, das waren gut berittene Leute. Vielleicht sind das nicht einmal die gefährlichsten. Für den Kampf, wie ihn die Indianer hier gegen uns führen, ist Pfeil und Bogen viel geeigneter. Weil der Pfeil lautlos ist. Du hörst nichts, du siehst kein Aufblitzen, kein Rauchwölkchen . . . das Ding steckt dir im Hals, du hast deinen letzten Atemzug getan und fertig."
„Ob wir uns mit den Indianern nicht verständigen können? Mein Vater . . ."
„Dein Vater, Henry . . . Ich weiß, ich weiß. Das war noch eine andere Generation. Hatte seine Indianerfreunde, die auf Tod und Teufel zu ihm hielten. So was findest du heute nicht mehr. Die Indsmen sind Lumpen geworden oder Geschäftsmänner. Hast ja gehört, wie die Pani das machen. Munition wollen sie haben, oder sie lassen uns verrecken. Mit den Dakota aber

gibt's hier überhaupt keine Freundschaft. Die wollen weiter nichts, als uns vom Erdboden vertilgen. Jetzt Schluß. Es geht in die Nacht hinein, und wenn ein Dakota uns wispern hört, nutzt uns die Deckung gar nichts. Er weiß dann schon, wo er uns zu suchen hat."
Joe brach ab. Die Nacht war still. Nicht einmal der Wind machte ein Geräusch. Lautlos beugte er die Gräser. Nur bei den Zelten unten schnarchte Charlemagne laut.
Joe und Henry bemühten sich, auf alles zu achten, nicht nur auf die weite Prärie, sondern auch auf das Tal, in dem die Zelte standen, bachaufwärts, bachabwärts. Das Land wirkte wie ausgestorben. Ein Präriebrand im vergangenen Spätsommer und die Ausläufer eines verheerenden Sandsturmes hatten die Tierwelt vertrieben. Im Winter lagen die sturmdurchbrausten Hochebenen öde und leer; kaum ein lebendiges Wesen konnte sich dort halten. Die Nachwirkungen des Brandes und der Sandverwehungen waren auch jetzt noch zu spüren, obgleich das zähe Gras im Frühjahr durch Asche und Sand durchgebrochen war.
Es wurde Mitternacht. Bill und Charlemagne, die einige Stunden den Schlaf des Gerechten geschlafen hatten, wachten pünktlich auf und kamen zur Ablösung. Joe und Henry kletterten den Wiesenhang hinunter und gingen zu dem Zelt, das der leitende Ingenieur zusammen mit Henry und einem alten Packträger bewohnte, der Joe überallhin begleitete und in bezug auf Gepäck, Rauchen, Essen und Zelten alle seine Gewohnheiten kannte. Der Mann hatte einen ruhigen Charakter, schoß nicht schlecht, und Joe verließ sich auf ihn.
Als Joe und Henry in ihr Zelt eintraten, glimmten noch die Funken des Feuers, das der Alte nach Indianerart in einer Vertiefung angelegt und mit Asche gedeckt hatte. Der Alte selbst schlief; er hatte sich im Zelt wie ein treuer Hund quer über den Eingang gelegt. Als Joe und Henry hereinkamen, war er sofort wach, blieb aber an dem gewählten Schlafplatz und murmelte nur: „Alles in Ordnung."
Joe war kaum über den Getreuen hinweggestiegen, als er zusammenfuhr, stehenblieb, mit der Linken Henry hinter sich zu-

rückhielt, mit der Rechten aber nach dem Revolver griff. Noch ehe er die Waffe schußbereit hielt, waren aber die zwei dunklen Gestalten, die auf den Decken im Zelte gelegen hatten, aufgesprungen und standen bereits mit gezogenem Revolver vor Joe: „Hände hoch!"
Es blieb dem Ingenieur nichts anderes übrig, als zu gehorchen. Henry folgte seinem Beispiel, obgleich er, von dem Ingenieur gedeckt, noch etwas hätte unternehmen können, wenn er auf Joe keine Rücksicht nehmen wollte. Der alte Getreue, der quer hinter dem Zelteingang lag, blieb regungslos liegen. Er wußte genau, daß sofort geschossen würde, wenn er sich rührte, und zwar zuerst auf seinen Herrn.
„Was soll das!" schrie Joe die beiden unbekannten Gestalten an. Er wollte dadurch vor allem die Schläfer rings in den Zelten wecken und die Wachen aufmerksam machen. Auch in der Dunkelheit erkannte er, daß die beiden Fremden mit der Waffe in der Hand sehr große Menschen waren. Der eine trug einen Hut, der andere war barhaupt, und Joe hielt ihn trotz seines Hemdes mit Umlegekragen für einen Indianer.
„Das soll weiter nichts, als ein vernünftiges Gespräch einleiten!" Der Unbekannte mit dem Schlapphut sprach volltönend, fast ebenso laut wie Joe. Die Möglichkeit, die Männer in den anderen Zelten zu wecken, schüchterte ihn nicht ein. „Wir waren müde, haben uns erlaubt, hier ein bißchen zu schlafen, weil die Plätze doch frei waren. Nichts für ungut – und nun nehmt ruhig die Hände wieder runter! Aber versucht nicht, auf uns anzuschlagen. Wir sind doch wieder schneller!"
Joe und Henry ließen die Arme sinken. Die Fremden steckten die Revolver ein.
„Das Feuer an, Duff", befahl Joe seinem Getreuen.
Der Alte erhob sich flink und fachte die Glut an. Joe sah jetzt, daß er sich nicht getäuscht hatte. Der barhäuptige der beiden Eindringlinge trug Scheitel und Zöpfe. Er war ein Indianer.
„Etwas ungewöhnlich habt ihr euch eingeführt", sagte Joe, sehr verdrießlich darüber, daß es den beiden Unbekannten gelungen war, sich einzuschleichen, während er selbst auf Wache gewesen war. Er konnte nicht einmal seinen alten Duff schelten,

ohne sich selbst lächerlich zu machen. „Was habt ihr noch weiter vor, als ausgerechnet in meinem Zelt zu schlafen?" fragte er die Fremden.
„Wenn's erlaubt ist, bis zum Morgen hier zu bleiben. Dann könnte man darüber reden, was weiter werden soll."
„Wo sind eure Pferde?"
„Draußen irgendwo. Erschossen, leider. Die Schüsse gestern müßt ihr doch gehört haben."
„So sieht's aus. Wer wollte euch denn das Licht ausblasen?"
„Wissen wir nicht genau, aber jedenfalls waren es Dakota."
„Zu welchem Stamme rechnet sich dein roter Kumpan?"
„Zu keinem mehr. War mal ein Dakota . . ."
„. . . Das sieht man."
„Aber jetzt ist er spinnefeind mit ihnen."
„Hm! Mal angenommen . . . mal angenommen . . . Na, darüber reden wir später. Aber wenn dein Kumpan hier etwas von Dakota versteht . . . Ich habe zwei Pfeile hier. Er mag sich doch mal äußern, was die eingekerbten Zeichen zu bedeuten haben."
Joe winkte Duff, und dieser brachte den Pfeil, der Joes Hut getroffen hatte, und den abgebrochenen Schaft mit dem Lederstück herbei. Joe reichte alles dem schweigsamen Indianer, der vorsichtig danach griff und die Dinge nach allen Seiten drehte.
„Na?" drängte der Ingenieur.
Der Indianer ließ sich keineswegs veranlassen, rascher eine Antwort zu geben, als er selbst beabsichtigt hatte. Er betrachtete den Pfeil, den Pfeilschaft und das Leder nochmals. Dann schaute er seinen weißen Gefährten mit dem Schlapphut an und sagte zu diesem: „Der Bund der ‚roten Hirsche' bei der Bärenbande. Der Pferdekopf auf dem Leder, das ist Tashunka-witkos Zeichen."
„Donnerschlag!" rief der Weiße. „Siehst du jetzt, Top, daß ich recht hatte? Hierher hat er sich verzogen. Da sind wir an der richtigen Stelle!"
Joe war den Worten aufmerksam und mißtrauisch gefolgt. „Wofür seid ihr an der richtigen Stelle?" fragte er.
„Um es mit denen aufzunehmen, die eure und unsere Feinde sind."

„Ganz ehrlich – wir haben nicht die Absicht, uns hier zum Asyl für Verfolgte zu entwickeln. Das ist zu gefährlich für uns. Wir müssen arbeiten."
Der Indianer gab ein leichtes Zeichen mit der Hand, daß er sprechen wolle; vielleicht war es gleichzeitig ein Zeichen für seinen Begleiter mit dem Schlapphut.
„Bitte!"
„Mein Bruder Fred und ich", sagte der Indianer auf die Aufforderung des Ingenieurs hin leise, aber akzentuiert, „wir haben nicht die Absicht, die weißen Männer in Gefahr zu bringen. Gute Nacht!"
Der Indianer hatte das letzte Wort kaum ausgesprochen, da schossen er und der Mann mit dem Schlapphut schon an den beiden Ingenieuren und an Duff vorbei aus dem Zelt hinaus, so schnell wie Hechte in der Flut, und als die Verblüfften ihre Gedanken und Sinne wieder sammelten, hörten sie draußen den Hufschlag zweier Pferde.
„Verdammt! Die Pferdediebe!" schrien Joe und Duff gleichzeitig auf und stürzten hinaus. Henry rannte hinterher.
Als sie zu den Pferden kamen, fanden sie die Wache im Gras liegen, bewußtlos oder tot, und das Geräusch des Galopps verwehte schon weit draußen in der Prärie.
„Die Gauner, die Verbrecher! Das Gesindel, was sich hier umhertreibt!" Joe, Duff und Henry bücken sich zu dem Manne, der im Grase lag. Er schien nur die Besinnung verloren zu haben.
„Was ist los?" rief Bill vom Höhenrücken herunter.
„Bei dir eine Schraube!" schrie Duff zurück.
„Wer ist denn fortgeritten?"
„Der Teufel und seine Großmutter!"
Charlemagne sprang den Abhang herunter und kam zu den Ingenieuren und Duff. „Sollen wir schießen?"
„Meinetwegen, wenn ihr über fünf Kilometer treffen könnt! So weit sind die schon weg! – Setze dich wieder zu Bill auf den Hügel, und paßt ein bißchen besser auf! Zwei Pferde sind wir jedenfalls los. Vielleicht sogar . . ." Joe suchte sein eigenes Tier. „Sogar das meine! Ich habe es geahnt. Und das von Bill! Das Diebesgesindel hat Pferdeverstand."

Duff und Henry packten zusammen den bewußtlosen Wachtposten an, um ihn ins Zelt zu tragen. Einer der Männer, der schlecht und recht den Sanitäter spielte, kam herbei und ging mit in das Zelt, während sich draußen allgemeine Unruhe verbreitete. Alle Zelte hatten sich geöffnet, die Schläfer liefen heraus, jeder fragte, und keiner konnte oder mochte rechte Auskunft geben, was eigentlich geschehen sei. Im Ingenieurszelt untersuchten der Sanitäter und Duff den Ohnmächtigen. Sie stellten fest, daß er einen Schlag auf den Kopf erhalten hatte, vermutlich mit dem Knauf eines Revolvers, und sie hofften, daß er bald wieder zu sich kommen würde. Joe und Henry waren etwas erleichtert.

Draußen erhob sich ein Schimpfen und Brüllen, und alle erkannten die Stimme des Hahnenkampf-Bill. Schon wurde auch das Zelt aufgerissen, und der Wütende stürzte herein.

„Mein Pferd ist weg! Ausgerechnet mein Pferd weg! Die Satansbrut! Wie ist denn so was möglich! Wo sind die denn auf einmal hergekommen?!"

„Aus unserem Zelt hier", antwortete Joe ruhig.

„Aus . . . Mann, Expeditionsleiter, Ingenieur! Habt ihr hier Eier liegen, aus denen Pferdediebe ausschlüpfen?"

„Wer weiß! Aber mal ernsthaft gesprochen: Du willst dich doch im Westen auskennen. Hast du die Namen Fred und Top schon gehört?"

„Den Namen Fred dürfte ich wohl schon öfters mal gehört haben", erwiderte Bill spöttisch. „Kommt mir so vor, als ob ein paar Personen in den Staaten so getauft seien oder sich auch so nennen, ohne darauf getauft zu sein. Ich erinnere mich dunkel dran, daß das ein christlicher Name ist, Sir! Aber was Top betrifft . . . wie kommen Sie denn auf Top, wenn ich fragen darf?"

„Ich bin nicht drauf gekommen, er ist gekommen."

„Der . . . mir ist so irgendwie . . Wie sah er denn aus?"

„Zwei Meter lang, Scheitel, Zöpfe, nicht bemalt, kariertes Kattunhemd, braune Hose. Dazu Mokassins."

„Nein, nein, das war er nicht. Der, den ich meine, der war das nicht. Der zieht keine Kattunhemden an. Schade, daß er's nicht war. Aber vielleicht auch gut."

„Von wem oder was redest du denn überhaupt?“
„Es gibt einen ehemaligen Häuptling.“
„Es gibt sogar viele ehemalige Häuptlinge. Wahrscheinlich mehr als regierende!“
„Aber so einen wie den, den ich meine, gibt's nicht so leicht ein zweites Mal. Es würde ihm ähnlich sehen, so ein Stückchen! Ihm und dem Jim.“
„Fred.“
„Von mir aus mag er Fred heißen. Vielleicht ist er auf mehrere Namen getauft. Aber lassen wir das. Ich geh wieder auf Wache. Gute Nacht!“
Bill verließ das Zelt. Duff und der Sanitäter hatten unterdessen den Ohnmächtigen wieder zu Bewußtsein gebracht. Er schaute sich erstaunt um und erinnerte sich an gar nichts, als daß er einen Schlag auf den Kopf bekommen hatte.
Auf dem Höhenrücken am Nordufer lag Bill neben Charlemagne. „Ganz was Konfuses“, antwortete er nur, als dieser wissen wollte, was geschehen sei. „Aber über Top und Fred muß ich morgen früh die da unten noch ausfragen.“
Als die Nacht zu Ende ging, erhob sich ein kräftiger Wind. Die Männer nahmen die Riemen um das Kinn, damit ihnen die Hüte nicht wegflogen. Bill und Charlemagne, deren Wachzeit zu Ende ging, begaben sich zu Bach und Zelten, rauchten eine Pfeife und schlenderten dann zu dem leitenden Ingenieur hin. Sie sahen, daß er alle Anordnungen gegeben hatte, und hofften, ihn für einen Augenblick sprechen zu können. Aber darin hatten sie sich getäuscht. Er gab vor, keinen Augenblick Zeit zu haben, und verwies die beiden an Henry.
Henry ließ sich über die Ereignisse der Nacht leicht ausfragen. Er war noch immer voll jungenhaften Vertrauens zu alten Präriejägern. Er erinnerte sich auch, daß der Indianer, nach der Auskunft von Fred, von Geburt ein Dakota, aber nun spinnefeind mit seinem Stamm sein sollte.
„Dann ist er es doch!“ schrie Bill, so laut und energisch, daß selbst Joe aufmerksam wurde und gemessenen Schrittes zu der Gruppe herbeikam.
„Wer ist es also?“ fragte der Ingenieur kurz.

„Ein ganz gefährlicher Kerl. Hab ihn mal im Blockhaus des zahnlosen Ben am Niobrara kennengelernt! Da ging er nachts mit der Axt auf den Maler Morris los, um ihn zu ermorden und zu berauben."
„Allmächtiger!" rief Henry erschreckt.
„Sonderbar!" bemerkte Joe trocken. „Was besaß denn Morris so Reizvolles, daß ein Indianer zum Raubmörder werden wollte? Indianische Mode ist das eigentlich nicht."
Bill wurde ärgerlich, denn er hatte in dieser Sache ein schlechtes Gewissen. „Was heißt ‚sonderbar'!" rief er. „Haben Sie noch nicht genug Erfahrungen mit dem roten Raubgesindel gemacht, Sir? Der Top ist ein gemeingefährlicher Verbrecher, und sein Freund Fred – oder Jim, wie er in Wirklichkeit heißt – gibt ihm darin nichts nach! Der Maler hatte einen Beutel voll Dollars bei sich! Das reizt solche Landstreicher!"
„Kann sein, aber was hast du? Warum regst du dich darüber so auf?"
„Weil ich denke, wir sind eben noch mit einem blauen Auge davongekommen, wenn die beiden uns nur zwei Pferde gestohlen haben. Da hätte noch was ganz anderes passieren können. Gerissen und ganz gefährlich sind sie."
„Aber doch offenbar Feinde der Dakota."
„Weil selbst die Dakota solche ausgepichten Verbrecher nicht gebrauchen können. Nicht einmal die! Nein, Sir, es ist schon so, wie ich sage. Wir können froh sein, daß die beiden sich wieder davongemacht haben und unser Schaden nicht größer ist."
„Du magst recht haben, Bill. Ich kannte sie nicht, und doch hatte ich gleich das Gefühl, daß ich ihnen kein Asyl geben dürfte. So verlockend es scheinen mochte, zwei gewandte Kerle für uns zu gewinnen!"
Damit waren Bill und Charlemagne aus dem Gespräch entlassen. Sie ließen sich am Bachufer nieder und machten sich über den Rest einer Dose Salzfleisch her. Als sie gegessen hatten, stellte Charlemagne eine Spiegelscherbe auf und begann seine Barthaare mit dem Rasiermesser zu bearbeiten. Dabei schnitt er allerhand Grimassen, und Bill schaute ihm amüsiert zu. Als die Prozedur mit halbem Erfolg beendet war, blinzelte Charle-

magne den Hahnenkampf-Bill aus den Augenwinkeln an, ohne jedoch etwas zu sagen. Bill wurde durch den Blick allmählich nervös gemacht, zupfte an seinem Halstuch und fragte schließlich: „Was ist denn? Hab ich was an mir?"

„Nein, tapferer Hahnenkämpfer, nicht an dir, aber in dir hast du was!"

„Und das wäre?"

„Ein Geheimnis."

„Komme mir gar nicht so geheimnisvoll vor. Bin 'ne olle ehrliche Haut."

Charlemagne räusperte sich und grinste.

„Was ziehst du denn für Grimassen! Raus mit der Sprache!"

„Vielleicht habe ich nur geträumt."

„Bei dir ist alles möglich, glaube ich, sogar ohne Brandy."

„Aber mir ist so, als ob ich mal im Blockhaus des zahnlosen Ben eingekehrt sei – in diesem Frühjahr müßte das gewesen sein, der Schnee fing an zu schmelzen –, und am Abend saßen wir unter der Pechfackel, weißt du, in der linken hinteren Ecke der großen Gaststube ...?"

„Weiß schon, weiß schon. Stimmt genau."

„War angenehm warm in der Stube, und Ben bediente uns gut mit Schnaps und Bärenschinken ..."

„Seine Spezialität!"

„Es schmeckte uns, und wir fingen an, Geschichten zu erzählen."

„Werdet wohl genug Unsinn gesponnen haben mit Bens Brandy im Leibe."

„Ja, so war's. Allerhand Gespenster- und Räubergeschichten."
Bill horchte auf und wurde mißtrauisch. „Warum fällt dir denn das jetzt auf einmal ein?!"

„Weil du von dem Blockhaus gesprochen hast, Hahnenkämpfer. Als es damals schon spät in der Nacht war, hat uns einer noch eine mysteriöse Geschichte erzählt. Die Hauptperson war ein Häuptling, der von einer Goldhöhle wissen sollte. Er soll davon im Suff was verraten haben und deshalb aus seinem Stamm ausgestoßen worden sein. Nun irrt er umher. Im Blockhaus hatten ihn ein paar handfeste Kerle gefangen und gefes-

selt und wollten das Geheimnis aus ihm erpressen, aber er sagte nichts, und dann kam Jim und befreite den Roten. Wahrscheinlich wollte sich Jim das Monopol auf die Geheimnisse der Dakota sichern und war wütend, als er sah, wie andere ihm zuvorzukommen gedachten. Aber das war derselbe Indsman, der den Maler gegen die Räuber beschützt hat."
„Du meinst, gegen den die Räuber den Maler – ach, Unsinn, ich meine, gegen den der Maler . . ."
„. . . die Räuber beschützt hat? Bill, Bill, in deinem Hirn findet ein Hahnenkampf statt, obgleich du heute morgen noch gar keinen Brandy getrunken hast!"
„Man wird sich ja mal versprechen können. Jedenfalls wollte der Indsman den Maler ermorden und berauben!"
„Wozu denn? Wenn dem Indsman eine Goldhöhle bekannt ist, kann er doch den Reichtum viel billiger haben und ohne Anstrengung."
Bill starrte Charlemagne an. „Vielleicht weiß er gar nichts von einer solchen Höhle. Vielleicht haben das andere Leute nur geträumt! Verstehst du?"
„Verstehe, verstehe. Aber wenn er doch etwas wüßte? Dann hätten wir ihm eine Zuflucht geben sollen. Aus Dankbarkeit hätte uns der Rote vielleicht . . .?"
„Halt den Mund mit deinen Spinnereien! Wir brauchen das Gelichter hier nicht!"
Charlemagne strich seinen Knebelbart. „Ich kann mir schon denken, warum du so denkst, Hahnenkampf-Bill. Aber ich will ruhig sein, weil ich dein Freund bin."
„Das rate ich dir auch, Charlemagne. Halte den Mund! Oder du bist mein Freund gewesen."
Bill erhob sich, um sich andere Gesellschaft zu suchen. Charlemagne wurde ihm lästig. Vielleicht war es auch richtig, nach der halb durchwachten Nacht ein Schläfchen zu tun. Sonst geriet Bill noch in die Fänge von Joe und bekam eine nützliche Arbeit aufgehalst. Danach stand ihm durchaus nicht der Sinn. So suchte er sich schließlich ein sonniges Plätzchen, holte seine Decke und streckte sich aus, um die seiner Meinung nach wohlverdiente Ruhe zu genießen.

Der Tag verlief ohne weiteren Zwischenfall. Die Männer waren jedoch schon so daran gewöhnt, aufgeschreckt und in der Arbeit gestört zu werden, daß die eingetretene äußere Ruhe sie erst recht innerlich unruhig machte. Sie vermuteten eine besondere Hinterlist, fürchteten die Vorbereitung irgendeines großen Streiches gegen ihr Lager und diskutierten heftig darüber, was sie etwa Übles zu erwarten hätten. Nur Joe schien von allen solchen Mutmaßungen unberührt zu bleiben. Mit Fanatismus trieb er die Arbeit voran. Er war überzeugt, daß die Route, die er jetzt bearbeiten ließ, die beste und einzig mögliche Route für die große Überlandbahn sei, deren Bau bald in Auftrag gegeben werden sollte, und er wollte keinem anderen den Ruhm lassen, in diesem unwirtlichen Gelände, mitten unter feindseligen Indianern, die Vermessungsarbeiten am weitesten vorangetrieben zu haben.
Am Abend waren die Arbeiten so weit gediehen, daß der Ingenieur den Befehl geben konnte, das Lager am kommenden Morgen abzuschlagen und weiter gen Westen, dem Felsengebirge noch näher, zu ziehen. Die Männer fühlten sich von dieser Aussicht belebt; ihre Zuversicht keimte wieder, und die pessimistischen Propheten verstummten zunächst. An diesem Abend vor dem Aufbruch saßen die Gruppen in guter Laune zusammen, und einfallsreiche Köpfe fantasierten schon, was die künftige Überlandbahn alles zuwege bringen werde. Die Nacht, in der wieder Wachen ausgestellt waren, verlief so ruhig wie der vergangene Tag. Ein großer Frieden schien sich über die Einöde unter dem Sternenhimmel zu breiten.
Als die Dämmerung heraufzog und unter dem grauerhellten Himmel ein erfrischend kühler Wind wehte, kam schon alles aus den Zelten hervor, die gleich nach dem Frühstück abgebrochen werden sollten. Die Männer liefen wieder zum Bach. Das spärlich und langsam dahinfließende Wasser war in den letzten Tagen unter der Hitze noch spärlicher und langsamer geworden.
„Wenn wir heute bachaufwärts ziehen, wird's vielleicht mit dem Wasser besser für uns!" meinte Henry und schöpfte.
Bill stand mit seinem Blechgefäß regungslos am Ufer.

„Was sinnierst du?“ fragte Charlemagne. „Mach schnell! Wir wollen so bald wie möglich aufbrechen. Wir beide sollen schon vorausreiten, das weißt du doch.“
„Weiß ich . . .“
„Was stehst du da, als ob dich einer auf den Kopf gehauen hätte!“
„Siehst du den Fisch?“
„Was für 'n Fisch?“
„Dort – das ist schon der zweite, der tot runterschwimmt!“
Charlemagne wurde aufmerksam.
„Wahrhaftig! Komisch.“
„Das ist vielleicht mehr als komisch! Vielleicht ist das ganz was andres als komisch!“
„Wieso . . . Du meinst doch nicht . . .“
„Mein' ich! – Männer!“ schrie Bill. „Nicht trinken! Das Wasser kann vergiftet sein! Nicht mehr trinken! Da schwimmen tote Fische!“
Die Leute, die tranken und sich wuschen, fuhren zurück.
„Verdammt!“ schrie Joe.
Henry rülpste und erbrach sich, vielleicht nur aus Furcht, Bill könnte recht haben.
„Schluß hier!“ befahl der Ingenieur. „Wir brechen sofort auf. Werden sehen, wo die Region der ‚toten Fische' aufhört!“
Die gute Laune war dahin. Von Angst und allen möglichen Vermutungen gepeinigt, schlugen die Männer die Zelte ab. Die Instrumente waren schon am Abend vorher gepackt worden. So ging das Aufladen schnell, und eine halbe Stunde später setzte sich der ganze Expeditionszug in Bewegung. Der Ritt ging bachaufwärts. Die hohen Ufer rechts und links schützten vor Beobachtung und behinderten gleichzeitig die Sicht. Bill und Charlemagne, Vorreiter und Kundschafter, lenkten ihre Tiere daher auf die Höhen hinauf, um die weite, von der Sonne braungebrannte, noch immer von Sand und Asche bestreute Prärie zu überschauen. Bill, der sein eigenes Pferd verloren hatte, ritt jetzt eines der bisherigen Packtiere. Die Pferde liefen unwillig, als ob sie schon am frühen Morgen müde seien.
„Charles, mir schwant nichts Gutes.“

„Mir kommt das auch sehr mulmig vor, Bill. Bin froh, daß ich nicht getrunken habe ... Hörst du?"
Im Tal am Bach, bei dem großen Zug, war Unruhe entstanden. Bill und Charles hörten Flüche. Sie leiteten ihre Tiere, die stolpernd und mit hängenden Köpfen gingen, in das Tal hinein. Der Expeditionszug hatte haltgemacht. Fünf der Reiter waren abgestiegen und wanden sich, sichtlich mit furchtbaren Schmerzen, am Boden. Zwei Pferde lagen im Gras; sie hatten die Augen verdreht und zuckten nur noch vor dem Verenden.
„Vergiftet! Das Wasser war vergiftet!" schrie Joe, rasend vor Zorn. „Die Giftmörder! Wenn ich sie zu fassen kriege ..."
Weiterzuziehen war unmöglich. Ganz verschont geblieben waren nur Bill, Charlemagne, Henry, der sich noch rechtzeitig erbrochen hatte, und Joe, der noch gar nicht am Wasser gewesen war, als Bill seine Warnung gab. Die Pferde waren alle betroffen, und es blieb nichts übrig, als abzuwarten, ob einige von ihnen die Folgen überleben würden. Das gleiche galt für die übrigen Männer. Die Hälfte etwa litt bereits unter gefährlichen Vergiftungserscheinungen. Der Sanitäter, dem selbst schlecht war, rang die Hände und gab Abführmittel. Niemand hatte eine Ahnung, welcher Natur das Gift war.
Joe überlegte, ob er einen Boten in eines der rückwärtigen größeren Lager schicken und um Hilfe bitten sollte. Aber es waren nur noch vier Mann auf den Beinen! Entweder mußte er die Erkrankten im Stich lassen und mit Bill, Charlemagne und Henry zu Fuß ausrücken, oder er mußte zunächst hier aushalten und zusehen, wer vielleicht wieder genas.
Es entsprach seinem Charakter, lieber am Platze auszuhalten. Auch Bill und Charlemagne machten dabei keine Schwierigkeiten, denn ein Rückmarsch zu viert über eine sehr lange Strecke schien nicht weniger gefährlich. Die Flüche waren verstummt, da sie ganz zwecklos waren und auch niemandem mehr Erleichterung brachten. Bill und Charlemagne saßen Pfeife rauchend beieinander.
„Das reizvollste ist", sagte Bill, „daß wir hier einfach verdursten, soweit wir nicht vergiftet sind. Ob man in dieser Gegend nicht doch Brunnen graben kann?"

„In dem Sand? Und nirgends Holz zum Abstützen? Hoffnungslos. Nein. Wir graben nicht Brunnen. Wir schleichen flußaufwärts. Einen Bach zu vergiften, und sei es auch nur dieses elende Rinnsal, dazu braucht man eine Menge Gift. Sie können es nur eine kurze Strecke oberhalb unseres Lagers ins Wasser gegeben haben, so daß das Giftwasser genau rechtzeitig zu unserem Frühstück herabfloß. Also müssen wir nun flußaufwärts schleichen und feststellen, wo die Region der toten Fische zu Ende ist."
„Wo die Bande nur soviel Gift her hat! Die Art Massenmord ist man bei den Dakota noch gar nicht gewohnt."
„Sie lernen dazu, Billie."
„Kann sein, Charlie. Der alte Zaubergauner von der Bärenbande, der das angerichtet haben muß, war im Frühling vor einem Jahr mal bei uns."
„Zauberer hin, Zauberer her. Versuchen wir beide festzustellen, wo die Region der toten Fische zu Ende ist?"
„Wann?"
„Am besten gleich. Werde Joe den Vorschlag machen. Vielleicht haben wir gar nicht weit zu gehen."
Der Ingenieur war einverstanden, und so machten sich Bill und Charlemagne auf den Weg. Im Grunde war ihnen, auch Joe und Henry, speiübel zumute, auch ohne daß sie vergiftetes Wasser getrunken hatten. Keiner sprach aus, aber alle vier wußten, daß die Indianer jetzt oder in der kommenden Nacht einen Überfall machen konnten und dabei nur allzu leichtes Spiel haben würden.

Die Mutter des Häuptlings

Als Mattotaupa und Fred in der Nacht auf den fremden Pferden davongaloppierten, mußten sie jeden Augenblick gewärtig sein, wieder mit ihren Feinden zusammenzustoßen, denen sie mit Mühe entkommen waren. Aber nachdem sie einige Meilen zurückgelegt hatten, wurde offenbar, daß der Ring eine oder mehrere große Lücken hatte und daß ihr Verschwinden in dem Lager der Expedition und dann auch ihr Aufbruch unvermutet genug gewesen sein mochten, um die Feinde zunächst von ihrer Fährte abzuhängen. Daß sie vom Lager her nicht verfolgt wurden, hatten sie bald festgestellt.

Sich selbst überlassen, ließen sie einen Tag vergehen, um abzuwarten, ob nicht doch noch Verfolger auf ihrer Fährte auftauchten. Als auch das nicht der Fall war, wagten sie sich wieder ein Stück in die gefährlichen Gegenden hinein. Sie suchten sich eine Anhöhe, die weiten Ausblick versprach, machten die Pferde im Wiesental fest, indem sie ihnen die Vorderfüße fesselten, und versteckten sich dann oben im Gras, um die Prärie zu überschauen und ihre Lage zu überdenken. Ihre Augen waren besser und ihre Ohren schärfer als die von Bill und Charlemagne, und es sollte keinem Feind so leicht gelingen, ihnen auf einen Pfeilschuß nahe zu kommen, ohne daß sie ihn auch in der nächtlichen Dunkelheit rechtzeitig entdeckten. Als sich am Horizont die Morgendämmerung ankündigte, schaute Fred den Indianer an. „Was nun?" sollte sein Blick bedeuten.

„Tashunka-witko wird zur Zeit seinen Standplatz bei den Zelten der Bärenbande haben", flüsterte Mattotaupa. „Von dort aus greifen die Krieger an, das ist sicher. Ich schleiche mich zu diesen Zelten. Vielleicht findet mein Tomahawk Tashunka-witko, so wie im vergangenen Sommer mein Pfeil Alte Antilope gefunden hat."

„Top, das ist tollkühn. Es ist mehr toll als kühn."

„Es ist meine Rache, nicht die deine!"

„Wenn du damit sagen willst, daß ich nicht mitzukommen brauche, gut. Ich warte auf dich im Blockhaus des zahnlosen Ben."

„Gibt es keinen anderen Ort?"

„Ben ist ein Lump, ich weiß, aber er wird dir und mir nichts mehr tun, und es verkehren viele Leute dort, von denen ich allerhand Neuigkeiten erfahren kann."

„Wie du willst."

„Abgemacht. Ich gehe sogleich."

„Nimm mein Pferd mit. Wenn die Dakota dich entdecken oder dir begegnen, kannst du immer sagen, ich sei tot, und vielleicht werden sie dich dann in Ruhe lassen."
„Glaub ich zwar kaum, aber man kann es ausprobieren. Auf Wiedersehen!"
Fred ließ sich den Hang hinuntergleiten, machte die Pferde los und ritt in nordöstlicher Richtung in schnellem Trab davon.
Mattotaupa musterte von der Kuppe der Anhöhe aus weiter die Umgebung. Er hatte nichts bei sich als seine Waffen: das Dolchmesser, den stählernen Tomahawk, den er seit seiner Bekanntschaft mit dieser Waffe der Steinkeule vorzog, Revolver und doppelläufige Büchse. Den Knochenbogen, das Geschenk des Siksikauhäuptlings, hatte er auf seinem Ritt zu der Handelsstation von Old Abraham nicht mitgenommen; der Bogen befand sich noch bei den Zelten der Schwarzfüße. Die Lederdecke und die indianische Lederkleidung hatte Mattotaupa mit seinem Scheckenpferd zusammen verloren. An Proviant besaß er nur einen kleinen Beutel Trockenfleisch und etwas Tabak. Damit mußte er auskommen.
Das Kattunhemd störte ihn außerordentlich. Er hatte es als Verkleidung angelegt, aber da ihn seine Feinde vom Stamm der Dakota am vergangenen Tage doch erkannt hatten, war es in seinen Augen ganz unnütz geworden. Von früh an war er gewohnt, nackt zu kämpfen. Er legte daher das Hemd jetzt ab. Einer plötzlichen Eingebung folgend, ritzte er sich mit dem Messer den Arm, machte Blutflecken in Brust und Rücken des Kattunhemdes und legte sich dann darauf. Wenn später ein Feind das Hemd fand, mußte er glauben, ein Verwundeter habe darauf gelegen.
Mattotaupa blieb den ganzen Tag auf der Anhöhe. Er aß eine Prise Trockenfleisch und knabberte an Grassamen. Durst hatte er auch, aber der ließ sich noch ertragen. Als es auf den Abend zuging, machte er sich auf.
Während des Tages hatte er bis in weitester Entfernung kein Zeichen von menschlichen Lebewesen entdecken können, ausgenommen den Rauch, der von den Zelten des Expeditionslagers aufstieg. Er beachtete daher keine besondere Vorsicht

mehr, sondern lief, in weitausgreifendem, den Boden gleichsam wegfressendem Dauerlauf direkt nach Nordnordwesten, dem ihm von früher bekannten Sommerlagerplatz der Bärenbande am Pferdebach zu. Er selbst hatte als Kriegshäuptling dieser Abteilung der Teton-Oglala die Zelte einundeinhalbes Jahr zuvor in einem schwierigen Marsch dorthin geführt.
Die Sommernächte waren kurz. Mattotaupa rechnete aber damit, die Zelte der Bärenbande im Dauerlauf bis Mitternacht zu erreichen. Wie es ihm dann gelingen sollte, Tashunka-witko herauszufinden oder überhaupt festzustellen, ob er anwesend sei, wußte er noch nicht. Er konnte sich nur auf seine Beobachtungsgabe verlassen und auf seine Fähigkeit, schnell zu reagieren. Dumpf regte sich in ihm auch der Wunsch, seine Mutter und seine Tochter zu sehen. Aber er wollte diesem Gefühl nicht Raum geben. Denn seitdem ihm die Rückkehr zu den Siksikau verwehrt war, hatte er sich auch sagen müssen, daß er sein Kind Uinonah nicht zu sich holen konnte. Diese Hoffnung war zunichte geworden.
Mattotaupa kannte die Gegend, die er jetzt heimlich durchstreifte. Immer scheu horchend und spähend wie das Wild, das gewohnt ist, von Wölfen und Menschen gejagt zu werden, so lief er durch die Wellentäler der Prärie. Die Sonne war gesunken, und die Nacht brach herein. Der Mond ging auf. Mattotaupa vermied sorgfältig, über mondbeschienene Strecken des Graslandes zu laufen. Er hielt sich stets im Schatten, auch wenn er dadurch zu Umwegen gezwungen war.
Der Dakota war nicht nur schnell, er war auch ein sehr guter Dauerläufer, wie die meisten seiner Stammesgenossen. Er lief gleichmäßig und gönnte sich kaum einen Aufenthalt. Den Atem paßte er dem Rhythmus seines Laufes an. Er kam an einer Wolfshöhle vorbei, aber die Raubtiere waren unterwegs oder hielten sich versteckt. Die Präriehunde schlummerten in ihren Erdlöchern und unterirdischen Gängen. Eine Eule flog umher, ohne sich von dem Läufer beunruhigen zu lassen. Eine Gruppe von Präriehühnern, die aufgeplustert zwischen einigen Stauden beieinanderlagen, erkannte Mattotaupa rechtzeitig und umging sie, um sie nicht aufzustören. In der Nacht aufflatternde Hüh-

ner konnten die Feinde allzuleicht aufmerksam machen.
Dann stockte er im Lauf, denn er hatte etwas gehört, und er lauschte. Ein Schmatzen drang an sein Ohr. Raubtiere mußten eine Beute gemacht haben. Das Schmatzen hörte auf. Wahrscheinlich hatten die Raubtiere den Indianer gewittert und waren jetzt auch wachsam. Mattotaupa wartete einige Sekunden. Da sah er auch schon die Schatten von drei großen Wölfen davonhuschen. Wahrscheinlich waren sie satt und durchaus nicht willens, mit einem Menschen anzubinden. Sie entflohen, und Mattotaupa setzte seinen Lauf fort. Er kam an dem Kadaver der Antilope vorüber, den die Wölfe zerrissen hatten.
Seine wachen Gedanken waren auf nichts anderes gerichtet als auf seine Umgebung; sie waren alle eingespannt in die Vorsicht des Menschen, der sich verbergen muß. Aber ihm selbst kaum bewußt, arbeitete es in ihm, je näher er der Landschaft kam, in der er seine heimatlichen Zelte finden mußte. Die Sternbilder standen so, wie er sie um diese Jahreszeit als Knabe und Mann hier Jahr um Jahr gesehen hatte. Wenn Mattotaupa im Laufe anhielt, um wieder einmal von einer Bodenwelle aus umherzuspähen, so erblickte er im Westen das Felsengebirge, die Gipfel in ihren bestimmten Formen, wie sie zum Pferdebach herunter grüßten, und er wußte, wo jener Wald und wo jenes Hochtal im Gebirge lagen, in denen er mit seinem Sohn Harka die erste Zuflucht als Verbannter, verborgen vor allen Menschen, gefunden hatte.
Schon erkannte er den breiten Einschnitt in der Prärie, durch den der Pferdebach sich in vielen Windungen hinschlängelte. Der Bach entsprang in den Vorbergen und war in seinem kurzen Lauf zum North-Platte wahrscheinlich auch jetzt noch wasserreicher als der Bach, an dem die Vermessungsexpedition ihre Zelte aufgeschlagen hatte. Mattotaupa bog etwas ab. Er wollte nicht unmittelbar auf das Zeltdorf zusteuern.
Dann kam der Augenblick, in dem der Verbannte das Tal betrat und den Bach sah. Im Schimmer von Mond und Sternen glitten die Wasser lautlos in ihrem Sandbett dahin. Mattotaupa hielt an. Er roch das Wasser. Vorsichtig suchte er den Schattenkegel einer Anhöhe und schlich sich, von diesem Schatten gedeckt,

bis zum Ufer. Ausgetrocknet von Durst, legte er sich an dem Ufer nieder und trank in langen Zügen das Wasser, das lauwarm war und ihm doch als ein köstliches Labsal erschien. Er tauchte die Hände in das Wasser und ließ seine Pulse kühlen, und es war ihm, als habe er an dem schweigenden Wasser einen schweigenden Bruder gefunden, der ihn in der Heimat begrüßte.
Gestärkt und ermutigt bedachte er seinen weiteren Weg, den er jetzt bachaufwärts nehmen mußte. Das Prärietal, in dem der Bach sich schlängelte, wurde noch breiter. Einige Weiden und ein paar Erlen hatten sich da und dort in Gruppen am Bachufer angesiedelt. Mattotaupa benutzte das Gebüsch als Deckung. Die Strecken dazwischen legte er kriechend zurück.
Es ging auf Mitternacht. Er näherte sich der Stelle, an der der Bach einen nach Süden offenen Bogen floß. Jetzt konnte er die Landschaft, die vom Bach umflossen war, erkennen. Die Zelte standen dort. Mattotaupa hatte damit gerechnet, aber nun durchfloß es ihn wie von Schrecken.
Da standen die Tipi, rund, spitz zulaufend, von Mond und Sternen matt beleuchtet, farblos im Lichte der Nacht, aber deutlich erkennbar. Sie warfen ihre Schatten über die Wiesen, lange, verfließende Schatten. Auch die Trophäenstangen konnte Mattotaupa schon erkennen, die vor den Zelten der erfolgreichen Jäger und Krieger die Beutestücke für jedermann vorwiesen. Nur sein eigenes Zelt, das Zelt, in dem er als Kriegshäuptling mit seiner Mutter, mit seinen Kindern und seiner Frau gewohnt hatte, das sah er noch nicht. Es hatte immer in der Mitte des Lagers gestanden und war auch jetzt durch die Tipi rings verdeckt. Bei den Zelten befanden sich die Pferdeherde und die Hundemeute. Mattotaupa hatte keine Sorge, daß die Tiere ängstliche Unruhe zeigen würden, wenn er kam. Es stand nur zu fürchten, daß einige ihn mit zu unruhiger Freude begrüßen und dadurch verraten würden. Er hatte mehrere Pferde besessen, und zwei Dutzend Hunde hatten sich zu seinem Zelt gehalten, bei dem es immer Abfälle von der großen Jagdbeute gab. Wie früher, so standen auch jetzt die Mustangs an der Ostseite des Zeltdorfes, und bei den Mustangs pflegten auch die Hunde zu schlafen.

Die von dem Bach im Bogen umflossenen Wiesen waren von einem kleinen Gehölz bestanden gewesen, als Mattotaupa die Männer und Frauen der Bärenbande dorthin geführt hatte. Aber bei einem Kampfe mit den feindlichen Pani hatten diese Brandpfeile in das sommerlich dürre Gehölz geschossen; die Flammen hatten Bäume und Büsche gefressen, und das Feuer war zu einem Präriebrand angewachsen. Mattotaupa erinnerte sich daran sehr gut. Er war den Kriegern der Bärenbande damals mit Harka zusammen zu Hilfe gekommen, obgleich er schon verbannt gewesen war, aber dann hatten ihn die Anführer ein zweitesmal verstoßen, und seitdem war die Feindschaft tödlich geworden.
Das Gehölz war nicht wieder nachgewachsen, da die Pferde alle jungen Triebe wegfraßen, und die Zelte lagen frei, nach allen Seiten sichtbar.
Mattotaupa wußte genau, wo die Wachen aufgestellt zu werden pflegten. Er selbst hatte früher die Anordnung dazu gegeben, und es fiel ihm jetzt nicht allzu schwer, ihren Späheraugen zu entgehen, indem er sich nur von Gebüsch zu Gebüsch und immer im Mondschatten bewegte. Das vorsichtige Vorgehen kostete aber Zeit. Vielleicht waren die Wachtposten besonders aufmerksam, denn es mußte im Dorfe bekannt geworden sein, daß Mattotaupa und Red Jim - wie Fred sich früher genannt hatte - im Reiterkampf mit Tashunka-witko und drei Dakotakriegern zusammengestoßen waren. Mattotaupa hatte sich im vergangenen Sommer schon einmal in das Dorf geschlichen und den Krieger Alte Antilope, der ihn beleidigt hatte, mit dem Pfeil in dessen eigenem Zelte getötet. Er war am Zelte hinaufgeklettert und hatte durch den Rauchabzug auf den Schläfer geschossen.
Sicher erinnerten sich die Krieger der Bärenbande auch daran. Die Wachen würden nicht schlafen. Aber möglicherweise waren auch nur sehr wenige Männer anwesend, da der Kampf gegen die Vermessungsexpedition viele beschäftigte. Mattotaupa mußte die Lage erst prüfen. Aus keinem der Zelte stieg Rauch auf. Die Feuer waren alle längst gedeckt.
Mattotaupa kroch im Schatten; langsam schob er sich auf dem

Grasboden weiter wie eine Schlange und gewann eine Stelle, die ihm als toter Winkel im Blickfeld des auf der benachbarten Bodenwelle zu vermutenden Spähers bekannt war. Hier blieb er zunächst, denn es ging etwas vor, was er beobachten mußte. Von Süden her war Galopp zu vernehmen. Da Mattotaupa am Boden lag, hörte er das Geräusch durch die Erde und war bald gewiß, daß es sich um einen einzelnen Reiter handelte. Er horchte weiter. Das Geräusch näherte sich schnell. Der Reiter kam auf das Dorf zu. Mattotaupa blieb ruhig an seinem Platz. Herangaloppierende Reiter pflegten der Umgebung des Dorfes, dem sie zustrebten, nicht mehr als eine oberflächliche Aufmerksamkeit zu widmen und sich in bezug auf ihre Sicherheit auf die vom Dorfe ausgestellten Späher zu verlassen.
Der Reiter tauchte als schnell dahinfliegender Schattenriß in Mattotaupas Gesichtskreis auf. Es war ein Indianer, ein Dakota, schlank wie ein ganz junger Bursche, barhaupt, auf einem sattellosen Mustang. Er stieß einen Ruf aus, und von der Anhöhe westlich des Dorfes sowie von der Pferdeherde her kamen begrüßende Antworten. Danach vermutete Mattotaupa, daß nur zwei Posten aufgestellt waren und daß sich auf dem Hügel, zu dessen Fuß er sich versteckt hielt, überhaupt kein Späher befand.
Der Verbannte wagte es daraufhin, so rasch wie möglich auf die Bodenwelle, die er für unbesetzt hielt, hinaufzuschleichen; er wußte, wie gut der Ausblick von dort oben war. Die beiden Posten, die dem Anruf des Reiters geantwortet hatten, richteten ihre Aufmerksamkeit jetzt auf diesen, und so war der Augenblick für Mattotaupa günstig. Er gewann die Hügelkuppe und konnte von oben das ganze Zeltdorf übersehen und alle Vorgänge leicht verfolgen.
Der Reiter war angekommen; er hatte das Tier gleich zur Pferdeherde gelenkt und sprang dort ab. Die Pferdewache kümmerte sich weiter um das Tier, während der jugendliche Reiter zum Dorfplatz inmitten der Zelte eilte. Mattotaupa erkannte den Burschen auch in der Nacht. Das war Tschetan, Anführer des Bundes der „Roten Feder“, der um einige Jahre ältere Freund von Harka Steinhart Wolfstöter. Es öffnete sich das

Zauberzelt, das unmittelbar am Dorfplatz stand, zwischen dem großen Beratungszelt und dem Häuptlingszelt, in dem Mattotaupa gewohnt hatte. Mattotaupa konnte auf einer vom Mondlicht beschienenen Plane des einen Zeltes das große Viereck erkennen, Symbol der vier Weltenden, sein Zeichen. In diesem Zelte war er geboren worden, mit diesem Zelte war er gewandert, vor diesem Zelte stand noch immer die Stange mit seinen Jagd- und Kriegstrophäen. Aus dem Zauberzelte, das daneben aufgestellt war, kam der alte Zauberer heraus, Hawandschita mit seiner mageren Gestalt; das war der Mann, der Mattotaupa des Verrats beschuldigt und in dem großen Beratungszelte die Verbannung des Häuptlings durch die Ältesten durchgesetzt hatte. Mattotaupa betrachtete ihn als den Ursprung seines ganzen Elends und Unglücks, aber nie würde er auch nur den Gedanken gewagt haben, den Geheimnismann zu töten.
Tschetan, der junge Bursche, der zu Pferd gekommen war, begrüßte den alten Zauberer ehrerbietig. Zur selben Zeit öffnete sich ein weiteres Zelt, das etwas abgelegen stand, und es kam daraus ein Mann hervor, über dessen Äußeres Mattotaupa sehr erstaunt war. Der Mann war mittelgroß, das Haar wuchs ihm bis über die Ohren, und er hatte einen Vollbart. Er war halb wie ein Indianer, halb wie ein weißer Präriejäger gekleidet, trug ein Lederwams, aber Mokassins. Offenbar war er jetzt schnell in die Kleidung gefahren, denn er knüpfte eben sein Wams zu. Mit raschen Schritten lief er zum Dorfplatz und stellte sich zu Hawandschita und Tschetan. Es machte den Eindruck, als ob kein anderer Mann mehr im Dorfe anwesend sei. Denn wenn die Botschaft, die von Tschetan erwartet wurde, so wichtig war, daß der Zaubermann um Mitternacht aus seinem Zelte herauskam, um den Boten zu empfangen, so hätten sich gewiß auch der Kriegshäuptling und andere angesehene Krieger sehen lassen, wenn sie in den Zelten geweilt hätten. Der Mann mit dem Vollbart sprach in der Stille der Nacht so laut, daß Mattotaupa den Faden des Gesprächs von seinem Platze aus ohne Mühe verfolgen konnte.
„Vergiftet!" schrie er entsetzt. „Aber Kinder, Kinder, seid doch nicht so barbarisch und unbarmherzig! Die Leute haben doch

auch nur ihren Auftrag ausgeführt und wollten sich ein bißchen was verdienen! Die armen Kreaturen!"
Auf diesen Aufschrei antwortete auch Tschetan lauter, als er bisher gesprochen hatte. „Tom ohne Hut und Schuhe mag sich besser überlegen, was er sagt und denkt! Diese Männer sind in unser Land gekommen, ohne uns zu fragen! Sie vertreiben uns die Büffel, von denen wir allein noch leben können; und wenn wir Rechenschaft von ihnen verlangen, so schießen sie auf uns. Sie haben sich im vergangenen Sommer mit unseren Feinden, den Pani, verbündet. Wenn sie von uns sprechen, so nennen sie uns lausige Hunde! Es ist ihnen gleichgültig, wenn wir mit unseren Frauen und Kindern verhungern. Sie haben nichts vor, als uns zu verdrängen und sterben zu lassen. Darum kämpfen wir gegen sie, und darum töten wir sie, ehe sie uns vernichten. Tom wohnt jetzt in unseren Zelten. Er mag endlich lernen, wie wir zu denken und zu handeln! Oder will er lieber wieder unser Gefangener sein?"
„Ach, Gott behüte! Ihr seid gut zu mir gewesen! Ich will euch jagen helfen, und ich will diese Witwe Scheschoka, die fleißig und sauber ist, als meine Frau betrachten, und ich will ihren Sohn Schonka in meinem Zelte haben, und ich will treu zu euch halten, aber schließlich bin ich ein Christ und bete zum Gekreuzigten, und wenn es an einen Massenmord mit Gift geht . . . da müßt ihr begreifen, daß mir die Tränen kommen, denn ich hab sie doch alle gekannt, Joe und Henry und Bill und Charlemagne! Ach, du lieber Himmel! Der Hahnenkampf-Bill, von mir aus, hat nichts Besseres verdient, aber der junge Henry . . ."
„Du bist ein Christ, Tom ohne Hut und ohne Schuhe. Was heißt das? Warum hast du dir diesen Mann am Marterpfahl in deinem Zelte aufgehängt, und warum stehst du immer wieder vor ihm und sprichst mit seinem Bild? Warum feiert ihr weißen Männer immer noch den Sieg über diesen Mann am Pfahl? Warum macht ihr euch immer wieder sein Bild, wie er am Pfahle hängt? Was hat er euch getan? Hat er eure Krieger getötet, eure Frauen und Kinder verhungern lassen?"
„Ach, du Allmächtiger, nein. Er hat . . ."
„Nun, was?" fragte jetzt der alte Geheimnismann.

„Er hat uns Frieden und Liebe gepredigt und Brot gezaubert."
„Dafür habt ihr ihn ermordet?"
„Doch nicht wir!"
„Wer denn? Wir etwa?"
„Nein doch. Es ist viel komplizierter. Das kann ich euch nicht so schnell erklären. Er hat sich für uns geopfert. Was ein Opfer ist, wißt ihr."
„Und wollt ihr nun Liebe üben und Friede wahren?"
„Ich schon, Tschetan. Aber trotzdem wird immer wieder geschossen. Ich weiß auch nicht, wie das kommt. Es ist ein Fluch, scheint mir."
„Ihr werdet also weiterhin töten? Wir aber sollen uns nicht wehren?"
„Ach Gott, ich weiß ja, daß ihr im Recht seid."
„Wenn du das einsiehst, so will ich dir auch sagen, daß Joe und Henry und Bill und Charlemagne nicht tot sind. Wir haben ihnen die Waffen abgenommen und die Kleider ausgezogen und ihnen gesagt, daß sie nach Hause laufen sollen, wo sie hergekommen sind."
„Ach, du großer . . . Viel Spaß in der Prärie! Und die anderen?"
„Haben wir erschossen."
Tom schlug die Hände vor das Gesicht. Vielleicht weinte er. Er verließ den Dorfplatz und lief schnell zu dem Zelt, aus dem er gekommen war. Von dort schien er sich zu den Pferden zu begeben, um die Wache abzulösen.
Der alte Geheimnismann winkte Tschetan, mit ihm in das Zauberzelt zu kommen. Er wollte sich wohl noch genauer berichten lassen.
Während der wenigen Schritte, die er mit dem jungen Burschen zum Zelt hin machte, fragte er noch etwas, was Mattotaupa nicht verstehen konnte, aber er verstand Tschetans Antwort, denn dieser sprach wieder laut, erregt noch von der Auseinandersetzung mit Tom. „Tashunka-witko und die anderen Krieger", berichtete der junge Bursche hastig, „kommen wohl nicht vor dem Morgengrauen zurück. Dann will Tashunka sofort zu seinen eigenen Zelten im Norden aufbrechen, denn der Kampf mit den weißen Männern hier ist beendet."

Hawandschita und Tschetan verschwanden in dem Zauberzelt. Mattotaupa hatte den Gesprächen einiges entnommen, was für ihn selbst sehr wichtig war. Scheschoka und ihr Sohn Schonka, die Tom erwähnt hatte, waren Bewohner von Mattotaupas Zelt gewesen. Mattotaupa hatte nach dem frühen Tode seiner Frau durch die fehlgegangene Kugel aus einer Flinte der Pani die Witwe des verstorbenen Friedenshäuptlings samt ihrem Sohne Schonka in sein Zelt genommen, damit sie mit ihrem Sohne versorgt war und die Arbeit tat. Sie war also nun wieder ausgezogen und wohnte samt Schonka bei Tom. Wer jetzt Mattotaupas Zelt, seine Mutter, seine Tochter Uinonah, den noch jüngeren Harpstennah, mit Wild versorgte, davon war nicht die Rede gewesen. Aber Mattotaupas Beutestücke hingen noch an der Trophäenstange vor dem Tipi, und darum nahm er an, daß noch kein anderer Krieger hineingezogen war. Wahrscheinlich trugen verschiedene Familien zum Unterhalt von Mattotaupas Mutter und Kindern bei. Tashunka-witko wollte gegen Morgen zurückkehren und dann gleich wieder aufbrechen. Von Mattotaupa hatte Tschetan nichts berichtet, wenigstens nicht in dem Teil des Gesprächs, den der Lauscher hatte anhören können.

Mattotaupa beschloß, in das Zelt seiner Mutter zu gehen. Vielleicht war das ein wahnsinniges Wagestück, aber dem Verbannten und Vereinsamten war am Leben nicht mehr viel gelegen; er setzte es ein, wie man in einem Spiel eine kleine Münze setzt, und es drängte ihn, seine Mutter zu sehen. Sie war die angesehenste Frau des Zeltdorfes gewesen, ruhig, würdig, klug, mit vielen Geheimnissen der Krankheiten und Wundbehandlung vertraut. Mattotaupa hatte nicht mehr mit ihr sprechen können, als er die Zelte nach dem Beschluß der Ältesten verlassen mußte. Aber er hatte sie noch einmal gesehen in jener Nacht, in der die Pani das Dorf angegriffen hatten und Mattotaupa den Seinen ungerufen zu Hilfe gekommen war. Das war die Nacht gewesen, in der Gehölz und Prärie durch die Brandpfeile der Pani in Brand gesetzt waren und Frauen und Kinder, von Flammen und Qualm bedroht, auf dem Dorfplatz standen; mitten unter ihnen die Mutter Mattotaupas, gerade aufgerichtet, unerschüttert und mit ihrer Festigkeit ein Halt für alle. Mattotaupa

war stolz auf sie gewesen, und mit einer tiefen, bitteren Freude war er unter die Pani gesprungen und hatte deren Häuptling überwältigt, auf jenem Dorfplatz, dicht neben seiner Mutter, die Uinonah an der Hand hielt.
Er wollte zu ihr gehen, und gegen Morgen wollte er sich wieder verstecken und heimlich Tashunka-witko folgen, um dessen Zunge, die ihn beleidigt hatte, zum Schweigen zu bringen.
Mattotaupa glitt an dem Hang der Anhöhe, der den Zelten abgewandt war, hinunter und schlug einen Bogen um das Dorf, da er nicht bei den Pferden und Hunden vordringen wollte. Er schlich nach Norden, wo er die verhältnismäßig beste Deckung gegen die Pferdewache und den Posten im Westen hatte. Die schwierigste Aufgabe war, ungesehen über den Bach zu kommen. Mattotaupa verließ sich dabei einfach auf seine Schnelligkeit. Er huschte über den Sand, durch das seichte Wasser hindurch, zu den Zelten. Die beiden Späher achteten nicht auf das Gelände im Norden, da sie aus dieser Richtung weder Freund noch Feind erwarteten. Unbehelligt kroch Mattotaupa zwischen den ersten Zelten durch. Zwischen den Tipi fiel er den Wachen wahrscheinlich auch dann nicht auf, wenn sie ihn sahen. Als er daher beim dritten Tipi angelangt war, stand er auf und ging ruhig zum Dorfplatz und zu seinem eigenen Zelte, als ob er dazu gehöre. Er öffnete und schlüpfte in sein Zelt hinein. Im Inneren war es sehr dunkel. Mattotaupa, der beim Hereinkommen gar kein Geräusch gemacht hatte, hörte die Atemzüge von Schlafenden, und seine nachtgewohnten Augen erkannten die Ruhestätten der beiden Kinder und die der Mutter. In der Feuerstelle glühten einige Funken. Die Kinder schliefen weiter, aber die Mutter Mattotaupas, deren Schlaf immer leicht war, erwachte. Sie stand auf, ohne Eile, und schlug eine der Lederdecken um sich. Dann ging sie mit unhörbaren Schritten zur Feuerstelle und fachte die Glut um ein weniges an. Als sie sich wieder aufrichtete, stand Mattotaupa vor ihr. Er konnte im matten Schimmer der Glut ihr Gesicht sehen. Ihre Haare waren grau geworden, obgleich sie noch nicht mehr als fünfzig Sommer erlebt hatte. Sie war mager; ihre Schläfen waren eingefallen, ihre Mundwinkel herabgezogen. Ihre Augen wirkten groß, und ihr

Blick blieb unzugänglich wie das Leid, das die Kraft des Menschen überwältigt.
„Mutter!"
„Mein Sohn."
Mattotaupa rang um das nächste Wort. Er wußte, daß er nicht lange bleiben konnte, und die Kehle verengte sich ihm, als ob er ersticken müsse. Die Mutter mußte es spüren.
„Mattotaupa, wen hast du gesucht?"
„Dich."
„Mich?"
„Ja, dich."
„Was willst du mir sagen?"
Aus dem Verbannten brach es heraus. „Mutter, ich bin unschuldig! Nie habe ich einen Verrat begangen. Ich will euch das beweisen. Was kann ich tun, damit mir alle glauben müssen?"
Die Frau zog die Lederdecke fester um sich. Jetzt war sie es, die um das nächste Wort kämpfte. Ihre Lippen wurden trocken, sie öffnete und schloß sie. Endlich kam ihr wieder die Stimme. „Mattotaupa, es gibt einen Weg, einen einzigen."
„Mutter! Es gibt einen Weg . . .!"
„Einen einzigen."
„Sprich, so sprich!"
„Töte den, der dich betrügen und überlisten wollte. Bringe uns den Skalp des Red Jim."
Mattotaupa erstarrte und verstummte.
„Mein Sohn! Töte ihn und bringe seinen Skalp vor die Versammlung unserer Ältesten."
„Mutter!" Es war ein Aufschrei, aber ohne Klang, nur ein heftiger Hauch. „Das nicht. Er ist so unschuldig wie ich, und er ist mein Bruder geworden."
Die Frau senkte die Augenlider. „Er ist dein Feind und wird dein Mörder werden, Mattotaupa. Töte ihn und kehre zurück."
„Ich bin kein Verräter. Mutter, nie und nirgendwo – auch nicht gegen meinen Bruder Jim."
Die Frau gab darauf keine Antwort mehr. Durch ihre Gestalt lief ein Zittern wie durch einen Baum, den die Axt trifft.
„Mutter . . ."

Die Frau schwieg. Ihre Hände wurden eiskalt wie in jener Nacht, als Mattotaupa die Zelte verlassen hatte und Harka ihm folgte. Daran mochte sie selbst denken, denn mit Anstrengung öffnete sie wieder die Lippen: „Wo ist Harka?"
„Bei den Siksikau. Dort wird er ein großer Krieger werden."
„Ein Feind der Dakota."
„Ja!" rief Mattotaupa, und diesmal war so viel Klang in dem Aufschrei, daß die Kinder sich auf ihren Lagerstätten rührten. Mattotaupa erkannte, daß seine Tochter Uinonah die Augen geöffnet hatte.
Mutter und Sohn standen sich gegenüber. „Es ist der einzige Weg", flüsterte die Frau. „Komm zu uns und . . ."
„Schweig! Sag das nicht noch einmal. Ihr wollt mich zu dem Kojoten und Verräter machen, der ich nicht bin und nie sein werde?!"
Die Mutter schloß den Mund. Einen Augenblick hörte und sah sie gar nichts mehr, nicht ihren Sohn und nicht die Glut in der Feuerstelle. Sie selbst und auch Mattotaupa waren in einem Bannkreis. Keiner hatte nach draußen gehorcht, nur jeder auf den anderen und in sich selbst hinein. Darum hatten sie nicht die galoppierenden Reiter, nicht die leisen Stimmen im Dorfe gehört. Beide fuhren zusammen, als der Zelteingang aufgeschlagen wurde. Ein junger, schlanker Krieger schlüpfte hinein, richtete sich auf und kam zum Feuer. Es war Tashunka-witko.
Mattotaupa machte eine leichte Wendung und faßte seinen Feind ins Auge, so wie dieser ihn. Die Mutter blieb reglos beim Feuer stehen. Die Glut glühte ohne zu knistern. Uinonah rührte sich nicht auf ihrem Lager, aber ihre aufgerissenen Augen waren unverwandt auf den Vater gerichtet.
„Nicht hier", sagte Tashunka endlich. „Komm hinaus . . ."
Mattotaupa hatte die Worte nicht alle gehört und ihren Sinn nicht begriffen. Das Blut hämmerte ihm im Kopf und machte seine Gedanken schwerfällig, sein Gehör stumpf. Es war nur das letzte Wort, das in sein Bewußtsein drang: hinaus! Hinaus sollte er wieder aus seinem eigenen Zelte, fort von der Mutter, fort von den Kindern, hinaus aus seinem Dorf, fort in die Fremde, in die Verlassenheit. Die Verzweiflung und der Jäh-

zorn überwältigten ihn. In einer Erinnerung daran, daß Tashunka-witko einmal einen Kolben geschwungen und sich befreit hatte, packte er den Doppellauf der Büchse, die er bei sich trug, und schwang den Kolben hoch, um Tashunka-witkos Schädel mit einem Schlage zu zertrümmern. Der Kolben sauste herab, aber er traf nicht den Feind, der weggeglitten war. Von der Gewalt des geplanten Schlages selbst mitgerissen, wankte Mattotaupa vornüber. In demselben Augenblick packten die starken Hände Tashunkas seine Fußgelenke und rissen die Füße aus dem Stand, und wie ein stürzender Baum fiel Mattotaupa nieder und schlug dumpf auf den Boden auf. Er spürte, daß er von einem Lasso umwunden wurde, aber er war wie von Sinnen, und als er sich wehren wollte, versagten ihm die Hände den Dienst. Stumm und still lag er auf dem Gesicht; sein Mund stand halb offen. Seine Ohren wollten nicht hören, und seine Augen wollten nicht sehen.

Er selbst wußte nicht, wie lange er so lag. Um ihn geschah irgend etwas. Leise Worte wurden gesprochen, leise liefen Füße über die Decken auf dem Boden. Mattotaupa hatte die Augen geschlossen. Es sollte dunkel um ihn sein. Der Kopf schmerzte ihm, und seine Glieder wurden durch die Fesseln taub.

Auf einmal spürte er eine Berührung an der Schläfe. Wasser netzte seine Stirn. Die Hand, die an seiner Schlagader den Puls fühlte, war eine weiche und leichte Hand. Mattotaupa glaubte, daß er träume, und dachte an seine Tochter Uinonah, die er zu sich hatte holen wollen und doch nicht zu sich nehmen durfte. Er hielt die Augen geschlossen, damit der Traum länger dauern sollte. Aber nun ließ auch der Druck der Fesseln nach, und er konnte seine Glieder rühren. Er hob den Kopf und schaute auf und erblickte sein Kind. Uinonahs Gesicht war von Angst gezeichnet.

„Vater, schnell – schnell. Tashunka und Untschida* sind ins Zauberzelt gerufen worden. Aber lange bleiben sie dort nicht. Harpstennah habe ich hinausgeschickt. Flieh, rasch. Sie töten dich sonst!" Mattotaupa richtete sich auf. Er suchte mit den Au-

* Großmütterchen

gen seine Waffen, aber sie waren nicht mehr da. Tashunka hatte sie mitgenommen. Mit einer steifen Bewegung, als ob seine Hände gelähmt seien, strich er Uinonah über das Haar. „Armes Kind, Harka denkt an dich. Wenn ich tot bin, kann er dich zu den Siksikau holen. Du weißt, er ist bei den Siksikau ... jenseits des Missouri."
„Vater, flieh! Schnell!"
Mattotaupa zuckte zusammen. „Und du?"
„Mich beschützt Untschida."
Mattotaupa bückte sich nach dem Lasso, mit dem er gefesselt gewesen war, und wollte es an sich nehmen. Aber seine Hände waren wirklich lahm, sie saßen nicht richtig im Gelenk. Noch einmal traf sein Blick Uinonahs angstvolle Augen. Dann handelte er rasch. Er glitt unter dem Zeltrand durch. Seine Füße gehorchten ihm, und er rannte zu den Pferden. Auch in der Nacht und mitten in der Herde erkannte er den besten der Mustangs aus seinem einstigen Besitz. Er hatte kein Messer, um die Fesseln an den Vorderbeinen des Tieres zu zerschneiden, und seine Finger waren steif. So hockte er sich nieder, um die Fesseln des Tieres mit den Zähnen aufzuknoten. Der Wachmann kam arglos herbei. Es war der bärtige Tom, der nach dem Postenwechsel auf die Pferde aufpassen sollte. Er konnte von allem, was in Mattotaupas Zelt geschehen war, nichts ahnen und hielt Mattotaupa wahrscheinlich für einen der beiden Krieger, die mit Tashunka-witko ins Zeltdorf zurückgekommen waren. „Noch mal fort?" fragte er. „Warte, ich helfe dir." Er machte das Pferd los.
„Hau", antwortete Mattotaupa ruhig, „wieder fort." Aber das eigene Wort stach ihn ins Herz. Er schwang sich auf und galoppierte in die Prärie hinaus. Seine lahmen Hände waren für ihn kein Hindernis beim Reiten, denn die Indianer lenkten ihre Tiere mit dem Schenkeldruck und benutzten den um den Unterkiefer des Pferdes befestigten Zügel nur zum Anhalten. Es war noch immer dunkel, als Mattotaupa sein Pferd den Weg zurückgaloppieren ließ, den er zu Fuß gekommen war.
Nach kurzer Zeit hörte er Hufschlag hinter sich. Das waren die Verfolger. Mattotaupa trieb sein Tier an; er rief ihm seine Koseworte zu und feuerte es mit schrillen Schreien an; er schlug ihm

die Fersen in die Seiten. Der Mustang liebte seinen Herrn, der ihn einst gefangen und bezwungen hatte. Er lief, als fliehe er vor einem Präriebrand und laufe um sein eigenes Leben. Der Hufschlag der Verfolger wurde nicht lauter. Allmählich wurde er leiser. Tashunka-witkos Mustang war nicht schlechter, aber das Tier, das Mattotaupa ritt, hatte lange gestanden; es war ausgeruht, und so gewann es das Rennen auf Leben und Tod ohne Mühe.

Als das Tier endlich erschöpft, verschwitzt, mit schlagenden Flanken in Schritt fiel, war von den Verfolgern nichts mehr zu hören. Mattotaupa sprang ab und ließ das ermüdete Tier in einem Wellental der Prärie stehen. Er wußte, daß es jetzt nicht weglaufen würde. Er selbst schlich sich auf die Anhöhe hinauf, auf der er am Vortag mit Fred zusammen und dann allein Ausschau gehalten hatte. Das Kattunhemd, das er dort hatte liegen lassen, war zerfetzt. Nach den Spuren zu urteilen, hatten Kojoten, die das Blut gerochen haben mochten, das Hemd zerrissen. Rings war alles still. In hellen Strahlenbündeln flutete das Morgenlicht über die Prärie.

Mattotaupa legte das Gesicht wieder auf die Erde. Er wollte das Licht nicht mehr sehen und nicht die weiten, verdorrten Wiesen, denn er mußte seine Heimat wieder verlassen. Als er das erstemal gegangen war, ging er voll großen Zornes und voll großer Hoffnung, daß seine Feinde in den Zelten ihren Beschluß noch bereuen würden. Als er das zweitemal gegangen war, tat er es stolz und bitter als der Helfer und Sieger, der zu Unrecht verachtet wurde. Jetzt ging er das drittemal – von der eigenen Mutter verstoßen, so schien es ihm, besiegt von dem, an dem er sich hatte rächen wollen, befreit von einem kleinen Mädchen. Konnte ein solcher Mann noch leben? Wer würde nicht vor ihm ausspucken?

Mattotaupas Herz schlug schwach und unregelmäßig, und er schlief aus Erschöpfung ein. Was ihn sehr bald wieder weckte, wußte er zunächst nicht. Aber irgendwelche Laute beunruhigten seine Gehörnerven, und sein Mustang stieß ihn mit der Schnauze, erst sanft, dann heftig. Mattotaupa öffnete die Augen und stierte in den gleißenden Sonnenschein.

Er wußte jetzt, daß es menschliche Stimmen waren, die er vernahm. Menschen riefen sich etwas zu, heiser, ohne Kraft. Er entdeckte auch die Gestalten, die sich bei seiner Fährte sammelten und darüber heftig zu debattieren schienen. Vier Menschen waren es, bärtig, barhäuptig, überhaupt nackt. Als Mattotaupa das erkannte, überkam ihn die Erinnerung, was Tschetan im Zeltdorf des Nachts berichtet hatte.
Mattotaupa stand auf. Er torkelte; warum, wußte er selbst nicht; aber er hielt sich doch auf den Füßen und schrie laut, viel kräftiger als die vier nackten gespenstischen Gestalten: „Hi-je-he! Hi-je-he!"
Er konnte sehen, wie die vier sich reckten und die mageren Arme grüßend hoben. Sie stießen wirre Schreie aus und stolperten in Richtung des Hügels, auf dem Mattotaupa sich jetzt wieder niederließ. Nur den Kopf und einen Arm reckte er, so daß die vier das Merkzeichen nicht verloren, nach dem sie zu laufen hatten. Sie wankten hin und her, lachten und heulten und schienen dem Indianer halb verrückt zu sein. Vielleicht hatten sie die Wegrichtung verloren gehabt und waren fast verdurstet. Endlich langten sie am Fuße der Anhöhe an. Einer wollte sich gleich des Mustangs bemächtigen, aber er hatte sich verrechnet. Das Tier biß und schlug, und der vierschrötige Mann, der kein Meisterstück der Natur war, setzte sich vor Schreck und Schwäche rücklings ins Gras.
Mattotaupa glitt von der Anhöhe herab und besah sich im Wiesental die vier Gestalten, die sich zu ihm her drängten und alles mögliche durcheinander fragten, als ob sie wahrhaftig den Verstand verloren hätten.
„Joe, Henry, Bill, Charlemagne!" sagte der Indianer, der trotz allem, was er erlebt hatte, und trotz der wütenden Schmerzen in seinen verzerrten Handgelenken seine Sinne immer noch am klarsten von allen gebrauchte. „Ich führe euch zum Blockhaus des zahnlosen Ben, und ihr gehorcht mir. Ich habe gesprochen, hau!"
„Er weiß unsere Namen. Verdammtes Glück, er kennt uns! Mann, Indsman – du ... Eh eh – ei-ei-ei."
„Top bin ich. Schweig jetzt, Hahnenkampf-Bill. Ich habe dich

und deinesgleichen schon einmal geführt. Aber diesmal wird das Ende nicht wieder sein, daß ihr mich fesselt. Nimm dich in acht, Bloody-Bill!"
„Aber Bruder . . . mein bester . . ."
„Halt den Mund!"
Der Indianer holte sich Henry, der an der letzten Grenze seiner Kräfte angelangt war, half ihm auf den Mustang und führte mit dem Pferd den Zug der Erschöpften und Wehrlosen an.
Wenn die Dakota den kleinen Zug nicht aufspürten, wenn sie aus irgendwelchen Gründen von der Verfolgung Abstand genommen hatten, so gab es eine Möglichkeit, sich zu retten.
Während die fünf Menschen unter Aufbietung aller Kräfte durch die Prärie in Richtung des Niobrara wankten, waren im Blockhaus des zahnlosen Ben wilde Gerüchte über die Vernichtung einer ganzen Gruppe der Vermessungsexpedition bereits im Schwange. Niemand wußte, woher die Nachrichten kamen, keiner hatte etwas Genaueres erfahren, aber wo sich Fallensteller, Präriejäger, Kundschafter, Händler trafen, wurde davon gesprochen. Überall, wo Vermessungsarbeiten in der Wildnis im Gange waren, verbreiteten sich Unruhe und Schrecken.
Im Blockhaus des zahnlosen Ben am Südufer des Niobrara war man weit genug entfernt von den Gegenden, durch die die künftige Überlandbahn fahren sollte, um sich selbst in Sicherheit zu wiegen, aber doch nahe genug, um alle Neuigkeiten gierig aufzunehmen. Der Brandyausschank in dem dunklen Blockhausraum, der durch Pechfackeln erleuchtet wurde, nahm zu. Ben, der Wirt, lauschte eifrig auf alles, was die Gäste zu erzählen hatten, um es dann aufgebauscht oder verdünnt weiterzugeben, je nachdem, ob er einen starkherzigen oder einen nervösen Zuhörer fand.
Wieder war ein solcher Abend, erfüllt von Brandygeruch, Tabaksqualm und Gerüchteschwaden, im Blockhaus angebrochen. An dem Ecktisch links hinten, von dem Charlemagne zu Bill gesprochen hatte, saß ein kleiner Kerl, der sich das schwarze Haar in die Stirn fallen ließ. Er hatte schon viel Branntwein getrunken; seine Hand zitterte, und er verschüttete von jedem Becher etwas. Seine Finger waren naß; er schmierte

damit im Gesicht herum, und sein Anblick widerte jeden an, der selbst noch nicht betrunken war. Die Gedanken des kleinen Mannes arbeiteten aber noch.

„Wo bleibt Red Jim?" schrie er zu dem Wirt hinüber, der eben an einem anderen Tisch bediente.

„Kommt heute abend noch!" grunzte der zahnlose Ben. Er hatte vor zwei Jahren bei dem Aufstand der Ost-Dakota in Minnesota alle seine Zähne eingebüßt, und das hatte ihm den Namen des Zahnlosen eingetragen.

„Soll mich wundern!" rief der kleine Schmierige zurück. „Wenn Jim kommt, gibt's immer was zu wundern."

Es dauerte noch eine halbe Stunde, bis der Erwartete eintrat und die schwere Eichentür krachend hinter sich zuschlug. Er schaute sich um, winkte ungeduldig ab, als der kleine Schmierige ihn zu sich heranholen wollte, und ging schließlich zu Ben hin, der an einem der Tische einen Bärenschinken serviert hatte und sich mit den Gästen unterhielt.

„Top ist immer noch nicht gekommen?" fragte Jim alias Fred.

„Hast ja selbst Augen, um zu gucken!"

„Hab ich noch gar nicht gewußt. Besten Dank für die Auskunft."

Jim ging aus dem Haus und sah sich an der südlichen Schmalseite bei den Pferden um. Er war sich nicht schlüssig, ob er etwas unternehmen sollte. Einen einzelnen Indianer in der Prärie zu suchen hatte weniger Aussicht auf Erfolg, als eine Mücke dort aufzuspüren, denn die Mücke summte wenigstens und versteckte sich nicht. Jim beschloß, lieber am verabredeten Ort weiter zu warten.

Er hatte sich seinen schwarzgefärbten Bart wieder abrasiert und ging bartlos, so wie ihn die Leute hier kannten. Vor der Polizei in Minnesota hatte er in der Wildnis von Nebraska keine Angst; so groß war sein in Minneapolis bekannt gewordenes Verbrechen nicht. Jims Haupthaar sah zum Lachen aus, rötlich an den Wurzeln, noch tintenschwarz an den Spitzen. Aber die ganze Erscheinung Jims reizte nicht zur Fröhlichkeit, obgleich er selbst öfters volltönend zu lachen liebte. Seine graugrünen Augen stachen, seine Lippen waren schmal, die Ohrläppchen

angewachsen. Die Energie und Körperkraft, die sich in seinem Körperbau und seinen Bewegungen ausdrückten, wirkten eher furchterregend. – Er hatte keine Lust, sich schlafen zu legen, auch keine Lust, mit den anderen zu trinken. So trieb er sich beim Blockhaus und an den Ufern des Flusses umher, ließ sich den Wind durch die Haare fahren, schaute nach dem Stand der Sterne und überlegte, ob er sich den Eisenbahngesellschaften und Vermessungsexpeditionen als prärieerfahrener Führer anbieten sollte. Jetzt, nachdem die am weitesten nach Westen vorgedrungene Gruppe zugrunde gegangen war, konnte er vielleicht einen besseren Lohn erpressen, als er üblicherweise gezahlt wurde. Aber er verwarf diesen Gedanken wieder, denn er wollte sich nicht binden. Mit raschen Sprüngen erklomm er einen kleineren der Sandhügel, die südlich des Blockhauses das Tal des Niobrara abschlossen, legte sich dorthin und spähte umher. Der Sommer war sehr heiß; der Boden hatte soviel Sonnenwärme getrunken, daß es für einen Mann angenehmer schien, die Nacht im Freien zuzubringen als in der stickigen Luft des Blockhauses.
Jim blieb also auf dem Hügel und hatte seine Büchse zur Hand, obgleich er so nahe beim Hause nicht ernsthaft mit irgendwelchen Gefahren rechnete. Er steckte sich eine Pfeife an, und da er Zeit hatte, gab er sich dem Ärger darüber hin, daß Top noch nicht zurückgekommen war. Rache, das war in Jims Augen nichts als eine der sentimentalen Einbildungen, an denen diese Rothäute litten. Dummheiten waren das, und dafür ging Top vielleicht zugrunde, ehe er . . .
Der Ärger stachelte Jim, so daß er jede Lust einzuschlafen verlor und aufmerksam spähte. Nach einer guten Stunde erregte irgend etwas seine Aufmerksamkeit. Es war noch keine genaue Wahrnehmung, vielleicht war es auch nur Fantasie, aus der intensiven Beschäftigung seiner Gedanken mit Mattotaupa entsprungen. Aber meist konnte sich Jim auf eine Art Witterung verlassen, die ihm wie einem Wildtier eigen war. Er war als Waise bei Holzfällern im Wald aufgewachsen, war immer von Gefahren und von Feinden umgeben gewesen; seine Pflegeeltern selbst waren ihm nicht viel besser als Feinde begegnet, hat-

ten ihn geschlagen und ausgenutzt, bis er groß und kräftig genug war, dieses Verfahren selbst gegen andere anzuwenden. Die Wildnis war sein Lebenselement.
Er glaubte sich nicht mehr zu täuschen. Es war ein gleichmäßiges Geräusch zu vernehmen, ein ganz leises, dumpfes Geräusch. Ben zum Beispiel hätte das nie gehört. Aber Jim hörte es und schloß auf ein Pferd, das im Schritt ging. Er begann angestrengt zu lauschen, aber es bedurfte der Anstrengung bald nicht mehr, denn jetzt wirbelte es von Schallwellen durcheinander redender und kreischender heiserer menschlicher Stimmen, die bis zu Jim drangen.
Weiße sind das, sagte er zu sich selbst, natürlich zivilisierte Weiße; ein so blödes Gequake macht kein Indianer. Aufgeregt sind sie auch. Mal nachsehen, was es gibt! Er huschte den Hügel hinab und erklomm eine Anhöhe, die dem Geräusch näher lag. Jim konnte schnell laufen, schnell wie ein Elch, wenn er wollte. Seine Sehnen und Muskeln waren harte Stränge.
Von seinem neuen Auslug sah er die Gruppe der Menschen, die geredet und geschrien hatte und nun wieder verstummt war. Jim war an Überraschungen in seinem abenteuerreichen Leben gewöhnt, aber der Anblick, der sich ihm jetzt bot, verblüffte ihn doch. Drei splitternackte dürre Gestalten hinkten und wankten daher, eine vierte saß auf einem prächtigen Mustang, der von einem Indianer geführt wurde, aber nicht auf vernünftige Weise. Der Indianer hatte den Zügel nicht in der Hand, sondern hatte den Arm durchgesteckt.
Jim ruckte sich ein wenig auf, denn er glaubte, den Indianer zu erkennen. „Top! Top!“ Jim schrie laut, voller Freude; er hatte die Hände an den Mund gelegt, um den Ton zu verstärken.
Der kleine Zug hielt an, der Indianer wandte den Kopf und rief zurück. „Jim! Mein weißer Bruder!“
Der Jäger sprang auf und rannte mit großen Sätzen, den Oberkörper vorgebeugt, die Büchse in der Hand, zu der Gruppe hin. „Top, wahrhaftig!“ Er betrachtete die übrigen vier mißtrauisch. „Was hast du da für Gespenster aufgelesen?“
„Expedition“, sagte der Indianer nur.
„Etwa den Rest der Vergifteten? Du als ihr Retter? Großartig!“

Jim schloß sich der Gruppe an. Der Mond schien noch, und sobald die Gruppe aus dem Schatten in sein Licht gelangte, betrachtete Jim seinen Freund Top, das Pferd und die vier stark ramponierten Weißen näher.
Der Mustang war wirklich prächtig, und Jim glaubte dieses Tier schon einmal gesehen zu haben. Die Hände Tops hingen nicht richtig in den Gelenken, und Waffen waren überhaupt bei keinem der fünf zu sehen. Da schien sich einiges abgespielt zu haben. Jim fragte aber nicht, weil er damit gegen die Gewohnheiten indianischer Höflichkeit verstoßen hätte, die er genau kannte, wenn er sie auch selten beachtete. Aber Top gegenüber befleißigte er sich eines Benehmens, das eines Häuptlings würdig war. Ohne ein weiteres Wort zu sagen, brachte er die erschöpften Menschen bis zu dem Blockhaus.
Bei der Umzäunung, in der die Pferde untergebracht werden konnten, half Mattotaupa dem jungen Henry vom Pferde herunter und lehnte ihn wie ein Scheit Holz an den Zaun, damit er nicht umfiel. Er bewerkstelligte das alles geschickt mit den Armen, ohne die Hände gebrauchen zu können. Dann brachte er den Mustang in die Umzäunung und begab sich mit Jim zusammen, gefolgt von den vier halb verhungerten, fast verdursteten Männern, in das Blockhaus. Als die sechs eintraten, wurde es im Hause still. Denjenigen, die eben noch gesprochen hatten, blieb das nächste Wort im Halse stecken.
Ben war der erste, der die Sprache wiederfand. „Men-schenskin-der . . .! Jetzt aber Brandy her! Zahlst du, Jim?“
„So wie ich bei dir zu zahlen pflege, alter Gauner!“
„Ein Blutsauger bist du, du rothaariger Teufel. Also ich spendiere mal wieder für dich und deine Gäste.“
„Das würde ich dir auch empfehlen.“
Jim schaute sich um und entdeckte, daß an seinem Stammtisch links hinten in der Ecke immer noch der kleine Schmierige saß, dem der Kopf auf die Arme gesunken war. Ben eilte hin, um die Tischplatte abzuwischen. „Bitte sehr, die Herren . . . Und ich werde mal paar Hosen und Decken bringen.“
„Meine ich auch“, sagte Jim trocken.
Mattotaupa wählte instinktiv den Platz an der Rückwand, der

dem dort Sitzenden eine sichere Rückendeckung gewährte. Jim setzte sich neben ihn auf die Wandbank, und dann ließen sich auch die erschöpften vier nieder. Der kleine Schmierige hob den Kopf ein wenig, blinzelte, schlief aber wieder ein.
Jim betrachtete sich die vier weißen Ankömmlinge nochmals und nickte vor sich hin. „Da haben die Indsmen, scheint's, ganze Arbeit gemacht! Man wird eine Strafexpedition gegen sie zustande bringen, denke ich. Wenn nur erst der Bürgerkrieg vorüber ist."
Mattotaupa horchte auf. Das Thema wurde aber nicht weitergesponnen, denn Ben kam mit Bechern und einem Krug Branntwein. Gleich darauf holte er aus großen, schweren, sorgfältig verschlossenen Kisten einige Decken heraus und hängte sie den Halbtoten um. Von den anderen Tischen schielten die Gäste herüber.
Joe war der erste, der nach dem Branntwein griff. Jim tat ihm Bescheid. Dann wandte sich der schwarz-rot-haarige Jäger an Mattotaupa: „Was ist denn mit deinen Händen? Hängen ganz schief. Soll ich einrenken?"
„Hau."
Jim griff zu. Er hatte Bärenkräfte, es ging alles schnell, und der Indianer zuckte mit keiner Miene. Es war ihm auch nicht anzusehen, welche Erleichterung er empfand, als die Gelenke eingerenkt waren.
„Wie ist das mit einem Bärenschinken?" fragte Jim den Wirt.
„Leider ausgegangen. Aber Büffelrückenstück."
„Meinetwegen. Beeil dich! Brauchst nicht lange dran zu braten, wenn's kein hundertjähriger Stier war."
Joe goß schon den vierten Brandy hinunter.
„Bleib vernünftig", mahnte ihn Jim. „Morgen kannst du wieder saufen. Heute kostet's dich vielleicht noch das Leben, in dem Zustand, in dem du bist."
Joe antwortete nur mit einem verrückten Gelächter.
„Den hat's schon", sagte Jim und zuckte mit den Achseln.
Mattotaupa saß aufrecht auf der Wandbank. Ben hatte ihm einen Becher hingestellt, aber Jim schenkte dem Indianer nicht ein. Mattotaupa war abgemagert, sein Gesicht wirkte zerstört,

nicht nur durch den graublassen Schimmer unter der braunen Haut. Die Miene war auch nicht schmerzverzogen, sie war nicht mal von Grimm entstellt; sie wirkte einfach tot. Jim schaute ihn hin und wieder von der Seite an, und obgleich er abgebrüht war, empfand er einen Rest von Schrecken oder Unruhe darüber, was sich hier im stillen vollzog. Er brauchte Top noch. Es war nicht gut, wenn der Indianer zu rasch zugrunde ging.
Der Indianer selbst sah von allen am Tisch nur Joe. Der mumienhaft eingetrocknete Ingenieur und sein irres Lachen nach dem zweiten Becher Brandy waren das einzige, was in Top in dieser Stunde ein fatales Interesse weckte. „Was ist das für ein Mann?" fragte er Jim.
Jim wußte es nicht, aber Charlemagne hatte die Frage aufgefangen. Der lange, knochige Präriejäger hatte die Strapazen besser überstanden als die anderen, auch besser als Bill, der entweder fleischig oder eben nicht Bill war. Der Lange zupfte an seinem Bart, der in ungezähmtem Wuchs die gewünschte Knebelform wieder gänzlich verloren hatte, und antwortete: „Joe war am weitesten vorgedrungen. Der Ehrgeiz hat Joe gefressen und uns alle dazu. Jetzt ist es aus. Wenn du wissen willst, wie vollständig alles aus ist mit ihm, mußt du ihn dir nur ansehen."
„Hau", erwiderte der Indianer, machte eine Pause und wiederholte langsam: „Jetzt ist es aus."
Auf dem Gesicht von Joe erschien ein Lächeln, das fratzenhaft wie ein hämisches Grinsen wirkte. „Wir kommen aber wieder ...", lallte er und trank schnell weiter. „Wir kommen wieder ... immer wieder ..." Er wurde auf Top aufmerksam, auch darauf, daß dessen Becher leer auf dem Tisch stand, und goß diesen Becher voll. Seine Hand zitterte; er verschüttete und goß wieder ein.
„Prost!"
Jim beobachtete die Szene sehr genau und sehr gespannt. Auf Mattotaupas Lippen erschien das gleiche erschreckende Lächeln, das auf Joes Zügen lag, voller Hohn über sich selbst und die Welt.
„Prost!"

Die beiden tranken zur selben Zeit aus.
„Vielleicht sterben wir daran, so wie Jim prophezeit hat", murmelte Joe. Er verlor das Gleichgewicht und sackte im Sitzen in sich zusammen. „Nicht mehr denken . . . Top . . . ist . . . das best . . ." Joe wußte nichts mehr von sich. Der Kopf sank ihm auf den Tisch, so wie dem schlafenden schmierigen kleinen Kerl neben ihm.
Mattotaupa hatte sich fest an die Wand zurückgelehnt. Er war ausgehungert, überanstrengt und den Alkohol nicht gewohnt. Gedanken und Empfindungen kreisten in seinem Gehirn immer schneller, und sein Herz schlug heftig. „Sterben", dachte, er „oder irgend etwas anderes sehen als das, was wirklich ist." Der Schweiß brach ihm aus. Die Totenstarre in seinem Inneren löste sich in ein Vibrieren, Kreisen, Schwanken; die Farben, die er sah, gaben keine Formen mehr, sondern ineinandergleitende bunte Sonnen. Er fühlte sich auf einmal gehoben und stark; er trank rasch ein zweites- und drittesmal den Becher aus, den Jim nachgeschenkt hatte. Nun erschien es Mattotaupa als ein Geringes, Tashunka-witko aus dem Stand zu heben und ihn zu zerschmettern. Furchtbar und groß würde Mattotaupa, einst Kriegshäuptling bei den Teton-Oglala, künftig wieder allen seinen Feinden begegnen. Alle, die ihn beleidigt hatten, würden fliehen vor ihm.
Mattotaupa begann zu lärmen. Er schlug Charlemagne mit der Faust ins Gesicht, und als Ben herbeieilte, packte er dessen Messer und nahm es mit ihm auf. Dabei wußte er selbst nicht, ob das alles geschah oder ob er es nur träumte.
„Total besoffen", sagte Jim, lehnte sich in einer Weise zurück, die gemächlich-behäbig wirkte, und schaute zu, wie Ben Mattotaupa das Messer entriß und wie die beiden sich prügelten. Der Indianer gewann dabei wieder die Oberhand.
Die Sommernacht währte nicht mehr lang. Schon in der vierten Stunde nach Mitternacht ging die Sonne auf. Die Dämmerung war nur kurz, und schon erfüllten sich Himmel und Prärie mit hellgolden leuchtendem Licht. Jim hatte die letzten Stunden bei den Pferden geschlafen und führte die drei Tiere, die er mit Mattotaupa zusammen jetzt im Besitz hatte, zur Tränke am

Fluß. Als die Pferde gesoffen hatten, bekam Jim Gesellschaft. Charlemagne fand sich ein. Er hatte von Ben eine Hose erhalten, die Decke vom Abend hatte er um die Schultern geschlagen. So war er barfuß über die Wiese zu Jim ans Flußufer herangewandelt und blieb nun bei den beiden Pferden stehen, die Jim und Top der Vermessungsexpedition nächtlicherweise entführt hatten. Er wirkte wie ein langes, mit Kleidung behängtes Skelett. Sein rechtes Auge war zugeschwollen, die Wange blau angelaufen.

„Das ist schön, das ist wirklich gut, daß die beiden Gäule wieder da sind!" sagte er trotz seines beschädigten Zustandes ganz zufrieden und mit einem Unterton von Ironie. Er mußte noch früher aufgestanden sein als Jim und sich ein als Rasiermesser brauchbares Instrument geliehen haben, denn sein Knebelbart war wieder als solcher erkennbar.

„Dumm bist du ja und bleibst es auch", erwiderte Jim grob, ohne auf die gute Meinung, die Charlemagne von sich selbst wieder gewonnen hatte, die geringste Rücksicht zu nehmen. „Was hast du von diesen beiden Gäulen hier zu erwarten?"

„Daß ich einen davon wiederkriege."

„Wieso wieder?! Von diesen beiden hast du persönlich nie einen besessen."

„Das nicht, aber . . ."

„Streich das ‚aber' ruhig aus deinem Satz weg, denn es nützt dir nicht das geringste. Von diesen Pferdchen hat dir nie eines gehört! Das eine war Joes Gaul, das andere Bills, soviel wissen wir schon. Joe kriegt seine Schindmähre wieder, Top hat ja jetzt ein anderes Pferd. Mit dem Gaul von Bill ist die Führung hierher bezahlt, ohne die ihr jämmerlich in der Prärie verreckt wäret. Alles klar! Sonst noch einen Wunsch?"

„Du kannst doch nicht . . ."

„Ich kann alles, was andere Leute sich nicht träumen lassen. Aber mal eine vernünftige Frage: Was wirst du jetzt machen?"

Charlemagne zog die Lippen einige Male spitz zusammen und wieder breit. Dann entschloß er sich, Jim, der jetzt höflich zu werden schien, höflich zu antworten, obgleich er wegen des Pferdes sehr verärgert war. „Sobald ich ein Pferd habe, reite ich

wieder hinauf an die kanadische Grenze."
„Wo du deinen schönen Namen empfangen hast?"
„Jawohl, und wo es noch etwas friedlicher zugeht. Mit dem Bahnbau hier im Süden wird mir die Sache zu kunterbunt."
„Recht hast du." Jim steckte seine Pfeife an. „Und wie willst du zu einem Pferd kommen, um nach Kanada zu reiten? Und zu einer Büchse? Und zu einem Messer?"
„Die Company muß uns doch wenigstens etwas zahlen, wenn wir die Arbeit auch nicht fertig machen konnten."
„Da könnt ihr lange prozessieren. Vielleicht ist sie pleite, und vielleicht macht die Regierung den Kontrakt mit einer anderen Gesellschaft. Ich würde an deiner Stelle lieber meiner Wege gehen."
„Erst einen Weg wissen!"
„Ja, ja. Du hast keine Ideen. Ideen muß man haben. Aber du hast keine. Damit hatte ich nicht gerechnet."
„Womit hast du denn gerechnet, du schwarz-roter Haarschopf?"
„Mit einer ausgezeichneten Idee. Abends können wir mal darüber reden."
Jim griff in die Zügel und zog die Pferde langsam vom Ufer weg.
„Nun warte doch!"
Charlemagne trat Jim in den Weg. „Warum willst du denn nicht gleich über deine Ideen mit mir sprechen?"
„Warum? So am frühen Morgen, auf nüchternen Magen – im Stehen, ohne einen Brandy – ist nicht ganz das richtige. Vielleicht findet sich auch noch ein anderer, mit dem ich reden kann. Es muß ja nicht gerade Charlemagne sein!"
„Die anderen sind besoffen und werden vor morgen nicht munter."
„So schlimm wird's nicht sein. Aber – immerhin, wenn's dir so wichtig ist ... Würdest die Sache vielleicht gar nicht schlecht machen."
„Das will ich meinen!" Charlemagne, der zur Zeit einäugige, spielte Würde und behandelte die umgeschlagene Decke wie einen Königsmantel.

„Kannst du dich mit den Blackfeet verständigen?"
„Wenn's sein muß."
„Hm! Dann reden wir mal miteinander. Es kann auch gleich sein. Ich brauche, kurz gesagt, einen zuverlässigen Boten, der den Oberhäuptlingen der Blackfeet eine Nachricht überbringt und im übrigen gegen jedermann den Mund hält."
„Ich bin dein Mann, Jim – für Pferd, Büchse und Messer."
„Abgemacht. Ich bringe die Pferde wieder zum Haus, dann setzen wir uns drüben in das Proviantzelt von Ben. Es braucht keiner dabei zu sein, wenn wir uns besprechen."
„Beobachtet uns doch sowieso keiner."
„Proviantzelt ist trotzdem gut. Ben ist auch so ein Dummkopf wie du. Wollte sich längst einen Anbau an das Blockhaus machen lassen – schiebt es immerzu auf. Also geh zu dem Zelt dort, ich komme gleich nach."
Während Jim die Pferde in die Umzäunung brachte und dann in das Proviantzelt schlich, um einen hinterlistigen Plan zu verwirklichen, war Mattotaupa im Blockhaus erwacht. Als er die Augen aufmachte, war es dunkel um ihn, denn Ben hatte in der Nacht die Pechfackeln gelöscht, und die Tür war noch zu. Dem Indianer war übel. Er erinnerte sich wie in einem Gedächtnisdämmer, daß er sich schon einmal in einem solchen Zustand befunden hatte, aber er konnte sich nicht klar werden, wann und wo. Es fiel ihm überhaupt schwer, zu begreifen, wo er eigentlich war. Der Gestank von kalter Tabakasche, kalt gewordenem Schweiß, lange nicht gereinigten Kleidern, Alkoholdunst bedrängte ihn. Dazu war ihm in einer Weise übel, als ob er zuviel rohe Hundeleber gegessen hätte. Er riß sich zusammen, erhob sich und verließ das Haus. Die klare Morgenluft tat ihm wohl. Rasch lief er zum Fluß und erbrach sich, um auch den Magen zu erleichtern. Er legte die Kleider ab, sprang ins Wasser und ließ sich lange treiben, den Blick in das unendliche Blau des Himmels gerichtet. Endlich stieg er ans Ufer und rieb sich mit Sand ab; von frühester Kindheit an war er gewöhnt worden, sich auf diese Weise zu reinigen. Er schwamm stromaufwärts, um wieder zu seinen Kleidern zu gelangen. Die Anstrengung erfrischte ihn weiter. Als er wieder ans Ufer stieg, ordnete er

seine Haare und flocht die Zöpfe neu. Dann kleidete er sich an. Er reckte sich und nahm die Schultern zurück.
Von irgendwoher hörte er eine Stimme. „Ein Prachtstück von einem Menschen." Er sah sich um und erblickte Henry, der vom Haus zum Ufer kam und sich mit Joe unterhielt. Joe war noch völlig verkatert. Die beiden steuerten auf den Indianer zu. Man begrüßte sich mit belanglosen Worten. Mattotaupa schüttelte die beiden Weißen bald ab und ging weiter flußaufwärts, um allein zu sein.
Er wollte mit sich selbst ins reine kommen. Die Heimat war ihm verleidet. Er begann sie zu hassen, nicht nur die Menschen, die ihn vertrieben hatten, auch die Prärie, auf der sie wohnten, die Berge, die zu ihnen herunter grüßten, die Büffel, die sie jagten, die Wasser, in denen sie fischten und schwammen. Er wollte Tashunka töten, und dann wollte er sterben. Bei seiner Rache an Tashunka aber sollte Jim ihn unterstützen. Mattotaupa dachte darüber jetzt anders als vor seinem heimlichen Gang in das Zeltdorf.
Um Jim nicht zu verraten, hatte er auf alles verzichtet. Jetzt sollte Jim ihm helfen.
Jim kam eben aus dem Proviantzelt. Mattotaupa beobachtete das. Er hatte den Eindruck, daß ein zweiter Mann nach Jim aus dem Zelt herauskommen wollte, aber von Jim zurückgewiesen wurde. Über den möglichen Zusammenhang dachte der Indianer nicht näher nach. Ihm war lieb und wichtig, daß er den Weißen jetzt allein sprechen konnte, und unwillkürlich nahm er an, daß Jim ebenso denke. Die beiden trafen sich.
„Was willst du jetzt tun?" fragte Mattotaupa sofort und direkt.
Jim war über die wiedererwachte Energie des Indianers erstaunt. „Ich? Ich richte mich nach dir."
Mattotaupa tat einen tiefen Atemzug, befriedigt und erleichtert. „Ich werde Tashunka-witko verfolgen. Wenn meine Freunde es erwarten, kämpfe ich auch gegen die Bärenbande."
„Wo nimmst du neue Waffen her?"
„Es werden sich Feinde finden, denen ich sie abnehmen kann."
„Wo wirst du Tashunka suchen?"
„Bei den Black Hills."

Jim betrachtete seine Stiefel, um nichts von seiner Erregung spürbar werden zu lassen.
„Gefährliche Gegend. Aber ich bin dein Freund und bereit, mit dir zu kommen."
„Du hast kein Pferd. Die Tiere, die wir geritten haben, müssen wir Joe und Bill zurückgeben."
„Klar. Aber zu Fuß in die Wälder der Black Hills – so wird man uns nicht so leicht entdecken."
„Den Mustang nehme ich mit. Ich verliere ihn ungern wieder."
„Einverstanden. Wir gehen zu Fuß und führen dieses Tier auf alle Fälle mit. Wann?"
„Warum nicht gleich?"
„Also gleich."
Mattotaupa holte seinen Mustang. Jim sprach unterdessen noch mit Ben, der aus seiner nächtlichen Rauferei mit Mattotaupa einige Beulen und Kratzer davongetragen hatte.
Ohne sich von den anderen zu verabschieden, verschwanden dann der Indianer und sein weißer Begleiter in der Prärie.

Nicht mehr einer allein

Als Charlemagne sich endlich aus dem Proviantzelt wagte, fand er Jim nicht mehr vor. Charles schaute sich um, beobachtete Joe und Henry, die sich am Fluß in die Morgensonne gelegt hatten, um wieder zu schlafen, verfolgte einige andere Gäste mit den Augen, wie sie zu ihren Pferden gingen, und warf einen Blick auf das kleine Lager tauschlustiger halbzivilisierter Indianer, die sich in der Nähe des Blockhauses eingefunden hatten.
Aber alles das fesselte ihn im Grunde nicht. Unauffälliger, aber eindringlicher als alles andere musterte er die Fährte Jims und Mattotaupas, die mit ihrem Pferd westwärts gezogen waren, ohne dabei ihre Spuren im geringsten zu verbergen. Die Eindrücke von Jims starken Ledersohlen, die leichten Abdrücke von Mattotaupas Mokassins, die Spuren der unbeschlagenen

Hufe des Mustangs, der im Schritt gegangen war, ergaben eine Kombination, die Charlemagne wundernahm. Da das Ergebnis seines Gesprächs mit Jim im Proviantzelt ihm zwar zusagte, ihm aber im Grunde ebenso verwunderlich erschien wie die deutliche Fährte, so begann er nachzudenken, zu kombinieren und zu brüten. Sein Gehirn war durchaus nicht das eines geübten Detektivs, und er war nur ein mittelmäßiger Jäger. Doch gebrach es ihm nicht an vielfältigen Erfahrungen im Grenzerleben, und nach den letzten Ereignissen hatte er die Gefahren, die nichts einbrachten, satt bekommen.
Er wollte sich ursprünglich, so wie er Jim gesagt hatte, wieder in Gegenden zurückziehen, in denen es noch nicht so heiß herging wie im Bahnbaugebiet. Dabei hegte er nicht die Hoffnung, im Norden mehr Annehmlichkeiten zu genießen, aber er gedachte doch sein bescheidenes Dasein etwas ungefährdeter zu verbringen. Das waren seine Vorstellungen und Pläne gewesen, ehe Jim ausführlicher mit ihm sprach. Jetzt, nach der Unterredung im Proviantzelt, erschien Charlemagne aber vieles mit einem Schlag in anderem Licht. Wenn er nach allem, was er nun erfahren hatte, richtig kombinierte und entschlossen handelte, mußte er zwar neue Gefahren auf sich nehmen, aber solche, für die ein entsprechender Lohn winkte! Charlemagne konnte – hoho! – eines Tages zu den sagenhaften Glücklichsten der Glücklichen gehören, die Gold fanden und reich wurden, die dann keine Gefahren mehr zu bestehen brauchten und ihr ganzes noch übriges Leben bequem zu leben vermochten . . . Die vielleicht sogar in Saus und Braus leben konnten. Die Aussicht blendete das Gemüt; die Chance erschien unfaßbar großartig. Charles witterte diese neue Möglichkeit mit der Wonne, mit der ein hungriger Marder plötzlich Hühnerblut riecht. Alles, was er an geistigen Kräften überhaupt in sich entwickelt hatte, richtete er mit einem Ruck auf die neue, ihm so ungeheuer erscheinende Möglichkeit. Jim hatte einige Andeutungen gemacht, die sich wie Dominosteine mit anderen Nachrichten zusammensetzen ließen. Vor Monaten hatte Charlemagne erfahren, und mit der Anspielung auf diese Gerüchte hatte er schon im Expeditionslager den Hahnenkampf-Bill geärgert, daß eine Gruppe

zusammengewürfelter Rowdies einen Indianer mit Namen Mattotaupa im Blockhaus überfallen, gefesselt und zu erpressen versucht hatte. Das war im vergangenen Sommer geschehen. Dieser Indianer sollte von Goldvorkommen wissen, was Jim allerdings bestritten hatte. Eben diesen Indianer hatte Charlemagne jetzt kennengelernt, und dieser Indianer war nun mit Jim unterwegs, und zwar, wie es schien, zu Fuß mit einem Packpferd. Charlemagne aber sollte bei seinem geplanten Ritt nach Norden die Oberhäuptlinge der Blackfeet aufsuchen und ihnen bedeuten, daß Mattotaupa eines Mordes wegen von Polizei und Gericht gesucht werde und daß die Blackfeet sich der Blutrache der weißen Männer aussetzen würden, wenn sie Mattotaupa beherbergten. Das mochte nun wahr sein oder nicht, jedenfalls war der Eifer Jims, den Blackfeet diese Nachricht zukommen zu lassen, mehr als merkwürdig. Dieser Eifer war verdächtig. Warum wollte Jim dem Indianer keine Zuflucht bei den Blackfeet gönnen? Offenbar doch, um selbst mit ihm umherzuwandern, denn das tat er jetzt, und zwar in sehr gefährlichen Gegenden.
Mein lieber Jim, dachte Charlemagne, du hast geglaubt, du seist schlau und ich sei dumm, aber vielleicht ist es diesmal umgekehrt. Ich habe dir versprochen, bei den Blackfeet vorzusprechen, und warum soll ich nicht mein Wort halten? Ich bekomme Büchse und Pferd dafür! Aber wir wollen doch noch ein wenig darüber nachdenken, worum hier eigentlich gespielt wird, und ob ich bezahlter Bote bleiben muß oder ob ich in dieses Geschäft mit einsteigen kann.
Von diesem Vorsatz beflügelt, suchte Charlemagne unentwegt eine Gelegenheit, den auch am Morgen schon vielbeschäftigten Ben zur Seite zu ziehen. In der Hose, barfuß, die zusammengefaltete Decke über dem Arm, lief er hinter dem Wirt her, bis er endlich seiner habhaft werden konnte.
„Weiß schon, weiß schon!" erwiderte Ben einer ersten Frage von Charles sofort ungeduldig. „Pferd und Flinte! Hast einen neuen Freund gefunden, was? Viel Vergnügen! Wenn der dich erst in seinen Klauen hat . . .!"
„Klauen hat? Er will was von mir, nicht ich etwas von ihm."

„Der will immer was von anderen . . ."
„Er zahlt ja auch."
„Du kriegst dein Pferd und deine Büchse. Aber jetzt hab ich keine Zeit." Ben wollte sich entfernen.
„Warum gehst denn nicht du zu dem Goldlager?" fragte Charles in diesem Augenblick scheinbar leichthin.
Ben wurde bleich und wandte sich Charlemagne wieder zu.
„Was weißt denn du?"
„Mehr als du denkst."
„Mann, ich rate dir eins: Laß die Finger davon."
„Damit du deine Finger ungestört hineinstecken kannst?"
„Es ist Jims Revier, nicht meines und nicht deines. Du kannst tun, was du willst, aber wenn du nicht Sehnsucht nach einem frühen Tode hast . . ."
„Schlechte Erfahrungen gemacht?"
„Schon mehr als schlecht! Ich bin in dem Berg umhergekrochen. Unheimliche Sache. Dunkel, Wasser, viele Gänge, fast ersoffen . . . Und auf einmal treff ich in der Finsternis auf Red Jim. Ein Wunder, daß ich noch lebe. Aber ich hab ihm und mir geschworen, daß ich die Finger davon lasse."
„Er hat doch auch nichts gefunden. Das Risiko lohnt sich nicht."
„Eben. Es ist besser, einer ehrlichen Arbeit nachzugehen."
Charlemagne lachte. „Ehrlich? Du machst mir Spaß, mein Freund. Aber Jim willst du ein solches Geschäft wirklich allein überlassen?"
„Er hat sich den Top, scheint's, als Lotsen gekapert."
„Zweifelhafter Lotse. Und wennschon – ich habe mir einen Weg ausgedacht, wie auch wir einen Lotsen finden."
„Wir? Nein, mein Bester. Ich mache da nie mehr mit. Laß mich aus diesem Spiel."
„Du sollst nichts riskieren. Gib mir außer Pferd, Büchse und Messer nur noch Lederkleidung und Revolver . . ."
Ben lachte laut. „Darauf geht's hinaus!"
„Wenn ich was finde, bring ich's zu deiner Goldwaage."
„Und wo nimmst du deinen Lotsen her?"
„Ganz einfach. Top hat einen Jungen . . . bei den Blackfeet. Den

angle ich mir, bring ihn zu seinem Vater ... Das heißt, er wird seinen Vater schon zu finden wissen. Dann kann Jim nicht behaupten, ich wäre es, der seiner Fährte nachgeschlichen ist, und Top muß mir noch dankbar sein, daß ich seinen Jungen gerettet habe ... vor der Erziehungsanstalt beispielsweise ... Weil Top, der Vater, doch ein ‚Mörder' ist."
„Jim hat dir verboten, ihm nachzuschleichen?"
„Hat er."
„Dann ist er mit Top zu der Höhle unterwegs, der dreimal verdammte Kerl – und ich hatte sie entdeckt, ich ...! Möchte Top ihn umbringen, ich gönn's dem Schuft."
„Du Esel. Aber wenn Jim etwa meint, er kann die Beute allein machen, so ist's mit diesem Traum jedenfalls aus. Ich hänge mich jetzt an seine Fersen."
„Das ist immerhin ein Gedanke. Komm, ich geb dir das Pferd und die Büchse und den Revolver, das Messer und eine Cowboykleidung, so eine hast du noch nicht mal gesehen, geschweige denn angehabt. Aber betrüge mich nicht! Du bist immer davon abhängig, daß du hier deine Munition kriegst!"
Damit war das Gespräch beendet. Charlemagne war bei seinem Entschluß, den er großspurig verkündet hatte, doch nicht recht wohl. Bens Angst hatte etwas auf seine eigene Gemütsstimmung abgefärbt. Er ging noch einmal zurück zum Fluß, bis zum Anfang der Fährten Jims und Tops. Wie einfach wäre es doch gewesen, hinter ihnen herzuschleichen! Aber Charlemagne glaubte Jims Blick noch einmal zu sehen und machte kehrt. Er konnte sich auch seinen gesamten Plan noch überlegen. Noch war nichts geschehen, nichts war entschieden, nichts war festgelegt. Aber Charlemagne wurde gut ausgerüstet, mit allem, was ein Mann im wilden Westen brauchte. Das hatte er auf alle Fälle erreicht. Der Jäger besichtigte das Pferd, das Ben anbot, verlangte ein besseres und erhielt es auch. Er schlüpfte in den neuen Lederanzug, den Ben ihm aushändigte, und fühlte sich in dieser Kleidung äußerst wohl; sie war nicht nur zweckdienlich, sondern schmeichelte mit Fransen und Farben auch der Eitelkeit. An der Büchse hatte Charlemagne vieles auszusetzen, doch in diesem Punkte blieb Ben hart; nur etwas mehr Muni-

tion, als von Ben vorgesehen war, schlug Charlemagne heraus. Der Revolver war brauchbar.
Als Charlemagne ausgestattet war, machte er sich sogleich auf den Weg. Er hatte bemerkt, daß Hahnenkampf-Bill aus seinem Rausch zu erwachen begann, wollte aber gerade diesem keinerlei Auskunft über das geben, was er selbst vorhatte. Mit Ben, dem Wirt der am weitesten vorgeschobenen Handelsstation dieser Gegenden, mußte Charlemagne gutstehen. Sonst aber wünschte er keine Mitwisser zu haben, am allerwenigsten den brutalen Bill.
Es war ein angenehmer, warmer Sommermorgen, als Charlemagne noch einmal seinen Knebelbart zwirbelte, sich dann aufs Pferd schwang und den Ritt nach Norden begann. Die Entfernung vom Niobrara bis in die Prärien nördlich des oberen Missouri, die Charlemagne zunächst aufsuchen wollte, betrug in der Luftlinie etwa achthundert Kilometer. Charlemagne aber war kein Vogel. Er reiste zu Pferd, verdiente sich unterwegs seinen Lebensunterhalt durch Jagd, kleine Pfadfinder- oder Cowboydienste, zog dabei je nach Bedarf kreuz und quer, und so brauchte er Wochen, um sein Ziel zu erreichen.
Der Hochsommer ging in dieser Zeitspanne vorüber. Die Wärme wurde mild, die Strahlen der Sonne verloren das Herrische und Blendende; sie beleuchteten die Wiesen, Wälder und Flüsse, die Menschen und die Tiere in gleichsam bescheidener Weise, so daß die Konturen und Farben deutlicher hervortreten konnten. Die Nächte dehnten sich wieder aus, und auch am Tage fielen die Schatten schon länger. Die Herden der Büffel und Mustangs tummelten sich noch im Norden, aber der Instinkt, wieder südwärts zu ziehen, rührte sich schon in ihnen. Die Indianer bereiteten die großen Herbstjagden vor, die den Vorrat für den Winter bringen mußten, damit bei Schnee und Eis kein Hunger in die Zelte einzog. Das Zeltlager der Siksikaugruppe, der Brennendes Wasser als Häuptling vorstand, befand sich noch auf den ungeschützten Steppen. Erst nach den Büffeljagden wollte man sich wieder in die Wälder der Vorberge zurückziehen.
Es war Nacht. Über der Prärie, über dem Bach, über den Zelten

wölbte sich der dunkle Himmel. Die Sterne schimmerten, der Wind wehte kühl. Die Mustangs standen beieinander, die Hunde schliefen dicht aneinandergedrängt. In den Zelten ruhten die Menschen. Harka wohnte bei seinem Freunde Stark wie ein Hirsch im Häuptlingszelt. Das Zelt, das ihm und Mattotaupa zur Verfügung gestanden hatte, war nicht aufgeschlagen, da es unnötige Arbeit verursacht hätte, es nur des Jungen wegen zu führen. Die Schwarzfußfrau war für die Zeit von Mattotaupas Abwesenheit zu ihren Eltern gezogen, um dort zu helfen.

Harka fühlte sich im Häuptlingszelt wohl. Stark wie ein Hirsch und er wurden mehr und mehr zu Brüdern. Besonders in den ersten Wochen nach Mattotaupas Auszug war Harka voller Zuversicht auf das Gelingen des Unternehmens, das der Vater sich vorgesetzt hatte, und der Knabe spielte und übte, jagte, ruhte und plauderte mit seinem neuen Freund zusammen von morgens bis abends in froher Laune. Die ganze Knabenschar empfand Harka schon als einen der Ihren und als einen ihrer Besten. Als die Jahreszeit vorangeschritten war, als die Sonne sengte und das Gras dürr wurde, waren Harkas Gedanken zuweilen schon in den Herbst vorausgeeilt, und er stellte sich vor, wie der Vater zurückkehren und Harkas Büchse mitbringen würde. Erst waren es nur flüchtige Augenblicke, in denen die Fantasie des Knaben zu diesem Bilde eilte, aber als der Hochsommer schied und die Tage milder wurden, erwachte Harka schon fast täglich mit der Frage, ob der Vater heute vielleicht heimkommen würde.

Abends schlief er in dem Gedanken ein, daß das, was heute nicht gewesen war, doch morgen sein könne. Allmählich wurde die Erwartung brennend, und es kostete Harka Selbstbeherrschung, nicht davon zu sprechen. Sicher dachte auch Stark wie ein Hirsch daran, daß Mattotaupa nun bald zurückkehren müsse. Aber so offen die beiden Knaben in vielem anderen miteinander waren, in diesem Punkte, der mit Harkas Herkunft aus dem Stamme der Dakota, mit der Verbannung seines Vaters und mit der Rache an Tashunka-witko zusammenhing, schwiegen beide scheu. Zuweilen saßen sie stundenlang beisammen,

dachten in stillem Einverständnis das gleiche, ohne ein Wort darüber zu sagen, und stärkten auch auf diese Weise ihre Freundschaft.
Eine neue Möglichkeit tat sich auf, als Kluge Schlange erklärte, er wolle sich vor den großen Herbstjagden noch Munition für seine Büchse bei Old Abraham holen. Krumm gehender Wolf und Dunkler Rauch sprachen die Absicht aus, Kluge Schlange zu begleiten. Sie wollten die Station kennenlernen, und vielleicht hegten sie in einem verborgenen Winkel auch den schwer erfüllbaren Wunsch, gleich diesem Krieger zu einer Feuerwaffe zu kommen. In den Tagen, in denen über den Plan gesprochen wurde, zeigte es sich, wie gut Stark wie ein Hirsch seinen Freund Harka verstand. Er ging zum Häuptling, seinem Vater, und fragte ihn, ob Harka die Krieger begleiten und auf der Station nachforschen dürfe, ob man dort etwas von Mattotaupa oder Tashunka-witko zu hören bekommen habe. Da Harka die Sprache der weißen Männer spreche und verstehe, könne er zudem den Siksikaukriegern als Dolmetscher nützlich sein und auch ablauschen, was die weißen Männer unter sich besprächen.
Diesen Argumenten konnte sich Brennendes Wasser nicht verschließen. Er erriet dabei die Gedanken und Wünsche seines eigenen Jungen und gestattete diesem, ebenfalls mitzureiten. Nach dem Bericht, den Kluge Schlange auf Grund seines ersten Besuches über die Station gegeben hatte, betrugen sich die weißen und roten Männer dort ruhig und verständig, wenn die weißen Männer auch zuweilen reichlich viele und reichlich laute Worte sagten.
Die gemeinsame Freude der beiden Buben war groß und erwartungsvoll. Auf den Handelsstationen liefen viele Nachrichten zusammen, und die Hoffnung, dort etwas zu erfahren, schien beiden nicht unbegründet. Es herrschte zur Zeit Frieden zwischen den großen Stämmen nördlich des Missouri, auch Friede mit den weißen Männern, und so gab es von dieser Seite her keine Bedenken, die beiden Jungen mitreiten zu lassen.
Harka wählte seinen Grauschimmel für den Ritt. Diesmal brauchte er keine Packtiere zu führen, und die kleine Reiter-

schar kam schnell voran. Schon am vierten Tag entdeckten die geübten Augen der Indianer die Station am Horizont. Am späten Nachmittag gelangten die Reiter dorthin. An der Handelsstation und ihrer Umgebung hatte sich in den vergangenen Monaten kaum etwas verändert. Der Wasserspiegel des Sees war unter der hochsommerlichen Hitze etwas gesunken. Das Gras war nicht mehr frisch-grün. Die Zahl der Gäste und Kunden war nur gering, da die Winterbeute schon umgesetzt war und die Herbstjagden erst bevorstanden. Die drei Siksikaukrieger und die beiden Knaben ritten gleich zu dem Palisadenring und durch das Tor in den Hof ein.

Old Abraham, der in diesen Wochen nicht viel zu tun hatte, mußte sie schon erspäht haben und begrüßte die Männer und Jungen vor dem ersten Blockhaus. Da er Indianer vor sich hatte, machte er nicht so viele Worte, wie er sie im Gespräch mit Thomas aufgewandt hatte. Er wußte sich den Sitten und Gewohnheiten seiner Gäste anzupassen. Die Ankömmlinge hatten nicht die Absicht, im Blockhaus zu kampieren und zu essen. Sie wollten sich lediglich anmelden, um sich dann, so wie die meisten indianischen Kunden, mit ihren Pferden am Seeufer niederzulassen. In den milden Nachsommertagen war es keine Strapaze, im Freien zu nächtigen.

Am See lagerten nur einige kleine Gruppen von Indianern, Assiniboine, Blutindianer, auch Schwarzfüße anderer Stammesabteilungen, aber keine Dakota, von denen zu befürchten gewesen wäre, daß sie Harka entführen wollten. Nicht zu nahe der Station und auch nicht zu weit entfernt wählte Kluge Schlange einen angenehmen Uferplatz und machte es sich mit seinen Begleitern bequem. Nachdem die Pferde gesoffen hatten, wurden sie festgemacht und konnten weiden. Da es zum Abend ging, sammelten die beiden Jungen Holz und machten Feuer. Proviant hatte man sich mitgebracht, auch unterwegs noch einige Präriehühner geschossen, die jetzt gerupft und gebraten wurden. Kluge Schlange hatte nicht die Absicht, schon an diesem Abend mit Old Abraham über Munition zu sprechen. Wer handeln wollte, mußte nicht nur Waren, sondern auch Zeit mitbringen. Kluge Schlange hielt die schönen Hermelinfelle, die er zum Tausch anbieten wollte, noch sorgfältig verborgen.

Die drei Krieger und die Jungen saßen miteinander um das Feuer und verzehrten Hühner. Nach der Mahlzeit begannen die Krieger zu rauchen. Die Jungen setzten sich unmittelbar ans Wasser und beobachteten die Mücken und die Fische. Der Abendschein der Sonne ließ den Seespiegel wie Perlmuttschalen leuchten. Obgleich die Jungen nur den See zu betrachten schienen, beobachteten sie in Wahrheit ihre ganze Umgebung, sofern sie ihrem Gesicht und Gehör zugänglich war. Es entging ihnen daher nicht, daß Old Abraham aus dem Tor kam und über die Seeufer Ausschau hielt, als suche er jemanden oder irgend etwas. Langsam setzte er seine Füße in Bewegung und schlenderte, wie unabsichtlich, an dem Ufer entlang, an dem die drei Siksikau mit den Jungen lagerten. Als er die Stelle erreicht hatte, machte er halt, zog seine kleine Pfeife hervor, stopfte sie, brachte den Tabak zum Brennen und paffte.

„Schöner Abend", sagte er schließlich, halb zu den Jungen, halb zu den drei Kriegern gewandt. Die Indianer gaben darauf keine Antwort.

„Jetzt gefällt dir das bei den Blackfeet schon ganz gut", bemerkte Old Abraham zu Harka.

„Ja."

„Schade, daß dein Vater nicht hierbleiben konnte. Das war ein Gentleman. Ein Grandseigneur, pflegte der verrückte Thomas zu sagen. Schade."

„Ja", erwiderte Harka, ohne eine Miene zu verziehen.

„Na, du bist ja groß und kommst schon allein durchs Leben, ja."

„Ja", antwortete Harka in demselben ruhigen und gleichgültigen Ton, so als ob Abraham etwa „gute Reise, guten Weg!" gesagt habe.

„Aber schade ist es doch", redete Abraham weiter. „Er hatte Dollars. Ich hätte ihn gern oft und gut bedient. Aber was nicht sein soll, soll nicht sein. So ist das."

„Ja."

„Ihr seid wohl hergekommen, um zu fragen, wo dein Vater geblieben ist?"

„Das wirst du auch nicht wissen, Old Abraham." Harka wahrte

noch immer seine äußere Ruhe, aber im Inneren begann er zu zittern. Er hatte die bestimmte Empfindung, daß Abraham etwas über Mattotaupa wisse, und vielleicht war die Nachricht nicht so gut, wie Harka sie einen Sommer hindurch erhofft hatte.

„Nein, nein, natürlich, das ist hier schwer zu erfahren, was einer weit unten im Süden bei den Black Hills inzwischen für Erlebnisse gehabt hat."

Bei dem Stichwort Black Hills wurde Harka innerlich noch unruhiger. Er gab Old Abraham zunächst keine Antwort, sondern übersetzte seinem Freunde Stark wie ein Hirsch rasch das bisher Gesagte. Dann erst schaute er wieder hinauf zu Abraham, der mit der Pfeife neben ihm stand. Wäre Abraham ein indianischer Krieger gewesen, so hätte sich Harka längst höflich erhoben. Aber im Gespräch mit diesem Wirt und Händler war er bis jetzt sitzen geblieben, denn die Art und Weise, wie Abraham ihn ausfragen wollte, erschien ihm nicht würdig und aufrichtig genug.

Harka war gewohnt, schnell zu reagieren. Während er die Worte Abrahams für Stark wie ein Hirsch übersetzte, hatte er Zeit genug gehabt, sich selbst einiges mehr zusammenzureimen. Abraham wußte oder glaubte zu wissen, daß Mattotaupa zu den Black Hills geritten sei, und er wußte oder glaubte zu wissen, daß Mattotaupa nicht zurückkehren werde. Harka wollte zunächst der ersten Behauptung nachgehen. Wenn sein Vater zu den Black Hills geritten war, mußte es Grund zu der Annahme gegeben haben, daß Tashunka-witko sich dort aufhalte. Woher war diese Nachricht gekommen?

„Old Abraham, wer hat meinem Vater gesagt, daß Tashunka-witko sich bei den Black Hills aufhalte?"

„Ach, so meinst du. Nein, das hat ihm keiner gesagt, hier jedenfalls nicht, und was dann kam, weiß ich ja nicht. Fred hat immer behauptet, Tashunka sei sicher unten am Platte, wo die Indsmen gegen den geplanten Bahnbau ankämpfen."

Nun stand Harka doch auf. Er war ebenso groß wie Abraham, eher schon ein junger Bursche als noch ein Knabe. „Wer ist das, Fred?"

„Kennst du nicht?“ Abraham spie tabakgefärbten Speichel aus. „Dein Vater kannte ihn gut und nannte ihn Jim.“

„Jim.“ Harka spürte, daß ihm das Blut aus den Wangen wich. „Er hat meinen Vater hier getroffen?“

„Hat er. Die beiden sind zusammen losgeritten.“

„Mein Vater wollte Thomas und Theo begleiten.“

„Hat er aber nicht gemacht.“

„Warum glaubt Old Abraham, daß mein Vater nicht zurückkehren werde? Ist er tot?“

„Nein, mein Junge, nicht, daß ich wüßte.“

„Wer sagt, daß mein Vater zu den Black Hills geritten sei, da ihm Jim doch riet, Tashunka-witko am Platte zu suchen?“

„Tscha, da ist es eben. Deshalb komme ich doch her zu dir. Drin im Blockhaus sitzt einer, der hat deinen Vater am Niobrara getroffen.“

„Wer ist das?“

„Bekannter Jäger. Charlemagne nennen sie ihn. War lange an der kanadischen Grenze, dann ging er mal hinunter nach Süden zum Bahnbau. Aber da geht es ihm zu kunterbunt zu, sagt er. Wie er mir jetzt alle seine Abenteuer erzählt, fällt auch der Name Top oder Mattotaupa. War mir gleich klar, daß das dein Vater sein muß.“

„Wie lange bleibt dieser Jäger hier bei dir?“

„Morgen sicher noch.“

„So werde ich morgen versuchen, mit ihm zu sprechen.“

„Du bist aber ein ruhiges Gemüt! Willst du die Nachrichten über deinen Vater nicht gleich einholen? Komm doch mit mir ins Blockhaus, ich mache euch bekannt. Jetzt ist Abend, und ich habe Zeit. Morgen gibt's für mich schon wieder anderes zu tun.“

„Ich werde unseren Anführer Kluge Schlange fragen.“

„Gut erzogen seid ihr, ihr jungen Indsmen.“

Harka erklärte Kluge Schlange die Lage. Darauf entschied der Krieger, daß er mit dem Jungen zusammen in das Blockhaus gehen wollte, um mit dem fremden Mann zu sprechen. Abraham schien damit nicht ganz einverstanden zu sein, widersprach aber auch nicht, und so begleiteten die beiden den Wirt zur Sta-

tion und traten mit ihm in das Haus ein, in dem sich die Gaststube befand.
In dem sauber gehaltenen Raum waren nur wenige Tische besetzt. Abraham steuerte einen Wandtisch an, an dem nur ein einziger Gast saß, ein langgewachsener Mann von vielleicht dreißig Jahren, der nicht nur durch seinen Knebelbart auffiel. Auch seine Kleidung, aus feinem Leder, mit vielen Fransen, war qualitativ besser, zugleich noch bunter, als man sie gewöhnlich bei Cowboys und Jägern fand. Er hatte einen leeren Becher vor sich stehen. Seine Wangen waren gerötet.
„Abraham!" rief er. „Wen bringst du mir da? Doch nicht etwa wirklich und wahrhaftig den Sohn meines Retters, den Sohn Mattotaupas?"
„Ebenden bringe ich an deinen Tisch, Charlemagne!"
Abraham stellte auch noch Kluge Schlange vor, und die drei nahmen an dem Tisch bei Charlemagne Platz.
„Nun frage nur, was du wissen willst", ermunterte Old Abraham Harka.
„Charlemagne wird dir gern Auskunft geben."
Harka überlegte. Er war überrascht, er war fast überwältigt von der Leichtigkeit, mit der er hier etwas von seinem Vater erfahren konnte. Er hatte geglaubt, Nachrichten suchen zu müssen, aber sie kamen ohne sein Zutun auf ihn zu. Das war merkwürdig. Aber auf der anderen Seite schien das, was er erfahren sollte, keine gute Nachricht zu sein. Der junge Bursche machte sich auf vieles gefaßt und blieb sehr ernst und zurückhaltend.
„Warum nennt Charlemagne meinen Vater seinen Retter?" fragte er zuerst.
„Hoho, es war eine verzweifelte, verteufelte und schauderhafte Situation, in der dein Vater uns in der Prärie gefunden hat! Ich und die anderen hatten bei der Bahnvermessungsgruppe gearbeitet, die am weitesten vorgedrungen war, zwischen Nord- und Südplatte. Jeden Tag haben uns die vermaledeiten Kerle von der Bärenbande und Tashunka-witko eine andere Überraschung bereitet, mal einen abgeschossen, mal einen Posten einfach weggeholt, mal dem Ingenieur den Hut vom Kopf geschossen, und schließlich haben sie uns allesamt vergiftet, bis

auf vier Figuren, die übrigblieben. Ich hatte die Ehre, zu dem Restbestand zu gehören. Uns vier haben sie entwaffnet, ausgezogen bis auf die nackte Haut und so in die Prärie gejagt. Das war ein Vergnügen! Kein Wasser bei der Hitze, nichts zu essen, und verlaufen haben wir uns auch noch. Unser letztes Stündlein hätte geschlagen, wenn uns Mattotaupa nicht noch aufgespürt und zur Station des zahnlosen Ben gebracht hätte. Ein herrlicher Krieger, dein Vater. Auf den kannst du stolz sein, Junge!"

„Woher weißt du, daß ich sein Sohn bin?"

„Von wem? Old Abraham hat es mir erzählt."

„Wann hast du dich von meinem Vater getrennt?"

„Vor ein paar Wochen. Er ging einen Tag früher von der Handelsstation weg, mit Red Jim zusammen nach den Black Hills. Dorthin soll sich wohl Tashunka-witko gewandt haben, nachdem unsere Vermessungsexpedition erledigt war."

Harka fühlte, wie sein Herz hinter den Rippen klopfte. „Warum", fragte er jetzt Old Abraham, und ganz konnte er seine Erregung dabei nicht mehr verbergen, „warum nimmst du an, daß mein Vater nicht mehr hierher zurückkehrt?"

Abraham trommelte auf die Tischplatte und zögerte, als ob es ihm nicht leicht werde, die Antwort zu geben. „Warum? Ja, mein Junge, dein Vater hat so etwas gesagt, ehe er mit Fred – oder Jim, oder wie er sich sonst noch nennen mag – von hier fortging."

„Hat mein Vater Mattotaupa einen Grund genannt?"

„Er selbst wohl nicht. Aber es hieß, und jetzt wird das schon allgemein geredet, daß er in Minneapolis einen erschossen hat, und die Polizei sucht ihn. Die Polizei wußte, daß er bei den Blackfeet Zuflucht gefunden hatte. Kann sein, daß sie bei den Oberhäuptlingen nachfragen und seine Auslieferung verlangen, und dich wollen sie in ein Internat für Indianerkinder stekken, wo du von Weißen zivilisiert erzogen werden sollst."

„Wer sagt das?"

„Du mußt lieber fragen, wer sagt das nicht? Es wissen eben alle davon hier, und deshalb, denke ich, bleibt dein Vater lieber in den Wäldern und Prärien im Süden."

Es trat ein langes Schweigen ein. Dann ergriff Kluge Schlange das Wort. „Ist es das, was die weißen Männer uns zu sagen hatten?"
„Ja."
„Gut. Wir haben es gehört." Kluge Schlange stand beim letzten Wort auf, und daraufhin erhob sich auch Harka sofort. Die beiden Indianer verließen den Tisch und das Blockhaus und gingen miteinander über den Hof zum Tor. Es war schon dunkel, und das Tor war geschlossen, aber die beiden kletterten rasch über die Palisaden und gingen dann in ruhigem Tempo zu dem Lagerplatz der Ihren am See.
Die beiden Krieger dort und Stark wie ein Hirsch hockten um das verglimmende Feuer, bei dem sich auch die Herankommenden wieder niederließen. Die Fläche des Sees war schwarz und spiegelglatt. Weidengesträuch zeichnete sich als zarter Schattenriß ab. Die Sterne flimmerten am Nachthimmel, zahllos und fern. Von den Blockhäusern her bellte noch ein Hund. Sonst war alles still.
Als die Gruppe der fünf einige Zeit schweigend beieinandergesessen hatte, fragte Kluge Schlange: „Harka Steinhart, hat dein Vater einen weißen Mann getötet? Und wer war das?"
„Mein Vater hat einen weißen Mann getötet, weil er nichtswürdig war und die roten Männer verhöhnte. Sein Name war Ellis."
„Ist das ein Häuptling unter den weißen Männern gewesen?"
„Er war soviel wie der Anführer einer kleinen Gruppe."
„Gut. Wir reiten morgen zurück zu unseren Zelten und werden diese Sache mit unserem Häuptling Brennendes Wasser beraten. Ich habe gesprochen."
Die abschließenden Worte bedeuteten, daß bis zu der vorgesehenen Beratung nichts mehr über die Angelegenheit zu sagen war. Kluge Schlange wickelte sich in seine Decke und legte sich schlafen. Seinem Beispiel folgten die beiden anderen Krieger und auch die beiden Jungen. Jeder nahm seine Waffen an sich. Als Wache genügte die Aufmerksamkeit und Witterung der Mustangs und auch der Schläfer selbst, die gewohnt waren, bei dem geringsten unerwarteten Laut oder Geschehnis aus den Decken zu fahren.

Harka spielte nur den Schlafenden. Er hatte die Augen geschlossen, aber seine Gedanken wühlten und bohrten. Sein Vater war mit Jim unterwegs, mit dem Manne, von dem gesagt wurde, er habe den Häuptling Mattotaupa mit List betrunken gemacht und ihm das Geheimnis eines Goldvorkommens in den Black Hills entrissen. Harka glaubte fest an die Unschuld seines Vaters, aber er mißtraute Jims weiteren Absichten. Die weißen Männer in Old Abrahams Station sprachen alle davon, daß Mattotaupa ein Mörder und Harka der Sohn eines Mörders sei und daß beide gefangengenommen werden sollten. Die Stützen seines neuen Lebens bei den Siksikau brachen so für Harka zusammen. Die Sorge um den Vater begann in ihm zu nagen, sie biß sein Empfinden wund wie ein böses Tier. Er schämte sich auch, den Siksikau zur Last zu werden, die ihn und seinen Vater als Gäste aufgenommen hatten.
Mit brennenden Augen stand er nachts heimlich auf, um sich fortzuschleichen. Er wollte den Siksikau damit die schwere Entscheidung abnehmen, ob sie ihn gegen die weißen Männer beschützen sollten oder nicht. Niemand schien zu bemerken, daß Harka sich erhoben hatte, seine Decke zusammenschlug und seinen Grauschimmel losmachte. Vielleicht wollte es niemand bemerken. Er führte das Tier ein Stück im Schritt, um kein Geräusch zu verursachen, das die Schläfer wecken konnte. Als er durch Gebüsch und ein paar kleine Bäume gedeckt war, strich er dem Grauschimmel über die Nüstern und wollte sich aufschwingen. Da aber tauchte eine Gestalt neben ihm auf, und er wußte sogleich, wer das war: Stark wie ein Hirsch!
„Harka! Was tust du!"
„Ich gehe fort. Ich gehe zu meinem Vater."
„Harka . . ."
„Sage nichts. Ich habe es beschlossen."
„Wann kommst du zu uns zurück?"
„Sobald ich bei euch die Prüfungen bestehen kann, die mich zum Krieger machen. Ich habe keinen Weißen getötet, und die weißen Männer können mich nicht anklagen. Sobald ich ein Mann bin, können sie mich auch nicht mehr in ihre Erziehungsgefängnisse einsperren."

„Harka Steinhart, ich habe eine Bitte."
„Das kann ich dir nicht verwehren. Aber du darfst mich nichts bitten, was ich dir abschlagen muß."
„Laß uns Blutsbrüder werden, ehe du gehst, damit ich gewiß weiß, daß du eines Tages zu unseren Zelten zurückkehrst."
„Das mag geschehen!"
Jeder der beiden jungen Burschen zog seinen Dolch und ritzte den Arm, so daß das Blut hervorsickerte. Sie mischten das Blut, und das war ihnen das Zeichen, daß ihre Bruderschaft unverbrüchlich sein sollte. Als Harka das spitze zweischneidige Messer in die Scheide steckte, schaute er noch einmal seinen Freund an, den er nun lange nicht mehr sehen sollte. Tief prägte er sich das Bild der festen, aufrechten Gestalt ein. Dann schwang er sich auf seinen Mustang, und ohne ein weiteres Wort, auch ohne noch einmal zurückzusehen, trieb er das Tier zu einem leichten Galopp in die nächtliche Prärie hinaus.
Stark wie ein Hirsch schaute dem Davonreitenden nach; er sah, wie der Schatten des jugendlichen Reiters kleiner wurde, und das Geräusch verklang im Ohr des Zurückbleibenden. Dieser Abschied war im Leben des Häuptlingssohnes, das bis dahin ruhig und in festen Bahnen verlaufen war, der erste große Schmerz und die erste große unbeantwortete Frage. Wer trug die Schuld, daß Harka fortgeritten war? Die weißen Männer? Mattotaupa? Auch die Krieger der Siksikau, die an diesem Abend kein freundschaftliches Wort mehr mit Harka gesprochen hatten?
Um die Mundwinkel von Stark wie ein Hirsch zuckte es. Er mochte nicht zu den schlafenden Kriegern gehen. Er legte die Hand auf den Riß in seiner Haut, aus dem sein Blut gedrungen war, um sich mit Harkas Blut zu vereinigen. Er hatte einen Blutsbruder. Das war sein Geheimnis. Zu niemandem würde er darüber sprechen. Vielleicht gab es einen einzigen Menschen, der ihn verstehen konnte, in seiner Trauer und in seinem Zweifel. Sitopanaki würde etwas davon ahnen. Es war gewiß, daß sie das gleiche empfand wie ihr Bruder Stark wie ein Hirsch, wenn Harka nicht zu den Zelten zurückkam. Lange stand der junge Siksikau allein. Endlich zwang er sich, zu den anderen zurück-

zugehen und sich wieder schlafen zu legen. Sie brauchten nicht zu wissen, wie tief er verletzt war.
Schon vor dem Morgengrauen war Stark wie ein Hirsch wieder wach. Er erlebte das Verblassen der Sterne, das häßliche Grau, mit dem die Dämmerung schon anhub, ehe die Sonne über den Horizont stieg, und endlich die immer wiederholte und immer wieder neue Pracht und Macht des Lichtes, das über Himmel und Erde erstrahlte. Die Oberfläche des Sees wurde zu einem goldenen Spiegel, und die zähen Weidenzweige, graugrün beblättert, unscheinbar, spielten mit einem sanften Windhauch und den Sonnenstrahlen. Stark wie ein Hirsch tränkte die Pferde und setzte sich dann allein an den Uferplatz, an dem er am vergangenen Abend mit Harka zusammen gesessen hatte. Die Mücken spielten noch nicht, aber die Fische tummelten sich schon im durchsichtigen Wasser. Kluge Schlange kam zu dem Jungen herbei, und Stark wie ein Hirsch stand auf.
„Du hast noch mit Harka gesprochen?" fragte ihn Kluge Schlange.
„Ja. Ehe er fortritt. Wenn er alt genug ist, um die Proben eines Kriegers zu bestehen, wird er wieder zu unseren Zelten kommen."
Kluge Schlange schaute hinaus auf den See, ohne weiter etwas zu sagen.
Als eine halbe Stunde vergangen war, kam aus dem Palisadentor, das schon geöffnet war, ein langer Kerl hervor, den die beiden Indianer sofort als Charlemagne erkannten. Er zwirbelte seinen Knebelbart und lief geradewegs auf das Lager der Siksikau zu.
Kluge Schlange und Stark wie ein Hirsch hatten sich wieder zu den anderen um das Feuer gesetzt und taten, als hätten sie Charlemagne nicht beobachtet. Der Jäger in seiner bunten fransengeschmückten Kleidung machte bei der Gruppe halt. „Schöner Morgen!" sagte er.
Die Indianer antworteten ihm ebensowenig, wie sie Abraham am Tage vorher geantwortet hatten, als er den Abend schön pries, und sie sahen mit noch weniger Achtung und Höflichkeit auf Charlemagne als am Abend auf den Wirt.

„Wo ist denn der Junge, der Harry? Wollte ihn gern noch einmal sprechen."
„Fort", erwiderte Kluge Schlange.
„Wieso fort?" Charlemagne war verwundert.
„Fort", wiederholte Kluge Schlange.
„Wann kommt er wieder?"
„Das wissen wir nicht."
„Wohin ist er denn gegangen?"
„Er ist geritten."
„Geritten? Ich meine . . . ich wollte ihn doch noch einmal sprechen!"
„Das wußte er nicht."
„Er ist doch nicht etwa . . . doch nicht etwa für immer fortgeritten?"
„Wer weiß das?"
Charlemagne mißhandelte seinen Bart. „Ist er etwa auf dem Weg zu seinem Vater?"
„Nein", erwiderte Stark wie ein Hirsch, obgleich es sich nicht geziemte, daß er als Junge unaufgefordert das Wort ergriff. Aber Kluge Schlange hatte ihm durch ein Zögern die Gelegenheit dazu gegeben. Stark wie ein Hirsch schämte sich nicht, mit seiner Antwort dem Jäger die Unwahrheit zu sagen, denn er betrachtete ihn als seinen Feind, der durch seine Nachrichten Harka vertrieben hatte, und er stellte ihm ohne Skrupel eine Falle wie ein Jäger einem Biber.
„Nicht zu seinem Vater?!"
„Nein, dort würde man ihn vielleicht suchen. Er will aber von niemandem gefunden werden."
„Donnerwetter, was für ein Blödsinn! So ein Junge ganz auf sich gestellt, an der Grenze, in der Wildnis, der geht doch zugrunde!"
„Er geht lieber in der Prärie zugrunde, die seine Heimat ist, als in einem Erziehungsgefängnis der weißen Männer."
„Wegen des Internats für Indianerkinder, von dem ich gesprochen habe, läuft er einfach davon? Himmel und Hölle, wer konnte das ahnen! So ernst war das doch nicht gemeint!"
Stark wie ein Hirsch verzog die Miene mit Spott und Haß.

„Harka aber hat es ernst genommen. Du wirst ihn nicht wiedersehen, Charlemagne."
Der Jäger schlug sich an die Stirn. „So etwas Hinverbranntes! Weg, einfach weg! Ich komme gerade hierher, um anzubieten, daß ich mit dem Jungen zu den Black Hills reiten und ihm helfen will, seinen Vater zu finden, und er reitet – so mir nichts, dir nichts – mitten in der Nacht weg! Gar nicht zu fassen! Das ist doch, das ist doch . . . also wieder einmal typisch indianisch. Wer soll sich mit euch Rothäuten auskennen! Und ihr laßt das Kind weglaufen, einfach in sein Unglück rennen?"
„Ja."
„Da hört sich doch alles auf. Gehabt euch wohl!"
Charlemagne stapfte weg. Jeder Schritt, den er machte, bedeutete einen Fußtritt gegen diesen Indianer, der ihn foppte, gegen diesen dummen Jungen, der einfach fortritt, gegen die Glücksgöttin, die Charlemagne wieder ihre Huld versagt hatte. Da saß er nun! Aus war es mit allen Plänen, Jim auf die Spur zu kommen, mit Harry zusammen bei Mattotaupa zu erscheinen und dessen Dankbarkeit zu fordern. Aus war es, aus. Nichts blieb von allem übrig als Pferd, Büchse, Revolver, Messer und Kleidung. Das war wenig genug, wenn ein armer Teufel schon von unermeßlichen Reichtümern und der Möglichkeit geträumt hatte, nie mehr arbeiten zu müssen. Eine nicht abreißende Kette von Flüchen vor sich hinmurmelnd, gelangte Charlemagne in das Blockhaus und die Gaststube zurück und betrank sich am frühen Morgen.
Als ihm schon schwindlig wurde und er die Stube nur noch wie im Nebel sah, fragte er Old Abraham noch: „Abrakadabra, was meinst du, kann ich die Spur des nichtsnutzigen Bengels verfolgen?"
„Versuchen kannst du das, Charlemagne, aber Harry ist der Sohn Mattotaupas, und wenn er sich nicht finden lassen will, findest du ihn nicht. Er hat eine gute Schule durchgemacht."
„Noch einen Brandy, Abrakadabra! Jetzt ist alles egal."
Der Wirt setzte sich zu Charles. „Was machst du dir nur für einen Kummer! Laß doch den roten Lausbuben reiten, wohin er will! Du bist nicht sein Vater."

„Abrakadabra, du bist unschuldig wie ein neugeborenes Kind. Der Vater dieses Lausbuben weiß, wo es in den Black Hills Gold gibt! Verstehst du?"
„Ach so! Dann allerdings! Ich hole dir noch einen Brandy, aber deinen Rausch schläfst du dann gefälligst draußen aus. Dafür ist meine Stube nicht da."
Abraham entfernte sich, Charlemagne stierte ihm nach. Seine Gedanken verwirrten sich.

Drei in der Höhle

Harka Steinhart Nachtauge gab sich über die Schwierigkeiten, die ihm bevorstanden, keiner Selbsttäuschung hin. Ein Mensch allein, wenn er auch Pferd, Waffen und Feuerzeug besitzen mochte, war ein winziges und leicht zu vernichtendes Etwas zwischen reißenden Strömen, unwegsamen Wäldern und baumlosen Steppen, zwischen hungrigen Raubtieren und feindseligen Menschen und zwischen Stürmen, Kälte und Schnee, wie sie der bevorstehende Winter mit sich bringen würde.
Als Harka seinen Ritt allein begann, war er sich aber nicht nur über die ihm bevorstehenden Strapazen und Gefahren klar, er hatte in großen Umrissen auch schon eine Vorstellung, wie er damit fertig werden wollte. Seine erste schwierige Aufgabe war, den Missouri zu überqueren. Der junge Bursche hatte schon viel von diesem Strom gehört, den er in seiner Muttersprache „Mini-sose", Schlammwasser, nannte, und er hatte im Herbst des vergangenen Jahres die mächtigen Wasser weit unten im Süden bei Omaha gesehen. Den Oberlauf des Stromes mit seiner reißenden Strömung, den Wasserfällen, Stromschnellen und Wirbeln, kannte er noch nicht. Seit er jedoch mit Stark wie ein Hirsch im Gebiet der Quellflüsse des Missouri auf Jagd umhergestreift war, vermochte er sich eine lebendige Vorstellung davon zu machen.

Harka trieb seinen Grauschimmel zur Eile an. Er wollte von niemandem eingeholt werden, und bei der Überquerung des Missouri gedachte er seine Fährte zu unterbrechen. Die Nacht hindurch ritt er. Des Morgens, wenn die Wölfe schlafen gingen, machte auch er Rast, wickelte sich in seine Decke und schlief ein paar Stunden an einem sonnigen Platz bei seinem Pferd. Er hatte einen kleinen Vorrat getrockneten und pulverisierten Büffelfleisches bei sich, den er aber vorbedacht sparte. Zunächst machte er sich über das Huhn her, das er mitgenommen hatte. Drei Hühner hatte er mit seinen Pfeilen auf dem Ritt zur Station erlegt; eines hatte er am Seeufer aufgegessen, eines blieb für seine Gefährten dort, eines hatte er jetzt für sich beansprucht; das mußte wohl ein jeder angemessen finden. Der Grauschimmel weidete; er hatte auch Hunger.
Am frühen Morgen eines Tages erreichte der jugendliche Reiter das Tal des Missouri. Hier war das Gras auch jetzt im Herbst noch saftig. Rötlich schimmerte die Tonerde der Hügel, die das Tal begleiteten. Der Fluß rauschte dahin. An dem verkrusteten Schlamm des Ufers war zu erkennen, wie weit sich die Wasser unter der Einwirkung der sommerlichen Hitze zurückgezogen hatten. Der Grauschimmel soff durstig, und auch Harka legte sich hin, trank in langen Zügen und füllte seinen Wassersack nach. Als das getan war, machte der junge Bursche sein Tier fest, ließ es weiden und verfertigte sich aus Schwanzhaaren des Grauschimmels und einer langen Weidengerte eine Angel. Im feuchten Ufergelände fand er Würmer und anderes Getier genug, das als Köder dienen konnte. Ehe er zu angeln anfing, lief er auf einen der Hügel hinauf, um noch einmal gründlich Ausschau zu halten. Rings lag das Land einsam; kein Mensch schien hier zu hausen oder unterwegs zu sein. Harka kehrte daher beruhigt an das Ufer zurück und begann zu angeln. Das Wasser wimmelte von Fischen, und nach einer Stunde schon hätte der junge Angler mit seiner Beute ein Zelt mit vielen Insassen sättigen können. Er sammelte trockenes Holz und machte sich zum erstenmal, seit er unterwegs war, ein Feuer. Die Fische nahm er sorgfältig aus und briet sie in der Asche. Dann aß er allein für sechs. Wer wußte, wann er wieder so

reichlich und in Ruhe speisen konnte! Den elenledernen Rock hatte er abgelegt. Er ließ sich die Sonne auf den Rücken scheinen und schlief zwei Stunden. Wieder erwacht, musterte er Ufer und Strom und überlegte, wie er am besten über das reißende und tückische Wasser hinübergelangen könne. Ein Boot hatte er nicht, also mußten er und sein Grauschimmel schwimmen. Alles durfte naß werden, wenn es sich nicht vermeiden ließ, selbst seine Kleidung, aber nicht der Revolver und die Munition dazu. Harka schnitt sich daher dünne Weidenzweige und flocht sich einen runden Korb. Das war allerdings Weiberarbeit, aber wenn es darauf ankam, verstand er sie auch. Der Korb war praktisch. Er konnte außer Revolver und Munition auch seine Pfeile, sein Beil, seine Keule und seine Kleidung darin verstauen und sich das Ganze auf den Kopf binden. Bogen und Lasso nahm er über Schulter und Rücken.
Er hatte nicht die Absicht, zu verbergen, wo er in den Strom hineinging. Er wußte, daß er starken Abtrieb haben würde, und wenn ihn das Wasser mit seinen Strudeln nicht irgendwo verschlang, kam er ein gutes Stück stromabwärts an das andere Ufer. An der Stelle, an der er das jenseitige Ufer erreichte, wollte er seine Fährte sorgfältig auslöschen. Dazu war am besten das Bett eines kleinen Nebenflusses geeignet, der weiter unten in den Missouri von Süden einmündete.
Die Sonne hatte ihren höchsten Stand eben überschritten, als Harka sich aufmachte. Den Korb auf dem Kopf, schwang er sich auf sein Pferd und trieb es in das Wasser. Dabei ließ er dem Tier soviel Freiheit wie möglich, denn die Wildpferde kannten die Wildwasser und hatten schon als Füllen mit ihren Müttern Erfahrungen darin gesammelt, hindurchzugelangen, ohne zu ertrinken. Als das Tier den Grund verloren hatte und auch schon weit genug in den Strom hinausgelangt war, um nicht mehr an das Ausgangsufer zurückschwimmen zu wollen, ließ Harka den Mustang fahren und schwamm allein. Dabei hielt er sich in der Nähe des Tieres, das mit äußerster Anstrengung arbeitete, um dem gefährlichen Wasser wieder zu entkommen. Harka kraulte. Die Flut riß ihn mit, aber einmal hielt sie ihn fest, und fast hätte ihn ein Strudel hinuntergezogen. Er konnte der

unheimlichen Gewalt eben noch entkommen, und mit großer Mühe holte er seinen Grauschimmel wieder ein, der jetzt das gegenüberliegende Ufer in erreichbarer Nähe sah und blindwütend dorthin strebte. Fast zur selben Zeit wie das Pferd spürte Harka den schlammigen Grund unter seinen Füßen, und da das Tier jetzt mit größerer Mühe vorankam und mit den Hufen immer wieder einsank, gelang es ihm, es einzuholen und den Zügel zu fassen.
Als er den Grauschimmel in den Nebenfluß hinaufgeführt hatte, leitete er ihn eine lange Strecke in diesem Flußbett aufwärts, nach Süden zu. Das Vorwärtskommen in dem Wasser war mühsam und langwierig, aber die Spuren ließen sich so am besten verbergen. Erst am Abend stieg der Bursche ab, ließ sein Tier ledig, nur mit dem Lasso um den Hals, an das harterdige Ufer steigen und lief selbst mit leichten Füßen, fast ohne Spuren zu verursachen, auf das kurze Gras hinauf. Er ließ das Tier am Lasso noch kreuz und quer laufen, bis er endlich hinhuschte, aufsprang und davonritt. Er war ein so leichtgewichtiger Reiter, daß Verfolger an den Hufeindrücken kaum feststellen konnten, wann er aufgesessen war. Bis tief in die Nacht hinein überließ er es dem Tier, wie es laufen wollte.
Endlich machte er halt. Er nahm an, daß seine Person keinem Verfolger eine tagelange Suche wert sein würde. So mochte die Art, wie er die Fährte unterbrochen hatte, genügen. Reiter und Pferd hatten die Nässe abgeschüttelt. Harka packte seinen Korb aus; es war darin alles trocken geblieben, und er war sehr befriedigt, daß die Überquerung so gut gelungen war. Er gönnte sich und dem Tier eine lange Rast und hängte die Büffelhautdecke, die ganz und gar naß geworden war, an Büschen zum Trocknen auf.
Das nächste Ziel Harkas war die Farm von Adamson. Vielleicht konnte er dort einen Fellrock und Pelzmokassins für den Winter bekommen. Auf der Station des Abraham hatte er sich mit einem solchen Handel nicht aufhalten wollen. In dem Zeltlager der Siksikau befanden sich die Felle der sechs Büffel, die Mattotaupa, und das Fell der Büffelkuh, die Harka erlegt hatte. Die Felle waren noch nicht fertig gegerbt, aber man hätte Win-

terkleidung dafür eintauschen können. Harka dachte nur flüchtig an diese verlorene Habe. Er war schon gewohnt, daß er immer wieder von vorn anfangen mußte. Das einzige, was ihn von der Nacht seiner Flucht aus den Zelten der Bärenbande an begleitet hatte und ihm nie verlorengegangen war, das waren sein Pferd und die Büffelhautdecke, die er mitführte. Für den Grauschimmel und für die Decke, auf der Taten seines Vaters in Bildern dargestellt waren, empfand er um so mehr Anhänglichkeit, je einsamer er wurde.
Harka fand Fährten, die auf die Nähe eines indianischen Zeltlagers deuteten, und ging diesen sorgfältig aus dem Wege. Auch wenn die Bewohner vielleicht Siksikau oder Mandan waren und sich weder feindselig zeigen noch Harka festhalten würden, so hatte er doch nicht Lust, Rechenschaft darüber zu geben, woher er komme und wohin er gehe.
Die Farm des Adamson zu finden war in der Wildnis nicht leicht, aber Harka nahm an, daß es auch nicht allzuschwer sein würde. Thomas und Theo hatten die Lage angedeutet, und weiße Männer pflegten große Feuer zu machen, deren Rauch ein Indianer mit dem Winde nicht nur meilenweit roch, sondern den er auch über wenigstens zwanzig Kilometer hin sah. Harka wollte sich nur in acht nehmen, daß er nicht einer Abteilung der Norddakota in die Hände lief, und darum wurde er sehr vorsichtig. Oft hielt er an, um auszuspähen; er achtete auf alle Fährten. Seine Mahlzeiten wurden karg. Einmal nahm er ein Mauseloch aus, in dem er einen kleinen Vorrat wilder Rüben fand. Ein andermal gelang es ihm, einen Präriehund zu erlegen, ein fettes kleines Nagetier, etwas größer als ein Eichhörnchen. Er wagte es jedoch nicht mehr, sich ein Feuer zu machen, und so wurde er zwar satt, aber der Genuß war nur der halbe.
Die milden Tage waren vorüber. Nach Mitternacht setzten jetzt schon eisige Herbstwinde ein, der Auftakt des Winters. Morgens war die Prärie bereift. Harkas Büffelhautdecke war nach der Überquerung des Missouristromes noch immer nicht ganz getrocknet. Er fand viele Wolfsfährten. Ganze Rudel mußten in dieser Gegend unterwegs sein. Alles in allem war Harka daher sehr froh, als er eines Tages in weiter Entfernung Rauch sah

und des Abends bei Eintritt der Dunkelheit das rötliche Leuchten eines Feuers wahrnahm. Das mußte ein offenes Feuer sein. Er trieb sein Pferd an.
Als er eine Bodenwelle erreichte, von der aus er wieder Ausschau halten konnte, wurde es ihm zur Gewißheit, daß er eine Farm vor sich hatte. Winzig klein sah er die Schatten zahlreicher „zahmer Büffel", wie die weißen Männer sie sich zu halten pflegten, und außer dem Schein des offenen Feuers entdeckte er einen zweiten Lichtschimmer, der sich aus einem Hause herauszustehlen schien, das zwischen Gebüsch und Bäumen stand.
Harka galoppierte in Richtung des offenen Feuers. Als er in die Nähe der Viehherden gelangte, kamen ihm zwei Bluthunde mit wütendem Gebell entgegen. Das eine Tier sprang Reiter und Pferd an. Harka griff zu der Lederpeitsche und hieb sie dem Hund über die Schnauze, so kräftig, daß das Tier abglitt. Schon hatte auch der Grauschimmel die Hunde hinter sich gelassen.
Der junge Reiter erreichte die Viehherde, die nach dem Urteil seines an Wildtiere gewöhnten Geruchsinnes abscheulich stank. Beim Feuer stand ein bärtiger Mann, die Flinte in der Hand.
„He! Wer kommt?" Das grasende Pferd neben ihm hob plötzlich den Kopf.
„Gut Freund!" Harka hatte das lodernde Feuer erreicht, riß seinen Mustang zurück, so daß er stieg, und hob grüßend die unbewaffnete Hand, um seine friedlichen Absichten zu unterstreichen. Er hatte den Mann längst erkannt: „Thomas!"
„Harry! Harry! Junge, Junge! Wo kommst du denn auf einmal her? Mitten in der Nacht!"
Der junge Indianer sprang ab, nahm sein Pferd am Zügel und ging auf Thomas zu. „Kann ich bis zum Morgen hierbleiben?"
„Solange du willst! Mach's dir bequem. Du bist doch nicht etwa ganz allein?!"
„Ich bin allein."
„Aber Kind . . . junger Mann . . . Also setz dich erst einmal zum Feuer!"
Harka machte den Grauschimmel fest und ließ sich nieder. Zum erstenmal in seinem Leben störte es ihn, daß er noch keine

Pfeife besaß. Thomas stopfte seine neu. „Eine solche Überraschung!"
Die Wärme tat Harka wohl, die Wärme des Feuers, zu dem er die Füße streckte, und auch der warme Ton, mit dem Thomas ihn begrüßte. Der Cowboy reichte dem jungen Indianer ein Stück erkalteten Braten, und Harka aß hungrig.
„Wie hast du uns denn finden können?"
Der Indianer deutete stillschweigend auf das Feuer.
„Ja, ja, das Feuerchen! Haben wir gemacht, um die Wölfe zu schrecken. Diese Bestien! Der Winter kommt früh, und ganze Meuten haben es auf unser Vieh hier abgesehen. Fünf Hunde haben sie uns schon zerrissen. In die Schafhürde sind sie eingebrochen, und die Schafe sind in blinder Angst ausgebrochen. Zweiundzwanzig Schafe haben uns die Wölfe geschlagen. Adamson ist außer sich!"
Harka verzog die Mundwinkel geringschätzig.
„Was soll man dagegen machen!" rief Thomas.
„Die Wölfe jagen."
„Das mach du mal. Wir können nur auf eine Weise jagen, mit Gift oder mit Hunden, sonst fressen die Hunde das Gift! Theo ist heute nacht mit den meisten Hunden bei der Schafhürde, dort drüben, südlich des Hauses. Adamson ist von einem Wolf angefallen worden, als es gestern um die Schafe ging. Er liegt im Haus. Übrigens sind die Bestien schlau. Kilometerweit laufen sie. Tags sind sie einfach verschwunden. Aber nachts, da . . . Hörst du? Siehst du? Verdammt . . ."
Das Vieh drängte sich zusammen, die Stiere schnaubten und warfen die Hörner. Die Hunde, die bei der Rinderherde wachten, hatten sich zusammengefunden und bellten wütend. Harka sprang vom Boden auf und machte sein Pferd los, das unruhig witterte. Er saß auf. Thomas hielt neben ihm.
„Vorwärts, das sind Wölfe. Wir müssen angreifen!" rief der junge Indianer zornig, weil Thomas noch einen Augenblick zu zögern schien. „Willst du warten, bis die Wölfe die Rinder zerreißen?"
Die Hunde hatten sich ein Stück zurückgezogen und bellten, ohne die Absicht, sich mit den Wölfen zu beißen. Das Vieh

drängte sich dichter zusammen; schwächere Tiere befanden sich in der Mitte, die kräftigen bildeten den äußeren Ring und senkten die Hörner. Am weitesten hatten sich die beiden Stiere vorgewagt, und dorthin sprengte Harka. Thomas folgte und gab zwei krachende Schüsse ab. Die Stiere brummten dumpf und drohend.
Der junge Indianer hatte bei den heimischen Zelten der Bärenbande von seinen Gefährten nicht ohne Grund den Namen Nachtauge erhalten. Er sah auch in der Dunkelheit ausgezeichnet, und so erblickte er jetzt schon von weitem über dem Rist des einen der Stiere zwei grünschillernde Punkte. Wolfsaugen! Harka versandte den ersten Pfeil; die Augen verschwanden. Zugleich begriff der junge Bursche, wie schwer der Stier, der seine Herde schützen wollte, noch zu kämpfen hatte. Das Brummen des Tieres war verstummt. Es ging in die Knie und warf mit den Hörnern einen Wolf hoch in die Luft, ein zweiter folgte. Harka jauchzte laut auf. Er gelangte zu den beiden Stieren und bremste sein Pferd. Ein geiferndes, schattenschaft umherhuschendes Wolfsrudel schien eben den Rückzug anzutreten, wahrscheinlich nur, um an anderer Stelle anzugreifen. Harka und Thomas schossen gleichzeitig. Harka lautlos, Thomas knallend. Fünf Wölfe schienen im ganzen erlegt zu sein; drei durch Schüsse, zwei durch den mutigen Stier. Mit der Schnelligkeit eines Mustangs verschwanden die übrigen mageren, langbeinigen Raubtiere hinter der Bodenwelle. Harka sprengte auf diese Anhöhe hinauf und sah jenseits zehn Wölfe westwärts huschen. Er sandte wieder einen Pfeil hinterher und galoppierte dann zu der Viehherde zurück. Aber von dort schienen sich alle Raubtiere weggezogen zu haben. Dagegen krachte die Büchse Theos im Süden bei der Schafhürde. Thomas setzte sein Pferd in Bewegung, um seinem Zwillingsbruder zu Hilfe zu kommen, und die Hunde, die ihn als Hirten kannten, rannten hinter ihm her.
So blieb Harka allein bei den Rindern; nur die beiden Bluthunde, die ihn beim Herankommen hatten anfallen wollen, hielten jetzt bei ihm aus. Die Stiere waren durch ihren Erfolg ermutigt. Sie umkreisten die Herde, schnaubten und stampften

im Bewußtsein ihrer Kraft, und die Wölfe schienen hier nicht so leicht ein zweites Mal anbinden zu wollen.
Am Himmel zogen Wolken. Sterngruppen verschwanden dahinter und leuchteten wieder auf. Der Wind fuhr in das Feuer, so daß es bald hoch aufflackerte, bald zu verlöschen schien. Der zuckende Schein fiel über die nächtlich-dunklen Wiesen, über das sich drängende, immer noch aufgeregte und angsterfüllte Vieh. Die beiden Bluthunde verfolgten schnuppernd Wolfsfährten. Harkas Grauschimmel war verwirrt. Die Stiere, die jetzt aufgebracht hin und her galoppierten, weckten in dem Mustang die Erinnerung an Büffeljagden, und er wollte ausbrechen, um diese Stiere zu verfolgen; gleichzeitig zitterte er aus Angst vor den Wölfen. Harka hatte den Zügel um den Arm genommen, um den Mustang jederzeit anhalten zu können. Die Hände brauchte er für Bogen und Pfeil.
Die beiden Hunde, die sich weit vorgewagt hatten, heulten auf, und schon sah Harka auch, wie sie mit einem großen Wolf kämpften. Er wollte ihnen das Raubtier überlassen, aber der Wolf erhielt Unterstützung von seinem Rudel, und schon war der eine der Hunde verloren, zerbissen, während der andere, von zwei Wölfen verfolgt, zu Harka floh. Das war eine prächtige Gelegenheit für einen jungen Meisterschützen, sein Können zu zeigen. Harka spannte den Bogen und schoß mit großer Schnelligkeit zweimal hintereinander. Beide Wölfe waren getroffen. Die Stiere galoppierten herbei und nahmen voll Wut die toten Raubtiere noch auf die Hörner. Harka mußte sich vorsehen, daß er mit seinem Mustang nicht zwischen die rasenden Tiere geriet.
Von Süden her krachten wieder Schüsse, und Harka hörte die heiseren Schreie von Thomas und Theo, die ihre Hunde anfeuerten. Jetzt knarrte auch die Tür des Hauses, das zwischen Bäumen und Gebüsch an einem Teich stand, der wohl das Überbleibsel eines im Sommer ausgetrockneten Flußlaufes war. Es kam jemand heraus, schwang sich auf ein Pferd, das bei der Tür angehängt gewesen war, und galoppierte zur Rinderherde herbei. Der Reiter hatte eine merkwürdige, ein wenig dickliche Figur und schien Harka nicht zu sehen. Daher rief der junge In-

dianer laut: „Hi-je!“ und der Reiter lenkte nun auf ihn zu. Als er näher kam, erkannte Harka, daß er eine Frau in Hosen vor sich hatte; wahrscheinlich war es das Weib des Adamson. Sie hatte eine Büchse bei sich. Als sie Harka erreichte, schreckte sie verwundert zurück, aber er erklärte ihr schnell auf englisch, daß er ein Freund von Thomas sei und helfen wolle, die Wölfe zu verscheuchen. Er bat sie, sich lieber um das unbewachte Feuer zu kümmern, damit kein Präriebrand entstehe. Mit den Wölfen wollte er hier bei der Rinderherde schon selbst fertig werden. Nach einem kurzen Bedenken befolgte sie den Rat, trieb ihr Pferd zum Feuer, stieg ab und riß das Holz auseinander.
Bei der Schafhürde wurde nicht mehr geschossen. Die Unruhe der Tiere und Menschen währte aber noch bis zum Morgengrauen. Als es hell wurde, ließ der Wind nach. Die Wolken ballten sich, und es ging ein kurzer Hagelschauer nieder, dessen Körner, groß wie Haselnüsse, über Menschen und Tiere prasselten und die Prärie in ein weißes Feld verwandelten, als ob Schnee gefallen sei. Das Vieh blökte.
In Harkas schwarzem Haar und in der hellen Mähne seines Mustangs saßen Hagelkörner. Er sah, daß die Frau wieder zum Haus ritt. Im Süden, bei der Schafhürde, johlten Thomas und Theo, und Thomas galoppierte jetzt zu Harka.
„Triumph und Sieg!“ schrie er. „Die Hürde hat gehalten! Nicht ein Stück Vieh verloren! Komm, Harry, hol dir auch die Wolfsohren!“
Die beiden ritten zusammen umher. Harka hatte fünf Wölfe erlegt und schnitt sich die Ohren als Wahrzeichen ab. Seine Jagdpfeile zog er aus den Körpern von drei Tieren unversehrt heraus, reinigte sie und steckte sie wieder in den Köcher. Von den Pfeilen, mit denen er die letzten beiden Wölfe getötet hatte, waren die Schäfte zerbrochen, aber die Spitzen, die im Fleisch steckten, nahm Harka auch wieder an sich; damit konnte er leicht neue Pfeile herstellen.
„Das war 'ne Nacht, was?“ schwatzte Thomas weiter. „Gut, daß du gekommen bist, Harry!“
Er ritt mit dem jungen Indianer zusammen zu dem Haus. Auch Theo ritt von Süden heran. Die Pferde soffen am Teich, und als

sie angehängt waren, legten sie sich müde nieder, ohne zu fressen.
Theo schlug Harka auf die Schulter. „Der Junge ist da, der Harry! So ist's richtig."
„Theo", sagte Thomas, „willst du das Vieh etwa unbewacht lassen? Nimm dir ein anderes Pferd und mach dich wieder auf. Ich bring dir das Frühstück hinaus!"
Theo gehorchte ungern, aber ohne Widerspruch. Thomas öffnete die Haustür und bat Harka, mit einzutreten. Es war ein einfaches, solides Blockhaus, das Adamson sich gebaut hatte. Das Haus enthielt nicht mehr als zwei Räume. Der erste war Küche, Aufenthaltsraum und Schlafraum. Der zweite, hintere diente wahrscheinlich zum Aufbewahren von Vorräten. Fenster waren nicht vorhanden, nur Schießscharten. Licht fiel jetzt durch die geöffnete Tür herein. Adamson lag auf einer Lagerstatt aus Brettern und schafwollenen Decken. Prüfend schaute er auf die beiden Ankömmlinge. Die Frau stand am steinernen Herd und machte Feuer, um Wasser zu wärmen.
Thomas begann zu reden. „Adamson, Adamson! Wir haben mehr Glück als Verstand gehabt. Du hast uns als dritter Mann gefehlt, aber dieser junge Indianer hier, Harka Wolfstöter, ist gekommen und hat uns geholfen. Nicht ein einziges Stück Vieh ist verloren, kein Rind, kein Schaf. Bewirte unseren jungen Gast königlich, wie sein Vater uns in seinem Zelte bewirtet hat!"
„Uns?" knurrte Adamson. „Euch, meinst du! Aber spiel du den König, Thomas, wenn's dir beliebt."
„Adamson, du bist ein guter Farmer, aber du bist geizig, und daran gehst du noch zugrunde. Wir sind eine Farm in der Wildnis, Vorposten! So was von Beute haben die Wölfe hier noch nicht erlebt. Eine Rinderherde, die am Platze bleibt und nicht wandert! Mann, so bedenke doch, den Wölfen läuft das Wasser im Munde zusammen, und sie schwärmen heran wie die Bienen zu den Blüten einer Frühlingswiese! Adamson, ich rate dir gut, besorge dir einen Hirten mehr, und du wirst weniger Vieh verlieren. Harka Wolfstöter hat fünf Wölfe mit dem Pfeil erlegt."
„Nun gib dem Bengel mal was Ordentliches zu essen, Frau. Er wird dann ja weiterreiten wollen."

Harka erhielt Schafsfleisch; das aßen auch Thomas, Adamson und die Frau. Thomas packte ein Teil für Theo ein. Harka hatte die Lider gesenkt. Seine Miene blieb verschlossen.
„Wo willst du denn eigentlich hin?" fragte Thomas schließlich ohne Umschweife.
„Zu meinem Vater. In die Black Hills."
„Jetzt im Winter? Bist du verrückt, Junge?"
„Vielleicht. Ich weiß es nicht."
„Bleib doch lieber hier und hilf uns hüten!"
„Ich bleibe nicht, hau." Als Harka das entschieden und unwiderruflich sagte, dachte er dabei an die Worte Adamsons: Er wird weiterreiten wollen!
„Wenn er zu seinem Vater will, hat er recht", sagte Adamson. „Wir sind hier auch Manns genug. Im Frühjahr kommt noch mein eigener Junge mit der Großmutter. Dann kann die Frau mehr für das Vieh da sein."
„Adamson, du bist ein Geizkragen", seufzte Thomas. Er wischte sich etwas aus den Augen.
Harka hatte fertig gegessen und stand auf.
„Ich gehe noch ein Stück mit dir, Harry", rief Thomas. „Warte nur einen Augenblick." Der Bärtige lief in die hintere Kammer und kam nach einiger Zeit mit einem großen, in eine Decke gewickelten Bündel zurück.
„So, jetzt komm."
Harka verabschiedete sich schweigend und stolz von Adamson. Die Frau wischte sich die Hände an der Schürze ab und kam herbei. „Ich schaue draußen noch nach den Hunden", sagte sie zu ihrem Mann auf dem Krankenlager. „Bin bald wieder da."
Die drei gingen durch die offene Tür ins Freie. Harka wollte sich gleich sein Pferd nehmen, aber Thomas drängte ihn davon ab. „Will dir erst noch was zeigen, Junge! Wir gehen zur Schafhürde, zum Theo."
Zu Fuß war der Weg dorthin ziemlich weit. Theo, der die drei kommen sah, ritt ihnen ein Stück entgegen, und als man sich traf, ließen sich die Zwillinge nieder. Da sich die Frau dazu setzte, setzte sich schließlich auch Harka.
Thomas fing an, sein Bündel aufzuknoten. „Da, Harry, schau

dir diese Biberfelle an! Was hältst du davon?"
Harka besah und befühlte sie. „Sie sind gut."
„Das will ich meinen! Viel zu gut für Old Abraham. Deshalb hat er sie auch nicht bekommen. Ergeben einen Winterrock, nicht ganz so dick wie ein Büffelfellrock, aber weich und warm! Was denkst du darüber?"
„Brauchbar."
„Die Felle sind schon für mich zugeschnitten, aber ich hab noch mehr von dem Zeug, genug von dem Zeug. Näh dem Jungen einen Rock daraus zusammen, Frau! Da – ich hab alles mitgebracht. Wenn du nicht mit uns gekommen wärst, Frau, ich hätt dem Jungen den Rock selber genäht."
„Dann hilf mir jetzt, Thomas, damit es schnell geht. Ich muß wieder ins Haus."
„Ja, ja! Der Mann ist streng. Nimm's ihm nicht krumm, Harry. Adamson ist ein Geizkragen geworden, weil er in der Heimat seinen Grund und Boden verloren hat – konnte die Zinsen für den Kredit nicht mehr aufbringen. Jetzt hat er um sein Hab und Gut mehr Angst als um sein Leben. Aber ich komme schon mit ihm zurecht. Er will eben reich werden, ein reicher Bauer werden. Etwas zu geizig fängt er das an. Nun, laß ihn, besser als die Pelzkompanie ist er immer noch."
Thomas und die Frau arbeiteten mit geschickten Händen. Schließlich wurde der Biberpelzrock für Harka fertig. Die Fellseite war nach innen gekehrt; so pflegten die Indianer sich im Winter zu kleiden.
„Ah!" Thomas betrachtete das gemeinsame Werk zufrieden. „Und da hast du noch zwei Felle, die nimmst du dir mit und bindest sie dir um die Füße, wenn's zu kalt wird."
„Hau."
„Hier den Proviant, vergiß das nicht! Dein Vater soll nicht sagen, wir hätten dich Hunger leiden lassen."
Man erhob sich. Harka sah die bärtigen Zwillinge und die Frau dankbar an, machte dann rasch kehrt und lief zu seinem Pferd. Den Biberpelzrock zog er gleich an, den Sommerrock und die beiden losen Biberfelle schnallte er dem Mustang mit der Büffelhautdecke zusammen um. Sie war jetzt endlich wieder ganz

trocken, auch durch die Nässe nicht hart geworden, denn sie war sehr sorgfältig gegerbt. Harka sprang auf, stieß einen hellen Ruf aus und galoppierte südwärts.
Die Frau ging ins Haus. Obgleich sie lange ausgeblieben war, sagte Adamson nichts, und erst nach einiger Zeit, als sie seine Wunde neu verband, bemerkte er nebenbei: „Der Junge hat mir auch gefallen, aber es hat keinen Zweck, Indianer als Knechte anzunehmen. Sind unstet wie Zigeuner und haben immer ihren eigenen Kopf."
Die Frau antwortete nichts.
Thomas und Theo hatten Harka draußen in der Prärie nachgeschaut, bis er ihrem Gesichtskreis entschwunden war.
„Was da los ist, das möchte ich wissen", dachte Theo laut nach, als er sich mit Thomas zusammen wieder an die Arbeit machte. „Erst wollte der Vater mit uns kommen, dann kam er nicht mit uns, und nun macht sich der Junge allein auf die Suche nach ihm. Armer Teufel."
„Armer Teufel."
Damit war das Thema abgeschlossen.
Der Bluthund, den Harka des Nachts vor den Wölfen gerettet hatte, lief dem jungen Reiter noch ein Stück nach, aber endlich blieb er doch zögernd stehen und machte schließlich kehrt. Um Harka dehnte sich wieder die weite, einsame Prärie. Er tat einen tiefen Atemzug und rührte die Schultern, als ob er etwas abschütteln müsse.
Es dauerte nicht lange, bis er die Region des Hagelschlages hinter sich gelassen hatte. Das Unwetter war nur über einem begrenzten Gebiet niedergegangen. Gegen Mittag fand er ein ausgetrocknetes Bachbett. Da es noch bis vor kurzem Wasser geführt zu haben schien, ritt er aufwärts, in der Hoffnung, daß die Quelle noch Wasser habe, und das traf auch zu. Zwischen dem Gebüsch an den Quellufern ließ er sich nieder und holte mit seinem Grauschimmel zusammen die verlorene Nachtruhe nach. Schon lange vor Sonnenuntergang war er aber wieder unterwegs.
Er befand sich jetzt im Kernland der Teton-Dakota-Stämme, im Quellgebiet der Bäche und Flüsse, die ihr Wasser ostwärts dem

Missouri zuführten. Bis zu den nördlichen Ausläufern der Black Hills hatte er immer noch mehr als vier Tagesmärsche vor sich, im Südgebiet dieses Bergstockes aber sollte sich sein Vater im Sommer befunden haben. Die Suche war schwierig und ungewiß.
Der Himmel bezog sich jeden Morgen, wenn der Mond untergegangen war, mit grauen Wolken. Die Luft war feucht, und Harka spürte, daß es bald schneien würde. Der Mustang fraß bei jeder Rast, was er nur fressen konnte. Sein Instinkt sagte ihm, daß die Hungerzeit des Winters bevorstand. Wenn er keinen Reiter gehabt hätte, würde er wie die wilden Mustangs und die Büffel nach Süden gezogen sein. Harka fand die Fährten großer Pferdeherden und auch frische Spuren auf einem alten Büffelpfad. Aber das alles floh er, um nicht den Dakota zu begegnen. Eines Morgens erblickte er am Horizont die bewaldeten Berge, die sein Ziel waren. Als dunkle Insel erhoben sie sich aus der unendlichen Prärie.
An demselben Morgen begann es auch zu schneien. Die Flokken wirbelten in Richtung des Windes, der Harka im Rücken faßte und so stark blies, daß der Reiter sich fast gehoben und weitergetragen fühlte; und Harka hoffte nur, daß es damit nicht ernst werden würde. Die Stürme, die über die Grassteppe brausten, waren gefährlich. Es wurde hohe Zeit, daß er den schützenden Wald erreichte. Aber bei Tage wagte er es nicht, sich ihm zu nähern, denn in den Bäumen konnten sich Spähernester der Dakota befinden. Zunächst bot ihm noch das Flockengewirbel Schutz. Als es nachließ, hielt er sich in Taleinschnitten, hinter Bodenwellen, und verlor durch diese Umwege viel Zeit. Dem Walde wollte er sich des Nachts nähern und erst, nachdem er auf einem Kundschaftsgang zu Fuß alle Spuren im Schnee untersucht hatte.
Der Schnee fing das Mond- und Sternenlicht. Harka wünschte sich ein weißes Wolfsfell als Tarnung herbei, aber der Wunsch blieb unerfüllbar. Er konnte nichts weiter tun als wie bisher das Gelände klug zu benutzen. Das Flußtal, das sich nördlich um den Bergstock wand, war ihm günstig. Sobald er es mit seinem Pferd gewonnen hatte, bewegte er sich wieder etwas freier, und

durch Fischen konnte er auch seinen Hunger stillen, ohne seinen Mundvorrat ganz aufzuzehren.
Endlich war er in die waldigen Hänge der Berge eingedrungen. Das Pferd war ihm jetzt hinderlich. Der Mustang hinterließ viele unerwünschte Spuren und kam hier nicht schneller vorwärts als ein Indianer zu Fuß. Aber Harka wollte den Grauschimmel nicht aufgeben, und so ritt er bald, bald führte er das Tier am Zügel. Im Wald konnte er sich leichter verstecken, aber auch leichter überrascht werden. Gegen Unbilden des Winters gewährte das bewaldete Gelände einen gewissen Schutz. Der Schnee lag nicht so hoch auf dem Boden wie draußen auf der Prärie. Die Bäume fingen die Stürme ab. Es gab immer Holz, um Feuer zu machen, und Wasser war überall leicht zu finden. Der Grauschimmel konnte nahrhafte Baumrinde knabbern, wenn der Boden unter Schnee lag.
Harka gewann die höheren, steileren und rauheren Regionen der Berge, wo die Bewohner der indianischen Zeltdörfer nur auf Jagd hingelangten. Es war noch nicht so kalt, daß es ihn gestört hätte, von Bäumen und Felsen geschützt in seiner Büffelhautdecke zu schlafen. Da er schon eine so große Strecke zurückgelegt hatte, ohne von den Dakota entdeckt zu werden, faßte er Vertrauen, daß sein Vorhaben ihm auch weiterhin gelingen würde. Er gewöhnte sich an das Umherstreichen, aß, wann er wollte, und war immer aufmerksam wie ein Wildtier, das viele Feinde hat. Es schien ihm zweckmäßig, sich nirgends festzusetzen, sondern jeden Tag woanders zu sein. So häuften sich seine Fährten nirgends und konnten zwischen denen umherschweifender Jäger kaum auffallen.
Harkas Vorhaben war, den Hang und die geschützte Lichtung aufzusuchen, auf der im vorvergangenen Winter die Zelte der Bärenbande gestanden hatten, ehe die Gruppe im Frühling unter Mattotaupas Führung zum Pferdebach aufgebrochen war. Nahe dieser Lichtung befand sich die Höhle, in der es ein Geheimnis gab. In der letzten Nacht vor dem Aufbruch der Zelte hatte Mattotaupa seinem Sohn dieses Geheimnis einer Höhle, die als Zauberhöhle galt, enthüllen wollen. Infolge merkwürdiger Ereignisse war es nicht mehr dazu gekommen.

In seinen geheimsten Gedanken plante Harka, noch einmal diese Höhle aufzusuchen. Vielleicht konnte er irgend etwas finden, was darauf schließen ließ, daß sie anderen Menschen bekannt war. Vielleicht zog es auch Mattotaupa zu dieser Höhle, deren Geheimnis er besaß und deren Geheimnis so verhängnisvoll für ihn geworden war. Vielleicht konnte Harka bei dieser Höhle seinen Vater oder dessen Spur finden.
Sein Vertrauen in die Aufrichtigkeit und Unschuld des Vaters war unerschütterlich, aber gegen Red Jim, mit dem Mattotaupa unterwegs sein sollte, hatte sich in Harka in der Zeit der Verbannung ein wachsendes Mißtrauen herausgebildet.
Das Mißtrauen gegen Jim ging bei Harka so weit, daß er ihn auch in dem unbestimmten Verdacht hatte, er wolle bei der Zauberhöhle herumspionieren, und es zog Harka unwiderstehlich, sich in diesen Dingen, die für sein Leben entscheidend geworden waren, vollständige Gewißheit zu verschaffen.
Langsam, auf vielen Zickzackwegen, näherte sich der junge Indianer den Südhängen des Bergstockes. Die Spuren, die er beobachtete, warnten ihn vor zahlreichen Dakota, die irgendwo in den Wäldern ihre Winterquartiere bezogen haben mußten und auf Jagd umherstreiften. Er zog sich deshalb in noch größere Höhen zwischen bizarr aufragende Felsen zurück. Von dort aus drang er dann mehrmals in die unmittelbare Umgebung der Höhle und in die Nähe der Lichtung vor, auf der vor zwei Jahren die Zelte der Bärenbande gestanden hatten. Ein Windbruch hatte die Gegend verändert, und Harka stellte fest, daß diese Lichtung, überhaupt der ganze Berghang, zur Zeit nicht bewohnt war. Auch Spuren von Jägern waren hier nicht vorhanden, wohl aber die Fährte eines einzelnen ledigen Pferdes mit unbeschlagenen Hufen. Harka ging dieser Fährte nach, da sie ihn wundernahm, konnte aber das Tier nicht finden. Alte und neue Spuren mischten sich wirr, und Harka gab die Suche vorläufig auf, da sie ihm zu zeitraubend wurde. Er hatte sich überzeugt, daß der Mustang reiterlos war.
Eines Nachts faßte der junge Indianer endgültig den Entschluß, in die Höhle einzudringen. Der Eingang und die Strecke bis zu einem unterirdischen Wasserfall waren ihm bekannt. Da er da-

mit rechnete, daß er sich längere Zeit in der Höhle aufhalten würde, brachte er seinen Grauschimmel auf eine nur schwach verschneite Waldwiese, auf der das Tier besseres Futter fand als seit Tagen und von der es sich sicher nicht so rasch entfernen würde.
Sollte das doch der Fall sein, konnte er es nach den Fährten im Schnee leicht finden. Er ließ das Tier daher unbewacht und frei stehen und weiden, nahm ihm auch den Zügel vom Unterkiefer ab. Die Büffelhautdecke, die Harka auf seinem Gang nicht gebrauchen konnte, blieb dem Tier aber umgeschnallt. Er selbst machte sich in der noch ungebrochenen Dunkelheit zu dem Höhleneingang auf. Der Eingang zur Höhle befand sich inmitten einer Felswand, die sich aus dem Waldhang senkrecht erhob. Für einen Alleingänger war es schwierig, von unten hinaufzuklettern, da der Fels sich unterhalb des Höhleneinganges vorwölbte. Das einfachste war, ein Lasso an einem Baum oberhalb der Felswand zu befestigen und sich daran bis zu einem Felsvorsprung herabzulassen, von dem aus man ohne große Schwierigkeit um einen Felsbuckel herum zum Höhleneingang queren konnte. Diesen Weg hatte vor einundeinhalb Jahren Mattotaupa mit seinem Jungen gemacht, und Harka wollte ihn jetzt wieder wählen. Vorher aber erkletterte er einen der hohen Bäume unterhalb der Felswand, um aus dem Gezweig heraus zu der Wand und dem schwarzen Loch hin zu spähen, dem Maule der Höhle, aus dem in der kalten Jahreszeit dampfender Atem zu dringen schien. Harka suchte jeden Meter, jeden halben Meter, fast jede Handbreit der Felswand, des Mooses, das sich an einigen Stellen ansiedeln wollte, der vom oberen Rand herabhängenden Baumwurzeln und der daran verhafteten Schlinggewächse ab. Nichts daran, nicht die kleinste Veränderung deutete auf die Anwesenheit eines Menschen.
Der junge Indianer kletterte wieder vom Baume herunter und erstieg am Waldhang die Höhe der Felswand. Der Waldboden war hier überall felsig, bot feste Tritte, und wenn der Hang auch sehr steil war, so ließen sich doch Spuren verhältnismäßig leicht vermeiden, da auch der Schnee nur stellenweise haftete. Die Nacht war dunkel; der Mond war noch nicht über die Wip-

fel gestiegen, und so leuchtete nur der Schnee in schweigsamer Gemeinschaft mit den fernen Sternen.
Ein Käuzchen schrie. Harka erinnerte sich, daß auch damals, als er mit dem Vater hier unterwegs gewesen war, ein Käuzchen geschrien hatte, aber erst, als die beiden Indianer die Höhle wieder verließen. Die Vorgänge jener Nacht hatten den Knaben so stark beeindruckt, daß ihm jede Einzelheit im Gedächtnis geblieben war.
Als er über der Felswand anlangte, suchte er sich denselben Baum, an dem der Vater damals das Lasso befestigt hatte. Harka legte den langen Lederriemen darum, und dabei fiel ihm auf, daß an der Rinde dieses Stammes kein Schnee haftete, wie es bei den Nachbarbäumen der Fall war. Irgend jemand mußte den Schnee abgeputzt haben. Kein Tier und keine Naturgewalt tat das auf so systematische Weise. Hier, so vermutete Harka, war ein Mensch gewesen, und zwar nach dem letzten größeren Schneefall, also innerhalb der letzten sechs Tage. Was hatte der Unbekannte für ein Interesse daran gehabt, den Stamm vom Schnee zu reinigen?
Sollte niemand durch etwaige Schneespuren feststellen können, daß er ein Lasso um diesen Baum gelegt hatte?
Harka überlegte, beschloß aber, sich nicht von seinem Vorhaben abbringen zu lassen. Er befühlte den Stamm mit den Fingerspitzen, aber an der glatten Rinde war nichts eingekerbt oder abgeschürft. Er legte nun sein ledernes Lasso um den Stamm, faßte die beiden lang herabhängenden Enden fest zusammen, stemmte die Füße gegen den Fels und lief so, in waagerechter Haltung, am Lasso weitergreifend, die Wand hinunter bis zu dem Vorsprung, auf dem er Fuß fassen konnte. Er faßte das eine Lassoende, zog das Lasso vom Baume ab und legte es kunstgerecht in Schlingen, um es mit sich zu nehmen. Vorsichtig horchend und spähend umkletterte er den Felsbuckel und gewann den Eingang der Höhle. Schnell schlüpfte er in das dunkle Loch hinein. Jetzt hatte er gute Deckung.
Er wartete, ob sich etwas rühren werde, aber das war nicht der Fall. So erhob er sich und begann tiefer in die Höhle einzudringen. Es tropfte von der Höhlendecke, und Harka mußte die

merkwürdigen Felsgebilde umgehen, die von der Decke herunter- und vom Boden emporwuchsen. Der Höhlenboden senkte sich. Aus dem Inneren des Berges drang ein Singen und Rauschen, das allmählich stärker wurde. Harka wußte schon, daß es von den unterirdischen Wassern stammte. Er war gewandt, und es gab für ihn keine ängstlichen Bedenken, die ihn hätten hemmen können. So gelangte er ziemlich schnell voran. Das Rauschen wurde immer gewaltiger, und schließlich dröhnte es Harka in den Ohren.

Er erinnerte sich jetzt an den Augenblick, in dem er damals mit dem Vater zusammen an das Wasser gelangt und, von etwas Unbekanntem gepackt, fast mit dem Wasserfall in die Tiefe gerissen worden war. Das Entsetzen einer sekundenlangen Todesangst war ihm wieder gegenwärtig. Er ging deshalb sehr behutsam vor und suchte mit Hand und Fuß immer sichere Griffe und Tritte. Er senkte sogar die Augenlider, um sich nicht etwa durch irgendein Schimmern der Augen im Finstern zu verraten, falls außer ihm noch jemand in der Höhle weilte.

Schon trafen ihn die versprühenden Tropfen des Wassers, das rechter Hand aus dem Felsen herunterstürzte, den Höhlengang querte und dann links in finstere Tiefen hinunterdonnerte.

Auf einmal versiegte der Sprühregen. Harka hatte die Empfindung, daß sich vor ihm irgend etwas bewegt haben müsse, obgleich er nicht hätte sagen können, worauf diese Wahrnehmung beruhte. Er glaubte einen Menschen zu riechen; sein Geruchssinn war fein, fast wie der eines Hundes. Was er roch, war kein Indianer, sondern ein Weißer in lange nicht gewaschener, verschwitzter Kleidung. Der Geruch kam beklemmend dicht an ihn heran. Harka hatte keine Zeit mehr zu überlegen. In instinktivem überwältigendem Haß gegen jeden möglichen fremden Eindringling und in dem Gefühl, von dem anderen angegriffen zu werden, wenn er nicht selbst angriff, riß er das Dolchmesser heraus.

Das war die ihm von Kind an gewohnte Waffe, und seine Hand griff rascher danach als nach dem Revolver, mit dem er erst seit einem Jahr umzugehen gelernt hatte. Er stach mit aller Kraft zu und traf in einen Körper. Als er die Hand mit der Waffe ebenso schnell zurückziehen wollte, wurde er gepackt. Er hatte seinen Biberpelzrock an und den Bogen über der Schulter. Die zugreifenden Hände fanden leicht Halt. Aber so wenig Harka in der Finsternis genau hatte bemerken können, wohin er mit dem Messer stieß, so wenig hatte der andere gut zupacken können. Harka riß seinen geschmeidigen Körper blitzschnell zurück und ließ den Biberpelzrock in den Händen des anderen. Was aus dem Bogen wurde, wußte er in diesem Augenblick nicht. Kaum befreit, spürte er den stinkenden großen, mächtigen Körper schon wieder vor oder über sich. Er warf sich zu Boden und glitt zwischen den stark beschuhten Füßen des anderen durch, auch durch das Wasser, das seicht über den Höhlenboden strömte. So gewann er das jenseitige Felsufer. An dem Zugriff des Unbekannten hatte Harka, obgleich er sich ihm noch einmal zu entziehen gewußt hatte, doch gespürt, daß er selbst der Unterlegene war. Er sann auf Flucht. Wohin? Noch tiefer in die Höhle hinein wagte er sich nicht, denn er konnte sich dort ausweglos verirren oder irgendeine Wand finden, bei der es nicht mehr weiterging und wo der Feind ihn einholte. Zum Ausgang vermochte er ohne Kampf kaum mehr zu gelangen; zwischen diesem und ihm stand der Unbekannte, den Harka zwar nicht sehen konnte, der aber sicher auf ihn lauerte. Harka mußte sich entweder vom Wasserfall hinabreißen lassen oder versuchen, in den Höhlenarm hinaufzugelangen, aus dem das Wasser herunterschoß. Dann blieb er wenigstens in übersehbaren, mit einem Ausgang sicher eng zusammenhängenden Teilen der Höhle.

Der Ausweg, sich von dem donnernden Wasserfall mitreißen zu lassen, schien Harka trotz aller Gefahren der gangbarste, denn er hatte mit dem Vater zusammen draußen am Berg die Stelle gesehen, wo das Wasser ans Tageslicht kam, und der Vater hatte gesagt, daß ein Mensch dort hindurchgelangen könne. Da Harka jetzt ruhiger überlegen konnte als im ersten Augenblick des überraschenden Zusammentreffens, zog er vorerst den Revolver und entsicherte ihn. Er fing auch an sich zu wundern, daß der andere nicht von seiner Schußwaffe Gebrauch machte, wie sie ein weißer Mann doch sicher besaß.

Der junge Indianer lehnte sich an die Wand, um auf alle Fälle Rückendeckung zu haben. Vielleicht stand der andere nur eine Armlänge entfernt von ihm. Seine Augen waren nicht zu sehen. Das Dröhnen des Wassers verschlang jeden schwächer aufklingenden Laut, und Harka konnte sich getäuscht haben, als er glaubte, ein Keuchen zu vernehmen. Aber jetzt hatte er wieder diesen Geruch dicht vor sich. Er drückte ab, zweimal schnell hintereinander, und das Krachen der Schüsse durchdrang mit vielfältigem Echo selbst das Dröhnen des Wasserfalls. In demselben Augenblick wurde ihm die Waffe aus der Hand gewunden. Er hatte also schlecht getroffen. Der andere besaß Bärenkräfte und war kampfgeübt. Harka überrumpelte ihn aber noch einmal mit einer kühnen Eingebung des Augenblicks. Während die feindlichen Arme ihn wie Eisenklammern umschließen wollten, sprang und wand er sich hoch, trat dabei dem Feind kräftig gegen den Magen, gelangte auf seine Schultern und schnellte sich von da mit artistischer Gewandtheit in die Höhe, hinauf in den Seitenarm der Höhle, aus dem das Wasser in den Hauptgang hereinschoß. Der Fremde brüllte einen lästerlichen Fluch, und an diesem Fluch erkannte der junge Indianer den anderen sofort. Dieser Mann, mit dem er gekämpft hatte, war niemand anderes als Red Jim. Harka hatte im Abschnellen auch noch gespürt, wie der andere vor Verblüffung den Halt verlor. Vielleicht stürzte er. Das konnte der junge Indianer in diesem Augenblick nicht mehr mit Sicherheit wahrnehmen. Er hatte genug mit sich selbst zu tun. Das eisig kalte Wasser schoß ihm über den Kopf. Er versuchte, sich mit Händen und Knien rechts und links anzuklammern und abzustemmen. Es wollte ihm kaum gelingen, aber die Gefahr, in der er sich befand, verdoppelte seine Kräfte, und er rutschte nicht ab, sondern schob sich ein Stück höher. Der Seitenarm wurde flacher, allerdings auch enger. Harka kam schnell eine ganze Körperlänge voran. Er hatte sich Luft in die Lunge gepumpt, um diesen ganz von Wasser erfüllten Durchgang passieren oder auch noch rechtzeitig daraus zurückweichen zu können, ohne zu ersticken.
Der Seitenarm der Höhle wurde wieder steiler und außerordentlich eng. Harka wollte den Versuch, weiter vorzudringen,

schon aufgeben. Aber da er noch für zwei Minuten Luft hatte, machte er doch eine letzte verwegene Anstrengung, sich weiter aufwärts zu schieben und nicht in die Fänge des unten lauernden Mannes zurückzugleiten. Nur ein sehr schlanker Körper konnte an der erreichten Stelle überhaupt noch vorwärtskommen. In völliger Finsternis, vom Wasser überspült, gelangte Harka mit letzter Anstrengung nochmals zwei Meter voran.
Dann konnte er plötzlich atmen und mit den Armen rechts und links ausgreifen. Rasch zog er den ganzen Körper nach. Er befand sich in einer Erweiterung des Höhlenganges. Mit Händen und Füßen tastete er umher. Zunächst gelang es ihm, seitlich aus dem Wasser herauszugelangen. Er hockte sich auf feuchten Fels und keuchte. Er schlotterte am ganzen Körper vor Nässe, Kälte und Erschöpfung. Nur langsam beruhigten sich sein Atem und sein Herz. Er bewegte sich wieder und tastete seine Umgebung in der Finsternis systematisch ab. Der erweiterte Höhlengang schien einen verhältnismäßig großen, kugelförmigen Raum zu bilden, in dem im Berge absickernde Wasser sich sammelten, auch starke Wasseradern sich trafen und die Quelle des unterirdischen Bachs bildeten. Jetzt zu Winterbeginn war verhältnismäßig wenig Wasser vorhanden; der Raum war zum größten Teil wasserfrei, und Harka konnte sich darin aufhalten. Aber der Höhlenarm war hier auch zu Ende. Nirgends führte ein Gang weiter, wie Harka bald festgestellt hatte. Der junge Indianer war eingeschlossen wie in einem Felsenkerker. Ehe er über die Frage nachdachte, wie er wieder daraus entrinnen könne, betastete er die Felsen noch eingehender. Rechter Hand war das Gestein fast trocken. Harka zog sich dorthin zurück. Er fand in der Wand eine Vertiefung, wie sie in Schluchten oft entsteht, wenn Wasser mit kleinen Steinchen den Fels wie zu einem Becken ausmahlt. Am Rande dieser Vertiefung setzte sich der junge Indianer hin und ruhte wieder aus. Seinen Feind hatte er hier nicht zu fürchten. Wo Harka mit Mühe hindurchgekommen war, konnte der breitschultrige Red Jim niemals hindurchgelangen.
Der junge Indianer durfte sich also Zeit lassen. Er befühlte die Vertiefung in der Wand und fand dort kleine, ganz rund gewa-

schene Steine, dazu aber auch etwas Weicheres, Holzartiges und etwas Kantigeres. Er tastete immer wieder, denn seine erste Reaktion auf die Tastempfindung war der Begriff „Feuerzeug" gewesen, aber es schien ihm doch unmöglich, daß hier Feuerzeug aufbewahrt wurde. Harka tastete und vergewisserte sich wieder und wieder. Er fürchtete, sich selbst mit Hoffnungen zu betrügen. Endlich nahm er die kleinen Gegenstände, die auf den Steinen trocken gelegen hatten, und begann in gewohnter Weise zu reiben. Nach geraumer Zeit gelang es ihm, Funken zu erzeugen. Er erblickte den Höhlenraum, schwach von den Funken erleuchtet, die schnell wieder erloschen. Er legte das Feuerzeug behutsam an seinen alten Platz. Ein indianisches Feuerzeug war das. Unter den kleinen, rund gewaschenen Steinen in der schüsselartigen Wandvertiefung aber befanden sich Goldkörner. Entweder hatte das Wasser hier goldhaltiges Gestein ausgewaschen, oder der Mensch, der das Feuerzeug hierhergebracht hatte, hatte auch gesammelte Goldkörner deponiert. Auf alle Fälle war Harka nicht der erste, der in diesen Höhlenraum eingedrungen war. Sein Vorgänger war auch ein Indianer gewesen.

Ahnte Red Jim etwas von diesem Goldschatz? Wenn er nichts davon wußte, sollte er nie etwas davon erfahren; und wenn er davon wußte, sollte er ihn nie erhalten.

Harka begann jetzt darüber nachzudenken, was er weiter unternehmen sollte. Einige Tage und Nächte konnte er in dem Höhlenraum aushalten, in dem er sich jetzt befand, denn er hatte atembare Luft, Wasser und etwas durchnäßten Mundvorrat an pulverisiertem Büffelfleisch. Aber irgendwann mußte er den Rückweg wagen, und zwar ehe er entkräftet war. Das Gold wollte er nicht liegenlassen. Er hätte gern ein wenig Feuer gemacht, um die Goldkörnchen aus den Steinen auszusortieren, aber er hatte keinen trockenen Faden mehr an sich. So wie ihm mußte es aber jedem ergehen, der durch das Wasser in diesen Höhlenraum eindrang. Ob nicht irgendwo noch etwas Brennbares versteckt war? Harka beschäftigte sich damit, den Raum noch einmal rundum auf das genaueste abzutasten. Dabei merkte er, daß der Fels an einigen Stellen rissig war. Vielleicht brach diese ganze Höhlung bald einmal zusammen. Zuletzt untersuchte Harka noch einmal das natürliche Wandbecken und fand tatsächlich zwei kleine Stücke schwammigen Holzes. Harka rieb mit viel Geduld noch einmal Funken, und nach längerem Spielen gelang es ihm, die Holzstückchen zum Brennen zu bringen. Er beleuchtete die Steine und Körnchen und suchte sich rasch alles Gold heraus, um es in seine Tasche zu stecken, in der sich auch das Büffelfleischpulver befand. Nach einigem Überlegen steckte er das Feuerzeug dazu. Nun konnte niemand, der je in diesen Höhlenraum eindringen würde, vermuten, daß sich etwas Besonderes darin befunden hätte.

Da ihn niemand störte und er sehr müde war, verstaute er seinen Körper so, daß er nicht in das Wasser rutschen konnte, und dann schlief er, fröstelnd und hart und unbequem gelagert, für einige Zeit ein. Als er wieder wach wurde, hatte er selbst das Gefühl, nicht lange geschlafen zu haben.

Aber er fühlte sich erholt genug, um die Flucht zu wagen. Er schoß, den Kopf und die vorgestreckten Arme voran, wieder in den Abfluß des Wassers, in den engen, abwärts führenden Höhlenarm hinein. Die Strecke war kurz; nur durch die ungemeinen Schwierigkeiten, darin aufwärts zu gelangen, war sie lang erschienen. Im Nu erreichte der junge Indianer den Hauptgang, und da ihn niemand aufhielt oder abfing und er den Schwung zum Wasserfall hinab geplant hatte, wurde er auch gleich mit dem Wasser in die Tiefe gerissen. Der Sturz nahm ihm fast die Besinnung. Aber so tief ihn die Wasser hinabrissen, er prallte doch nicht auf Fels auf. Der Wasserfall hatte in jahrtausendelanger Arbeit eine Höhlung in den Fels gegraben, die mit Wasser gefüllt war. Darin wurde Harka einige Meter tief untergetaucht, aber er schoß auch wieder hoch, von der Gewalt des Wassers selbst wieder nach oben gedrängt, und gelangte nach einiger Zeit aus dem Wirbel heraus. Ein Stück nahm ihn das Wasser wiederum mit. Aber dann fand er eine Nische in der Wand, an die er sich anklammern und in die er hineinkriechen konnte. Er kauerte sich zusammen und zitterte an allen Gliedern, denn der Sturz mit dem Wasserfall hatte ihn hart mitgenommen.

Als er mehr zur Ruhe kam, fand er heraus, daß von der Nische, in die er gekrochen war, ein trockener Höhlenarm aufwärts führte. Es lockte ihn sehr, in diesen einzusteigen, aber er wußte nicht, ob er irgendwo ins Freie führte, und so wollte er sich nach einer Rast lieber wieder dem Wasser anvertrauen, von dem er die Gewißheit hatte, daß es mit seiner Strömung aus dem Berge hinausführte. Er bezwang also das Beben seiner Nerven und glitt wieder in das stark strömende Wasser hinein, das ihn auch gleich packte, mitriß, über Felsstufen schleuderte und ihn endlich mehr tot als lebendig liegenließ.

Als Harka aus halber Ohnmacht wieder zu sich kam, merkte er, daß er auf Geröll lag und daß es dunkel um ihn war. Aber die Finsternis war nicht mehr undurchdringlich. Von irgendwoher kam ein Schimmer, und das Rauschen des Wassers hatte hier eine andere Melodie. Harka war wie zerschlagen, alle Knochen schmerzten ihn, aber er raffte sich auf und kroch auf Händen und Füßen weiter, dem fließenden Wasser nach. Er gelangte an eine Spalte, durch die das Wasser durchfloß, und hier verstärkte sich der Schimmer, der matt war, aber doch die Finsternis auflockerte. Harka zwängte sich schnell hindurch. Er war im Freien.

Über ihm wölbte sich hoch der Nachthimmel, und die Sterne flimmerten. Auf kahlen Zweigen und auf benadelten Ästen lag Schnee und leuchtete selbst in der Nacht. Das Wasser, als Quelle aus dem Berg dringend, rauschte und plätscherte den Waldhang hinab. Die Wipfel neigten sich in sanftem Wind.

Harka kannte diesen Platz, der von Steinschlag gefährdet war. Er schlich sich sogleich zur Seite, in Deckung zwischen Gebüsch und Bäume. Seine Haare trieften, seine Lederhose, sein Gürtel, seine Mokassins waren naß. Der Revolver war ihm verloren, der Bogen auch, denn diesen hatte er im Kampf samt der Biberjacke abgestreift.

Es war sehr kalt, und er fror jämmerlich. Daher blieb er nicht sitzen, sondern machte sich gleich auf, um sein Pferd zu suchen, dem er die Büffelhautdecke umgeschnallt hatte. Der Weg zu der Waldwiese, auf der er das Tier zurückgelassen hatte, war weit. Harka huschte durch den nächtlichen winterlichen Wald.

Er schlug zunächst den Weg zu jener Lichtung ein, auf der das Zeltlager der Bärenbande vor der Wanderung zum Pferdebach gestanden hatte. Harka lief schnell, vermied es aber nach Möglichkeit, Spuren zu hinterlassen. Den Felsen mit dem Haupteingang der Höhle umging er auf seinem jetzigen Wege; dieser Fels lag einige hundert Meter höher als die Lichtung, der Harka zustrebte. Da er diese Lichtung in den letzten Tagen völlig unbewohnt und einsam gefunden hatte, gebrauchte er jetzt nicht mehr als die üblichen Vorsichtsmaßnahmen. Als er in die Nähe des Platzes gelangte, stieg er auf einen Baum. Die Äste waren kahl, boten also kein gutes Versteck, aber Harka gewann den Überblick über die Lichtung, die mit sanftem Gefälle am Berg lag. Sie war dünn beschneit, die Schneedecke war stellenweise von Tieren aufgekratzt.

Am oberen Ende der Lichtung lag ein riesiger Felsblock. Auf der Lichtung selbst waren jetzt, nach zwei Sommern und einem Winter, für ein geübtes Auge immer noch die Stellen zu sehen, an denen jene starken Pflöcke, die die Zeltplanen halten mußten, eingerammt gewesen waren. Harka konnte genau die Stellen bezeichnen, an denen sein väterliches Zelt, das Zauberzelt und das Zelt seines Freundes Tschetan gestanden hatten. Auch die runden Feuerstellen zeichneten sich noch ab. Vielleicht war die Lichtung unterdessen noch einmal bewohnt gewesen, und fremde Zelte hatten wieder an denselben Plätzen gestanden.

Das alles beschäftigte Harka, aber viel mehr beschäftigte ihn die Tatsache, daß sein Grauschimmel zu dieser Lichtung hier gewandert war, die er von früher her gut kannte, und daß ein zweites lediges Pferd bei ihm stand, ein kaum weniger kräftiger und stolzer Mustang, den Harka sofort erkannte. Das war ein Tier aus dem früheren Besitz seines Vaters! Die beiden Pferde standen beieinander und fraßen einträchtig das Gras, von dem sie mit den Hufen den Schnee wegscharrten. Es dämmerte. Von Osten her glitten die Sonnenstrahlen wie goldene Pfeile durch das Geäst der Bäume. Die Schatten wichen zurück. Auch auf der Lichtung wurde es hell. Wie oft hatte Harka den Sonnenaufgang hier erlebt! Der kleine Bach, der am Rande der Lichtung hinabklickerte, leuchtete in der Morgensonne auf; tiefer

unten rauschte der Fluß, der das Bergmassiv im Süden umfloß. Dort hatten die Knaben gebadet und gespielt. Jetzt lag alles einsam.
Die Erinnerungen wollten Harka überwältigen. Er glaubte Untschida zu sehen, Uinonah und die Mutter, die hier noch im Zelte gelebt hatte, auf dem Zuge zum Pferdebach aber bei Beginn des Kampfes mit feindlichen Pani durch eine verirrte Kugel getötet worden war. Eine Krähe krächzte, doch war es nicht eine jener zwölf Krähen, die auf einem toten kahlen Baum saßen und, beschienen von der Morgensonne, ihre Flügelfedern durch den Schnabel zogen. Diese Krähe, die gekrächzt hatte, war überhaupt keine Krähe. Harka kannte ihren dreimaligen Ruf genau und antwortete auf die gleiche Weise.
Da trat in der Nähe der beiden grasenden Pferde Harkas Vater hinter einem Baum hervor. Die Zöpfe fielen ihm rechts und links vor die Schultern. Er trug keine Feder im Haar, aber Skalphaare an den Nähten der Leggings, schwarze Haare, von indianischen Skalpen. Seine Kleidung, der Büffelpelzrock, der bis über die Hüften fiel, die Pelzmokassins, waren für den Winter wohl geeignet. Er trug eine Büchse in der Hand. Hoch aufgerichtet stand er bei seinem Pferd und schaute hinüber und hinauf in die Baumkrone zu Harka. Sein Haar hatte noch mehr graue Strähnen bekommen, seine Züge waren tief eingeprägt; um Augen und Mund lagen Schatten, die die Sonne nicht wegnahm.
Harka kletterte rasch von dem Baum herab, ließ sich vom letzten Ast auf die Erde fallen und rannte zu seinem Vater hin.
Mattotaupa betrachtete seinen Jungen, den abgemagerten, sehnigen jungen Burschen, mit seiner zerschundenen Haut, den blau angelaufenen Prellungen an den Schultern, der durchnäßten Kleidung. Der Blick der beiden traf sich, und für jeden der beiden blieben Fragen offen, die nicht rasch und vielleicht nicht mit Worten beantwortet werden konnten.
„Du bist allein, Harka Steinhart?"
„Allein."
Mattotaupa besaß Jagdbeute. Das Fleisch war roh, aber Harka hielt bei dem Frühstück tüchtig mit. Er hatte Hunger. Seine

nasse Kleidung hatte er ausgezogen, um sie in Sonne und Wind trocknen zu lassen. Die Büffelhautdecke mit den Bildern von den Taten seines Vaters als Kriegshäuptling der Bärenbande hatte er um die Schultern genommen.
„Ich bin nicht allein", sagte Mattotaupa, sobald das Essen beendet war.
„Jim lebt mit mir zusammen. Wir hausen oben in der Zauberhöhle, dort sind wir sicher. Die Dakota halten uns für Geister und haben die Gegend verlassen."
„Halten sie auch dein Pferd für einen Geist?"
„Unsere beiden Mustangs zusammen sicher nicht. Vielleicht locken die Mustangs Tashunka-witko herbei. Ich habe ihn noch nicht finden können. Warum hast du Jim nicht gesagt, wer du bist?"
Der Vater wußte also von dem Kampf!
„Wir trafen uns im Finstern. Will Jim in dieser Höhle weiter nichts als sicher sein?"
„Es gibt ihm niemand einen anderen Gedanken ein. Für ihn ist diese Höhle Fels und ein gutes Versteck. Ich selbst habe vorgeschlagen, daß wir uns für diesen Winter dort einnisten. Du verstehst mich. Bist du mit dem Wasserfall herausgekommen?"
„Hau."
„Jim ist schwer verwundet. Ich habe ihn verbunden, aber es wird der Zeit eines Mondes bedürfen, bis er wieder ganz zu Kräften kommt. Es ist gut, daß wir jetzt zu dritt sind. Warum hast du die Zelte der Siksikau verlassen?"
„Aus dem gleichen Grunde wie du, Vater. Du hast Ellis erschossen. Ich bin für die weißen Männer der Sohn eines Mörders. Solange ich noch kein Krieger bin, könnten sie mich nach ihren Gesetzen ergreifen, um mich zu erziehen."
„Du hättest Old Bob in Minneapolis nicht sagen sollen, daß wir zu den Siksikau gehen wollen. Er muß das der Polizei verraten haben. Er hat auch Jim an die Polizei verraten."
Harka fuhr auf. Es fiel ihm schwer, sich so zu beherrschen, wie er es dem Vater gegenüber nach seiner gesamten Erziehung als seine Pflicht betrachtete. Sein Ton klang daher gepreßt, als er erwiderte: „Ich habe geschwiegen. Old Bob wußte nichts. Es

gab nur einen, der uns verraten konnte: Jim."
„Schweig. Er ist mein treuer Bruder, und niemals hätte er mich preisgegeben."
Harka unterdrückte jedes weitere Wort. Aber in ihm waren Aufruhr und ein wütender Haß auf den weißen Mann.
Vater und Sohn saßen sich noch einige Minuten schweigend gegenüber. Jeder hing seinen Gedanken nach. Vielleicht war es Zufall, vielleicht aber auch nicht, daß sie an dem Platze saßen, an dem sich die Feuerstelle des Häuptlingszeltes befunden hatte. Es war, als ob der Boden zu reden beginne, während die beiden Menschen stumm blieben, und langsam wurde in Mattotaupa, in dem alles erstickt und tot gewesen war außer seinem Durst nach Rache, eine warme Empfindung lebendig. Er hatte darauf verzichtet gehabt, seinen Sohn je wiederzusehen, aber Harka war zu ihm gekommen. Zum zweitenmal hatte Harka eine Heimstatt verlassen und war dem Vater gefolgt. In Mattotaupa löste sich etwas. Aber das machte ihn nicht mehr frei. Es war nur, als ob eine Narbe aufbräche und eine Wunde warm zu bluten beginne.
„Harka Steinhart", sagte Mattotaupa langsam. „Du weißt, daß ich dir vertraue. So wie ich vor zwei Sommern zu dir gesagt habe, wird es auch geschehen. Du sollst um das Geheimnis der Höhle wissen, du allein. Wie mein Vater es mir anvertraut hat, werde ich es dir anvertrauen. Du wirst das Geheimnis niemals verraten."
„Niemals Vater."
Es trat wieder Schweigen ein. Der Aufruhr in Harka begann sich zu legen. Er hatte das Vertrauen seines Vater nicht verloren. Es mußte ihm eines Tages gelingen, das Mißtrauen des Vaters gegen den weißen Mann zu wecken. Beherrscht und überlegt wollte er sich verhalten, bis er Beweise in den Händen hatte, die auch den Vater überzeugten. Ihm gehörte sein Vater, nicht diesem weißen Mann.
„Komm", sagte Mattotaupa und stand auf. „Wir gehen zu dem Geheimnis der Höhle und dann zu Jim."
Harka erhob sich ebenfalls. „Und die Pferde?"
„Bleiben sich selbst überlassen."

Harka fragte nicht weiter, sondern folgte dem Vater. Mattotaupa stieg nicht direkt zu der Felswand und dem Höhleneingang hinauf, sondern machte viele Umwege und unterbrach mehrfach jede mögliche Fährte. Harka achtete sehr genau auf alle Finten, die der Vater anwandte, um jeden denkbaren Verfolger zu täuschen, und freute sich an der meisterhaften Geschicklichkeit. Allmählich wurde es dem Burschen klar, daß Mattotaupa überhaupt nicht zu der Felswand hinstrebte. Die beiden waren am Berg schon viel höher hinauf, auch stark abseits gelangt, mehr als selbst die größte Vorsicht nötig machen konnte. An einer einsamen Stelle, die im Winter nicht einmal das Wild aufzusuchen schien, da der Boden steinig und unfruchtbar war, hielt Mattotaupa an. Die Bäume standen hier spärlich. Sie waren verkrüppelt, geknickt, zerzaust und bemoost. Der Wind fegte dahin. Die Oberfläche der Schneepolster, die sich an den Steinen angesetzt hatten, war vereist. Unwirtlich und feindlich gegen Mensch und Tier wirkte der Ort.
Mattotaupa prüfte alles rings mit den Augen, dann ging er, immer auf Steine tretend und ohne eine Spur zu verursachen, zu einem größeren Felsblock. Er lockerte behutsam das angefrorene Moospolster, das den Stein mit dem Boden verband, hob den Block ein Stück hoch, und auf einen Wink des Vaters mit den Augen schob Harka zwei kleinere Steine unter die Kanten des Blocks, so daß dieser nicht zurückfallen konnte. An der Stelle, von der der Indianer den Stein gehoben hatte, gähnte ein dunkles Loch. „Hier steigen wir ein."
Der Einstieg war nur am obersten Rande eng, dann verhältnismäßig bequem. Die beiden kleineren Steine zog Harka, sobald er sich in der Höhlung befand, wieder weg, und den Block ließ er so vorsichtig zurückgleiten, daß auch das Moospolster in seine alte Lage gelangen mußte. Er hatte den Eindruck, daß dieser Höhlenzugang künstlich und geschickt mit dem großen Stein verschlossen und verborgen worden war.
Mattotaupa kletterte in dem Höhlenraum abwärts, und Harka folgte ihm ohne Schwierigkeiten, da der Fels griffig war. Es war finster, und nur der Tastsinn konnte weiterhelfen. Die beiden Indianer drangen eine gute Strecke in den Berg ein. Schließlich

gelangten sie an eine Kreuzung, und Mattotaupa wechselte in einen anderen Höhlenarm über. Dabei legte er eine kurze Rast ein und unterrichtete Harka: „Der Gang, in dem wir bisher geklettert sind, führt hinunter zu dem Wasserfall. Er gabelt sich vorher noch einmal; das ist auch wichtig, weil die Abzweigung, zu der wir jetzt vordringen, ebenfalls einen Ausgang ins Freie hat, unter einer Baumwurzel. Dorthin führe ich dich jetzt nicht; du kannst es dir aber merken. Unterhalb des Wasserfalls ist eine Felsnische ..."

„Ich kenne sie."

„Gut. Damit bist du vertraut. Ich mache aber jetzt einen Weg mit dir, den unter den lebenden Menschen niemand kennt als ich und niemand kennenlernen wird als du."

Mattotaupa kletterte in dem neuen Höhlenarm weiter. Das Vorwärtskommen war hier viel schwieriger. Das Gestein bröckelte leicht. An einigen Stellen war der Gang fast ganz verstopft. Mattotaupa mußte heruntergefallenes Gestein erst vorsichtig wegräumen, ehe er mit Harka weiterkam. Die Luft wurde immer schlechter. Harka spürte eine wachsende Müdigkeit und merkte, daß auch der Vater noch langsamer wurde, als die Schwierigkeiten des Gesteins erforderten. Doch erlaubte Mattotaupa sich selbst und Harka kein Verweilen, da sie ersticken konnten, wenn sie zu lange in der giftigen Luft blieben. Der Höhlenarm hob und senkte sich und mündete endlich in einen geräumigen Höhlenabschnitt. Aus diesem führte wiederum ein Gang weiter. Harka sog die Luft ein, die hier wieder frischer war. Gleichzeitig machte er eine neue Wahrnehmung. Er hatte auf einmal etwas im Griff, was sich wie ein loser Knochen anfühlte.

Mattotaupa hatte sich hingesetzt. Harka hockte sich dicht neben den Vater, der sich mit seinem Feuerzeug beschäftigte. Funken glühten auf, und Mattotaupa brachte etwas getrockneten Büffelmist zum Brennen, den die Indianer auch beim Anzünden der Pfeife als besonders leicht brennbares Material benutzten.

Der Höhlenraum war größer, als Harka im Dunkeln vermutet hatte. Im Schein der kleinen Flammen begriff er auch sofort, was er in der Hand gefaßt hielt. Tierknochen lagen hier umher, auch zwei riesige Bärenschädel, größer als der Schädel eines Grizzlys. Die meisten Knochen waren sehr alt, längst getrocknet und gebleicht. Harkas Blick streifte über diese hinweg und fing sich an einem menschlichen Schädel mit zerstörter Hirnschale.

Mattotaupa ließ den Büffelmist abbrennen und entzündete noch seine Pfeife damit. Es wurde wieder finster. Die Stille war so vollkommen, daß sie wie ein körperlicher Druck wirkte und das Ohr sich nach einem Laut zu sehnen begann.

„Das ist der Zauber der Höhle", flüsterte Mattotaupa. „Niemand hat die große Bärin je gesehen, aber sie lebt und wohnt hier in diesem Berg. Sie lebte schon vor Urzeiten. Du weißt es. Ihr Sohn ward ein Mensch und ist der Ahnherr der Bärenbande. Er ist auch mein und dein Ahnherr."

Mattotaupa machte eine Pause. „Hier", flüsterte er dann weiter und griff nach Harkas Hand, um sie zu führen, „hier – fühlst du? – liegen einige Körner. Das ist Goldsand. Vielleicht hat die Bärin den Räuber getötet, der die Körner irgendwo gefunden hat. Ich nehme mir jetzt etwas davon mit. Wir sind Nachfahren der Bärin und haben an allem teil, was sie besitzt. Es gibt Gold in diesen Bergen, an der Quelle des Wasserfalls, zu dem ich dich vor zwei Jahren führte. In eine der Spalten, aus denen das Quellwasser dringt, kannst du mit der Hand hineinfassen. Nun, jetzt weißt du genug."

„Den Goldsand in dem Wandbecken habe ich gefunden", gestand Harka.

Mattotaupa drehte sich seinem Sohn ganz zu. Harka spürte im Dunkeln die Bewegung und glaubte den Blick des Vaters zu fühlen. „Du hast . . ." sagte Mattotaupa leise. Er brach mitten im Satz ab.

Durch die Finsternis und die lastende Stille im Bauch des Berges drang ein Ton, der ihn und Harka erzittern ließ. Es war ein dumpfes, heiseres, schauerliches Brummen, das mit vielfältigem Echo durch die Felsgänge lief.

„Harka!"

Wie von Gespenstern gejagt, kletterte Mattotaupa den Gang

zurück, den er mit seinem Jungen gekommen war, und Harka hetzte keuchend hinterher. Der Gang war zu eng, um einem Bären Raum zu geben, aber die von Kind an tief eingewurzelte Zauberfurcht überwältigte in diesem Augenblick beide, auch Harka, so daß sie nicht haltzumachen wagten. Die erstickende Luft drang ihnen in die Lunge, und der Schweiß brach ihnen am ganzen Körper aus. Ihre Bewegungen waren zu schnell, um ganz vorsichtig zu bleiben, und Gestein rieselte auf sie herab. Die Sekunden, in denen sie nicht weiterkamen, durchlebten sie mit der Angstpsychose eines Alpdrucks. Endlich erreichten sie die Kreuzung. Als sie am Ausgang angelangt waren, stemmte Mattotaupa den Stein hastig und gewaltsam in die Höhe und schob schnell die beiden kleinen Steine wieder als Halt darunter.

Harka nahm seine Büffelhautdecke, die er hier im Höhleneingang zurückgelassen hatte, wieder an sich, und die beiden krochen hinaus. Licht, Wind, vereister Schnee und verkrüppelte Bäume waren wieder um sie. Als Harka und Mattotaupa den Block als Verschluß des Höhleneingangs in die alte Lage gebracht hatten, hockten sie sich erschöpft auf die Steine. Der Schweiß stand ihnen noch in Tropfen auf der Stirn und im Nakken. Mattotaupa zündete schließlich seine Pfeife wieder an.

Als er sie ausgeraucht hatte, begann er: „Ich weiß nicht, ob die Bärin mir sagen wollte, daß ich falsch gehandelt habe, als ich dich, einen Knaben, mit in ihr Reich nahm. Ich weiß es nicht. Zum erstenmal in meinem Leben habe ich ihre Stimme gehört. Ein Geheimnismann der Dakota will sie schon einmal gesehen haben, ein einziges Mal, aber weit von hier, jenseits des Berges im Norden." Mattotaupa tat einen tiefen Atemzug. „Ich hatte dir gesagt, daß du das Geheimnis erfahren sollst. Du hast es erfahren. Ich habe gesprochen, hau."

Mattotaupa klopfte seine Pfeife aus, stand auf und machte sich mit Harka zusammen auf den Weg. Er führte wieder mit vielen Finten; schließlich gelangten die beiden Indianer zu der Felswand, an der sich der Haupteingang der Höhle befand. Es war schon Nachmittag.

Nach Red Jim brauchten sie nicht lange zu suchen. Er saß nahe diesem Höhleneingang, die Füße gegen einen aufwachsenden Kalkstein gestemmt, den Rücken an die Wand gelehnt. Sein Gesicht war eingefallen und aschgrau, sein Blick wirkte verstört. Nichts von der alten Selbstsicherheit war an ihm zu bemerken. Sein Jagdhemd war blutig.

„Top", sagte er schwach, als die beiden Indianer neben ihm standen „Nichts und niemand hält mich mehr in dieser verdammten Misthöhle. Wo hast du nur so lange gesteckt! Und wen bringst du mir da mit? Den Harry? Hat der mich vielleicht so elegant mit dem Messer angestochen, als ob er ein Schwein schlachten wollte? Junge, Junge! Hast du ein Glück gehabt, daß ich meinen Revolver nicht dabei hatte."

Jim versuchte zu lächeln, aber es gelang ihm nicht.

„Meinem weißen Bruder geht es nicht gut?" Mattotaupa war besorgt.

„Nein, Top, deinem weißen Bruder geht es gar nicht gut. Bring mich hinunter in das Blockhaus des zahnlosen Ben, sonst krepiere ich hier, und dazu habe ich verdammt wenig Lust. Wo ist denn bloß der Bär auf einmal hergekommen, dieses dreckige Gespenst?"

Auch Jim erkannte, daß Mattotaupa zusammenschrak. „Dir ist ein Bär erschienen?"

„Erschienen nicht; das hätte noch gefehlt! Das Gebrumm hat mir schon gereicht. Die Wunde fängt wieder an zu bluten. Ich bekomme viel zu wenig Luft. Top, ich bin im Sommer mit dir gegangen. Jetzt geh du auch mit mir. Bringt mich sofort hinunter! Harry, du wolltest mich im Finstern ermorden, aber jetzt, Auge in Auge, mußt du mein Freund sein wie ich der deine. Das läßt sich nicht vermeiden." Jim fiel das Sprechen schwer. Er versuchte noch einmal zu lächeln, aber es wurde nur ein Grinsen.

„Wo warst du, als du den Bären brummen hörtest?" fragte Harka. Jim machte eine abwehrende Handbewegung. Er bedeutete, daß er nicht mehr sprechen könne. Mattotaupa antwortete an seiner Stelle: „Ich hatte Jim nicht weit vom Eingang gebettet."

Harka sah seinen Vater zweifelnd an, und Mattotaupa wußte, was dieser Blick fragte: Konnte das Brummen innerhalb einer nicht allzu langen Zeitspanne im Innern des Berges und hier am Ausgang der Höhle gehört worden sein? War es wirklich ein Zauberbrummen – oder hatte Jim trotz seiner Verletzung versucht, allein noch einmal tiefer in die Höhle einzudringen? Mattotaupa wollte dem nicht nachforschen, und das Rätsel blieb für die Indianer ungelöst. Vielleicht war die Geheimnisbärin schnell umhergelaufen, um alle Eindringlinge zu bedrohen oder zu warnen. Es wurde nicht weiter über die Frage gesprochen. Mattotaupa war entschlossen, dem Wunsche Jims zu willfahren und ihn zu dem Blockhaus zu transportieren. Harka wollte sich dem Vater anschließen, um ihm beim Herbeischaffen aller Habseligkeiten für den Transport zu helfen, doch der Vater wies ihn zurück; Harka sollte am Höhleneingang bei Jim warten.

Als Mattotaupa ging, schloß der verwundete Weiße die Lider. Harka setzte sich ihm schräg gegenüber, den Rücken an die Felswand gelehnt. Seine Augen waren bis auf einen schmalen Schlitz geschlossen; auch er wirkte fast wie ein Schlafender. Aus der Höhle drang das sanfte ferne Singen, Ausklang der tosenden Wasser im Innern. Draußen rieselten einzelne große Flocken vom Himmel. Auf drei Baumwipfeln hockten Krähen und krächzten einander zu. Ein Eichhörnchen stäubte im Springen Schnee von den Zweigen.

Jim öffnete die Augen und erblickte dabei Harka. Er schloß die Lider sofort wieder, aber der einzige Blick hatte für den jungen Indianer genügt. Der Haß war sichtbar geworden, ein hemmungsloser, blutgieriger, mörderischer Haß.

Harka rührte sich nicht, und obgleich er todmüde war, blieb er wach, bis der Vater zurückkehrte. Mit Decke und Proviant brachte Mattotaupa auch Harkas Biberfelljacke, den Bogen und den Revolver mit. Der junge Bursche schlüpfte in die Jacke und nahm die Waffen an sich.

„Wir gehen, sobald es Nacht wird“, sagte Mattotaupa zu Jim. Der Weiße hatte die Augen wieder offen, sein Blick blieb verdeckt. Er stimmt dem Indianer mit einem schwachen Nicken zu. „Ich halte die paar Stunden Wache bei den Mustangs“, fuhr Mattotaupa fort. „Sie sollen uns nicht zuletzt noch entlaufen.“

„Laß mich zu den Pferden gehen", bat Harka den Vater.
„Du bist müde und wirst einschlafen."
„Laß mich bei den Pferden wachen, Vater."
Mattotaupa war verwundert über die Hartnäckigkeit, mit der Harka bei seiner Bitte blieb. Sein erfahrenes Auge erkannte die völlige Erschöpfung des jungen Burschen; er wußte, daß Harka in seinem jetzigen Zustande sogar auf Wache einschlafen würde. Den wahren Grund, warum Harka nicht allein bei Jim bleiben und dort schlafen wollte, vermochte sich Mattotaupa nicht vorzustellen. Harka aber wußte selbst, daß er schlafen mußte, und eben darum wollte er nicht allein bei Jim bleiben. Es graute ihm davor, dem anderen auch nur eine Stunde wehrlos ausgeliefert zu sein, selbst wenn Jim verwundet war. Da der Vater es ihm nicht geradezu verwehrte, nahm Harka stillschweigend außer der bemalten leichten Lederdecke noch eine Felldecke aus Mattotaupas Vorrat an sich, ließ sich mit Hilfe des Vaters am Lasso hinunter und lief den Hang hinab zu der Lichtung, wo die beiden Mustangs friedlich beieinanderstanden. Sie hatten aufgehört zu grasen. Harka suchte sich einen versteckten Platz, wickelte sich in die Felldecke und schlief sofort ein. Es war das erste Mal in seinem Leben, zugleich das letztemal, daß er auf einer Wache, die er übernommen hatte, einschlief. Aber er wußte sich nicht mehr anders zu helfen.
Als es dunkel geworden war und die Sterne über dem verschneiten Lande aufleuchteten, kletterte Mattotaupa aus der Höhle in den Wald hinab, um die Pferde und Harka zu holen. Er erwartete, den Jungen schlafend zu finden, und hatte nicht die Absicht, darüber ein Wort zu verlieren. Er wollte ihn einfach wecken. Die Tatsache, daß er auf Wache schlafend entdeckt wurde, würde Harka auch ohne Worte genügend treffen. Mattotaupa kannte den Ehrgeiz seines Sohnes. Mit ausgezeichneten körperlichen und geistigen Gaben ausgerüstet und gut erzogen, war es Harka nie schwergefallen, unter den Knaben seines Alters die erste Rolle zu spielen, ja selbst ältere zu übertreffen. Der Vater hatte seinen Ehrgeiz angestachelt und zu spät wieder zu zügeln versucht. Durch den Gegensatz zwischen hervorragendem persönlichem Können und der Mißachtung, die

einen Heimatlosen traf, verstieg sich Harkas Ehrgeiz immer mehr, und Mattotaupa schrieb es dem zu, daß sein Sohn durchaus die Wache hatte übernehmen wollen. Als der Vater zu der Lichtung kam, schlief Harka jedoch nicht, sondern saß auf der Felldecke und paßte auf die Pferde auf. Die Mustangs hatten Mattotaupa gewittert und den Schläfer noch rechtzeitig geweckt.

Mit vereinten Kräften holten die Indianer Jim, in eine Decke gewickelt, an ihre Lassos angeseilt, über die Felswand herunter. Mattotaupa trug ihn bis zu den Pferden und lud ihn dann auf sein Tier, das er am Zügel führte. Seinen Sohn Harka schickte er als Kundschafter auf dem Grauschimmel voraus.

Alle drei kamen unbemerkt aus dem Wald auf die Prärie, wo sie die Bodenwellen ausnutzten, um sich gegen Sicht zu decken. Ihre Fährte konnten sie jetzt allerdings nicht mehr verbergen. Pferde im Schnee verursachten unverwechselbare Spuren. Die weiße Decke war noch nicht dick. Da es in den letzten Tagen nicht mehr viel geschneit hatte, war die Oberfläche vereist. Sie war fest genug, um den leichten Fuß eines Indianers zu tragen, aber die Pferdehufe brachen vielfach durch die dünne Kruste durch.

Während Harka auf seinem Grauschimmel kundschaftend umherschweifte und der nächtliche Winterwind ihm um den Kopf blies, hielt er Ausschau nach allen Seiten. Seine Gedanken aber kehrten dabei immer wieder zu dem geheimnisvollen Brummen zurück, das sowohl er und sein Vater als auch Jim an ganz anderer Stelle gehört hatten. Vorräte und Decken, von denen der schwerverletzte Jim aus Angst weggekrochen war, hatte Mattotaupa später offenbar unversehrt und unverrückt vorgefunden, sonst würde er etwas gesagt haben. Harka dachte weiter nach. Wo hatten sich alle diese Sachen in der vergangenen Nacht befunden, als er in die Höhle eingedrungen war? Diesseits des Wasserfalls hatten sie nicht gelegen. Da hätte er sie bemerken müssen, und sie würden ihn rechtzeitig gewarnt haben. Also hatten Mattotaupa und Jim ihre Sachen jenseits des Wassers gelagert gehabt. Erst als Jim verletzt war, hatte Mattotaupa die Decken und den Proviant mit zum Ausgang geschafft. Das schien klar. Aber warum hatte Jim in der Nacht, in der er Harka zuerst begegnete, seinen Revolver nicht bei sich geführt? Der Revolver war für die Weißen eine Waffe, die sie liebten und stets bei sich zu führen pflegten. Wenn Jim sich von dem Lager entfernt und den Revolver nicht eingesteckt hatte, mußte er etwas vorgehabt haben, wobei er ihn nicht brauchen konnte. Diese Frage blieb offen und erregte in Harka von neuem einen unbestimmten Verdacht.

Niemals durfte Jim erfahren, daß Mattotaupa und Harka im Berge gewesen waren und es auch gehört hatten. Darüber hatten sich Vater und Sohn verständigt. Der Schauer, den Harka im Innern des Berges empfunden hatte, als der mächtige und feindliche Ton durch die Höhlengänge hallte, klang bei dem jungen Burschen in der Erinnerung ab, und seine Furcht wandelte sich zu einer Art von Ehrfurcht vor der Kraft, die das Geheimnis des Berges gewahrt und selbst Jim in Schrecken versetzt hatte. Die alte Sage von der „großen Bärin" war Harka aus den Erzählungen Untschidas und des Geheimnismannes schon immer bekannt gewesen. Jetzt aber war sie ihm etwas Gegenwärtiges geworden. Er war nicht nur der Sohn Mattotaupas. Er fühlte sich als ein Sohn der „großen Bärin" und ihr verpflichtet.

Bei all diesen Gedanken und Empfindungen vergaß Harka seinen Kundschafterdienst nicht. Es fiel ihm auch nicht schwer, ihn gut zu versehen, denn das Gelände war ihm vertraut von den Jahren her, in denen die Zelte der Bärenbande am Südhang der Black Hills gestanden hatten. Die Bodenwellen, die Harka jetzt als Deckung benutzte und von deren Kämmen er auslugte, waren das Revier für die Schlittenfahrten der Jungen gewesen; als Schlittenkufen hatten sie Büffelrippen benutzt. In dieser Prärie war Harka als Anführer des Knabenbundes der „Jungen Hunde" mit seinen Gefährten auf Schneereifen umhergeschwärmt und hatte Wildspuren gesucht. Jedes Tal, jeder Hügel, jedes Wasser, das zwischen den verschneiten Ufern dunkel glänzend dahinglitt, weckte Erinnerungen. Über ein Rückerinnern an das, was gewesen war, sprach Harka mit dem Vater nie. Fern in den Städten der Weißen und fern im Norden bei den Siksikau hatte er auch nur im Untergrunde an das Daheim gedacht. Aber jetzt, als er alles wiedersah, was Zeuge seiner Kindheit, seines stolzen und frohen Heranwachsens gewesen war, als die Winternacht einsam und still und er selbst mit dieser Prärie allein war, da konnte er den Gedanken, verstoßen zu sein, nur ertragen, weil die jungen Kräfte in ihm den Gedanken nicht zuließen, daß dieses Schicksal endgültig sei. Er wollte den Kampf dagegen nicht aufgeben, er, Sohn der „großen Bärin", gleich seinen Gefährten in der Bärenbande.

Top und Harry

Für den Weg bis zur Blockhütte des zahnlosen Ben brauchten die Indianer mit dem Schwerverletzten vier der langen Winternächte. Tagsüber rasteten sie. Jim war dem Tode nahe, und Harka wünschte ihm den Tod, aber zähe wie ein angeschossener Büffel hielt sich der Weiße immer noch am Leben.
Eines Morgens erblickte der junge Indianer den Niobrara und das verschneite Blockhaus am jenseitigen Ufer. Die Sonne hing als runde rote Scheibe zwischen Winternebeln. Das Wasser dampfte. Die Sandbänke traten hoch hervor, der Fluß war wasserarm geworden. Nur wenige Fährten waren zu sehen. Im Winter hatte Ben nur selten Gäste, und das Wild scheute den Jäger. Harka hielt an, betrachtete das Bild und überlegte. Er kannte das Blockhaus, und er kannte Ben. Ben war nicht zuverlässig wie Old Abraham. Er war ein Schuft. Als der Maler Morris überfallen und beraubt werden sollte und Mattotaupa und Harka diesem zu Hilfe eilten, hatten Ben und seine Kumpane Harka in ein Wasserloch unter dem Fußboden gestoßen. Wenn es nach ihren Wünschen gegangen wäre, würde Harka nicht mehr am Leben sein. Der junge Indianer wollte sich vor dem schuftigen Ben künftig in acht nehmen, aber trotz seiner üblen Erfahrungen empfand er keine Angst vor ihm. Angst hatte er noch vor Jim. Später, wenn er herangewachsen war, wollte er auch diese Furcht ablegen.

Harka durchritt den seicht gewordenen Fluß. Ben war nirgends zu sehen. Aber aus der Tür des Blockhauses, an der nach Osten gelegenen Breitseite, kamen zwei Frauen heraus. Die eine war eine stämmig gewachsene Grenzerin. Ihr Gesicht war faltig, verbissen, fast finster. Sie hatte eine Flinte in der Hand, und das gehörte zu ihr. Die zweite war jung und unruhig; sie schaute der älteren über die Schultern und lachte ein wenig.
Der junge Indianer ritt auf den Hauseingang zu, aber natürlich nicht im Galopp und ohne beim Anhalten das Pferd hochzureißen. Eine solche Förmlichkeit schien ihm den Frauen gegenüber nicht am Platze. Er näherte sich im Schritt, ließ den Mustang wie von selbst haltmachen und sagte zu der älteren Frau:
„Red Jim kommt. Wo ist Ben?"
„Nicht zu sprechen ist er für das Raubgesindel!" schrie die Frau auf, so etwa, als ob Zorn lange aufgespeichert und in eine Blase gepumpt worden sei, die jetzt mit einem Knall platzte. „Wo kommst du denn her, du roter Flohbeutel? Von euch Herumstreichern und Banditen, die fressen und stehlen und nicht zahlen, haben wir ein für allemal genug!" Sie stieß das Mädchen, das ihr neugierig über die Schulter gelugt hatte, in das Haus zurück, verschwand selber darin und schlug die schwere Tür krachend zu. Harka beobachtete, wie gleich darauf an der Schießscharte neben der Tür ein Flintenlauf erschien.
Er lächelte spöttisch, wandte das Pferd, ritt langsam über den Fluß zurück auf das Nordufer und setzte von hier an den Grauschimmel in Galopp. Als er Mattotaupa und Jim in einem Prärietal fand, hatten diese schon vorher haltgemacht gehabt. Jim kaute vereisten Schnee, um seinen vertrockneten Gaumen zu kühlen.
Harka glitt vom Pferd. „Im Blockhaus des Zahnlosen hat sich etwas verändert", berichtete er seinem Vater in teilnahmslosem Ton. „Eine Frau ist eingezogen, und sie will keine ‚Flohbeutel und Banditen' mehr einlassen."
„Wie hast du dich verhalten?"
„Ich berichte dir ihre Worte."
In Mattotaupas Mienen spielten Enttäuschung, Zorn und Sorge, nicht offen, sondern beherrscht, verdeckt. Aber Harka

kannte seinen Vater gut genug, um zu wissen, daß Enttäuschung und Zorn nicht nur der neuen Wirtsfrau und die Sorge nicht nur Jim galt. Mattotaupa verstand seinen Sohn nicht mehr.
„Bleib bei Jim!" wies er Harka an. „Ich werde zu dem Blockhaus reiten und mich nicht von einem Weibe in die Flucht schlagen lassen. Jim kann nicht länger ohne Obdach sein."
Während sich dieses Gespräch in der verschneiten Prärie abspielte, war auch in dem dunklen Blockhaus am Niobrara eine Auseinandersetzung im Gange. Dunkel wirkte das Haus von außen und von innen, von außen, da es gut geteert war, von innen, da nur durch Schießscharten Licht hereindrang. Das Herdfeuer war gedeckt; durch Ritzen schimmerte die Glut unter einem dampfenden Kessel. An einem Tisch nahe beim Herd hockte Ben, der von der Suche nach Wolfsfährten zurückgekehrt war. Seine Tochter hatte sich neben ihn gesetzt, während die Frau vor den beiden stand, den linken Arm in die Hüfte gestemmt. In der Rechten hielt sie den großen Schürhaken.
„Nein, habe ich gesagt. Das Diebsgesindel kommt mir nicht mehr herein. Aus diesem verfluchten Haus hier wird eine reputierliche Handelsstation – oder ich gehe wieder."
„Frau! Komm ... Reg dich nicht so auf. Laß dir erklären ..."
„Spar dir die Worte. Jim ist ein Bandit, ein Räuber ist er. Du hast Angst vor ihm wie ein Kojot vor der Falle, dabei ist das Eisen schon zugeschnappt, und du zappelst. Beiß dir das Bein ab, an dem er dich gefangen hat, und hinke ... Immer noch besser, als du läßt dir die Eingeweide von diesem Schurken aus dem Leibe ziehen! Er kommt und frißt und säuft mit allen seinen Kumpanen, aber gezahlt hat er noch nie. Das sind deine eigenen Worte, Ben!"
„Schon recht, schon recht. Aber wenn er nun Gold findet?"
„Noch findet er keines."
„Vielleicht hat er's schon. War doch den Sommer über verschwunden. Ich schau mir das mal an. Die Fährte von dem jungen Indsman finde ich. Das wird der Harry gewesen sein, den du fortgeschickt hast. Es ist nie gut, Frau, wenn ein Indsman ohne ein Wort kehrtmacht."

„Nachlaufen willst du den Vagabunden und Nichtstuern auch noch!"
Ben stand auf und machte sich fertig. Die Frau drosch ihm voll Zorn mit dem Schürhaken den Rücken, bis er ihr das Instrument plötzlich entwand. „Ruhig jetzt, du zähes Luder!"
Die Tochter gab dem Vater die Flinte; er ging hinaus und schlug die Tür heftig hinter sich zu.
Ben hatte nicht weit zu reiten. Auf Harkas Fährten begegnete er Mattotaupa, der sich dem Nordufer des Flusses näherte. Der Wirt schwenkte den Hut.
„Top!"
Die beiden hielten zu Pferd voreinander.
„Wo steckt Jim?" fragte der Wirt.
„Ich bringe ihn schwerverletzt zu dir."
„Habt ihr das Gold gefunden?"
Mattotaupa wurde blaß; auch von seinen Augen wurde mehr das Weiße sichtbar als der schwarze Kern. „Wir suchten Tashunka-witko."
„Pf, Tashunka! Brotlose Kunst. Womit wollt ihr jetzt bezahlen, wenn ich euch Obdach gebe? Hab meine Frau und meine Tochter ins Haus geholt. Die geben keine Krume und keinen Schluck mehr umsonst."
„Womit pflegen weiße Männer untereinander zu bezahlen?"
„Mit Dollars, wenn sie welche haben."
„Wir haben sie."
„Gut. Das ist ein Wort. Hätte Harry auch gleich sagen können. Dann ist der Friede mit meinem Weibe wiederhergestellt, und sie stochert mit dem Schürhaken wieder im Herde, statt ihn an ihrem Manne auszuprobieren."
Mattotaupa hörte diese Bemerkung verwundert an. „Wir kommen", sagte er und wandte das Pferd, um Jim und Harka zu holen.
Der Einzug ins Blockhaus erfolgte. Jim war zu erschöpft, um sich um die Bedingungen zu sorgen, unter denen er hier untergebracht wurde. Das einzige, wonach ihm der Sinn stand, waren Wasser, Wärme und Ruhe. Er konnte sich nicht erinnern, je schon in einem so jämmerlichen Zustand gewesen zu sein.

Mattotaupa wurde mit der Frau handelseinig. Er gab ihr zunächst einen Silberdollar, den sie mit runden zufriedenen Augen betrachtete. Da Jim kaum etwas essen und keinen Alkohol trinken konnte, auch die beiden Indianer den Branntwein verschmähten und Mattotaupa nur wenig zu essen verlangte, reichte das Geldstück als Bezahlung für viele Wochen. Jim bekam ein gutes Lager in der Nähe des Herdes, und Mattotaupa pflegte ihn mit der Aufmerksamkeit eines Bruders und der Geschicklichkeit eines Arztes. Die Wunden hatten Frost bekommen und heilten nur sehr langsam.

Harka blieb in diesen Wochen ganz für sich allein. Er aß überhaupt nicht von dem, was die Frau briet und vorsetzte. Er kümmerte sich nicht um Jim, und er sprach wenig mit dem Vater. Tag um Tag schweifte er bald mit, bald ohne Pferd in der winterlichen Prärie umher. Er fischte, erlegte Kleinwild, auch wohl eine Antilope und verschaffte sich so, was er für seine eigene Nahrung brauchte. Er sammelte sich sein Holz, um Feuer zu machen, und röstete seine Mahlzeit in der Asche. Des Nachts kam er zunächst noch regelmäßig in das Blockhaus. Als ein heftiger Schneesturm tagelang das Land durchtoste und der Flokkenwirbel, zusammen mit aufstäubenden Neuschneemassen, jede Sicht nahm, blieb er drei Nächte weg und kam dann wohlbehalten wieder, mehr, um zu zeigen, daß er noch lebe, als um das schützende Obdach in Anspruch zu nehmen. Von da an blieb er häufig auch des Nachts fort. Er hatte sich aus festgebakkenem Schnee eine gute Schneehütte gebaut und darin eine Büffeldecke untergebracht. Eine dicke Eisscheibe, die er sich vom Flusse geholt und eingebaut hatte, ließ ein bißchen Licht herein.

Die Temperatur in der Hütte stieg nicht über den Gefrierpunkt, auch dann nicht, wenn Harka darin Feuer machte. Aber in das Büffelfell eingewickelt, konnte er in der Hütte schlafen, ohne sich die Füße zu erfrieren.

Kam er zum Blockhaus, so schnitt er Ben und sein Frau, unterhielt sich aber zuweilen mit Bens Tochter. Sie mißfiel ihm, weil sie blond und geschwätzig war, doch konnte er von ihr am leichtesten erfahren, was er jeweils zu wissen wünschte. Das

Mädchen war aber nicht nur redselig, was Harka ausnutzte, sondern sie war auch neugierig, und der junge Indianer vermutete, daß Ben und die Mutter sie anstachelten, ihn auszuhorchen. Er blieb daher auf der Hut und sagte kein Wort zuviel. Meist traf er Jenny in der für die Pferde bestimmten Umzäunung an der südlichen Schmalseite des Hauses. Sie schien auszuspähen, wann er dorthin kam. Dann zeigte sie sich unter irgendeinem Vorwand und sprach ihn an. Harka stand im vierzehnten Lebensjahr. Das Mädchen mochte siebzehn oder achtzehn sein, aber sie war einen Kopf kleiner als der junge Indianer. Eines Morgens, als Harka sein Pferd von der Tränke brachte, saß sie auf dem Zaun und schaute ihn an, ohne daß er den Blick erwiderte.

„Im Sommer wird's hier lustig, Harry. Vielleicht wachst du dann auch mal auf!"

Der Indianer gab keine Antwort.

„Jim ist bald wieder gesund. Er kann schon reden und schilt meinen Vater einen Wucherer."

Der Indianer gab keine Antwort.

„Wie alt ist Jim eigentlich?"

„Frag ihn doch."

„Er sagt, er weiß es selbst nicht."

„Woher soll ich es wissen?"

„Ist Jim verheiratet?"

„Frag ihn doch."

„Ich frag ihn nicht. Er könnt sich sonst was denken. Willst du nicht mal für uns Holz machen, Harry?"

„Nein."

„Du bist ein richtiger Vagabund. Ein Zigeuner bist du."

Der Indianer antwortete darauf nicht, ging aber auch nicht weg. Er hatte das Gefühl, daß das Mädchen irgendeine Nachricht an den Mann bringen wollte. In den vergangenen sonnigen Tagen waren einige Gäste im Blockhaus gewesen, Weiße mit beschlagenen Pferden. Harka hatte die Fährten verfolgt. Einer davon war aus Westen gekommen und nach Osten geritten.

„Ein Vagabund bist du, sag ich dir. Nimmst du im Sommer Dienste als Scout an?"

„Für wen?"
„Die Südstaaten sind geschlagen. Spätestens nächsten Sommer ist Frieden. Dann geht es mit dem Bahnbau richtig los."
„Wenn der Krieg aus ist, finden sich Leute genug als Scouts."
„Hast recht. Für euch ist was andres wichtiger."
„Was denn?"
„Das Gold."
„Ich brauche euer Gold nicht."
„Unser Gold? Wenn es erst mal unsres wäre!"
„Wem gehört es denn?"
„Dem Berg – und der schweigt. Oder er brummt."
Harka wandte sich halb von dem Mädchen ab, so daß sie sein Gesicht nicht sehen konnte.
„Harry – gibt's Gespenster?"
„Was ist das?"
„Gesehen hab ich noch keine. Aber das gibt's."
„Was fragst du, wenn du es weißt?"
„Der Vater sagt, in die Höhle geht er nie mehr, und Jim hat die Nase auch voll. Vorläufig."
„Ben war schon in der Höhle?" Harka versuchte, diese Frage an das Mädchen in gleichgültigem Ton zu stellen. Er hatte das Gefühl, daß ihm das nicht gelang, aber sie schien seine Erregung nicht bemerkt zu haben oder darüber hinwegzusehen.
„Vor zwei Jahren", erzählte sie unbeschwert, „vor zwei Jahren war der Vater in der Höhle. Da ist er Jim begegnet! Wilde Sache, sag ich dir. Alles wirre Gänge, Wasser, Finsternis – und da trifft der Vater auf einmal Red Jim. Vor bald zwei Jahren im Frühling."
„Warum hat Jim ihn nicht umgebracht?"
Das Mädchen kicherte. „Vater hat dem Banditen versprochen, daß er nie mehr dorthin geht. Da hat Red Jim ihm das Leben geschenkt."
„Vor zwei Jahren?"
„Im Frühling. der Schnee war gerade geschmolzen."
Harka verbarg jetzt vollständig, was in ihm vorging. Er streichelte sein Pferd. Das Mädchen freute sich, daß der junge Indianer diesmal so lange bei der Unterhaltung aushielt. Sie

merkte, daß sie ein Thema gefunden hatte, mit dem sie ihn fesseln konnte, und sie hätte um ihr Leben gern erfahren, ob er etwas von der Höhle und dem Golde wußte, das ihr Vater und Jim vergeblich gesucht hatten. Aber jetzt machte sie eine ungeschickte Wendung.

„Top und du, ihr stammt doch aus der Bärenbande?"

Harka hätte das Mädchen am liebsten mit dem Fuß beiseite gestoßen, als sie wagte, an diese Frage zu rühren, die seine Wunde war. Aber er beherrschte sich weiter.

„Warum?"

Das Mädchen wagte nicht geradezu auszusprechen, was sie kombinierte. Sie wich aus. „Weil nächsten Sommer die Strafexpedition startet. Die Bande hat im vergangenen Sommer eine Vermessungsexpeditionsgruppe vergiftet."

„Also Krieg."

„Was heißt Krieg? Strafexpedition."

„Freie Männer straft niemand. Mit freien Männern kämpft man."

„Du hast auch Ansichten! Ein Indsman bist du und bleibst du, ein verfluchter Dakota."

„Hau."

„Giftmischer, Hühnerdiebe, Flohbeutel sind diese Sioux. Ausrotten muß man sie, sagt die Mutter."

„So geh zu deiner Mutter arbeiten, das gehört sich für dich."

Harka nahm seine Schneereifen an die Füße und lief in die Prärie hinaus. Er nahm auch einen Speer mit, den er sich gefertigt hatte. Das Mädchen streckte hinter ihm die Zunge heraus, warf einen Blick zum Himmel, der sich bezog, und rannte dann zu der scheltenden Mutter, um noch Holz zu machen.

Der Tag hatte klar begonnen, mit der Pracht rotgoldenen Lichtes, in dem die Schneekristalle flimmerten. Aber als der junge Indianer vom Blockhaus fortging, zogen schon Wolken auf, gerundete, geballte Wolken, zusammengeschoben zu einer mächtigen Wand, die vor den Sonnenball zog, als ob sie die Erde des Lichts berauben wolle. Harka beeilte sich, um seine Hütte noch vor dem Schneesturm zu erreichen.

Aber er hatte noch nicht viel mehr als die Hälfte der Strecke zurückgelegt, als der Sturm aufbrauste, die Flocken zu wirbeln begannen und der lockere Schnee aufstäubte. Mit der Erfahrung der Lebewesen, die in Wildnis und Sturm aufwachsen, suchte er einen geschützten Platz am Hang eines Hügels, der dem Winde entgegenstand, und ließ sich dort einschneien, ohne fürchten zu müssen, daß meterhohe Schneemassen ihn erstikken würden. Er hatte seinen Speer aufgepflanzt, um einen Anhalt, ein Richtzeichen zu haben. Das war die Gewohnheit der Krieger, wenn eine Gruppe vom Schneesturm im offenen Gelände überrascht wurde; sie pflanzten die Speere auf und hielten Wacht bei den Frauen und Kindern, die sich in Decken gehüllt einschneien ließen.

Als der Sturm sich nach Stunden legte, sank die Sonne schon gegen Westen und überstrahlte mild, noch von Wolkenschleiern verhangen, die unendliche Weite der neu überschneiten Prärie.

Harka kroch aus dem Schnee wie ein Maulwurf aus der Erde und schüttelte sich. Dann begann er den mühsamen Marsch zu der Schneehütte, in der er übernachten wollte. Die Hütte befand sich weiter oben am Flusse, nicht weit vom Ufer. Es gab dort Gesträuch und kleine Bäume.

Wenn Harka sich seiner Hütte näherte, pflegte er immer auf Fährten zu achten, die andeuten konnten, ob sich unerwünschte Gäste, Tiere oder Menschen, der Behausung genähert oder sich gar darin breitgemacht hatten. Aber an diesem Tage hatten Neuschnee, Sturm und Schneewehen alle älteren Spuren bedeckt oder vernichtet, und Harka hielt nur Ausschau, ob sich etwa außer ihm ein Lebewesen in der näheren Umgebung bewege. Die Sonne war untergegangen, und die Nacht setzte früh ein. Die Wolken hatten sich ganz verzogen; klar blinkten die Sterne, und der Mond ging auf. Die weißen Flächen fingen jedes Licht, und so war es rings heller als in einer Sommernacht.

Da Harka die Fährten nicht hatte prüfen können, schlich er sich vorsichtig zu dem Schneekegel, den er als seine verschneite Behausung erkannte. Er ging von hinten heran, legte sich in den Schnee und schaufelte sich mit Händen und Füßen bis zum Eingang durch. Er hob mit der linken Hand einen großen, festen

Schneebrocken vom Eingangsloch weg, während er mit der Rechten das Messer stichbereit hielt. Er sah es durchaus nicht als wahrscheinlich an, daß ein Mensch oder ein Wolf in seiner Abwesenheit hier Unterschlupf gesucht hatte, aber möglich war alles, und daher mußte er auch auf alles gerüstet sein.
Es rührte sich aber nichts, auch nicht, als das Eingangsloch offen war. Harka äugte vorsichtig ins Innere. Er mußte die Augen an die Dunkelheit in der Schneehütte gewöhnen, erkannte dann aber seine Feuerstelle und die Büffeldecke und schließlich noch ein Etwas, das nicht zu der Einrichtung seiner Hütte gehörte. Das Etwas hatte die Gestalt eines mit gekreuzten Beinen hokkenden Indianers, der sehr schlank von Gestalt war. Harka zog den Kopf rasch zurück, steckte das Messer ein und griff nach dem Revolver.
„Komm heraus!" sagte er dann in seiner Muttersprache.
„Komm du doch herein!" war die Antwort in ebenso reinem Dakotadialekt.
Dem jungen Indianer verschlug es fast die Sprache, denn er glaubte die Stimme dieses sehr schlanken Indianers erkannt zu haben.
„Tschetan!"
„Harka Steinhart Nachtauge Wolfstöter Büffelpfeilversender Bärenjäger!"
Nach diesem gegenseitigen Anruf trat beklommenes Schweigen ein. Harka wartete gespannt auf irgend etwas, was sich jetzt ereignen mußte. Tschetan war sein bester Freund bei der Bärenbande gewesen. Er war einige Jahre älter als Harka, und während Harka den Knabenbund der „Jungen Hunde" geführt hatte, führte Tschetan schon den „Bund der Roten Feder", in dem sich die heranwachsenden Burschen zusammenfanden. Tschetan hatte sich in die Hütte eingeschlichen. Er mußte schon vorher beobachtet haben, daß Harka diese Hütte bewohnte, sonst hätte er ihn jetzt nicht gleich mit dem Namen ansprechen können. Harka hatte nicht nur die Stimme des anderen erkannt, er hatte auch den Umriß seiner Gestalt gesehen, und beide Wahrnehmungen zusammen hatten sich bei ihm zu der Erkenntnis „Tschetan" verbunden.

Die Kälte und das Schweigen der Winternacht, die endlosen Schneewellen der Prärie ließen die beiden jungen Burschen in diesem Augenblick so empfinden, als ob sie allein auf der Welt und damit aus den Bindungen, die sie zu Feinden machen mußten, für eine Spanne Zeit entlassen seien.
Harka kroch in die Schneehütte, rieb Funken, als ob dies selbstverständlich sei, und brachte Zweige, die er sich immer vorsorglich aufgeschichtet hatte, zum Brennen. Die Flammen beleuchteten die beiden jungen Indianer. Tschetan war in den beiden vergangenen Jahren ein Stück gewachsen, aber das kam Harka nicht voll zum Bewußtsein, weil er selbst auch größer geworden war. Tschetan erschien so hager wie eh und je und dunkelhäutig; das Gesicht war immer scharfkantig gewesen und noch scharfkantiger geworden.
Harka holte einen Antilopenschlegel hervor, der zu Gefrierfleisch geworden war, und begann ihn am Rande des Feuers in dem zu Asche zerfallenen Holze zu rösten. Ein Duft stieg auf, der den Hungrigen köstlich schien. An Zeit mangelte es in der langen Winternacht nicht. Harka röstete das Fleisch sachverständig rundum und teilte es dann mit Tschetan.
Beide aßen, ohne ein Wort zu sagen. Beide dachten daran, daß sie einmal zusammen Antilopen gejagt hatten.
Als sie aufgegessen und Hände und Messer gereinigt hatten, schob Harka noch etwas Holz ins Feuer. Nun wurde es Zeit, etwas zu sagen, und damit griff die Wirklichkeit von fernher wieder in die Schneehütte herein; es war, als ob der Unfrieden auch in der Stille der Nacht über verlassene Schneefelder, gefrorene Bäche hinweggeglitten und in die winzige, feuererleuchtete Zufluchtstätte hineingeschlüpft sei.
„Es ist uns ein Mann entlaufen", sagte Tschetan. Er sprach sehr nüchtern, wie mit einem Fremden, mit dem er zu verhandeln gedachte. „Sein Name war Tom, und wir nannten ihn in unseren Zelten ‚Tom ohne Hut und ohne Schuhe'. Er war unser Gefangener gewesen und hatte dann Scheschoka geheiratet, um sie und ihren Sohn Schonka zu versorgen. Jetzt ist er weggelaufen. Er war auf dem Blockhaus."
„Mag sein."

„Es war so. Er ist dann weiter nach Osten geritten, trotz des Schnees. Wahrscheinlich hatte er Angst vor uns. Er hatte versprochen, er wolle ein Krieger der Bärenbande bleiben, aber die Weißen lügen alle."
Harka äußerte dazu keine Meinung, er sagte aber: „Wenn der Schnee schmilzt und das Gras grün wird, werden die Watschitschun kommen, um euch zu bekriegen."
„Wir haben sie im vergangenen Sommer verjagt. Sie kommen nicht wieder."
„Ihr habt einige verjagt, aber viele werden wiederkommen."
„Bist du ein Verräter und Knecht der Watschitschun geworden? Einer von uns tötet hundert von diesen Kojoten."
„Aber Tausende verfolgen euch dann."
Tschetan warf zornig einen Zweig ins Feuer. „Du sprichst wie ein Feigling. Bist du nicht mehr Harka Steinhart?"
„Wenn du die Probe machen willst, gehen wir zusammen hinaus. Ich habe keine Angst vor dir."
Tschetans Augen funkelten im Feuerschein. „Soll es dir ergehen wie deinem Vater?"
Harka verstand den Sinn dieser Frage nicht, denn von Mattotaupas Erlebnis in den Zelten der Bärenbande ahnte er nichts. Er wußte daher auch nicht sogleich, was er antworten sollte oder ob er überhaupt antworten sollte. Tschetan hielt Harkas Schweigen für Beschämung, und sein Zorn verrauchte sofort.
„Harka Steinhart! Was tust du auf der Seite unserer Feinde? Der große Kampf beginnt, das wissen auch wir. Komm zu uns zurück!"
„Mit meinem Vater Mattotaupa."
„Mit deinem Vater Mattotaupa, wenn er tut, was die Ältesten der Bärenbande von ihm verlangen müssen."
Harka bewegte keinen Finger, keine Miene, kein Augenlid, als seine Lippen fragten: „Was verlangen sie?"
„Den Skalp des Red Jim, den wir auch den Roten Fuchs nennen."
Harka atmete tiefer. „Ist das ein Wort der Ratsversammlung?"
„Es gilt so."
„Ich werde es meinem Vater sagen."

Tschetan betrachtete Harka, seinen jüngeren Freund von einst, sehr aufmerksam. Harka konnte sich gut beherrschen, das wußte Tschetan, aber niemals hatte Harka unter seinen Stammesbrüdern gelogen. Ahnte er wirklich nichts von dem Gang Mattotaupas in die Zelte?
„Eine Frage an dich, Harka Steinhart."
„Frage!"
„Würdest du selbst bereit sein, uns den Skalp des Red Jim zu bringen?"
„Hau."
„So komm zurück!"
„Auch ich habe eine Frage an dich, Tschetan. Ich bin der Sohn eines Häuptlings und nicht der Sohn eines Verräters. Mein Vater ist unschuldig. Glaubst du das?"
„Nein."
Harka erschrak und wurde bleich. Sein Blick, mit dem er Tschetan fest ins Auge faßte, glitt ab. Er schaute ins Feuer und zog langsam die Zweige, deren Spitzen flammten, zurück, so daß nur noch Glut inmitten der Asche glimmte. Alles schwieg und wurde regungslos, das Holz, das nicht mehr knackte, die Glut, die nicht mehr flammte, Harkas Hand, die still im Schoß lag, seine Lippen, die sich fest geschlossen hatten. Auch Tschetan wurde steif. Er brachte kein weiteres Wort mehr hervor. Das „nein" war das letzte. Auch die Nacht und der Schnee waren still dazu.
Die beiden jungen Indianer saßen sich stumm gegenüber, die ganze Nacht, bis der Morgen graute. Das Dämmerlicht fiel durch die Eisscheibe in die Hütte und beleuchtete mit grauem Licht zwei blasse Gesichter.
Tschetan erhob sich, als ob er ein Gewicht mit sich trage. Er packte seine Waffen zusammen und kroch aus der Schneehütte hinaus, ohne Abschied, ohne Gruß; selbst den Blick hielt er vor dem einstigen Freund verborgen.
Harka blieb allein. Er biß die Zähne aufeinander, und seine Haut zog sich straff über die Backenknochen. Er erlaubte sich selbst keinerlei Bewußtsein einer Empfindung. Als ob dieser Morgen ein ganz gewöhnlicher Morgen sei, so fachte er das

Feuer wieder ein wenig an, ging zum Fluß, um sich zu waschen, und machte sich daran, im Neuschnee Wildspuren zu suchen. Zwei Tage später ließ er sich wieder beim Blockhaus sehen und kümmerte sich um den Grauschimmel, den Mattotaupa unterdessen versorgt hatte. Harka traf den Vater bei den Pferden, aber er schwieg und sagte kein Wort von der Begegnung mit Tschetan. Er wollte warten, bis der Vater den Charakter des Red Jim selbst erkannte und dann bereit sein würde, Jim zu töten. Eine Rückkehr zu den heimatlichen Zelten aber konnte es nur geben, wenn die Ältesten die Unschuld Mattotaupas begriffen. Anders würde Mattotaupa sich niemals dazu verstehen, heimzukehren; und Harka billigte diesen Stolz, weil er selbst so empfand.

Es kam die Zeit des Jahres, in der die Tage wieder länger wurden. Der Schnee wurde rauh und verlor seinen blendenden Schimmer. Die Eiszapfen an den Bäumen und am Blockhausdach begannen zu tropfen. Raschelnd fiel Schnee von den Zweigen, polternd stürzte er unter der Einwirkung der Mittagssonne vom Dach. Harkas Schneehütte schmolz zusammen. Die Lüfte, die über das Land brausten, waren voll Feuchtigkeit. Der Fluß stieg, und als der letzte Schnee auftauend im Grasboden versickerte, spülten seine lehmfarbenen Fluten bis an das Blockhaus heran. Die Weidenzweige wurden grün, die Grashalme hoben sich, und die ersten jungen Keime sproßten aus der Erde. Schon begannen sich auch Blumenknospen zu öffnen. Die Tage wurden länger als die Nächte. Ausgehungert weideten Büffel, Mustangs, Elche, Hirsche, Antilopen; die Hamster verließen ihre leer gefressenen Löcher und suchten neue Nahrung. Die Bären erwachten aus dem Winterschlaf, ihr Fett war aufgezehrt; mager, gelenkig, hungrig gingen sie auf Beute aus. Weiße und indianische Jäger kamen mit den wertvollen Winterpelzen zu den Handelsstationen.

Es war an einem Morgen dieser Jahreszeit. Ben stand mit Frau und Tochter hinter dem Haus und arbeitete an dem lange geplanten Anbau, der als Speisekammer dienen sollte. Red Jim schlenderte um das Haus herum, die Büchse im Arm. Als die

Frau ihn erblickte, spitzte sie ihre Lippen zu spitzen Worten. Jim sah es und hatte seinen Spaß daran.
„Immer tüchtig!“ rief er. „Immer tüchtig! Ben, die Frau, die hat dir gefehlt! Wie lange habe ich dir gepredigt, du sollst darangehen und den Anbau fertig machen? Du hast nicht auf mich gehört! Die Frau mußte kommen. Wo der Teufel nicht mehr sitzen kann und Red Jim ins Leere redet, da ist die Mary am Platz!“
Die Frau ging zu Jim hin, zog ihm die Büchse aus dem Arm, was er sich laut lachend gefallen ließ, und drückte ihm ein Beil in die Hand. „Alter Gauner!“ sagte sie. „Helfen!“
Jim hatte seine Gründe, sich bei der Frau beliebt zu machen. „Mal alle weg!“ befahl er und zog die Tochter derb beiseite. „Das, was ihr da vorhabt, macht Jim the Red schneller und besser.“
Ben war verblüfft und ärgerlich, aber die Frau winkte ihm energisch, ebenfalls zu gehorchen. „Komm“, knurrte sie ihn an. „Jim macht das schon. Für dich gibt's noch was anderes zu tun.“
Jenny, die Tochter, maulte, aber auch sie erhielt nicht die Erlaubnis der Mutter, mit Jim zusammen weiterzuarbeiten. Ben rächte sich an seiner Mary. Er winkte ihr Abschied zu und verschwand im Hause. „Tjüs, ich muß bedienen!“
Im Blockhaus waren drei Tische besetzt. Die Tür blieb offen. Die Morgensonnenstrahlen glitten in den Raum und lockerten seine düstere Atmosphäre. Auch von der westlichen Breitseite her fiel Licht herein. Jim brach die vorgesehene kleine Türöffnung zu dem Anbau auf. Die Beilhiebe krachten. Der Fluß dicht am Hause rauschte. In der Umzäunung wieherte ein Mustang. Alles war anders, lauter, lebendiger als im Winter, so auch die Erwartungen und Hoffnungen der Menschen, mit denen sie den Anbruch der wärmeren und fruchtbaren Jahreszeit begrüßten.
An dem Tisch hinten in der linken Ecke hatten sich Joe, der Ingenieur, Henry, sein jüngerer Gehilfe, und Mattotaupa zusammengefunden. Neben Mattotaupa saß Harka. Joe war wieder bei Kräften. Untersetzt, straff, die Haut gebräunt, so saß er auf der Wandbank, nahm keinen Brandy, sondern verzehrte ein Stück Rehschlegel als Frühstück und trank Tee. Aber trotz der

erfrischten Energie, die er ausstrahlte, hatte sich etwas an ihm verändert. Wer genau auf den Ton seiner Stimme zu lauschen vermochte und alles wahrnahm, was mitschwang, der hörte den Groll und eine verzweifelte Erbitterung noch immer heraus, und wer seine Augen früher gekannt hatte, der wußte, daß sie jetzt nicht mehr mit voller Zuversicht in die Welt schauten. Joe konnte den Morgen der toten Fische nicht vergessen. Auf Henry hatten die Schreckenstage anders gewirkt. Er dachte weniger an die Toten als an die eigene Errettung und brüstete sich gern, vor sich selbst und vor anderen, mit den Gefahren, die er überstanden hatte.

„Was wollt ihr mit der Bahn?" fragte Mattotaupa eben den Ingenieur.

„Niemandem etwas Böses!" antwortete Joe überzeugt. „Du kennst die großen Städte, Top. Große Städte gibt es viele im Osten, einige im Westen. Wenn der Bürgerkrieg jetzt zu Ende geht, werden unsere Städte aufblühen und wachsen wie nie zuvor! Aber zwischen unseren Städten im Osten und im Westen liegt die Wildnis der Prärie und des Felsengebirges und trennt sie schärfer als das Meer zwei Kontinente, die wenigstens durch Schiffahrtslinien verbunden sind. Ein solcher Zustand ist unsinnig, er ist einfach unhaltbar. Die Pazifikbahn wird also kommen, nicht nur diese eine, aber diese als erste. Wem kann sie schaden? Was tut es den Indianern, wenn ein Gleis durch die Prärie läuft und die Züge hindurchbrausen? Der Zug kann nicht nach rechts und nicht nach links laufen, er muß auf seinem Gleiswege bleiben. Das ist klar und einfach. Es wird wenige Stationen geben. Zu diesen Stationen können die Indianer kommen, Felle und Häute anbieten und dafür eintauschen, was sie brauchen. Sie werden auf diese Weise besser und regelmäßiger versorgt werden als durch solche Händler wie Ben."

„Aber die Bahn stört die Büffelwege."

„Die Büffelherden werden sich daran gewöhnen. Auch die Indianer werden sich daran gewöhnen, und wie lange wird es dauern, dann benutzen sie selbst die Bahn!"

„Vielleicht hast du recht, Joe."

„Natürlich habe ich recht. Was hier störend wirkt, ist nur die

entsetzliche Unwissenheit deiner Landsleute, Top, und die bestialische Feindseligkeit eurer Zaubermänner. Ich bitte dich! Das Wasser vergiften! Ist das die Kampfesweise von Männern? Führen die Indianer auf solche Weise untereinander Krieg?"
„Nein."
„Also! Gegen solche Praktiken müssen alle zusammenhalten, die noch Anstand und Vernunft besitzen. Ich bin froh, daß ich dich hier getroffen habe."
„Warum?"
„Weil ich wieder zur Vermessung gehe. Wir waren auf der richtigen Route! Diese und keine andere führt zum Ziel! Der Paß ist für unsere Zwecke gangbar. Es ist ein großes, ein gigantisches, ein unsterbliches Werk, das allen Menschen dienen wird, weißen und roten. Du hast uns gerettet, Top, als wir verloren schienen. Bleib unser Bruder und werde unser Pfadfinder und Beschützer! Du bist ein ganz anderer Kerl als diese Sorte von Bloody-Bill und Charlemagne, diese Messerstecher und Prahlhänse. Du bist auch keine Heulliese wie Tom. Auf dich können wir uns verlassen! Top?"
„Ich suche Tashunka-witko."
„Wo willst du ihn sicherer treffen als da, wo er den Bahnbau zu stören gedenkt?"
Mattotaupas Augen blitzten auf.
„Wenn er erfährt, daß du uns beschützt, wird er kommen, um dich zu töten. Dann hast du ihn in Reichweite."
Der Indianer sah stumm vor sich hin.
„Ich dränge dich nicht, Top. Jeder Mann hat seine eigenen Angelegenheiten zu besorgen. Aber überlege dir alles, was ich dir gesagt habe, reiflich."
„Hau." Mattotaupas Stimme klang dunkel, ruhig. „Morgen antworte ich dir, Joe."
„Ich warte darauf. Vergiß nicht, daß es Hawandschita, dein Feind, im Bunde mit Tashunka-witko, deinem Beleidiger, gewesen ist, der meine Gefährten heimtückisch vergiftet hat."
Mattotaupa bemerkte dazu nichts mehr. Er stand auf und ging. Harka schloß sich ihm stillschweigend an.
Joe schaute hinter den beiden her und bestellte sich dann bei

ßen Branntwein. Auf diese Bestellung hatte der Wirt schon lange ungeduldig gewartet. Am Tauschhandel und am Branntwein verdiente er am meisten.
Henry blickte ebenso wie Joe den beiden Indianern nach, die langsam in die Wiesen hinausgingen. Der Frühlingshimmel wölbte sich hell über dem Land. Die beiden Indianer trugen keine Röcke mehr. Ihre hellbraune Haut, ihr schwarzes Haar, ihre großen, schlanken Gestalten, die Ruhe und Geschmeidigkeit ihrer Bewegungen wiesen sie als Söhne der Prärie aus, die mit jedem Schritt über den ihnen eigenen Boden gingen.
Henry verfolgte sie, durch die Türöffnung hindurch, mit den Augen, bis sie zwischen den sandigen Anhöhen verschwanden.
„Merkwürdige Menschen", sagte er dann, halb zu sich selbst, halb zu Joe. „Aufrichtig und heimtückisch, tapfer und hinterlistig, begreiflich und unbegreiflich. Was wird Top bis morgen ausbrüten?"
„Ein Ja."
„Sollte mich wundern. Er stammt von den Leuten, mit denen wir im Kampf liegen werden."
„Nichts ist so unversöhnlich wie Bruderhaß."
„Traust du auch dem Jungen?"
„Ich vertraue dem Vater, dem er gehorchen wird."
Joe schüttete einen Becher Brandy hinunter. Heute konnte er den Fusel vertragen, ohne unter die Bank zu sinken.
Die Beilhiebe Jims verstummten. Gleich darauf kam er in das Haus und setzte sich zu Joe und Henry. Der Becher stand schon für ihn bereit, ehe er sich ganz auf der Wandbank niedergelassen hatte. Jenny hatte ihn hingestellt. Jim dankte mit einem Blick, in der festen Absicht, keinen Cent zu zahlen.
„Wieder auf den Beinen?" begann er das Gespräch mit Joe.
„Wie du siehst."
„Weiter vermessen?"
„Ja."
„Scout erwünscht?"
„Gentleman, ja."
„Das heißt ohne Bezahlung?"
„So etwa."

„Irrsinn. Gibt's nicht."
„Doch. Indianer."
„Wenn ich nicht will, geht Top auch nicht mit euch."
„Kommt auf die Probe an."
„Soll ich sie machen?" fragte Jim höhnisch, goß den Brandy hinunter und stellte den Becher auf die Holzplatte des Tisches. Jenny füllte nach.
Joe beobachtete Jims Haltung und Gesichtsausdruck und wurde unsicher. „Bist du so gut Freund mit Top?"
„Was geht's dich an? Wir beide am Tisch hier sprechen nicht über Freundschaft, sondern über den Preis."
„Ich überlege mir das bis morgen."
„Bitte. Ich auch!"
Jim trank den zweiten Becher aus und ging wieder an die Arbeit.
Joe überkam ein Gefühl der Unruhe, wie einen Fisch, der auf einmal merkt, daß nicht er den Köder, sondern der Köder ihn zieht. Jim war ihm unheimlich. Warum, wußte er selbst nicht. Joe glaubte in Wahrheit weder an Gott noch Teufel, obwohl er in seinem Heimatort am Sonntag mit Frau und Kindern wohlanständig in die Kirche zu gehen pflegte. Er glaubte auch nicht an Gespenster, nicht an Vorhersagen oder Sterndeuter. Der Tag war hell, der Branntwein mäßig stark, das besprochene Thema unter Männern, die praktisch dachten, ganz gewöhnlich. Es ging um den Lohn für eine Arbeit. Aber Jim war ihm unheimlich. Dieser Kerl hatte Willenskraft, und Joe spürte die Skrupellosigkeit des Burschen, ohne daß er sagen konnte, wodurch. Er war plötzlich überzeugt, daß es wirklich nur von Red Jim abhängen würde, ob er, Joe, den Indianer als Kundschafter gewinnen konnte oder nicht.
„Was hast du denn?" fragte Henry.
„Nichts. Trinken wir noch einen?"
„Von mir aus. Dieser Kerl, den sie Jim nennen, gefällt mir nicht. Er ist frech."
„Aber ebenso verwegen in der Prärie. Denkst du noch an den tollen Streich, den Jim und Top uns gespielt haben?"
„Die beiden zusammen wären natürlich nicht übel."

„Für uns unbezahlbar!"
Einige Stunden vergingen, ohne daß Joe, Jim und Top sich noch einmal trafen. Jeder ging seiner Wege. Jim ließ aber durch Ben den Ingenieur unterderhand seine Forderungen wissen. Sie waren relativ hoch. Joe wußte, daß keine Bahnbaugesellschaft solche Summen für einen einfachen Scout ohne Rang und Namen auswerfen würde. Joe mußte dann aus eigener Tasche zuzahlen. Das kam für ihn nicht in Frage. Als es Nachmittag wurde, machte Jim sich an Henry heran.
„Sag doch deinem Herrn und Meister Joe, der nicht mehr aus noch ein weiß, er soll mit mir den Kontrakt für uns alle drei machen, für mich, für Top und für Harry. Zum üblichen Lohnsatz. Das übrige könnt ihr mir überlassen."
Henry schob die Unterlippe vor. „Manager willst du werden, du Gauner? Die Löhnung für drei streichst du ein und läßt die beiden Indsmen als rote Gentlemen umsonst arbeiten?"
„Was kümmert's euch?"
„Von mir aus! Die zwei Indsmen stammen von der Giftbrut ab, die auch mich mit ihrem Wasser umbringen wollte. Ich werde Joe diesen Vorschlag mitteilen; er muß entscheiden."
Henry machte bei Joe Brown eine Andeutung, daß man mit Jim einen Kontrakt abschließen könne, der ihn berechtige, noch weitere Scouts anzuwerben. Auch der Ingenieur witterte den Lohnbetrug sofort, sprach aber nicht offen darüber, da er sich dessen noch schämte. Nach einer Stunde Bedenkzeit zuckte er mit den Achseln.
„Mach, was du willst", sagte er zu Henry. „Hauptsache, diese drei Kräfte stehen uns künftig zur Verfügung."
Während der Lohnbetrug solchermaßen ausgehandelt wurde, standen Mattotaupa und Harka weit unten am Flusse bei einer Baumgruppe. Sie standen bei zwei benachbarten Stämmen, jeder an einen der Bäume gelehnt, so daß sie mit ihrer braunen Haut und der hellen Lederkleidung selbst fast wie Baumstämme wirkten. Harka hatte den Bogen über der Schulter, Mattotaupa hielt die Büchse im Lederüberzug. Sie standen schon lange so und schwiegen schon lange. Die Sonne zog abwärts auf ihrer Bahn, ohne daß die Indianer sich rührten. Das

Goldleuchten der Strahlen wurde tiefer, rötlicher; die gelben Wasser des Niobrara überstrahlte ein vielfältig gebrochener Schimmer. Die Zweige rührten sich im Abendwind.
Endlich wurde es Nacht. In der Luft lag der Duft der ersten Blumen und der nassen Erde. Als der Mond aufging, heulten die Wölfe zum Himmel. Mattotaupa löste sich von dem Baum ab, an dem er gelehnt hatte.
„Ich werde Joe und Henry begleiten und beschützen", sagte er. „Du bist mein Sohn und folgst mir. Wir trennen uns nicht. Ich habe gesprochen, hau."
Mit langsamen, gleichmäßigen Schritten ging Mattotaupa zurück zum Blockhaus. Harka ging mit ihm, um einen halben Schritt zurück, und als das Haus in Sicht kam, lief über Harkas Haut ein Schauer. Der Vater spürte davon nichts, und Harka schwieg, denn er wußte keinen anderen Weg zu nennen. Aber wie eine Vision stand das Bild eines indianischen Kundschafters vor ihm, den er zwei Jahre früher kennengelernt hatte. Dieser Kundschafter war Tobias gerufen worden, für Harka ein merkwürdiger und unverständlicher Name. Der junge Indianer glaubte den abgestumpften Ausdruck des Gesichts wieder zu sehen, das zynisch-gleichgültige Wesen dieses Mannes noch einmal zu erleben.
Er hatte ihn damals nicht verstanden. Jetzt begann er zu ahnen, wie ein freier Indianer so werden konnte, und es schauderte ihn noch einmal.
Ehe die beiden Indianer so weit gelangten, daß ein Eintreten in das Blockhaus unvermeidlich schien, öffnete Harka doch den Mund und sagte: „Ich habe mir eine Hütte gebaut."
Mattotaupa war überrascht. Er hielt den Fuß an und schaute von der Seite auf den Sohn, der den Blick geradeaus gerichtet hielt. Der Anflug eines Lächelns zeigte sich um Mattotaupas Mundwinkel, als ob eine weiche Vogelschwinge sie gestreift habe, und in seine Augen kam ein wärmeres Licht. „Ladest du mich für die Nacht zu Gast?"
„Hau." Mehr Worte sagte Harka nicht, aber in diesem einzigen lag eine große Freude und Hoffnung.
Die beiden ließen ihre Pferde in der Umzäunung und gingen

miteinander weg, am Blockhaus vorbei, flußaufwärts, Harka als Führer voran.
Mattotaupa und Harka hatten den weitausgreifenden, in den Knien federnden Gang der Präriebewohner, die nicht nur imstande sein mußten zu reiten, sondern auch weite Strecken zu Fuß zurückzulegen. Das sattellose Reiten, das Lenken und Regieren des Pferdes nur mit dem Schenkeldruck und die Übung des Laufens stärkten die Sehnen und Muskeln der Beine gleichermaßen. Wie alle Indianer, setzten die beiden Dakota beim Gehen nicht zuerst die Ferse, sondern zuerst die Zehen auf. Ihre Schritte waren weit, leicht und schnell. Der Himmel war bewölkt und das Land dunkel, aber die Luft war angenehm; der kühle Frühlingswind spielte mit dem Gras und mit den Zweigen der Bäume und Büsche, die sich als Insel im Gras- und Sandgebiet angesiedelt hatten. Harka strebte dieser Bauminsel auf einem Umwege zu. Er umschlich sie, und während der Vater zunächst am Flußufer zurückblieb, kundschaftete Harka aus, ob alles unberührt und unbetreten geblieben sei. Dann erschien er am Rande der Bauminsel und gab dem Vater ein Zeichen zu kommen.
Die aus starken Zweigen, kleinen Stämmchen und großen Rindenstücken hergestellte Hütte war behelfsmäßig und gab den zwei großen Menschen nur knapp Raum. Auf dem Boden lag das Büffelfell, das Harka auch in der Schneehütte gehabt hatte, und die mit Bildern von den Taten Mattotaupas bemalte büffellederne Decke. Harka schlug mit Flintstein Funken, brachte das aufgesplitterte Spanholz zum Brennen und röstete Waschbärlende. Zum erstenmal in seinem Leben war es so, daß er nicht als Sohn beim Vater als dem Herrn des Zeltes oder Lagers saß, sondern daß der Vater sein, Harka Steinharts, Gast am Feuer war. Er wollte den Vater gut bewirten, auch wenn er keine Schüsseln, Löffel und Töpfe hatte wie daheim im Zelt, sondern die beiden wie Krieger unterwegs speisen mußten. Sie zogen die Messer und zerteilten die Lendenstücke, um sie mit Genuß zu verzehren. Das einzige, was Harka für seinen Haushalt in der Rindenhütte aus dem Blockhaus bezogen hatte, war Salz, und dafür hatte er Mary ein Wieselfell geschenkt.

Als Mattotaupa fertig gegessen hatte und die Pfeife zu rauchen begann, forderte er seinen Sohn auf: „Sprich!"
Harka wußte, daß von dem, was jetzt gesagt werden sollte, viel abhing, aber er hatte in den letzten Jahren schon zu viele Gefahren bestanden, um vor Entscheidungen unruhig zu sein. Er sammelte sich, um kurz und klar zu sprechen.
„Vater, vor zwei Sommern, in der Nacht, ehe wir mit unseren Zelten aus den Wäldern fortwanderten zum Pferdebach, hast du mich zum erstenmal zu der Zauberhöhle geführt. Als ich des Nachts im Walde auf dich wartete, an dem Platze, zu dem du mich bestellt hattest, entdeckte ich eine Fußspur. Es war die Fußspur eines weißen Mannes. Das weißt du."
„Hau, ich weiß es."
„Du bist dann in der Höhle bei dem Wasserfall von einem Etwas angepackt worden, was dich fast in die Tiefe gerissen hätte. Wir haben später nach weiteren Fährten gesucht, nicht sehr gründlich, denn es blieb wenig Zeit, und Sonnenregen, Tschetans Vater, fürchtete sich auch vor dem Zauber. In der kurzen Zeit haben wir nichts weiter gefunden, und unten bei der Quelle kam auch kein Mensch mit dem Wasser aus dem Berg heraus."
„Es war so, wie du sagtest", bestätigte Mattotaupa.
„Wer mag dieser Mann gewesen sein, der die Fußspur verursacht hat? War es derselbe, der dich am Wasserfall anpackte?"
„Hau, das war derselbe." Um Mattotaupas Mundwinkel spielte wieder ein Lächeln, ein Lächeln stiller Überlegenheit. „Willst du wissen, wer es war?"
„Ich habe dich danach gefragt, Vater."
„Ja. Dieser Mann war der zahnlose Ben, der nach Gold suchte, aber nichts gefunden hat. Einige Monde später, als wir mit dem Maler Morris, genannt Weitfliegender Vogel, und mit seinem Bruder Langspeer, dem Cheyenne, hier im Blockhaus waren, hat Ben mich mit Hahnenkampf-Bill und anderen Räubern zusammen gefesselt und aus mir das Geheimnis zu erpressen versucht. Sie haben mir vorgelogen, daß sie dich so lange martern würden, bis ich gestehe. Aber ich habe geschwiegen, so wie ich es meinem Vater geschworen hatte."

„Hau, so ist es gewesen, Vater. Ben hatte mich in das Wasserloch unter dem Fußboden gestoßen, aber ich entkam zu dem Flusse hin. Weißt du auch, wie Ben aus der Höhle herausgekommen ist, nachdem er den Wasserfall hinuntergestürzt war?"
„Hau. Er rettete sich in die Felsnische, die auch du kennst, und kletterte einen der Gänge aufwärts."
„Dabei ist er einem anderen Manne begegnet."
„Ich weiß." Mattotaupa lächelte wieder, in freundlicher, überlegener väterlicher Art, die Harka in dieser Stunde mehr beunruhigte als alles andere. Denn er gedachte mit dem, was er den Vater wissen lassen wollte, einen Stoß gegen Red Jim zu führen, und dieser Stoß sollte nicht abgleiten. „Ben ist in dem aufwärts führenden Höhleneingang einem anderen Manne begegnet", ergänzte Mattotaupa, „und zwar Jim."
Harka schaute in das glimmende Feuer, und das Lächeln des Vaters war nicht mehr zu sehen. „Ja, Vater, Jim war es."
„Red Jim aber", sprach Mattotaupa weiter, „hat weder an diesem noch an irgendeinem anderen Tage in der Höhle nach Gold gesucht. Hörst du meine Worte, Harka Nachtauge Steinhart? Jim war auf dem Wege von Kanada zum Platte, weil er von den Vermessungsexpeditionen gehört hatte und sich als Scout anbieten wollte. In den Wäldern jagte er und kam in Gefahr, den Dakota zu begegnen. Auf der Suche nach einem guten Versteck fand er jenen Höhleneingang, der bei einer mächtigen alten Baumwurzel endet. Er drang ein Stück ein und traf mit Ben zusammen. Ben gestand ihm, daß er nach Gold gesucht, aber keins gefunden habe, und Red Jim riet ihm, sich lieber auf einer Handelsstation Geld zu verdienen."
„Suchte nicht auch Red Jim Gold und vertrieb er Ben nicht darum, weil er die Höhle als sein eigenes Gebiet für die Jagd nach Gold betrachtet?"
„Wer sagt das?"
„Jenny."
Harka sah nicht, daß Mattotaupa noch lebhafter, fast amüsiert, lächelte. Er sah es nicht, weil er dem Vater auch jetzt nicht ins Gesicht schaute, aber er wußte es, er spürte es, und er runzelte die Stirn, weil er sich verspottet fühlte.

„Harka Steinhart! Glaubst du der geschwätzigen Zunge eines Mädchens mehr als einem mutigen Mann wie Red Jim?"
„In diesem Falle, ja."
„Du denkst über Red Jim anders als dein Vater. Aber vergiß nicht, wer meine Fesseln gelöst hat, als Ben mich gefangenhielt, und wem ich somit mein Leben verdanke."
„Red Jim, ich weiß es."
„Du dankst ihm nicht?"
„Ich hasse ihn für den Grund, aus dem er so gehandelt hat."
„Was für ein Grund?" fragte Mattotaupa ernst.
„Vater! Er will dich und dein Geheimnis für sich haben. Weiter nichts. Er weiß, daß er dich nicht erpressen kann. Darum will er dich überlisten."
„Harka Steinhart, sieh mich offen an! Glaubst du, daß ich immer und gegen jedermann schweigen werde?"
„Das wirst du, Mattotaupa."
„Hältst du Red Jim für einen Narren?"
„Nein."
„Also gehst du mit deinem Verdacht falsche Wege."
Harka erwiderte darauf nichts mehr, aber er war jetzt erregter und unruhiger als bei Beginn des Gesprächs.
Mattotaupa hatte seine Pfeife ausgeraucht und klopfte sie aus. Er schob ein paar Stücke Holz tiefer in die Glut, so daß sie wieder Nahrung hatte, und suchte dann mit seinem Blick den seines Sohnes. „Harka Steinhart! Mit wem hast du in deiner Schneehütte gesprochen?"
Der Vater hatte also die Fährten gefunden.
„Mit Tschetan."
„Was will er?"
„Den Skalp des Jim."
Mattotaupas Augen weiteten sich, als ob ihn Entsetzen packe.
„Er will den Skalp ... aus wessen Hand?"
Harka wurde steinhart. „Wenn es sein muß – auch aus der meinen."
„Harka Steinhart Nachtauge Wolfstöter! Mein Sohn! Wenn du deine Hand gegen meinen Bruder Red Jim erhebst ... gegen meinen treuen Bruder erhebst ... gegen meinen einzigen Bru-

der, um seinen Skalp denen zu bringen, die mich verleumdet, verstoßen und beleidigt haben ... so wird dich ..." Mattotaupa nahm den spitzen zweischneidigen Dolch aus der Scheide und stieß ihn bis ans Heft in die Erde, „... so wird dich dieses mein Messer treffen als einen, der seinen Vater verraten hat."
Harka schaute auf die Hand des Vaters, auf den Griff des Messers und auf die Klinge, die mit einem Ruck wieder aus der Erde gezogen wurde und in der letzten Glut des Hüttenfeuers funkelte, ehe Mattotaupa sie langsam in die Lederscheide gleiten ließ.
„Mattotaupa!" sagte Harka, als das Messer wieder fest in der Scheide steckte, und er sagte es mit einer tiefen, dunkel klingenden Stimme, stolz wie ein Mann. „Du hast mich erzogen, und auf dich habe ich gesehen, als ich heranwuchs. Ich habe keine Angst, auch nicht vor deinem Messer. Aber ich werde deinen Bruder Red Jim erst töten, wenn auch du selbst ihn töten würdest. Ich habe gesprochen, hau."
Der Vater betrachtete seinen Sohn wie einen Menschen, der ihm neu und fremd war, dem er aber seine Achtung nicht versagen konnte.
Langsam erlosch die Glut. Ein Span nach dem anderen zerfiel zu Asche, einige Zweige erloschen, erst halb verglimmt. Keine Hand schob mehr Holz nach. Die Schatten krochen vor, sie verhüllten die beiden Menschen, das Angesicht, die Schultern, endlich die ganze Gestalt bis hinab zu den Füßen. Es wurde dunkel, und es wurde kalt in der Rindenhütte. Der Wind blies durch die Ritzen, seufzte und raschelte. Draußen rauschte der Fluß. Eine Eule kreischte. Sie kreischte jede Nacht bei diesem Gehölz. Harka griff nach der büffelledernen Decke, die er aus dem heimatlichen Zelt in der Nacht seiner Flucht zum verbannten Vater mitgenommen hatte. Er wickelte sich darin ein, legte sich hin, zog die Knie an, um in der kleinen Hütte nicht viel Platz einzunehmen, und schloß die Augen. Er hatte noch gesehen, wie sich Mattotaupa auf dem Büffelfell schlafen legte. Es blieb einige Stunden still und finster. Nach Mitternacht prasselte ein Regenguß herab.

Des Morgens erhoben sich die beiden Indianer früh. Keiner wußte vom anderen, ob er wirklich geschlafen hatte. Sie gingen bei Sonnenaufgang über die regennasse Wiese zum Fluß, badeten, rieben sich mit Sand ab und salbten die Haut mit Fett, damit sie nicht spröde wurde. Sie holten die Decken aus der Rindenhütte und brachten sie zu dem Blockhaus. Harka führte die Mustangs zum Fluß, wo sie soffen und am Ufer, von Harka bewacht, zu weiden begannen.

Mattotaupa war in das Blockhaus eingetreten. Noch nie war dem Indianer die Luft in diesem Haus so drückend und widerwärtig erschienen wie an diesem Morgen. Es stank nach Schweiß, Schmutz, kalter Tabakasche, verschüttetem Branntwein und Bratenfett. Mattotaupa erinnerte sich unwillkürlich an den Tag im Blockhaus des alten Abraham, als er sich dort entschlossen hatte, nie mehr in die Zelte der Siksikau zurückzukehren und damit auch seine zweite Heimat aufzugeben.

Die Schläfer krochen eben aus ihren Wolldecken. Jenny kam mit einem Reisigbesen und fegte. Mary steckte Holzscheite in den Herd; knisternd flammten sie auf und wärmten den großen Kessel. Ben schnarchte noch; er hatte sich am Abend betrunken und schlief seinen Rausch aus.

Joe saß am gewohnten Platz, am Ecktisch links hinten auf der Wandbank, und rauchte eine Zigarre. Henry saß bei ihm, unzertrennlich von Joe wie sein Schatten. Mattotaupa ging zu diesen beiden hin, ließ sich bei ihnen nieder und begann auch zu rauchen. Joe verbarg, daß er auf Mattotaupas Entscheidung wartete.

Der Indianer ließ ihn jedoch nicht unnötig warten. „Wir gehen mit dir, um dich und Henry zu beschützen."

„Gut!" Joe zog den Rauch durch die Lunge. „Du sagtest ‚wir'. Wen meinst du, Top?"

„Mich und meinen Sohn Harry."

„Ausgezeichnet. Jim hat schon zugesagt. Ihr drei seid dreihundert von den roten Giftmischern wert. Davon bin ich überzeugt."

„Rechne ein wenig vorsichtiger", riet Mattotaupa, nicht ohne merklichen Spott in der Stimme. „Wenn Tashunka-witko

kommt, so wird er allein mich ganz beschäftigen."
„Wenn du dich erfolgreich mit ihm beschäftigst, ist das soviel wie ein Sieg über dreihundert wert."
Top zuckte die Achseln. Joe hatte nach Mattotaupas Vorstellungen nichts Falsches gesagt, aber dem Indianer war an diesem Morgen jedes Wort zuviel. Er stand bald wieder auf und ging zu den Pferden und zu Harka hinaus. Dabei sah er auch Red Jim, der sich am Flusse wusch, Mattotaupa auch grüßend zuwinkte, dann aber in das Haus gehen wollte, ohne zu den Indianern heranzukommen. Mattotaupa kreuzte seinen Weg und hielt ihn dadurch auf.
„Top? Morgen!" grüßte Jim. „Wie hast du dich entschlossen?"
„Ich gehe mit Joe."
„Gut! Ich auch. Und Harry?"
„Kommt mit uns."
Über die Miene von Jim lief ein Schatten.
„Was hast du gegen ihn?" fragte Mattotaupa scharf.
„Gegen Harry? Gar nichts, obgleich er mich angestochen hat, als ob ich ein Schlachtschwein sei. Ich habe schon viele Messer blitzen sehen, aber deinem smarten Boy ist es als erstem gelungen, wirklich und wahrhaftig, als erstem, mir die Klinge zwischen die Rippen zu setzen. Ich nehm's ihm nicht übel, aber, offen gesagt, der Junge tut mir leid. Was ist das für ein Leben für solch einen Burschen als Scout! Bei den Expeditionen wird's rauh und herzhaft zugehen. Willst du den blutjungen Bengel nicht lieber zu den Schwarzfüßen zurückschicken, wo er eine ordentliche Erziehung erhält?"
„Du weißt, warum er von dort weggegangen ist. Harka und ich, wir wollen uns nicht mehr trennen, ehe mein Sohn ein Krieger werden kann. Ich habe gesprochen, hau."
„Krieger werden? Mit eurem Zeremoniell kenne ich mich nicht aus. Der nimmt's doch jetzt schon mit jedem auf. Aber wie du willst. Du mußt es wissen." Jim setzte seinen Weg zum Blockhaus fort. Mattotaupa ging zu Harka und den Pferden zurück.
Es war für alle, die zu den Vermessungsexpeditionen aufbrechen wollten, der letzte Tag im Blockhaus des zahnlosen Ben. Der Wirt witterte ein gutes Geschäft, denn abschiednehmende

Gäste, die großen Unternehmungen und ungewissen Abenteuern entgegengingen, pflegten zu trinken, zu spendieren und nicht mit jedem Cent zu rechnen. Frau Mary briet daher schon von Mittag an, und Ben stellte den Branntwein bereit. Jenny hatte sich ein rotes Band ins Haar gebunden und arbeitete besonders flink.

Der Abend sank herein. Es regnete wieder, und daher fanden sich die Gäste des Blockhauses frühzeitiger als sonst im Hause zusammen. Die Plätze hinten in der Ecke links hatten – wie schon gewohnt – Joe, Jim, Henry und Mattotaupa eingenommen. Joe hatte zwei Becher geleert und entwickelte mit Feuereifer Pläne für die Überlandbahn. Der Indianer hörte stumm und aufmerksam zu. Jim schlug ein um das andere Mal mit der Faust auf den Tisch. Henry lachte zuversichtlich. An den anderen Tischen wurde ebenfalls geraucht und getrunken; einige spielten Karten, um sich die Zeit zu vertreiben. Jim beobachtete das und zog schließlich selbst ein Kartenspiel aus der Brusttasche. „He! Ben!"

Der Wirt war zur Stelle.

„Ein Spiel!"

„Hab zu tun. Spielen, das ist etwas für Gäste, nicht für Wirte."

„Unsinn. Hier bleibst du! Ein Spiel."

„Nichts für mich. Hab zuviel Glück in der Liebe . . .

Jim lachte schallend. „Mit deiner Mary! Wahrhaftig! Eben darum, du vermaledeiter Beutelschneider. Ich muß mir ein paar Cent aus deiner Tasche verdienen, damit ich morgen früh bezahlen kann!"

„Frech bist du!"

„War's, bin's und werde es immer sein. Komm her, du zahnloser Schleicher!"

Der Wirt war ärgerlich, aber er konnte sich dem Ansinnen nicht entziehen. Henry erklärte sich ebenfalls bereit mitzumachen. Das Spiel kam in Gang.

Mattotaupa beobachtete das Ausspielen der Karten und versuchte, die Regeln zu erraten. Joe, der rauchend zuschaute, erklärte sie dem Indianer.

Als Ben eine Gelegenheit fand, sich – nach erheblichem Verlust

– zurückzuziehen, fragte Jim Mattotaupa: „Wie wär's mit uns beiden?"
„Ich werde es versuchen."
Mattotaupa setzte ein paar Cent und gewann. Er setzte und gewann wieder. Das Spielglück schien ihn zu verfolgen. Aber Joe bemerkte, daß Jim den Indianer absichtlich gewinnen ließ, ebenso geschickt, wie er vorher Ben mit seinen gezinkten Karten betrogen hatte.
Mattotaupa hatte dem Weißen zwei Dollar abgenommen.
„Mann!" rief Jim. „Du machst mich zum Bettler! Womit soll ich heute auch nur noch einen Becher Brandy bezahlen oder jene Bärentatze, die Mary schon brät?"
„Ihr seid meine Gäste!" lud der Indianer großzügig ein.
„Bravo! – Ben! Eine Runde! Top bezahlt!"
Der Wirt eilte schnellfüßig herbei.
Während so im Blockhaus die Abschiedsfeier in Gang kam, stand Harka draußen bei den Pferden und ließ sie noch weiden. Er hatte alle Kleider bis auf den Gürtel abgelegt, und die Tropfen klatschten ihm auf die Haut, so wie sie den Pferden auf das Fell klatschten. Das Naßwerden an einem Frühjahrsabend störte ihn ebensowenig wie die Tiere. Er schaute den weiterziehenden Regenwolken nach, horchte auf das Rauschen des Flusses und hörte, wie die Mustangs am zähen Grase rupften. Er hörte auch das Stimmengewirr und das Lachen aus dem Blockhaus. Mit der Zeit wurden die Gäste darin immer lauter, und endlich wurden auch liederliche Lieder gesungen.
In den ersten Nachtstunden waren die Mustangs satt. Harka brachte sie in die Umzäunung. Der Regen hatte aufgehört. Der junge Bursche schlug seine Decke um und lehnte sich an die Blockhauswand. Er hatte gelernt, im Stehen zu schlafen. In das Blockhaus zu gehen, verspürte er keine Lust. Die Rindenhütte wollte er nicht mehr aufsuchen. So blieb er bei den Pferden und schlief an die Wand gelehnt. Schon halb im Traum hörte er noch Stimmen aus dem Haus herausdringen. Die Stimme des Vaters war nicht darunter.
Bei Morgengrauen kam Mary aus der Tür. „Jenny!" rief sie herrisch, unwirsch, und schon erschien auch die Tochter. Ihr Haar

war zerzaust, und sie sah blaß aus. Die Mutter, die selbst zwei Eimer in der Hand hatte, schrie das Mädchen an: „Hol auch Wasser! Die Schweine werden wir wecken!"
Harka führte die Mustangs zum Fluß, ein Stück weiter unten, als die Frauen schöpften. Mary füllte die Eimer und schaute dann zu Harka hinüber. „Hol dir deinen besoffenen Alten!" schrie sie ihm zu. Dem jungen Indianer war, als ob ein Blitz ihn getroffen hätte. Er konnte sich einen Augenblick weder rühren noch etwas sagen. Er ließ die Mustangs saufen und wartete, bis die Frauen mit den gefüllten Eimern vom Flusse weggegangen waren. Dann führte er die Tiere in die Umzäunung und ging in das Haus, um sich seine Sachen zu holen, die er für die letzte Nacht im Blockhaus untergebracht hatte. Er machte die Pferde fertig, schnallte ihnen die Decken um und wartete dann mit den Mustangs, bis der Vater kommen würde.
Er hatte Mattotaupa im Hause gesehen, auf dem Boden liegend, schlafend, schnarchend, stinkend wie die anderen. Er hatte den Blick, mit dem er das wahrgenommen hatte, niemanden anderen erraten lassen, Mary nicht, Jenny nicht, auch Jim nicht.
Red Jim, der sehr viel getrunken hatte, aber auch viel vertragen konnte, kam jetzt aus dem Hause heraus zu Harka.
„Harry, wo bleibst du denn! Mach kein Theater! Saufen, das muß jeder können, und wer's nicht kann, der muß es lernen. Die ersten paar Male zahlt aber auch jeder Lehrgeld. Dabei ist doch nichts. Komm, wir bringen deinen Vater raus! Wie ich ihn kenne, möchte er früher als die anderen wieder nüchtern sein."
Harka rührte sich nicht, streifte den Weißen auch nicht mit einem einzigen Blick.
„Kannst keinen Betrunkenen sehen? Junge, und du willst Scout werden bei einem Baulager? Viel Spaß!"
Harka nahm die Pferde und führte sie ein Stück weiter. Jim schaute ihm nach. „Bursche, du gefällst mir nicht", murmelte er vor sich hin.
Zwei Stunden später, als die Sonne hell über Fluß und Wiesen schien, waren alle wieder auf den Beinen. Mattotaupa hatte den Kopf ins Wasser getaucht und war ganz nüchtern geworden. Aber er war noch blaß und preßte die Lippen aufeinander, als er

zu Harka ging, um sich seinen Mustang zu holen. Harka sagte nichts. Sein starres Gesicht war eine einzige Anklage.
Mattotaupa sah zu Boden. „Harka Steinhart! Nie mehr wird dein Vater von solchem Geheimniswasser trinken."
Der junge Indianer antwortete auf dieses Versprechen nicht. Aber er fragte: „Wer hat dir das Geheimniswasser gegeben?"
„Ben."
Mattotaupa war müde, und er empfand einen quälenden Ekel vor sich selbst, doch schwang er sich mit der altgewohnten Leichtigkeit auf das Pferd. „Komm", sagte er zu Harka. „Joe hat mir das Ziel für heute beschrieben. Wir kundschaften auf dem Wege. Die Weißen folgen uns."
Die Indianer trieben ihre Mustangs an und verschwanden zwischen den Hügeln.

Die Strafexpedition

Als die Reiter mit ihren beiden indianischen Führern drei Tage unterwegs gewesen waren und den North-Platte schon überquert hatten, fanden Mattotaupa und Harka gegen Abend eine Fährte, die von Osten her zu der ihren stieß und auch einem Sehbehinderten hätte auffallen müssen. Ein ganzer Trupp war hier geritten; die Pferde waren beschlagen, also waren die Reiter Weiße. Sie hatten sich nicht die geringste Mühe gemacht, ihre Spuren zu verbergen, und schienen keinen Gegner zu fürchten. Die Pferde waren in schnellem Trab, streckenweise in leichtem Galopp gelaufen, stracks in westnordwestliche Richtung. Die Indianer holten Joe und Jim, um ihnen die Spuren zu zeigen.
„Das sind fünfzig Mann, vielleicht noch ein paar mehr." Jim wiegte den Kopf. „Weiße in dieser Gegend können für uns nur Verbündete sein, denke ich."
„Die Spur ist acht Stunden alt", erläuterte Mattotaupa für Joe. Jim mußte das selbst sehen.

„Also wäre es kein Problem, die Leute einzuholen?" fragte der Ingenieur.
„Es geht dem Abend zu", antwortete Mattotaupa. „Reiter wie diese machen früh Rast. Wir können sie in etwa zwei Stunden erreichen."
„Gut. Wir lassen uns nicht alle aus der Richtung bringen; wir wollen nach Südwesten weiter, nicht nach Nordwesten. Aber wie wäre es, wenn ihr beide, Top und Harry, diesem Trupp nachreitet, feststellt, was das für Leute sind, und uns dann benachrichtigt? Jim kann bei uns bleiben; er genügt uns für die nächsten beiden Tage als Kundschafter."
Red Jim hatte Bedenken gegen diesen Vorschlag. „Es handelt sich um Weiße. Sie könnten in dieser Gegend hier auf Indianer sauer reagieren. Wir wollen ihnen Top und Harry nicht allein nachschicken. Die beiden können unübertrefflich spähen, aber wenn es darum ginge, mit einem solchen Trupp wie diesem zu verhandeln, müßte einer von uns dabei sein."
„Wir können aber auch nicht alle Kundschafter entbehren. Machen wir es so: Ich reite mit Top und Harry, denn es interessiert mich sehr, was das für ein Trupp ist, der hier massenhaft durch die Prärie trampelt. Du, Jim, bleibst bei unseren Leuten."
„Ganz einverstanden!"
Joe ritt mit Jim zurück, um allen Bescheid zu geben. Die beiden Indianer warteten, bis Joe wiederkam, und folgten dann mit ihm zusammen der breiten Reiterfährte. Mattotaupa ritt als erster, Harka machte den Beschluß. Joe als Mittelglied mußte sich der indianischen Gewohnheit anpassen, abwechselnd Galopp oder Schritt zu reiten. Schon nach einer knappen Stunde bestätigte sich für Mattotaupa, daß er richtig berechnet hatte. Er selbst und Harka sahen und rochen den Rauch starker Feuer. Mattotaupa ließ seinen Mustang in Schritt fallen und machte Joe auf den Rauchgeruch aufmerksam.
„Reiten wir offen hin?" schlug der Ingenieur vor.
Mattotaupa widersprach nicht geradezu, stimmte aber auch nicht bei. Es war nicht Jägerart, daher auch nicht Indianerart, sich zu zeigen, ehe man genau wußte, wem man begegnete.
„Oder was ist deine Meinung, Top?"

„Mein Sohn könnte hier etwas lernen. Rasten wir und lassen wir ihn kundschaften, wer diese weißen Männer sind. Die Aufgabe ist nicht schwer, denn die Männer fühlen sich stark und werden daher nicht sehr aufmerksam sein.
„Nun, von mir aus gern. Lassen wir Harry eine Talentprobe als Kundschafter ablegen!" Joe schmunzelte, stieg ab und steckte sich gleich eine Zigarre an. Es war seine letzte, und er hatte sie noch länger aufsparen wollen. Doch in dieser Richtung lag eine Schwäche des energischen Mannes. Letzten Endes war es auch gleichgültig, wann er zur Pfeife überging. Auch Mattotaupa setzte sich nun neben seinem Mustang ins Gras und fing an zu rauchen.
Harka betrachtete damit den Beschluß, daß er vorangehen und kundschaften solle, als gefaßt; er machte seinen Grauschimmel fest und lief zunächst geduckt auf einen der näher gelegenen Hügel, um in die Runde blicken zu können.
Von seinem Aussichtspunkt aus konnte er die Lagerfeuer noch besser riechen und sehen. Um diese fünfzig Männer zu beschleichen und auszukundschaften, brauchte er nur die Dunkelheit abzuwarten. Vielleicht konnte er die Gruppe sogar belauschen. Er nahm an, daß sie zu Beginn der Nacht noch laut genug plappern würden. Was ihn mehr zur Vorsicht mahnte, war seine Vermutung, daß diese Männer nicht nur von ihm, sondern auch von anderen indianischen Spähern umschlichen wurden. Die Gegend, in der sie rasteten, war nicht einmal einen Tagesritt von dem Zeltdorf und Jagdgebiet der Bärenbande entfernt. Vor anderen Kundschaftern wollte sich Harka mehr in acht nehmen als vor diesen Weißen, die so unbekümmert dahingetrabt waren und jetzt durch ihre Feuer jedermann, der es wissen wollte, kundtaten, wo sie sich zur Nacht niedergelassen hatten. Natürlich mußte Mattotaupa die Mutmaßungen, die Harka hegte, auch schon angestellt haben, und er mußte wissen, daß die Aufgabe, die Harka übernommen hatte, zwar leicht schien, aber nicht ganz so leicht war. Da Harka sich im selbständigen Arbeiten üben wollte, hatte der Vater natürlich nicht vorweg auf das aufmerksam machen dürfen, was es alles zu bedenken gab. Der junge Bursche hatte den Vater im Verdacht, daß

dieser ihm sogar ein Stück nachschleichen würde, um gewiß zu sein, ob Harka sich vorsichtig und umsichtig genug verhielt. Dieser Gedanke veranlaßte Harka noch dringender und unmittelbarer als die möglichen Gefahren, sich auch nicht die geringste Nachlässigkeit zuschulden kommen zu lassen.
Er nutzte alle Vorteile des welligen Geländes für Ausblick sowohl als auch für gute Deckung und kam zunächst rasch vorwärts. Es lag nicht in seiner Absicht, die erforderliche Vorsicht in ein Übermaß zu treiben und dadurch Zeit zu verlieren. Bald war er mit dem Charakter des Geländes, in dem der Trupp der Weißen lagerte, so bekannt, daß er seinen Plan für das weitere Vorhaben auch schon fertig hatte. Die fünfzig Reiter hatten ihr Lager in einem Tal an einem Bach aufgeschlagen, der jetzt im Frühling genug Wasser führte. An den Ufern des Baches, der von Westen her nach Ostnordost floß, standen Erlen, Weiden und anderes Gebüsch. Harka gewann eine Uferhöhe, noch weit bachabwärts, aber mit gutem Ausblick, und beobachtete von hier aus das Lager. Die Pferde waren an den Bachufern angepflockt, in zwei Gruppen, rechts und links des Wassers. Fünf Feuer brannten, davon eines am Lagerende, noch diesseits der Pferde, die vier anderen bachaufwärts in der Reihe, alle am linken Ufer, das besser Platz gab. Das Lager war also langgestreckt. Etwa in der Mitte stieg das südliche Hochufer zu einem Hügel an, und wenn die weißen Männer auf dieser Hügelkuppe keine Wachtposten aufgestellt hatten, waren sie dümmer als ein Präriehuhn. Mattotaupa hatte seinen Sohn gelehrt, Gegner oder Fremde jedoch nie von vornherein für dumm zu halten, sondern lieber damit zu rechnen, daß sie sich klug und geschickt verhalten würden. Harka ging also davon aus, daß die weißen Männer diese Anhöhe mit Spähern besetzt hielten und daß sich oberhalb und unterhalb des Lagers auch im Ufergebüsch Wachen befanden. Die Anführer saßen wahrscheinlich unterhalb der Hügelkuppe, in der Mitte des Lagers, als nächste bei den Pferden. Das war der beste Platz. Harka überlegte, von welcher Seite er an das Lager herankommen könnte. Vor allem mußte er vermeiden, von der Anhöhe aus gesehen zu werden. Die Männer an den Feuern waren sicher nicht besonders auf-

merksam, und etwaige Posten im Ufergebüsch hatten keinen großen Gesichtskreis.
Harka beschloß, sich im Schutze der Bäume und Sträucher an den Bachufern näher zu schleichen, und zwar von oben, von Westen her, da ihn die Pferde im unteren Teil des Lagers nicht interessierten und auch durch ihre Aufmerksamkeit nur stören konnten. Allerdings mußte er damit rechnen, daß jeder andere indianische Späher ebenfalls diesen Weg versuchen würde. Diese Gefahr und diejenige, die von einem Wächter am Bach ausgehen konnte, wollte er in Kauf nehmen. Er schlug einen weiten Bogen nördlich um das Lager, gelangte oberhalb bis an den Bach, ohne daß ihm etwas aufgefallen wäre oder ihn jemand gestört hätte, und begann jetzt, sich mit äußerster Vorsicht dem Lager zu nähern.
Dabei bemerkte er, daß er bei seinem Vorhaben tatsächlich nicht allein war. Außer ihm waren noch mindestens zwei Späher unterwegs. Der eine befand sich auf dem anderen Ufer, etwa in gleicher Höhe wie Harka, der zweite auf derselben Uferseite schon bedeutend weiter vorgedrungen. Es war durchaus möglich, daß derjenige am anderen Ufer auch seinerseits Harka bemerkt hatte, aber ihn ebenso wenig aufstören wollte wie Harka ihn. Das gemeinsame Interesse der untereinander unbekannten Kundschafter bestand darin, von den Weißen im Lager nicht entdeckt zu werden. Auf diese gegenseitige Rücksichtnahme verließ sich Harka vorläufig und schlich weiter. Daß die beiden fremden Späher auch Indianer waren, wußte er, denn von demjenigen auf dem anderen Ufer hatte er einen Zopf zwischen Gesträuch wahrgenommen, von dem zweiten, der ihm vorausschlich, den Abdruck der Ferse seines Mokassins im Ufersand.
Es waren dunkle Nachtstunden. Das Licht der Sterne wurde von vorüberziehenden Wolken immer wieder verdeckt, und der Mond war noch nicht aufgegangen. Harka hörte das Stampfen der Pferde, das Knistern der Feuer, die Stimmen der weißen Männer. Von dem Kundschafter, der sich vor ihm befand, nahm er noch nichts weiter wahr, und auch derjenige am anderen Ufer blieb wieder ganz versteckt.

Der junge Indianer drang vor, bis er nicht nur Stimmen hören, sondern auch die leise gesprochenen Worte verstehen konnte. Dann versteckte er sich gut zwischen Gesträuch. Zu seinem Bedauern schien einer der Sprecher mit besonders lauter Stimme eben verstummt oder zu einem entfernten Feuer gegangen zu sein. Harka wartete. Die weißen Männer waren offenbar unvorsichtig genug gewesen, im Ufergebüsch keine Wache zu postieren.
Aber jetzt wurden die Zweige lautlos auseinandergebogen, und ein anderer Späher, ein Indianer, kam zurück und in das als Lauscherplatz sehr geeignete Gebüsch herein. Allem Vermuten nach handelte es sich um denjenigen, den Harka erst vor sich gehabt hatte. Harka faßte nach dem Messergriff und hielt sich sprungbereit. Aber der andere zeigte sich nicht angriffslustig. Die beiden Späher beäugten sich schnell, während beide zur selben Zeit auf die Geräusche lauschten, die vom Lager der weißen Männer her zu ihnen drangen.
Harka stellte fest, daß der unbekannte Indianer auch noch ein junger Bursche sein mußte, wenn auch einige Jahre älter als er selbst. Vielleicht war er gerade Krieger geworden und legte mit diesem Kundschaftsgang ebenfalls eine Probe seiner Geschicklichkeit ab. Sein Oberkörper war nackt, die Haare trug er gescheitelt. Als Waffen hatte er nur ein Dolchmesser und die bei den Dakota gebräuchliche Steinkeule bei sich. Die beiden Kundschafter lagen sich auf eine Armlänge nahe. Harka kam der andere Bursche bekannt vor, aber das Gesicht konnte er nicht deutlich sehen; ein hoch aufgeschossenes Grasbüschel verbarg es.
Keiner der beiden Späher rührte sich mehr. Aber Harka streifte die Gestalt des anderen immer wieder mit den Augen. Ein für einen Indianer verhältnismäßig breitschultriger Bursche war das; vom Nacken liefen kräftige Muskelstränge über Schultern und Arm. Harka konnte sich nicht irren. Diese Schultern und diese Arme kannte er, wenn er sie auch vor zwei Jahren zum letztenmal gesehen hatte und jetzt nur in nächtlicher Dunkelheit sah. Er kannte sie genau. Wie oft hatten dieser Bursche und der jüngere Harka bei den Zelten der Bärenbande ihre Kräfte

und ihre Geschicklichkeit miteinander gemessen, im Ballspiel, im Wettlauf, beim Pferderennen, beim Schwimmen. Immer war Harka der überlegene geblieben, und den älteren Schonka hatte das erbittert. Die beiden hatten schon als Kinder nicht gut miteinander gestanden, auch später nicht, als der Vater Schonkas, der Friedenshäuptling der Bärenbande, starb und Mattotaupa die Witwe und ihren Sohn Schonka zu sich ins Zelt nahm, weil er seine eigene Frau durch die Kugel aus der Flinte eines Pani verloren hatte. In der Unterredung mit Tschetan hatte Harka erfahren, daß Scheschoka unterdessen mit dem gefangenen „Tom ohne Hut und Schuhe" verheiratet worden und daß dieser ihr wieder entlaufen war. Schonka, ihr Sohn, lag nun neben Harka Steinhart im Gebüsch, um weiße Männer zu belauschen.
Der weiße Mann mit der lauten Stimme war an das Feuer am oberen Ende des Lagers zurückgekehrt, und Harka konnte nun verstehen, was er sagte. Von Schonka war anzunehmen, daß er die Worte nicht verstehen konnte, weil er die englische Sprache nicht kannte. Harka aber erfuhr aus den laut geführten Reden alles, was er zu wissen brauchte.
Diese dreiundfünfzig Männer, die hier lagerten, gehörten zu dem, was die Weißen „Miliz" nannten. Sie waren von Beruf Holzfäller, Fallensteller, Jäger, Händler, Kundschafter, Farmer und Viehzüchter, kurz alles, was sich an der Grenze zwischen Zivilisation und Wildnis, auf vorgeschobenem Posten, einfinden konnte, und es war ihre Absicht und Aufgabe, die Bärenbande für den „Giftmord an der Bahnvermessungsexpedition" zu bestrafen. Da sie so zahlreich und gut bewaffnet waren, stellten sie sich die Lösung dieser Aufgabe einfach und ziemlich gefahrlos vor. Sie wollten zum Pferdebach galoppieren, wo diese „Räuber- und Mörderbande" im Frühling ihre Zelte aufzuschlagen pflegte, wollten die Zelte zerstören und alles niedertrampeln und niederschießen, was sich darin rührte. Ein paar bedenkliche Gemüter kamen gegenüber dem lautstarken Sprecher kaum zu Worte. Daß das Thema an diesem Abend noch einmal ausführlich besprochen wurde, nahm Harka nicht wunder, stand die Ausführung des Unternehmens nach einem tagelangen Anritt doch jetzt unmittelbar bevor.

Harkas Empfindungen spalteten sich. Vor zwei Jahren hatten der schon verbannte Vater und er zusammen der Bärenbande noch gegen einen schweren Angriff der Pani beigestanden, dafür aber bei den Häuptlingen und Ältesten keinerlei Dank oder Anerkennung geerntet. Die Krieger der Bärenbande mochten sich also diesmal allein verteidigen. Sie hatten ihre Waffen. Aber Uinonah, Harkas Schwester, die er sehr geliebt hatte, und Untschida, die Mutter Mattotaupas, mit dem großen Ansehen einer Geheimnisfrau und auch für Harka Mutter in dem letzten Sommer, den er daheim verlebt hatte, sie vermochten sich nicht zu schützen, und vielleicht hatten sie noch keinen Krieger im Zelte, der ihren Schutz übernahm. Harka mochte nicht daran denken, daß Untschida und Uinonah niedergeritten, niedergetrampelt, geschlagen, mißhandelt und vielleicht getötet werden sollten. Er konnte es nicht ertragen, sich das vorzustellen. Er vertraute auch nicht darauf, daß die Krieger der Bärenbande, mit sich und ihren Familien genügend beschäftigt und belastet, die beiden Frauen aus dem „Zelte des Verräters Mattotaupa" mit aller Kraft schirmen würden. Wenn er an Schonka dachte, der hier neben ihm im Gebüsch lag, so schien es ihm gewiß, daß dieser Bursche zum Beispiel sich über ein Unglück Untschidas und Uinonahs eher freuen als daß er dagegen einschreiten würde.
Während Harka still auf seinem Lauscherplatz lag, begann er zu rechnen. Die weißen Männer wollten kurz vor Sonnenaufgang aufbrechen und die Zelte der Bärenbande am kommenden Mittag zerstören. Sie ließen ihre Pferde den größten Teil des Rittes traben; in diesem Tempo konnte Harka leicht zu Fuß laufen. Wenn er sich jetzt aufmachte, zu den Zelten eilte und vor Tagesanbruch Uinonah warnte ... Dann hatte er sie allerdings alle mitgewarnt, den feindseligen Zauberer, die Ältesten, die Mattotaupa ungerecht verurteilt hatten, Tschetan, der Harka für den Sohn eines Verräters hielt. Alle waren sie gewarnt, denn Uinonah würde kaum schweigen. Wenn er ihr aber aufgab zu schweigen, ehe er mit ihr sprach? Dann konnte sie nicht in die Wälder fliehen, ohne sich zu verraten. Es war schwer, und kein Ausweg schien offen. Auf den Gedanken, die Worte der Wei-

ßen für den Späher Schonka an seiner Seite zu übersetzen, kam Harka überhaupt nicht. Diesen Burschen haßte er.
Harka sollte jetzt zum Vater und zu Joe zurückkehren und melden, was er erfahren hatte. Dazu war er als Kundschafter verpflichtet. Aber das Vorhaben der weißen Männer konnte Joe ebensowohl einen Tag später erfahren, ohne Schaden zu erleiden. Vielleicht war es sogar besser, wenn er nicht frühzeitig von dieser Sache hörte, denn es konnte ihn eine böse Lust anwandeln mitzumachen, und dann wehe allen, die in den Zelten am Pferdebach wohnten. Joe hatte selbst den Tag der toten Fische miterlebt. Es war die Befürchtung, daß Joe furchtbare Rache nehmen würde, die bei Harka alle anderen Bedenken durchbrach. Joe sollte nicht so bald erfahren, was hier gespielt wurde. Harka wollte zuerst seine Schwester Uinonah warnen. Und wenn sie auch gar nichts zu unternehmen vermochte, es war immer besser, auf eine Sache in Gedanken gut vorbereitet zu sein. Vielleicht konnte Harka doch etwas für das Mädchen und für die Großmutter tun. Nicht sie waren es gewesen, die Joes Gefährten vergiftet hatten.
Harka zog sich lautlos aus dem Gebüsch zurück, ohne daß der andere Späher sich rührte. Als er so weit im Tal bachaufwärts gelangt war, daß er glaubte, sich ungesehen in die offene Prärie zurückziehen zu können, verließ er den Streifen der Büsche und Bäume am Ufer und schlängelte sich zu dem Hochufer hinauf. Er spähte ringsum. Nichts ließ sich sehen und hören, was ihm hätte hinderlich sein können. Die Zeit drängte aber, wenn er sein Vorhaben ausführen wollte. Er erhob sich und rannte in den Wellentälern der Grassteppe zunächst nordostwärts. Im Bogen wollte er zu den Zelten am Pferdebach gelangen. Es war fast der gleich Weg, den Mattotaupa im vergangenen Sommer genommen hatte.
Einmal oder zweimal war es ihm, als ob er hinter sich oder seitwärts etwas gehört habe. Folgte ihm Schonka oder der andere Kundschafter, dessen Zopf er am jenseitigen Flußufer erspäht hatte? Harka hätte jetzt in Ruhe noch einmal beobachten müssen, und er versuchte es auch. Aber er konnte nichts entdecken, und seine innere Unruhe war inzwischen zu groß geworden, als

daß er die äußere Ruhe noch ganz hätte aufrechterhalten können. Uinonah, die Schwester, war als Kind in einer wichtigen Sache seine Vertraute gewesen, obgleich sie nur ein Mädchen war; um seinetwillen hatte sie einmal gewagt, dem Zaubermann zu trotzen. Untschida hatte den heranwachsenden Knaben in seiner herben Art verstanden und unmerklich an seinem Leben teilgenommen. Sie war die einzige, die er in dieser Stunde hätte fragen mögen, ob er bei seinem heimlichen Lauf zu den Zelten auf dem rechten Wege sei oder nicht.
Harka stoppte und strengte Gesicht und Gehör an wie verhoffendes Wild. Er glaubte nochmals Sprünge eines Menschen vernommen zu haben, aber nun war die Nacht wieder lautlos. Vielleicht hatte der Verfolger erlauscht, daß Harka seinen Lauf unterbrach, und hielt auch an, um sich nicht zu verraten. Der junge Indianer war kein Mensch, der gern von etwas Abstand nahm, was er sich einmal vorgesetzt hatte, auch dann nicht, wenn bei der Ausführung des Vorhabens die Gefahren zu wachsen schienen. Er nahm den Revolver in die Hand, um notfalls sofort und mitten im Laufen feuern zu können, und machte sich wieder auf den Weg, im Zickzack, hin und wieder anhaltend. Die Sprünge eines Menschen, der in großen Sätzen rannte, waren für sein feines Gehör doch noch einmal vernehmbar geworden, aber dann schienen sie zu verklingen, als habe der andere eine abweichende Route eingeschlagen. Wahrscheinlich war es ein Späher der Bärenbande, dem Harka zunächst verdächtig erschienen war, der aber nun keine Zeit mehr verlieren wollte, sondern geradewegs dem Zeltdorf am Pferdebach zustrebte, um dort über das Auftauchen der dreiundfünfzig schwerbewaffneten weißen Männer Nachricht zu geben.
Hatte es überhaupt Sinn, daß Harka Uinonah und Untschida noch besonders warnte? Aber nur Harka, der die Sprache der weißen Männer verstand, kannte deren Vorhaben genau. Die anderen Späher konnten nur mutmaßen. Genügte das nicht auch? Suchte Harka nur vor sich selbst einen zureichenden Grund, ließ er seine Fantasie nur derart von Schreckbildern des geplanten Überfalls auf Männer, Frauen und Kinder überwältigen, weil er nach langem Umherirren dem heimatlichen Dorfe

nahe war und Schwester und Großmutter noch einmal sehen und sprechen wollte? Der junge Indianer kannte sich selbst nicht mehr ganz. Aber er erinnerte sich, gehört zu haben, daß weiße Männer auch Frauen und Kinder skalpierten, und er lief wieder weiter. Sein Mund stand offen, und der Atem tat ihm weh bis tief in die Brust, so rannte er von nun an. Auf seine Umgebung achtete er erst wieder genau, als er dem Tal des Pferdebaches schon sehr nahe war.
Er warf sich hin, kroch zum Hochufer des Bachtals und schaute bachaufwärts und bachabwärts. Der Geruch des Wassers stieg in nächtlichen Nebeln zu ihm herauf. Auskühlend strich ein Windhauch über seinen verschwitzten Nacken. Er vernahm das Rauschen der Wasser, die noch aus der großen Schneeschmelze der Berge gespeist wurden und breit und kräftig dahinflossen. Weiter oben flossen sie bei den Zelten, auch bei dem Zelte Uinonahs und Untschidas, vorbei, die am Abend noch aus diesem Bache Wasser geschöpft haben mochten.
Harka wollte seinen Weg fortsetzen. Aber am Ufer des Baches, zwischen Dunkelheit und Nebel, wuchs eine große menschliche Gestalt auf und blieb regungslos stehen. Harka starrte auf die Erscheinung. Der da stand und zu Harka heraufzublicken schien, war ein Mann, ein Indianer. Sein Haar war gescheitelt, der Oberkörper war nackt. Er hatte eine Büchse im Arm. Dieser Mann war Mattotaupa.
Harka wußte in demselben Augenblick, daß der Vater auch ihn gesehen haben mußte und den Sohn auf sich aufmerksam machen wollte. Wenn Mattotaupa sich offen zeigte, war es sicher, daß er keinen Feind in der Nähe vermutete. Harka konnte ruhig aufstehen und zu dem Vater hinuntergehen. Dennoch behielt er die Vorsicht eines Kundschafters bei und benutzte eine Wasserrinne am Hang des Hochufers, um hinunterzugleiten. Über die flache Uferstrecke huschte er dann bis hin zu dem Vater, der sich noch nicht gerührt hatte. Mattotaupa und Harka standen sich gegenüber.
Mattotaupa ließ sich im Gebüsch nieder, und Harka setzte sich auch. Er wartete darauf, daß ihm der Vater sogleich eine Mitteilung machen werde. Aber Mattotaupa öffnete nicht gleich den

Mund, forderte auch Harka nicht zum Sprechen auf, und in dem Stillschweigen begann der junge Indianer über den möglichen Sinn des Verhaltens seines Vaters nachzudenken.
Er war jetzt überzeugt, daß Mattotaupa ihm, so wie er schon anfangs vermutet hatte, nachgeschlichen war, und sicher hatte auch der Vater die weißen Männer belauscht; er konnte ebensogut wie Harka deren Sprache verstehen. Wenn Mattotaupa den Weg, den Harka dann einschlug, nicht gebillig hätte, würde er den Sohn längst haben anhalten können. War Mattotaupa von der gleichen Sorge und demselben Wunsche wie Harka bewegt, wollte auch er Untschida und Uinonah gewarnt wissen? Harka wartete auf das erste Wort des Vaters. Er wartete immer noch. Gewiß, es waren erst wenige Sekunden vergangen, seitdem sie, von Gesträuch gedeckt, einander gegenübersaßen, denn was Harka überlegte, hatte die Schnelle eines Gedankens. Der Mondschimmer wanderte und glitt jetzt auch zwischen die Zweige herein. Harkas Gesicht wurde beleuchtet. Mattotaupa blieb im Dunkel. Als das Stillschweigen noch einen einzigen Augenblick länger gedauert hatte, schlugen Harkas Vorstellungen um, und es überfiel ihn eine Furcht, als ob ihn ein Tier plötzlich mit einer Pranke in den Nacken geschlagen hätte. Was geschah, wenn der Vater anders dachte als Harka? Wenn er Harka für schuldig hielt, auf einem Kundschaftsgang unzuverlässig und ungehorsam gewesen zu sein? Dann geschah irgend etwas, schon grauenvoll dadurch, daß es unvorstellbar war.
Mattotaupa begann zu sprechen.
„Wer bist du?" fragte er den Sohn leise und zu gespannt beherrscht, um noch ruhig zu wirken.
Harka antwortete langsam, als ob seine Zunge halb gelähmt sei. „Harka Steinhart Nachtauge . . . Wolfstöter Büffelpfeilversender Bärenjäger . . . der Sohn Mattotaupas . . ." Harka wollte enden, aber die Haltung des Vaters zwang ihn, weiterzusprechen – „und Kundschafter des weißen Mannes Joe. Das bin ich."
„Das alles bist du gewesen."
Harka schluckte. Das feste Gerüst dessen, was er denken, hoffen, empfinden konnte, brach; es brach zu plötzlich.

Es hätte wiederum ein langes Schweigen eintreten können. Aber das Wasser lief schnell durch sein sandiges Bett dahin und ließ sich nicht aufhalten, der Wind wehte und kehrte nicht zurück, der Morgen aber mußte kommen, und für Vater und Sohn blieb nur eine gemessene Spanne Zeit, um miteinander zu sprechen.
„Wo soll ich hin", sagte Harka tonlos. Damit hatte er sich dem Gericht des Vaters ausgeliefert. Er fühlte es selbst.
„Geh hin, wohin du gehen wolltest und wohin du gehörst, wenn du deinen Vater verachtest und deine Freunde verrätst."
Harka wollte nachdenken und antworten, aber seine Nerven und seine Gedanken waren starr und steif und konnten sich sowenig rühren wie seine Lippen. Er brachte nicht ein einziges Wort hervor.
„Ich halte dich nicht. Geh doch."
„N . . . nei . . . n."
„Weißt du nicht mehr, was du willst?"
Harka hatte den Kopf gesenkt und schaute in das Gras; langsam beugte er den Rücken, legte die Stirn auf die Arme und verharrte so, in der Haltung des Unterworfenen, der alles aufgibt, der sich aber nicht fürchtet. Der Vater saß vor ihm.
Mattotaupas Schultern waren etwas vorgefallen, und er mußte den Blick senken, um Harka zu sehen. Die Verzweiflung verkrampfte ihn. Alles hatten ihm die Giftmischer genommen, seine Ehre, seine Heimat, jetzt griffen sie nach dem letzten, was ihm noch geblieben war, nach seinem Sohn. Sie hetzten Harka gegen Jim, sie zogen ihn mit unsichtbaren Fäden zu ihren Zelten. Wie sollte er vor Joe bestehen, als der Vater eines jungen Verräters, der gleich bei seinem ersten Kundschaftsgang zum Feinde zu laufen versuchte? Zu was für einem Feinde! Joe würde den Morgen der toten Fische nie vergessen.
„Harka, das habe ich nicht gewußt, daß du ein feiger Hund und ein hinterlistiger Fuchs bist. Steh auf und komm. Ich werde dich zu Joe bringen und ihm sagen, daß du uns verraten wolltest. Er mag entscheiden, was mit dir geschieht."
Harka hob langsam das Gesicht. „Bring mich hin", sagte er, noch immer heiser, als ob sein Atem ihm nicht gehorchen

wollte. „Aber sage nicht mehr, als was du weißt: Daß du mich auf dem Wege zum Pferdebach gefunden hast."
„Wie willst du beweisen, daß du uns nicht verraten wolltest?"
„Zieh mir die Haut ab. Ich werde nicht schreien."
„Ich verlange nicht von dir, was du dir wünschest, sondern wovor du Angst zu haben scheinst wie ein kleines Mädchen. Du kämpfst mit gegen die Zelte der Bärenbande!"
Harka würgte. Als er sprechen gelernt hatte, hatte er auch schon gelernt, daß er keinem Älteren widersprechen dürfe. Dennoch sagte er: „Ich skalpiere keine ... Frauen ... und keine ... Kinder."
„Du kämpfst gegen alles, was eine Waffe in die Hand nimmt, oder du bist ein Verräter, den ich in Weiberkleider stecke und töte. Willst du kämpfen?"
Harka hatte den Mund halb geöffnet wie einer, der stöhnen will, ohne einen Ton herauszubringen, und er schloß die Lippen auch nicht, als er sagte: „Ja." Dieses Ja klang gepreßt.
Mattotaupa sah an ihm vorbei. Er hatte erreicht, was er hatte erreichen wollen. Aber er vermochte nicht mehr in dieses Gesicht zu sehen; wie es voller Qual war, so quälte es auch ihn mehr, als er ertragen konnte. Er sprang auf. „Komm mit!"
Harka erhob sich, taumelte, fing sich aber und folgte dem Vater. Mattotaupa eilte in die Richtung zurück, aus der beide gekommen waren. Er strebte Joe und dessen Gefährten oder er strebte dem Lager des großen Trupps zu, das ließ sich anfangs nicht ausmachen, aber bald zeigte sich, daß er das Lager suchte, das Harka beschlichen hatte und bei dem sicher auch Mattotaupa gewesen war.
Die beiden Indianer rochen den Rauch noch nicht; der Nordwind trieb ihnen den Geruch auch nicht zu. Aber sie hörten in der Stille der Nacht plötzlich Salven von Schüssen aus der Gegend, in der sich das Lager befand. Mattotaupa stockte einen Moment im Lauf, um mit voller Aufmerksamkeit zu lauschen. Die Schüsse wiederholten sich nicht. Mattotaupa setzte sich wieder in Bewegung, und Harka folgte ihm weiter. Er lief wie eine Maschine, unter fremdem Willen.
Die beiden kamen dem Lagerplatz der Weißen nahe. Die Feuer

waren gedeckt und gelöscht; keine Flamme lohte mehr auf. Das angekohlte Holz strömte noch seinen Geruch aus. Es schien klar, daß das Lager angegriffen worden war, vermutlich mit Pfeilschüssen, da die Lagernden im Feuerschein ein ausgezeichnetes Ziel boten; auf diese Angriffe hin hatten sie wahrscheinlich die Feuer gelöscht und mit Schüssen geantwortet. Nun herrschte eine trügerische Ruhe. Es war unter den gegebenen Umständen schwer für die beiden Indianer, sich mit den Weißen zu verständigen, denn entweder wurden sie von diesen oder von den verborgenen Pfeilschützen für Feinde gehalten und angegriffen.

„Lauf zu Joe und unterrichte ihn!" befahl Mattotaupa Harka. Der junge Bursche machte sich ohne ein Wort auf den Weg. Sobald er die Gegend des Lagers hinter sich hatte, beachtete er keine besondere Vorsicht mehr, sondern lief schnell und geradewegs zum Ausgangspunkt seines Kundschaftsganges zurück. Als er Joe in der Nähe glaubte, gab er die verabredeten Zeichen, die auch beantwortet wurden. Es tagte schon. Joe war wach und hatte auf die drei Pferde geachtet.

„Was habt ihr erkundet?" fragte er, als Harka vor ihm stand.

„Dreiundfünfzig Mann Miliz wollen heute die Zelte der Bärenbande am Pferdebach zerstören. Mein Vater ist in der Nähe des Milizlagers geblieben, das in der Nacht anscheinend mit Pfeilen angegriffen wurde."

„Diese verdammt heimtückischen indianischen Kampfmethoden! Heute sollen die Strafmaßnahmen vollzogen werden? Ich muß dabeisein! Das bin ich meinen ermordeten, vergifteten Gefährten schuldig. Wenn ich nur daran denke, wie mein guter Duff sich in Qualen wand und zugrunde ging. Wir reiten sofort! Nimmst du das Pferd deines Vaters mit?"

„Ja."

„Du siehst schauderhaft müde aus. Bist du verwundet?"

„Nein."

„Wirst du durchhalten?"

„Ja."

„Also los! Es muß sein."

Harka saß auf und nahm den Mustang seines Vaters am Zügel.

Er galoppierte voraus, und Joe folgte ihm, vorläufig auf der alten Spur des großen Reitertrupps.
Der Bach, an dem sich das Lager befunden hatte, war noch lange nicht erreicht, als Harka trotz des Geräusches, das die drei eigenen Pferde im Galopp verursachten, ein weiteres Geräusch vernahm und anhielt.
„Was ist?" fragte Joe.
„Ein Mann kommt uns entgegen."
„Ein Mann? Ich höre nichts." Joe nahm aber sein Jagdgewehr schußgerecht zur Hand, um auf alle Fälle vorbereitet zu sein. Harka hing gleichgültig auf seinem Grauschimmel.
Auf einer Anhöhe erschien Mattotaupa und winkte. Joe setzte sofort die Schußwaffe ab, und Harka trieb die Tiere wieder zum Galopp. Als man sich traf, sprang Mattotaupa auf, und während alle zusammen im Schritt ritten, berichtete er sehr kurz und scheinbar unzufrieden: „Die weißen Männer sind schon lange aufgebrochen. Ich habe mich ihnen gezeigt. Sie erwarten, daß wir sie noch einholen."
„Vorwärts!" Joe gab seinem Tier die Sporen, so daß es mit einem Ruck zu einem schnellen Galopp ansetzte. Mattotaupa und Harka nahmen ihn wieder in die Mitte.
Die drei Reiter kamen an den Spuren des Nachtlagers des Miliztrupps vorüber, blieben von hier an auf der Fährte des Trupps und erreichten spät am Nachmittag die Gegenden, die der Pferdebach durchfloß. Mattotaupa ließ anhalten, übergab Harka die drei Pferde und eilte mit Joe einen Hügel hinauf, um die Prärie weithin zu überschauen.
Harka wartete und horchte. Er wußte, daß Mattotaupa und Joe von der Anhöhe aus die Biegung des Pferdebaches übersehen konnten, in der die Zelte standen – oder gestanden hatten. Es waren keine Schüsse gefallen, auch kein Geschrei war zu hören. Es blieb sehr still. Harka dachte daran, daß des Nachts beim Lager der Miliz ein kurzes Gefecht stattgefunden hatte und daß er Schonka auf Kundschaft begegnet war. Die Bärenbande war also nicht ganz unvorbereitet gewesen, und die weißen Männer hatten die Zelte nicht überfallen können, ohne daß man ihre Angriffsabsichten vorher bemerkte. Vielleicht hatte der jetzige

Kriegshäuptling der Gruppe die Zelte abbrechen und die Frauen und Kinder rechtzeitig in die Wälder fliehen lassen; vielleicht waren auch die Krieger nach einigen flüchtigen Pfeilangriffen ausgewichen; aber vielleicht hatten sie auch gekämpft. Harka wußte es nicht; aber Mattotaupa und Joe mußten schon etwas wissen, denn sie konnten von dem Hügel aus den gewohnten Standplatz der Zelte sehen. Endlich kamen die beiden wieder herunter.
„Reiten wir also hin", sagte Joe, um überhaupt etwas zu sagen.
Die drei bildeten wieder eine Reihe, und Mattotaupa führte im Galopp. Harka roch bald Feuer, obgleich man mit dem Wind ritt. Als die letzte Bodenwelle, die die Sicht noch genommen hatte, umritten war, ließ Mattotaupa sein Tier in Schritt fallen. Harka übersah die Lage mit einem Blick.
„Wir kommen also zu spät, aber meine Gefährten sind gerächt", sagte Joe laut.
Es schien, daß die Zelte noch an ihrem Ort gestanden hatten, als die Miliz angriff, um an dem Dorf die Strafe zu vollziehen. Auf dem Boden lagen Zeltplanen und zerbrochene Zeltstangen; nur vier Zelte standen noch. Das Zauberzelt schien überhaupt verschwunden zu sein, ebenso das Beratungszelt und das Häuptlingszelt. Vielleicht waren die kostbaren Zelte rechtzeitig abgebrochen und in Sicherheit gebracht worden. Der Boden ringsum war zertrampelt. Harka sah, daß Tote auf dem Dorfplatz lagen. Er konnte sie aus der Entfernung nicht gut erkennen; es schien ihm aber, daß sie furchtbar verstümmelt waren.
Jenseits des Pferdebaches, westlich des ehemaligen Zeltdorfes, lagerten die Angehörigen der Miliz in ihren ledernen Grenzer- und Cowboyanzügen. Jeder hatte seine Flinte oder Büchse noch zur Hand. Die Pferde waren angepflockt und wurden bewacht. Von den Mustangs der Bärenbande war nirgends etwas zu sehen, Harka konnte auch keine erschossenen Tiere entdecken. Von der Hundemeute irrten nur drei gefleckte Köter schnüffelnd umher und machten sich bei den Toten zu schaffen.
Die drei Reiter ritten an der Stätte der Zerstörung vorbei bis zu dem Lagerplatz der Miliz und sprangen ab. Harka machte die drei Pferde fest, aber nicht bei den Tieren der Weißen, sondern

gesondert. Er wollte sich bei seinem Mustang niederlassen, doch der Vater zwang ihn mit einem Blick, zu den lagernden Weißen mitzukommen. Mattotaupa ging auf den Anführer des Trupps zu, mit dem er sich offenbar ausgangs der Nacht schon bekannt gemacht hatte. Er nannte den Namen Joe Brown, der sofort allgemeines Aufsehen erregte. Von mehreren Gruppen kamen Leute herbei und setzten sich zu dem Kreis, in dem die drei Ankömmlinge Platz nahmen. Alle wollten von Joe selbst hören, wie sich der Mord durch das vergiftete Wasser abgespielt hatte, Joe berichtete, aber er berichtete sehr kurz und nur ungern, fast mit Haß gegen alle, die auf eine Greuelgeschichte neugierig waren.

Schließlich fragte er: „Und was hat sich nun hier abgespielt?"

„Ei, ja, ja", sagte der Anführer verlegen, „Euer Kundschafter Top hatte uns gewarnt und Vorschläge gemacht, die sicher nicht schlecht waren. Aber meine Männer fühlten sich sehr stark und waren nicht zu halten; als es Morgen wurde, gingen sie mir durch. Da Top Späher beobachtet hatte und es ja auch des Nachts einen Schußwechsel gab, hätten wir uns selbst sagen können, daß das Dorf nicht unvorbereitet war. Wir sind aber losgebraust wie eine tolle Herde Büffel! Sah alles recht friedlich aus hier, als wir herandonnerten. Zelte standen in der Sonne, am Bach schöpften zwei oder drei Frauen Wasser. Als wir herankamen, waren die drei Frauen wie vom Erdboden verschwunden. Aus einem Zelt aber wurde auf uns geschossen. Wir hatten vier Tote. Drei der Pfeilschützen haben wir erwischt, von denen ist nicht mehr viel übrig. Zwei andere sind uns entflohen. Vielleicht waren die Frauen, die wir am Wasser gesehen hatten, gar keine Frauen, sondern verkleidete Männer und hatten sich mit in das Zelt zurückgezogen, um uns zu beschießen."

„Wo sind die Mustangs der Bärenbande?" fragte Joe.

„Mustangs waren nirgends mehr zu sehen, als wir hier eintrafen. Ihr könnt euch nachher die Spuren ansehen. Die Bande war schon ausgerückt mit ihren Pferden, ihren Weibern und ihren Kindern. Alle Decken und drei oder vier Zelte scheinen sie auch mitgenommen zu haben. Sie müssen über unsere Absichten sehr genau unterrichtet gewesen sein."

„Bei der Bärenbande", bemerkte Mattotaupa hierzu, „lebt ein entflohener Sklave, der Fremde Muschel genannt wird, mit seinem Sohne Schwarzhaut Kraushaar. Beide verstehen die Sprache der weißen Männer, und wenn einer von ihnen gekundschaftet hat, ist es nicht verwunderlich, daß die Häuptlinge und Ältesten der Bärenbande gewußt haben, was bevorstand, und ihre Maßnahmen trafen."
„Der verfluchte Nigger! Das war auch einer der drei Schleicher, die uns noch aus dem Hinterhalt angegriffen haben. Totschlagen müßte man die Nigger alle. Sie taugen nur zu Sklaven."
„Wart ihr bei den Konföderierten?" fragte Joe.
„Das war ich, ich leugne es nicht!" rief der Anführer herausfordernd.
„Die Bärenbande hatte also drei Tote, und ihr hattet vier", rechnete der Ingenieur. „Das ist die Bilanz der Strafexpedition."
„Vergeßt nicht, daß mehrere Zelte zerstört sind."
„Einige Zeltstangen sind zerbrochen", berichtigte Mattotaupa.
„Nun, du magst recht gehabt haben mit deiner Warnung, Top, das sagte ich ja schon. Aber unsere Mission ist ebenfalls erfüllt."
„Ich werde mir die Fährten ansehen."
Mattotaupa erhob sich und winkte Harka mitzukommen. Er ging mit seinem Sohn zu dem Platz, wo das Zeltdorf sich befunden hatte. Zuerst besah Mattotaupa die Überreste der drei Toten. Die Grenzer hatten die Leichen aus Wut über den letzten überraschenden Angriff derart zugerichtet, daß Mattotaupa nicht mehr erkennen konnte, wen er hier vor sich haben mochte.
Für Harka waren es nicht die ersten verstümmelten Leichen, die er erblickte. Vor Jahren hatte er Tschetans Vater Sonnenregen gefunden, der auf der Büffeljagd gestürzt und von den Büffeln auf die Hörner genommen und zertrampelt worden war. Seinen Oheim, Mattotaupas Bruder, den ein Grizzly zerfleischt hatte, hatte er nicht mehr als Toten gesehen, denn die Krieger hatten die Leiche schon in eine Decke eingeschlagen, als sie sie zum Dorfe brachten. Aber Harka hatte gehört, was von dem unglücklichen Jäger noch übriggeblieben war. Dennoch waren alle

diese Erinnerungen etwas anderes als das, war Harka jetzt erblickte. Denn Tiere waren Tiere, und sie hatten in blinder Wut gegen ihre menschlichen Feinde gehandelt. Aber diese weißen Männer hatten gewußt, was sie taten. Sie hatten die Toten nicht nur der Waffen, sondern auch der Kleider und auch ihres Tolenbeutels beraubt, und dann hatten sie sie gräßlich zugerichtet. Das waren die weißen Männer, die von den Indianern sagten, daß sie Wilde seien. Harka wußte sowenig wie Mattotaupa, wer hier blutig verstümmelt und seines Totems beraubt lag. Aber er glaubte nach den Vorstellungen seines Volkes, daß die Geister solcher Toten unversöhnlich blieben und ihre Mörder weiter verfolgen würden. Vielleicht lag Schonka hier, vielleicht Tschetan, vielleicht Harkas jüngerer Bruder Harpstennah, denn der eine der Toten war viel kleiner als die anderen.
Harka hätte die blutigen Reste gern in Lederdecken eingeschlagen, wie es Begräbnissitte bei seinem Stamm war, denn es graute ihm davon, daß sich die Hunde bei den Toten zu schaffen machten. Aber er wagte nicht, zu seinem Vater darüber zu sprechen. Er scheuchte die Hunde, doch der eine der gefleckten Köter kam herbeigelaufen, sobald er Harkas Stimme, eine zornige und zerborstene Stimme, gehört hatte. Harka war zumute, als ob dieser Hund ihn abermals bloßstelle, und warf einen Stein nach ihm. Doch der Hund wich nur aus und folgte ihm aus der Entfernung weiter. Er gehörte zu denen, die sich immer zu Mattotaupas Zelt gehalten hatten, um Abfälle aus der Jagdbeute zu erhaschen.
Der Rundgang ergab, daß vor dem Eindringen der Weißen nicht nur das Zauberzelt und das Beratungszelt und das ehemalige Zelt Mattotaupas fortgeschafft worden waren, sondern auch das Zelt des auf der Jagd umgekommenen Sonnenregen, des Vaters von Tschetan. Auf der Flucht waren die Angehörigen der Bärenbande, wie die Spuren zeigten, nicht zusammen weggeritten, sondern hatten sich von Anfang an zerstreut, so daß es sehr mühsam und zeitraubend war, sie bis zu den Wäldern der Vorberge zu verfolgen, wo sie sicher irgendeinen, ihren Verfolgern unbekannten Treffpunkt verabredet hatten.
Als Mattotaupa und Harka von dem Zeltplatz zum Bach gin-

gen, um sich wieder bei Joe und den weißen Männern einzufinden, kamen sie noch einmal an der kleinsten der verstümmelten Leichen vorbei, und Harka dachte wieder an Harpstennah. Er hatte sich früher nicht viel um den jüngeren Bruder gekümmert, denn dieser war nach einer schweren Kinderkrankheit immer schwächlich geblieben. Es hatte nie die Aussicht bestanden, daß er einmal zu den tüchtigsten der Jäger und Krieger gehören würde, was doch der brennende Ehrgeiz aller Knaben war, für die es als Angehörige eines Volkes, das nur von der Büffeljagd leben mußte, überhaupt keine andere Aussicht gab, gut zu leben und sich auszuzeichnen. Der einzige Vorzug Harpstennahs vor vielen anderen war gewesen, daß er ebenso wie Harka sicher zielen konnte, und darum war er auch in den Bund der „Jungen Hunde" aufgenommen worden.
Die beiden Indianer hatten den Bach überquert, Mattotaupa ging wieder zu der Gruppe der Weißen, bei der Joe saß. Harka machte noch einmal den Versuch, sich als Wachtposten zu den drei Pferden zurückzuziehen, die er abseits festgemacht hatte, aber Mattotaupa befahl ihm wiederum durch einen Blick mitzukommen. So saß Harka dann bei seinem Vater und Joe im Kreis der Weißen um ein Feuer, an dem diese einen Teil ihres Proviantes wärmten. Sie schwatzten, aber Mattotaupa war schweigsam und düster, und auch Joe beteiligte sich nicht an der allgemeinen Unterhaltung. Der Ingenieur rutschte etwas vom Feuer zurück, um leichter mit Mattotaupa allein sprechen zu können, und fragte leise: „Was sagst du?"
„Die weißen Männer sind falsch vorgegangen."
„Bin ganz deiner Meinung, daß hier großer Blödsinn gemacht worden ist. Was haben wir jetzt erreicht? Ein Trupp bewaffneter Grenzer tobt durch die Prärie, verfeuert Munition, frißt Konserven, schlägt drei Indianer tot, zerbricht ein paar Zeltstangen und feiert Sieg. Die Bärenbande zieht sich mit geringen Verlusten in die Wälder zurück und brütet natürlich Rache, weil ihre Toten geschändet worden sind."
„Was wirst du jetzt tun, Joe?"
„Ich? Gar nichts kann ich tun, als den verlorenen Schlaf der vergangenen Nacht nachzuholen und dann mit euch beiden zu-

sammen zu unseren Leuten zu reiten. Ich habe im Auftrag der Eisenbahngesellschaft zu arbeiten und habe schon viel Zeit für diese mehr privaten Angelegenheiten hier aufgewendet."
Mattotaupa versank wieder in sein finsteres Schweigen.
Es war schon Abend geworden. Harka kannte diese Abende, wie sie über die Prärie am Pferdebach ihre Schleier breiteten, wie die Sonne zu den Gipfeln des Felsengebirges sank, deren Häupter noch im Schnee gleißten und flimmerten, wie die Gipfel als Schatten vor dem Abendbrot standen und nur ihre Ränder von den Strahlen der Sonne noch zu brennen schienen und wie sich endlich violetter Dämmer überall verbreitete, während die Wasser des Bachs dunkel schillerten und in der Ferne Wölfe aufheulten, ehe sie nach Beute schlichen.
Mattotaupa raffte sich aus seinem Schweigen auf. „Die weißen Männer wollen die Nacht also hier verbringen?" fragte er Joe.
„Hast du Bedenken?" erkundigte sich der Ingenieur, über den unwirschen Ton des Indianers etwas erstaunt.
„Ja. Wenn ich der Häuptling der weißen Männer wäre, würde ich befehlen aufzubrechen."
„Du denkst doch nicht, daß uns in der Nacht noch Heckenschützen angreifen werden?"
„Warum nicht? Wenn wir hierbleiben, müssen wir einen guten Wachtdienst einrichten. Wer sich nur verteidigt, ist immer im Nachteil."
„Zu einem weiteren Angriff, gar noch des Nachts und in Richtung der Wälder, kannst du unsere Leute hier niemals gewinnen. Sie haben ihren Auftrag erfüllt, sie können prahlen, das Zeltdorf zerstört und Gefahren bestanden zu haben, und sie wollen zu ihrer Arbeit zurück, wie ich. Ein weiteres Vorgehen gegen die Bärenbande würde nicht nur eine Nacht kosten."
„Nein! Wochen würde es kosten und noch einige Tote."
„Siehst du. Ein solcher Aufwand ist aber für uns unmöglich. Organisierst du den Wachtdienst?"
„Ich habe diesen weißen Männern hier nichts zu befehlen. Sprich du mit ihnen."
„Ich werde ihnen sagen, daß sie auf dich hören sollen, da du die Gegend kennst."

„Vor allem sollen sie ihre Feuer decken."
Joe ging auf die andere Seite des großen Kreises, in dem etwa fünfzehn Mann beisammensaßen, und sprach wieder mit dem Anführer. Mattotaupa wurde daraufhin aufgefordert, seine Vorschläge zu machen, wie die Wachen aufzustellen seien.
Er ließ westlich und östlich des Bachbogens die Anhöhen besetzen, auf denen er auch früher als Kriegshäuptling der Bärenbande seine Wachen aufgestellt hatte, und veranlaßte die Weißen, sich innerhalb des Bachbogens auf den Plätzen niederzulassen, wo die Zelte gestanden hatten. Über den Bach kam nicht so leicht ein Angreifer, ohne bemerkt zu werden. Die Pferde wurden innerhalb des Bachbogens an die Ostseite getrieben, dahin, wo auch die Mustangs der Bärenbande ihren Platz gehabt hatten. Als Mattotaupa sah, daß seine Anordnungen die Billigung des Anführers fanden, ließ er durch diesen auch ganz verbieten, Feuer zu machen. Wenn die weißen Männer in der kalten Frühjahrsnacht froren, konnten sie sich in die Planen der zerstörten Zelte wickeln. Einige beschlagnahmten gleich die vier noch erhaltenen Zelte als Quartier.
Darüber war es Nacht geworden. Die verstümmelten Leichen hatten die weißen Männer an das Bachufer geworfen. Die Hunde jaulten, weil sie umherschleichende Kojoten rochen. Mattotaupa suchte mit dem Anführer der Grenzer zusammen die Männer, die bereit waren, auf Wache zu gehen, und fand dabei heraus, daß es durchaus erfahrene Leute gab, die sich nur den Prahlhänsen gegenüber nicht durchgesetzt hatten. Für den Wachtdienst, der nicht beliebt war, fanden sie sich aber leicht zusammen, als sie einen verständigen Ton hörten. Man verteilte sich so, wie der Indianer es vorschlug, nicht nur auf den Anhöhen, sondern auch im Ring um das Lager, besonders im Süden, wo kein Bachbett die Übersicht erleichterte und das erste junge Frühlingsgras den Gegnern gute Deckung gewähren konnte.
Mattotaupa selbst wollte sich nicht an einem Platz festsetzen, sondern ringsum unterwegs sein. Er unterrichtete auch Joe davon und gedachte Harka mitzunehmen. Joe sah Mattotaupa an; der Indianer nahm auch im Dunkeln die Kopfbewegung wahr,

und er spürte die Richtung des Blicks. Da Joe aber nichts sagte, fragte ihn Mattotaupa: „Noch etwas?"
„Ja. Brauchst du den Jungen unbedingt? Sonst laß ihn schlafen. Er ist verdammt müde und seit gestern abend auf den Beinen."
Mattotaupa ließ einen schnellen Blick über Harka gleiten, von oben nach unten, in einer Art, die diesen bis aufs Blut reizte. Dann meinte er ruhig zu Joe: „Klagt er? Natürlich, er soll bei dir bleiben und schlafen gehen. Hau."
Mattotaupa drehte sich nach dem letzten Wort sogleich um und begann seinen ersten Kontrollgang.
Harka hätte Joe an die Gurgel springen mögen. Er war tatsächlich kaum mehr imstande, sich auf den Beinen zu halten, aber das lag nicht nur an dem Mangel an Schlaf, und der Vater war der letzte, der davon etwas zu wissen brauchte. Der Ingenieur freute sich aber, weil er glaubte, etwas Vernünftiges erreicht zu haben. Er war durch seine Pionierarbeit viel allein und zu Hause bei seiner Familie, zu der er nur selten kam, nicht glücklich. Seine Frau war anspruchsvoll, hart und herrschsüchtig geworden, die Kinder waren ihm entfremdet. Er hatte sein Herz an Henry gehängt, aus dem er einen tüchtigen Ingenieur machen wollte, aber im Augenblick war Henry nicht da, und so blieb die Fürsorgegewohnheit von Joe wie ein Schirm, unter dem sich niemand befand; er hielt ihn rasch einmal über Harka.
Der junge Indianer tat etwas, was der Vater jetzt nicht mehr verhindern konnte und was Joe, wie er glaubte, nicht verhindern würde. Er ging zu den drei Pferden, die er inzwischen bei den übrigen auf der Ostseite des Dorfplatzes festgemacht hatte, und legte sich dort bei seinem Grauschimmel schlafen. Aber Joe verhielt sich anders, als Harka gerechnet hatte. Joe Brown waren die fünfzig Männer auch lästig geworden, da er sie nicht näher kannte und sie seine vergifteten und erschossenen Gefährten nur schlecht gerächt hatten. Daher zog er es vor, hinter Harka herzugehen und sich mit einer Zeltplane, die er vom Dorfplatz holte, neben dem Jungen und bei seinem eigenen Pferd einzunisten.
Harka schloß die Augen; er wollte von Joe nicht angesprochen werden. Aber er konnte nicht einschlafen. Er war übermüdet,

seine Nerven waren überreizt, und er sah bei geschlossenen Augen und im Dunkeln immerzu die kleine verstümmelte Leiche vor sich. Er hatte oft an Uinonah, auch an Untschida gedacht, in einem entscheidenden Augenblick sogar mehr, als gut für ihn gewesen war. Jetzt dachte er zum erstenmal einfühlender an den jüngeren Bruder, der vielleicht tot war. Was mochte Harpstennah in den letzten beiden Jahren, in denen Mattotaupa mit Harka verbannt umhergeirrt war, in den heimischen Zelten durchlebt haben? Harpstennah war vaterlos geworden, schlimmer noch, viel schlimmer – er galt als der Sohn eines Verräters, als der Bruder eines Davongelaufenen. Harpstennah hatte nicht die Muskelkräfte oder körperliche Ausdauer, um sich selbst Achtung in der wilden Knabenhorde zu erkämpfen, und er hatte keinen großen Bruder mehr, dessen Ansehen ihn schützte. Wie oft mochte Schonka ihn verhöhnt haben! Vielleicht war er jetzt als einer der Pfeilschützen, in einem Zelte versteckt, zurückgeblieben, um sich im Kampfe auszuzeichnen. Er war ein sehr zielsicherer Schütze, und auf kurze Entfernung konnte er einen Pfeil auch mit tödlicher Kraft abschnellen. Je mehr Harka sich dieses Fantasiebild ausmalte, desto mehr begann er es für Wirklichkeit zu halten. Gewiß hatte man Harpstenah genug fühlen lassen, daß er wenig taugte, und so hatte man ihn zuletzt in den Kampf und in den Tod getrieben, und die weißen Männer hatten ihn gräßlich verstümmelt. Noch nie hatte sich Harka mit dem Jüngeren und Schwächeren so eng verbunden gefühlt wie in dieser Stunde, nachdem ihm selbst, dem stets Ausgezeichneten, zum erstenmal in seinem Leben gesagt worden war, daß es ihm an den Tugenden eines künftigen Kriegers fehle.
Joe rief etwas, und Harka erschrak, weil er sich in seiner eigenen Vorstellungswelt befunden hatte und plötzlich herausgerissen wurde. Aber er zeigte sein Erschrecken nicht nach außen hin, sondern öffnete die Augen nur zum Spalt, durch den er sehen konnte, was vorging.
„Hallo!“ hatte Joe gerufen. „Wer bist denn du?“
Der Angerufene war ein Kind, ein etwa zehn- oder elfjähriger Knabe, schmalbrüstig, zierlich. Er stand, als Schattenriß er-

kennbar, fünf Schritt von Joe und Harka entfernt. Bekleidet war er mit Mokassins, Leggings und einem über den Gürtel überhängenden Lederrock. Die gescheitelten Haare trug er offen, nur mit einem Stirnband gehalten. Seine Kleidung war für einen Jungen ungewöhnlich; um diese Jahreszeit trugen Indianerjungen keinen Rock mehr. Er hatte seine Festkleidung angelegt, die schön gestickt war; das konnte Harka auch im Mond- und Sternenschimmer wahrnehmen. Harka erkannte seinen Bruder, an den er gedacht hatte. Aber er sagte den Namen nicht, weil er nicht wußte, ob der andere den Namen sagen wollte.
Harpstennah trat zu Harka heran. „Bist du es?" fragte er in der Sprache der Dakota.
„Ich bin es."
„Ich bin hierhergekommen", fuhr Harpstennah mit seiner Kinderstimme fort, „weil ich erfahren habe, daß ihr da seid."
„Hat dich unser Vater schon gesehen?"
„Ja. Ich habe gefragt, wo du bist, und er hat mir geantwortet: ‚Gehe zu denen, die schlafen. Da findest du ihn.' Nun habe ich dich gefunden."
„Was willst du von mir?" Im Ton Harkas war zu spüren, daß er von neuem verletzt worden war.
„Harka Steinhart! Wir beide sind die Söhne eines Verräters . . ."
„Schweig, wenn du dein Leben liebst."
„Ich liebe es nicht mehr." Auch diese Worte sagte Harpstennah mit seiner hellen Stimme, aber es waren nicht die Worte, noch war es der Tonfall eines Kindes.
Harka war zumute, als ob ihm der andere die Eingeweide aus dem Leibe reiße. „Es gibt viele Arten zu sterben, wenn einer sterben will", antwortete er bitter und darum hart.
„Ich habe meine Art gewählt, Harka. Die Krieger können auch fürderhin sagen, daß ich der Sohn eines Verräters bin, eines Verräters, der sich in unseren Zelten wie ein Knabe von Tashunka-witko fesseln und von dem kleinen Mädchen Uinonah heimlich befreien ließ. Aber kein Mann wird künftig noch sagen dürfen, daß ich selbst weder große Kraft noch großen Mut besitze oder je besitzen werde."
„Beweist du diesen Mut, indem du hier zu mir kommst?" Als

Harka eben diese Frage stellte, trat Mattotaupa, den Harka schon hatte kommen sehen, zu der Gruppe herbei.
„Nein", antwortete Harpstennah in Gegenwart des Vaters. „Das ist es nicht, womit ich meinen Mut beweisen will. Ich bin ja offen hierhergekommen; ich habe gesagt, wer ich bin, und niemand hat mich gehindert, zu dir zu gehen."
Harka war bis dahin bei seinem Grauschimmel liegengeblieben und hatte nur den Kopf gehoben. Jetzt stand er auf. Er spürte, wie der Vater wartete, was weiter geschehen würde, und ganz fern, wie im Nebel, trat noch in sein Bewußtsein, daß Joe Brown die Szene beobachtete, allerdings ohne auch nur ein einziges Wort zu verstehen.
„Wie willst du jetzt diesen Mut beweisen, Harpstennah?" fragte Harka ruhig, und im Grunde empfand er ein tiefes Mitleid mit dem Bruder, aber es schüttelte ihn auch die verborgene Erregung über das, was er von Mattotaupas Erlebnis in den Zelten der Bärenbande durch Harpstennah erfahren hatte.
„Wie ich meinen Mut beweisen will? Das sollt ihr gleich erfahren. Er, der hier steht, ist mein Vater, und du bist mein älterer Bruder. Ihr sollt es wissen. Ich habe meine Festkleider angelegt, um wie ein Tapferer zu sterben, nachdem . . ." Bei dem letzten Wort griff Harpstennah unter den überhängenden Rock, riß sein Messer heraus und stürzte sich auf Joe, der das Gespräch nicht verstanden hatte und auf eine solche Wendung überhaupt nicht gefaßt war. Die Spitze des Dolchmessers hatte aber das Wams des Ingenieurs noch nicht durchdrungen, als die Finger Harpstennahs sich öffneten und er lautlos umsank.
Joe Brown sprang auf und sah entsetzt von einem zum anderen. Mattotaupa stand reglos da. Harka stieß die Klinge seines Dolches in die Erde, um sie zu reinigen, und ließ sie dann in die Scheide zurückgleiten.
„Um Himmels willen – was war das?" flüsterte Joe. „Ihr hattet mit dem Knaben gesprochen! Ich hatte nicht geahnt, daß selbst solch ein Kind nur auf Mord ausgeht. Harry, du hast mir das Leben gerettet. Das vergesse ich nie."
Harka beachtete die Worte nicht und blickte Joe überhaupt nicht an. Er nahm die Lederplane, auf der Joe gelegen hatte,

legte den Toten darauf, sah noch einmal die magere kindliche Gestalt in dem Festkleid, das Uinonah bestickt hatte, auch das Gesicht, das, vom Mondlicht gestreift, abgehärmt wie das eines Alten wirkte, und schlug die Lederdecke zu, so wie man sie einst auch über Harkas und Harpstennahs toter Mutter zusammengeschlagen hatte. Dieser Tote gehörte Harka; niemand durfte ihn berühren, verstümmeln oder den Hunden zum Fraß vorwerfen. In seinen Festkleidern und mit seinen Waffen sollte Harpstennah bestattet werden; er war im Kampfe gefallen. Harka ging umher, suchte vier Teile von zerbrochenen Zeltstangen und Lederschnüre zusammen, stellte die Stangenteile zwei und zwei, mit den Enden sich überkreuzend, auf und hängte die Decke mit dem Toten am Kopf- und Fußende an die Stangen, so daß sie die Erde nicht mehr berührte. Das war die Art der Dakota, Tote zu bestatten, so daß sie nicht von den Raubtieren aus der Erde gescharrt und zerfleischt werden konnten.
Harka blieb bei dem Bestatteten sitzen. Er zog die Knie an und legte die Arme darum. Das Totenlied für den jüngeren Bruder formte er nur mit den Lippen, ohne einen Laut hörbar werden zu lassen. Er sang für sich allein das Lied von den Kindern Mattotaupas, der ein großer Häuptling gewesen war. Der Geist Harpstennahs sollte versöhnt werden.
Die weißen Männer, die auf dem Dorfplatz schliefen, und die Wachen draußen hatten von den Vorgängen kaum etwas bemerkt. Es war kein Schuß gefallen, kein Schrei war ertönt. Nur die Wachen bei den Pferden hatten herübergeschaut, aber da Mattotaupa jetzt wegging und Joe niemanden anrief, schien keine Aufregung und kein Eingreifen nötig.
Joe Brown wollte sich erst eine neue Lederplane holen, aber dann unterließ er das und lief hinüber zu einem der Zelte. Es war dunkel drinnen, und als er hineinschlüpfte, rief einer ärgerlich „He?", weil er sich im Schlummer gestört fühlte. Joe warf sich zwischen die schlafenden Männer. Es war ihm bei seinen indianischen Kundschaftern unheimlich geworden.
Als der Tag dämmerte, wurde alles wach. Die Männer gingen zum Bach, um sich zu erfrischen. Auch Mattotaupa und Harka taten das. Sie sahen einander aber nicht an, und da nichts zu be-

sprechen war, sprachen sie auch nicht miteinander. Noch ehe die weißen Männer ihr Frühstück verzehrt hatten und aufbruchbereit waren, schwärmte Mattotaupa schon zu Pferd umher und kundschaftete. Seine Wangen und seine Schläfen waren eingefallen, und sein Haar wirkte im Schein der aufgehenden Sonne grauer, als es in ihrem Abendschein gewesen war. Den Trupp der fünfzig führte der geplante Heimweg in eine andere Richtung, als Joe sie jetzt einschlagen mußte, um seine Gefährten wieder zu treffen und sich an dem Sammelplatz für die neue Arbeitsstelle einzufinden. Der Ingenieur brach nicht gleich mit der Miliz auf, sondern gönnte sich noch eine halbe Stunde Morgenruhe, als sie fortgeritten war. Die Stille der Einsamkeit legte sich wieder über die Prärie am Pferdebach. Hellblau spannte sich der Frühlingshimmel über die fernen, noch verschneiten Gipfel des Felsengebirges und über die rauhe Grassteppe. Harka führte die drei Pferde zur Tränke am Bach und verjagte die Hunde.
Als er mit den Pferden zurückkam, erhob sich Mattotaupa, der zurückgekommen war und bei Joe gesessen hatte, um gleich diesem eine Pfeife zu rauchen. Da Mattotaupa aufmerksam und mit gerunzelter Stirn nach Westen blickte, schaute Harka sich um und erkannte rascher als der Ingenieur, was den Vater beschäftigte. Über die Prärie kam ein einzelner Mensch zu Fuß herbei, in schnellem Schritt und ohne sich zu verbergen. Die beiden Indianer erkannten bald, daß der Herankommende eine Frau war oder jedenfalls Frauenkleider trug. Mattotaupa nahm die Büchse zur Hand, und als Joe das bemerkte, sprang er auf und hielt seine Waffe ebenfalls bereit. Harka führte die Pferde bis zu den beiden Männern, so daß sie sofort aufspringen konnten. Er selbst stellte sich hinter seinen Grauschimmel und beobachtete über dessen Rücken hinweg.
Als der Herankommende einem Jägerauge deutlich faßbar wurde, wußten Mattotaupa und Harka gleichzeitig, daß Untschida kam. Mattotaupas Lippen preßten sich feindselig aufeinander, denn er dachte daran, daß sie den Skalp des Red Jim von ihm verlangt und daß sie die Schande seiner Niederlage im Zelte mit angesehen hatte. Harka dachte und fühlte gar

nichts. Seine Nerven befanden sich in jener Anspannung, die keinen Gedanken mehr erlaubt.
Sobald die Frau so nahe herangekommen war, daß auch Joe ihr graues Haar und ihre Frauengestalt erkannte, stellte der Ingenieur sein Gewehr zu Boden und warf einen prüfenden Blick auf Mattotaupa, wie sich in diesem Falle zwei Männer wohl am würdigsten benehmen könnten. Aber der Indianer bemerkte den Blick nicht und blieb in seiner Abwehrstellung. Die Frau kannte den Bach, und als sie sein Westufer erreichte, lief sie an einer seichten Stelle einfach hindurch, gleichgültig dagegen, daß ein großer Teil ihrer Kleidung naß wurde. Sie kam an das Ostufer und mußte den bestatteten Toten in der Lederdecke und die verstümmelten Leichen etwas weiter flußabwärts sehen. Sie blieb einen Augenblick am diesseitigen Ufer, dann lief sie zur Mitte des Dorfplatzes und weiter zu dem bestatteten Toten. Bei diesem Kindergrab stieß sie einen einzigen lauten, klagenden Ton aus. Dann nahm sie eine Lederplane auf und lief mit schnellen Schritten zu der Uferstelle, wo die nicht bestatteten Leichen lagen. Sie schlug sie zusammen ein. Das war ein Schutz für kurze Zeit.
Als sie so gehandelt hatte, machte sie sich auf den Rückweg. Dabei vermied sie nicht, an der Gruppe der Männer vorüberzugehen. Sie wandte dabei das Gesicht Harka und Mattotaupa zu, so daß sie ihnen in die Augen sehen konnte. Mattotaupa senkte die Lider, doch Harka hielt den Blick aus und verbarg nichts, was seine eigenen Augen vor Untschida und vor niemandem anderen als Untschida aussprechen konnten. Es gab eine Art von Gram, die nur noch dem Gram begegnen mochte.
Untschida ging weiter. Sie durchschritt wieder den Bach und lief nach Westen, über die Prärie, zu den Wäldern, in denen sich die Ihren versteckt hielten und wo Uinonah auf sie warten mochte. Als sie für aller Augen in der Ferne verschwunden war, rührte sich Joe wieder. „Das ist eine merkwürdige Gegend mit merkwürdigen Menschen", sagte er. „Was für ein Gesicht! Ob sie ihren Sohn gesucht hat?"
„Sie hat ihn nicht gefunden", antwortete Mattotaupa.

Das Lager

Mattotaupa schwang sich auf seinen Mustang und führte in der Richtung, die Joe einschlagen mußte. Der Ingenieur ritt wieder als zweiter, und Harka machte den Beschluß. Es war gut, daß Harka nicht zu laufen brauchte, sondern das Pferd unter sich hatte, das den beiden anderen Tieren von selbst folgte. Seine Zunge klebte trocken am Gaumen, obgleich er getrunken hatte. Seine Augen brannten, seine Schläfen waren heiß, und die ganze Stirn schmerzte ihn. Die Prärie verschwamm vor seinem Blick, so daß er Erde und Himmel nicht mehr unterscheiden konnte. Als nach Stunden an einem Gewässer eine Rast eingelegt wurde, kam Harka schlecht vom Pferd, und die beiden Männer wurden auf seinen Zustand aufmerksam.

„Er hat hohes Fieber", sagte Joe. „Was macht ihr Indianer in einem solchen Fall?"

„Es gibt zweierlei Krankheiten", antwortete Mattotaupa. „Die einen heilen wir im Schwitzzelt, die anderen kommen von Geistern und können nur durch Zauber vertrieben werden."

„Wir aber haben hier weder Zelt noch Gegenzauber für ein Nervenfieber; was tun wir also?"

„Ich reite weiter", sagte Harka verbissen und drehte Joe und dem Vater den Rücken zu. Er legte sich ins Gras, schlürfte Wasser und ruhte mit geschlossenen Augen, bis die Rast beendet war.

Man wechselte die Plätze in der Reihe, so daß Harka jetzt in der Mitte ritt und der Vater als letzter ein Auge auf ihn haben konnte. Harka hielt bis zum Abend durch. Nachts wälzte er sich in Fieberträumen, sprach, ohne daß die Männer ihn verstehen konnten, und lag des Morgens apathisch auf der Büffeldecke. Der Vater schlug ihn in die Decke ein und nahm ihn zu sich aufs Pferd. Joe führte den ledigen Grauschimmel.

Als die Sonne dieses Tages sank, sichtete Mattotaupa schon von weitem das Lager, dem Joe zustrebte. Zwei große Zelte und ein paar Bretterbuden waren in der Prärie aufgeschlagen. In der Nähe trieben sich Gestalten umher, von denen einige weder dem Indianer noch dem Ingenieur gefielen. Andere machten einen ehrlichen Eindruck. Prärieerfahrene, zweckmäßig ausgerüstete Grenzer waren neben Männern zu sehen, die von den Bedingungen der Wildnis noch keine Vorstellung zu haben schienen, vielleicht auch nicht die Mittel besessen hatten, sich dafür auszurüsten.

Die Ankömmlinge ritten zu dem einen der Zelte. Vor dem Eingang stand ein Tisch, und auf einem Hocker saß ein Mann, der Listen führte. Dort meldeten sich Joe und Mattotaupa. Joe Browns Name war verzeichnet und wurde abgestrichen. Mattotaupa rangierte unter „Kundschaftergruppe Red Jim, sechs Mann". Zu diesen sechs rechnete auch Harka.

Da Joe es dem Indianer ersparen wollte, den in hohem Fieber fast bewußtlosen Jungen herumzuschleppen, bat er Mattotaupa zu warten und suchte nach Henry und einem Arzt oder Sanitäter. Er fand zwei Heilgehilfen, von denen er sich aber gleich überzeugte, daß sie nicht mehr verstanden, als einen Notverband anzulegen. Er nahm sie daher gar nicht erst in Anspruch, sondern suchte weiter und stieß dabei im Vorübergehen auch auf Red Jim.

Der große Kerl saß bei einem leeren Bierfaß, das er mit zwei Kumpanen zusammen zum Biertisch ernannt hatte und wo er mit seinen Freunden zu saufen begann.

Joe Brown kürzte die Begrüßung möglichst ab, berichtete in Stichworten und fragte, ob niemand Henry gesehen habe. Jim war nicht geneigt, vom Bier wegzugehen, merkte aber doch, daß der Ingenieur um irgend etwas besorgt war, und begann zu forschen: „Was ist denn los?"

„Brauche jemand, der sich um einen Kranken kümmert. Sonst stirbt uns Harry unter den Händen weg."

Jim sprang auf, drehte sich auf dem Absatz einmal um sich selbst, um Zeit zum Überlegen zu gewinnen, ohne daß jemand seine Miene dabei beobachten konnte, und sagte dann: „Indsmen werden am besten von Indsmen versorgt. Ich habe zwei Pani in der Gruppe. Mit denen werde ich reden."

Joe war damit nicht einverstanden, denn er fürchtete den indianischen Aberglauben, den er sogar bei Mattotaupa bemerkt hatte, und er traute der indianischen Heilkunst nicht, aber Jim

war plötzlich voll Eifer, ließ sogar das Bier stehen und eilte umher, bis er schließlich mit den beiden Pani herbeikam.
„Und wo ist denn der kranke Bursche?"
Joe unterlag der Entschlußkraft Jims wieder einmal und führte ihn mit den beiden Pani zu dem großen Zelt, vor dem Mattotaupa noch saß. Harka lag in die Büffelhautdecke gewickelt am Boden, mit eingefallenen Wangen und brennenden Flecken an den Schläfen und über den Backenknochen.
„Der müßte doch in richtige Pflege!" sagte Jim volltönend. „Wie weit sind eure Zelte und eure Weiber von hier?" wandte er sich an die Pani.
„Einen halben Tagesritt."
„Dann bringt ihn gleich dorthin, ehe er uns hier krepiert. Was meinst du, Mattotaupa? Ich geb dir Urlaub, den Jungen zu den Pani zu bringen. Im Augenblick ist hier ja noch nichts los."
Der Indianer warf Jim einen dankbaren Blick zu.
Die Vorbereitungen wurden getroffen. Die Nacht begann eben hereinzubrechen, als Mattotaupa und die beiden Pani sich aufmachten, um den Kranken in das nächste Zeltdorf der Pani zu schaffen. Harka begriff kaum noch, was um ihn und mit ihm vorging. Das Blut hämmerte durch seine Schläfen, sein Herz klopfte heftig, vor seinen Augen war es dunkel, und der Kopf schmerzte ihn, als ob der Schädel zerspringen müsse. Er öffnete den Mund, um die kalte Nachtluft einzuatmen. Die Decke, in die er eingewickelt war, hätte er am liebsten abgeworfen. Alles quälte ihn, und er hatte unsäglichen Durst.
Es wunderte ihn selbst, daß er noch am Leben war, als die Reiter endlich das Ziel erreicht hatten. Er merkte, daß er auf eine weiche Unterlage gelegt wurde. Die Kleider wurden ihm abgestreift, aber den Messergriff umklammerte er mit der Kraft eines Irrsinnigen, und die Hände, die seine Finger öffnen wollten, ließen endlich von dem Versuch ab. Kaltes Wasser kam auf seine Stirn und seine Lippen. Als seine Sehnerven wieder funktionierten, erkannte er, daß er in einem Zelt lag. Es war ein großes Zelt; viele Jagd- und Kriegstrophäen hingen an den Zeltstangen, der Boden war mit Decken und Fellen reich belegt. Harka glaubte in seiner Fieberfantasie, daß er sich im väterli-

chen Zelt befinde, und da das Fieber ihn fast töten wollte, rief er: „Mutter!"
Eine Frau kam und murmelte Worte, die Harka nicht verstand. Es wurde ihm wieder schwarz vor den Augen, aber er hörte, daß Unruhe um ihn war, und endlich wurde er wiederum gepackt und aus dem Zelt hinausgetragen. Die Decke, auf der er lag, wurde aufgeschlagen, und die Nachtluft strich kalt über seinen ganzen Körper. Frost schüttelte ihn, daß ihm die Zähne klapperten. Er konnte aber wieder sehen. Über sich sah er den Sternenhimmel, um sich einen tanzenden Mann, behängt mit Schlangenhäuten und Tierschädeln. Der Mann schlug eine Trommel und schlich und tanzte um Harka herum. Das war der Geheimnismann. Er sollte den bösen Geist aus Harka verjagen, damit dieser wieder gesund würde. Der Zauberpriester packte auch Harka, zerrte ihn dahin und dorthin und sang dazu Zauberworte, die der Kranke nicht verstand. Aber Harka empfand einen verzweifelten Haß auf diesen Zauberer, den er in seinen Fieberfantasien für den Geheimnismann seines Dorfes hielt; er glaubte, daß es der Geheimnismann sei, der Harkas Vater Mattotaupa verleumdet und vertrieben hatte.
Harka wollte nicht mehr umhergezerrt werden, er wollte keine Trommel mehr hören und keine Zauberworte. Ruhe, Ruhe sollte um ihn sein, alles sollte so schweigend wie der Tod sein. Wie Harpstennah wollte er kalt und tot in einer Decke aufgehängt sein, und der Wind sollte darüber hinstreichen. Der Knabe hatte nicht mehr viel Kräfte. Er hielt immer noch den Messergriff umklammert, und er zog das Messer aus der Scheide, die er an einer Sehnenschnur um den Hals trug. Zustoßen konnte er nicht mehr, aber er riß mit der Spitze des Dolches seinen linken Unterarm auf.
Er spürte, wie das Blut herausschoß. Die Hitze verließ seinen Körper, die Schmerzen verschwanden augenblicks, der Herzschlag ließ nach, und eine wunderbare, vollkommene Erschöpfung ließ alle seine Glieder erschlaffen. Er schloß die Augen, denn auch die Sterne brauchte er jetzt nicht mehr zu sehen. Wie ganz von fern wurde er sich bewußt, daß jemand nach seiner erkaltenden Hand und nach seinem Arm griff. Nun bestatteten

sie ihn wohl, und er würde im Winde schaukeln wie alle Toten, so wie auch seine Mutter und sein jüngerer Bruder Harpstennah.
Als Harka nach alledem wieder einen klaren Gedanken fassen konnte, wußte er selbst nicht, wie lange Zeit er ohne Bewußtsein gelegen hatte. Er wußte auch nicht, wo er sich befand, und er hatte noch nicht den Trieb, die Augen zu öffnen. Zuerst funktionierte nur sein Tastsinn, und das erste, was er spürte, waren weiche Decken unter seinem Rücken. Sie störten ihn nicht mehr, denn er empfand jetzt den Wunsch nach Wärme. Dann stellte er fest, daß ihn nichts schmerzte, gar nichts, und daß er Kopf, Arme und Füße bewegen konnte. Er machte die Augen auf und sah Lederplanen. Er lag in einem Zelt.
Im Zelt war es hell, draußen mußte lichter Tag sein. Die Lederplanen gewährten Schutz vor Wind, vor den Sonnenstrahlen, vor der gleißenden Helle. Es herrschte ein den Augen angenehmer Dämmer. Harka schaute sich um und sah eine fremde Frau hantieren. Er begriff nicht, wo er war, fragte aber auch nicht, sondern wartete schweigend ab. Die Frau wurde darauf aufmerksam, daß er die Augen offenhielt, und brachte ihm zu trinken; als er gierig getrunken hatte, gab sie ihm auch zu essen, ein paar Löffel Büffelhirn, und er aß hungrig. Aber bald hatte er wieder genug und legte den Kopf zurück, um zu ruhen.
Nach einiger Zeit kam der Vater. Die Frau hatte ihn wohl gerufen. Er sah ernst, mit einer scheuen Freude auf den geretteten Sohn und sagte: „Es ist ein großer Zauber geschehen. Mit deinem Blut hat dich der böse Geist verlassen. Du hast ihm selbst den Weg geöffnet, so daß er mit deinem Blut hinausfahren konnte. Jetzt bist du wieder Mattotaupas Sohn, Harka Wolfstöter Bärenjäger."
Harka fiel es noch schwer, sich an das zu erinnern, was vor oder während seines heftigen Fiebers und seines Fieberwahns vorgegangen war. Er schaute seinen Vater daher forschend an und wiederholte dessen Worte lautlos mit seinen Lippen.
Mattotaupa schien befreit und erleichtert. „Wie gut, wie gut, daß Red Jim mir vorschlug, dich hierherzubringen."
Bei dem Namen Red Jim war es Harka, als ob plötzlich ein Vor-

hang von den Gedächtniszellen seines Gehirns weggezogen würde. Mit einem Schlage standen alle Vorgänge, die er überhaupt bewußt erlebt hatte, klar und deutlich vor ihm. Er senkte die Lider.
„Ich will schlafen“, sagte er. „Werde ich die Zeit dazu haben?“
„Es ist Zeit. Es ist viel Zeit, Harka Nachtauge Steinhart. Du kannst in diesen Zelten hier bleiben, so lange du willst. Noch bist du jung, zu jung für einen Krieger. Ich habe das nicht ganz bedacht.“
„Nun bedenkst du es“, erwiderte Harka langsam. „Ich werde auch bedenken, ob ich in den Zelten hier bleiben will. Wem gehören sie?“
„Den Kriegern der Pani.“
Mattotaupa schien es, daß Harka noch sehr müde sei, und er zog sich zurück, um den Genesenden schlafen zu lassen, wie dieser gewünscht hatte. Erst gegen Abend wurde Harka wieder wach. Als er sich umschaute, noch ohne sich dabei auf seinem Lager zu rühren, erkannte er drei Männer am Feuer. Der eine war sein Vater Mattotaupa, der zweite ein Panikrieger mit der keck wippenden Skalplocke am Wirbel des kahlgeschorenen Schädels, der dritte war der Gastgeber und Herr des Zeltes, ein Panihäuptling, der die Adlerfederkrone trug. Dieser teilte soeben Büffelrippenstücke an seine beiden Gäste aus. Unentwegt schaute der Junge von seinem Lager aus nach den drei Männern am Feuer.
Als die Rippenstücke verzehrt und die Pfeifen zu Ende geraucht waren, begannen die drei Männer am Feuer miteinander zu sprechen. Die Pani verstanden kein Dakota, Mattotaupa nicht die Sprache der Pani. Sie verständigten sich mittels der unter den Indianern üblichen Zeichensprache, in der sich viele einfache Mitteilungen machen ließen. Der Panikrieger und Mattotaupa konnten auch einige Gedanken auf englisch austauschen. Harka beobachtete und lauschte von seinem Lager aus. Er erfuhr aus dem Gespräch, daß es diese Panigruppe war, die vor Jahren mit der Bärenbande gekämpft hatte, als Mattotaupa, damals noch Kriegshäuptling bei den Dakota, die Männer, Frauen und Kinder von den Black Hills zum Pferdebach geführt hatte.

Bei diesem Gefecht war Harkas Mutter durch eine fehlgegangene Kugel getötet worden. Mattotaupa hatten jenen Panihäuptling besiegt und getötet, dessen Nachfolger jetzt dem Kundschafter Top Gastfreundschaft gewährte.
Harka sah, wie das Gespräch höflich und im Einvernehmen beendet wurde. Der Panikrieger verabschiedete sich und ging. Harka schloß die Augen, um nicht zu sehen, wie der Häuptling und sein Vater zusammen an sein Lager herantraten, und um nicht sprechen zu müssen.
Am nächsten Morgen war er früh wach. Sobald der Panihäuptling und Mattotaupa das Zelt verlassen hatten, erhob auch er sich. Er ging allein hinaus an den Bach, obgleich er sich noch schwach fühlte; er wusch sich gründlich und kleidete sich dann im Zelte vollständig an. Auch seine Waffen suchte er sich alle zusammen. Zum Frühstück setzte er sich neben die Frau und aß genug, so daß er wie ein gesunder junger Bursche wirkte, obgleich er noch mager war wie ein Büffel im Februar. Er hatte sich im Wasserspiegel gesehen. Der Bastverband um seinen linken Arm erinnerte an das, was geschehen war. Als der Vater ins Zelt kam und seinen Jungen erfreut anlächelte, sagte Harka nur: „Ich will nicht hierbleiben, sondern mit dir zusammen wieder zu Joe reiten."
„Gut, gut! Dann reiten wir schon morgen. Im Lager ist Unruhe. Jim und Joe können uns brauchen."
Gegen Abend kam auch der Panihäuptling zurück in sein Zelt. Harka hatte ihn jetzt zu begrüßen. Er tat es sehr förmlich und zog sich dann rasch wieder zurück.
Als Mattataupa und Harka Steinhart am folgenden Abend das Baulager mit den beiden großen Zelten und den Bretterbuden erreicht hatten, bemerkte Harka sogleich, daß sein Vater sich noch sehr vorsichtig ausgedrückt hatte, als er sagte, es herrsche dort Unruhe. Es herrschte eine wilde Aufregung, und da es zur Nacht ging, erschienen die aufbrandenden Wellen der Erregung um so gefährlicher. In dem großen Zelt, vor dem der Tisch gestanden hatte und die Listen geführt worden waren, wurde gesungen, im Chor, laut und leidenschaftlich, und obgleich einige Stimmen Betrunkener darunter waren, klangen

die Lieder für Harkas Ohren nicht so wüst und liederlich, wie er es im Blockhaus des zahnlosen Ben gehört hatte. Zwischen den Zelten und den Baracken hatten sich Gruppen zusammengefunden; die Männer redeten aufeinander ein. Bei drei dieser Gruppen sprach nur jeweils einer, und die anderen hörten zu. Zwei der Redner hatten sich auf Bierfässer geschwungen und sprachen von ihrem erhöhten Platz aus zu einer anwachsenden Menge. Harka konnte die Worte nicht alle verstehen und begriff überhaupt noch nicht, worum es eigentlich ging. Die drei Redner schienen jedenfalls nicht die gleiche Meinung zu vertreten, denn sie versuchten einander die Zuhörer abzulocken, und einer wollte immer lauter sprechen als der andere. Das fand Harka sehr unwürdig. Wenn die Ältesten in einer indianischen Ratsversammlung verschiedene Meinungen vortrugen, so taten sie es stets nacheinander und in Ruhe.
Jim, Joe, Henry, Hahnenkampf-Bill, die beiden Panikundschafter und zahlreiche andere Bewaffnete rannten zusammen quer über den Platz und verschwanden hinter einer Baracke, deren Türen verrammelt zu sein schienen. Mattotaupa lenkte mit Harka zusammen ebenfalls dorthin, um Jim und Joe zu treffen. Sie fanden die beiden hinter der Bretterbude, im ganzen mit etwa dreißig Mann. Jeder dieser dreißig trug Revolver oder Pistole im Gürtel, jeder hatte die Flinte oder die Büchse im Arm. Joe hob die Hand, um Ruhe zu gebieten, da er offenbar zu den bewaffneten Männern sprechen wollte. Joe Brown sprach abgehackt, sehr deutlich. Harka konnte ihn leicht verstehen.
„Männer!" sagte der Ingenieur. „Es ist eine verdammte Situation. Unsere Arbeiter streiken. Sie wollen die Bahn nicht bauen, sie wollen wieder nach Hause. Es gibt zuwenig zu fressen, sagen sie. Das ist wahr. Es gibt nicht allzuviel zu saufen, sagen sie. Das ist auch wahr. Es sind zuwenig Brunnen gegraben. Da haben sie recht. Die Löhnung wird stockend ausbezahlt. Ich kann es nicht abstreiten. Die Dakota, diese verfluchten Banditen, haben uns schon wieder drei Mann aus dem Dunkeln abgeschossen. Das ist eure Sache, ihr Kundschafter! Sorgt dafür, daß wir in Ruhe arbeiten können."
„Schon recht!" kam Jims lautstarke Antwort. „Werde zusam-

men mit Top, den ich jetzt wieder ganz hier habe, mein Bestes tun. Aber Ruhe allein, das genügt nicht."
„Es genügt nicht", nahm Joe auf. „Richtig. Es muß Essen herbeigeschafft werden, regelmäßiges Essen. Mehr Brunnen müssen gegraben werden. Die Lohnzahlung darf nicht stocken. Ich werde mich dafür verwenden. Die Individuen, die man uns für die Abrechnung und Versorgung hierhergeschickt hat, sind unfähig! Lumpen sind sie, bestechliche Lumpen, die in die eigene Tasche wirtschaften. Das alles muß sich ändern. Aber erst einmal muß weitergearbeitet werden! Wir dürfen keine Stunde verlieren!"
Harka konnte diese Beweisführung zwar nicht einsehen – denn warum sollten die Männer nicht erst ihren rückständigen Lohn und ein ausreichendes Essen erhalten? War der Bahnbau so eilig? Aber ihm schienen diese Streitigkeiten der weißen Männer untereinander auch ziemlich gleichgültig. Er begriff sie einfach nicht. Wenn die Arbeiter nichts zu essen hatten, mochten sie doch jagen gehen, so wie auch Mattotaupa und Harka sich mit Jagdbeute ernähren würden. Schließlich befanden sich alle zusammen in der Prärie und nicht in Omaha oder Minneapolis, wo jedes Stück Fleisch bezahlt werden mußte.
„Was denn nun, wenn sie weiter streiken wollen, bis der Lohn und das Essen da sind?!" rief Hahnenkampf-Bill.
„Dann wird geschossen."
„Prost. Die haben auch ein paar Flinten."
„Wir bleiben zusammen und schießen zuerst. Eine Salve, in einen unvorbereiteten Haufen gezielt, pflegt Wunder zu wirken."
„Wann?" fragte Jim nur noch.
„Morgen früh – falls die Arbeit nicht aufgenommen wird."
Die Bewaffneten beschlossen, die Nacht über zusammen hinter der Baracke zu kampieren. Jim wollte als Horcher umhergehen, um die Stimmung und die Pläne der zum Streik Entschlossenen zu erkunden.
Harka war müde und fror. Jim ekelte ihn an, Joe Brown verstand er nicht. Der Ingenieur hatte so gerecht zu sprechen begonnen und gesagt, daß die Arbeiter sich zu Recht beklagten und daß er allem abhelfen wolle. Aber das Ende war, daß geschossen wer-

den sollte. Der junge Indianer wickelte sich in eine Decke und versuchte zu schlafen. Doch er fand keine rechte Ruhe, da es im Lager unruhig blieb. Jim kam zurück und flüsterte mit Joe. Hahnenkampf-Bill brüstete sich mit seiner Kunst, andere das Gras küssen zu lassen. Im Zelt wurde noch immer gesungen, und einer der Redner auf dem Hauptplatz des Lagers hatte sich durchgesetzt. Da Harka jetzt wußte, worum es ging, begann er auch zu verstehen, was dieser Redner sagte. Er klagte weiße Männer an, andere weiße Männer hungern und für Hungerrationen und in Lebensgefahr schwer arbeiten zu lassen. Er klagte sie an, daß sie in Saus und Braus lebten, ihren arbeitenden Brüdern aber nicht das Notwendigste gönnten, daß sie Blutsauger seien und um nichts besser als die besiegten Sklavenhalter.
Der junge Indianer fühlte sich nun doch auf eine besondere Weise angesprochen. Er erinnerte sich an den Winter, in dem sein Vater und er als Artisten mit einem Zirkus gereist waren. Die Bilder stiegen wieder in ihm auf, auch das Bild des Inspizienten Ellis, der den Dompteur Ronald bis aufs Blut gepeinigt und die Indianer verhöhnt hatte, und den Mattotaupa am Ende jenes Winters erschoß. Sicher meinte der Redner solche weißen Männer wie Ellis, und er hatte recht, wenn er sie Unterdrücker nannte. Aber alle weißen Männer zusammen wollten die roten Männer unterdrücken und ihnen die Nahrung wegnehmen, und alle weißen Männer gehorchten dem Gesetze, nach dem Mattotaupa als Mörder bestraft werden sollte, weil er Ellis erschossen hatte. Es war sehr schwer, sich zurechtzufinden. Aber morgen sollte geschossen werden, und auch Harka hatte eine Flinte erhalten.
Der junge Indianer schlief aus Müdigkeit ein. Als Mattotaupa ihn vor Morgengrauen weckte, griff Harka wie immer zuerst nach den Waffen. Jeder nahm eine Handvoll Essen zu sich.
In den Zelten und Baracken war es noch ruhig. Man hörte nur ein paar Männer schnarchen. Ein Pferd stampfte.
Joe hatte sich die Pfeife angesteckt und paffte. „Komm, Henry", sagte er jetzt. „Ich werde mich mit ein paar entschlossenen Ingenieuren und Vorarbeitern dafür einsetzen, daß sofort zu den Arbeitsstellen abmarschiert wird. Frühstücken mögen die Leute

dort. Wenn sie sich hier noch zusammensetzen und klönen, ist unsere Sache schon halb verloren. Jim, du bist mir verantwortlich, daß die Waffen nur gebraucht werden, wenn es notwendig wird."

Joe und Henry gingen um die Baracke herum und verschwanden für die Augen der Gruppe von Indianern und Grenzern, die zum Schutze des Lagers gegen Angriffe der Indianer angestellt worden waren. Mattotaupa und Harka saßen mit dem Rücken gegen die Barackenwand gelehnt und trugen nach außen hin einen fast gelangweilt wirkenden Gleichmut zur Schau. Sie blickten nach Osten, wo sich der Horizont lichtete und endlich der Sonnenball über dem Rande der weithin gedehnten Grasfläche auftauchte, in das flimmernde Gold seiner eigenen Strahlen getaucht. Im Lager war es lebendig geworden. Aber es war nicht die Mischung von langsamen und eilenden Schritten, von Sprechen, Lachen, Fluchen, mit der sonst ein Lagermorgen begann. Die Baracken leerten sich, aber die Männer murmelten nur hin und wieder, und sie sammelten sich da und dort, nicht in ihren Arbeitsgruppen, sondern geschieden nach Entschlossenen und Zweifelnden. Einige kamen auch hinter die Baracke, hinter der Mattotaupa und Harka mit den anderen Bewaffneten zusammensaßen. Die Arbeiter stellten sich ein paar Meter entfernt auf und schienen jeden einzelnen der Kundschafter zu mustern; es war, als ob sie sich jedes Gesicht einprägen wollten.

Auf dem großen staubigen Platz zwischen den Zelten und Bretterbuden ließ sich Joes kräftige Stimme hören. Er rief die Arbeitsgruppen zusammen. Jeden einzelnen rief er, jeden mit Namen nennend.

Hinter der Baracke fanden sich unterdessen mehr und mehr Arbeiter ein, und Harka beobachtete, daß es diejenigen waren, die selbst Schußwaffen besaßen. Auch Red Jim mochte das gesehen haben.

„Verdammte Burschen!" rief er die schweigend umherstehenden Arbeiter an. Er gab dabei seinen Leuten ein Handzeichen, daß sie sich bereithalten sollten. Wie die übrigen, so nahmen auch Mattotaupa und Harka die Schußwaffe zur Hand. „Was ist das?" schrie Jim weiter. „Wollt ihr nicht zur Arbeit gehen?!"

„Tut ihr die eure!“ kam es zurück. „Kundschaftergesindel, sitzt hinter den Buden herum und säuft, und die Indsmen schießen uns inzwischen mit ihren Pfeilen heimtückisch ab!“
„Halt's Maul! Gesindel gibt's ganz woanders, nicht bei uns hier! Macht, daß ihr wegkommt! Weg, sage ich!“ Jim hatte seine beiden Revolver gezogen und angelegt. Das war das Signal für alle, die sich nach ihm zu richten hatten. Die Büchsen und Flinten wurden so bereitgehalten, daß sie in einer Sekunde an die Wange fliegen und abgedrückt werden konnten. Mattotaupa und Harka waren aufgesprungen; sie standen jetzt mit dem Rücken gegen die Baracke, und auch sie hielten Büchse und Flinte bereit.
„Männer, Kundschafter und Grenzer, nehmt doch Vernunft an!“ Das war die Stimme des Redners vom vergangenen Abend. „Seid ihr nicht Arbeiter wie wir? Bekommt ihr nicht auch einen Hundelohn? Wollt ihr dafür noch immer jeden Tag euer Leben aufs Spiel setzen?“
„Maul halten und zur Arbeit gehen!“ schrie Red Jim dagegen.
Von dem Platz inmitten des Lagers war wieder Joes Stimme zu hören. „Vorwärts! Zur Arbeit! Wer heute arbeitet, der wird seinen Lohn und sein Essen haben, das sage ich, Joe Brown! Wer heute nicht zur Arbeit geht, ist entlassen!“
Hinter der Baracke drängte sich neben dem Redner, der mit Jim disputiert hatte, ein kleiner Mann hervor. „Wir müssen eine Resolution verfassen! Wir müssen einig sein! Sonst behandelt man uns weiter wie Hunde, die verrecken können! Grenzer, Kundschafter, Trapper! Besinnt euch! Wollt ihr wirklich mit den räudigen Indsmen zusammen auf eure Brüder schießen? Kommt mit euren Flinten auf unsere Seite!“
Das war der Augenblick, in dem Mattotaupa seine Büchse an die Wange nahm und den Finger an den Drücker legte. Er schoß noch nicht, denn er wußte, daß er auf Jims zweites Zeichen zu warten hatte. Aber die Bewegung war eindeutig.
„Die verfluchte Rothaut schießt auf uns!“ schrie eine Stimme. Dann fiel aus den Reihen der Umstehenden ein Schuß.
„Nicht! Nicht! Halt!“ schrie zur selben Zeit die Stimme des Redners. „Brüder, Arbeiter, Rote und Weiße . . .“

Red Jim drückte ab. Der Redner griff sich an die Brust, brach in die Knie und stürzte.
Eine Salve krachte. Auch Harka hatte geschossen. Der kleine Mann, der sich vorgedrängt hatte, sank zusammen; zwei Geschosse hatten ihn zwischen den Augen in die Stirn getroffen.
Die Grenzer und die Indianer luden wieder. Unter den umstehenden Arbeitern herrschte entsetztes Schweigen. Sie hatten sich zu keinem einheitlichen Handeln verabredet gehabt. Sie hatten die Bewaffneten in Schach halten oder sie auf ihre Seite ziehen wollen. Jetzt waren sie ohne Führer. Zehn der ihren lagen in ihrem Blut im Grase.
„Männer, Männer . . ." Die Arbeiter blieben angesichts der schußbereiten Waffen und ohne ihre Führer unschlüssig.
„Nehmt Vernunft an und geht!" schrie Jim ihnen zu. „Wir haben nicht Lust, euch niederzuknallen wie ein Dutzend Büffel, aber wenn ihr euch nicht davonmacht, zwingt ihr uns dazu. Hört ihr nicht, daß die anderen schon auf dem Weg zur Arbeit sind? Los, geht! Dann wird niemand sagen, er habe euch hier mit der Flinte gesehen!"
Auf dieses eine Drohung enthaltende Versprechen hin machte ein erster kehrt, um sich davonzustehlen. Es folgten drei weitere, die sich um die Ecke der Baracke wegschlichen. Die Schar bröckelte weiter ab. Endlich waren nicht mehr als fünf übrig, die mit finsteren Gesichtern bei ihren gefallenen Gefährten standen. Zwei der getroffenen hatten noch Leben in sich. Der eine stöhnte, der andere wälzte sich, um wieder aufzukommen.
„Schert euch sofort weg", brüllte Red Jim das Häuflein der fünf an, „oder ich lasse noch mal schießen!"
Einer der fünf trat vor. Er war noch jung, kaum älter als sechzehn. Sein sonnenverbranntes Gesicht war grau vor Erregung. Er hatte die Waffe weggeworfen. Seine bloßen Füße waren vom Blut der Verwundeten und Toten bespritzt. Er hatte nichts an als die Arbeitshose. Seine Schulterknochen und seine Rippen bewegten sich unter der Haut.
„Schießt doch, verdammte Banditen!" sagte er heiser, dann bückte er sich zu dem stöhnenden Schwerverletzten.
Red Jim drückte ab, aber die Hand wurde ihm nach oben ge-

schlagen, so daß drei Revolverschüsse in die Luft gingen. Als er wütend einen Blick auf den Nebenmann warf, von dem er sich gehindert glaubte, mußte er erkennen, daß ein anderer neben ihm stand, als er erwartet hatte.
„Du kleines Schwein!“ zischte er, „wir rechnen eines Tages ab!“
„Ich denke auch“, sagte Harka leise. Er hatte nicht die Flinte, sondern den Revolver in der Hand, den Finger am Abzug.
Die Sorge des jungen Arbeiters um die beiden Schwerverletzten und die Tatsache, daß Jims Schüsse in die Luft gegangen waren, hatten die Hochspannung isoliert. Während Jim noch mit mörderischem Grimm bald auf den blonden jungen Arbeiter, bald auf den mageren Indianer neben sich starrte, nahmen die anderen die Schußwaffen ab. Zwei liefen um die Baracke, um zu sehen, was sich auf dem Hauptplatz abspielte. Als sie zurückkamen, berichteten sie.
„Es geht schon wieder zur Arbeit. Laßt uns Schluß machen mit der Schießerei. Was sollen wir uns untereinander umbringen! Das möchte den Dakota eine Freude sein!“
Jim spürte, daß sich die Stimmung gegen ihn wandte, und war sofort bereit umzuschalten.
„So ist's richtig! Einig müssen wir sein!“ Er steckte die Revolver in den Gürtel und lief im Trab auf den Hauptplatz zu Joe, um ihm zu berichten, wie glänzend er mit seinen Leuten den gefährlichen Angriff abgewehrt und „die gewissenlosen Hauptanhetzer“ niedergemacht, wie undiszipliniert sich aber Harry verhalten habe. „Er ist zu jung und zu frech. Kann ihn nicht gebrauchen. Schicken wir ihn weg.“
Joe wischte sich den Schweiß von der Stirn. Als er Hahnenkampf-Bill auch noch herankommen sah, entfernte er sich.
Bill machte bei Jim halt und schaute Joe ärgerlich nach. „Und jetzt?“ fragte er schnaufend. „Heute abend müßt ihr einen Drink ausgeben auf unseren Sieg! Hörst du?“
„Wer muß einen Drink ausgeben?“ fragte Jim gereizt dagegen.
„Du und Joe.“
„Joe mag sehen, wo er das Geld dafür herbekommt!“
Streitend liefen die beiden zusammen weiter zu dem großen Zelt, wo sich der Mann, der für die Listen verantwortlich war,

feucht von Angstschweiß und mit blassem Gesicht niederließ, um von neuem abzustreichen. Dort trafen Jim und Bill den Ingenieur wieder.
Joe und Jim nannten dem Schreiber die Namen, die schwarz anzukreuzen, und die Namen der Toten, die ganz zu streichen waren.
Hinter der Baracke standen der junge Arbeiter und Harka zusammen bei den beiden Schwerverwundeten, die nicht mehr zu retten gewesen waren und mit gebrochenen Augen im Grase lagen.
„Warum hast du denn das gemacht?" fragte der barfüßige junge Mensch den Indianer. „. . . Ich meine, daß du dem Schuft den Revolver hochgeschlagen hast?"
Harka schaute dem anderen verwundert in die Augen. „Du hast dich ja auch nicht gefürchtet", sagte er dann.
Mattotaupa trug mit einigen Kundschaftern zusammen die Toten von der Baracke weg. Es sollte für sie eine große Grube gegraben werden, am Abend, wenn die Arbeiter zurückkamen.
Als die Toten weggeschafft waren, kam Mattotaupa zu seinem Sohn herbei. Der junge Arbeiter verabschiedete sich mit einem Blick; er suchte seine vier Gefährten zusammen, und diese fünf, die wußten, daß sie hier keine bezahlte Arbeit mehr zu erwarten hatten, holten sich Schaufeln und begannen schon, das Massengrab in einiger Entfernung auszuheben.
Mattotaupa ging mit Harka um die Baracke herum auf den Hauptplatz des Lagers. Jim und Bill hatten sich entfernt. Joe stand jetzt mit Henry bei dem Tisch vor dem Zelt. Während die beiden Indianer über den leer gewordenen Platz zu ihm gingen, sagte Mattotaupa zur Harka:
„Weißt du, daß du einen Fehler gemacht hast?"
Harka brachte das „Ja", das der Vater erwartete, nicht über die Lippen, aber nahm die Frage als Tadel schweigend hin.
„Es kann sein, daß du eines Tages ein Krieger werden wirst, aber die Proben der Selbstbeherrschung werden dir schwerfallen."
Harka biß die Zähne zusammen und schwieg.
Als Joe die beiden Indianer kommen sah, verließ er den Tisch

und ging Mattotaupa entgegen. Er begrüßte ihn und Harka und bat dann: „Ich möchte Harry allein sprechen!"
Mattotaupa zuckte zusammen; er schämte sich für seinen Sohn und gab wortlos die Erlaubnis.
Joe winkte Henry und begab sich mit diesem und Harka in seine Barackenkammer, die er mit Henry zusammen bewohnte. Dort bat er, auf Henrys Feldbett Platz zu nehmen, und setzte sich selbst auf sein eigenes. Harka ließ sich mit gekreuzten Beinen auf dem Bett nieder. Es wollte ihm schwindeln, denn er war erst vor kurzem vom Krankenlager aufgestanden, aber er riß sich zusammen.
„Harry", fing Joe an. „Du bist den ersten Tag wieder bei uns, und gleich spielst du den Querkopf. Ich will dir aber keine weiteren Vorwürfe machen. Du bist ein tapferer Junge, du hast mir das Leben gerettet. So schnell vergesse ich das nicht. Ich mache es also gnädig; dein Vater wird dir das Nötige auch schon gesagt haben. Du mußt dich künftig einfügen, sonst geht alles eines Tages schief. Du kannst unsere Verhältnisse hier nicht übersehen, und wenn du immer impulsiv und nach deinem eigenen Kopf handelst, kommen eines Tages die furchtbarsten Verwicklungen zustande. Überlege dir das selbst und werde vernünftig. Ich habe aber noch eine ganz andere Sache mit dir zu bereden. Du sprichst ein gutes Englisch. Kannst du eigentlich lesen und schreiben?"
„Etwas."
„Willst du es besser lernen?"
„Ja."
„Möchtest du nicht von hier weg und auf eine unserer Schulen gehen?"
„Nein."
„Warum nicht?"
„Ich will lernen, aber ich will dabei nicht bei weißen Männern eingesperrt sein."
„Denke besser nach! Willst du immer ein Indianer bleiben?"
„Ja."
„Ich meine, ein Indianer, also ein schlecht unterrichteter Mensch?"

„Ist das dasselbe? Es muß auch gut unterrichtete Indianer geben." Harka sagte das in einer so abweisenden und abschließenden Art, daß Joe nur noch mit einem Seufzer antwortete.
„Leg dich für heute auf mein Bett, du klapperndes Gerippe", bot Henry dem jungen Indianer an. „Hier hast du wenigstens noch zwölf Stunden Ruhe."
Harka streckte sich aus, ohne ein Wort zu sagen. Die beiden Ingenieure ließen ihn allein.
Der junge Indianer döste vor sich hin. Das beste war, daß er nun den ganzen Tag über mit niemandem mehr zu sprechen brauchte und seinen bastverbundenen Arm ruhig halten konnte. Er holte zwei Stunden Schlaf nach, dann schaute er stundenlang nach der unverschlossenen Tür. Seine Waffen hatte er alle bei sich. Um den Grauschimmel kümmerte sich gewiß der Vater. Im übrigen mochte jedermann glauben, daß Joe den jungen Indianer in seiner Kammer eingesperrt habe, damit er an diesem Tage, an dem die allgemeine Erregung erst abklingen mußte, keine weiteren Fehler begehe. Als es dämmrig wurde, öffnete sich die Tür. Aber es trat weder Joe ein noch Henry noch Mattotaupa. Der hereinkam, war Red Jim. In dem Augenblick, in dem er an den Messergriff faßte, hatte Harka schon den Revolver auf ihn gerichtet. Jim verzerrte das Gesicht, verzog die Lippen dann spöttisch und nahm die Hand von der Waffe.
„Willst du mich erschießen, du kleine rote Laus? Was hast du denn bloß gegen mich?"
„Merke dir das eine, Jim, den die Dakota auch den Roten Fuchs nennen: So einfach rechnest du mit Harka Steinhart nicht ab. Geh hinaus!" Harka hatte ohne Zittern in der Stimme und langsam gesprochen.
„Dummer Hund." Red Jim verschwand.
Als Harka allein war, legte er sich wieder zurück, nahm die rechte Hand unter den Nacken, und während er weiterhin auf die unverschlossene Tür schaute und auf alle Geräusche vor dem Barackenfenster lauschte, versuchte er nachzudenken. Er kam aber nicht weit mit seinen Gedanken, sondern er sah nur immer das Gesicht jenes Kundschafters Tobias im Dämmer vor

sich, des Kundschafters, dem Harka vor zwei Jahren begegnet war und dessen zynische Gleichgültigkeit gegen rote und gegen weiße Männer ihn damals mit Schaudern erfüllt hatte. Bei jener Begegnung hatte sich Harka geschworen, daß er niemals so werden wollte wie Tobias, auch wenn er ausgestoßen und heimatlos umherirren mußte. War er nun doch auf dem Wege dazu – oder war er es nicht?

Es ging schon zur Nacht, und die Arbeiter kamen truppweise in das Lager zurück. Harka hörte ihre Schritte, er vernahm ein paar Rufe, aber die Stimmen klangen dumpf und gedrückt. Es blieb sehr ruhig im Lager an diesem Abend. Alkohol wurde nicht ausgeschenkt. Die meisten gingen früh schlafen.

Joe kam mit Henry, Mattotaupa und Red Jim in die Kammer, in der Harka lag. Harka rutschte an das Kopfende des Feldbettes und hockte sich in die Fensternische. Joe machte kein Licht. Mattotaupa blieb an der Tür stehen, die anderen drei setzten sich nebeneinander auf Joes Bett.

„Der Schreiberling ist ein Idiot", schalt Joe. „Ich kann den Arbeitern natürlich nicht alle Versprechungen erfüllen, aber irgend etwas muß geschehen, und zwar sofort. Die Leute müssen einen handgreiflichen Beweis des guten Willens haben. Die rückständigen Löhne kann ich nicht aus meiner Tasche zaubern, Brunnen graben dauert seine Zeit – wir können morgen mit dem Suchen nach weiteren Wasservorkommen beginnen, aber seine Zeit braucht das auch. – Bier muß her; dafür fehlt dann wieder das Geld. Es muß aber etwas geschehen. Sonst dauert die Ruhe hier keine acht Tage."

„Die Konserven sind knapp und miserabel", stellte Henry fest.

„Ja, ein anständiges Fressen, das wäre erst mal die Hauptsache."

„Büffel jagen!" schlug Red Jim vor. „Wir sind in der Prärie, und es ist Frühling."

Joe wandte Jim überrascht den Kopf zu. „Einen guten Gedanken hast du da, einen sehr guten Gedanken! Hätten wir auch früher drauf kommen können. Ein paar Kochkessel voll Büffelfleisch und dampfender Brühe. Das ist's, was wir brauchen! Aber wo sind Büffel zu finden?"

„Gib mir den Auftrag, und ich suche sie", bot Mattotaupa an.

„Alles in Ordnung – du hast den Auftrag, Top! Also, meine Herren, gehen wir jetzt schlafen und stehen wir morgen sehr früh auf. Die Bahn wird gebaut werden!"
Alle erhoben sich. Harka kam aus seiner Ecke heraus zum Vater herbei. Die beiden Indianer verließen die Kammer als erste. Das Wetter war trocken, und die Nacht versprach lind zu werden. „Wir können bei unseren Tieren schlafen", sagte Mattotaupa. Harka begrüßte seinen Grauschimmel, wickelte sich in seine Büffelhautdecke und legte sich zu dem Tier, das sich im Gras niedergelassen hatte. Ehe er die Augen schloß, schaute er hinüber zu der Grube, in die man die Toten alle zusammen hineingeworfen hatte. Zwei Arbeiter standen noch bei dem Grab, darunter auch der junge barfüßige mit dem hellen Haar. Die beiden Gestalten zeichneten sich im Umriß gegen den Nachthimmel ab. Harka hätte den jungen Menschen gern noch manches gefragt, aber er wußte, daß der Vater ihm das nicht erlauben würde. So schaute er nur hinüber und dachte daran, daß er am nächsten Morgen mit dem Vater nach Büffeln kundschaften sollte.
Harka wurde nun vierzehn Jahre. Das war das Alter, in dem ein junger Indianer mit den Männern zusammen an den Büffeljagden teilzunehmen begann. Harka, von den weißen Männern Harry genannt, würde Büffel erlegen. Aber diese Büffel, die er erlegte, würden nicht von Frauen und Mädchen für ein heimisches Zelt zubereitet werden. Harry würde schießen, und fremde Männer würden braten und essen, und noch hatte niemand entschieden, was mit den wertvollen Fellen geschehen sollte. Vielleicht erhielten die Jäger nicht einmal diese.
Harka hatte seit seinem vierten Lebensjahr von seiner ersten großen Büffeljagd geträumt. Er war schon in einer fliehenden Herde geritten, er hatte unter Anleitung des Vaters bereits einen Büffel erlegt. Aber auf seine erste große Jagd freute er sich nicht mehr. Er war nur entschlossen, sich um jeden Preis auszuzeichnen.
Fünf Tage später brachte Mattotaupa mit Harka und den beiden Panikundschaftern zusammen die Nachricht, daß eine Büffelherde von Südosten her im Anzug sei und sofort alle Vorberei-

tungen für die Jagd getroffen werden könnten. Es bestehe die Gefahr, daß sowohl die freien Pani als auch die Dakota die Büffel aufs Korn nehmen würden. Daher müsse man schnell handeln.

Während Mattotaupa mit Jim und Joe beriet, wie man am besten vorgehen würde, sorgte Harka für sein und für des Vaters Pferd. Er führte die Mustangs zum Wasser und ließ sie geduldig saufen; er brachte sie zu dem frischesten Stück Wiese hinaus, das es in der Nähe des Lagers gab, in einer Talsenke zwischen zwei Bodenwellen, in der sich Feuchtigkeit sammelte und das Gras grün und kräftig in die Höhe geschossen war. Hier machte er die Tiere fest und bereitete sich unterdessen selbst auf die Jagd vor. Er aß ein wenig, eine Handvoll Fleisch, und trank einen Schluck Wasser. Dann legte er alle Kleider bis auf den Gürtel ab, salbte sich noch einmal gründlich mit Fett und ordnete seine Waffen. Er wollte nichts mitnehmen als den Bogen, den er von Brennendes Wasser, dem Häuptling der Siksikau, als Geschenk erhalten hatte, dazu zwanzig Pfeile im Köcher und sein Messer. Das war die traditionelle Ausrüstung für die Büffeljagd.

Harka stand bei der Baracke, in der sich Joes Wohnkammer befand, und wartete, bis die beratenden Männer wieder herauskamen. Als sie sich zeigten, beobachtete er sie. Natürlich sahen auch sie den jungen Burschen, und Joe winkte ihn her.

„So willst du auf die Büffeljagd gehen?"

„Ja."

„Nicht die Flinte mitnehmen?"

„Nein."

„Warum denn nicht?"

„Das Gelumpe, das ihr mir gegeben habt, taugt, um Waschbären und weiße Männer zu erlegen, aber es taugt nicht für die Büffeljagd."

„Das ist deutlich. Nun, wie du willst. Wenn du mit deinen Pfeilen zehn Büffel erlegst, schenke ich dir eine Büchse, die etwas taugt."

„Wir werden sehen."

Mattotaupa gab den Jagdplan bekannt. Er wollte mit Jim, den

beiden Pani, Harka und den sechs Trappern, die er sich ausgewählt hatte und die sich auf die indianische Art der Büffeljagd verstanden, die Herde umgehen und dann jagen.
Alle trafen ihre Vorbereitungen. Harka holte die Mustangs für den Vater und für sich. Auch Mattotaupa hatte die Kleider abgelegt. Er nahm die Büchse mit, da sein Bogen in den Zelten der Siksikau geblieben war.
Die elf Büffeljäger schwangen sich auf und ritten unter Mattotaupas Führung, einer hinter dem anderen, im Bogen südostwärts durch die Prärie. In Harka rührte sich die Jagdleidenschaft, und er begann, alles andere zu vergessen. Der Wind wehte ihm um den nackten Körper, der Grauschimmel galoppierte mit den anderen Tieren leicht und mit erfrischten Kräften über das Grasland, die Hufe schlugen in gleichmäßigem Rhythmus den sandigen Boden. Als die Reiter eine größere Strecke hinter sich gebracht hatten, hörte Harka schon von fern das dumpfe Gebrüll von Büffeln. Sein Mustang wurde nervös. Der Grauschimmel war ein gut eingeübtes Büffelpferd, aber schon lange nicht mehr auf Büffeljagd geritten worden. Nun mochten alle Erinnerungen in seinem Pferdegehirn lebendig werden. Ungeduldig wollte das Tier sein Tempo beschleunigen, aber Mattotaupa an der Spitze hielt maß, und so zügelte auch Harka, der an vierter Stelle ritt, seinen Grauschimmel.
Die Reiter blinzelten, denn die Sonne schien ihnen ins Gesicht. Mattotaupa nahm die Büchse schon zur Hand und sprengte mit seinen Begleitern auf eine flache Anhöhe hinauf.
Ohne ein besonderes Kommando abzuwarten, wendeten die elf die Pferde und hielten in einer Reihe. Nördlich von ihnen weidete die Büffelherde, friedlich, ruhig. Prächtige, kräftige Stiere befanden sich darunter, aber Stierfleisch war auch zähe, und Harka dachte daran, daß die weißen Männer lange kochen, braten, kauen und fluchen würden, wenn ihnen etwa das Fleisch eines Leitstiers geliefert würde. Die Hörner bildeten ruhmvolle Jagdtrophäen. Die Büffel grasten zum Teil, andere hatten sich niedergelegt und käuten wieder. Die graubraunen Felle waren verstaubt, manche lehmverkrustet. Die kleinen Hörner, die so gefährlich werden konnten, schauten aus den mächtigen Mäh-

nen hervor, unter denen die Augen der Büffel fast verschwanden. Die Tiere grüßten sich untereinander am Morgen mit ihrem lauten, dumpfen, mächtigen Brüllen. So wie sie da lagen und weideten, schienen sie eine leichte Jagdbeute zu sein. Aber Harka und sein Mustang wußten schon, was noch kommen würde.

Die Büffel, die sich den Jägern am nächsten befanden, waren noch etwa zweihundert bis dreihundert Meter von ihnen entfernt. Die Leitstiere hielten sich im Norden, an der Spitze der Herde, auf, während die Jäger von Süden erschienen waren. Die elf galoppierten auf die Büffel zu und in die Herde hinein. Sie legten an, alle mit Feuerwaffen, nur Harka spannte seinen alten Bogen. Er hatte die beiden nächsten Pfeile schon zwischen die Zähne genommen, um dann, wenn die Jagd in rechten Gang kam, Schuß auf Schuß abgeben zu können. Die Trapper, die keine Repetierbüchsen, sondern alte Gewehre besaßen, nahmen die Kugeln in den Mund.

Die ersten Schüsse krachten, und Harkas erster Pfeil schwirrte. Den Bogen so scharf zu spannen, daß der Pfeil kräftig genug abgeschnellt wurde, um die Haut eines Büffels zu durchbohren, erforderte eine erhebliche Kraftanstrengung. Harkas Armwunde war verheilt, aber er hatte sich den Unterarm doch noch vom Vater mit Bastbinden umwickeln lassen, um ein Aufreißen der Narbe zu verhüten.

Noch ließ sich das Jagdfeld deutlich übersehen. Harkas Pfeil hatte einen jungen Büffel hinter dem Blatt ins Herz getroffen. Nach den anderen Jägern konnte er sich jetzt nicht mehr umsehen. Mattotaupa, Jim und die Pani erhoben den wilden Büffeljagdruf, und Harka stimmte ein. Im weiten Grasland erhoben sich alle Büffel, die gelagert hatten, vom Krachen der Schüsse erschreckt. Die übrigen hörten auf zu weiden, wandten die mächtigen Häupter und blinzelten mit den Augen, die klein wirkten, nach den Angreifern. Starke Stiere pflügten den Boden mit den Hörnern, daß der Staub aufflog, und aus dem Norden brüllten die Leitstiere; der erste kam im Galopp zu dem bedrohten Teil der Herde herbei. Die Vögel, die jede wilde Büffelherde futtersuchend begleiteten, flogen in Scharen auf.

Die elf Jäger gaben ihre Pferde vollkommen frei. Wie toll galoppierten alle in der Herde mit, die sich zur Flucht wandte. Keiner der Reiter hatte mehr eine Hand am Zügel. Jetzt kam es nur noch auf die Führung mit den Schenkeln an, und darin waren die sattellosen Reiter überlegen. Mattotaupa, Jim und Harka hatten die besten Pferde. Harkas Grauschimmel trug weitaus das geringste Gewicht, und mit der Leidenschaft eines ehrgeizigen Hengstes raste dieser Mustang allen anderen voran. Harka jauchzte laut hinaus und wiederholte aus voller Stimmkraft den wilden Büffeljagdruf der Dakota.

Weitere Schüsse krachten, Staub wirbelte auf. Die Leitstiere drängten die Herde zur Flucht und führten sie nordwärts. Die Büffel galoppierten mit der Geschwindigkeit schneller Mustangs. Harka war bereits mitten in das Gedränge der fliehenden Herde geraten. Die braungrauen Rücken wippten rechts und links von ihm, auch vor ihm. Zurückzuschauen hatte er nicht für den Bruchteil einer Sekunde Zeit. Der Grauschimmel rannte um sein Leben, denn die Stiere bedrängten ihn jetzt von rechts und links.

Harka vorlor die Ruhe nicht. Er wunderte sich selbst, wie kalt sein Blut blieb. Er schoß mit Berechnung, und er wußte, daß er mitten im Rennen jetzt schon den zweiten Büffel getötet hatte, im ganzen drei. Niemand konnte ihn später betrügen. Seine Pfeile waren sein Wahrzeichen. Der Grauschimmel war von einer hervorragenden Schnelligkeit und Ausdauer, und mitten zwischen den feindlichen und aufgeregten Stieren vergaß er nicht seine Übung, die Tiere so zu passieren, daß der Reiter schießen konnte.

Harka ritt, schoß und brüllte. Er hatte nur Staub um sich und Büffelkörper. Er wußte nur noch, daß es vorwärts ging, und daß er zu zielen und den Pfeil abzuschnellen hatte. Sonst wußte er gar nichts mehr, weder Zeit noch Ort. Kein Jäger konnte den anderen mehr sehen, keiner konnte den anderen mehr hören im übermächtigen, rings wallenden Donner, den der Hufschlag der fliehenden Büffel verursachte.

Bis dahin hatte Harka neun Pfeile versandt, und er wußte, daß er neun Tiere mit einem tödlichen Schuß getroffen hatte. Da geschah etwas Unerwartetes. Der Vortrupp der Herde, in dem sich Harka befand, geriet in Verwirrung. Der Lauf einiger Tiere verlangsamte sich, andere drängten noch schneller voran. Der Grauschimmel war in Gefahr, eingeklemmt zu werden. Er wollte springen, hatte aber nicht den rechten Raum mehr, um zum Sprung anzusetzen. Harka packte den Griff der Reitpeitsche und schlug auf das Hinterteil eines Büffels, der dem Grauschimmel im Wege war, mit aller Kraft ein. Der erschrokkene Büffel geriet mit den Vorderbeinen auf das vor ihm befindliche Tier. Dadurch entstand für einen Moment etwas freier Platz. Der Grauschimmel wandte sich zur Seite und sprang; er sprang um sein Leben, über zwei Büffel hinweg, auf eine freie Strecke. Aber er überschlug sich dabei und stürzte. Sein Reiter kam mit ihm zu Boden, wand sich schnell unter dem Pferdeleib hervor und sprang wieder auf die Füße. Auch der Grauschimmel raffte sich auf. Er war als Wildpferd aufgewachsen, zähe und geschmeidig. Harka schwang sich wieder auf den Rücken seines Tieres. Er befand sich immer noch in undurchsichtigem Staub. Neben ihm drängte und stieß sich der Vortrupp der Herde in tollem Durcheinander, hinter ihm brauste die Masse der Herde heran, vor ihm aber dröhnten Büffeljagdrufe, dumpfe Büffeljagdrufe der Dakota. Er begriff, daß die Herde jetzt von zwei Jägergruppen gejagt wurde! Unmittelbar vor sich hatte er Dakota, die die Spitze der Herde angriffen und zurückdrängten.

Harka hatte beim Sturz des Grauschimmels viele seiner Pfeile aus dem Köcher verloren. Aber drei besaß er noch.

Was nun? Er konnte einfach ausbrechen, nach der Seite davonreiten. Aber das entsprach nicht seinem Vorhaben und Charakter. Er wollte zum wenigsten erst den zehnten Büffel abschießen.

Die Büffel nahmen ihm jedoch jede weitere Überlegung und Entscheidung ab. Eingekeilt zwischen zwei Jägergruppen, brachen die Leitstiere nach Osten aus, und wenn Harka nicht samt seinem Mustang zertrampelt werden wollte, mußte er dem Grauschimmel nachgeben und mit den galoppierenden Büffeln ostwärts über die Prärie dahinpreschen.

Harka kam in die Spitzengruppe der ostwärts fliehenden Büffel. Die Dakota schienen aber nicht diese jagen zu wollen, sondern nach Beseitigung des Hindernisses, das durch das Vor- und Rückwärtsdrängen in der vordersten Gruppe der Herde entstanden war, jetzt in südlicher Richtung weiter zu jagen. Harka hörte ihr Geschrei noch kurze Zeit in seinem Rücken, dann verklang es, und er hatte wieder nichts um sich als graubraune Büffelrücken, dunkle Mähnen, kurze Hörner und unter sich ein Pferd, das allmählich müde wurde. Der Staub war jetzt etwas lichter, doch noch dicht genug, um den Blick auf wenige Meter zu begrenzen.
Eine menschliche Stimme schrie, nicht weit von Harka, gerade in dem Augenblick, in dem Harka seinen zehnten Pfeil auf einen kräftigen Stier abgeschossen hatte. Der Stier stürzte im Lauf und richtete dadurch unter den Büffeln wieder Verwirrung an. Die Stimme schrie noch einmal, unartikuliert, ähnlich dem Büffeljagdruf der Dakota, aber heller.
Harka nahm an, daß er irgendeinen der jagenden Dakota doch noch ganz in seiner Nähe hatte. Da er keine Lust verspürte, mit diesem anzubinden, sein zehnter Pfeil auch verschossen und der zehnte Büffel damit erledigt war, ließ er seinen Grauschimmel die Lücken wahrnehmen, die jetzt zwischen den fliehenden Büffeln entstanden. Auch die von Angst gejagten Büffel wurden müde, der eine mehr, der andere weniger.
Der Grauschimmel folgte seinem Reiter und dem eigenen Instinkt und gewann das Freie. Er fiel in einen leichten Galopp. Harka hatte nun einen etwas weiteren Überblick, die Staubwolken senkten sich.
Die Gruppe der fliehenden Büffel, die sich ostwärts gewandt hatte, gelangte mit ihren Nachzüglern an Harka vorbei. Das Donnern der Hufe verlor sich allmählich im weiten Grasland. Vom Süden her aber waren die Geräusche eines ungeheuren Tumultes zu hören. Dort mußten die beiden Jägergruppen und der Großteil der Herde zu einem wilden Knäuel im undurchsichtigen Staub verstrickt sein.
Harka atmete keuchend auf. Nase, Mund und Kehle waren ihm von Staub verstopft und verklebt, in den Augen haftete Staub,

die Haare waren grau von Staub. Sein Grauschimmel nieste. Das Tier war naß von Schweiß, die Flocken troffen ihm vom Maule, seine Flanken schlugen. Der Mustang blieb stehen, und Harka ließ ihn halten, bis sich der Staub endlich so weit gelichtet hatte, daß er Umschau halten konnte. Er ritt zu dem zuletzt erlegten Büffel zurück.

Das Bild, das sich ihm bot, war überraschend genug. Das Tier lag auf der Seite im Grase. Es war tot; Harkas Pfeil saß, wie er sitzen sollte. Eine gute Beute war das. Neben dem toten Büffel stand zitternd ein fremder Mustang, verschwitzt wie der Grauschimmel, ebenfalls mit Schaum vor dem Maul. Es war ein schwarz-rot-weiß gefleckter Schecke. Sein Reiter war abgestiegen, er war auf den Stierkörper geklettert und untersuchte einen zweiten Pfeil, der im Nacken des Tieres steckte und den Stier kaum getötet haben konnte. Dieser Mensch, der auf dem toten Stier hockte, war jung, schlank und kraushaarig, nackt bis auf den Gürtel und ebenso wie Harka über und über mit Staub bedeckt. Er hatte große bewegliche Augen und schaute Harka an.

Der junge Indianer betrachtete den anderen vom Pferde aus und erkannte ihn. Er sagte aber kein Wort. Der junge Bursche auf dem toten Büffel war es, der zu sprechen begann.

„Da sind wir also beide", sagte er. „Ist es auch deine erste Jagd? Der Büffel gehört dir. Schade."

„Warum schade?" fragte Harka heiser und spuckte Staub aus.

„Weil es mein einziger Pfeil ist, dieser hier, mit dem ich etwas getroffen habe."

„Warum hast du nicht besser schießen gelernt, Schwarzhaut Kraushaar?"

„Harka Steinhart Nachtauge Wolfstöter Büffelpfeilversender Bärenjäger! Du hast von deinem vierten Sommer an geübt, mit Pfeil und Bogen umzugehen, ich aber erst seit meinem zwölften Sommer! Ich sitze nicht mehr wie eine Fliege am Pferd, bald rechts, bald links, bald vorn, bald hinten, so wie damals, als du dir Mühe gegeben hast, mir endlich das Reiten beizubringen. Ich reite bei einer Büffeljagd unserer Krieger mit, das siehst du. Wie man dabei auch noch schießen soll . . . ich weiß es nicht. Es

ist sehr schwierig. Ich wollte aber einen Büffel mit nach Hause bringen, denn in unserem Zelte sind viele hungrige Weiber, alte und junge, und mein Vater ist tot."
„Fremde Muschel ist tot?"
„Er ist tot, Harka Steinhart. Die fünfzig weißen Männer, die unsere Zelte bestrafen wollten, haben ihn gefunden, als er aus den Zelten nach ihnen schoß. Sie haben ihn getötet, und sie haben ihn schrecklich verstümmelt, weil diese weißen Männer wie Kojoten sind, die eine Leiche zerfleischen. Untschida hat mir die Fleischklumpen und die Knochen zurückgebracht, die von meinem Vater noch übrig waren, und ich hasse die weißen Männer jetzt noch mehr, als ich sie je gehaßt habe. Ich habe gesprochen, hau."
„Wer waren die beiden anderen?" fragte Harka. Er fragte leise; seine Gedanken waren benommen.
„Du hast also alles gesehen. Ja, Untschida sagte, daß du dagewesen bist. Der zweite, das war ein Sohn des Alten Raben, und der dritte, das war ein Mädchen, eine der verwaisten Töchter von Mattotaupas Bruder. So, jetzt weißt du es. Wer hat Harpstennah getötet?"
„Ich."
„Du. Ja. Ihm ist wohl, daß er tot und daß er tapfer gestorben ist. Schonka hat ihn zuviel verhöhnt. Du hättest uns nicht verlassen sollen, Harka Steinhart!"
Schwarzhaut Kraushaar sah den Altersgenossen und einstigen Gefährten mit seinen großen runden Augen unverwandt an. Harka hielt dem Blick nicht stand. „Schwarzhaut Kraushaar", sagte er und betrachtete dabei die Mähne seines Grauschimmels. „Schonka hat meinen Bruder verachtet als den Sohn eines Verräters. Wie denkst du selbst? Ist Mattotaupa unschuldig?"
Harka blickte bei dem letzten Wort auf, aber jetzt senkte der andere die Augen.
„Sprich, Schwarzhaut Kraushaar, und sage mir, was du denkst!" forderte Harka, und weil er sich vor dem zu fürchten begann, was der andere sagen würde, sprach er scharf.
Der junge Bursche mit dem krausen Haar blickte trübe und traurig und blieb stumm.

„Hast du Angst?" fragte Harka erbittert. „Ich töte dich nicht, obgleich es mir nicht schwerfallen sollte, mit dir fertig zu werden. Sage, was du denkst!"
„Mattotaupa muß uns den Skalp des Red Jim bringen."
„Red Jim ist hier. Holt euch doch seinen Skalp, wenn noch Platz dafür ist an euren Trophäenstangen! Oder sind die Männer der Bärenbande keine Krieger mehr?"
Schwarzhaut Kraushaar blieb die Antwort schuldig.
„Nun stehe mir Rede und Antwort und weiche nicht immer aus!" rief Harka. „Ist Mattotaupa unschuldig?"
„Das glaubst heute du allein, Harka!"
„Ich allein? Denkst du vielleicht, in mir sitzt ein Geist, der mir die Augen zuhält, daß ich die Wahrheit nicht zu sehen vermag? Vor zwei Sommern ist Red Jim im Zelte Mattotaupas gewesen, aber bis heute hat er noch kein Gold gefunden. Mein Vater hat das Geheimnis nie verraten und wird es nie verraten. Hau!"
„So ist das", flüsterte Schwarzhaut Kraushaar, mehr vor sich hin als zu Harka gewandt. „Es bleibt schwer für uns junge Burschen, das Richtige zu erkennen, wenn die tapferen und erfahrenen Männer untereinander nicht mehr einig sind."
„Glaubt aber nicht, daß ich in euren Zelten als der Sohn eines Verräters leben würde. Das erste Wort von Schonka – und ich hätte ihm mit dem Messer geantwortet." Harka sagte das, aber dann zog sich ihm die Kehle zu.
Plötzlich glitt er von seinem Grauschimmel, ging zu dem erlegten Büffelstier, zog seinen Jagdpfeil heraus, der das Herz des Büffels getroffen hatte, und sagte: „Der Büffel ist dein. Hau!"
Er lief zu seinem Mustang zurück, sprang auf und setzte das Tier rasch in Bewegung. Dabei riß er alle Fäden der Gedanken und Empfindungen mit einem Ruck durch und horchte nur, ob von Herde und Jagd, die er in den letzten Minuten vergessen hatte, noch etwas zu vernehmen sei. Ihm schien, daß sich im Süden der Kampf entsponnen hatte, nach Westen hin aber die Büffelherde in der Ferne donnernd abzog. Harka fühlte sich verpflichtet, zum Vater und dessen Gefährten zu reiten, die in einen Kampf mit den Dakota verwickelt zu sein schienen. Er trieb den Grauschimmel von neuem zur Eile an und galoppierte

über das weit ausgedehnte Jagdfeld, über die zerstampfte Erde, an erlegten Büffeln vorbei südwärts. Als er die Gegend erreichte, von der er geglaubt hatte, daß dort gekämpft werde, hörte er keine Kriegsrufe, auch keine Hufschläge mehr. Er spähte herum. Ohne Mühe erkannte er auch noch im Dämmerschein, der sich schon über das Land senkte, eine große Gruppe von Menschen, die alle in einem der Täler der welligen Prärie beieinandersaßen. Die meisten waren Indianer, doch befanden sich auch Weiße dabei. Eine Beratung schien im Gange; einige hatten sich in einem kleinen Kreis zusammengefunden und rauchten. Harka ritt dorthin.

Als er das Tal erreichte, sah er sofort, daß die Indianer fast alle Dakota waren, doch konnte er nur zwei Männer aus der Bärenbande erkennen, und diese gehörten nicht zu den angesehensten Kriegern. Die Bärenbande schien also nur neben anderen Stammesgruppen mit einigen Männern und Burschen an der Jagd teilgenommen zu haben. Im engsten Beratungskreise saßen von seiten der Vertreter des Bahnbaulagers ein älterer Trapper und die beiden Pani, nicht aber Mattotaupa oder Jim. Vielleicht wollte man die Dakota nicht durch den Anblick des Verräters und des Goldsuchers reizen. Die Verhandlungen schienen in Ruhe und Frieden zu verlaufen.

Dem Kreise der Beratenden durfte Harka sich nicht nähern. Den Vater konnte er nirgends erspähen. Er fand aber einen der Trapper, die auf der Jagd mitgeritten waren. Der Mann begrüßte den jungen Indianer. „Da bist du, Harry! Nun, wird's zur Büchse reichen?"

„Nein."

„Nein?" Aber wir haben doch schon im Vorbeireiten neun Büffel mit deinen Pfeilen gezählt!"

„Der zehnte fehlt."

„Schade. Vielleicht läßt Joe mit sich reden."

„Ich rede nicht mit ihm."

„Eigensinnig bist du. Aber ein toller Bursche! Mit vierzehn Jahren. Neun Pfeile, neun Büffel! Davon wird man lange erzählen. Dein Vater ist übrigens zur Station geritten. Er mußte die Transusen dort aufwecken, damit sie sich nicht von den Büffeln nie-

dertrampeln ließen. Das eine große Zelt scheint doch noch draufgegangen zu sein."
„Was verhandelt ihr hier?"
„Sind schon im reinen mit den Dakota. Jeder holt sich die Büffel, die er geschossen hat. Einmal muß es ja auch in Frieden abgehen."
„Ihr habt nicht miteinander gekämpft?"
„Bißchen gerauft, aber keine Toten. Die Büffel machten uns allen genug zu schaffen. War ja zum Schluß wie im Tollhaus, Büffel, Pferde, Reiter, alles über- und untereinander. Ein Wunder, daß es nicht mehr Unfälle gegeben hat."
„Nicht mehr? Es gab also einige?"
„Unbedeutend. Nur dem Jim, dem hat ein Büffel mit dem Horn den linken Schenkel aufgeschlitzt. Jim hat geblutet wie ein geschlachtetes Schwein, aber wir konnten noch rechtzeitig abbinden, und in ein paar Wochen ist er wieder der alte!"
Harka verabschiedete sich kurz und ritt zur Station. Dort versorgte er zuerst sein verschwitztes Pferd, dann badete er sich selbst, und endlich suchte er seinen Vater. Es war inzwischen schon dunkel geworden, aber es wurde noch gearbeitet, da eine Gruppe Büffel tatsächlich das große Zelt, vor dem der Tisch mit den Listen zu stehen pflegte, niedergerissen hatte. Über den Hauptplatz gingen Büffelfährten.
Harka fand den Vater auch nach längerem Suchen nicht und erfuhr schließlich, daß Mattotaupa bei Jim in der Baracke sei, um diesen zu pflegen. Dorthin wollte Harka nicht gehen, und so schlenderte er noch umher und kam wie unabsichtlich auch an dem Massengrab vorbei, das durch ein einfaches Holzkreuz bezeichnet war. Den jungen Arbeiter aber traf er nicht mehr dort an.
Harka holte sich alle seine Waffen und wollte sich wieder bei dem Grauschimmel schlafen legen. Da störte ihn Henry auf.
„Harry!" rief der junge Ingenieur schon von weitem. „Harry! Das ist ja wunderbar! Du wirst berühmt! Vierzehn Jahre und neun Büffel mit neun Pfeilen!" Er lief herbei. „Dein Vater ist voll Stolz auf seinen Sohn!"
Harka lehnte sich an Grauschimmel. „Was schreist du so?"

Henry lachte. „Großartig ist das! Natürlich bekommst du die neue Büchse!"
„Der zehnte fehlt", erwiderte Harka schroff.
„Der zehnte! Das war doch nur ein Witz! Keiner von uns hat auch nur auf fünf Büffel gerechnet, die du erlegen würdest."
„Ich mache mit Joe Brown keine Witze. Ich habe gesprochen, hau."
„Harry, du wirst bald der beste Jäger rund um den Platte sein. Aber du bist auch empfindlich wie eine Nippesfigur. Das ist nicht gut für einen Mann. Komm mit, wir trinken bei uns noch einen auf die Beendigung des Streiks und auf den Erfolg der Büffeljagd! Dein Vater macht mit. Kommst du?"
„Nein."
„Schade. Also, gute Nacht!" Henry ging zur Baracke.
Harka klopfte seinem Grauschimmel noch einmal den Hals, ließ ihn sich niederlegen und machte sich in seiner Büffelhautdecke bei dem Mustang seine Schlafstatt. Er war sehr müde und schlief ununterbrochen bis zum Morgengrauen. Als er erwachte, stellte er fest, daß der Vater in der Nacht nicht mehr gekommen war.
Harka versorgte wieder die Pferde und badete. Dann machte er sich auf die Suche nach Joe. Er hatte neun Büffel für das Baulager erlegt, und es war nicht seine Absicht, an dieser Beute ganz und gar unbeteiligt zu bleiben, wenn er auch auf die neue Büchse aus einem unbestimmten Trotz heraus verzichtete.
Joe stand verhältnismäßig spät auf, war etwas verkatert und fand sich mit den anderen Kollegen der Bauleitung zusammen, ohne auf den jungen Indianer zu achten. Harka war zu sehr zur Höflichkeit erzogen, um sich in einem solchen Falle vorzudrängen, obgleich die Entscheidung in bezug auf die Büffel eilte. Denn die Männer, die das Fleisch bergen sollten, machten sich schon auf den Weg.
Harka mußte einsehen, daß vor Mittag keine Aussicht für ihn bestand, Joe Brown zu sprechen. Er lief ziellos umher und überlegte dabei, wie er sich am besten verhalten sollte. Das Wissen darum, daß der Vater in der Nacht wieder getrunken hatte, bohrte in ihm, aber er stieß die Gedanken und Gefühle, die sich

ihm dabei aufdrängten, mit Gewalt hinab in ein Unterbewußtsein, in dem sich alles Unausgesprochene und Unbewältigte in ihm sammelte wie in einem tiefen See oder auch wie in einem modernden Sumpf, der gefährlich werden konnte. Er wandte sich der Aufgabe des Tages zu, um weiterleben zu können.

Da Brown für die nächsten Stunden beschäftigt war, ritt Harka einfach mit den Proviantkolonnen hinaus zu dem Gelände, auf dem sich die Jagd abgespielt hatte. Die Dakota waren schon des Nachts unterwegs gewesen, um ihre Beute in Sicherheit zu bringen. Von ihnen war niemand mehr zu sehen. Harka hielt sich zu dem Trapper, mit dem er am Vortage gesprochen hatte. Als man die Pferde stoppte, merkte dieser, daß der junge Indianer ihn sprechen wollte. „Ja?" forderte er Harka auf.

„Kann ich mir Hirn und Leber der Büffel nehmen, die ich erlegt habe?"

„Hirn und Leber willst du haben? Die Zungen nicht auch?"

„Nein, die Zungen nicht."

„Also, dann machen wir halbpart. Ich die Zungen, du Hirn und Leber. Häutest du ab?"

„Ja. Die Häute und Hörner will ich auch haben. Von dem Fleisch brauche ich gar nichts. Ich erlege mir kleines Wild."

„Von mir aus. Die Häute können wir sowieso nicht brauchen. Was sollen wir damit? Es ist kein Händler da, der sie übernimmt. Was fängst du denn damit an?"

„Ich bringe sie zu den Pani und lasse sie gerben. Ich will ein Zelt für den Vater und mich bauen."

„Sieh an! Kann ich dir zwei Felle von meinen Büffeln zum Gerben mitgeben?"

„Wie du willst. Ein Fell schenke ich den Panifrauen für die Arbeit."

„Das eine geht dann von deinen neun ab, einverstanden?"

„Hau."

Der Trapper blinzelte dem jungen Burschen zu. „Du bist zu gebrauchen, nicht nur bei der Jagd! Du kannst auch auf mich zählen, wenn Jim dir mal was am Zeuge flicken will."

„Gut."

Harka hatte den ganzen Tag bis in die späten Abendstunden zu tun. Einen Büffel sachgerecht und sauber abzuhäuten war keine leichte Arbeit. Als seine Aufgabe geschafft war, lud er die Häute auf Packpferde auf. Hirn und Leber aber wollte er nicht erst ins Lager transportieren. Er ließ sich bei den Packpferden nieder, machte sich ein kleines Feuer und röstete die Delikatessen.

Der Trapper kam herbei. „Das ißt du alles auf einmal auf?"

„Ja."

„Guten Appetit. Dein Magen ist gesund. Wann ißt du wieder?"

„Übermorgen."

Harka schmeckte die Mahlzeit. Im Lager gab es nichts zu essen, was seinem Geschmack entsprach. Er wollte sich künftig wieder ganz selbst versorgen, so wie er es auch beim Blockhause des zahnlosen Ben getan hatte.

Mitternacht war schon vorüber, als die letzten Fleischtransporte im Lager eintrafen. Harka begegnete Joe, aber da er kein Anliegen mehr an den Ingenieur hatte, ging er ihm aus dem Wege. Den Vater fand er bei den Pferden.

Mattotaupa wollte Harka für seinen ausgezeichneten Jagderfolg loben, aber als er die verschlossene Miene des Sohnes sah, blieben ihm die Worte in der Kehle stecken. Er tat, als ob er gleich einschlafe, und zog die Lederdecke bis über das Gesicht. Ihm war übel. Er hatte dem Sohn versprochen gehabt, kein Geheimniswasser mehr zu trinken, aber nun war es wieder geschehen, und wieder hatte er den Verstand dabei verloren und war erst nach Stunden aufgewacht, in der Kammer von Jim, wohin ihn die Männer gelegt hatten, als er ganz und gar berauscht war. Jim hatte den erwachenden Indianer von seinem Krankenlager aus grob angefahren, ob er das Saufen nicht lassen könne?! Er, Jim, sei unterdessen fast verdurstet. Kein Mensch kümmere sich um ihn; er solle wohl verrecken? Mattotaupa hatte seinem weißen Bruder helfen wollen, aber Jim hatte ihn hinausgeworfen und den Hahnenkampf-Bill und dessen Liebste zur Pflege verlangt. Diese waren jetzt bei Jim.

Top aber lag Rücken an Rücken mit seinem Sohn Harry, und

übel und elend wie ihm war, ließ er sich von dem Gedanken beschleichen, daß doch ein Zauber in diesem Wasser wohnen müsse. Es war, als ob ihm dieser Gedanke in den Nacken springen und ihn töten wolle, und er schüttelte ihn mit Gewalt ab.

Frühjahr 1863: Harka Steinhart Nachtauge, Sohn des Häuptlings Mattotaupa von der Bärenbande aus dem Volk der Oglala-Teton-Dakota, ist elf Jahre alt. Er will ein großer Jäger und ein großer Krieger werden, wie alle Jungen seines Stammes. Er ahnt nicht, daß sein Leben ganz anders verlaufen wird . . .
In sechs Bänden beschreibt Liselotte Welskopf-Henrich dieses abenteuerliche Leben, bis zum Sommer 1877. Und nicht nur dieses: Das Schicksal aller Dakota, das Schicksal aller nordamerikanischen Indianer wird bei der Lektüre dieser spannenden Bücher lebendig.

Band 1: **Harka** (RTB 849)

Band 2: **Der Weg in die Verbannung** (RTB 871)

Band 3: **Die Höhle in den Schwarzen Bergen** (RTB 874)

Band 4: **Heimkehr zu den Dakota** (RTB 875)

Band 5: **Der junge Häuptling** (RTB 876)

Band 6: **Über den Missouri** (RTB 877)

Die Söhne der großen Bärin
schon heute Klassiker unter den Indianerbüchern.